Brandon Sanderson

布蘭登・山德森

Brandon Sanderson

布蘭登・山德森

奇幻基地出版

諸神之城：伊嵐翠

ELANTRIS

（十周年紀念全新修訂版）

布蘭登・山德森 著

周翰廷、劉鈞豪 譯　段宗忱 審訂

Brandon
Sanderson

BEST 嚴選

緣起

在繁花似錦的奇幻文學花園裡，你或許還在門外徘徊，不知該如何抉擇進入的途徑；也或許你已經置身其中，卻因種類繁多，或曾經讀過不合口味的作品，而卻步、遲疑。

BEST嚴選，正如其名，我們期許能透過奇幻基地對奇幻文學的了解，以及對讀者的理解，站在出版者與讀者的雙重角度，為您精選好作家與好作品。

他們是名家，您不可不讀：幻想文學裡的巨擘，領域裡的耀眼新星。

它們最暢銷，您怎可錯過：銷售量驚人的大作，排行榜上的常勝軍。

這些是經典，您務必一讀：百聞不如一見的作品，極具代表的佳作。

奇幻嚴選，嚴選奇幻。請相信我們的眼光，跟隨我們的腳步，文學的盛宴、幻想世界的冒險，就要展開。

獻給我的母親——
她希望我能當一位醫生，
結果我卻成了一個作家，
但她因為愛而不（常）開口抱怨。

目錄

致謝

布蘭登・山德森

首先，也是最重要的——我得感謝我的經紀人約書亞・比爾莫（Joshua Bilmes），以及我的編輯摩西・菲德（Moshe Feder）。他們兩位幫助我把這份原稿的完整潛力給全部壓榨出來，沒有他們大師級的編輯眼光，您現在恐怕會拿著一本截然不同的書。

接下來，我的表揚與感謝將要獻給我那些多采多姿的寫作團隊成員：Alan Layton、Janette Layton、Kaylynn ZoBell、Ethan Skarstedt、Daniel Wells、Benjamin R. Olsen、Nathan Goodrich、Peter Ahlstrom、Ryan Dreher、Micah Demoux、Annie Gorringe和Tom Conrad。（你們大概還不知道自己是個寫作團隊吧?!）感謝大夥兒的努力與建言。

此外，在我為了出書的數年掙扎過程中，有幾十個人讀過這本和其他本書，對於你們的熱情、批評與讚美，我的感激言語無法形容。Kristina Kugler、Megan Kauffman、Izzy Whiting、Eric Ehlers、Greg Creer、Ethan Sproat、Robert ZoBell、Deborah Anderson、Laura Bellamy、Mr. M、Kraig Hausmann、Nate Hatfield、Steve Frandson、Robison E. Wells和Krista Olsen。要是我忘了哪一位，我會在下一本書裡提到你的！Stephan Martinière's極具風格的繪作為本書美國版封面增色不少，Is ac Stewart則在Dan Stewart提供地理協助的情況下，為十周年版提供了精美的地圖。十周年版試讀者包括Lyndsey Luther、Trae Cooper、Kalyani Poluri、Brian T. Hill、Christi Jacobsen、Eric Lake、Alice Arneson、Issac Skarstedt、Gary Singer，以及Josh Walker。

我還要特別感謝那些曾在我大學生涯中幫助過我的老師們。Sally Taylor教授、Dennis Perry教授和John Bennion教授（負責我的碩士論文委員）。Jacquelin Thursby教授一直對我很有信心；Dave Wolverton引領我見識這個世界：Douglas Thayer 教授，有一天我會讓你開始閱讀奇幻小說的。（他會拿到這一本書，不管他要或不要！）

最後，我要感謝我的家人。感謝我父親在我還是個孩子的時候買書給我看，感謝我母親讓我成為一位學者，感謝姊妹們的笑容，還有Jordan，感謝你忍受一個跋扈的哥哥。

由衷地感謝你們每一位，感謝你們相信我。

〈台灣版作者序〉

活著，生存，掙扎著瞭解自己在世界上生存意義的人

當我知道《諸神之城：伊嵐翠》要在台灣出版時，著實感到非常興奮。我大學時代在韓國住了好幾年，也在同一時期開始構思這本書。從當時到現在，我對漢文字一直相當著迷，而我在漢文上的研習（主要著重於它與其他語言，例如韓文和日文如何互動）孕育出本書中「艾歐」的概念，以及整套魔法系統的運作方式。

關於這本書，我常被問到兩個問題：讀者很好奇我為什麼選擇寫單行本，而非一整套系列；也經常問我這本書的意義，它的主軸思想是什麼。我想藉此機會討論一下這兩個問題。

《諸神之城：伊嵐翠》是一本單行本格式的龐大架構史詩奇幻小說。在這個主題領域中，這種格式算是少見的，因為現在似乎沒多少人在出奇幻單行本，幾乎所有新書都是長篇大作的第一集。

但在這本書中，我想要避免這點，是因為下列幾個原因：首先，我喜歡單行本。我覺得能在一本書中說完一個奇幻故事，卻又保存其架構之宏偉，十分需要技巧，也有其獨特的文學之美。我想以出版這樣一本單行本的方式對市場做出宣告，我認為我們都需要更多像這樣的書。有些故事本就應該在一本書中結束，不需要勉強它很不自然地成為四、五本系列。

我想要出版單行本的另一個原因，是想讓大家先「試讀」我，而不需要覺得一開始就得讀完一套書。這是我第一次出版的小說，我認為一本就可完結的故事，能讓更多人以輕鬆的心情開始閱讀。所以我出了單行本。

第二個問題比較難回答。這本書的意義是什麼？它有什麼暗喻？這本小說中是否有隱藏的意涵？畢

竟這本書講到了落魄神祇、宗教暴政、腐敗政權，所以是否和我們的世界有直接的關連？

說實話，我覺得這種問題很難回答，因為答案很簡單，卻不是大多數人要聽的。我不知道它有什麼意義。我不是為了要讓它有意義才寫它的。

這本書在討論什麼？它可以被看成在譬喻該如何面對可怕慢性疾病；它可以被視為討論弱勢小國要如何在急於併吞他人的強權環伺下努力生存；它可以被看作在困苦情況中，如何保持希望和樂觀的力量。

可是我必須實話實說，以上這些都不是我在寫這本小說時思考的主題。對我來說，這本書只講一件事——人。

盡力而為的人；活著，生存，掙扎著瞭解自己在世界上生存意義的人。

瑞歐汀，紗芮奈，拉森。三個不同的人，十幾個不同的動機。

希望您從認識他們的過程中得到樂趣，一如我在撰寫他們時的心情。

布蘭登・山德森

〈十周年推薦序〉

這個世界需要由危機交織而成

丹・威爾斯（Dan Wells）
紐約時報暢銷作家

一九九八年，我初次見到布蘭登・山德森，他是我們大學科幻小說雜誌《前緣》的成員之一。但直到一九九九年上學期，彼此才知道上了同一堂創意寫作課，也同樣以寫作為一生志業。於是我們組成了寫作團體，邀請了幾個雜誌成員，開始互相讀起彼此的創作。早期我寫的作品裡有許多奇幻小說的陳腔爛調，根本只能算是同人創作，而布蘭登與我相反，十分堅持不老調重彈，有時甚至讓他的作品裡沒有發生任何大事。

「喂，布蘭登，反派什麼時候會現身？」

「這些人就是反派。」

「不，這些人只是想要關閉主角的魔法學校而已。肯定有真正的反派就要現身，只有這傢伙的魔法能阻止那些人，而學校會因為他的奮鬥能夠繼續營運下去，就這樣。大家都知道劇情要這樣發展。只是，你為什麼要讓他花這麼久的時間？」

「劇情不會這樣走。」

「當然是這樣。奇幻小說就是這樣。」

「但是完全沒有必要。我的意思是，奇幻可以有任何走向，對吧？這就是奇幻小說的重點。為什麼奇幻小說不能只是一個傢伙希望學校持續經營的故事呢？這個學校剛好是人們學習魔法的地方，同時裝備空氣動力的決鬥袖槍，也能順便享用美味的巨蟲豆腐？」

「嗯……我想可以吧。等等，這故事真的沒有反派？就這樣，完全沒有？」

以上的對話在每一本書完成以後都會重覆發生。即便是那個時候，布蘭登的寫作速度就已經比大家的閱讀速度快上許多。一陣子過後，他擁有了傑出的經紀人約書亞，讓我們的寫作團體很開心得到約書亞的附議認同：如果寫了這麼多都沒發生一件大事，那寫來做什麼？約書亞的評語讓大家多年來嘴邊掛上了聖咒般的一句話，用來反制布蘭登的狂熱行為，那便是──「這個世界需要由危機交織而成。」

「布蘭登，這是本好書。但我不覺得這個世界由危機交織而成。」

「沒有錯，這只是講述一個人覺得被家庭忽略的小品罷了。」

「好吧。首先，它其實是個龐大的故事，主角可以用意念製造魔法盔甲又憑空變出食物，因此觸怒了可怕的虛空怪物，然後這隻怪物正好也覺得被家庭忽略？得了吧。更重要的是，跟你合作的大牌經紀人跟你說過，世界必須由危機交織而成。但這個故事沒有做到，你得馬上在故事裡製造危機才行。」

「不過，我已經有了可怕的虛空怪物……」

「快製造危機！」

寫作團體有個很大的好處，就是所有人都一起互相學習；寫作團體也有個壞處，就是你在學到任何東西以前，只會說一大堆蠢話。寫作團體能夠孕育出作家可說是種奇蹟，而非產出徘徊於拙劣建議廳堂裡的不安者。然而，布蘭登的直覺是對的，約書亞的名言也是對的，它們都是對的，我們只是不知道要怎麼理解它們。顯然，我們最後肯定已了解到，布蘭登頑強堅持小人物的故事使得史詩奇幻值得一讀，並且大大促成了他的成功（雖然只是其中一半成因）。我們關注「迷霧之子」系列是因為我們在乎紋，以及她可怕的精神傷痕，還有她對自己得不到愛情的冷酷認知。我們關注「颶光典籍」系列是因為我們在乎卡拉丁的低落、紗藍的不安，以及達利納對抗瘋狂的掙扎。布蘭登能夠成功的另一部分（就讓我們順其自然稱作另一半的成因），是因為他對於大格局劇本永遠不懈的堅持。他始終強而有力、不落俗套，並由一個陷入危機的世界所組成的外在故事，環繞並給予內在故事深度和重量。布蘭登總是以微小私密的內容為根基，講述一個龐大的故事。

有一次，我們的寫作團體讀起他一本新的小說：《阿多尼斯之心》（Spirit of Adonis）。這個故事具備了所有元素：神祕、缺憾、令人喜愛的人物，完美結合了不治之咒、撼境大軍及改變世界與所有人事物的結局，劇情也讓我們雀躍地以最快的速度翻到下一頁閱讀，唯一的問題只有它的標題。

「我不懂，這跟阿多尼斯有什麼關係？」

「這座城市就叫阿多尼斯，有什麼……不明白的嗎？」

「名字很清楚，可是讓人不明白的是，為什麼這座城市叫作阿多尼斯？它位於地球嗎？還是它是希臘文，而我只是看不懂而已？」

「為什麼是希臘文？」

「為什麼不是……阿多尼斯是希臘人啊。難道這是我們在未來殖民的星球嗎？就像佩恩（Pern）（注）一樣，再度使用舊——」

「不不不，這跟地球無關，也跟希臘無關——或許跟希臘文有幾分相像，但不是刻意所為。阿多尼斯只是我虛構的地方，它並沒有影射現實世界。」

我們互相瞪視對方，兩個人都想要搞懂彼此為何會這麼困惑。我們的說法在各自的大腦裡完全合乎情理！寫作團體有時就會發生這種事。最後另一個人說：「你知道阿多尼斯是希臘神話的角色，對吧？」

布蘭登笑了起來。

「我的天哪，沒有，我完全忘了那傢伙。我以為這個字不會撞名。別擔心，我會改掉的。」

注：由奇幻小說家安妮・麥卡弗列（Anne McCaffrey）創造的架空世界。

隔一週，布蘭登用電子信箱寄了《伊嵐翠之心》（Spirit of Elantris）的章節，過了幾個月後，他捨棄「心」字直呼《伊嵐翠》。這本書至今仍是我最喜愛的奇幻小說之一。在我家裡，它被小心地收藏著，不讓（會弄壞書的）小孩跟愛打聽的書迷看到，因為我毫不懷疑這東西有一天會成為我手中最具價值的物品：一本在開賣當天購入的《伊嵐翠》初版書，上面有布蘭登的簽名跟簡單的題詞：「給丹——我有史以來第一本簽名書」。

布蘭登，恭喜這本書已經十周年了。你辦到了。幾百年後，將會有某個聰明的後起之秀，不小心用了你的書名命名自己的小說。

這就是你知道自己已經成功的證明。

〈推薦序〉

他們是真正的英雄

歐森・史考特・卡德（Orson Scott Card）
雨果獎、星雲獎、坎伯獎得主，《戰爭遊戲》作者

《諸神之城：伊嵐翠》是近年來罕見的精湛奇幻作品。布蘭登・山德森創造出純然原創的嶄新世界，充滿魔法與計謀，並以最優秀的嚴謹科幻筆法，讓這個世界從各個層面讀來都栩栩如生。

除此之外，本書最讓人難以忘懷之處，應該是他筆下的生動人物。他們是真正的英雄，在面對逆境時發覺自身潛藏的勇氣，犯下錯誤時不躲避後果，願意犧牲自我以拯救世上值得愛惜的一切。

最棒的一點是，本書的故事很完整。當然應該還有續集的空間，我也希望還會有續集，但本書不會讓人有「第一集」、留下許多重要問題尚未答覆的感覺。山德森在最後數頁畫下幾乎不可能的複雜句點，讓人能心滿意足地闔上書。

他筆下的世界並非黑白分明，鮮少有人能從一開始就釐清誰是好人、誰是壞人，但善惡之間的分野仍然清晰明確，即使經常藏於細微之處，難以察覺。小說作家中鮮少有人能深刻體會領導的訣竅，組織形成的過程，還有愛情如何萌生於人心。在這方面，山德森出乎意料地睿智。

我很高興這本書不是我寫的，也一點不欽羨是其他作者寫出這本書。因為如果是我寫的，我就沒有辦法享受眼前故事的鋪陳，經歷其中所有的醜惡、美麗、刺激和痛苦。

〈審訂者序〉

所有的故事都是在講述成長的神話

段宗忱（知名奇幻譯者）

所有的故事都是在講述成長的神話（myth）。身為讀者，從閱讀他人的成長經歷，我們試圖反思自己的現況，試圖透過擷取想像中的生活經驗，豐饒自己有限的現實體驗。然而，只有在作者對自己的作品與角色誠實時，才能為讀者鋪陳出同樣誠懇真實的人生，無論是國王或乞丐，女王或牧羊女。奇幻作品亦然。山德森是誠懇的作家，而伊嵐翠是部誠實的作品。

伊嵐翠講述的是成年人的成長故事。書中的三名主角——瑞歐汀，紗芮奈，拉森——雖然不若傳統的孤兒男孩，背了一只包袱就要出去闖天下，但就某種層面而言，他們仍然是精神孤兒。三人無論被迫或自願，都是離鄉背井，遠離熟悉的環境，也被剝奪了他們慣有的奧援，只能靠本身原有的才能與意志去對抗險惡的環境。從這個層面來說，山德森為他的角色們設下更困難的挑戰，因為他剝奪了奇幻文學中經常出現的重要角色——「導師」。這類人物能立即聯想到的原型自然是「魔戒」中的甘道夫，總能指引出精神或實際的道路，乃至於近代的重要經典奇幻作品——大衛．艾丁斯（David Eddings）的「聖石傳奇」（Belgariad）中的貝爾加拉斯（Belgarath），或是雷蒙．費斯特（Raymond E. Feist）的「時空裂隙之戰」系列（Riftwar Saga）中的馬克洛斯（Macros the Black）等等，族繁不及備載。

伊嵐翠的三名主角非但沒有如此的引導，反而從故事一開始，就要扮演他人的導師——瑞歐汀喚醒伊嵐翠人的自尊，紗芮奈統領反抗組織、王宮貴婦、整個亞瑞倫宮廷，拉森則是試圖拯救整個亞瑞倫。

甚至最需要教導的魔法都得靠瑞歐汀猜測摸索，因為伊嵐翠魔法的基礎概念被視為簡單到甚至不需要記諸於紙上。套句流行的台詞——「能力愈大，責任愈大」，後頭沒有說出的是，那同時也帶來了巨大重擔。真正的孤兒背後是空白的故事，即使有一絲惆悵卻是幸福的，然而書中三名主角均背負著沉重的記憶，因此空白的未來對他們而言不是恣意揮灑的白紙，而是對過去的償還。拉森試圖贖罪，紗芮奈試圖扭轉過去在感情與事業上的失敗，瑞歐汀則是試圖滿足他未來得實現的承諾——為他的子民帶來幸福。因此，伊嵐翠中角色的成長不是來自於他人的引導，而是於實現自己任務時的反思，這遠比典型的成長故事——從無知到能夠／願意承擔責任，更為複雜，是從義務性的擔負責任，到能夠從重任中成就更宏觀的自我認知與精神覺醒。

雖然奇幻小說經常被評為荒誕不羈，也被取笑為脫離現實，但無庸置疑地，確實也能跳脫一般物理科學規則，創造架空世界以為其角色設定更宏偉、艱困的挑戰環境。伊嵐翠即是如此，以嚴謹卻不失詼諧的語調，講述一個沉重的故事，也展現在愈發苦難的環境，人性的光輝更得以砥礪琢磨，激發出更燦爛的神采。希望這本書中所傳達面對困境也絕不放棄的勇氣與堅持，能讓你在面對生命中的挑戰時，帶來終將撥雲見日的鼓舞。

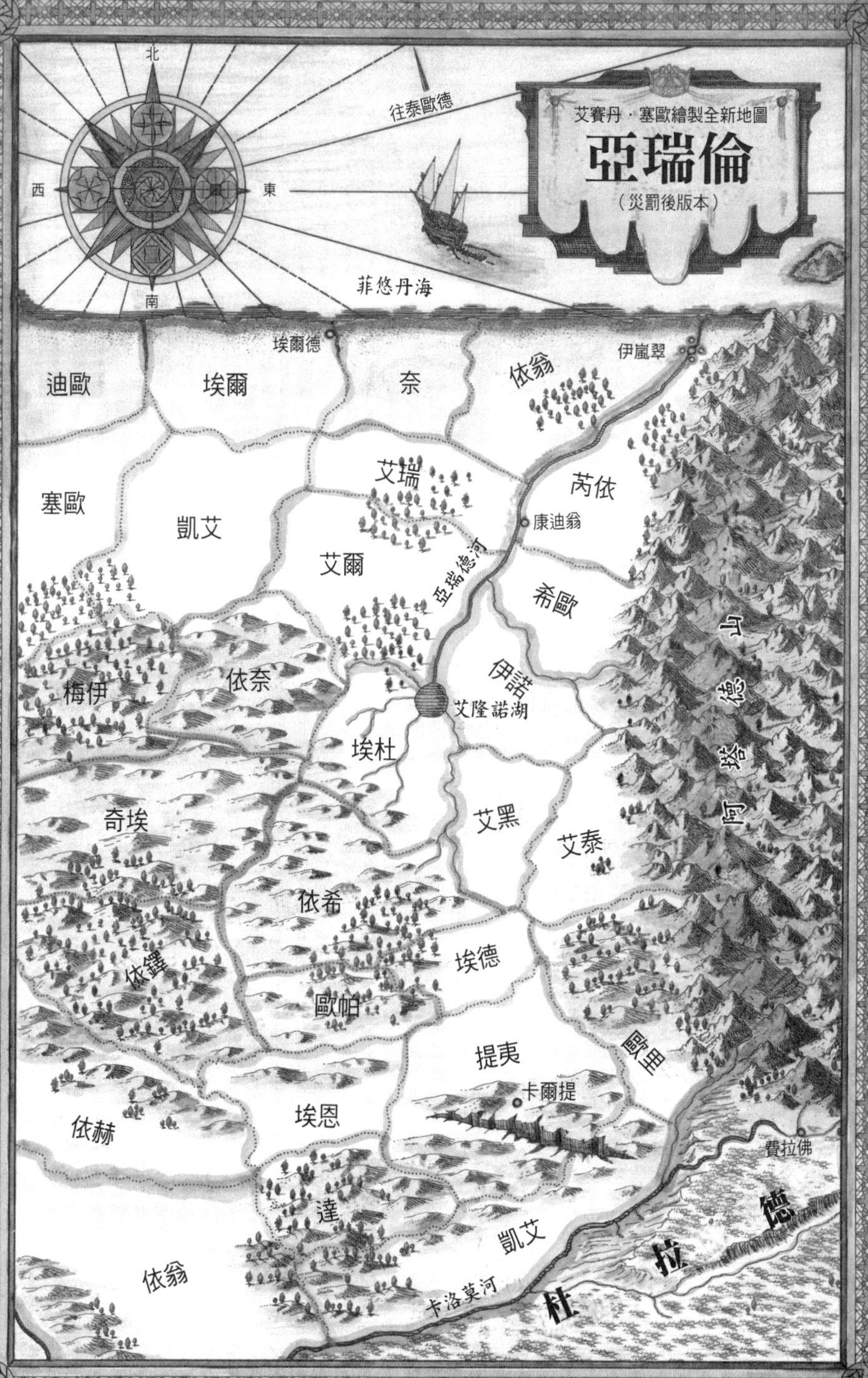
艾賽丹・塞歐繪製全新地圖
亞瑞倫
（災罰後版本）
北
西
東
南
往泰歐德
菲悠丹海
埃爾德
伊嵐翠
迪歐
埃爾
奈
依翁
艾瑞
芮依
塞歐
凱艾
康迪翁
艾爾
亞瑞德河
希歐
梅伊
依奈
伊諾
艾隆諾湖
阿塔德山
埃杜
奇埃
艾黑
艾泰
依希
依鏜
埃德
歐帕
提夷
歐里
卡爾提
依赫
埃恩
費拉佛
達
凱艾
依翁
卡洛莫河
杜拉德

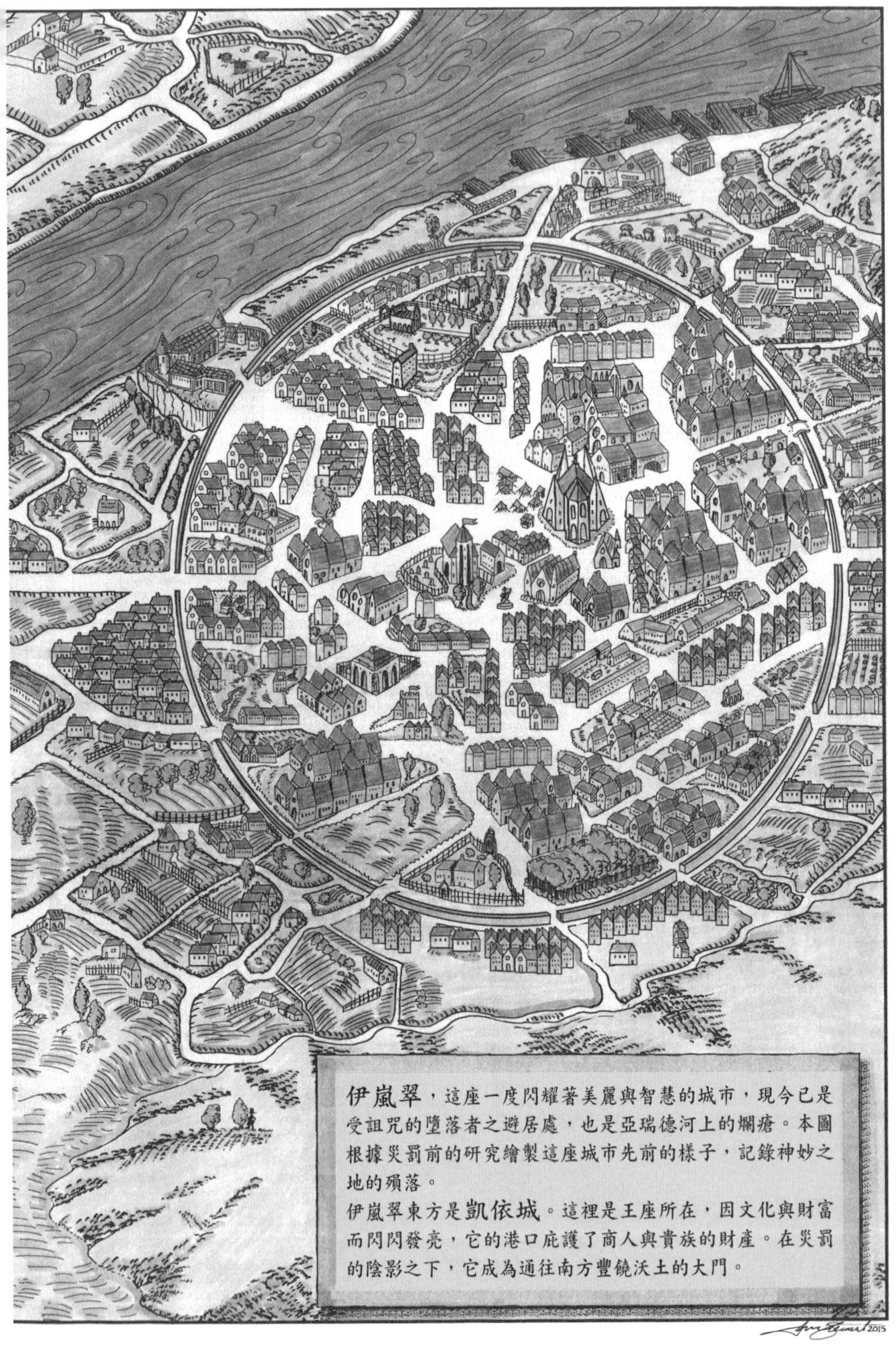
伊嵐翠，這座一度閃耀著美麗與智慧的城市，現今已是受詛咒的墮落者之避居處，也是亞瑞德河上的爛瘡。本圖根據災罰前的研究繪製這座城市先前的樣子，記錄神妙之地的殞落。
伊嵐翠東方是**凱依城**。這裡是王座所在，因文化與財富而閃閃發亮，它的港口庇護了商人與貴族的財產。在災罰的陰影之下，它成為通往南方豐饒沃土的大門。

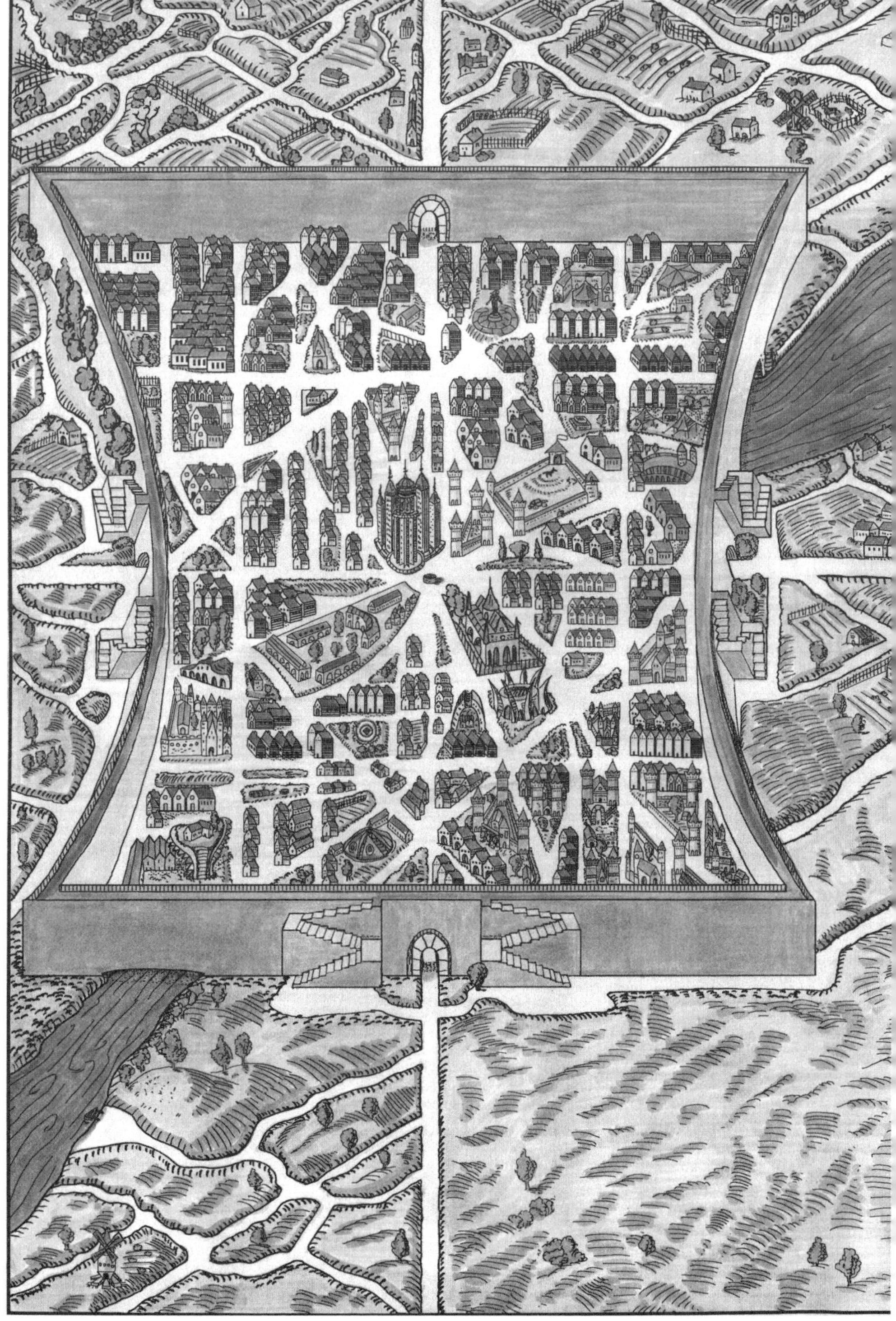

北海
席克拉大陸
（歐沛倫）
由菲悠丹皇帝、舒·德瑞熙先知、杰德司神聖帝國的統治者、代管萬物者沃恩·兀夫登四世下旨繪製
反叛的蠻族？
泰歐德
泰歐拉斯
菲悠丹海
瑟拉凡
思弗丹
伊嵐翠
沃恩之座
菲
悠
丹
維爾甫
亞瑞倫
費拉佛
葛摩索姆
杜拉德
吉恩特
海寇
霍拉根
歐拉維希
占杜
克杰德
賈鐸
若維爾
這張地圖的西北有缺漏，但由於你拋棄我到那個地方，這是我當時能找到最好的一張。～納哲
沙漠

序幕

伊嵐翠（Elantris）曾經是如此地美麗，甚至被人稱為「諸神之城」，一個充滿了力量、光輝與術法的所在。到訪過的人們說那裡連石頭都散發著一股內蘊的光芒，而城市裡無處不是令人難以置信、驚嘆不已的奇景。當夜晚來臨時，伊嵐翠閃耀得有如一團銀色火焰，即便在遠方也清晰可見。

伊嵐翠是如此地壯麗華貴，它的居民卻更優越於這座城市。他們的頭髮銀白閃耀，他們的皮膚如純銀般泛著金屬光澤，伊嵐翠人就像他們的城市一樣耀眼。傳說中他們是永恆不滅的，最起碼也是近似於此；他們的身體能夠快速地自我治療，擁有強大的力量、敏銳的洞察力與驚人的速度，單憑指掌的舞動便能操弄術法。人們從歐沛倫（Opelon）大陸各地來到伊嵐翠，為的就是領受伊嵐翠人神奇的治療法術、食物與智慧。他們曾是歐沛倫的神人。

而任何人都有可能成為其中的一員。

「霞德祕法（The Shaod）」，又被稱為「轉化大法（Transformation）」——它往往在日落西沉的夜晚，當生命趨緩轉憩的神祕時刻，隨機地降臨。霞德祕法可能會找上乞丐、工匠、貴族或者士兵，當它降臨時，這位幸運人士的生命將會終結，隨即展開全新的人生；他會拋棄自己舊有的世俗身分，進入伊嵐翠，成為伊嵐翠人。他將活在極樂至福之中，睿智地支配一切，永久地被膜拜。

然而，永恆卻在十年前倏然終結。

第一部
伊嵐翠之影

第一章

亞瑞倫（Arelon）的王子瑞歐汀（Raoden）這天醒得很早，全然不知自己已經遭逢永劫詛咒；他帶著些許睏倦地坐起身，晨光柔和，卻依舊亮得令人睜不開眼。開敞的露台外，宏偉的伊嵐翠城矗立於遠方，峻聳高牆凸出於瑞歐汀自幼生長的凱依城（Kae）之上，看起來朦朦朧朧。伊嵐翠的城牆偉立，但王子仍看得見那些挺直的黑塔，頹損的尖頂彷彿在訴說著牆後的傾圮榮光。

那座被遺棄的城市似乎比平日更加幽暗，瑞歐汀望了一會兒才轉開視線。巨大的伊嵐翠高牆讓人難以忽略，但凱依城人民卻努力地無視它的存在；回憶那座城市的美麗更叫人痛心，使人不禁猜疑霞德祕法的祝福，為何會在十年前變成詛咒。

瑞歐汀搖了搖頭，爬下他的大床。這天的清晨異常溫暖，在他隨意套上外袍時，居然不覺得有一絲寒意；他拉了床邊的鈴索，通知他的僕人準備早餐。

這是另一件怪事，他餓了——非常地飢餓，幾乎是一種無法抑制的飢渴。他的早餐向來吃得很少，但今天卻發現自己迫不及待地等著餐點到來。終於，他決定找個人去看看為什麼拖延這麼久。

「埃恩（Ien）？」他在尚未點燈的房間中喊著。

毫無回應。侍靈的缺席讓瑞歐汀皺起眉頭。但是埃恩會去哪呢？

當瑞歐汀站起來時，他的目光再次落到了伊嵐翠城上。立於這壯偉城市的陰影之下，凱依城就像個無足輕重的小村莊。伊嵐翠是個偌大而昏黑的巨影——早已不再是座城市，只是具殘骸。瑞歐汀忍不住冷顫了一下。

房門傳來敲響。

「總算來了。」瑞歐汀邊說邊走過去拉開房門。老依蘿（Elao）端著一盤水果與熱騰騰的麵包站在門外。

在瑞歐汀還來不及伸手前，托盤就從侍女震驚的手中滑落，食物全數砸在地板上。瑞歐汀僵在那兒，托盤的金屬敲擊聲在空蕩的走廊中迴響著。

「上神（Domi）慈悲！」依蘿低語，她的眼裡透著驚懼，指掌顫抖地握住頸間的科拉熙（Korathi）垂飾。

瑞歐汀靠了過去，但侍女卻驚恐地退後一步，還差點被甜瓜絆倒，隨後踉蹌地飛快逃離。

「搞什麼鬼？」瑞歐汀問。接著他看見了自己的手，先前隱藏在昏暗房間的陰影中，現在被走廊壁燈的閃爍光線所揭露的真相。

他轉身奔回房間，翻倒了礙路的桌椅，跌跌撞撞地找到了房間裡的連身立鏡。拂曉的微光正好轉強到足以映出他鏡中的形影。一個陌生人的鏡影。

他湛藍的眼眸依舊，只是因驚懼而睜大；但是他的頭髮卻從黃棕色變成塌軟的灰色；而最悲慘的是他的皮膚，那鏡中的臉龐布滿了病態的黑色斑塊，像是深暗的青腫。這樣的污痕只說明了一件事。

霞德祕法已經找上了他。

伊嵐翠的巨大城門在他身後轟然關閉，僅餘一聲宣告終結的駭人響音。瑞歐汀支撐著讓自己不要隨著城門緊閉而倒下，但他的心思早已震慄得無法反應。

這個記憶彷彿是屬於另一個人的。他的父親艾敦王（Iadon）甚至在下令讓教士把瑞歐汀丟進伊嵐翠的時候，也不願接觸他的視線。一切安靜而迅速。艾敦無法接受他的繼承人是個伊嵐翠人，更別說讓這件事情公開。若是十年前，霞德祕法已經把他化為神祇；而今，祕法不再將人變成銀膚神祇，只讓人淪為病態醜惡的畸形怪物。

瑞歐汀大力地搖頭，拒絕相信自己的命運。霞德祕法應該只會發生在別人身上。遠方的某人，那些活該被詛咒的人；而不是亞瑞倫的繼承人，不該是瑞歐汀王子！

伊嵐翠城在他面前延展開來，環繞的高牆上排列著衛塔與士兵，這些人不是為了抵禦外敵，而是防止城中的居民向外逃亡。自從讓伊嵐翠殞落的「災罰（The Reod）」之後，每個經歷霞德祕法轉變的人都被丟進伊嵐翠，自生自滅；這城市已經淪為一座昂貴的墓穴，留給那些早已遺忘死亡為何物的人。

瑞歐汀甚至還記得他曾站在城牆之上，注視著底下滿臉畏懼的居民，就如同那些守衛現在望著他一樣。這城市曾經如此地遙遠，而他也曾站在城牆之外，那時還做過一些帶點哲理的猜測，想著在那昏黑的街道中步行，會是什麼感覺。

如今，他能親身去發掘了。

瑞歐汀拚命推擠著身後的城門，彷彿可以就此穿身過去，洗淨他身上的污點。好半晌過後，他才無力地停歇，低垂著頭發出無聲的悲泣。他覺得自己好像被纏在大球上，再從山頂一路滾下來，只期望著夢醒時刻。但是他很清楚那一刻永遠不會來到，教士們告訴他——這場夢魘沒有終結的一天。

彷彿有些什麼東西驅使著瑞歐汀向前，他知道自己必須繼續前進。他怕要是停了下來，便會就此放棄一切。霞德祕法已經奪走了他的身體，瑞歐汀絕不能讓它也占據自己的心靈。

他要以他僅有的自尊為盾，來對抗那些絕望、沮喪，尤其是自艾自怨的想法。他重新抬起頭，決意要堅定地面對常人眼中的不屑與責難。

⁂

早先當瑞歐汀佇立於伊嵐翠的城牆之上，由上而下地俯視那些居民時，留意過那些覆蓋了整座城市的污穢與髒亂，而今，他已身陷其中。

每一處表面——從建築物的牆壁到石板路的裂縫——都覆蓋著一層綠鏽般的塵垢，那種黏滑油膩的物質對於伊嵐翠原本繽紛的外觀起了調和作用，將一切混成某種單調而沉鬱的色澤，就像是把悲觀的深黑色混入污稠化的綠色，最後再加上排泄物般的棕褐色。

那些瑞歐汀曾遙遙遠觀的城市居民，如今就在他的身邊，連談話都清晰可聞；他們零零散散地站在泛著惡臭的天井之中，不少人全不在意或毫無所覺地坐在地上的水窪中，處處髒污而滿溢著前夜暴雨所留下的黑色雨滴。一種晦澀不明的嗚咽低語在人群中迴盪，大多人對此沉默以對，但也有人不住地呢喃自語或是為了某些不著邊際的痛苦抽噎啜泣。一個女子站在廣場遠方的邊緣，帶著某種純然的憤怒聲嘶力竭地哭喊，好一會兒她才安靜下來，彷彿是呼吸或氣力完全放盡。

大多數人的穿著像是殘破的爛布團，暗沉、寬垮的衣服就和街道一樣髒醜。瑞歐汀仔細一看，認出了那些服裝，接著掃視自己長而飄垂的白色壽衣，一件有如緞帶裁縫而成的寬鬆長袍，而袖口與腳邊的亞麻布已被城門和街石玷污。瑞歐汀懷疑這件衣物很快就會在伊嵐翠的掌握下變得無法辨認。

這就是我將變成的模樣——瑞歐汀心想。已經開始了，再過幾個星期，我也會成為其中一具了無生氣的軀體，某個在街邊哀嚎的活死人。

廣場另一邊的些微情緒勾起了瑞歐汀的注意，讓他脫離出那種自暴自棄的想法。在他面前的幽暗通道中，有幾個伊嵐翠人屈身蹲俯著，瑞歐汀無法辨認他們陰暗的輪廓，但他們似乎在等待著什麼，他感覺得到那些目光正注視著自己。

瑞歐汀抬手遮擋陽光，這才讓他想起手邊的草籃，裝盛著往生儀式用的科拉熙祭品，顯然教士們認為將人送入伊嵐翠和送往生者至來世差不了多少。籃子裡裝著一條麵包、一點乾枯的蔬菜、半把穀粒和一小瓶的葡萄酒，普通人家的往生祭品遠超出這些，但即使是霞德祕法的受害者也得領受點東西。

瑞歐汀瞥了門口邊的成群身影一眼，心中閃過那些他還在外頭時聽過的謠言，那些關於伊嵐翠人野蠻行為的故事。那些暗沉的身形雖然尚未行動，但他們打量的目光已經讓瑞歐汀緊張起來。

再深吸一口氣之後，瑞歐汀沿著城牆往廣場東側走，那些身影雖然依舊注視著他，卻沒有跟上來。片刻後，他已經看不到門後的人，下一秒也進入了側邊的小巷。

瑞歐汀吐出一口氣，覺得自己剛逃離了某些他不知道的事物，過了一會兒，確定沒有人繼續跟蹤他後，反而開始覺得自己是一副緊張兮兮的蠢樣。目前為止，他還沒遇到任何一件事可以用來證實伊嵐翠的謠言，瑞歐汀搖了搖頭，繼續他的步伐。

惡臭是如此地令人窒息，無所不在的泥濘發出有如垂死的菌類吐出黏稠腐敗的氣味。一個老者蜷縮在建築的牆邊，就像個多瘤糾結的樹幹，而這難聞的臭氣讓瑞歐汀一個不留神，幾乎要踉蹌地踩在老者的身軀上。老人淒涼地哀鳴，抬起虛弱的手臂伸向瑞歐汀。瑞歐汀低頭望向老者，只覺得一股寒意從腳底直竄上來——這個「老人」根本頂多只有十來歲，他的皮膚覆著一層煤灰，顯得又黑又髒，但他的臉龐連男人都還稱不上，只能說是個孩子。瑞歐汀不由自主地退開一步。

男孩彷彿了解到機會可能一閃即逝，拚了命地向前伸長手臂。「食物……？」他絕望地問著，張著只剩半口牙的嘴。「……拜託？」

接著他的手臂鬆開滑落，耐力與力氣耗盡，那具軀體重新縮回了冰冷的石牆邊。然而他的雙眼依舊望著瑞歐汀，一雙充滿哀傷、痛苦的眼睛。瑞歐汀仍在外城（outer cities）時並不是沒有看過乞丐，也許還被那些騙子耍弄過好幾次，但這個男孩的苦痛卻不是裝出來的。

瑞歐汀拿起祭品籃中的麵包，將它遞給男孩。竄過男孩臉龐上的不可置信，反而比先前的絕望更令瑞歐汀不安。男孩應該許久之前便已放棄了希望，也許只是習慣性伸手乞討，而非真的期待能有收穫。

瑞歐汀把男孩留在原地，繼續往窄小的街道走下去。他在心底暗自希望這座城市的其他地方，不要像剛才的大廣場那般陰森可怕，也許那裡的髒亂不過是太過頻繁地使用所造成的。然而，瑞歐汀想錯了，巷子中的骯髒穢物比起廣場有過之而無不及。

一種隱約的重擊聲從身後傳來，瑞歐汀驚慌地回頭。一群黑色的身影站在街道的彼端，圍繞著地面上的某個物體，那個乞丐男孩。瑞歐汀顫抖地看著五個男子爭奪吞噬著他剛才送出去的那條麵包，彼此毆打，無視於男孩絕望的哭喊。終於，其中一個被噪音惹怒的男子，抄起旁邊的木棍狠狠地敲在男孩頭上，砰然倒地的聲音在小巷中反覆迴盪。

那些人啃光了手上的麵包，眼神轉向瑞歐汀；他害怕地退後了一步，發現之前誤以為逃過一劫真是放心過早。那五個人緩緩地向他靠近，瑞歐汀慌張地轉身，隨即飛快地奔逃起來。

追逐的聲音在身後從未間斷，瑞歐汀又驚又怕、跌跌撞撞地奔跑，這一切都是他這個王子從未經歷過的。他發狂似地逃跑著，心中暗自以為會上氣不接下氣地在一陣劇痛後跌倒在地，如同他以往體力超支時的情況。然而這並沒有發生，他只是開始感到極度的疲倦，幾乎可以預測自己將會很快地垮下來，完全地癱倒。這種感覺相當可怕，讓瑞歐汀覺得自己的生命力正在一點一滴流逝。

情急之下，瑞歐汀把裝著祭品的籃子往後一拋，但這笨拙的猛力拋擲導致他整個人失去了平衡，再加上沒看到石板地上有道裂隙，讓瑞歐汀一陣踉蹌地又拐又跳，一頭撞進爛木堆中。原本或許是一堆木箱的爛木堆吱嘎作響，止住他跌撞的腳步。

瑞歐汀迅速地坐起身，稀爛得有如泥巴般的木片從他身上抖落在潮濕的小巷之間。攻擊者不再理會他，只顧趴在街上的泥濘間，奮力地從路上的縫隙和髒水窪裡，挖取散落的蔬菜片和穀粒。其中一個人把手指滑進裂縫裡，掏出的烏黑手掌中爛泥遠多於穀粒，卻仍迫不及待地將整坨穢物塞進嘴中，瑞歐汀見狀只覺得胃部一陣翻攪。噁心的唾沫一滴滴從那人的下巴垂下，由像是沸騰冒泡的泥巴鍋般的口中流淌出來。

其中某一個人留意到瑞歐汀的視線，回以不似人類聲音的咆哮，並伸手抓起腰間幾乎被遺忘的棍棒。瑞歐汀瘋狂地想要尋找一樣護身武器，但最後只能拿著一根還沒蛀朽殆盡的木條，雙手遲疑地握著木棍，試圖營造出一絲威脅感。

那個惡棍遲疑了，而下一秒鐘，一聲來自身後的歡樂尖叫立刻吸引了他的注意力。他們之中的某人找到一小瓶葡萄酒，接下來的爭奪立即讓他們完全忘掉瑞歐汀的存在，五個人迅速地離去——四個人追著那個不知算是幸運抑或愚蠢、帶著珍貴液體逃走的傢伙。

瑞歐汀坐倒在垃圾堆中，全然地脫力。這就是你會變成的模樣……

「看來他們把你給忘了，穌雷（sule）。」一個聲音說。

瑞歐汀嚇得跳起來，望向那個聲音的主人。一個男子慵懶地靠著不遠的台階上，光滑的禿頭在晨光下閃閃發亮。他無疑地是個伊嵐翠人，但在經歷轉變之前，肯定是來自與瑞歐汀相異的種族，起碼不是亞瑞倫人。男子的皮膚上帶著霞德祕法的證據，遍布著黑色的污暗斑點，但少數沒有感染的地方呈現出深褐色，而非一般的蒼白膚色。

面對這名可能的敵人，瑞歐汀繃緊了神經，但眼前的這個男人既沒有露出那種原始的狂性，也沒有擺出頹敗沮喪的模樣，和先前的那些人大不相同。男子的骨架高挺而結實，有著一雙寬大的手掌和一對銳利雙眼。他用一種審慎思考的態度，打量著瑞歐汀。

瑞歐汀鬆了一口氣。「不管你是誰，能遇見正常人我真的太高興了。我幾乎開始認為這裡的所有人不是垂死就是已經瘋了。」

「我們不是垂死。」男人的回答帶著輕蔑的鼻哼。「我們早就死透了，可了（Kolo）？」

「可了」這個異國字眼有種模糊的熟悉感，就像是那個男子濃重的口音。「你不是來自亞瑞倫？」

男子搖搖頭。「我是迦拉旦（Galladon），來自杜拉德（Duladel）。最近才來到伊嵐翠，這個腐敗與瘋狂之地，這個永恆地獄。很高興認識你。」

「杜拉德？」瑞歐汀疑惑著。「但是霞德祕法只會影響亞瑞倫的人民。」瑞歐汀站起身，抖落一身的腐朽木屑，卻忍不住因為腳趾的疼痛而皺起臉。他現在全身沾滿了爛泥與伊嵐翠那種濕冷又令人反胃的惡臭。

「杜拉德是個嚴重混血的國家，穌雷。亞瑞倫人、菲悠丹人、泰歐德人，你全都找得到。我——」

瑞歐汀低聲咒罵，打斷了那個男子。

迦拉旦挑起眉毛，「怎麼啦，穌雷？被刺到什麼很痛的地方了嗎？不過，我猜想也沒什麼地方不會痛的。」

「我的腳趾！」瑞歐汀邊說邊一拐一拐地走過易滑的石板路。「這不太對勁，我跌倒時踢到了一下，但是疼痛卻絲毫沒有減退。」

迦拉旦哀傷地搖搖頭，「歡迎來到伊嵐翠，穌雷。你是個死人了，你的身體不再像以前能夠自行恢復。」

「什麼？」瑞歐汀跌坐在迦拉旦的腳邊，腳趾的尖銳痛楚就如同剛撞到的那一刻，持續地傳開。

「每一次的疼痛，穌雷。」迦拉旦低語。「每一次割傷、每一次撞傷、每一次瘀腫、每一種疼痛，都會持續伴隨著你，直到你因為痛苦而陷入瘋狂……如同我說的，歡迎來到伊嵐翠。」

「你怎能忍受這一切？」瑞歐汀問，一邊按摩著他的腳趾，卻絲毫無法減輕那些疼痛。這原本只是個無關緊要的小碰撞，可是他現在卻必須努力不要流下痛苦的眼淚。

「不是忍受。我們要不就是極度小心，不然就是淪為你在廣場上遇見的那些混蛋（rulos）。」

「廣場上的那些……上神慈悲！」瑞歐汀站起身，拖著腳蹣跚地往廣場走回去，發現那個男孩還躺在原來的地方，靠近巷子口。他還活著……在某種程度上。

男孩眼神空洞地凝望空中，瞳孔渙散，嘴唇默默地顫動，卻沒有一點聲音。男孩的脖子已經完全碎裂，側面是一道巨大的裂痕，將他的脊椎與咽喉全部暴露出來，但那孩子還是掙扎地想要繼續呼吸。

突然間，瑞歐汀的腳趾似乎不那麼痛了。「上神慈悲……」瑞歐汀別過頭去，胃中一陣翻攪。他伸手攀扶著牆壁好讓自己能夠站穩，弓著身子低著頭，努力嘗試不要讓自己吐滿一地。

迦拉旦在乞丐的身邊蹲下。「這傢伙也沒什麼救了。」他的話帶著一種實際的口吻。

「怎麼……？」瑞歐汀開口，但又趕緊閉上嘴，免得他的胃又威脅著要讓他難堪。他撲通一聲跌坐進一灘爛泥中，好幾次深呼吸之後，才有辦法繼續開口：「他這個樣子還能活多久？」

「看來你還是不懂，穌雷。」迦拉旦帶著口音的聲調聽來有點哀傷。「他並不是活著，而我們也是一樣。這就是為什麼我們得在這裡，可了？這個男孩將會永遠都這樣，大概就是一個永恆詛咒會有的標準長度。」

「難道我們沒辦法做點什麼嗎？」

迦拉旦聳聳肩。「我們可以試著燒了他，假設我們生得了火的話。伊嵐翠人的身體似乎是比一般人更易燃，有些人認為這種死法挺適合我們的。」

「那……」瑞歐汀開口，還是無法看著那個男孩。「那如果我們這麼做了，他會怎麼樣，還有他的靈魂呢？」

「他根本沒有靈魂。」迦拉旦說：「至少那些教士是這麼告訴我們的。科拉熙（Korathi）、德瑞熙（Derethi）、杰斯珂（Jesker），每個教派的祭司說的都一樣。我們是受天譴的一群。」

「這並沒有回答我的問題，如果他被燒盡，那他的痛苦就會結束嗎？」

迦拉旦低頭看了看那個男孩，最後只是聳聳肩。「有人說如果把我們燒了，或是砍下我們的頭，又或者想盡辦法毀滅我們的身體，那我們就不再存在。也有人說，痛楚將會繼續下去，而我們將會變成痛苦。他們認為我們將會無意識地飄浮著，除了極度的痛苦之外什麼都感覺不到。這兩種說法我都不喜歡，所以我盡力保護自己的完整，可了？」

「懂了。」瑞歐汀小聲地回答。「我可了。」他轉過頭，終於鼓起勇氣面對那個傷殘的男孩。巨大的傷口彷彿回瞪著他，鮮血緩慢地流滲出來，血液就像是聚合在血管之中的一灘死水。

突然間，一陣寒意竄起，瑞歐汀撫著胸，脫口而出：「我沒有心跳！」他第一次驚覺到這個事實。

迦拉旦看著瑞歐汀的眼神，彷彿他剛才講了一句超級愚蠢的話。「穌雷，你已經死了。可了？」

他們並沒有燒死那個男孩，不只是他們缺乏適合點火用的工具材料，迦拉旦也禁止瑞歐汀這麼做。「我們不能做這種決定。如果他真的沒有靈魂呢？如果在我們燒掉他的身體之後，他就真的不再存在呢？對於許多人來說，一個痛苦的存在也好過完全不存在。」

就這樣，他們拋下那個孩子，任由他倒在原地。迦拉旦毫不費力地做出這個決定，而瑞歐汀除了跟從之外，想不出任何其他的辦法，只覺得罪惡感的啃噬更勝他腳趾上的疼痛。

迦拉旦顯然不理會瑞歐汀是否繼續跟著自己，他轉往另一個方向，有時還盯著一個牆上看似有趣的污點。這高大而黝黑的男子沿著他們來時的路徑往回走，穿過倒在水溝中呻吟的身軀，背影顯得全然冷漠。

看著杜拉德人的步伐，瑞歐汀試著整理思緒，他這一輩子都接受與政治有關的訓練，多年的培育使他具備能夠快速決斷的能力，如同他現在所做的，他決定相信迦拉旦。

這個杜拉德人蘊藏著一些讓人親近的特質，即使身上的悲觀污垢厚得像地上爛泥，其下仍有著一些瑞歐汀難以言喻的魅力。不僅只是迦拉旦清醒的神智，或者從容不迫的態度。瑞歐汀留意過他關注那個可憐男孩的眼神，儘管迦拉旦宣稱早就接受了這些現實，但他仍然對此感到哀傷。

迦拉旦回到了先前休息的台階，重新安頓下來。瑞歐汀深吸了一口氣，帶著決心與期待站在那名男子的面前。

迦拉旦瞥了他一眼。「怎麼？」

「我需要你的幫助，迦拉旦。」瑞歐汀蹲在階梯下緣說著。

迦拉旦輕蔑地哼了一聲。「這裡是伊嵐翠，穌雷。這兒可沒有幫助這檔事，除了痛苦、癲狂和滿城的爛泥巴之外，你什麼都找不到。」

「講得好像你真心相信似的。」

「你問錯地方了，穌雷。」

「你是這裡唯一清醒、而且沒有攻擊我的人。」瑞歐汀說。「你的行為比你的言語更有說服力。」

「也許我沒有傷害你，是因為我知道你根本沒東西可搶。」

「我不相信。」

迦拉旦聳聳肩，一副「我才不管你相信什麼」的態度，往後靠在牆上，閉起了眼睛。

「你會餓嗎？迦拉旦。」瑞歐汀輕聲問。

男子的眼睛突然睜開。

「我以前就在懷疑艾敦王要怎樣餵飽伊嵐翠人。」瑞歐汀若有所思地說。「雖然我從沒見過有任何補給送進伊嵐翠過，但我一直認為他們有提供。畢竟，伊嵐翠人還活著。可是我還是不明白，如果這城市的人可以不靠心跳就存在，那他們或許也不應該需要食物。不過顯然飢餓感並不會隨之消失，我今早醒來的時候就覺得飢渴得要命，現在也還是一樣；從那些攻擊我的人的眼中看來，飢餓感只會變得更糟。」

瑞歐汀把手伸進沾滿爛泥的祭袍壽衣中，掏出一個片狀物拿到迦拉旦的面前——一片肉乾。迦拉旦的眼睛整個大睜，臉上的表情也從無趣變得興奮起來；一種光芒閃現在男子的眼底，瑞歐汀先前所遇到的暴民也有類似的狂性，也許眼前的人自制得多，但卻是同樣的東西。瑞歐汀現在才明白，他只憑著對這個杜拉德人的第一印象，就賭下了自己的性命。

「打哪兒來的？」迦拉旦慢慢地問。

「教士領我來這裡的時候，從籃子裡掉出來的。我撿了起來，塞在腰帶裡面。你到底要還是不要？」

迦拉旦並沒有立刻回答。「你憑什麼認為我不會攻擊你，然後搶走它？」這些話並不是假設，瑞歐汀可以感覺到部分的迦拉旦確實在考慮這樣的行動，至於是多大一部分，他也不確定。

「你叫我『穌雷』，迦拉旦。你怎麼會殺害一個你叫他『朋友』的人呢？」

迦拉旦坐在一邊，死盯著那一小片肉乾，甚至沒留意到有一絲口水從嘴邊滑下。他抬頭看著瑞歐汀，後者的不安正急速增加。當他們的視線交會，一些訊息從迦拉旦的眼中閃過，緊張感突然崩裂，杜拉德人爆出一陣低沉的轟然大笑。「你會說杜拉德語？穌雷。」

「只會一些單字罷了。」瑞歐汀謙虛地說。

「一個受過教育的人？在今日的伊嵐翠裡可是個貴重的禮物呢！好吧，你這狡猾的混蛋，你想要什麼？」

「三十天。」瑞歐汀說。「這三十天你要帶我了解環境，並且告訴我你所知道的事情。」

「三十天？穌雷，你瘋了（Kayana）。」

「就我看來，」瑞歐汀說，慢慢把肉塞回腰帶。「這裡唯一會出現的食物，就是來自那些新來的人，這麼少的食物卻有這麼多張飢餓的嘴，一定讓人餓得要命，說不定飢餓才是最令人發狂的事。」

「二十天。」迦拉旦說，先前的緊繃感又在他的眼中重新出現。

「三十天，迦拉旦。如果你不幫我，總會有別人願意。」

迦拉旦磨牙磨了好一會兒，「混蛋。」他咕噥著，然後他伸出手。「三十天。幸好我下個月沒打算要遠行。」

瑞歐汀笑著把肉片拋給他。

迦拉旦一把搶過肉乾。接著，雖然他反射性地想把肉猛塞進嘴裡，但又停了下來，小心翼翼地把肉放進口袋中，然後站起來。「那麼，我該怎麼稱呼你呢？」

瑞歐汀猶豫了一下。最好不要讓別人知道我是王族，起碼現在不要。「穌雷還蠻適合我的。」

迦拉旦咯咯地笑著。「注重隱私嘛，我明白。那就走吧，該是帶你進行詳盡導覽的時候了。」

第二章

紗芮奈（Sarene）才剛下船就發現自己已經淪為寡婦，這個消息令人震驚，卻沒讓她悲痛欲絕，畢竟她從沒見過自己的丈夫。事實上，當她離開家鄉時，她和瑞歐汀也只是訂了婚。她認為亞瑞倫王國會等到她抵達才舉行婚禮，起碼在她的故鄉，婚禮會希望結褵的雙方都能夠在現場。

「我壓根就不喜歡那些婚約條文，小姐。」開口的是紗芮奈的隨從，一個甜瓜大小的光球旋繞在她的身邊。

紗芮奈緩慢地輕點腳跟，不快地看著那些搬運工把她的行李卸下船，然後裝進一輛四輪馬車中。她的婚約是一疊五十頁的條文怪物，而就是其中的一項條文，明定了就算她或她的未婚夫在婚禮儀式正式舉行前就身亡的話，婚約依舊有效。

「這是個很常見的條文，艾希（Ashe）。」她說。「那是為了避免政治聯姻不會因為當事人發生某事故就被註銷。但我從未見到這項條文生效過。」

「直到今天。」光球回答，他的聲音低沉，詞語清晰。

「直到今天。」紗芮奈點頭坦承。「我怎麼會想得到，亞瑞倫的瑞歐汀王子居然撐不過我們渡過菲悠丹海（Sea of Fjorden）的短短五天？」她停頓下來，因思索而蹙起眉頭。「把條文重新念給我聽，艾希。我要知道條文確切的內容。」

「若前述提及的伴侶中任意一人，在婚禮的預定時間前蒙仁慈的上神寵召，」艾希繼續說：「而訂婚儀式將在所有法律或社會要求上，視同為結婚儀式。」

「看來沒有可爭論的空間，對吧？」

「恐怕是這樣，小姐。」

紗芮奈心煩意亂，皺著雙眉叉著手，還用食指輕敲自己的臉頰。她的目光轉向那群搬運工，一個高䠷而枯瘦的男子帶著煩厭和認命的表情指揮著工人。那個人叫凱托（Ketol），亞瑞倫宮廷的一個侍從，艾敦王唯一肯派來迎接她的人。凱托就是那名用著「很遺憾地通知您」的口氣，說她的未婚夫在她仍在海上船途中便「死於全無預兆急症」的人。他宣布時單調乏味、不帶一絲生氣的語調，就跟此刻在指揮搬運工時用的完全相同。

「所以……」紗芮奈釐清，「就法律上而言，我現在是亞瑞倫的王妃了。」

「是的，沒錯，小姐。」

「一個喪夫的新娘，而且嫁給一個從未謀面的人。」

「又答對了。」

紗芮奈搖搖頭，「父親要是聽見這件事，大概會笑掉大牙吧。我可嚥不下這口氣。」

艾希不悅地輕輕震動著。「小姐，陛下絕不會如此輕浮地面對這等嚴正之事，瑞歐汀王子的死去，無疑地會帶給亞瑞倫王室無比的哀痛。」

「是呀，可真悲痛呢，難過到甚至無法挪出點時間來見見他們的新『女兒』。」

「也許艾敦王原本要親自來迎接您的，若是他早點知道我們的抵達………」

紗芮奈皺起眉頭，但是她的侍靈（the seon）說得有道理。她的確提前抵達，比出嫁儀仗的眾人提早了好幾天，原本是想給瑞歐汀王子一個婚禮前的驚喜。她希望多少能有幾天的時間，私下和王子好好相處。然而這個祕密行動並不如她的意。

「告訴我，艾希。」她說。「在亞瑞倫習俗中，一個人從去世到下葬，通常會隔上多少天？」

「我不確定，小姐。」艾希坦承。「我離開亞瑞倫太久了，當時我居留在此地的時間也太短，不足以記得太多的風俗。然而根據我的研究，亞瑞倫的習俗應該與您的故鄉相去不遠。」

紗芮奈點點頭，接著向艾敦王的侍從招手。

「是，女士？」凱托用懶散的語調回應。

「你們要在喪禮中為王子舉行悼念守夜嗎？」紗芮奈問。

「有的，女士。」侍從回答。「就在科拉熙禮拜堂外。下葬的儀式將在傍晚舉行。」

「我想去看看他的靈柩。」

凱托頓了一下。「呃……國王陛下希望您即刻入宮，他將會親自接待您……」

「我不會在靈堂待太久的。」紗芮奈一邊說，一邊往她的馬車走去。

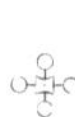

紗芮奈以一種吹毛求疵的態度檢視著繁忙的靈堂，等候著凱托和那些搬運工替她清出一條路來走近棺木。但她還是得承認，不論是鮮花、祭品，甚至是那些祈禱的科拉熙教士都無可挑剔。唯一的奇怪之處，大概是靈堂內異常擁擠。

「人可真多啊。」她對艾希說。

「王子十分受到民眾的愛戴，小姐。」她的侍靈回答，並在她的身邊上下飄移。「根據我們的報告，他是這個國家最受歡迎的公眾人物。」

紗芮奈點頭，從凱托替她清出的通道上走過去，瑞歐汀王子的棺木就設在靈堂正中央，並且由一整圈的士兵守衛，讓群眾無法靠得太近。隨著一步步走近，她感受到那些民眾臉上真切的哀痛。

所以傳言是真的，她想。人民真的愛他。

士兵們讓出路來，讓她得以靠近棺材。棺木上刻著符文（Aons），大多是象徵希望與平靜的符文，並以科拉熙風格仔細鐫刻在木材之上。全然木質的棺材旁圍繞著一圈奢侈豐盛的食物，都是獻給逝者的祭品。

「我能看看他嗎？」她轉身詢問身旁的科拉熙教士，一個矮小但是看來親切的男子。

「抱歉，孩子。」教士回答。「王子的異疾對他的面容造成令人難過的毀損。國王陛下特別要求讓王子能在死後仍保持一些尊嚴。」

紗芮奈點頭，轉身面對著棺木。她不確定自己是否期待有什麼感受，但站在這個原本應該要娶她的死人面前，她……異常地只覺得憤怒。

她努力地把這種情緒丟開，決定轉身看看整個靈堂。這靈堂顯得太過正式了。雖然那些前來悼念的民眾充滿了悲傷，但是靈堂的營帳、祭品，甚至是裝飾布置，都顯得毫無生氣。

像瑞歐汀這樣據說充滿活力的年輕人，她想。竟然會因為感冒引起的寒熱症而死。這種事是有可能發生，但可能性絕對不高。

「小姐……？」艾希低聲輕問。「有什麼不對嗎？」

紗芮奈向她的侍靈招手，並且往她的馬車走回去。「我不知道，」她快速地說。「這裡有些事情不對勁，艾希。」

「您有喜好懷疑的天性，小姐。」艾希直接了當地說。

「為什麼艾敦王沒有替他的兒子守靈？凱托說他待在宮殿裡，好像王子的死根本與他無關似的。」

紗芮奈搖頭。「在離開泰歐德（Teod）之前，我曾和瑞歐汀談過天，他的人似乎不錯。這其中必有問題，艾希，我一定要找出問題在哪裡。」

「噢，天啊……」艾希說。「您知道的，小姐，您的父親可是特別交代我，要讓您遠離麻煩。」

紗芮奈露出微笑。「這本來就是個不可能的任務。來吧，我們得去見見我的新父親了。」

紗芮奈斜倚著馬車的窗戶，看著城市在她眼前穿行而過，馬車逐漸靠近王宮。她靜靜地坐了一會兒，突然一個想法擠開了其他思緒，闖入她的心中。

我在這裡做什麼？

她對艾希說的話充滿了自信，但她一直以來都善於隱藏自己的不安。確實，她對王子的死有諸多好奇，但紗芮奈非常了解自己，那大半的好奇是為了轉移自己的注意力，躲開那些自卑、尷尬的情緒，任何可以讓她聯想到自己的處境——一個又瘦又高、講話直率的女子，幾乎已過了女人的黃金歲月。她已經二十五歲了，早該在多年之前就結婚，而瑞歐汀是她最後的機會。

你怎麼可以就這樣死了，亞瑞倫王子！紗芮奈氣憤地想。然而諷刺的感覺絲毫沒有減少，一切配合得天衣無縫，好不容易讓她遇上一個有可能會喜歡上的男子，卻還來不及見上一面，人就已死去。現在她孤身一人在一個陌生的國家，政治讓她離不開一位她無法相信的國王。這一切只讓人又氣餒又寂寞。

妳以前也很孤單，紗芮奈提醒自己。妳會撐過去的，趕快找點別的事情來思考。妳有一整個新的宮廷可以發掘、探索，好好享受吧。

紗芮奈嘆了一口氣，重新把注意力轉回到市街上。儘管曾在她父親的外交團隊中服務多時，有過相當的經驗，但她從來沒有造訪過亞瑞倫。自從伊嵐翠的衰敗之後，亞瑞倫就被其他王國非正式地孤立。沒有人知道為什麼那個神祕的都市會遭到詛咒，但每個人都擔心伊嵐翠的疫疾會擴散開來。

不過紗芮奈十分驚訝，因為凱依城是如此華麗，城市的街道寬闊而維護良好。街上民眾的服飾精細質優，她甚至看不到一個乞丐。而另一邊，有一群穿著藍袍的科拉熙教士安靜地穿過人群，領著一名穿著白袍的怪人。她看著他們經過，思索著其中意味，直到他們消失在轉角。

從她的角度看去，凱依城絲毫沒有表現出亞瑞倫在經濟上應有的困境。馬車經過了好幾十間圈著圍籬的大宅，每間大宅都有不同的建築風格。有些占地廣闊，有著宏長的兩翼與尖翹的屋頂，具備了杜拉德建築的結構典型。有些則更像是座城堡，它們的石牆彷彿是直接從菲悠丹那些窮兵黷武的領國運送過來。這些大宅有著一個共通點，那就是豪華而富裕。這個國家的人民也許正在挨餓，但是凱依城——這個亞瑞倫的王都所在，卻似乎一點也沒有注意到。

當然，擾人的陰影依舊籠罩著城市，巨偉的伊嵐翠城牆在遠處靜立，光是瞥了一眼它嚴峻聳直的高牆，就足以令紗芮奈打起冷顫。從她懂事以來，便聽過無數關於伊嵐翠的故事與傳說，講述它曾有的神祕術法，還有那些如今居住在暗巷中的醜惡怪物。不論那些豪宅多麼奢華，不論街道顯得多麼富有，那巨大的遺跡永遠是亞瑞倫不平靜的證明。

「我在想，為什麼他們要住在這裡？」紗芮奈說。

「您說什麼？小姐。」

「為什麼艾敦王要把王宮建在凱依城呢？為什麼要選擇一個如此靠近伊嵐翠的城市？」

「根據我的推測，主要是經濟上的理由，小姐。」艾希說。「在亞瑞倫北方的海岸線上，只有幾座港口具有發展的潛力，而凱依城正是最優越的一個。」

紗芮奈點點頭。由亞瑞德河（Aredel River）和大海匯流而成的海灣，讓凱依城擁有令人羨慕的良港，但即使如此……

「或許是政治上的理由。」紗芮奈若有所思地說。「艾敦王是在動盪時期獲得了權力，說不定他認為靠近之前的首都，能夠有助於增添他的權威。」

「有可能，小姐。」艾希說。

這也許根本不是那麼重要，她想。據說，靠近伊嵐翠或是伊嵐翠人，並不會提高一個人被霞德祕法選上的機會。

她的目光從窗外移開，看著艾希在她的座位旁上下飄移。截至目前為止，她還沒有在凱依城的街上看到任何一個侍靈，然而這種生物據稱是古時由伊嵐翠術法所創造的，按理來說，侍靈在亞瑞倫應該要比她的家鄉更普遍才是。如果瞇起眼睛，她可以勉強分辨出艾希光團中心的灼亮符文。

「起碼盟約現在安穩了。」紗芮奈最後說。

「只要您人還在亞瑞倫，小姐。」艾希以他低沉的語調說。「至少依據婚約上的條文，只要您人還待在亞瑞倫，並且『對您的丈夫忠誠』，艾敦王就必須要信守與泰歐德的盟約。」

「對一個死人忠誠……」紗芮奈低聲咕噥著，然後嘆了一口氣。「好啦，總之我得留在這裡，不論是有丈夫還是沒丈夫。」

「正如您所言，小姐。」

「我們需要這個盟約，艾希。」紗芮奈說。「菲悠丹以驚人的速度在擴展他們的影響力。五年前我也許會說我們根本不必擔心，那些菲悠丹的教士絕對不可能影響亞瑞倫，但現在……」紗芮奈搖頭。杜拉丹共和國（Duladen Republic）的崩解把一切都改變了。

「我們實在不應該在最近這十年如此疏遠亞瑞倫，艾希。」她說。「如果我們在十年前就和新的亞瑞倫政府建立深厚的關係，我也許根本不會身陷在這樣的窘境之中。」

「您父親擔心他們的政治動亂會影響到泰歐德，」艾希接著說。「更別提『災罰』之後，沒有人能夠確定那些重創伊嵐翠人的『東西』，不會影響到一般人。」

馬車減緩了速度，紗芮奈嘆了一口氣讓這個話題結束。她的父親知道菲悠丹是個危險的禍害，而他也了解古老的盟約必須重建；這就是為什麼她在亞瑞倫的理由。在他們面前，王宮大門緩緩開啟。不論友善與否，她終究是抵達了，如今泰歐德的安危繫於她一人。她必須讓亞瑞倫準備即將到來的戰爭，一場從伊嵐翠傾圮後，便注定發生的戰爭。

紗芮奈的新父親——亞瑞倫的艾敦王——是個有著精明臉孔的纖瘦男子。當紗芮奈踏入王座大廳的時候，他正與幾名手下官員商討事務。在她被冷落一旁、無人理會將近十五分鐘後，艾敦王才對她點了點頭。以個人而言，她並不在意等候，這還給了她機會，讓她能夠好好觀察這個自己將要誓言服從的人。但她的自尊卻忍不住為這樣的待遇感到被小小冒犯。光是泰歐德公主的身分，就應該要有一場迎接儀式，就算不必盛大，也應當有個正式的禮儀。

在等待的時候，她立刻注意到一件事。艾敦王一點都不像是個痛失愛子與繼承人的父親，他的眼中沒有一絲哀痛，也沒有一點失去摯愛親人常見的憔悴與疲憊。事實上，紗芮奈無法不注意到，整個宮廷裡居然也毫無哀悼的氣氛。

艾敦王是個冷血無情的人嗎？紗芮奈好奇地想。或者，他只是一個懂得如何控制自己感情的人？

在她父親的宮廷裡隨侍多年，讓紗芮奈變成一個分辨貴族性格的行家。凱托要求她待在房間的最後面，等候靠前覲見的允許，這讓她聽不見艾敦王正在說些什麼，但國王的動作與癖習彰顯了他的個性。艾敦王的語氣堅定，喜好給予直接的指示，偶爾會停下，用他細長的手指戳著桌上的地圖。他的表現處處顯示他是個性格強硬的人，對事情有明確想法，並希望事事按自己的心意去實行。這樣的性格不壞，以目前來說，紗芮奈覺得艾敦王似乎是個值得合作的對象。

艾敦王對她招手，她小心地隱藏等待多時的不悅，以一種適宜而柔順的貴族姿態走上前去。但他卻揮手打斷她進行到一半的屈膝禮。

「怎麼沒有人告訴我，妳長得這麼高。」他大聲地說。

「王上？」她抬起頭說。

「無所謂，我想唯一會在意這件事情的人也看不到了。伊瑄（Eshen）！」他吆喝著。一個像是透明不存在的女子，突然從房間的另一端恭敬地出現。

「帶這個人去她的房間，找一堆東西給她，讓她有事可以做；看是要刺繡還是隨便什麼的，總之妳們女人會喜歡的東西。」就這樣，國王轉身準備接見下一批請願者——一整群商人。

屈膝到一半的紗芮奈整個人傻住，震驚於艾敦王的極端無禮，完全是靠著多年的宮廷禮儀訓練才讓她的下巴沒有掉下來。艾敦王叫喚來的女子迅速而低調地靠近，那是伊瑄王后，國王的妻子，她小跑步過來，攙住紗芮奈的手臂。伊瑄個子矮小且骨架瘦弱，帶點棕色的艾歐人（Aonic）血統金髮已經開始慢慢變白。

「來，孩子。」伊瑄以尖銳的音調說。「我們可不能浪費國王的時間。」

紗芮奈任由自己被推過房間的側門。「上神慈悲，」她喃喃自語。「我惹上了什麼麻煩？」

「……妳一定會愛上那些玫瑰的。等那些玫瑰花一來，我就會叫園丁把它們全種滿，好讓妳不用靠近窗戶也能聞到花香。我只希望它們別那麼大。」

紗芮奈疑惑地蹙起眉頭，「您是說玫瑰嗎？」

「喔不，親愛的，」王后幾乎沒有停頓地繼續說著。「是那些窗子。妳一定不會相信早晨的時候，透過窗戶的陽光有多刺眼。我讓那些園丁替我找些橘色的玫瑰，因為我實在太喜歡橘色了，但那些傢伙只給我找來一些糟透了的黃玫瑰。我這麼告訴他們：『如果我要黃色，我就會叫你們去種植雅伯廷花了。』妳實在該瞧瞧他們道歉的模樣。不過，我肯定在明年年底之前，我們就會有橘色玫瑰了。妳不覺得那樣很棒嗎，親愛的？當然，這些窗戶還是太大了，說不定我該讓人把其中一些給封起來。」

紗芮奈讚嘆地跟著點頭，不是因為那些對話內容，而是因為王后。紗芮奈原本以為她父親學院裡的講師十分擅於發表言不及義的長篇大論，但是伊瑄王后絕對可以讓他們都慚愧萬分。王后在話題間跳躍的能力有如蝴蝶在花叢間飛舞探幽，但是永遠找不到一個適當的停留點。王后的每一個話題都具有發展成有趣討論的潛力，但總是在紗芮奈能夠掌握主題之前已轉往下一個。

紗芮奈深吸一口氣好讓自己冷靜下來，告訴自己要有耐心。她並不怪王后，那是王后的本性。上神的教誨說，每個人的性格都是一項值得珍視的禮物。王后以這種漫無目的的閒聊，散發出一種屬於她自己的魅力。不幸的是，在見過國王與王后之後，紗芮奈開始懷疑，自己是不是能夠在亞瑞倫找到任何政治盟友。

某些東西讓紗芮奈莫名不安，伊瑄的行為不知為何有點奇怪之處，不可能有人像王后這樣多話，她一刻也不停歇地持續，幾乎像是她因為紗芮奈的存在而坐立難安。經過了好一會兒，紗芮奈終於領悟到問題在哪裡了。伊瑄談遍所有可以想像到的話題，唯獨漏了最重要的一項：去世的王子。紗芮奈瞇起的眼底閃著猜疑的光芒，她無法肯定什麼，畢竟伊瑄是個非常沒有定性的人，但以一個剛剛喪子的婦人而言，王后終究表現得太過開朗了。

「這就是妳的房間，親愛的。我們已經幫妳把行李都打點整理好了，我還替妳添了不少東西。所有顏色的衣服都已準備，甚至是黃色，只不過我無法想像妳怎麼可能會想要穿那種東西，多可怕的顏色啊。當然，我不是說妳的頭髮顏色可怕。金色跟黃色是不同的，絕對不一樣，就跟馬和蔬菜是完全相異那般。哎呀，我們還沒有替妳準備坐騎，但別擔心，妳可以使用陛下馬廄裡的任何一匹馬。我們這兒可是有很多品種優秀的動物，妳知道的，杜拉德在這個時節真的非常漂亮。」

「當然。」紗芮奈回答，打量著她的房間。房間不大，但是很符合她的品味，空間太大讓人卻步，空間太小則讓人覺得被束縛。

「還有妳會需要這些，親愛的。」伊瑄指著一小堆服裝，那些衣服似乎剛剛才拿來，並不像其他衣服早已吊掛妥當。而那些服裝全都有一個共通點——

「黑色？」紗芮奈問。

「當然，妳現在……妳是在……」伊瑄支吾地找不到適合的詞語。

「我在服喪。」紗芮奈明白了，她不滿地輕輕踱步。黑色向來不是她喜歡的顏色。

伊瑄點點頭。「妳可以從裡面挑一件好參加傍晚的喪禮。我親自做的安排，儀式應該會很不錯。」接著她又重新開始討論最愛的花卉，這篇長長的獨白很快就退化成一篇她有多厭惡菲悠丹料理的演講。於是紗芮奈只能溫柔但堅定地將王后領往門邊，和悅地點頭贊同。一等到靠近走廊，紗芮奈便以旅途疲憊為理由退下，並趕緊關上房門，擋住王后滔滔不絕的話語。

「我大概要不了多久就會被煩死了。」紗芮奈自言自語說著。

「王后的確在會話上相當有天賦，小姐。」一個低沉的聲音附和同意。

「你有什麼發現？」紗芮奈走過去開始一件件檢視素黑服飾，艾希也從敞開的窗口飄進來。

「城中的侍靈比我預期的少很多，我還記得這座城市裡曾經充滿了我的同類。」

「我也注意到了。」紗芮奈說，接著拿起一件衣服在鏡子前比了比，搖搖頭把衣服丟開。「我想現在情況也許有些不同了。」

「確實如此，遵照您的指示，我向其他的侍靈詢問關於王子早逝的消息。但很不幸地，他們並不願意談論此事。他們認為這是個非常不祥的預兆，王子居然在即將結婚前去世。」

「對他來說尤其不祥。」紗芮奈咕噥著，一邊脫去原本的衣物好試換那些黑色禮服。「艾希，有些怪事正在進行，我猜想可能有人殺害了王子。」

「殺害？小姐？」艾希的聲音帶著不贊同，並在講話時輕微地閃爍。「誰會想要做這種事？」

「我不知道，但……有些事情很詭異。這一點也不像是個在服喪哀悼的宮廷，就拿王后為例吧，她在和我說話時，絲毫沒有煩憂的感覺；你不覺得，她的兒子昨天才突然死去，她起碼該有一點點的悲傷吧。」

「這件事有個很簡單的解釋，小姐。您可能忘記伊瑄王后不是瑞歐汀王子的生母。瑞歐汀是艾敦王的第一任妻子所生，而她在十二年前就過世了。」

「艾敦王什麼時候再婚的？」

「『災罰』後沒多久，」艾希說。「在他取得王位之後的幾個月。」

紗芮奈皺起眉頭。「我還是懷疑。」她說，一邊笨拙地伸手扣著衣服背後的鈕釦。接著她凝視鏡子中的自己，挑剔地打量著那件禮服。「好吧，起碼是合身的，即使這衣服讓我看起來蒼白得要命。我原本很擔心裙襬只會落在我的膝蓋上，這些亞瑞倫女人真是矮得很不自然。」

「如您所言，小姐。」艾希重複。他很清楚亞瑞倫的女性並非真的那麼矮，就算在泰歐德，紗芮奈還是比大多數的女子還要高上一個頭。她父親還在她小時候替她取了「得分桿」的綽號，這是以她父親熱愛的運動中，細長的得分標竿為名。即使經過青春期的成長，紗芮奈仍舊是一根無可否認的竹竿。

「小姐。」艾希打斷了紗芮奈的沉思。

「什麼事，艾希？」

「您父親迫切地想要和您通話，我想有些消息您應該要告訴他。」

紗芮奈點點頭，壓下一聲嘆氣。接著艾希開始規律地閃爍，光芒愈來愈強。一會兒過後，光球本體化為一個發光的肖像：泰歐德的伊凡托王（Eventeo）。

「奈？」她父親發光頭像的雙唇開合。他是個強壯的男子，有著一張寬大而橢圓的臉龐和厚實的下巴。

「是的，父親，我在這兒。」她父親應該也是站在另一個類似的侍靈前——可能是戴翁（Dio），也已經變換成一個近似於紗芮奈的發光頭像。

「妳會因為婚禮而緊張嗎？」伊凡托王焦急地問。

「嗯，關於那個婚禮……」她講得很慢。「您也許會想要取消下週來訪的計畫。反正您來也看不到了。」

「什麼?!」

艾希說得對，她父親並沒有因為瑞歐汀的死而笑。反而，他的聲音變得非常關切，發光的臉龐顯得十分擔心，隨著紗芮奈解釋任一方婚前逝世仍需強制執行婚約，他的憂慮持續增加。

「噢，奈，我很遺憾，」她父親說。「我知道妳有多期待這次的婚姻。」

「哪有，父親。」伊凡托王實在太了解她了。「我根本沒有見過那個男人，怎麼可能會有什麼期待？」

「妳是沒有見過他，但你們曾透過侍靈說話，而且妳寫過那麼多信。我很了解，奈……妳是個浪漫主義者。如果妳沒有徹底說服自己妳會愛上瑞歐汀，妳根本不會同意這整件事。」

這些話聽來像是事實。突然間，紗芮奈的寂寞孤單全跑回來了。她一直處於無法置信一切即將發生的緊張，度過這趟橫越菲悠丹海的旅程，在興奮與憂慮交纏中，構築著與那名即將成為她丈夫的男子相遇的畫面。只是，興奮大於恐懼。

她曾經離開泰歐德許多次，但總是與家鄉的人同行，而這次孤身前來，趕在其他的婚禮船隊之前想給瑞歐汀一個驚喜。她把王子的信讀了又讀，次數多到她開始覺得自己很了解他。而那個她從隻字片語間建構的人，是個深度與同情心兼具的人，令她急於想要會見。

現在她再也不會見到他了。她心中的感覺不只是孤單，更覺得被拋棄——又一次。不被需要。她等待了這麼多年，被她那充滿耐心的父親包容，但她父親卻不知道故鄉的男子是如何躲避她，又有多畏懼她積極甚至是自負的個性。終於，她找到了一個願意娶她的男人，但是上神卻在最後一刻將他奪走。

紗芮奈終於允許自己釋放從下船那一刻起就努力壓抑的感覺。她很慶幸侍靈只會傳送她的五官，不然，如果她父親看見從眼眶滑落的那滴眼淚，她不知道會有多窘迫。

「這太傻了，父親，」她說。「這不過是個政治婚姻，我們都很清楚。現在我們的國家不只是語言相同而已，連我們的王室也結合了。」

「喔，寶貝……」她父親低語。「我的小紗芮奈，我多希望這樁婚事能夠成功，妳不知道妳母親和我都祈禱著妳能在這裡獲得幸福，上神慈悲！我們實在不該同意這件事。」

「我會逼您同意的，父親。」紗芮奈說。「我們實在太需要這個盟約了。我們的艦隊無法阻止菲悠丹侵犯我們的海岸多久。整個思弗丹（Svordish）海軍完全聽命於沃恩（Wyrn）了。」

「小紗芮奈長大了。」她父親從侍靈的連結裡傳出話來。

「長大，而且可以把她自己嫁給一具屍體了。」紗芮奈虛弱地笑著。「也許這才是最好的。我也不認為瑞歐汀王子一定會像我想像那般，您真該見見他的父親。」

「我曾經聽過傳言，我曾經希望它們不是真的。」

「噢，是真的。」紗芮奈說，同時讓她對亞瑞倫國王的不滿趕走她的悲傷。「艾敦王是我見過最難相處的人了。他才剛承認我的存在就把我趕了出去，說『去打毛線還是其他能夠娛樂妳們女人的事』。要是瑞歐汀有任何一點點像他父親，我寧可他死了比較好。」

一陣沉默傳來，接著她父親回答：「紗芮奈，妳想要回家嗎？要是想，不論法律寫什麼，我都可以毀約。」

這是個誘人的提議，誘人到她不願意承認自己有多麼受到吸引。她躊躇了一會，「不，父親。」她最後邊說邊搖著頭。「我必須留下來。因為這是我的主意，而且瑞歐汀的死並不能改變我們對於這個同盟的急迫需要。此外，回家也打破了傳統，我們都知道現在艾敦王是我的父親了，您把我要回家去的話，實在很不得體。」

「我總是妳的父親，奈……上神管那些習俗，泰歐德的大門永遠為妳敞開著。」

「謝謝您，父親。」她安靜地說。「我很需要聽到這些話。但我想我還是應該留下，至少現在這個時刻。況且，這也可能很有趣，我現在有一整個宮廷的新人可玩。」

「奈……」她父親憂慮地說。「我聽過妳這種語氣，妳在計劃些什麼？」

「沒有啊，」她說。「只是在我完全放棄這樁婚姻之前，我還想管點閒事。」

又是一陣沉默，她父親輕笑了一聲。「上神保佑他們！他們不知道我們送了什麼大禮過去。別對他們太狠，得分桿。我不希望一個月之後，納歐藍（Naolen）大臣送封信告訴我，艾敦王跑去科拉熙修道院靜修，亞瑞倫的人民推舉妳為他們的新元首。」

「好吧，」紗芮奈伴著微弱的笑容說。「我至少會等上兩個月。」

她父親爆出另一陣專屬於他的大笑，這聲音比起任何安慰或忠告都更能令她振奮精神。「等我一會兒，奈……」在笑聲減弱之後，他說：「讓我去找妳母親來，她想跟妳說話。」過了一陣子之後，他偷笑著繼續說：「她要是聽到妳已經把可憐的瑞歐汀給殺了，一定會昏倒的。」

「父親！」紗芮奈大叫，但她的父親已經離開了。

第三章

沒有一個亞瑞倫人歡迎他們的救主到來。這算是種公然的羞辱，但也不是無法預期。亞瑞倫的人民，尤其是那些與惡名昭彰的伊嵐翠比鄰而居的人，以他們不敬神，甚至是異端的行為著名。拉森（Hrathen）要來改變一切。他有三個月的時間來說服整個亞瑞倫王國，否則至高的杰德司（Holy Jaddeth）——造物主——將會毀滅它。亞瑞倫要接受舒．德瑞熙教派真理的時刻終於來臨了。

拉森大踏步走下船板。忙碌的裝載與卸貨不曾間斷的碼頭後方，連綿著整座凱依城。離凱依城不遠處，拉森可以看到高聳入雲的石牆——古老的伊嵐翠城。而凱依城的另一邊，在拉森的左邊則是險陡的斜坡，拔起成一座丘陵，一座被稱為達司瑞基山（Dathreki Mountains）的小丘。他的身後則是海洋。

大體而言，拉森並沒有把這幕景象放在眼裡。過去曾有四座城市圍繞著伊嵐翠，但只有凱依城，亞瑞倫的新首都，至今仍有人居住。凱依城太過雜亂、過於分散而難以防守，而它唯一的防禦工事就是那一小片只有五呎高的石牆，根本只能稱為邊界。

撤退進入伊嵐翠城會十分困難，效果也十分有限。凱依城的建築物提供入侵軍隊完美的掩蔽，而某些凱依城的外圍建築看起來根本是倚著伊嵐翠城牆而建。這不是一個習慣於戰爭的國家。然而席克拉（Sycla）大陸，亦即亞瑞倫人稱為歐沛倫大陸的土地上，也只剩下亞瑞倫一個國家尚未臣服在菲悠丹帝國之下。當然，拉森很快就會改變這件事情。

拉森趾高氣昂地離船而行，他的出現引起群眾一陣騷動。在他經過時，工人停下手邊的工作，訝異地睜大眼睛盯著他瞧；當人們的目光看到拉森時，不由自主地停下他們的交談。拉森絲毫不為人群減緩速度，但這並無妨他的前進，因為所有人都迅速地離開他的路徑。也許是因為他的雙眸，但更可能是因為他的鎧甲，鮮血般的赤紅色在陽光下閃閃發亮。那是德瑞熙高階司祭的全套鎧甲，就算是再習慣也難以抵抗其懾人的氣息。

他開始覺得得靠自己找路前往城裡的德瑞熙禮拜堂時，便注意到穿過群眾間的小紅點，那個小點逐漸變成一個矮胖禿頭、套著德瑞熙紅袍的身影。「拉森大人！」那個男子高喊。

拉森停下腳步，讓費雍（Fjon）——凱依城的德瑞熙首席儀祭（arteth）——靠近。費雍一邊喘著氣，一邊用著絲質手帕擦著額頭。「我真是太太太抱歉了，閣下。訊息說您是要搭另一艘船來的，直到他們卸貨到一半，我才知道您已經抵達了。我很抱歉必須要把馬車留在後面，我實在沒法讓它穿過人群。」

拉森不悅地瞇起眼睛，但並未開口。費雍滔滔不絕地講了好一會兒，才終於要帶拉森前往德瑞熙禮拜堂，並且一次又一次地為了沒有將交通工具帶來而道歉不已。拉森不滿意地跟著矮胖的嚮導，踏著精準的大步前進。費雍的唇上掛著微笑，邁著碎步疾行，偶爾向街上的人揮手，大聲打著招呼。人們同樣回應，直到他們看見拉森。血紅色的斗篷在他身後飄盪，顯眼的鎧甲帶著銳利的尖角與刺目的線條。人們陷入沉默，招呼的話語頹喪在唇邊，目光跟著拉森，直到他離去消失。

禮拜堂是座高大的石材建築，有著亮紅色的織錦與高聳的尖頂。至少在這裡，拉森找到了一些他所熟悉的莊嚴。但在其中，他再次面臨了一個惱人景象，有一整群人在進行某種社交活動，人們四處遛達，完全無視他們所處的神聖場所，大聲喧鬧與開玩笑。這實在太過分了，拉森曾聽過而且質疑這些報告的真相，現在得到證實。

「費雍儀祭，集合你的教士們。」拉森指示，而這是他踏上亞瑞倫土地後的第一句話。

儀祭嚇了一跳，訝異他終於聽見那名尊貴客人的話語。「是，大人。」他說完，開始示意集會應該要結束了。

人群散去的時間久得令人焦躁，但拉森板著一張臉，忍耐整個過程。當人們離去，他走近那些教士，金屬脛甲敲擊著禮拜堂的石板地。當他最終開口時，針對的是費雍。

「儀祭，」他用上男子的德瑞熙頭銜。「送我來的那艘船，將會在一個小時後返回菲悠丹。你必須上船。」

費雍的下巴驚慌得差點要掉下來。「什……？」

「你，說菲悠丹語！」拉森厲聲說。「在這些亞瑞倫異教徒中待上十年，應該還沒把你腐化到連自己的母語都說不出來吧？」

「沒、沒有，閣下。」費雍回答，並且從艾歐語轉為菲悠丹語。「但是我……」

「夠了。」拉森再次打斷他。「我有沃恩本人的授命。你在亞瑞倫文化中沉浸太久了，已經忘了你的神聖使命，也無法負責推進杰德司帝國的發展。這裡的人民不需要一個朋友，他們需要一個教士，一個德瑞熙教士。瞧瞧你親切的模樣！別人會以為你是個科拉熙教徒。我們不是要來這裡友愛人民的，我們是要來這裡幫助他們、拯救他們。你得離開。」

費雍站不住腳地倒退，靠在房間中的某根柱子上，他的眼睛睜大，四肢也喪失力氣。「但是如果我不在了，誰能成為這座禮拜堂的首席儀祭呢？大人，其他的儀祭都缺乏經驗啊。」

「這是最重要的時刻，儀祭。」拉森說。「我會留在亞瑞倫，直接監管此處的事務。願杰德司賜予我成功。」

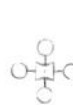

他曾希望能有更好視野的辦公處所，但這間禮拜堂雖然莊嚴雄偉，卻沒有二樓。所幸，庭院維持得很好，而他的辦公專用室——費雍的舊房間——可以望見那片修剪整齊的籬笆與細心安排的花圃。

現在他將滿牆的畫作拿下，其中大部分是田園風景畫，並且把費雍數量眾多的私人物品全丟掉，房間這才達到基本的莊嚴與秩序，足以做為德瑞熙樞機主祭（gyorn）專房。頂多需要幾片織錦，或許再加上一或兩面盾牌就更好了。

滿意地對自己點點頭，拉森把注意力轉回書桌上的卷軸，他所肩負的使命。他幾乎不敢用自己污穢的手拿取，他在腦海中讀了一遍又一遍，將文字的形體和神意深刻於他的靈魂之上。

「大人……閣下？」有人用菲悠丹語小聲地問。

拉森抬起頭，費雍走進了房間，卑屈地跪伏在地上，整個人縮成一團，額頭貼在地面上。拉森允許自己露出微笑，知道那個悔過的儀祭看不見自己的臉。也許這個費雍還有點希望。

「說話。」拉森說。

「我做錯了，大人。我走上了和杰德司擘畫相反的道路。」

「你犯下了安逸的罪，儀祭。安逸毀滅過的國家比軍隊還多，它所掠取的靈魂比伊嵐翠的異端分子更多。」

「是的，大人。」

「你依然得離開，儀祭。」拉森說

儀祭的肩頭瞬間塌了下來。「我真的毫無救藥了嗎?大人?」

「愚蠢的亞瑞倫人才這麼說話，儀祭，這不是菲悠丹人會有的自尊。」拉森彎下腰，抓起這人的肩膀。「起來!我的弟兄!」他命令著。

費雍抬起頭來，眼中出現了希望。

「你的心靈雖已被亞瑞倫人的想法所污染，靈魂卻還是屬於菲悠丹。你是杰德司的選民——所有的菲悠丹人都將在祂的帝國有一席之地。回去我們的故土吧，加入一間修道院，重新認識你已經遺忘的事情，然後你會回到服侍帝國的道路上來。」

「是的，大人。」

拉森抓得更緊了。「在離開之前你必須了解這些，儀祭。我的到來是超越你所能想像的祝福。並非所有杰德司的計畫你都明瞭，也別懷疑我們的神。」他停頓了一下，思考接下來要說些什麼，然後過了一會兒他決定了——這人還有些剩餘價值。拉森現在有個難得一見的機會，能夠在瞬間逆轉亞瑞倫文化對一個菲悠丹靈魂的腐化。「看看桌子上，儀祭。讀那個卷軸。」

費雍往那張桌子看了一下，目光落在那個卷軸所在之處。拉森放開他的肩膀，允許他走向那張桌子，閱讀那張卷軸。

「這是沃恩本人的正式印記!」費雍說著，然後拿起這個卷軸。

「不只是印記而已，儀祭。」拉森說。「還有他本人的簽名。你現在所拿到的文件是由他本人親自撰寫的。這不是信件，而是聖典。」

費雍張大眼睛，他的手指開始顫抖。「沃恩本人?」然後，體認到在他手上的是一份多麼珍貴的文件，他低呼了一聲，隨即羊皮紙落回桌面上，不過費雍的目光並沒有從信上轉開。能夠讀到沃恩親筆信的人往往會恍神半刻，接著像餓死鬼拿到一塊牛肉般狼吞虎嚥地閱讀它。很少人能夠讀到杰德司先知與神聖皇帝的親筆信。

拉森給教士時間閱讀這張卷軸，讀了一遍又一遍，當費雍終於抬起頭來的時候，臉上充滿了理解與感激之情。這人夠聰明了，他知道如果自己留在凱依城，這些指令會要他如何統治這種。

「謝謝您。」費雍喃喃地說。

拉森優雅地點頭。「你能辦到嗎？你能遵從沃恩的指令嗎？」

費雍搖搖頭，目光還是盯在那張牛皮紙上。「不，閣下，我不行……我不能去執行，甚至無法用我的良心去思考。我不再眷戀您的位置了，大人，一點也不。」

「帶著我的祝福回到菲悠丹吧，弟兄。」拉森從桌上的袋子中拿出一個小信封。「把這個交給那裡的教士，上面是說你懷著感恩接受了這項調職，將會更努力成為一名杰德司的僕人。他們會把你送去一間修道院。也許有一天，你又會成為一間禮拜堂的首席儀祭，當然是菲悠丹境內的禮拜堂。」

「是，我的大人。感謝您。」

費雍退下，關上身後的門。拉森走回他的書桌，並從信袋中拿起另一個信封——和他給費雍的看起來一模一樣。他拿著信封好一會兒，才將信封湊近桌上的蠟燭。這封信宣告儀祭費雍是個叛國賊和背教者，但它已永遠不會被閱讀，而那可憐又和藹的儀祭，也永遠不會知道他剛才處在什麼樣的危機之中。

「請容我告退，樞機主祭大人。」一個鞠躬的教士說，他是個曾在費雍之下服務超過十年的低階輔祭（dorven）。拉森揮揮手，讓那個人退下。隨著那個教士退出房間，房門也被安靜地關上。

費雍對他的手下造成不少嚴重的損害，就算只是一些小缺陷，在經過二十年的發酵之後，也會變成巨大的瑕疵。但費雍犯的錯誤不只如此，這個人已經寬大到惡名昭彰的程度，他毫無制度地管理禮拜堂，屈服於亞瑞倫文化而不是教導人民力量與紀律。在凱依城服務的教士有一半已經被腐化到無可救藥了，包括幾個到凱依城才六個月的人。接下來的幾週內，拉森將會把幾乎可以湊成艦隊數量的教士送回菲悠丹。他還必須從那些少得可憐的剩餘分子中，挑選出一位首席儀祭。

一陣敲門聲響起。「進來。」拉森說。他必須一一檢視那些教士，感受他們被污染的程度。目前為止，還沒有一個令他滿意的。

「狄拉夫（Dilaf）儀祭。」教士在進門時自我介紹。

拉森抬起頭。這個名字與語言都是菲悠丹文，但口音卻有些異常，聽起來幾乎……「你是亞瑞倫人？」拉森驚訝地說。

教士以適當的屈從態度鞠了個躬，眼神卻很挑釁。

「你怎麼會成為一名德瑞熙教士？」拉森問。

「我想要為帝國服務。」男子回覆，平靜的聲音中帶著一股熱切。「杰德司提供了一條道路。」

不，拉森發覺。*這傢伙的眼中不是挑釁，而是宗教狂熱*。在德瑞熙教會中不容易找到狂信者，這種人往往更容易被狂熱而無秩序的杰斯珂祕教（Jeskeri Mysteries）所吸引，而非軍事化組織的舒·德瑞熙教派（Shu-Dereth）。這個男子的臉孔卻散發著一種宗教狂熱。這不是一件壞事；即使拉森蔑視這種缺乏自制的行為，但他常覺得狂信者是個有用的工具。

「杰德司總是能提供一條道路，儀祭。」拉森謹慎地說。「講清楚點。」

「十二年前，我在杜拉德遇到一位德瑞熙儀祭，他向我傳福音，而我也願意入信。他給了我鐸·坎杜經（Do-Kando）和鐸·德瑞熙經（Do-Dereth）的抄本，我當晚便讀完了。聖潔的儀祭送我回亞瑞倫，幫助我的同胞改宗。我在雨城（Rain）建立教會，並在那裡傳教七年，直到我聽說一座禮拜堂在凱依城成立。我克服了對伊嵐翠人的反感，了解至高的杰德司已對他們降下了無盡的神罰，於是我來到此地，加入我的菲悠丹弟兄。

「我把我的信眾全帶來了，凱依城一半的信徒都是跟著我從奈因（Naen）來的。費雍對我的勤勉印象深刻，授與我儀祭的頭銜，並允許我繼續傳道。」

拉森若有所思地搓著他的下巴，打量這個亞瑞倫教士。「你可知費蕹儀祭做錯了什麼嗎？」

「是，大人。一位儀祭不能任命另一個人成為儀祭。當我向眾人傳道時，我從不以舒．德瑞熙教士自居，只是個導師。」

一個非常好的老師，狄拉夫的語氣暗示著。「你認為費蕹儀祭如何？」拉森問。

「他是個不守紀律的傻瓜，大人。他的怠惰讓杰德司的帝國無法擴展到亞瑞倫來，讓我們的信仰淪為笑柄。」

拉森露出微笑。狄拉夫雖然不是被選上的民族，卻很清楚德瑞熙教的教義與文化。然而，他的狂熱可能是危險的。在狄拉夫眼中的熱情勉強地被控制著，要不就得小心地注意他，否則就只能把他處理掉。

「看起來費蕹儀祭做對了一件事，即使他沒有正當的權力。」拉森說。聽到這句宣布時，狄拉夫眼中的狂熱情緒燃燒得更熾烈了，「我將任命你為正式的儀祭，狄拉夫。」

狄拉夫鞠了一個直至地面的躬。他所持的禮儀完全與菲悠丹當地相同，而且，拉森從未聽過一個外國人能把聖語（Holy Tongue）說得這麼好。這人也將證明他確實很有用，畢竟，舒．德瑞熙教派招致的共同批評就是他們獨厚菲悠丹人。一個亞瑞倫教士可以證明所有人都被杰德司的帝國所歡迎——即使他們最歡迎菲悠丹人。

拉森滿意地恭喜自己，創造了一個有用的工具，直到狄拉夫抬起頭的那一瞬間。熱情還在狄拉夫眼中閃耀，但似乎也轉變成了另一種東西——野心。拉森皺了眉頭，心想自己是否被操弄了。

只有一個辦法可以證明。「儀祭，你曾發誓成為別人的侍僧（odiv）嗎？」

狄拉夫的雙眼睜得老大，盯著拉森看，懷疑與不確定在他的雙眼中閃動。「沒有，大人。」

「很好，那麼我會將你收為侍僧。」

「大人……我是……毫無疑問地，您謙卑的僕人。」

「你將不只如此，儀祭。」拉森說。「如果你是我的侍僧，我就會是你的主上（hroden）。你將會是我的，全心全靈；如果你追隨杰德司，你將會透過我追隨祂；如果你為帝國服務，也是在我之下服侍帝國。無論是你的思考、行為或是話語，都是我的指示。我講得夠清楚嗎？」

狄拉夫的雙眼像是燃起了火焰。「是的。」他喘著氣。這男子的狂熱將會讓他無法拒絕這項提議。雖然他仍舊是個低階的儀祭，但成為一個主教的侍僧，將會大大提升他的權力與名聲。他會成為拉森的奴隸——如果這樣的奴役可以帶給他更高的地位。這是一種非常標準的菲悠丹行徑，野心也是另一種杰德司欣然接受的情緒，就和奉獻一樣。

「很好。」拉森說。「你的第一項命令就是去跟蹤教士費雍。他現在應該要搭上前往菲悠丹的船隻，我要你親眼看著他上船。如果他用任何理由逃走，就殺了他。」

「是，樞機主祭閣下。」狄拉夫急促地從房間離去。他的熱忱終於有了一個發洩途徑。而拉森要做的，就是讓他的熱忱能專注在正確的方向上。

拉森在亞瑞倫人離開之後還站了一會兒，接著搖搖頭並轉身坐回書桌旁。卷軸依舊躺在那裡，就在它從費雍可恥的指間滑落的位置上。拉森帶著微笑撿起它，他的觸碰虔誠而恭敬。他不是那種會因為獲得事物而喜悅的人，他的目標更為偉大崇高，不只是收集無用的雜物。然而，偶然會出現某些事物，是那麼地獨一無二，光是了解它屬於自己，便足以讓拉森沉醉。並不是因為它對自己有用處，或能令人別人欽佩他擁有這樣的東西，而是擁有此物乃是莫大的殊榮。這份卷軸便是這樣的東西。

這是沃恩在拉森的面前親手所寫下的，這是直接來自於杰德司的天啟，特定為某一個人所寫。鮮少人能夠親眼見到杰德司的親選，即使在樞機主祭們當中，私下覲見也是十分罕有。直接從沃恩的手中接到命令……這實在是一種最強烈的經驗。

拉森再次瀏覽那些神聖的字詞，即便他早就把它的每個細節給背下來。

謹讀杰德司的話語，透過祂的僕人沃恩．兀夫登四世（Wyrn Wulfen the Fourth），皇帝與王。

高階司祭與兒子，你的要求已蒙賜予。前往異端民族的西方，告訴他們我的最後警告，雖然我的帝國是永恆的，但我的耐心將要耗盡。我於石墓之中的休眠即將結束。帝國之日（The Day of Empire）已在手中，而我的榮光將在更遠處閃耀，第二個太陽將從菲悠丹發出光芒。

異教王國亞瑞倫與泰歐德已經詆毀損傷我的土地太久了。三百年來，我的教士在那些被伊嵐翠污染的人群中服務努力，卻罕見有人聆聽他們的呼喚。要明白這件事，高階司祭：我忠誠的戰士早已準備萬全，只等我的沃恩開口。你有三個月的時間向亞瑞倫的人民傳道。當時間結束時，菲悠丹的神聖戰士會在那些國家降臨，如同搜捕獵物一般，撕裂扯碎那些不願留心我的話語的卑劣生命。在所有反對帝國的人被毀滅之前，時間只剩三個月。

我昇華的時間將近，我的兒子。要堅定，要勤勉。

杰德司的話語，造物主，透過祂的僕人沃恩．兀夫登四世，菲悠丹皇帝，舒．德瑞熙教派先知，杰德司神聖帝國的支配者，與所有造物的攝政王。

這一刻終於到來。只有兩個國家在抵抗。菲悠丹將要重拾光榮——那些在數百年前第一帝國崩解時失去的光榮。沒錯，亞瑞倫與泰歐德是已知世界中，唯二抗拒菲悠丹統治的國家。而這次，有了杰德司的神聖目標支持，菲悠丹將會大獲全勝。然後，所有人類將會在沃恩的統治下團結起來，杰德司將從祂的地下王座升起，在輝煌與莊嚴中統治萬物。

而拉森將是促成其事的一份子。使亞瑞倫與泰歐德的人民改宗是他最要緊的目標。他有三個月的時間去改變一整個文化的宗教性格，這將會是個名留青史的任務，而他的成功至關緊要；若是他失敗，菲悠丹的軍隊將會摧毀亞瑞倫的每個生命，而泰歐德的末日也將不遠。這兩個國家雖然被大海所分開，卻是同樣的民族，有著同樣的宗教，與同樣的頑固。

這些民眾也許還不知道，但拉森是他們在完全毀滅前的唯一屏障。他們以傲慢和蔑視抗拒杰德司與祂的人民太久了，拉森是他們最後的希望。

有一天，他們會叫他救主。

第四章

女子哭喊著，直到她實在太過疲累，哀求幫助，哀求慈悲，哀求上神。她在寬廣的大門又抓又拍，卻只在門上的爛泥留下指甲的抓痕。最後，她無聲地癱軟在地上，偶爾顫抖地發出一些啜泣聲。看見她的痛苦模樣，讓瑞歐汀想起自己的痛楚——自腳趾傳來的尖銳刺痛、消失在門外的人生。

「他們不會繼續等下去。」迦拉旦低聲說，他的手堅定地拉住瑞歐汀的手臂，不讓王子太過靠近。

那個女子終於歪歪倒倒地站起，神情相當恍惚，似乎已經忘記自己身處何處。她搖晃遲疑地向左踏了一步，手掌支撐在牆壁上，彷彿那是一種慰藉，一種與外在世界的連結，而非隔離她的障壁。

「決定了。」迦拉旦說。

「就這樣？」瑞歐汀問。

迦拉旦點頭。「她選擇得不錯，或者該說和其他人一樣好。看著。」

巷子深處捲起一陣陰影，直接橫越廣場，瑞歐汀與迦拉旦躲在一棟搖搖欲墜的石樓中窺視著，就在伊嵐翠的大門廣場邊上。陰影在一群男子中飄散開來，那群人轉向那個女子，踏著堅決而穩定的步伐靠近她，並將她團團圍住。其中一人伸手搶了她裝著祭品的草籃，女子並沒有抵抗的力量，只是單純地再次軟倒在地。在瑞歐汀本能地向前移動、想要衝出去對付那些惡徒的時候，感覺到迦拉旦的指尖用力戳著他的肩膀。

「這不是個好主意，可了？」迦拉旦低聲地說。「把這些英勇留給你自己吧。想想看，如果光是踢到腳趾就讓你差點痛得暈過去，要是那些棍棒招呼在你勇敢的小腦袋上，會怎麼樣？」

瑞歐汀點點頭，跟著放鬆下來。那個女子就這樣被搶了，但似乎沒有受到進一步的傷害。然而，看著她依舊讓人難受。她並不是一位年輕小姐，身形透露出她是那種慣於生養小孩與持家奔波的女性，是一位母親，而非少女。婦人臉上堅毅的線條有著在艱困中得來的智慧與勇氣，卻讓人更難直視她。如果這樣的女性都會被伊嵐翠擊敗，那瑞歐汀還有什麼希望？

「我跟你講過，她的選擇很好，」迦拉旦繼續著。「她也許少了幾磅的食物，但是人卻毫髮無傷。如果她那時向右走——就像你一樣，穌雷——她就得面對夏歐（Shaor）手下難以預料的『仁慈』；如果她向前走，安登（Aanden）就有權索取她的祭品；而向左絕對是最佳的選擇，也許卡菈塔（Karata）的手下會搶走食物，但他們很少會傷害人。餓肚子總比往後幾年都得拖著一條斷臂來得好。」

「往後幾年？」瑞歐汀問，目光從廣場上轉回他高大黝黑的同伴身上。「我以為你說我們受的傷會持續到永遠。」

「我們只是認為它會，穌雷。告訴我，哪一個伊嵐翠人能保有他的神智直到永恆結束？說不定他就可以證實這個推測無錯。」

「那一般人通常可以在這裡撐多久？」

「一年，也許兩年。」迦拉旦說。

「什麼?!」

「你還以為我們是不朽的，對吧？就因為我們不會老，以為我們會永遠存在？」

「我不知道，」瑞歐汀說。「我以為你說我們不會死。」

「我們是不會，」迦拉旦說。「但是割傷、擦傷、撞傷的腳趾……痛苦會日漸累積，一個人承受不了那麼多。」

「於是他們自殺？」瑞歐汀輕聲地問。

「根本沒這個選擇。不，他們大部分只是癱在地上呻吟或哀嚎。可憐的混蛋。」

「那你在這裡待多久了？」

「幾個月。」

這樣的領悟只是另一個衝擊，累積在那快要崩塌的稻草堆上。瑞歐汀一直以為迦拉旦至少成為伊嵐翠人好幾年了。這個杜拉德人講起伊嵐翠的生活，彷彿他以此為家已有數十年，而他似乎十分擅於在這巨大的城市來去自如。

瑞歐汀回頭看了看廣場，但那個女人已經不在了。她也許是他父親宮廷中的一位女侍，也許是一名富商的妻子，或只是一名單純的家庭主婦。霞德祕法不以階級為限，它隨意挑選。現在她離去了，踏入伊嵐翠這個巨大的深淵裂縫。他應該要試著幫助她。

「就為了一條麵包和幾片軟塌的菜葉。」瑞歐汀咕噥著。

「也許這樣看來不多，但是再過幾天你就知道了。這裡唯一的食物來源就是從那些新來的人手中搶奪。你等著，穌雷，你也會感覺到那種渴望。抵抗飢餓的呼喚，真的需要非常大的毅力。」

「可是你做得到。」瑞歐汀說。

「不全然，因為我只不過來了幾個月而已。誰知道一年之後，飢餓會讓我做出什麼事。」

瑞歐汀哼了一聲。「拜託你等到我們約定的三十天結束之後，再變成原始的野獸吧。我實在很不想覺得我在你身上浪費了一塊牛肉。」

迦拉旦愣了一下，然後大笑出來。「難道沒有什麼讓你害怕的嗎，穌雷？」

「事實上，這裡幾乎每件事都讓我畏懼，我只是很擅長忽略我已經嚇壞了的事實。要是我知道自己有多害怕，說不定你會發現我拚命地想讓自己鑽進石板路底下躲起來。好了，多告訴我一些關於流氓的事吧。」

迦拉旦聳聳肩，從破爛的門旁走開，並從牆角拉了一張椅子過來。他審慎地打量椅腳，才小心翼翼地坐上去。椅腳剛發出碎裂聲，他便迅速地站起來，嫌惡地把椅子扔到一旁，乾脆坐在地上。

「伊嵐翠分成三個區域，穌雷，於是也有三個幫派。市場區是由夏歐所支配，你昨天已經見過其中的一些成員了，不過他們大概忙著吃下那些混著你的祭品的爛泥巴，沒空跟你自我介紹。在王宮區的是卡菈塔，就是今天那群非常客氣地減輕婦人負擔的傢伙們。最後就是安登，他把大部分的時間都消磨在學院區裡。」

「他是個博學之士？」

「不，是個投機份子。他是第一個發覺許多圖書館的古老抄本寫在羊皮紙上，昨日的經典文學也可以變成明天的午餐，可了？」

「上神慈悲！」瑞歐汀咒罵。「這根本是暴行！那些伊嵐翠的古代卷軸可能包含了無數的原作、古本，它們是無價之寶！」

迦拉旦對他露出一種痛苦的眼神。「穌雷，需要我重新解釋什麼是飢餓嗎？在你餓得胃痛到流下眼淚時，文學有什麼幫助？」

「這個論點太爛了，有兩個世紀之久的羊皮紙，不可能會好吃。」

迦拉旦聳肩。「總比泥巴好。總之，安登大概在幾個月前就把卷軸都消耗得差不多了。聽說他們開始煮書，不過似乎不太順利。」

「我倒是驚訝他們沒有把別人給煮來吃。」

「喔，這也試過了。」迦拉旦說。「所幸，我們在霞德祕法的轉換過程中有所變異，一個死人的血肉顯然不太好吃。可了？事實上，它極度酸苦到根本沒人能吞下去。」

「真高興看到同類相殘互食的情況，能如此合理地被排除在選項之外。」瑞歐汀苦澀地說。

「我告訴過你，穌雷。飢餓會讓人做出很多不可思議的事。」

「所以這些都是對的事？」

很聰明地，迦拉旦並沒有回答。

瑞歐汀繼續。「你把飢餓和痛苦講得像是一種無法抵抗的驅力。只要是飢餓迫使你這麼做，所有的事情都可以被接受——那只要把我們的外在剝除，我們就變成野獸了。」

迦拉旦搖搖頭。「我很遺憾，穌雷，但這就是事實。」

「不是必然的。」

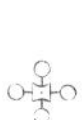

十年還不夠久。即使以亞瑞倫這樣潮濕的氣候，都不足以使這座城市傾毀至此。伊嵐翠看起來像是被遺棄了數個世紀之久，木材腐爛，灰泥與磚塊剝落崩解，連石材建築都開始坍塌，而每樣東西上都覆蓋著一層棕色的泥濘。

瑞歐汀終於開始習慣走在這片又黏又滑、凹凸不平的石板路。他努力讓自己不要沾上泥巴，維持整潔，但這似乎是一項不可能的任務。每一面他掠過的牆壁，每一處他碰過的架子，都在他身上留下了痕跡。

這兩個男人緩慢地步行在一條寬廣的大街上，這街道的寬闊遠勝過凱依城的任何一條幹道。伊嵐翠以一種巨碩無比的規模建立，彷彿它的龐大就是一種對外來者的威嚇。瑞歐汀漸漸了解到這座城市有多麼遼闊偉大，他和迦拉旦已經走了好久，而根據迦拉旦所說，他們離目的地還有一段相當距離。

然而，他們兩個並不急著趕路。這是迦拉旦教他的第一件事——在伊嵐翠中，任何一件事都不要急。這個杜拉德人所做的所有事都表現出一種絕對精確的態度，他的動作舒緩而謹慎。因為就算是最輕微的刮傷，不管有多麼微不足道，都會加深一個伊嵐翠人的痛苦。一個人活得愈小心，就能維持他的理智愈久。所以瑞歐汀跟著他，試圖模仿迦拉旦專注的腳步。每當瑞歐汀開始覺得自己太過小心翼翼的時候，他只需要看一眼那些癱軟在水溝或轉角的無數身影，他的集中力又會恢復過來。

「霍依德（Hoed）」，迦拉旦這樣叫他們——那些屈服於痛苦的伊嵐翠人；他們喪失了心智，只剩下一個充滿無盡折磨的生命。他們鮮少移動，雖然有些仍具備在陰影處爬行的體力。他們大多很安靜，但很少人陷入全然的沉默。當瑞歐汀經過的時候，他可以聽見他們的呢喃、嗚咽或是泣訴，大部分只是單字與短句的不停重複，彷彿是伴隨他們苦難的旋律。

「上神啊，上神啊，上神……」

「多漂亮，以前有多美啊……」

「停、停、停！讓它停下來……」

瑞歐汀強迫自己關上耳朵，逃避這些話語。他開始覺得胸口悶得喘不過氣來，就像他和那些可憐、無名的不幸者一同受苦。如果他太過注意他們，他一定會在痛苦征服他之前就先瘋掉。

然而，如果任由自己的思緒亂跑，他會忍不住回想起他在外頭的生活。他的朋友是否會維持他們的暗中會面？凱胤（Kiin）和偌艾歐（Roial）能夠繼續維持他們的小團體嗎？不知道他最好的朋友，路凱（Lukel）怎麼樣了？瑞歐汀根本還不太認識路凱的新婚妻子，現在他永遠沒機會見到他們的第一個孩子。

更糟糕的是想到自己的婚事。他從沒見過那名原本他要娶的女子，雖然他們曾多次透過侍靈談過話。她本人是不是真的那麼機智而風趣？他永遠不會知道了。艾敦王大概會掩飾瑞歐汀的轉變，謊稱自己的兒子已經死去。現在紗芮奈永遠不會來到亞瑞倫了，要是她聽到這個消息，就會留在泰歐德，並且尋找另一個丈夫。

要是我能見她一面就好。但這些想法都無濟於事，他現在是個伊嵐翠人了。

於是，他只能將想法關注在這座城市上。實在很難讓人相信，伊嵐翠曾是整個歐沛倫最美麗的都市，也許亦是全世界最美麗的。他的目光所及之處全是爛泥、朽敗與腐蝕，然而，在這些污穢之下才是伊嵐翠過去榮光的遺跡。高聳的尖塔，那些斷垣殘壁上的精緻浮雕，宏偉的禮拜堂，偌大的宅邸與數不清的石柱弧拱。十年之前，這座城市閃耀著獨有的神祕光輝，一座純白與金黃交錯的城市。

沒有人知道是什麼引起「災罰」，對此揣測甚多的人——尤其是科拉熙教士——認為這是一場由神所降下的天懲。在災罰前的伊嵐翠人活得有如神祇一般，雖然允許其他宗教在亞瑞倫傳播，但就像是主人縱容他的狗亂舔地上的食物一樣。伊嵐翠的壯麗與其中居民所擁有的力量，阻礙了一般人民去信仰舒．克賽教派（Shu-Koseg）。如果眾神就活生生地在你面前，為何要去尋求哪些看不見的神祇？

瑞歐汀只記得它伴隨著一場暴風雨降臨，大地也隨之劇烈動搖，巨大的裂隙在南方出現，彷彿整個亞瑞倫都在顫抖。在毀滅中，伊嵐翠失去了它的光輝。伊嵐翠人從閃耀奪目的銀白人種，轉變為毛髮脫落、皮膚污腫的怪物，有如被某種恐怖的疾病所糾纏，一步步逼近腐爛壞死。伊嵐翠從此不再耀眼，逐漸晦暗失去光芒。

而這一切不過發生在十年之前，十年的時間並沒有那麼久。石材不會因為十年的疏忽而崩解粉化，那些污泥也不應該累積得如此之快，畢竟居民所剩無幾，更別說大部分的人根本無力行動。伊嵐翠彷彿執意走向死亡，是一座緩慢自殺的城市。

「伊嵐翠的市場區，」迦拉旦說。「這個地方曾是世界上最繁盛、最華麗的交易市場，商人們來自歐沛倫各地，要將他們的異國商品賣給伊嵐翠人，而人們也可以來到此地購買最奢侈的伊嵐翠術法。他們不是什麼都免費提供的，可了？」

他們站在一處平頂的建築物上，顯然有些伊嵐翠人喜歡平坦的屋頂勝過尖頂或圓頂，因為平廣的屋頂還能夠布置一個樓頂花園。眼前的城區和大部分的伊嵐翠一樣，呈現灰暗頹圮的樣貌。瑞歐汀可以想像當年街道上曾經充滿街邊小販和他們頂上色彩繽紛的帆布篷，如今只剩下偶爾在泥濘間露出一角的破爛碎布。

「我們可以走得更近一點嗎？」瑞歐汀問，靠著欄杆俯瞰著市場區。

「可以呀，如果你想的話，穌雷。」迦拉旦猶豫地說。「但是我要留在這裡。夏歐的手下可是很愛追著人跑呢，這大概是他們僅有的一些娛樂了。」

「告訴我一些關於夏歐本人的事情吧。」

迦拉旦聳聳肩。「在這種地方，許多人會想要跟隨一個領袖，靠他們抵擋混亂的世界。就像任何一個團體，那些最強壯的人往往能夠發號施令。而夏歐是一個喜歡控制別人的傢伙，天知道為什麼，那些最瘋狂與最墮落的人居然全都聚到了他的旗下。」

「所以他可以搶奪三分之一新居民的祭品？」瑞歐汀問。

「這麼說吧，夏歐本人很少親自參與。但是沒錯，他的手下可以拿到三分之一祭品的第一份。」

「為什麼要妥協呢？」瑞歐汀問。「如果夏歐的手下像你所暗示的那樣無法控制，他們怎麼會遵守這種獨斷的協議？」

「因為其他的幫派與夏歐勢力相當，穌雷。」迦拉旦說。「外面的人總會幻想自己是打不死的。我們伊嵐翠人可實際多了，一個人很難在戰鬥中獲勝卻沒有受一點小傷，而在這兒，就連幾道小刮痕都可能會比砍頭還讓人痛苦萬分。夏歐的手下也許瘋狂，但他們不盡然是傻瓜，如果沒有非常大的把握或是一份有許諾的報酬，他們才不肯輕易打鬥。你以為昨天是因為你的體型，才讓他們不再攻擊你嗎？」

「我不確定。」瑞歐汀承認。

「即使是最微小的跡象顯示你可能會反抗，都有可能把那些傢伙給嚇退，穌雷。」迦拉旦說。「折磨你的樂趣可不值得他們賭上一把，誰知道你會不會剛巧揮出幸運的一拳。」

瑞歐汀一陣哆嗦。「告訴我其他幫派位在哪裡吧。」

學院區與王宮區彼此邊界相鄰。據迦拉旦所說，卡菈塔與安登有脆弱的停戰協議，兩邊都有安置守衛，彼此監視。又一次，瑞歐汀的夥伴領著他穿過一條十分不可靠的樓梯，來到一處平坦的樓頂上。

然而，在爬完那些樓梯——途中踏的某一階還突然裂開，差點害他整個人摔下去之後——瑞歐汀必須承認，這裡的視野是值得冒險的。儘管嚴重毀損，但伊嵐翠的王宮依舊壯麗得無以復加。五個側翼以穹頂終結，並各自有著高聳的尖塔；如今只剩中間的一座尖塔還完整無缺，高聳入雲，它是瑞歐汀有生以來看過最高大的建築物。

「據說那就是伊嵐翠的正中心。」迦拉旦說，對尖塔點點頭。「有人說只要你能夠爬完那些旋繞的階梯，就能將整座城市的景觀盡收眼底。但如今我可不敢冒險去爬，可了？」

「在這些幫派首領中，卡菈塔是最嚴厲也是最寬容的。」迦拉旦邊說，邊望著王宮。他的目光似乎有些古怪，彷彿可以看見一些瑞歐汀看不到的東西。他繼續以向來的閒散語調描述，彷彿並未察覺他的心神已經專注在別的事物之上。

「她很少讓那些新來的人加入她的幫派，而且極端重視她的領土。如果你跑到夏歐的領地，他手下有興致時，可能會追著你跑好一陣子。卡菈塔則不容許任何人入侵。如果你不打擾卡菈塔，她不會理會你。在搶奪那些新居民的食物時，她也很少會傷害到他們。你今天稍早的時候就看過她了，她總是親自出手，也許是怕她的手下會出手太重。」

「也許，」瑞歐汀說。「你還知道哪些關於她的事？」

「不多，那些暴力組織的老大不太可能會浪費一個下午跟別人談天。」

「哈，現在是誰愛說笑啊？」瑞歐汀帶著微笑說。

「我這是近墨者黑，穌雷。我們這些死人不應該這麼興高采烈的。總之，我只能告訴你一件關於卡菈塔的事，就是她並不喜歡待在伊嵐翠。」

瑞歐汀皺起眉。「誰喜歡呢？」

「我們都恨它，穌雷，但是多少人有勇氣去嘗試逃走？卡菈塔在凱依城被抓到過三次，每次都是在王宮附近。再被抓到一次，教士就要把她送上火刑架。」

「她去王宮要做什麼？」

「她還沒有善良到會向我解釋。」迦拉旦回答。「大部分的人猜她是想要刺殺艾敦王。」

「國王？」瑞歐汀說。「為什麼？」

「報復、爭執、嗜血……有太多理由了，而且對於受到天譴的人來說，這些都是很好的理由，可了？」

瑞歐汀眉頭緊皺。他父親害怕可能被刺客暗殺的程度，幾乎與偏執狂無異，也許與他父親共同生活早已讓他對這種事情感到麻木，但是「謀殺國王」似乎仍不可能是她的目的。「那其他的幫派首領呢？」

「安登？」迦拉旦邊問邊看向學院。學院區很龐大，但是不如王宮壯闊，包含五六座綿長、平坦的建築與許多本來可能是草地或花園的開放空間。只是這些東西早已被飢餓的伊嵐翠人啃食到連根都不剩。「他宣稱自己在被丟進這裡來以前是某位貴族，我猜是個男爵吧。他一直試著把自己塑造成伊嵐翠的元首，所以他對卡菈塔盤踞王宮感到非常不滿。他組織了一個小宮廷，並且宣布會讓所有加入他的人能夠吃飽，不過目前他們只能拿到幾本煮過的書。他居然還計劃著想要攻打凱依城。」

「什麼？」瑞歐汀驚訝地問。「攻打？」

「他不是認真的。」迦拉旦說。「不過他很擅長宣傳，他自稱有個解放伊嵐翠的計畫，這讓他獲得不少追隨者。不過，他也是個殘酷的傢伙，卡菈塔只會傷害那些想要偷偷潛入王宮的人，安登則是以恣意折磨別人著稱。我個人認為，穌雷，這個人心智已經不太正常了。」

瑞歐汀依舊蹙著眉頭，如果安登真的是個男爵，那瑞歐汀應該認識他。然而，他對這個名字卻沒有印象，要不是安登在胡謅自己的背景，不然就是他進入伊嵐翠之後，換了一個新名字。

瑞歐汀研究著學院與王宮之間的地區，某種東西吸引了他的注意力。如此平凡的東西原本不會讓他再看第二眼，但是來到伊嵐翠至今，他卻是第一次看見這種東西。

「那是口井嗎？」他不太確定地問。

迦拉旦點頭。「全城唯一的一口井。」

「這怎麼可能？」

「人家有室內排水系統，穌雷。在艾歐鐸（AonDor）術法的幫助下，這座城市原本並不需要水井。」

「那他們為什麼挖這口井？」

「我想是用於某些宗教儀式。好幾個伊嵐翠的禮拜儀式中，會需要從流動的河中新取來的水。」

「所以亞瑞德河確實從城市底下流過。」瑞歐汀說。

「當然，不然要從哪裡過，可了？」

瑞歐汀沉思地瞇起雙眼，但並沒有主動提供任何情報。在他站著俯望城市時，曾留意到一顆光球從底下的街道飄過去。侍靈漫無目的地隨著氣流亂飄，有時還會繞著圈圈浮動。但是距離過遠，讓他無法辨認中心的符文。

迦拉旦留意到瑞歐汀的目光。「一個侍靈，」杜拉德人補充說。「在城裡並不算罕見。」

「這是真的嘍？」瑞歐汀問。

迦拉旦點點頭。「當一個侍靈的主人被霞德祕法所轉變時，侍靈會因此被逼瘋。他們有不少就在城裡飄盪著，也不說話只是飄浮著，失去心智。」

瑞歐汀把目光別到一旁。自從被丟進伊嵐翠後，他從不敢去想自己的侍靈，埃恩，會落得什麼下場。

迦拉旦的目光停留在天空。「很快就要下雨了。」

瑞歐汀挑眉看著無雲的天空。「你說了算。」

「相信我。我們應該要進去，除非你打算接下來幾天都穿著濕漉漉的衣服。在伊嵐翠要生火可不容易，大部分的木材都太潮濕或腐爛得太厲害。」

「我們該去哪兒？」

迦拉旦聳肩。「隨便挑一棟房子，穌雷。大多數地方都沒人住。」

他們前一晚是住在一間廢棄的房舍中，但現在一些事情在瑞歐汀心中閃過。「你的家在哪裡，迦拉旦？」

「杜拉德。」迦拉旦很快地回答。

「我是指現在住哪裡。」

迦拉旦想了一會兒，猶豫地看著瑞歐汀。然後聳個肩，對瑞歐汀招手，要他跟著走下不穩的樓梯。

「來吧。」

⁂

「書本！」瑞歐汀興奮地說。

「我實在不該帶你來這裡的，」迦拉旦咕噥著說。「現在，我可擺脫不掉你了。」

迦拉旦領著瑞歐汀來到一個看似荒廢的葡萄酒窖，但其內在已經變得十分不同。雖然身處地下，這裡的空氣卻比較乾燥，而且還比較涼爽。迦拉旦推翻了先前對於生火的告誡，從隱蔽的壁龕中拿出一盞提燈，以燧石和鐵塊點火，而光線所揭露的景象更為驚人。

這裡有如一個飽學之士的書房。牆壁上繪滿了符文——那些根源於艾歐語的神祕古老文字，還有好幾櫃的書本。

「你怎麼會找到這個地方？」瑞歐汀熱切地問。

「碰巧發現的。」迦拉旦聳肩說。

「這些書，」瑞歐汀說，並從書櫃中隨手抽出一本，有點發霉卻依舊清晰可讀。「也許可以教導我們符文的奧祕，迦拉旦！你想過這件事嗎？」

「符文？」

「伊嵐翠的術法，」瑞歐汀說。「他們說在災罰以前，伊嵐翠人光憑著畫出符文，就能施展強大的術法。」

「喔，你說像這樣？」那個高大黑膚的男子舉起他的手，在空中描繪著一個圖案，艾歐．迪歐（Aon Deo），手指揮過之處，在空中留下一條發著白光的軌跡。

瑞歐汀睜大了眼睛，手上的書摔落在地。符文。史書上說，只有伊嵐翠人能夠從中引發其力量。這些力量應該早已失傳，應該已隨著伊嵐翠的潰滅而消失。

迦拉旦露出微笑，並讓那個發光的圖案，飄浮在他們之間。

第五章

「上神慈悲。」紗芮奈深吸一口氣，「他從哪來的？」

樞機主祭帶著一種獨有的自負態度，大步走進國王的王座大廳。雖說他沒有配戴武器，但他穿著德瑞熙高階司祭的血紅色鎧甲，背後飛舞著如波濤般誇張的深紅色披風。這是套原本就想讓人印象深刻的服裝，先不論紗芮奈對樞機主祭本身的印象，她必須承認非常有效。當然，即使在菲悠丹這種軍事社會裡，穿這套服裝也大多是為了顯示其身分地位。很少有人能像那位樞機主祭這樣，穿著全套的鎧甲依舊行走自如。這套鎧甲的金屬可能又輕又薄，以致在戰場上一點用處也沒有。

樞機主祭看也不看地走過她面前，他的眼神只專注在國王上。而對於一個樞機主祭來說，他看起來太年輕了，也許只有四十出頭，那修剪整齊的黑色短髮，只有一綹白絲參雜在其中。

「您應該知道伊嵐翠是有德瑞熙人居住的，小姐。」一如往常地飄在她身旁的艾希說，也是這房間裡唯二的侍靈之一。「為什麼您會對於在這裡看見一個菲悠丹教士這麼驚訝呢？」

「這是一個真正的樞機主祭，艾希。整個菲悠丹帝國也只有二十位。也許在凱依城是有些德瑞熙信徒，但不足以讓一個高階司祭來到此地。這些樞機主祭對於他們的時間分配可是非常吝嗇的。」

紗芮奈看著這個菲悠丹人趾高氣昂地穿過整個房間，像是鳥兒穿過一片蚊蚋一般分開了人群。「來。」她悄悄地對艾希說，然後走過外圍人群到房間的前面，她不想漏掉樞機主祭的一字一句。

其實，她不需要擔心。當這人說話時，整個王座大廳都迴盪著他的聲音。「艾敦王。」他說話同時用最小幅度的點頭代替了鞠躬。「我，樞機主祭拉森，帶來了沃恩．兀夫登四世的口信。他宣布，該是讓兩國不只共享同一個邊界的時候了。」他的話語中含有濃厚、富有旋律的菲悠丹口音。

艾敦王把他的目光從帳本移上來，帶著幾乎毫無掩飾的怒容。「沃恩還要什麼？我們已經跟菲悠丹有貿易協定了。」

「聖上擔心你們子民的靈魂，陛下。」拉森說。

「那就讓他去使人民皈依德瑞熙吧。我已經允許你們的教士能在亞瑞倫完全自由的傳教了。」

「人民反應得太慢了，陛下。他們需要被推一把，或者該說，需要一個象徵。沃恩認為這是您本人皈依舒．德瑞熙教派的時候了。」

這次，艾敦王連他聲音中的惱怒都沒想要掩飾。「我已經信仰舒．科拉熙教派（Shu-Korath）了，教士。我們侍奉的是同一個神。」

「舒．德瑞熙才是唯一的，也是真正的舒．克賽教派（Shu-Keseg）形式。」拉森陰鬱地說。

艾敦王揮了揮手，叫他退下。「我對於兩個教派之間的爭執沒有興趣，教士。你去找那些無信者吧，還有很多亞瑞倫人保持著古老的信仰。」

「您不應該這麼輕易地否決沃恩的提議。」樞機主祭警告著。

「老實說，教士，我們真的得這樣？你的恐嚇沒有任何意義，菲悠丹在這三個世紀裡沒有任何實質的影響力。你真的認為用『你們過去有多強大』這點來恐嚇我會有用嗎？」

拉森的眼神變得危險。「菲悠丹現在比過去任何時候都更加強大。」

「真的？」艾敦王問。「那你們廣闊的帝國在哪裡？你們的軍隊在哪裡？你們在過去一百年裡征服了幾個國家？也許有一天你們這些人才會了解到，你們的帝國早在三百年前就已崩壞了。」

拉森停頓了一下，然後行了一個點頭禮就轉身離開。他昂首闊步地走向大門，披風如狂風巨浪般在他身後飄盪。然而，紗芮奈的祈禱並沒有應驗——他沒有踩到披風而絆倒。在拉森離開之前，他倏地轉身，最後一次朝整個王座大廳投以失望的眼神。他的凝視沒有停在國王那裡，而是停在紗芮奈身上。他們的眼神交會了一會兒，然後她在他眼中找到一絲困惑，他思考著這裡怎麼會有這麼一個高䠷、帶著泰歐德金髮的女人。接著他離去，隨即整間大廳被閒聊所淹沒。

艾敦王不屑地噴了噴鼻息，把目光轉回到他的帳本上。

「他沒有看出來，」紗芮奈輕語，「而且也不明白。」

「明白什麼？小姐？」艾希問。

「那個樞機主祭有多麼危險。」

「陛下是一位商人，小姐．不是一個真正的政治家。他沒有辦法用您的角度看事情。」

「即使如此，」紗芮奈低聲地說，小聲到只有艾希聽得到。「艾敦王應該要老練到能明白拉森所說的話，至少對於菲悠丹的描述完全是真的。沃恩家族現在比幾個世紀前都要來得更有力量，甚至到達他們那個古老帝國的巔峰。」

「剛上任的君主很難辨認出軍事以外的國力。」艾希說。「艾敦王沒有辦法了解的是，其實菲悠丹的教士部隊已比他們過去的戰士更有影響力。」

紗芮奈若有所思地拍拍臉頰。「好吧，艾希，至少你現在不用擔心，我會給凱依城的貴族帶來太多麻煩了。」

「我非常懷疑，小姐。不然，您要怎麼消磨您的時間？」

「喔，艾希。」她甜甜地說。「當我可以跟一個樞機主祭較量一下時，為什麼要去理會一堆無能的貴族呢？」然後，她用認真的語氣繼續。「沃恩的樞機主祭全都經過審慎挑選，要是艾敦王不看著這個人——看起來他以後也不會——那位拉森就會讓整座城市改宗皈依，並且聽從他的指揮。如果亞瑞倫先把自己送給了敵人，那我為了泰歐德犧牲自己，換取來的婚姻關係豈不白費工夫了？」

「我想您有點反應過度了，小姐。」艾希在說的同時晃了一下。這些字句聽起來真耳熟，看起來艾希常常覺得自己有必要勸誡她。

紗芮奈搖了搖頭。「這次不是。今天是個試探，艾希。現在拉森會覺得自己若採取一些反抗國王的行動，會是正當的舉動，他深信亞瑞倫被褻瀆神的人所統治著。他會想辦法顛覆這個政權，然後亞瑞倫就會在十年中瓦解第二次。這次不會是這些商人階級填補統治階級的空缺，而會是德瑞熙的教士們。」

「所以您要幫艾敦王？」艾希帶著好笑的口吻說。

「他可是我至高無上的國王呢。」

「雖然您覺得他討厭得令人難以忍受？」

「任何事都比被菲悠丹統治來得好。況且，也許我對於艾敦王的評價是錯的。」在一次令人難堪的會面之後，事情好像也沒有變得太糟糕。艾敦王在瑞歐汀的喪禮上，幾乎是完全忽視她。這正合紗芮奈的心意，因為當時她正忙著觀察在葬禮上的矛盾之處。不幸的是，這場喪禮正統得令人失望，沒有一個主要貴族露出破綻，沒有人缺席，或是在儀式當中看起來太有罪惡感。

「嗯……」她說。「或許我和艾敦王可以藉由忽略彼此而相安無事。」

「以憤怒的上神之名，妳在我的宮廷裡做什麼，女孩！」國王在她身後咒罵。

紗芮奈抬起目光望向天空，眼神充滿無奈。當紗芮奈轉身面對艾敦王時，艾希以輕震發出一個無聲的笑。

「什麼？」她用盡全力裝出一副無辜的模樣。

「妳！」艾敦王大吼並指著她。她可以理解為什麼艾敦王心情很差，不過據她所知，艾敦王幾乎沒有心情好過。「妳不知道女人在沒有受到邀請前，是不能進入我的宮廷嗎？」

紗芮奈困惑地眨了眨眼睛。「沒人告訴過我，陛下。」她刻意讓自己聽起來像是腦中空空如也。

艾敦王咒罵了幾句蠢女人，對著她顯而易見的低智商搖了搖頭。

「我只是想來看看畫……」紗芮奈說，並在語調之中加了些抖音，彷彿就要哭了一樣。

艾敦王搶在她想說出下一句廢話之前，就先在空中揮了揮手，然後把目光轉回他的帳本上。紗芮奈差點就克制不住笑意，她用手擦了擦眼睛，假裝認真地研究身後的畫。

「還真讓人意外。」艾希悄悄地說。

「晚點再來處理艾敦王的問題，」紗芮奈含糊著說。「我現在有更重要的事情得擔心。」

「我從沒想過會有這麼一天，妳會屈服於女人的刻板印象之下，即使只是演戲。」

「什麼？」紗芮奈搧動著睫毛。「我？演戲？」

艾希輕蔑地哼了哼。

「你知道，我從來無法理解侍靈要怎樣發出那種聲音。」紗芮奈說，「你們連鼻子都沒有耶，到底要怎麼哼出鼻音呀？」

「多年的練習，小姐。」艾希回答。「我真的必須忍受您每次對國王說話時，都得哭哭啼啼的嗎？」

紗芮奈無奈地聳肩。「他認為女人就應該是笨蛋，所以我會當個蠢人。當別人覺得妳笨得連自己的名字都記不住時，操控他們就更簡單了。」

「奈？」有個聲音突然喊著。「是妳嗎？」這深沉、嘶啞的嗓音聽起來真是出奇地耳熟。聽起來就像這個人的喉嚨很痛，雖然她從沒聽過一個喉嚨痛的人還可以喊得這麼大聲。

紗芮奈轉身。有個看起來比實際上更高更壯、更加魁梧、更有肌肉的高大男子，正朝著她的方向邊推擠人群邊走過來。他穿著一件藍色的絲質緊身上衣，讓紗芮奈不禁發寒地想，不知到底要多少絲蠶才能織出這件衣服，而他下半身穿著一件亞瑞倫宮廷朝臣才會穿的波浪翻邊褲。

「是妳！」那人驚呼。「我們都以為妳要再一週才會到呢！」

「艾希，」紗芮奈模糊不清地說，「這個瘋子是誰？他想找我做什麼？」

「他看起來有點眼熟，小姐。不過很抱歉，我的記憶力大不如前了。」

「哈！」那個高大的男子說，把紗芮奈整個人撈起來，像熊一般大力地擁抱著。這是種很奇怪的感覺，她的下半身快被擠進他過大的肚子裡，而她的臉卻被壓在他堅實而充滿肌肉的胸膛上。紗芮奈努力地忍住呻吟，等待並期望男子會在她昏倒之前把她放開。如果她的臉色開始轉變，艾希應該會去找人幫忙吧。

所幸，那個男子在她窒息前就把她放了下來，取而代之的是抓著她的肩膀不放。「妳變了。我最後一次看到妳時，還只有我的膝蓋這麼高呢。」接著他打量著紗芮奈的身高。「嗯……我開始懷疑妳是不是以前真的只有膝蓋高了，不過一定也不會高於我的腰吧。妳母親總是說妳一定會長得又高又瘦。」

紗芮奈搖了搖頭。這聲音聽起來有一點熟悉，但是拼不出來一個完整的樣貌。她一向很會認臉……除非……

「巨人凱叔（Hunkey Kay）？」她遲疑地問著。「仁慈的上神！你的鬍子怎麼了？」

「亞瑞倫的貴族不留鬍子，小寶貝。我剃掉很多年了。」

是他。雖然聲音變了，沒有鬍子的臉也認不太出來了，卻還有著一樣的眼睛。她記得自己總是仰望他充滿笑意的棕色眼睛。「巨人凱叔？」她的心亂糟糟地，小聲問出：「我的禮物呢？」

她的叔叔凱胤（Kiin）笑了，他古怪嘶啞的聲音讓笑聲聽起來像是某種喘息。每當他來訪的時候，她總是劈頭就這麼問。叔叔總是會帶給她最有異國風味的禮物，連在國王的女兒眼中都會覺得獨一無二的珍品。

「我想這次我忘了，小寶貝。」

紗芮奈臉紅了。然而，在她能說出道歉話語之前，巨人凱叔就已經用他的大手環繞著她，開始把紗芮奈從王座大廳內往外拖。

「快來，妳一定得見見我的妻子。」

「妻子？」紗芮奈驚訝萬分地問。從她上次見到凱胤已經是十年以前的事情了。但是她清楚地記得一件事情。她叔叔是個發誓單身一輩子的人，同時也是公認的無賴。「巨人凱叔結婚了？」

「妳不是這十年裡唯一長大的人。」凱胤嘶啞地說。「而且啊，雖然聽到妳叫我『巨人凱叔』還是像小時候一樣可愛，我想妳現在應該會想叫我凱胤叔叔吧。」

紗芮奈再次臉紅。

「所以，妳父親最近還好嗎？」這身形龐大的男子問。「我猜想，仍然是保持他正經八百的尊貴樣子吧。」

「他很好，叔叔。」她回答。「我想他要是知道你在亞瑞倫宮廷裡活動，一定會嚇一跳的。」

「他知道。」

「不，他認為你去旅行，最後定居在某個遙遠的島嶼。」

「紗芮奈，妳要是個如同妳小時候一般聰明機警的女人的話，就應該要知道如何分辨故事跟真相。」

這段話澆了她一桶冷水。她隱約記得看著叔叔的船航向彼方的那一天，她問她父親什麼時候巨人凱叔才會回來時，伊凡托王沉著臉回答說，巨人凱叔要進行一次很久很久的旅行。

「但是為什麼？」她問。「明明你就住在離家幾天的地方，而你卻從來沒有回來過？」

「改天再說故事吧，小寶貝。」凱胤邊說邊搖了搖頭。「現在，妳要先去和終於抓住妳叔叔的女怪獸見個面。」

凱胤的妻子完全不是一頭怪獸。事實上，在紗芮奈看過的女性當中，她算是數一數二的成熟美麗。朵菈（Daora）有一張如雕像般線條的堅強臉龐，覆蓋著梳理整齊的赤褐色頭髮。她不是紗芮奈想像中會在她叔叔身邊的女性，不過，她全部有關叔叔的記憶都是十年前的事了。

紗芮奈一點也不意外凱胤有一座如堡壘般巨大的宅邸。她記得叔叔是某種商人，而記憶中最鮮明的部分，就是凱胤昂貴的禮物和充滿異國風情的服飾。他不只是一個國王的次子，更是一個非常成功的商人。很顯然地，他現在仍然是。直到今天早上以前，他都還因為生意上的需要而不在城中，這也是為什麼紗芮奈沒在喪禮上看到他的緣故。

真正嚇到她的是小孩。雖然她知道他結婚了，但紗芮奈就是不能把她記憶中不受拘束的巨人凱叔和身為人父這兩件事情拼湊起來。她原本的想法被凱胤和朵菈打開宅邸裡餐廳大門的那一剎那給完全擊碎。

「爸爸回家了！」是一個小女孩的聲音。

「是呀，爸爸回家了，」凱胤用一種受難的口氣說。「而且，爸爸沒有任何東西給妳。我只出去了幾分鐘而已。」

「我不在意你有沒有帶東西給我。我只想吃東西。」說話的是一個年約十歲的小女孩，有著非常認真而成熟的聲音。她穿著一件繫著白色緞帶的粉紅色洋裝，綁著一頭亮金色的短馬尾。

「妳什麼時候會不想吃，凱艾絲（Kaise）？」一個看起來跟小女孩長得一模一樣的小男孩，鄙夷地問著。

「孩子們，別吵了。」朵菈堅定地說。「我們有客人。」

「紗芮奈，」凱胤說，「來見見妳的堂弟和堂妹，凱艾絲跟鐸恩（Daorn）。妳可憐叔叔生命中最大的兩個麻煩。」

「父親，你知道你要是沒有他們兩個的話，早就因為無聊而發瘋了。」一個男子從遠處的走廊那邊說著。這個新加入對話的人有著一般亞瑞倫人的身高——意謂著他比紗芮奈還矮一到兩吋——卻有著精壯的身體跟令人吃驚的英俊，似隼鷹般的臉龐。他把頭髮中分，垂落至臉龐的兩側。一名黑髮女人站在他身旁，端詳著紗芮奈的她，嘴角稍稍地勾起。

男子微微對紗芮奈鞠了個躬。「殿下。」他說著，唇上透露出一絲笑意。

「我兒子路凱（Lukel）。」凱胤說。

「你兒子？」這出乎意料之外，紗芮奈可以接受小孩子，但是路凱比她還老上幾歲，這代表……

「不是的，」凱胤邊說邊搖了搖頭。「路凱是朵菈和前夫的孩子。」

「那並不會讓我變得不是他的兒子。」路凱露出一個大大的微笑。「你可沒那麼容易逃避對我的責任。」

「就算是上神本人都不敢對你負起責任。」凱胤說。「別理他。旁邊的是潔拉（Jalla）。」

「女兒？」紗芮奈問話的同時，潔拉對她行了個屈膝禮。

「媳婦。」黑髮的女人帶著很重的口音說。

「妳是菲悠丹人？」紗芮奈問。頭髮只是個線索，但是名字跟腔調已完全洩漏出來了。

「思弗丹人。」潔拉更正她，不過那也沒有什麼差別。思弗丹王國幾乎可被視為是菲悠丹的一個省分。

「潔拉和我一起念思弗丹大學，」路凱解釋。「我們上個月才結婚。」

「恭喜。」紗芮奈說。「真高興知道我不是這裡唯一剛結婚的人。」紗芮奈原本是想開個玩笑，但是她沒辦法克制聲音中流露的苦澀。她感覺到凱胤的大手抓著她的肩膀。

「我很遺憾，奈。」他溫柔地說。「我原本不想提這件事情的，但是……妳應該要過得更好的。妳以前總是一個很快樂的小孩。」

「反正對我也沒損失。」紗芮奈假裝不在意地回答。「畢竟我也不認識他，叔叔。」

「即使如此，」朵菈說，「這一定是個打擊。」

「可以這麼說。」紗芮奈同意著。

「要是這樣說可以安慰妳的話。」凱胤說，「瑞歐汀是個好人。他是我見過最優秀的人之一。要是妳了解多一點亞瑞倫的政治，妳就會明白我通常不會輕易使用這種字眼，尤其是提到艾敦宮廷裡的成員。」

紗芮奈點了個頭。某種程度上她是高興的，高興她先前沒有誤判瑞歐汀這個人；但是另外一部分的她想著，要是把瑞歐汀看成跟他父親一樣會比較輕鬆。

「不要再討論死掉的王子了！」從餐桌那頭傳來一個小而堅持的聲音。「要是我們再不吃飯的話，爸爸就可以不必再抱怨我了，因為我會餓死了。」

「是呀，凱胤。」朵菈同意著，「我想你應該去廚房確定一下你的大餐沒燒焦。」

凱胤輕蔑地哼了哼。「我每一份餐點都有精準的時間表，它們不可能會……」巨人的話沒說完，嗅嗅空氣，隨即咒罵了一聲，衝出房間。

「凱胤叔叔煮晚餐？」紗芮奈詫異地問。

「妳叔叔是這座城市最好的廚師之一，親愛的。」朵菈說。

「凱胤叔叔？」紗芮奈重複。「廚師？」

朵菈點頭，好像這是無比尋常的事情一樣。「凱胤比任何亞瑞倫人去過的地方都還要多。他從每一個地方都帶食譜回來。我相信他今天會煮一些從占杜（JinDo）學到的菜。」

「這是說我們要準備開動了嗎？」凱艾絲直接了當地問。

「我討厭占杜菜。」鐸恩抱怨著，聲音聽起來跟他的姊妹沒有兩樣。「太辣了啦。」

「你除了裡面放一大把糖的菜以外都不喜歡。」路凱一邊弄亂異父弟弟的頭髮一邊調侃著。

「鐸恩，去把阿迪恩（Adien）叫來。」

「還有一個？」紗芮奈問。

朵菈點頭。「最後一個，路凱的親生弟弟。」

「他可能在睡覺，」凱艾絲說。「阿迪恩總是在睡覺。我想他的腦子只有半顆是醒的吧。」

「凱艾絲，說哥哥壞話的小女孩通常沒晚飯可吃唷。」朵菈說。「鐸恩，趕快去。」

「妳看起來不像個公主耶。」凱艾絲說。小女孩拘謹地坐在紗芮奈旁邊的椅子上。餐廳裡有種彷彿書房一般舒適的氛圍，牆壁以黑木鑲襯，而四周放滿了凱胤從旅途中帶回來的紀念品。

「妳的意思是？」紗芮奈邊問邊努力思索著怎麼使用古怪的占杜餐具。桌上有兩件器具，一個是末端尖銳，而另一個有著鏟子般平坦的末端。其他人使用起這兩樣東西就如同他們的天生就會似的，所以紗芮奈決定不說任何話，如果她不能靠自己猜出怎麼用，她就什麼都吃不到了。但後者的可能性似乎愈來愈高。

「嗯，首先妳高得不像個公主。」凱艾絲說。

「凱艾絲。」她媽媽用著某種恐嚇的口吻警告。

「是真的。所有的書上都寫著公主應該要嬌小。我是不太確定嬌小是什麼意思啦，但她好像一點都不嬌小。」

「我是泰歐德人。」紗芮奈說完，成功地用她的餐具戳到一小塊像是滷蝦的食物。「我們都這麼高。」

「爸爸也是泰歐德人，凱艾絲。」鐸恩說。「而且妳也知道他有多高。」

「但是爸爸很胖。」凱艾絲說。「那妳為什麼不胖呢，紗芮奈？」

凱胤從廚房門後面出現，在端菜出來的途中，心不在焉地用金屬托盤拍了小女孩的頭一下。「跟我想的一樣，」他喃喃地說，聽著敲擊發出的響亮聲音。「妳的腦袋完全是空的，我想這解釋了很多事情。」

在凱艾絲把注意力轉回餐點之前，她生氣地擦擦頭並且哀怨地說：「我還是覺得公主應該要更小一點。除此之外，公主應該要有好的餐桌禮儀；紗芮奈堂姊大概掉了她自己一半的餐點到地上了。你們有聽過一個公主不會用麥彭棒（MaiPon）的嗎？」

紗芮奈羞紅了臉，低下頭看著她的異國餐具。

「別聽她的，奈……」凱胤笑著，把另外一道看起來很美味的餐點放在桌上。「這是占杜菜，它就是用很多油做的。要是不把一半弄到地上的話，吃起來味道就不對了。妳早晚會抓到這些棍子的訣竅。」

「妳可以用湯匙，要是妳想的話，」鐸恩說，「阿迪恩都這樣。」

紗芮奈的目光馬上就轉到第四個孩子身上。阿迪恩是個將近二十歲，有著一張削瘦臉龐的男孩。他的皮膚很蒼白，神情奇特，令人不太舒服。他的動作笨拙、僵硬而且不太受控制。當他吃飯時，他會對自己喃喃自語。紗芮奈覺得他是在重複念著數字。她曾經看過這種心智不完整的小孩。

「父親，餐點很美味。」路凱把她的注意力從他弟弟身上轉移開來。「我不記得你曾經這樣料理蝦子。」

「這叫做海寇（HaiKo）。」凱胤用沙啞的聲音回應著。「你去年在思弗丹念書的時候，我跟一個旅行商人學的。」

「兩百零一萬六千兩百三十八，」阿迪恩模糊地說，「這是去思弗丹要走的步數。」

阿迪恩的發言讓紗芮奈吃了一驚，但是她發覺其他人根本不理會他之後，她也開始這樣做。「這真是太好吃了，叔叔。」紗芮奈說，「我從來不知道你是個廚師。」

「我一直很喜歡做菜。」凱胤邊說邊坐進他的椅子裡。「我去泰歐德的時候，也想煮點東西給你們吃，但是妳母親的大廚不覺得這是個好主意，她覺得王室成員不應該出現在廚房。我曾經試著向她解釋從某種角度來說，那廚房有一部分是我的，不過她還是不讓我踏進那兒。」

「看來，她讓我們虧大了。」紗芮奈說，「你不會全部都是自己來吧？」

凱胤搖了搖頭。「幸運地，沒有。朵菈也是很高明的廚師。」

紗芮奈驚訝地眨了眨眼。「你是說你們家沒有一個廚子幫你們煮飯？」

凱胤和朵菈一起搖了搖頭。

「爸爸就是我們的廚師。」凱艾絲說。

「沒有僕人或是侍從之類的？」紗芮奈問。她本以為現場沒有僕人，是因為凱胤刻意想讓這一餐中沒有外人。

「一個也沒有。」凱胤說。

「為什麼？」

凱胤看看他的妻子，然後轉頭向著紗芮奈。「紗芮奈，妳知道這裡十年前發生什麼事嗎？」

「『災罰』？」紗芮奈問，「『天懲（Punishment）』？」

「是的，不過妳知道那是什麼意思嗎？」

紗芮奈想了一會兒，聳了聳肩。「伊嵐翠人的末日。」

凱胤點了點頭。「妳也許從沒有遇過任何一個伊嵐翠人，災罰發生時妳還很小。很難去解釋在這場災難後，這個國家改變了多少。伊嵐翠曾經是這世界最美麗的城市——相信我，我走過世界各地。它是一個用耀眼的石材跟光亮的金屬所打造出來的不朽城市，而居住於其中的人民也彷彿是用同一種材質所雕刻出來的。然後……他們崩壞了。」

「是的，我曾經念過這些。」紗芮奈邊說邊點頭。「他們的皮膚變得暗沉，其上還有黑色的斑點，然後他們的頭髮也開始掉落。」

「妳可以從書上讀到這些，」凱胤說，「但是當它發生時妳不在這兒。妳不明白那種目睹眾神腐爛萎縮的恐懼。他們的崩壞毀滅了亞瑞倫的政府，導致整個國家陷入混亂。」

他頓了一下，然後繼續說：「就是那些僕役最先開始反抗的，紗芮奈。從他們主人崩壞的第一天起，僕人就叛變了。有些人——大多是這個國家現今的貴族們——說這是因為伊嵐翠的下等階級過得太好了，慣寵的天性讓這些人在主人們一露出衰弱徵兆時，就把他們徹底推翻。但我認為那只是恐懼，無知地害怕那些伊嵐翠人感染了惡疾，混雜著看到前一天你還膜拜的人，今天就在你身旁倒下的驚懼。

「不管怎樣，這些僕役造成了最大的傷害。首先只是些小團體，接著演變成難以置信的騷動與破壞，屠殺任何他們找得到的伊嵐翠人。他們從最強大的伊嵐翠人開始殺起，接著那些弱小的也一樣。

「而且受害的不只是伊嵐翠人。人們開始攻擊自己的家人、朋友，甚至是那些被伊嵐翠人所指派的人。朵菈和我目睹了這一切，恐懼著並感謝我們家人裡沒有人是伊嵐翠人。因為那一晚，我們再也無法說服自己去僱用傭人。」

「不過實際上我們也不太需要。」朵菈說。「你會對你自己能做多少事情而感到驚訝呢。」

「特別是當你有一對孩子，可以叫他們做那些容易弄髒的差事。」凱胤狡猾地笑了。

「我們就只有這點用處嗎，父親？」路凱邊說邊笑，「刷地？」

「這也是我所能想到要生小孩的唯一的理由。」凱胤說。「你母親跟我會生下鐸恩，也是因為我們決定要多個人來洗夜壺。」

「爸爸，拜託。」凱艾絲說。「我還想吃飯。」

「慈悲的上神，請拯救打擾凱艾絲用餐的人。」路凱竊笑著說。

「凱艾絲公主。」小女孩更正他。

「喔，我的小女孩現在是公主啦？」凱胤愉悅地問。

「要是紗芮奈是公主，那我也可以是公主。畢竟，你是她的叔叔，所以這不就讓你變成了王子嗎？對不對？爸爸？」

「技術上來說是。」凱胤說。「雖然我不認為我仍正式擁有這個頭銜。」

「他們大概是因為你老愛在餐桌上談論夜壺而把你除名了吧。」凱艾絲說。「王子不做那種事情，你知道的，這代表了糟糕透頂的餐桌禮儀。」

「當然，」凱胤帶著寵愛的笑容說。「我還在想為什麼之前沒想通這一點呢。」

「所以，」凱艾絲繼續說。「要是你是王子，那你的女兒就是公主了。」

「事情不是這樣的，凱艾絲。」路凱說。「父親不是國王，所以他的小孩會是男爵或是伯爵，不是王子。」

「真的嗎？」凱艾絲帶著失望的語氣問。

「恐怕是如此，」凱胤說。「無論如何，相信我，任何說妳不是公主的人，凱艾絲，都不曾聽過妳睡覺前的抱怨。」

小女孩想了一會兒，顯然不知道要怎麼繼續接話，就繼續吃著晚餐。但紗芮奈沒有再注意凱艾絲，她的心思早停頓在聽到她叔叔說出「我不認為我仍正式擁有這個頭銜。」這句話的時候了，這句話聽來政治意味濃厚。紗芮奈以為自己知道過去五十年裡泰歐德宮廷裡發生的所有重要事件，但是她從不知道凱胤被正式褫奪頭銜了。

她還來不及細想此事的怪異之處，艾希便從窗外飄了進來。在晚餐的興奮氣氛之下，紗芮奈都忘了她派他去跟蹤樞機主祭。

光球在窗邊的空中遲疑地停著。「小姐，我打斷你們用餐了嗎？」

「沒有，艾希，來見見我的家人。」

「妳有一個侍靈！」鐸恩興奮地驚呼。這次他的姊姊震驚得說不出話來了。

「這是艾希，」紗芮奈說。「他侍奉我的家族超過兩世紀了，而他也是我見過最有智慧的侍靈。」

「小姐，您誇大了。」艾希謙遜地說，但同時紗芮奈注意到他發出的光更強烈了一點。

「侍靈……」凱艾絲語氣中充滿讚嘆地說，完全忘記了她的晚餐。

「他們向來很稀有，」凱胤說，「而現在更甚以前。」

「妳從哪裡得到他的？」凱艾絲問。

「從我母親那兒。」紗芮奈說。「她在我出生那時，把艾希繼承給我。」繼承侍靈——這是一個人能收到最好的禮物之一。有一天，紗芮奈也得將艾希繼承出去，找一個新的人請他保護以及照顧。她本來盤算應該是她的某一個小孩，或是某一個孫子、孫女。這可能性曾經存在過。但是現在，看起來愈來愈不可能了……

「一個侍靈。」凱艾絲又說了一遍。她轉向紗芮奈，眼神因興奮而閃閃發光。「我可以在晚餐後跟他玩嗎？」

「跟我玩？」艾希帶著不確定的語氣說。

「可以嗎，拜託妳，紗芮奈堂姊？」凱艾絲懇求。

「我不知道耶，」紗芮奈露出微笑。「我好像想起幾個對於我身高的批評。」

小女孩懊惱、失望的表情讓眾人看得樂不可支。在這個笑聲瀰漫的瞬間，紗芮奈首度感到從離開家鄉一個禮拜到現在，緊繃的心情開始鬆弛下來。

第六章

「我想國王已經沒有希望了。」拉森的手臂在胸甲前交叉著，並且若有深意地回頭看著王座大廳。

「閣下？」狄拉夫問。

「我是指艾敦王。」拉森說。「我原本希望能拯救他，當然我不認為那些貴族會無條件地跟從我，他們對自己的傳統有著根深蒂固的想法。如果我們當初能在災罰過後立刻前來亞瑞倫就好了，然而，我們也不確定伊嵐翠人染上了什麼樣的疾病，也沒有人知道它會不會傳染給我們。」

「杰德司擊敗了那些伊嵐翠人。」狄拉夫熱切地說。

「是呀，」拉森看著那個矮他一些的男子。「以往，杰德司都是以自然界的運行來行使祂的意志。但一場瘟疫不光是會殺死亞瑞倫人，也會害死菲悠丹人。」

「杰德司一定會保護祂的選民。」

「當然。」拉森心煩意亂地回答，再次對王座大廳投射出一道不滿的視線。他提出一項職責外的協議，因為這是拯救亞瑞倫最簡單的辦法，就是先讓他們的統治者改宗，但他沒有期待艾敦王會有任何善意的回應。要是國王能夠知道這樣一份簡單的宗教聲明，能夠解救多少人免於苦難就好了。

現在來不及了，艾敦王正式拒絕了杰德司。他必須要成為殺雞儆猴的對象，然而，拉森必須謹慎行事，杜拉德革命的記憶在拉森的腦海中歷歷在目，死亡、血腥與混亂，這種災難般的巨變實在該避免。拉森也許是個嚴厲而果決的人，但他對大屠殺沒有一絲好感。

只不過，短短三個月的時間，也許會讓他面臨毫無選擇的餘地。如果他能成功，他也可能會激起一場動亂。更多的死亡與更多混亂的可怕事情，會發生在這個尚未從前一次血腥革命中恢復的國家。但是，杰德司的帝國將不可能作壁上觀，只因為有些無知的貴族拒絕接受事實。

「我想我也許對他們期望太高了。」拉森低聲自語。「畢竟，他們只是一群亞瑞倫人。」

狄拉夫對這樣的評論沒有任何反應。

「我注意到王座大廳裡有些奇怪之處，儀祭。」拉森邊說邊轉身要離開王宮，瞧也不瞧那些雕像或僕人一眼。「也許你可幫我辨認她。她是艾歐人，卻比大多數的亞瑞倫人更高挑，頭髮也比一般亞瑞倫人的棕髮來得更淺更亮，似乎不是本地人。」

「敢問她的穿著，高貴的閣下？」狄拉夫問。

「黑色。整身的黑衣配上一條黃色腰帶。」

「那是新王妃，閣下。」狄拉夫輕蔑地哼了一聲，語氣中突然充滿了憎恨。

「新王妃？」

「她昨天才到，跟您一樣。她原本要嫁給艾敦王的兒子瑞歐汀。」

拉森點點頭，他並沒有參加王子的喪禮，但已經聽聞這件事。不過他卻不知道這場原本要舉行的婚禮，訂婚應該只是不久前的事情。「她還在這裡，」他問。「即使王子已經去世了？」

狄拉夫點頭。「她的王室婚約很不幸地在王子死後也成立。」

「喔。」拉森說。「她是哪裡人？」

「泰歐德，閣下。」狄拉夫說。

拉森再次點頭，了解狄拉夫語氣中的恨意。亞瑞倫儘管受到伊嵐翠這座褻瀆的城市所影響，但起碼有著贖罪的可能性。但是泰歐德卻是舒．科拉熙教派（Shu-Korath）的發源地，一個舒．克賽教派的墮落派系，舒．德瑞熙教派的本教。泰歐德臣服於菲悠丹的光榮之下的那一天，想必會十分令人欣慰。

「一個來自泰歐德的王妃可能會是個問題。」拉森若有所思的說。

「沒有東西可以阻礙杰德司的帝國。」

「如果沒有東西能阻礙它，儀祭，帝國早就應該涵蓋整個星球了。杰德司因為祂的僕人侍奉祂而喜悅，我們則因為讓那些愚昧者屈從帝國的意志而獲得榮耀。但是泰歐德的蠢人是全世界中最危險的一種。」

「一個女人怎麼可能危害到您，高貴的閣下？」

「嗯，一方面來說，她的婚姻象徵著泰歐德與亞瑞倫的正式血親關係。如果我們不夠謹慎，我們可能得同時對付他們。一個人要是有盟友支持，愈有可能去逞英雄。」

「我明白了，閣下。」

拉森點頭，環顧四周，最後望著陽光。「耐心點，儀祭。我會教你重要的一課，一個很少人能知道，更少人能適當使用的一課。」

「那是什麼？」狄拉夫問，緊緊地跟在後頭。

拉森微笑著。「我將會教你如何毀滅一個國家，也就是一名杰德司的僕人如何傾覆一個國家，並且控制全國人民的靈魂。」

「我……真是迫不及待了，閣下。」

「很好，」拉森說，視線穿過凱依城，停留在伊嵐翠巨偉的城牆上，它比起整座城市更加高挺，有如一座山脈。「帶我上去那裡。我想要看一看亞瑞倫那些墮落的主人。」

⁂

當拉森第一次抵達凱依城的外城時，他就注意到它的防禦有多麼脆弱。而今，站在伊嵐翠的高牆之上，拉森才發覺他低估了凱依城防禦能力的可悲程度。漂亮而平坦的階梯連綿於伊嵐翠的外牆，讓人能輕易抵達其頂端。它們全是堅厚的石材建築，根本無法在緊急時拆除。如果凱依城的居民想要逃進伊嵐翠城，他們只會受困於其中，而非受其保護。

他們甚至沒有弓箭手，伊嵐翠的護城守衛攜帶著巨大而不便的長矛，看起來重得不可能用於投擲。他們全都面帶驕傲的神情，穿著毫無盔甲裝備的黃棕色相間制服，而且明顯認為自己優於那些城市民兵隊。就拉森所聽聞，這些守衛甚至不需要真的防範伊嵐翠人逃亡，因為那些生物甚少嘗試這種行為，而城牆的綿長巨大也遠遠超過守衛能夠有效巡邏的範圍。這支部隊更像是種公關表演或象徵，而非真正的軍隊，凱依城的人民需要一支部隊監視伊嵐翠城，才能維持他們的安全感。然而，拉森十分懷疑這批守衛在戰爭時甚至不能夠保護自己，更別說是凱依城的人民。

亞瑞倫就像是顆等著被掠奪的寶石。拉森曾聽過關於伊嵐翠崩壞後所隨之引起的騷亂，以及掠奪自那座美麗城市的無價之寶。那些寶藏現在全部集中在凱依城，掌握在那些毫無防備的新興貴族手上。他也聽說過，除了那些劫掠盜竊以外，一大部分的伊嵐翠財富——譬如說大得不易搬動的藝術品，或是在艾敦王強制封鎖伊嵐翠城後尚未被搶走的財寶——仍留在伊嵐翠被禁鎖的城牆之後。

至今伊嵐翠與凱依城尚未被入侵者劫掠，只因為那些迷信與地理位置。小型的盜賊團害怕伊嵐翠的恐怖傳說，而大型集團要不就是在菲悠丹的控制之下，沒有指示不會貿然行動，就是早被收買讓他們不要對凱依城的貴族動手。而這兩種情況都只是暫時的，維持不了多久。

這也是為什麼拉森自認為很有立場來採取極端的手段，讓亞瑞倫置於菲悠丹的影響與保護之下。這個國家就像是一顆立於山巔上的雞蛋，只等一陣微風吹過，就會重重地摔在地上。如果菲悠丹沒有很快征服亞瑞倫，這個王國也必定會因為各種問題而自行崩潰。在不適當的領導之下，亞瑞倫對勞工階級的課稅過重，宗教政策搖擺不定，以及逐漸萎縮的資源，每一項問題都正努力想給這個國家最後一擊。

他的思緒被身後刺耳的呼吸聲所打斷。狄拉夫站在城牆邊上，俯瞰著伊嵐翠城。他睜大了眼睛，緊咬著牙關，就像是被人狠狠地在腹部揍了一拳。拉森開始猜測他是不是會從嘴邊吐出白沫。

「我恨他們。」狄拉夫以粗糙、近乎口齒不清的聲音低語著。

拉森走過去站在狄拉夫的身邊。由於這些城牆並非因軍事用途而建，於是也缺少那些碉堡上應有的城垛，但兩邊仍有為安全而築的胸牆。拉森倚靠在胸牆上，放眼打量著伊嵐翠。

根本沒什麼值得一看的，他甚至覺得貧民窟都比伊嵐翠更有希望。那些建築物衰敗的程度讓房舍的屋頂還能維持都像是個奇蹟，而且惡臭得令人噁心。他不認為有任何人能活在那座城市裡面，但他看到一些身影偷偷摸摸地從建築物的一邊跑過去。他們彎著腰伸長了手，彷彿準備要以四腳著地前進。其中一個人停了下來，抬起頭，接著拉森第一次見到了伊嵐翠人。

那是個光頭，一開始拉森認為那人的皮膚是黑色的，就像是那些占杜貴族階級的成員。然而，拉森逐漸可以分辨出那個生物皮膚上的淺灰色污點，凹凸不平的蒼白塊狀，就像是石頭上的青苔。他斜視那人，更貼近城牆。他看不清那名伊嵐翠人的眼睛，但拉森卻不知怎麼地，知道那個人應該狂亂而充滿野性，像是隻焦慮的動物般橫衝直撞。

那個生物靠向他的同伴，有如狼群般。*所以，這就是災罰的下場，*拉森低聲地對自己說。*它讓眾神淪為野獸。*杰德司只是把他們的內心揭露給全世界的人看。根據德瑞熙哲學，唯一區別人與動物的事物就是宗教。人可以為杰德司的帝國服務，野獸卻只會為自己的欲望行動。伊嵐翠人表現出了人類傲慢的終極缺陷：他們以眾神自居。他們的驕傲導致了他們的命運。在別的情況下，拉森會很樂意讓他們在應得的懲罰中自生自滅。

然而，他需要他們。

拉森轉身面對狄拉夫。「控制一個國家的第一步，儀祭，是最簡單的——找一個目標去恨它。」

「說明他們的事情，儀祭。」拉森要求，回到他在禮拜堂的房間中。「我要了解所有你知道的事情。」

「他們是污穢、令人憎惡的生物，」狄拉夫輕蔑地說，跟在拉森身後。「光是想起他們，就讓我心臟不適，心靈受到污染。我每天都祈禱他們盡快毀滅。」

拉森關上房間的門，顯得不甚滿意。有些人是可能會有太過熱烈激昂的情緒。「儀祭，我明白你有很強烈的感受。」拉森嚴厲地說。「但是，如果你想要成為我的侍僧，你必須要能夠拋下你的成見。杰德司將這些伊嵐翠人置於我們之前是有所意圖的，如果你拒絕告知我任何有用的事情，我將無法明白這項意旨。」

狄拉夫震驚而錯愕。接著，自從他們探訪伊嵐翠之後，清醒的理智第一次回到他的眼中。「是的，閣下。」

拉森點頭。「你曾看過崩壞前的伊嵐翠嗎？」

「有的。」

「就像是人們說的那樣美麗？」

狄拉夫繃著臉地點頭。「純淨，靠著奴隸的手來維持。」

「奴隸？」

「所有亞瑞倫的人民都是伊嵐翠人的奴隸，閣下。他們是一群偽神，拿救贖的承諾來換取我們的汗水與勞力。」

「那他們傳說中的力量呢？」

「謊言，就像是他們被人誤以為真的具有神性一樣。只是一些精心設計的騙局來讓他們受人敬畏。」

「在災罰之後，發生了一場騷亂，對吧？」

「一團混亂。殺戮、暴動與恐慌，閣下。接著商人們奪取了權力。」

「那伊嵐翠人呢？」拉森問，並走到書桌旁坐下。

「活著的不多，」狄拉夫說。「大多數都在暴動中被殺害。那些倖存者都被幽禁在伊嵐翠城中，還有那些日後被霞德祕法所轉變的人也是一樣。他們就和您今天看到的差不多，卑劣而不配稱為人。他們的皮膚被縫上黑色的疤痕，就像有人把血肉扯下來，露出底下的黑暗穢物。」

「那轉變呢？在災罰之後有任何減少嗎？」拉森問。

「持續著，閣下。亞瑞倫各處都會發生。」

「為什麼你恨他們，儀祭？」

問題來得突然，狄拉夫在回答前停了一下。「因為他們是不潔而褻瀆的。」

「還有呢？」

「他們欺騙我們，閣下。他們許諾永生，可是卻連自己的神性也無法維持。我們對他們言聽計從好幾個世紀，換來的卻是一群虛弱卑鄙的殘廢。」

「你恨他們，因為他們令你失望。」拉森說。

「不是我，而是我的同胞。我在災罰的好幾年前就是舒．德瑞熙教徒了。」

拉森皺著眉。「而你確信伊嵐翠人毫無超常之處，除了杰德司詛咒他們的事實之外？」

「是的，閣下。如我所說，伊嵐翠人創造許多虛構的東西，來強化他們的神性。」

拉森搖搖頭，接著站起來並開始脫下他的盔甲。狄拉夫走上前去幫忙，但拉森卻揮手讓儀祭退開。

「那麼，你要怎麼解釋，一般人為什麼會突然轉變為伊嵐翠人呢？儀祭。」

狄拉夫沒有回答。

「憎恨減弱了你看清事物的能力，儀祭。」拉森說著，將他的胸甲掛在書桌邊的牆上，並且露出微笑。他剛剛覺得靈光一現，一部分的計畫突然有了可行之處。「你認為因為杰德司沒有給予他們力量，於是他們便沒有任何力量。」

狄拉夫的臉色轉白。「您是說……」

「這並非偏見，儀祭。教義上告訴我們，在我們的神之外，還有著別的超自然力量。」

「斯弗拉契司（Svrakiss）。」狄拉夫低聲說。

「是的。」斯弗拉契司。那些憎恨杰德司的亡靈，所有聖潔事物的敵對者。根據舒・德瑞熙教派的記載，沒有事情比一個靈魂捨棄原有機會更加充滿仇恨。

「您認為伊嵐翠人是斯弗拉契司？」狄拉夫問。

「這是一個合理的神學推論，斯弗拉契司能夠控制邪惡的軀體。」拉森一邊說，一邊解開他的脛甲。「相信是他們一直以來控制著伊嵐翠人的身體，讓他們以神的姿態來愚弄這些單純而心靈又沒有寄託的人們，很困難嗎？」

狄拉夫的眼中亮起了一絲光芒。拉森發覺到，儀祭似乎不是首次聽見這種論點。突然間，他的靈光一現又似乎沒那麼耀眼了。

狄拉夫注視了拉森一會兒，接著說：「您並不是真的相信它，對吧？」他對他的主上使用這種責難的語調，十分令人不悅。

拉森小心地控制不讓他的不快顯露出來。「這並不重要，儀祭。這樣的邏輯推論是合理的，而人們會相信它。現在他們只看見那些過去貴族如今的可憐模樣，人們不會憎恨這種事情，只會同情他們。但是，惡魔卻是每個人都憎恨的。如果我們能夠譴責這些伊嵐翠人為惡魔，那麼我們就會成功。你已經恨那些伊嵐翠人了，這樣很好。讓別人也和你一樣，只不過，你需要給他們一個更好的理由，不能只是『他們讓我們失望』。」

「是，閣下。」

「我們是神職人員，儀祭，而我們需要宗教上的敵人。那些伊嵐翠人就是我們的斯弗拉契司，不管他們是遠古的邪惡亡靈或只是現世的惡人。」

「當然，高貴的閣下。那我們會摧毀他們嗎？」狄拉夫的臉上充滿了熱切的渴望。

「最終會的。而現在，我們要利用他們。你會發現仇恨比奉獻更快，也更容易使人民團結起來。」

第七章

瑞歐汀用手指戳了戳空中，而光線自空氣中流瀉。當他移動手時，曳動的光跡也隨著指尖飄移，有如沾著顏料在牆壁上書寫，只不過既無顏料也沒有牆壁。

他謹慎地移動，並小心翼翼地控制手指不讓它搖晃。他自左而右地畫了一道直線，約有一手的寬度，接著他的手指以些微的斜度下滑，自彎角處往下畫出一道弧線。下一步他抬起手指，在那不存在的畫布的中心畫下一點。而這三個圖案——兩條線，一個點——是每個「艾歐」符文的起始筆畫。

他繼續著，畫出同樣的三個圖形，線條以不同的角度起始，並且加上好幾條對角線。最後成為某種類似沙漏的圖案，或是上下相連的兩個方框，中間畫線相連。這是「艾歐．艾希（Aon Ashe）」，古代象徵光的圖案。文字開始放出光芒，彷彿有生命般地振動著，接著它的光芒漸弱，就像是一個人吐出了最後一口氣。符文消失。它的光芒從明亮到微暗，到最後什麼也沒有。

「你比我更擅長那個呢，穌雷。」迦拉旦說。「我常常一條線畫太長，或是斜度太大。結果整個圖案在我還沒完成前就消失了。」

「不應該是這樣。」瑞歐汀抱怨著。自從迦拉旦教他如何畫符文後，已經過了一整天，他幾乎把每分每秒都花在練習之上。每個他所正確完成的符文都是一個樣子，還沒產生任何可見的效果前就消失了。於是，他和伊嵐翠的傳奇術法只有個虎頭蛇尾的初步認識。

最令人驚訝的地方在於，這有多麼簡單。無知的他曾以為艾歐鐸（符文術法）會需要一些咒語或儀式。失去艾歐鐸的十年讓謠言傳說有如潮水般湧出；有些人（大多是德瑞熙教士）宣稱那些術法只是個騙局，其他人（同樣也是那些德瑞熙教士）則認為那是召喚邪惡力量的褻瀆儀式。而事實是沒有人──即使是那些德瑞熙教士也不了解艾歐鐸是什麼，所有通曉術法的人都已傾覆於災罰之中。

但是，迦拉旦宣稱艾歐鐸需要的只不過是一雙穩定的手，和對符文的深刻理解。由於只有伊嵐翠人能以光繪出這些文字，也只有他們能夠研習艾歐鐸，於是也沒有伊嵐翠之外的人能明白這有多麼的簡單。不需要咒語、不需要祭品、不需要特殊的藥劑或材料，任何被霞德祕法選中的人，都可以使用艾歐鐸。當然，前提是他們要明白那些文字。

只除了一件事，術法是無效的。符文應該要能夠產生某種作用，起碼要有除了光芒閃現，然後逐漸變弱消失以外的效果。瑞歐汀還記得兒時對伊嵐翠的印象：能夠飛行於空中的人，驚人技藝的力量，慈悲的治療能力。他有一次跌斷了腿，雖然他的父親反對，但他母親還是把他帶進伊嵐翠城裡，尋求醫療幫助。一個閃亮頭髮的身影僅只是舞動著她的手，就把他摔斷的骨頭重組起來。她畫出符文，就像現在他做的這樣，只是她的符文能釋放出強大的神祕術法。

「它們應該要有作用的。」瑞歐汀這次大聲說。

「它們曾經有作用，穌雷。但自從災罰之後。那個奪取伊嵐翠生命的事物也偷走了艾歐鐸的力量。現在我們只能在空中畫出漂亮的文字罷了。」

瑞歐汀點點頭，畫著他自己的符文，艾歐．瑞歐（Aon Rao）。四個圓圈，並有著一個方形在正中央，五個圖案都以直線相連。符文如同先前般運作，彷彿積醞了能量準備釋放，最後仍嗚咽死去。

「真令人失望。可了？」

「非常失望。」瑞歐汀承認，拉出一把椅子並且坐下來。他們依舊還在迦拉旦的地下書房。「我得向你承認，迦拉旦。當我第一次看見符文飄浮在你面前時，我什麼都忘了，那些髒污、沮喪，甚至是我的腳趾。」

迦拉旦微笑著。「如果艾歐鐸依舊能運作，伊嵐翠人還是會統治整個亞瑞倫，不管有沒有災罰。」

「我明白，我只是好奇到底發生了什麼——究竟是什麼改變了？」

「這個世界和你一樣對此感到好奇，穌雷。」迦拉旦聳著肩說。

「它們必然有所關連。」瑞歐汀沉思地說。「伊嵐翠的改變。霞德祕法不再將人變為神祇，而將人變成妖魔，還有艾歐鐸的失效……」

「你並不是第一個注意到這些事情的人。絕對不是。只是沒有人想要去找出答案。那些亞瑞倫的掌權者已經太習慣伊嵐翠現在的樣子。」

「相信我，我知道。」瑞歐汀說。「要是這個祕密能被解開，一定是來自於我們。」瑞歐汀環顧著這座小圖書館。異常的潔淨，也沒有那種覆蓋在伊嵐翠其他地方的污泥，這個房間有種像家一樣的舒適感，像是大宅邸中的小書齋或書房。

「也許答案就在這裡，迦拉旦。」瑞歐汀說。「那些書，或是某一處。」

「也許。」迦拉旦不予置評地說。

「為什麼你那麼不情願帶我來這裡？」

「因為這裡很特別，穌雷。相信你也看得出來？要是這個祕密被洩漏出去，我再也不可能安心地離開這裡，還得整天擔心在我離去的時候，它會被掠奪一空。」

瑞歐汀一邊點點頭，一邊在房間裡來回走動。「那你為什麼帶我來？」

迦拉旦聳聳肩，彷彿他自己也不確定為什麼。最後他才回答：「你不是第一個認為答案可能在這些書裡面的人。兩個人讀起來總是比一個人快。」

「我猜會有兩倍快。」瑞歐汀同意地微笑。「你為什麼要讓這裡維持如此昏暗的狀態？」

「我們在伊嵐翠裡，穌雷。我們可沒有任何燈具店，好讓我們能夠每次用完燈油時去補充。」

「我知道，可是燈油應該夠才對。伊嵐翠在災罰之前總會有油店的。」

「喔，穌雷。」迦拉旦搖著頭說。「你還是不明白，對吧？這裡是伊嵐翠，諸神之城。為什麼眾神會需要油燈或燃油這種世俗的東西？看看你身後的那些牆壁。」

瑞歐汀轉身，就在他背後的牆上掛著一個金屬碟。雖然因為時代久遠而晦暗，瑞歐汀還是可以辨認出它表面的蝕刻——艾歐．艾希，那個不久前他才畫過的文字。

「這些碟子，以前可是比任何油燈都來得更明亮、更穩定。」迦拉旦解釋著。「伊嵐翠人只要用手指一刷就可以熄滅它們。伊嵐翠不需要燈油，他們有更加可靠的光源。根據同樣的理由，在這裡你也找不到煤炭，甚至是火爐。在伊嵐翠，他們只有一口井。沒有艾歐鐸，這座城市幾乎無法居住。」

瑞歐汀以手指摩擦著金屬碟，撫摸著艾歐．艾希的線條。一定有某種巨變發生，一個才十年就散佚失落的事件，一個恐怖得足以讓大地顫抖、眾神失足的事情。然而，要是不能明白艾歐鐸如何運作，他根本也無法去想像什麼導致術法失效。他的目光從碟子上轉開，認真打量著那兩個書櫃。這些書不太可能會直接闡述艾歐鐸的原理運作。然而，如果書是由伊嵐翠人所寫，也許他們會提到與術法有所關連的內容。這些關連就能引導細心的讀者去明白艾歐鐸如何運作——也許。

他的思緒被一陣胃痛所打斷，這不像是他在外頭所感覺過的飢餓。他的胃並不會咕咕作響，那些痛苦是某種更強烈的索求。他已經整整三天沒有吃過東西，飢餓感持續地增長。他這才開始明白，飢餓與其他的痛苦會怎麼樣把人折磨成那些第一天攻擊他的野獸。

「來吧。」他對迦拉旦說。「我們有些事情得去做。」

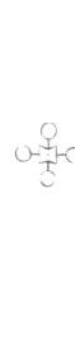

廣場一如數天之前的模樣，充滿了泥濘與那些哀鳴的可憐人，高聳而無情的城門。太陽趕在東方聚集的雲朵之前，運行到軌跡上四分之三的地方。差不多是新的受詛者被送進伊嵐翠的時候了。

瑞歐汀和迦拉旦站在一起，從一座建築物的屋頂上研究著廣場。在他研究的同時，他發覺有些事情不太一樣。有一小群人聚集在城牆的頂端。

「那些人是誰？」瑞歐汀充滿興趣地問，指著站在伊嵐翠大門城牆上的高大身影，他血紅色的斗篷迎風飄揚。在這樣的距離下，很難聽得見他在說些什麼，但是很明顯地，他正在大喊著。

迦拉旦低語。「一個德瑞熙樞機主祭。我不知道亞瑞倫居然有一個樞機主祭。」

「樞機主祭？一種高階司祭嗎？」瑞歐汀鄙視地問，試著想分辨出那個遙遠的身形與特徵。

「我很驚訝他們居然會跑到這麼遙遠的西方來。」迦拉旦說。「甚至在災罰之前，他們就憎恨著亞瑞倫。」

「因為伊嵐翠人嗎？」

迦拉旦點頭。「不管他們宣稱什麼，都不完全是因為伊嵐翠的信仰。德瑞熙一直對你的國家懷有特殊的反感，因為他們的軍隊無法越過群山來攻打你們。」

「你猜他在那裡做什麼？」瑞歐汀問。

「傳道。不然教士會做什麼？他說不定要譴責伊嵐翠是受到某種來自於他們神祇的審判。」

瑞歐汀點頭。「你如果向祭司求解，這就是他們多年來的答案。但很少人有勇氣積極講授這個說法，他們暗地裡害怕伊嵐翠人也許只是在考驗他們，也許有一天伊嵐翠會重新恢復過去的光榮，並且懲罰那些背信者。」

「還是這樣嗎？」迦拉旦問。「我以為這種事情經過十年早就沒了。」

瑞歐汀搖著頭。「到現在還是有人祈禱或懼怕著伊嵐翠人的回歸。這座城市太強大了，迦拉旦。你不明白它過去有多麼美麗。」

「我知道，穌雷。」迦拉旦說。「我並不是一生都待在杜拉德。」

教士的聲音逐漸增強，最後發出一陣怒吼，然後轉身消失在視線中。即使隔得如此遙遠，瑞歐汀還是可以聽見樞機主祭聲調中的憎恨與憤怒。迦拉旦是對的，這個人的話語並不是祝福。

瑞歐汀搖搖頭，看著城牆與大門。

「迦拉旦，」他問。「今天他們有可能會把人丟進伊嵐翠城嗎？」

迦拉旦聳肩。「很難說，穌雷。有時候會好幾個禮拜都沒有一個新的伊嵐翠人，但我也見過一次進來五個。你兩天前來的，那個女人是昨天進來的。誰知道，也許伊嵐翠會連續三天有新血進來，可了？」

瑞歐汀點頭，期待地看著城門。

「穌雷，你打算怎麼做？」迦拉旦不安地問。

「我打算等。」

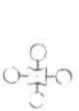

新來的是個有些年紀的人，也許是四十歲後半，有著一張憔悴的臉和緊張的雙眼。當大門猛然關上時，瑞歐汀從階梯爬下屋頂，在廣場邊等待著。迦拉旦跟著他，臉上帶著擔憂的神色，顯然擔心瑞歐汀會做出一些蠢事。

他果然是對的。

這個不幸的新居民只是愁眉苦臉地盯著大門。瑞歐汀等著他踏出一步，做出那個自己所不知道的決定，決定誰會獲得掠奪他的權力。那個男子站在原地，緊張地看著廣場，終於他踏出了遲疑的第一步

——是右邊，和瑞歐汀一樣的選擇。

「來吧。」瑞歐汀說，大步地走出小巷。迦拉旦呻吟起來，並且用杜拉德語咕噥著。

「泰歐倫（Teoren）？」瑞歐汀喊著，挑選了一個常見的艾歐名字。

這個瘦弱的新來者看起來嚇了一跳，並且疑惑地左右張望。

「泰歐倫，真的是你！」瑞歐汀摟上那個男子的肩膀，接著壓低聲音繼續說：「現在你有兩個選擇，朋友。一個是照我的話去做，或者是讓那些躲在陰影裡的傢伙追著你，並且把你打得不省人事。」

那個男子左右張望，恐懼地搜尋著陰影中的身影。幸運地，這時夏歐的手下決定行動。他們昏暗的身影走到了日光下，飢渴的眼睛死盯著那個新來的人瞧，完全強化了那個新來者的恐懼。

「我該怎麼做？」那個男子顫抖地問。

「跑！」瑞歐汀命令，接著扯著那個人一同跑進某條小巷。

這個男子不必叫第二次，他逃跑的速度如此之快，瑞歐汀還害怕他會撞到小巷子的另一邊，並且迷失方向。他們的身後有些模糊的叫喊，這時迦拉旦才明白瑞歐汀做了什麼。這個高大的杜拉德人毫無困難地趕上他們，即使經過了在伊嵐翠的這些時間，迦拉旦的體能還是遠優於瑞歐汀。

「以杜洛肯（Doloken）之名啊，你在幹什麼啊？你這個白癡！」迦拉旦咒罵著。

「我等下就告訴你。」瑞歐汀說，並且專注於逃跑上。再一次，他注意到自己不會喘不過氣，只是身體漸漸覺得疲勞。一種模糊疲倦感開始出現在身上，而在三個人之中，瑞歐汀逐漸變成跑得最慢的那位，然而，他卻是唯一一個知道他們要去哪裡的人。

「右邊！」他對迦拉旦和那個新人大喊，並且躲進一旁的巷子。其他兩個人跟著，但是也甩不開那些惡棍，而且他們也離得不遠。所幸，瑞歐汀的目的地就在不遠處。

「混蛋！」迦拉旦再次咒罵，發覺到他們要跑去的地點。那是前幾天他們去過的其中一間房屋，有著不穩樓梯的那個。瑞歐汀衝刺地闖進去，並且跑上樓梯，差點在樓梯上摔倒兩次。一跑到屋頂上，他就用最後一點力氣把一堆原本是花架的磚塊推進樓梯口，就在迦拉旦和新來的人跑上屋頂之後。脆弱的樓梯根本無法承受這樣的重量，立刻垮下來在地上摔個粉碎。

迦拉旦走過來，打量著空蕩蕩的樓梯口。夏歐的手下聚集在垮下來的樓梯邊，隨即而來的理解暫時壓下了他們的野性。

迦拉旦白了瑞歐汀一眼。「現在該怎麼辦，天才？」

瑞歐汀走近那個新來的人，那人爬上樓梯後就癱倒在原地。瑞歐汀小心翼翼地把那個人的祭品一一拿出來，再把其中一部分塞進腰帶，之後他把剩餘的部分丟下去給那些獵狗般的傢伙們。爭奪食物的打鬥聲立刻從底下傳上來。

瑞歐汀站在樓梯口。「希望他們明白，不會再從我們這裡弄到任何東西，然後決定離開。」

「要是他們不這麼做呢？」迦拉旦問得一針見血。

瑞歐汀聳聳肩。「我們不用食物和水也可以永遠活著，對吧？」

「是沒錯，但我可不想把剩下的永生都花在這棟蠢房子的屋頂上。」說完，他打量著新來的人。迦拉旦把瑞歐汀扯到一旁，小聲地詢問他。「穌雷，那又是怎麼一回事？你大可以在廣場就把食物丟給他們。事實上，為什麼要『救』他？就我們所知，夏歐的手下可能根本不會傷害他。」

「我們並不確定，更何況這樣會讓他覺得他欠我們一條命。」

迦拉旦哼了哼。「所以你有了一個追隨者，也沒付出多少代價，只是得罪了伊嵐翠的所有幫派而已。」

「這只是一個開始。」瑞歐汀帶著微笑說。然而，除了那些勇敢的話語之外，他並沒有太大自信。他還是感覺腳趾痛得要命，然後他在推磚塊的時候，刮到了自己的手。雖然不像腳趾那樣疼痛，卻依舊是某種持續的痛楚，威脅著要破壞他對計畫的注意力。

我必須要持續前進，瑞歐汀對自己重複著。持續努力，不讓痛苦控制我。

「我是個珠寶匠，」男子說。「瑪瑞西（Mareshe）是我的名字。」

「一個珠寶匠。」瑞歐汀不太滿意地說，看著瑪瑞西，兩手交叉在胸前。「似乎沒什麼用處。你還會做些什麼？」

瑪瑞西忿忿不平地看著他，完全忘記沒多久之前，他才因為害怕縮成一團。「珠寶製作可是一項非常有用的技能，先生。」

「在伊嵐翠不是，穌雷。」迦拉旦說，並在樓梯口偷看一眼那些流氓是不是打算離開。顯然他們還沒有這樣的打算，因為迦拉旦看完立刻瞪了瑞歐汀一眼。

無視於杜拉德人的眼神，瑞歐汀轉身對著瑪瑞西。「你還會做些什麼？」

「任何事。」

「這樣說得太廣泛了，朋友。」瑞歐汀說。「你能說得具體一點嗎？」

瑪瑞西用一種非常戲劇性的姿態舉起雙手。「我是個工匠，一個藝術家。我什麼事都會做。因為上神賦予我一個藝術家的靈魂。」

迦拉旦從他在樓梯口邊的位置發出輕蔑的哼聲。

「你會做鞋子嗎？」瑞歐汀問。

「鞋子？」瑪瑞西帶著一點被冒犯的語氣回答。

「是的，鞋子。」

「我想應該沒問題，」瑪瑞西說。「儘管這不需要高超藝術家的技巧。」

「一個高超的蠢……」迦拉旦還沒開始就被瑞歐汀制止。

「藝術家瑪瑞西，」瑞歐汀用他最標準的外交語調繼續著。「伊嵐翠人被送進這座城市時，只有一件亞瑞倫壽衣，會做鞋子的人將會非常有價值。」

「什麼樣的鞋子？」瑪瑞西問。

「皮鞋，」瑞歐汀說。「這不是一件容易的工作，瑪瑞西。你知道，伊嵐翠人沒有什麼試穿或錯誤這種奢侈的事情，如果第一雙鞋不適合，他們就會起水泡，而水泡永遠不會好。」

「你是什麼意思？什麼叫做永遠不會好？」瑪瑞西不安地問。

「我們現在是伊嵐翠人了，瑪瑞西。」瑞歐汀說。「我們所受的傷永遠不會痊癒。」

「永遠不會痊癒？」

「你需要一個示範嗎？藝術家。」迦拉旦一副樂於幫助地問。「我可以立刻幫你做一個示範，可了？」

瑪瑞西的臉整個嚇白，他回頭看著瑞歐汀。「他似乎不太喜歡我。」他小聲地說。

「沒這種事。」瑞歐汀攬著瑪瑞西的肩膀，把他轉離迦拉旦可怕的微笑。「這只是那個人表示友善的方法。」

「如果你這麼說，大人……」

瑞歐汀停下來，然後說：「叫我靈性（Spirit）就好。」他使用了艾歐·瑞歐的解釋。

「靈性大人，」接著瑪瑞西瞇起眼。「不知道為什麼你看起來有點面熟。」

「你這輩子都沒有見過我。現在，關於那些鞋子……」

「他們必須要完美地合腳，絕對不能有一點摩擦或刮腳？」瑪瑞西問。

「我知道這聽起來不容易，也許超過你的能力所及……」

「沒有事情是在我的能力之外的。」瑪瑞西說。「包在我身上，靈性大人。」

「太好了。」

「他們不肯走。」迦拉旦在他們身後說。

瑞歐汀轉身看著高大的杜拉德人。「這很重要嗎？我們似乎也沒什麼事情急著做。我倒是覺得這上面還蠻不錯的，你只需要坐下來，好好享受它。」

一個不祥的聲響從烏雲中傳來，瑞歐汀感覺到一顆水滴落在他的頭上。

「太好啦，」迦拉旦埋怨地說。「我已經開始在享受了。」

第八章

紗芮奈決定不要接受她叔叔的提議，住到他們家去。雖然搬去跟他們住聽起來實在太誘人了，但她擔心她會在王宮裡失去立足點。宮廷是資訊的命脈，而亞瑞倫貴族更是八卦跟陰謀的泉源。若是她決定要跟拉森一戰的話，她必須待在宮廷裡。

這天是她遇見凱胤之後的某天，紗芮奈找了一個畫架跟一些顏料，把它們擺在艾敦的王座大廳正中央。

「在上神名下，妳在做什麼！女孩！」一早走進來的國王驚呼，旁邊跟著一群憂愁恐懼的官員。

紗芮奈把眼神從畫布上移起，佯做驚訝。「我在作畫呀，父親。」為了解釋，她舉起手上握著的刷子，幾滴紅色顏料灑在司法大臣的臉上。

艾敦王嘆氣。「我知道妳在作畫。我問的是，妳為什麼在這裡畫畫？」

「喔。」紗芮奈無辜地說。「我在畫您的畫作，父親，我真的好喜歡它們。」

「妳在畫我的……」艾敦王用一種目瞪口呆的表情說。「但是……」

紗芮奈把她的畫布轉過來，臉上帶著驕傲的笑容，讓國王看到一幅依稀像是畫花的作品。

「喔！我的老天爺呀！」艾敦王喊著。「妳愛畫的話就去畫，女孩。只是不要在我的王座大廳中央畫！」

紗芮奈把她的眼睛張得大大的，眨了幾次，然後把她的畫架跟椅子推到房裡靠近柱子的一角，坐下，然後繼續畫。

艾敦王呻吟著。「我是說……罷了，上神詛咒！妳不值得我花力氣。」國王轉身，然後大步走向他的王座，命令他的祕書開始宣布今天的第一件公事——兩個小貴族的爭執。

艾希在紗芮奈的畫布邊盤旋著，對她悄悄地說：「我還以為他會把您永久驅離，小姐。」

紗芮奈搖搖頭，一個恭喜自己的笑容浮現在她的唇上。「艾敦王的脾氣來得快，去得快，然後之後就變成失望。我愈是讓他相信我沒有大腦，他給的指令就愈少。他知道我只會誤解他的命令，最後只會讓他更焦躁。」

「我開始在懷疑，他到底是怎麼拿到王位的。」艾希說。

「好問題。」紗芮奈承認，輕輕地敲著臉頰想著。「也許是我們不夠信任他。他即使看起來不像是一個好國王，但顯然是個非常好的商人。對他來說，我是一個已經耗盡的資源——他已擁有了他的協約，所以我也無足輕重了。」

「我可沒有被說服，小姐。」艾希說。「他看起來太短視近利了，這樣怎麼可能在王位上坐得久呢。」

「所以他的王座大概也保不久了。」紗芮奈說。「我懷疑這就是樞機主祭在這裡的原因。」

「我同意，小姐。」艾希以低沉的聲音說。他飄在她的畫前片刻，研究著畫上不規則的污點跟不太直的直線。「您畫得比較好了，小姐。」

「別敷衍我。」

「不，是真的，殿下。五年前您開始畫畫的時候，我連您在畫什麼都看不出來。」

「所以這是一幅畫著……」

艾希停頓了一下。「一碗水果？」他滿懷希望地問著。

紗芮奈沮喪地嘆氣著。她總是擅長每一項她嘗試的事情，但是就是領受不到繪畫的奧祕。一開始，她對於自己完全沒有繪畫天分而吃驚，接下來她下定決心要證明自己。然而，繪畫技巧完全拒絕屈服在她堅強的意志之下。她自認精通政治，是一位毋庸置疑的領袖，可以輕輕鬆鬆地了解占杜人的數學，但她也是一個糟糕的畫家。不過這並不能澆熄她的決心——她擁有無法忽視的固執。

「總有一天，艾希，我會開竅，理解到如何把我腦袋中的影像畫在畫布上。」

「當然，小姐。」

紗芮奈微笑。「在那個時刻來臨之前，我們就假裝我是師出某個思弗丹的極端抽象主義學院吧。」

「啊，是的。創意誤導學院。非常好，小姐。」

兩個人走進了王座大廳，準備把他們的案件陳述給國王聽。很難去分辨這兩個人的差異：時髦的背心裡都穿著顏色鮮艷的花邊襯衫，和鬆垮、開口很大的長褲。不過紗芮奈比較有興趣的是第三個人，一個被王宮侍衛帶進來的人。他長得平凡無奇，有著標準艾歐人的金髮，穿著簡單的棕色罩衫。他看起來明顯營養不良，而且紗芮奈發現他眼中充斥著一股絕望，一再揪扯她的心神。

爭執是有關於這個農民。看起來是他三年前從其中一個貴族家中逃出來，結果被另外一個抓到，但第二個貴族沒有把農民還回去，反而把他留下來工作。爭論的重點不是農民本身，而是他的孩子們。他在兩年前結婚，然後在第二個貴族那裡有了兩個小孩。兩個貴族都聲稱自己有小孩的擁有權。

「我還以為蓄奴在亞瑞倫是違法的。」紗芮奈悄悄地說。

「沒錯，小姐。」艾希用著困惑的聲音說。「我不太明白。」

「他們說的是象徵性的擁有權，堂妹。」有個聲音從前方傳來。紗芮奈驚訝地窺視了畫布後方，發覺是路凱，凱胤的大兒子，站在她的畫框後面微笑著。

「路凱！你在這裡幹嘛？」

「我是這城市裡最成功的商人之一，堂妹。」他說著走到畫布旁，挑起眉看著這幅畫。「我是可以自由進出宮廷的。我很驚訝妳進來時沒看見我。」

「你在哪兒？」

路凱點頭。「我在後面那兒，正在重新跟一些老朋友們交換近況。我不在鎮上好一陣子了。」

「那你為何什麼都不說？」

「我只是太好奇妳到底在幹嘛，」他微笑地說。「我不知道有任何人曾經把艾敦王的王座大廳當成繪畫室來用。」

紗芮奈感到自己雙頰緋紅了。「不過還蠻有用的，不是嗎？」

「很漂亮——不過我不能用同樣的話來稱讚妳的畫作。」他暫停了一會兒。「是匹馬，對吧？」

紗芮奈沉下臉。

「一間房子？」

「它也不是一碗水果，大人。」艾希說。「我試過了。」

「嗯，她說是這個房間裡的其中一幅。」路凱說。「所以我們要做的，就是繼續猜到對的那一幅。」

「夠了，你們兩個。」紗芮奈皺眉。「是我們對面的那幅，我畫的時候面對著它。」

「那一幅？」路凱問。「但是那是花耶。」

「所以呢？」

「妳畫裡中央的黑點是怎麼回事？」

「花。」紗芮奈防衛性地說。

「噢。」路凱再度仔細看了一次紗芮奈的畫，然後抬頭望向那幅原作。「隨便妳怎麼說，堂妹。」

「也許你可以在我變得凶暴以前，跟我解釋一下艾敦王的法律問題，堂哥。」紗芮奈用著一種威脅性的甜美笑容說。

「當然。妳想知道什麼？」

「依照我之前的認識，在亞瑞倫蓄奴是不合法的。但是那些人一直用財產來描述那個農民。」

路凱皺眉，把他的目光轉到那兩個爭執的貴族身上。「蓄奴是犯法的，但是我想不會持續太久了。十年前，亞瑞倫沒有任何貴族或是農民，只有伊嵐翠人跟不是伊嵐翠人的人。在過去十年裡，平民從地主變成了封建領主下的農民，又變成受契約束縛的僕人，最後甚至變成像是古菲悠丹人的農奴那般。再過沒多久，他們就會像財產一般了。」

紗芮奈皺了皺眉。國王居然會聆聽這種案子，只為了一些貴族的榮譽，便考慮要從一個人身邊抓走他的小孩，真的是荒唐至極。社會應該早已進步到超過這個階段了。農民用著呆滯的眼神看著這場訴訟，眼中原有的任何光彩早被有系統地、刻意地打滅。

「這比我原先擔心的還要糟。」紗芮奈說。

路凱在她的身旁點了點頭。「艾敦王上任的第一件事，就是消滅私人土地擁有權。亞瑞倫沒有軍隊可言，但是艾敦王可以負擔得起傭兵，強迫人民妥協。他宣布所有的土地都是王室的，接著他用頭銜跟權力獎賞了那些把他拱上王位的商人們。只有一些人，像是我父親，有足夠多的土地跟錢讓艾敦王沒有膽子嘗試奪走他的財產。」

紗芮奈對她的新父親所作所為無比反感。曾經，亞瑞倫號稱是世界上最快樂、最先進的社會。艾敦王摧毀了這一切，把它轉換成連菲悠丹人都早已廢棄的社會體制。

紗芮奈看著艾敦王，然後轉向路凱。「跟我來。」她說，把她堂哥拉到房間的一角，讓他們可以更直白地談話。這個距離近到能讓他們繼續觀察艾敦王，又足夠遠離人群，不會讓他人聽到他們的低聲交談內容。「艾希跟我先前在討論一件事情。」她說。「這個人到底如何拿到王位的？」

路凱聳肩。「艾敦王是一個……複雜的人，堂妹。他在某些地方出名的短視近利，但是他在應對人時又能詭計多端，這就是他為什麼可以成為一個好商人。他在災變之前是本地商人公會的會長，這也讓他變成跟伊嵐翠人沒有直接關係的領域上最有權力的人。

「商人公會曾是自治組織，其中很多人都跟伊嵐翠人處不好。妳想想看，伊嵐翠人提供這個區域裡所有人免費的食物。而這件事情讓人民快樂，讓商人痛苦。」

「那他們為什麼不進口其他東西呢？」紗芮奈問。「除了食物以外的東西？」

「伊嵐翠人幾乎可以製造任何東西，堂妹。」路凱說，「雖然他們不是免費提供，然而他們可以提供很多原料，比商人所提供的還要廉價許多——尤其是當你把船運費算進去的時候。最後，商人公會跟伊嵐翠人達成約定，伊嵐翠人答應他們只會免費提供一些『基本』的物品，讓商人可以進口一些昂貴的奢侈品，提供給在這一帶的有錢人——也就是其他商人公會的成員。」

「接著，災罰降臨。」紗芮奈說著，也開始明瞭整件事情。

路凱點頭。「伊嵐翠崩壞。當時最大的商人公會——艾敦王是會長的那一個，在四座外城中是最有權力的組織。這個公會長期跟伊嵐翠人意見不一的歷史讓它的地位在人民眼中更為穩固。艾敦王自然成為國王的第一候選人。雖然，這不代表他是個好君主。」

紗芮奈點頭。艾敦王在他的王座上下了最終的決定，他大聲宣布逃走的農民是屬於第一個貴族的，但是他的小孩還是得待在第二個貴族那裡。「因為，」艾敦王指出，「小孩從出生起，就是被他現在的主人所餵飽。」

農民並沒有因為這個決定而吶喊，他只是看著他的腳，讓紗芮奈覺得一陣悲傷。然而，當那人抬起頭來時，在他眼神中有某種情緒，某種在強制執行的屈從下所隱藏的情緒。憎恨。他還有足夠的精神來表達這種持續而強大的情緒。

「這不會持續太久的，」她悄悄地說，「人民不會再忍受下去。」

「這些勞動階級幾百年來生活在菲悠丹的封建體制下，」路凱指出。「而且他們過的比農場裡的動物還糟。」

「是的，但是他們從出生就是如此。」紗芮奈說。「生活在古菲悠丹的人不知道還有什麼更好的選擇。封建是唯一的體制。但是這些人民不一樣，十年不是一段很長的時間，亞瑞倫農民還可以記得他們現在稱之為主人的人，以前也不過就是店長跟商人。他們知道更好的生活。最重要的是，他們知道一個政府是會崩壞的，讓那些曾是僕從的人成為主人。艾敦王給他們的壓力太大、也太快了。」

路凱微笑。「妳的口氣聽起來像瑞歐汀王子。」

紗芮奈停下來思考。「他曾是我最好的朋友。」路凱邊說邊悲傷地點了點頭。「我所認識的人之中最偉大的一個。」

「你很了解他？」

「跟我講講他的事情，路凱。」她用輕柔的聲音要求著。

路凱想了一會兒，接著用著懷念的語調說：「瑞歐汀讓人民快樂。妳的日子可能過得如冬天一般悲苦，但是王子與他的樂觀將會降臨；只需要幾句溫柔的話語，就能讓人體認到自己真是太糊塗了。他很聰明。他知道每一種符文，而且也能將它們完美地畫出來。他總是會想出一些只有父親能了解，新的、奇特的哲學理論。即使我有在思弗丹所受的大學教育，也幾乎不能理解他一半以上的理論。」

「聽起來他完美無瑕。」

路凱微笑，「除了玩牌以外的事情。他每場圖雷都（Tooledoo）皆輸，就算如此，每次我們玩完牌，他都能說服我在之後的晚餐請客。我想他應該也是很差的商人——他完全不在意錢這檔事。他會因為我對贏很興奮就輸給我。除了當他去外面的莊園探訪人民時，我從來沒看過他難過，或是生氣。他常這樣做，然後他會回到宮廷裡，直接地說出他的想法。」

「我打賭國王對此沒什麼好感。」紗芮奈邊說邊帶著一點點微笑。

「他恨死了。」路凱說。「艾敦王嘗試過各種方法讓瑞歐汀安靜下來，只差沒把他驅逐出境，不過沒有一個有效。王子總是可以找到方法，讓他的意見實行到王室的裁決之中。他是王子，所以宮廷中的法律——艾敦王本人親自撰寫的——給了瑞歐汀機會，在每一件帶到國王面前的事情上，講出他的想法。而且，讓我告訴妳，王妃，沒聽過瑞歐汀的責備之前，妳不會懂什麼叫做真正的責備。那人有時可以嚴厲到連石牆都必須在他的舌頭下萎縮。」

紗芮奈坐下，愉快地想像著艾敦王被他的親生兒子在整個宮廷前痛罵的畫面。

「我很想他。」路凱靜靜地說。「這個國家需要瑞歐汀。他才開始做些真正的改變。他曾經在貴族中有著他自己的追隨者，但沒了他的領導，整個團體也開始分崩離析。父親和我曾經想把他們給聚在一起，但是我離開太久以至於不諳時事，當然，他們之中鮮少有人信任我父親。」

「啊？為什麼？」

「他有著惡棍的名聲。除此之外，他沒有任何一個頭銜。他拒絕了國王每個嘗試給他的頭銜。」

紗芮奈的額頭皺了起來。「等下，我以為凱胤叔叔反對國王。為什麼艾敦王想要給他一個頭銜？」

路凱微笑。「艾敦王也沒辦法。他的政府構築在一個概念上——金融的成功就是有權統治的理由。父親在經商上非常成功，法律表示，錢就是貴族身分。所以妳看，國王笨到覺得每個有錢人都會跟他想的一樣，只要他給每個有錢人頭銜，就不會有人反對他了。父親的拒絕侵蝕著艾敦王的政權基礎，而國王也知道，只要有一個有錢人不是貴族，那亞瑞倫的貴族系統就還有缺陷。老艾敦每次看到父親出現在宮廷裡都快氣死了。」

「他應該更常來的。」紗芮奈邪惡地說。

「父親總是可以找到各種機會露臉。他跟瑞歐汀幾乎每天下午都會在宮廷裡玩一種叫做辛達（ShinDa）的遊戲。而當他們在王座廳裡做這種事情時，也是艾敦王無止境不安的根源。但是同樣的，國王自己的法律明示宮廷歡迎每個王子所邀請的人，所以也不能把父親踢出去。」

「聽起來像是王子天生擅長用國王的法律反治其身。」

「這也是他使人敬愛的特點之一。」路凱帶著微笑說。「瑞歐汀總是能把艾敦王頒布的每一項法令用別種方法解釋，直到這些法令讓艾敦王有被甩耳光的感覺。艾敦王幾乎在這五年裡的每一分每一秒，都在想要怎樣才能剝奪瑞歐汀的繼承權。現在看來，上神最終幫國王解決了這個問題。」

真的是上神嗎？紗芮奈愈來愈懷疑著，還是其實是一個艾敦王所派來的刺客……「所以現在誰有繼承權？」她問

「沒有一個明確的說法，」路凱說。「艾敦王可能打算生另外一個兒子——伊瑄也還年輕。在這之

前，有權勢的公爵們會是繼承人選，可能是泰瑞依大人（Telrii）或是偌艾歐大人。」

「他們在這嗎？」紗芮奈想在人群中找出他們。

「偌艾歐不在，」路凱說，「不過泰瑞依公爵在那兒。」路凱朝著一個站在遠處牆邊，穿著浮華的人點了點頭。他精瘦而裝模作樣，如果看起來，不是那麼荒淫縱欲，也許可稱之為英俊。他的服飾因為縫了很多顆寶石而閃閃發光，手指上戴滿了閃亮的金戒與銀戒。當他轉過身時，紗芮奈可以看到有一大塊紫色的胎記留在他的臉上。

「讓我們希望王位不要落入他的手中，」路凱說。「艾敦王是令人無法忍受，但是至少他對於帳簿還很負責任，是個吝嗇鬼。泰瑞依呢，則是個花錢如流水的人。他喜歡錢，更喜歡那些給他錢的人。要是他不這麼浪費的話，他可能是亞瑞倫裡最有錢的人，結果呢，他是第三順位，排在國王跟偌艾歐公爵之後。」

紗芮奈皺眉。「國王會剝奪瑞歐汀的繼承權，讓整個國家沒有一個合法的繼承人？難道他不知道有繼承權戰爭這種事情嗎？」

路凱聳肩。「顯然，他覺得沒有繼承人比讓瑞歐汀整天讓他陷入危險更好。」

「他不能讓自由或是憐憫這種小事情毀了他完美的君主政權。」紗芮奈說。

「正是。」

「跟從瑞歐汀的貴族們，他們之後有見過面嗎？」

「沒有。」路凱皺眉。「沒有王子保護，他們不敢繼續會面。我們說服了幾個比較投入的人，在後天進行最後一次聚會。不過我懷疑有辦法得出任何結論。」

「我想去。」紗芮奈說。

「那些人不喜歡新來的人，堂妹。」路凱警告。「他們變得非常提心吊膽，因為他們知道這種聚會可能會被人家認為有叛變意圖。」

「反正這次是他們最後一次見面。就算我出現了，他們又能幹嘛？拒絕下次再來？」

路凱停頓了一下，然後微笑。「好吧，我會跟父親說一聲。他會找到方法把妳弄進去的。」

「我們可以一起在午餐時告訴他。」紗芮奈對她的畫布依依不捨地看了一眼，然後走過去開始收拾。

「所以妳要跟我們一起共進午餐嗎？」

「嗯，凱胤叔叔答應我會煮些菲悠丹的食物。此外，就我今天學到的來看，我不覺得我能忍受再坐在這裡聽著艾敦王的判決。要是他惹得我更生氣的話，我可能會把顏料丟到他臉上。」

路凱笑著說：「這可能不是個好主意，不論妳是不是王妃都一樣。來吧，凱艾絲要是知道妳要來，一定會非常高興的。父親在我們有客人時總是會把菜煮得更好吃。」

路凱是對的。

「她來了！」當凱艾絲看到紗芮奈走進來時，發出一陣熱情的尖叫聲。「爸爸，午餐現在就要上桌！」

潔拉從一處近處的門中走出，用一個擁抱和短暫的親吻迎接她的丈夫。這個思弗丹女子對路凱悄悄地用著菲悠丹語說了幾句話，然後他微笑著，親暱地摩擦她的肩膀。紗芮奈帶著嫉羨的神情看著，然後用咬緊牙關來偽裝自己。她可是泰歐德王家公主——她沒有資格抱怨王室聯姻。要是上神在她還沒見到她丈夫之前就取走了他，祂顯然就是要她心無旁騖地專注在其他事情上。

凱胤叔叔從廚房裡出現，把一本書塞進他的圍裙裡，然後給紗芮奈一個緊緊的擁抱。「妳果然還是離不開我們。凱胤的神奇廚房誘惑太大了，是吧？」

「不，爸爸，她只是餓了。」凱艾絲宣布。

「喔，只有這樣嗎？嗯，紗芮奈，找個位置坐下吧。我再一會兒就把午餐弄好了。」

午餐如同前一天的晚餐般進行著。凱艾絲抱怨著午餐太慢了，鐸恩則努力地讓他看起來比較成熟一點，路凱無情地調侃著他的弟弟妹妹——這是所有大哥的嚴肅責任。阿迪恩依然遲到，看起來神情渙散，喃喃自語著一些數字。凱胤端著一些冒著蒸氣的餐點進來，為他妻子的缺席而道歉，說她先前已經有約。

這一餐很好，食物很好，對話很愉快。直到路凱開始對他的家人提起紗芮奈的繪畫天分。

「她正忙於某種新抽象主義。」她的堂哥帶著認真的語氣宣告。

「真的嗎？」凱胤問。

「真的。」路凱說。「雖然我不能確切地說，到底她想如何用一些勉強像馬的棕色污點來表現花叢的樣子。」

紗芮奈臉紅了，整個餐桌爆出了笑聲。然而，這還沒結束，艾希選在這個時候背叛了她。

「她叫它創意誤導學派。」侍靈用著他低沉、有威嚴的聲音，慎重其事地說：「我相信公主是從創作出讓觀眾完全看不出這是什麼作品得到主控權。」

這個補充說明差點讓凱胤笑到受不了，都要笑倒在地上了。不過紗芮奈的痛苦很快便終結，因為這個對話的主題突然有一點改變，讓公主頗感興趣。

「沒有一個叫做創意誤導學派的東西。」凱艾絲告訴他們。

「真的沒有嗎？」她的爸爸問著。

「沒有。有印象派、新表現派、抽象衍生學派和復興學派，就這樣。」

「喔，真的嗎？」路凱帶著興味地問。

「真的。」凱艾絲說。「還有一個是現實主義運動，不過只是它和新表現派一樣，它們只是換個名字，讓自己聽起來更重要罷了。」

「不要在公主面前炫耀。」鐸恩模糊不清地說。

「我沒有在炫耀，」凱艾絲氣呼呼地說，「我是在展示我是個受過教育的人。」

「妳就是在炫耀。」鐸恩說。「此外，現實主義學派跟新表現派是不一樣的東西。」

「鐸恩，別對你姊姊發牢騷了。」凱胤命令著。「凱艾絲，別再炫耀了。」

凱艾絲沉下臉，帶著惱怒的臉龐坐回她的椅子，開始語焉不詳地喃喃自語。

「她在幹嘛？」紗芮奈帶著困惑問。

「喔，她正在用占杜語詛咒我們。」鐸恩馬上就回答了。「她每次吵輸了都這樣。」

「她覺得說其他語言可以保住她的面子，」路凱說。「好像在證明她比世界上其他人都聰明。」

一聽到這話，從金髮小女孩口中所流瀉出的字句好像又轉了個方向。紗芮奈驚訝地發現凱艾絲現在說的是菲悠丹語。不過凱艾絲還沒完，她以簡短帶著控訴的尖銳聲調，用杜拉德語為她激烈的演說做了個結尾。

「她到底會說幾種語言呀？」紗芮奈驚訝地問。

「噢，四或五種吧，除非她在我不注意的時候又學了新的。」路凱說。「反正她很快就不能繼續學了。思弗丹聲稱人類的心智只能學習最多六種語言，再多就會開始搞混。」

「這是小凱艾絲人生中的一個任務——她會證明他們是錯的。」凱胤用著他深沉、嘶啞的聲音說。「然後，吃遍每一道能在亞瑞倫找到的食物。」

凱艾絲不屑地對她父親抬起下巴哼了一聲，然後繼續用餐。

「他們可還真是……博學。」紗芮奈吃驚地說。

「別這麼驚訝，」路凱說。「他們的家教老師最近正在教美術史，兩個小鬼頭努力想證明自己比對方強。」

「原來如此。」紗芮奈說著。

凱艾絲還在為她的失敗所沮喪，邊吃邊喃喃自語著。

「妳說什麼？」凱胤用著堅定的語氣問。

「我說，『要是王子還在這的話，他就會聽我的。』他總是站在我這邊。」

「那只是聽起來而已。」鐸恩說。「這就是諷刺，凱艾絲。」

凱艾絲對她弟弟吐了吐舌頭。「他覺得我很漂亮，而且他愛我。他在等我長大，之後就可以娶我了。然後我就會成為王后，接著我就會把你丟到地牢裡，直到你承認我是對的為止。」

「他不能娶妳，笨蛋。」鐸恩怒目相對。「他已經娶了紗芮奈。」

凱胤一定早就注意到，當王子的名字出現時，紗芮奈的臉色變了。雖然他用著嚴厲的表情叫兩個小鬼安靜下來，然而，傷害已經造成。她知道他的事情愈多，就愈想起王子那輕柔、振奮人心的聲音從百里外的地方，透過侍靈對她說話。她想起他信上用著閒聊的語氣，說著亞瑞倫生活的種種，解釋著當她來的時候，他會怎麼樣幫她打理住所。她曾經很期待自己能提早到達，給他一個驚喜。顯然，還不夠早。

也許她應該聽她父親的話。他曾經對這樁婚姻遲疑過，即使他知道泰歐德需要和新的亞瑞倫政府建立穩固的同盟，即使兩個國家有著相同的祖先和文化遺產，但是過去十年來，泰歐德和亞瑞倫之間幾乎沒有聯繫。在災變之後的暴動嚇壞了所有曾經跟伊嵐翠人有過聯繫的人，絕對包括了泰歐德王室。不過隨著菲悠丹再次向他們的邊界擴展影響力——導致了杜拉丹共和國崩解——泰歐德顯然需要想起它古老的盟友，不然就得獨自面對沃恩的部族。

因為如此，紗芮奈建議了這樁婚姻。她父親起初是反對的，後來卻屈服於現實層面的考量。畢竟沒有比血的羈絆更強的東西，尤其是一樁有關王儲的婚姻。王室婚約會讓紗芮奈無法再嫁這事並不重要，瑞歐汀年輕而且強壯，他們都認為他還能活上幾十年。

凱胤在跟她說著話。「你說什麼，叔叔？」她問。

「我只是想知道在凱依城，妳還有沒有地方想看的？妳到這裡也好幾天了，現在找個人帶妳去看看走走應該也是個好時機。我想路凱會很高興陪著妳逛逛這些地方。」

精瘦的年輕人舉起了他的手。「抱歉，父親，我也想帶我這位漂亮的堂妹去鎮上看看，但潔拉和我得先討論一下要送去泰歐德的那批絲貨。」

「你們兩個？」紗芮奈吃驚地問。

「當然。」路凱把他的餐巾丟到桌上，然後起身。「潔拉可是討價還價的高手。」

「這就是他會娶我的原因。」思弗丹女人承認著，帶著厚重的口音與淺淺的微笑。「路凱是位商人。獲利就是一切，即便是婚姻也是如此。」

「這就對了。」路凱大笑著說，然後將他的妻子拉起身來。「事實上就是，她的美麗與智慧根本沒被我計算在內。父親，謝謝你美味的午餐。各位，祝你們有愉快的一天。」

說完兩人離去，走時眼睛仍對望著彼此。接下來便是鐸恩的一陣作嘔聲。「呃，爸爸，你應該跟他們說說，那兩人深情的眼神實在讓我難以下嚥。」

「我們親愛的哥哥，腦子都成了漿糊吧。」凱艾絲同意。

「孩子，有耐心一點。」凱胤說。「路凱才剛結婚一個月而已。給他多一點時間，他會恢復正常的。」

「我希望如此，」凱艾絲說。「他讓我想吐。」紗芮奈不覺得她看起來有這麼不舒服，因為她仍然猛烈地把桌上的食物掃進嘴裡。

阿迪恩在紗芮奈身旁，用他自己的方式喃喃自語著。他說得不多，除了一直引用數字以外——偶爾幾聲聽起來像極了「伊嵐翠」，這喚起紗芮奈的記憶。「我想看看整個城鎮，叔叔，」她說，「尤其是伊嵐翠——我想知道騷動的起源。」

凱胤搓了搓下巴。「好吧。」他說，「我希望雙胞胎可以帶妳去看。他們知道怎麼去伊嵐翠。而且這也可以讓我擺脫他們一會兒。」

「雙胞胎？」

凱胤微笑。「那是路凱幫他們取的綽號。」

「我們倆都討厭的綽號。」鐸恩說。「我們不是雙胞胎，而且我們長得一點也不像。」

紗芮奈研究起這兩個小孩，他們有著相同的金色短髮，跟一模一樣的表情。然後，紗芮奈笑了。

「完全不像。」她同意著。

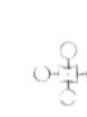

伊嵐翠的城牆有如不滿的衛兵一般，聳立在凱依城前。紗芮奈從底下走過，體認到「它」曾經有多麼巨大與傑出。她去過一次菲悠丹，對菲悠丹堅固的城市印象深刻，但是連它們都不能與伊嵐翠媲美。它的城牆高聳入雲，牆面卻又如此光滑，顯然不是出於正常人類之手。其上雕刻著數不清而又錯綜複雜的符文──許多都是紗芮奈所不認得的，但她覺得自己已經受過足夠多的教育了。

兩個孩子帶著她走上通往外部圍牆上方的大規模石梯。拱門、觀景台和這道石梯都壯觀無比，而且帶有一種宣示王權的意味。整齊排列的石梯更給人一種……傲慢的感覺。這很顯然是當初建造伊嵐翠的人所規劃的，而偉岸的城牆並不是為了防禦之用，是為了隔離。只有對自己有卓越自信的人們，才有辦法建造如此令人吃驚的一座堡壘，而在其外的許多階梯領著一條條往高處的路。

由於伊嵐翠的殞落，讓這份自信看起來顯得毫無根據。但是，紗芮奈提醒自己，這座城市不是被外敵占領，是被其他事物──還沒有辦法理解的事物──災罰。

紗芮奈在爬到大約牆的一半時，暫停了一下，轉身回望凱依城。但那座小城市在偉大的伊嵐翠旁就像小弟弟一般努力地證明自己的重要，不過在這樣一座宏偉的城市旁，做什麼都沒有辦法讓自己看起來不是次級品。也許凱依城的建築物放在別處會讓人印象深刻，不過當與莊嚴壯麗的伊嵐翠一比，凱依城看起來變得瑣碎而不重要。

不過不論它小還是不小，紗芮奈告訴自己，凱依城才是我的重點。伊嵐翠的往日榮光已然逝去。

有一些小的光球浮在牆外——紗芮奈在這個區域裡第一次看到侍靈。她一開始很興奮，不過接著想起一些故事：曾經，侍靈是不被霞德祕法所影響的，但是在伊嵐翠殞落之後，再也不是如此了。當一個人被霞德祕法所選中，要是他有侍靈的話，侍靈就會陷入瘋狂之中。牆外的侍靈沒有目的地飄著，如同迷失的小孩一般。她不用問也知道為什麼城市外有這樣一群瘋狂的侍靈聚集著，正是因為他們的主人墮落了。

她把目光轉離侍靈，對身旁的孩子點了點頭，繼續往上走著巨大的階梯。如今，凱依城才是她的重點，但是她仍想看看伊嵐翠。她曾經聽過一些有關於這座城市的規模、符文、名聲——這是她必須親身體驗的。

往上走時，紗芮奈把手伸進雕刻在城市牆上的符文溝槽裡。那條線幾乎跟她的手一樣寬，石頭跟石頭之間看不到任何接縫。紗芮奈曾經在書上讀到過，整面牆看起來就如同是一整塊石頭所製成。

不過，它不再完美無瑕了。愈接近頂端，愈能看到一塊一塊的巨石散落跟粉碎在階梯上，當她們快爬到頂端時，許許多多的大塊石板從牆上被撕裂下來，散落一地，也在牆上留下很多令人聯想到啃噬的缺口。不過，這裡還是令人印象深刻，尤其是站在上面往下俯望時。

「喔。」紗芮奈讚嘆，感覺自己都要頭昏了。

鐸恩用力拉著她衣服的後襬。「不要太靠近了，紗芮奈。」

「我還好，」她用著一種暈眩的口氣說，不過她還是讓鐸恩拉著她後退。

艾希盤旋在她身旁，帶著關心微微發亮著。「也許這不是個好主意，小姐。您知道您有懼高症。」

「胡說，」紗芮奈說，逐漸恢復精神。然後她第一次注意到有一大群人聚集在頂端，其中有個刺耳的聲音在人群中升起——一個她聽不清楚的聲音。「那是什麼？」

雙胞胎對望，然後兩人困惑地聳聳肩。「我不知道。」鐸恩說。

「這個地方通常除了守衛以外都沒人來。」凱艾絲補充。

「我們去看看吧。」紗芮奈說。她不是很確定，但是她已認出那個聲音中的腔調。而當他們靠近人群的後端時，紗芮奈證實了她的懷疑。

「是樞機主祭耶！」凱艾絲興奮地說。「我之前就想去看他了。」凱艾絲向人群中穿越過去。當小女孩往前頭推擠時，紗芮奈從人群中聽到隱約的驚呼跟感到被打擾的叫聲。鐸恩朝他的姊姊看了過去，好像也想要跟上去的樣子，接著又回頭望著紗芮奈，決定自己應該待在她旁邊當個盡責的嚮導。

不過，鐸恩不用擔心自己看不到樞機主祭。紗芮奈比她的小堂妹含蓄許多，但是她也決定要往前進到能夠聽到拉森聲音的地方。因此，紗芮奈和她的小護衛有禮貌但堅定地從人群中穿過，直到站到人群的前方。

拉森站在伊嵐翠牆上的一個小瞭望台。他背對著群眾，但是讓自己的身體偏向某種角度，以便人群能聽到他的聲音。他對著牆上的這群人演說，不是牆下的那些。紗芮奈只瞄了伊嵐翠城內一眼——晚點她會再來好好研究一番。

「看著他們！」拉森發出號令，手勢朝著伊嵐翠城內。「他們喪失做為一個人的權利。他們只是動物而已，而且也沒有意願服務杰德司的帝國。他們不知道有神，只能跟從他們的欲望行事。」

紗芮奈皺眉。菲悠丹人的教條說人與動物唯一的差別，就是有沒有侍奉和信仰「神」的能力，也就是菲悠丹人的「杰德司」。這種教條對於紗芮奈來說並不陌生，她父親刻意在她的教育課程中加入許多有關舒．德瑞熙教派的廣泛知識。她不能了解的是，為什麼一個樞機主祭會浪費他的時間在伊嵐翠人身上？譴責一個完全被命運所打敗的團體，又能讓他獲得什麼？

只有一件事情很清楚——要是樞機主祭有著任何原因而傳布著反對伊嵐翠人的教條，那保護伊嵐翠人就是她的職責。而在她能夠全盤了解敵人的詭計之前，也許有機會能阻止他。

「……我們都知道，在杰德司的眼中，動物遠遠低下於人類。」拉森用高昂的語調下了結論。

紗芮奈找到了一個對付他的機會。她把眼睛大大地睜開，裝出一個呆滯的困惑表情，然後用高分貝的無辜語氣，吐出三個字。

「為什麼？」

拉森停了下來。紗芮奈算準了他在兩個句子中間的停頓，使得這個問題剛好落在這個空隙。樞機主祭聽到這個尖銳的問題時，躊躇了一會兒，想要重建他的氣勢。但是，紗芮奈的這個問題技巧高超地打斷了他，而時機也就消逝了。他倏地轉過身來，用嚴厲的掃視想要找出剛剛是誰愚蠢地打斷了他。他找到的是裝作害羞跟困惑的紗芮奈。

「什麼為什麼？」拉森質問。

「為什麼在杰德司的眼中，動物比人類低下呀？」她問。

當紗芮奈說出「杰德司先生」時，樞機主祭咬牙切齒地看著她。「因為，牠們不像人一樣，牠們只能跟隨牠們的欲望而已。」

這個問題的典型回答應該是：「人也跟隨他們的欲望呀。」但是這會讓拉森有機會可以解釋，一個像神一般的人跟罪孽深重的凡人的差別。紗芮奈不想給他這個機會。

「但是我曾經聽說過杰德司先生贊同自負耶。」紗芮奈裝作困惑地說。

樞機主祭的目光轉為懷疑。這個問題從一個想假裝成單純小女生的口中問出來，也太剛好了一點。他知道，或至少懷疑，紗芮奈正在戲弄他。不過他仍得回答這個問題，就算不是為了她，也是為了人群。

「上主杰德司獎賞的是野心，而不是自負。」他小心地說。

「我不懂，」紗芮奈說。「野心不就是服從欲望的象徵嗎？為什麼杰德司會獎賞它呀？」

拉森開始失去觀眾的注意了，而他心知肚明這點。紗芮奈的問題是一個百年來針對舒・德瑞熙教派的神學辯論，但是這些群眾並不知道古老的爭論或是學者的反駁。他們只知道有個人正在問著一些拉森不能一下子就答出來，或是提供有趣回答、能維持觀眾注意力的問題。

「野心跟肉體的欲望是不一樣的。」拉森用一種暴躁的聲調宣告，藉以重新奪回整個對話的主導權。「服務杰德司的帝國將很快得到回報，不只是在這裡，也在死後的世界。」

這是一個出色的攻擊：他不只想要轉換主題，而且也把人群的注意力轉到另外一個概念上。每個人都覺得獎賞或是回報非常誘人。不過不幸的是，紗芮奈還沒說完。

「所以只要我們服侍杰德司，我們的欲望就會被滿足了嗎？」

「只有沃恩大人可以直接侍奉杰德司。」拉森如同早已準備好對於她的反駁的回擊一般，立刻就說了出來。

紗芮奈微笑。她一直期待著他會犯下這個錯誤。只有一個人可以直接侍奉杰德司是舒．德瑞熙教派的基本教條之一，整個教派階級分明。它的結構就像古遠的菲悠丹封建政府一般，每個人都為杰德司的帝國服務，但是只有一個人足夠神聖到可以侍奉杰德司。這種分野總是令人困惑，德瑞熙的牧師也常像拉森剛剛一樣，糾正人們的錯誤。

不幸的是，他又給了紗芮奈一次機會。

「沒有人可以侍奉杰德司？」她困惑地問著。「你也不行嗎？」

真是個愚蠢的爭論——是對於拉森重點的誤解，但不是對於舒．德瑞熙教派的攻擊。紗芮奈知道要是在一個正統的宗教優劣辯論會裡的話，她是沒有機會打敗一個受過完整訓練的樞機主祭。不過，紗芮奈並不想反駁拉森的教誨，她只是想搞砸他的演說而已。

拉森一聽這話立刻抬頭，驚覺到他犯了個大錯。所有他之前的計畫跟想法都沒用了，而且人群已經開始思考這個新問題了。

樞機主祭勇敢地想要掩蓋他的失誤，嘗試著把對話帶回他所熟悉的領域。但是紗芮奈現在已經抓住了群眾的心理，她像個老虎鉗一般緊緊地鉗著他們——用這一個像是在歇斯底里邊緣的女人的姿態。

「我們應該要怎麼辦？」她搖搖頭說著。「這些教士的事情恐怕不是像我這種平常人能夠理解的。」

然後對話就結束了。人們開始相互交談，慢慢散去。他們大多都在嘲笑教士的古怪或是神學理論的深奧難懂。紗芮奈注意到這群人多數是貴族，樞機主祭把他們聚集到伊嵐翠的牆上，可以想見花了不少工夫。對於害拉森浪費了他的計畫和哄勸，她邪惡地偷笑了一下。

拉森看著他小心聚集的人群開始如同毛毛雨般流失，也不想再次開口；拉森知道他要是發怒或是大吼的話，只會造成更多傷害而已。

不過令人驚訝的是，樞機主祭從四散的人群中轉身對她稱讚地點了點頭。雖然這不是一個鞠躬，但這是紗芮奈從德瑞熙教士身上收過最恭敬的行禮了。這像是在一場漂亮的勝仗裡，輸的一方對於可敬的對手所做出的讓步。

「妳正在玩一場危險的遊戲，公主。」他用那微有口音的聲音溫和地說。

「你會發現我非常在行。樞機主祭。」她回話。

「下一輪再見了。」主祭向著一個淺髮的矮教士招手示意，叫他跟著拉森走下城牆。在這個教士眼中沒有任何尊敬或是想要容忍她的意思，那兩隻眼睛都燒著憤怒的火光，當他的目光移到紗芮奈身上時，她打了個冷顫。那個男子緊緊地咬著牙，讓紗芮奈有一種他很有可能會抓著她的脖子，然後把她往下丟的感覺。光想起這種事情，她就開始頭昏。

「那男人讓我很擔心。」艾希在她的身旁觀察著。「我看過很多那種人，都是些不太討人喜歡的經驗。一個蓋得這麼差的水壩，總有一天會潰堤的。」

紗芮奈點頭。「而且他還是艾歐人，不是個菲悠丹人。他看起來像是一個拉森的小廝或是侍從。」

「嗯，讓我們祈禱樞機主祭能把他的寵物管好吧，小姐。」

她點點頭，不過在她想回些什麼話之前，就被一陣從她身旁發出的大笑所打斷。她往下看到凱艾絲高興地在地上滾著，顯然凱艾絲努力地在樞機主祭離開視線前，克制住她的笑聲。

「紗芮奈，」她邊喘氣邊說。「妳做的真是太好了！他看起來好笨喔！而且他的臉……看起來比爸爸知道我偷吃完他所有的甜點還紅。他的臉看起來都跟鎧甲一樣紅了！」

「我一點也不喜歡他。」鐸恩在紗芮奈身旁嚴肅地說。他從城牆上的一個矮牆開口觀察著拉森，看著他沿著下方數不盡的樓梯往凱依城而去。「他很……嚴厲。他不知道妳只是在裝笨嗎？」

「可能吧，」紗芮奈把凱艾絲從地上拉起來，順便把她粉紅色衣服上的灰塵拍一拍。「不過他也沒有方法可以證明，所以他必須假裝我是認真的。」

「爸爸說樞機主祭是來讓我們改信舒．德瑞熙教派的。」鐸恩說。

「他知道？」紗芮奈問。

鐸恩點點頭。「他很怕拉森會成功。他說去年的穀物收成不好，很多人都只能餓肚子，要是這個月的春耕再不好的話，下一個冬天只會更冷。在這種艱困的時候，人民會願意去接受一個宣稱會帶來改變的人。」

「你父親很聰明，鐸恩。」紗芮奈說。她今天跟拉森的對質不過只是消遣，人民的心理是易變的，而他們很快就會忘了今天的辯論。不論拉森今天做的是什麼，只是他更大的計畫裡的一部分——一個關於伊嵐翠的計畫，紗芮奈必須了解他的意圖到底是什麼。最後她想起今天來這裡的主要目的，紗芮奈第一次往下看著這座城市。

它曾經很漂亮。整個城市的感覺，建築融合在一起的樣子，道路交錯的模樣，在在顯示這整群都是用心的規畫，大型的藝術品。大多數的拱門都已經倒塌，很多圓形的屋頂也早已落下，甚至還有一些建築看起來來日無多。不過，有一件事情可以確定。伊嵐翠曾經很美麗。

「他們很可悲。」凱艾絲在她身旁說，踮起腳尖好將頭探向石牆上方下望。

「誰？」

「他們。」凱艾絲往下指著街道。

那邊有些人，用著縮著一團的形體移動著。他們偽裝著以逃過黑暗的巷弄。紗芮奈聽不見他們的悲嘆，但可以感覺到。

「沒人在意他們。」凱艾絲說。

「他們吃什麼？」紗芮奈問。「總有人得餵飽他們。」她看不清下方的人形，除了他們曾經是人以外。或是，至少他們還保有著人的形體；她讀過很多關於伊嵐翠人的事情，均令她費解。

「沒有。」鐸恩在她身旁說。「沒人給他們東西吃。他們早應該死光了——因為沒有東西可以吃。」

「他們一定可以從其他地方找到東西吃。」紗芮奈爭辯著。

凱艾絲搖搖頭。「他們是死人，紗芮奈。他們不需要吃東西。」

「他們是不太移動的樣子，」紗芮奈不同意地說，「但是他們明顯看起來不是死的呀，妳看，那裡還有些人站著。」

「不，紗芮奈。他們也是死人。他們不需要吃東西，他們不需要睡眠，而且他們也不會變老。他們全部都是死人。」凱艾絲的聲音聽起來格外嚴肅。

「妳怎麼知道得這麼多？」紗芮奈嘗試把這些字詞當作只是一個小孩的幻想。不幸的是，他們證明了自己非常博學多聞。

「我就是知道，」凱艾絲說。「相信我。他們是死人。」

紗芮奈感到自己的寒毛聳立，嚴厲地告訴自己不要屈服於這種神祕主義的影響。伊嵐翠人從以前就很古怪，這是真的，不過他們不是死人。一定還有其他解釋。

她重新瀏覽城市一遍，努力地把凱艾絲煩人的論調忘掉。當她這麼做時，她的目光落在了三個特別的身影上——看起來不像其他人一樣可悲的人。她瞇著眼注視那三個身影。他們是伊嵐翠人，不過一個看起來比其他兩人有更深的膚色。他們趴在一個建築的屋頂上，而且看起來會動，不同於其他伊嵐翠人。這三個人好像有些……不同。

「小姐？」艾希關心的聲音環繞在她的耳邊，她才發覺自己已傾身出了矮牆以外。

她一驚，看了下面一眼，發覺他們的所在地有多高。突然間她的眼神開始渙散，失去平衡，好像被旋轉的地面所定住了一般。

「小姐！」艾希的聲音再次出現，把她從一陣恍惚中搖醒。

紗芮奈蹣跚地往牆後翻退了幾步，接著蹲了下來，抱住膝蓋。她深呼吸了一陣子。「我還好，艾希。」

「您一恢復平衡，我們就下去。」侍靈用著堅定的聲音命令著。

紗芮奈漫不經心地點點頭。

凱艾絲輕哼。「說實在的，她長這麼高，怎麼還會有懼高症呢。」

第九章

如果狄拉夫是條狗的話，他大概會開始咆哮猛吠，說不定還會從嘴邊溢出白色的泡沫，拉森這麼想著。自從走訪過伊嵐翠的城牆之後，儀祭的狀況就愈來愈糟。

拉森回頭看著那座城市，雖然他們幾乎走回了禮拜堂，環繞著伊嵐翠的巨大城牆依舊矗立在他們身後。而在城牆之上的人，是那名今天算是擊敗了他，令人惱怒的年輕女子。

「她可真了不起。」拉森不由自主地說。就像他所有的同胞一樣，他對泰歐德人也有著毫無疑問的偏見與歧視。五十年前，泰歐德因為一些小小的誤會就把德瑞熙傳教士全給驅逐出境，從此再也不願意接納他們。泰歐德王也差點把菲悠丹大使給趕走。舒．德瑞熙教派的成員中沒有任何一個泰歐德人，泰歐德王室也以譴責所有的德瑞熙事物而惡名昭彰。

不過，遇上能這麼輕易地干擾他布道的人，也是讓人為之精神一振。拉森傳布舒．德瑞熙教派的教義如此之久，讓他發展出一種操弄大眾思想的才能，而他很久沒有遇過一個旗鼓相當的對手了。半年前在杜拉德的成功經驗，讓他明白即使僅有一個人，只要能力足夠，也是可以讓一個國家傾倒覆滅。

不幸的是，在杜拉德幾乎沒有反對勢力，杜拉德人太過開放，太容易接受新的事物。根本算不上是個真正的挑戰。最後，一個政府在他的腳前潰滅的景象，卻讓拉森覺得失落不已，因為那實在太簡單了。

「是呀，她很令人印象深刻。」他說。

「她比所有人都還要更可惡，」狄拉夫怒氣沖沖地說。「唯一一個被上主杰德司所憎恨的民族。」

這就是困擾他的問題，許多菲悠丹人認為泰歐德人已經沒救了。這是個愚蠢的想法——當然這也是個簡單的思考邏輯，賦予菲悠丹的宿敵一個神學上的仇恨理由。但許多人還是相信這種事，而很明顯狄拉夫也是其中之一。

「杰德司不會仇視任何人，除非有人先仇視祂。」拉森說。

「他們真的恨祂。」

「他們大部分的人根本沒有聽過祂的名字，儀祭。」拉森說。「他們的國王是真的恨祂，他確實也應該為了對抗德瑞熙教士而被詛咒。然而，這些百姓甚至卻連機會都沒有。一旦亞瑞倫落入上主杰德司的手中，我們就要接著準備滲透泰歐德了。那個國家是無法對抗整個文明世界的。」

「它將會滅亡。」狄拉夫帶著憤怒的眼神宣告著。「杰德司不會等到我們的儀祭向那些不願屈服的泰歐德人，宣揚祂神聖的名字。」

「唯有菲悠丹統治全人類之時，上主杰德司才會回歸，儀祭。」拉森將他凝視伊嵐翠的目光移開，轉身走進禮拜堂。「這也包括那些泰歐德人。」

狄拉夫的回答很小聲，但每個字在拉森的耳裡卻聽來有如重擊。「也許。」亞瑞倫教士低語著。「但還有另一個辦法，上主杰德司將會在全部活著的靈魂都團結時昇華——但如果我們滅絕那些泰歐德人，他們就不會構成妨礙了。當最後一個泰歐德人嚥了氣，當伊嵐翠人從席克拉大陸的地表上被燒光，那麼全人類都會服從沃恩，而杰德司就會降臨。」

這些話聽起來很令人不安。拉森是來拯救亞瑞倫，而非毀滅它。也許會有必要暗中破壞亞瑞倫的君主政體，也許他會潑灑一些貴族的鮮血，但最終會讓整個國家獲得救贖。對拉森來說，團結全人類，意味著讓他們全部改宗為舒．德瑞熙教徒，而不是殺光那些不願相信的人。

除非，也許他的方法是錯的。沃恩的耐心似乎只比狄拉夫多一點，三個月的期限就說明了這件事。突然間，拉森有一種極端迫切的感覺。沃恩把話說得很明白：除非拉森讓亞瑞倫改宗，否則這個國家將會被毀滅。

「在偉大的杰德司之下……」拉森低語，呼喊著他的神祇的名字。無論對錯，他都不願雙手上沾滿整個國家——就算是異教徒——的鮮血。他必須要成功。

幸運地，他不是徹底敗給那個泰歐德女孩，起碼不如她以為的那樣徹底。當拉森抵達會面地，凱依城最高級旅館的大間會客室時，許多受到邀請的貴族正在等著他。在伊嵐翠城牆上的演說只是他計畫要改變他們的一小部分。

「歡迎，諸位大人。」拉森點著頭說。

「別裝得一副我們之間沒事的模樣，教士。」埃丹（Idan）說，他是一個年輕而直率的貴族。「你承諾你的言語會帶來力量，但是它似乎只有帶來強力的騷動和混亂。」

拉森輕蔑地揮揮手。「我的演說讓一個頭腦簡單的女孩困惑了。聽說那位美麗的公主甚至分辨不出哪隻是她的左手，哪隻是右手。我一點也不期待她能明白我的演講，該不會您也不明白吧，埃丹大人？」

埃丹滿臉通紅。「當然不會，大人。這只是……只是我看不出來改變宗教如何能夠帶給我們力量。」

「力量與權力，大人，來自於敵人的觀感。」拉森緩步地穿過房間並且選定了位置坐下，從不缺席的狄拉夫就在他身邊。某些樞機主祭喜歡使用站姿來構成脅迫的形式，但拉森認為坐著更有效。一般來說，坐姿讓他的聽眾——特別是那些站著的人——感到不安。一個人若不需要壓迫他們便能使聽眾著迷，是更具技巧的展現。

當然，埃丹和其他人很快地就到了位子上。拉森手肘靠在椅子的扶把上，指掌交扣，沉默地凝視他的聽眾們。當他的目光停在房間底部的一張臉龐時，他的額頭忍不住微微皺起。那個男子的年紀稍大，也許是四十歲後半，並且穿著華貴的服飾。最值得一提的部分，就是這名男子在左臉和脖子上有著大片的紫色胎記。

拉森並沒有邀請泰瑞依公爵參加聚會。公爵是亞瑞倫最有權勢的人之一，而拉森只邀請了那些年輕的貴族。他認為那些有權勢的人會接受說服並追隨他的機會並不高；而那些缺乏耐心，期望一步登天的年輕人通常容易操控得多。拉森今晚要加倍地謹慎，也許獎勵就是一位強而有力的盟友。

「然後呢？」埃丹終於忍不住問，他在拉森的注目之下顯得坐立難安。「敵人是誰？你發覺誰是我們的敵人？」

「伊嵐翠人。」拉森簡單地說。在他說出這個字眼時，他可以感覺到狄拉夫的緊繃。

埃丹的不安隨著他按捺不住的輕笑而消失。他看了看幾個他的朋友。「伊嵐翠人十年前就已經死了，菲悠丹人。他們根本算不上是威脅。」

「不，年輕的大人。」拉森說。「他們還活著。」

「如果你認為那樣算活著的話。」

「我並不是指城裡面那些可悲的牲畜。」拉森說。「我是指活在人們心中的伊嵐翠人。告訴我，埃丹。你有沒有遇過，有人認為有一天伊嵐翠人還會回來？」

埃丹的笑聲在他思考這個問題時漸漸消失。

「艾敦王的統治並不全面。」拉森說。「他只能算是個攝政而非國王。人們並不期待他能長久擔任元首，他們只是在等待那些受祝福的伊嵐翠人歸來。很多人認為災罰是假的，只是一種考驗，考驗他們是否忠於古老的信仰。相信你知道人們是怎樣低聲討論著伊嵐翠人。」

拉森的言語重若千斤，他才來到凱依城不過幾天，但卻在這些日子裡仔細地聆聽與調查。他誇大了這些主張，但他知道它們確實存在。

「艾敦無法看出其中的危險。」拉森輕聲地繼續。「他無法看出他的領導地位正在受損，而坐視不管。只要人們還有實質的憑藉去提醒他們伊嵐翠過去的強大，他們就會懼怕，只要他們懼怕一樣東西更勝懼怕他們的國王，你們就沒有一個人能獲得權力。你們的頭銜來自於國王，你們的權力也與他相連。如果他衰弱無力，那麼你們也會一樣。」

他們現在全都專心地在聆聽。每個貴族心中都有一種無藥可醫的不安全感。拉森還沒有見過一個貴族不曾想過農民可能會在背後恥笑他。

「舒．科拉熙教派也不明白其中的危險。」拉森繼續。「科拉熙完全不譴責伊嵐翠人，因而維繫了人民的希望。儘管這毫無理性可言，但人們相信伊嵐翠有一天會重新恢復。他們想像著過去的光輝與壯麗，他們的記憶在十年的故事與傳說中強化。這是人類的天性，相信過去的時光與其他地方比現在或此地要來得更好。如果你們想要真正地支配亞瑞倫，我親愛的貴族友人，你們一定要消滅人們這些愚蠢的希望。你們一定得想辦法讓他們擺脫伊嵐翠的糾纏。」

年輕的埃丹滿腔熱血地點頭附和。拉森有些不滿地噘著嘴，這個貴族男孩實在太容易動搖了。以過去的例子來說，最主動發言的人，往往也是最沒有鑑別力的人。撇開埃丹不論，拉森打量著其他人的反應。他們在思考這個問題，但還沒有被說服。最年長的泰瑞依安靜地坐在房間的後方，把玩著他戒指上的碩大紅寶石，一副若有所思的表情。

他們的不確定是個好現象，人本來就是善變的，像埃丹這種人對他毫無用處，容易爭取來的人也同樣容易失去。「告訴我，亞瑞倫的人們，」拉森巧妙地變換了他的論點。「你們曾經去過東方的國家嗎？」

他們其中一些人點了頭。在過去的幾年中，東方有著潮水般眾多的亞瑞倫旅客，造訪古老的菲悠丹帝國。拉森強烈地懷疑這些亞瑞倫的新興貴族比起多數的貴族更加缺乏安全感，想要透過與思弗丹王國——這類東方文化的核心——交往，來證明自己的文化水準。

「如果你曾造訪過那些東方的強國，我的朋友們，那麼你就會了解到與德瑞熙教士結盟的影響。」「影響」也許是個過於保守的說法，在達司瑞基山以東，沒有一個國王能夠不公開效忠舒．德瑞熙教派而統治他的臣民。那些最令人嚮往與最有利可圖的政府職位，也往往落在戮力服侍杰德司的人身上。

在拉森的言語中隱含了一項承諾。不管他們今天晚上談了些什麼，不管拉森又提出了什麼論調，是這項承諾會贏得他們的支持。德瑞熙教士熱衷於政治並不是個祕密，眾所皆知，能獲得教會背書往往即能夠確保在政治上的勝利。而這樣的保證正是那些貴族所渴望聽見的，這也是那個泰歐德女孩的怨言無法影響他們的理由。神學上的爭論根本不是這些人關注的焦點，不管是舒．德瑞熙教派或舒．科拉熙教派，對他們來說差異不大。他們只希望能夠獲得一項保證，突然湧現的虔誠能夠換來暫時的祝福，一些有形而且可以花費的祝福。

「文字遊戲夠多了，教士。」拉梅爾（Ramear）發話，這是另一個年輕的貴族。他是個無關緊要的男爵次子，有著一張隼鷹般的臉孔與明顯艾歐特徵的尖鼻子，以及著名的直言不諱。「我要有個承諾。如果我們改信舒．德瑞熙教派，你就會讓我們獲得更多財富與權力？」

「杰德司會獎勵祂的追隨者。」拉森四兩撥千金地說。

「祂會怎麼獎勵我們？」拉梅爾要求著。「舒．德瑞熙教派在這個國家沒有力量，教士。」

「上主杰德司在每個地方都擁有力量，朋友。」拉森說。接著為了阻止更進一步的要求，他繼續說下去。「的確，目前祂在亞瑞倫的信徒有限。然而這個世界隨時在變遷，鮮少事物能夠阻擋杰德司的帝國降臨。想想杜拉德，我的朋友。亞瑞倫至今仍不受影響，是因為我們還沒費力來感化你們。」一個謊言，但只是個小謊。「首要的問題就是伊嵐翠，把它從人民的心中除去，他們就會向舒．德瑞熙教派靠攏，舒．科拉熙教派太過平緩，太過懶散。杰德司會在人們的省悟中成長，而人們會從貴族階級中尋找典範，那些和他們抱持相同理念的人。」

「於是我們就會獲得獎勵？」拉梅爾切中要點地問。

「人們不會忍受那些與他們理念不同的統治者，如同不久前的歷史所表現，我的朋友們。國王與元首是很難永久存在的。」

拉梅爾坐回位子上，仔細思考教士的話。拉森至今仍非常謹慎，很有可能最後這些人只有一小部分願意支持他，他不願意讓其他人抓住把柄。如果艾敦王的寬容程度和對宗教態度的差異不遠的話，可能不會忍受拉森這種叛變性的布道太久。

過一段時間，在拉森感受到這些年輕貴族中的穩定信念之後，他才會給予他們更具體的承諾。而不管他的對手會說什麼，拉森的諾言是值得信賴的。雖然他不喜歡和那些可以買賣信仰的人合作，但如同舒．德瑞熙教派的教條中所提倡，野心是值得獎勵的。更何況，正直誠實的聲譽有益，唯有這樣的人才能在關鍵時刻撒謊。

「推翻一個地方的整個宗教，然後重建一個新的，要花費很多時間。」瓦倫（Waren）咕噥著，他是個纖細、有著一頭白金髮色的男子，並以嚴格的虔誠著稱。拉森甚至很驚訝他會陪他的表親埃丹出席這次聚會。看來瓦倫著名的虔信只是一種宗教熱忱，根本比不上政治上的利益。拉攏他與他的名聲，會對拉森的目標有著很大的幫助。

「你會很訝異的，年輕的瓦倫大人。」拉森說。「直到最近，杜拉德都還是世界最古老信仰的核心。現在，根據菲悠丹紀錄顯示，這個古老宗教已經完完全全地被根除。」

「是，」瓦倫說。「杰斯珂教派與杜拉丹共和國的覆滅都是累積經年的事件，也許是好幾個世紀。」

「但你也無法否認，當轉變發生時，它的速度之快。」拉森說。

「的確。」瓦倫吞吞吐吐地說。

「伊嵐翠人的敗亡也是同樣迅速。」拉森說。「轉變有時以令人眩目速度出現，瓦倫大人。但是那些早有準備的人，就可以大大地從中獲利。你說杰斯珂的覆滅是長年累積的結果……那麼，我告訴你，舒．科拉熙教派也已經衰退了一樣久的時間。過去在東方，它們也有著相當的勢力，但如今它的影響力只剩下泰歐德與亞瑞倫了。」

瓦倫坐回座位上思考，他顯然是個聰明與敏銳的人，同時也似乎被拉森的邏輯所影響。也許拉森對亞瑞倫的貴族有些判斷錯誤，大多數的人和他們的國王一樣毫無希望，但也有令人驚訝的人數展現出潛力。也許他們了解到他們的處境有多麼危險，他們的人民在挨餓，他們的貴族卻缺乏經驗，而整個菲悠丹帝國的注意力已經轉到他們身上。當風暴來襲，大多數的亞瑞倫人會像老鼠被亮光所震懾般無所適從，而這些少數的貴族，可能正是值得被拯救的。

「大人們，我希望你們比你們的國王用更多智慧來思考我的提議。」拉森說。「時局艱難，那些缺乏教會支持的人會發覺，未來的幾個月生活將更加困難。請牢記我所代表的人和物。」

「記得伊嵐翠。」狄拉夫的聲音從拉森的身旁嘶聲說。「不要忘了污染我們土地的褻瀆根源。他們沉睡，他們等待，如同往常般狡猾。他們等著抓住你，將你的全部拖進他們的掌握之中。你必須要趕在他們之前潔淨這個世界，免得他們污染你。」

接著一陣不安的沉默。終於——儀祭突如其來的感嘆破壞了整個節奏——拉森倒回椅子上，他交叉著手指表示聚會已經結束。貴族們離去，憂慮的臉上寫著了解拉森所擺在他們面前的困難決定。拉森打量著他們，決定哪些人可以再次聯絡。埃丹已經屬於他了，有他就會不可避免地帶來他的同伴。拉森或許也掌握了拉梅爾，可以跟他私下會面，給予他一些實質的承諾來換取他的支持。還有幾個人和拉梅爾差不多，再來是瓦倫，他的眼中帶著某種像是尊敬的光彩。是了，他可以和這個人進行一些大事業。

他們是一群在政治上弱勢，而且相對來說較不重要的一群人。但他們是個開始。當舒．德瑞熙教派開始增加信徒，重要的貴族就會逐漸增加，替拉森增加籌碼與份量。然後，當國家終於因為政治不穩定、經濟混亂和軍事威脅而崩解時，拉森將會以新政府的職位來獎勵他的追隨者。

然而成功的關鍵依舊坐在房間的最後，安靜地觀看著。泰瑞依公爵身邊的氣氛莊重，他的面容冷靜，但是他奢侈鋪張的名聲卻有著很大的潛力。

「泰瑞依大人，請稍等。」拉森站起身說。「我有一項特別的提議，也許您會有興趣。」

第十章

「穌雷，我可不認為這是個好主意。」迦拉旦蹲在瑞歐汀身旁低聲說，聲音顯得不是太有興致。

「噓。」瑞歐汀一邊窺探廣場邊的轉角，一邊命令。那些流氓已經聽說了瑞歐汀把瑪瑞西拉入夥的事情，並且認為瑞歐汀打算組織一個自己的幫派。當瑞歐汀和迦拉旦前一天抵達，正要開始尋找新來者的時候，他們發現一群安登的手下已經在守株待兔。那場歡迎儀式並不是太令人愉快。所幸，他們並沒有在逃跑的時候弄斷骨頭或弄傷腳趾，但是這次瑞歐汀打算用比較迂迴的方法。

「要是他們又在等我們怎麼辦？」迦拉旦問。

「也許他們已經在那邊了。」瑞歐汀說。「這就是為什麼我要你小聲一點的原因，來吧。」

瑞歐汀偷偷溜過轉角，躲進一條巷子裡。每走一步他的腳趾都在發疼，而他刮傷的手掌和手臂上的瘀青也隱隱作痛，更別說如影隨形、揮之不去的飢餓感。

迦拉旦嘆了一口氣。

「我還沒有厭倦死亡到我想要捨棄它，然後跑去體驗一下純粹的痛苦，可了？」

瑞歐汀轉過頭，帶著寬容的眼神。「迦拉旦，有一天你會克服你那些宿命論的悲觀主義，而整個伊嵐翠都會因為這場震驚而倒下。」

「悲觀主義？」迦拉旦對著躡手躡腳穿過巷子的瑞歐汀質問。「悲觀主義？我？杜拉德人是最輕鬆、全歐沛倫中最愉快、最隨和的民族了！我們每天都帶著——穌雷？你怎麼可以在我替自己辯護的時候跑開！」

瑞歐汀忽略高大的杜拉德人，也試著忽略那些尖銳的疼痛。他的新皮鞋給了很大的幫助。儘管迦拉旦先前甚為存疑，瑪瑞西的作品確實配得上那誇張的自負。這雙鞋子很牢固，鞋底牢靠，又能提供確實的保護，而柔軟的皮革——來自迦拉旦藏書的封面——完美地服貼也不磨腳。

在仔細窺視過轉角之後，瑞歐汀開始打量著廣場。雖然看不見夏歐的手下，但是他們可能就躲在不遠的地方。當瑞歐汀看見城門晃動地打開時，整個人精神一振。今天又有新人抵達了。然而，當伊嵐翠的護城守衛推著三個白衣的身形穿過大門時，瑞歐汀嚇了一跳。

「三個？」瑞歐汀說。

「霞德祕法是無法預料的，穌雷。」迦拉旦從他身後偷偷潛近，開口說。

「這可讓事情麻煩了。」瑞歐汀不滿地說。

「很好。走吧。今天的貢品就留給其他的傢伙，可了？」

「什麼？就放棄這個大好機會？迦拉旦，你真的太令我失望了。」

杜拉德人說了一些瑞歐汀聽不懂的牢騷話。瑞歐汀轉過身，安慰地拍了拍那個大個子的肩膀。「別擔心，我有個計畫。」

「你已經有計畫了？」

「我們得快點行動，那三個人隨時都可能會踏出那一步，那我們的開場就毀了。」

「杜洛肯（Doloken）！」迦拉旦嘀咕著。「你打算怎麼做？」

「不做什麼。不過，你呢，必須要散步到廣場那邊。」

「什麼？」迦拉旦問。「穌雷，你又在發瘋了。要是我走出去，那些流氓會看見我的！」

「一點也沒錯。」瑞歐汀笑著回答。「你只要跑得很快就好了，我的朋友。我們可不能讓他們抓到你。」

「你是認真的。」迦拉旦的聲音裡帶著持續擴大的恐懼。

「不幸地，沒錯。現在快點行動吧，把他們引到左邊去，我會解決剩下的事情。我們在瑪瑞西那邊碰頭。」

迦拉旦氣沖沖地說著些什麼。「全世界的肉乾也不值得……」但他任由瑞歐汀把他推出廣場外。不一會兒，一陣驚訝的咆哮從夏歐手下躲藏的建築物那邊傳出。那群野人衝了出來，把那三個新來的人拋在腦後，只想要追上前幾天羞辱他們的傢伙。

迦拉旦朝著瑞歐汀的方向最後一次投出「都是你」的眼神，接著拔腿狂奔，隨便挑了一條路把夏歐的手下給引開。瑞歐汀等了一下，才衝進廣場中央，大力喘息著彷彿精疲力盡的模樣。

「他往哪條路走？」他尖銳地質問那三個一頭霧水的新來者。

「誰？」其中一個最後鼓起勇氣問。

「高個子的杜拉德人！快點，他往那邊走了？他有解藥啊！」

「解藥？」男子驚訝地問。

「沒錯。那非常稀有，不過應該夠我們幾個人用，如果你告訴我他往哪邊去——你不想離開這個鬼地方嗎？」

那個新來的人抬起搖晃的手，指著迦拉旦跑走的方向。

「走吧，」瑞歐汀催促著。「如果我們不快一點，可就永遠追不上他了！」接著他開始狂奔。

那三個新來的人愣了一下，接著瑞歐汀那種急迫的氣氛感染了他們，他們也跟了上去。於是，那三個人的第一步都是向北，決定他們是夏歐手下的獵物，其他流氓只能煩躁地看著三個人全部跑走。

ஃ

「妳會做些什麼？」瑞歐汀問。

女子聳聳肩。「我叫瑪芮（Maare），大人。我只是個普通的主婦，沒有什麼值得一提的技藝。」

瑞歐汀哼了一聲。「如果妳和其他主婦一樣，那妳可能就是這裡最有才能的人。妳會紡織嗎？」

「當然，大人。」

瑞歐汀若有所思地點點頭。「那你呢？」他問下一個人。

「李爾（Riil），我是個工匠，大人。大部分的時間都在幫忙建蓋主人的農莊。」

「搬磚頭嗎？」

「一開始，大人。」男子說。他有著一雙大大的手掌和一種工人特有的坦率臉龐，但眼神銳利而聰敏。「我花了許多年和老工匠學習，希望主人能送我去學藝。」

「以學徒來說，你的年紀太大了吧。」瑞歐汀留意到。

「我知道，大人，但這是個希望。沒多少農人能有希望，即使只是個簡單的願望。」

瑞歐汀再次點頭。這個男子講起話來並不像是個村農，但也沒有多少亞瑞倫人樣貌。十年前，亞瑞倫是個充滿機會的地方，大部分的居民都有受過一些基本教育。許多人在他父親的宮廷裡抱怨，教育破壞了農民認真工作的意願，選擇性地忘記自己在十年前也同樣只是一群「農民」。

「好了，那你呢？」瑞歐汀問最後一個人。

第三個新人有著強壯的肌肉和一個顯然被打斷過十幾次的鼻子，他用遲疑的眼神看著瑞歐汀。「在我回答之前，我想要知道為什麼得聽你的。」

「因為我剛剛才救了你一命。」瑞歐汀說。

「我不明白。另外那個人怎麼了？」

「他幾分鐘以後就會出現了。」

「但是……」

「我們並不是真的在追他。」瑞歐汀說。「我們是在讓你們三個遠離危險。瑪瑞西，麻煩解釋一下。」

藝術家立即把握住表現的機會。他用誇張的手勢說明自己兩天前的驚險逃亡，彷彿他陷入生死邊緣的危難，而瑞歐汀即時出現，拯救了他。瑞歐汀微笑著，瑪瑞西天性誇張，藝術家的聲音抑揚頓挫，有如精心撰寫的交響樂章。聽著這個男子的故事，幾乎連瑞歐汀都相信自己曾做了那樣偉大高貴的行為。

瑪瑞西以瑞歐汀值得信賴的宣告作結，並且鼓勵他們全都聽從瑞歐汀的指示。最後連那個有著鷹勾鼻的粗壯男子也都專心聆聽。

「我的名字是沙歐林（Saolin），靈性大人。」男子說。「我是個軍人，在依翁德（Eondel）伯爵的私人軍團中服役。」

「我認識依翁德。」瑞歐汀點頭說。「他是個好人。在他獲得頭銜之前，自己也是個軍人。你大概受過良好的訓練。」

「我們是全國最優秀的士兵，長官。」沙歐林驕傲地回答。

瑞歐汀笑著說：「在我們這個可憐的國家裡，要成為最好的士兵並不難呢，沙歐林。但是，我認為依翁德的軍團不輸任何國家的軍隊。我向來覺得他們是充滿榮譽、紀律與作戰技巧的軍人，就和他們的指揮官一樣。賦予依翁德頭銜，大概是艾敦王最近少數做的幾件聰明事。」

「就我所知，大人，國王並沒有什麼選擇。」沙歐林笑著說，露出缺了好幾顆牙齒的大嘴。「依翁德透過把軍隊租借給王室，累積了一大筆財富。」

「這倒是真的。」瑞歐汀笑了出來。「那麼，沙歐林，我很高興你加入。有像你這樣熟練的職業士兵在，會讓我們覺得在這裡安全得多。」

「任憑大人指揮。」沙歐林的表情變得嚴肅。「我以我的劍向您宣誓。除了祈禱之外，我對宗教儀式知道很少，而且我不知道這裡是怎麼一回事，但是會讚揚依翁德大人的人，在我的觀念裡就是好人。」

瑞歐汀緊緊抓住沙歐林的肩膀，忽略這個頭髮斑白的士兵根本沒有劍可以向人宣誓。「我懷著感謝接受你的保護，朋友。但是我得警告你，你所承諾的可不是個容易的擔子。我在這裡急速地累積敵人，而這也需要相當的警戒，才能確保我們不會遭到突然的攻擊。」

「我明白，大人。」沙歐林熱切地說。「但是，以上神之名，我不會讓您失望的！」

「那我們呢，大人？」建築工李爾問。

「我有個偉大的計畫需要你們兩位。」瑞歐汀說。「抬頭看，然後告訴我，你看見什麼。」

李爾抬起頭望向天空，眼裡有些迷惘。「我什麼也沒看見，大人，我應該要看到什麼嗎？」

瑞歐汀大笑。「什麼都沒有，這就是問題。這棟房子的屋頂一定是好幾年前就坍塌了。除此之外，這也是我能找到最大也是保存最完整的建築物。你的訓練中，該不會剛好包括蓋屋頂的經驗吧？」

李爾微笑。「的確有，大人。您有材料嗎？」

「這就是麻煩之處了，李爾。伊嵐翠所有木頭不是已經折毀就是腐朽。」

「這是個問題。」李爾明白地點頭。「也許我們可以把木頭烤乾，然後混以黏土……」

「這可不是個簡單的工作，李爾、瑪芮。」瑞歐汀說。

「我們會盡全力去嘗試的，大人。」瑪芮肯定地說。

「很好。」瑞歐汀帶著讚許地點頭說。他的風采舉止，再加上他們的不安，讓他們很快就聽從瑞歐汀的指示。這不是忠誠，還不是。幸運地，時間會讓他獲得他們的信任，就像是獲得他們的許諾一樣。

「那麼，瑪瑞西，」瑞歐汀繼續。「請向我們的新朋友解釋一個伊嵐翠人的情況。我不希望李爾從屋頂跌下來的時候，還不知道摔斷他的脖子不會讓痛苦終止。」

「是，大人。」瑪瑞西說，並且打量著新來者的食物，它們就放在比較乾淨的地板上。飢餓已經在影響他了。

瑞歐汀謹慎地從供品中挑選了幾樣，然後對其他人點點頭。「把它們平分並且吃掉。保存食物沒有任何好處，飢餓感會立刻產生。你最好在飢餓感開始讓你變得貪嘴之前先吃飽。」

四個人一起點頭，接著瑪瑞西開始解釋生活在伊嵐翠裡的限制，並且分配那些食物。瑞歐汀看了一會兒，開始思考。

「穌雷，我哈麻（hama）會愛上你，她總是抱怨我沒有好好運動。」

瑞歐汀抬起頭，看到迦拉旦大步走進房間裡。「歡迎回來，我的朋友。」瑞歐汀邊說邊露出笑容。「我正開始擔心你呢。」

迦拉旦哼了哼。「把我推出廣場時，怎麼沒見你擔心啊。我看你對魚鉤上的蟲都比對我好，可了？」

「噢，但你的確是一個了不起的魚餌。」瑞歐汀說。「更何況，這件事成功了。我們獲得了那些新來的人，而你也看起來毫髮無傷。」

「這種話很有可能會惹得那些夏歐的走狗非常不高興。」

「你是怎麼擺脫他們？」瑞歐汀遞給迦拉旦自己為杜拉德人預留下來的一塊麵包。迦拉旦看著麵包，接著把它掰成兩半，拿一半給瑞歐汀，瑞歐汀卻抬起手婉拒。

迦拉旦聳肩，一副「好吧，你想挨餓隨你」的樣子，開始嚼著麵包。「跑進一棟樓梯坍塌的房子，然後從後門跑掉。」他滿口食物地解釋。「我在夏歐的手下跑進來時，丟了幾顆石頭到屋頂上。你那天捉弄他們之後，他們就自以為我躲在屋頂上啦，現在說不定還站在那邊等我呢。」

「幹得漂亮。」瑞歐汀說。

「某人沒有給我多少選擇。」

迦拉旦繼續安靜地吃著麵包，一邊聽那些新來的人在討論他們的「重要職責」。「你打算對所有人都這樣說？」他小聲地問。

「說什麼？」

「那些新來的人，穌雷。你讓他們都相信自己非常重要。就像瑪瑞西那樣，鞋子是不錯，但可不是生死攸關的事情。」

瑞歐汀聳肩。「人們在覺得自己重要的時候，才會工作得更認真。」

迦拉旦在沉默了一段時間後才又開口。「他們是對的。」

「誰？」

「那些其他的流氓。你在開始組織你的幫派。」

瑞歐汀搖搖頭。「迦拉旦，這只是計畫中最微小的一部分。沒有人在伊嵐翠成就任何事情，他們要不忙於爭奪食物，要不就是哀嘆自己的悲慘命運。這座城市需要一個目標。」

「我們是死人，穌雷。」迦拉旦說。「我們在受苦之外，能有什麼目標？」

「這就是問題的所在。每個人都相信他們的生命已經結束，就因為他們的心臟停止了跳動。」

「這通常是個不錯的指標，穌雷。」迦拉旦挖苦地說。

「我們不是，我的朋友。我們要說服自己，我們可以繼續過下去。霞德祕法並沒有造成這裡所有的痛苦，我在外頭也曾經看過失去希望的人，他們的靈魂就和廣場上那些可憐的傢伙一樣枯萎衰落。如果我們能夠讓人們重拾希望，哪怕只有一點點，而他們的生命就會整個改觀。」他強調著「生命」這個字，並且直勾勾地看著迦拉旦的眼睛。

「其他的幫派不會坐視你奪走他們所有的供品，穌雷。」迦拉旦說。「他們很快就會對你厭煩。」

「所以我要準備好對付他們。」瑞歐汀指著他們身邊的巨大建築物。「這裡應該會是個不錯的運作基地，你覺得呢？它在中間有著開闊的空間，後面則有許多小房間。」

迦拉旦瞇著眼睛看著上方。「你應該要挑間有屋頂的房子。」

「是，我知道。」瑞歐汀回答。「但這間符合我的要求。我還在好奇它原本是棟什麼建築呢。」

「一座教堂。」迦拉旦說。「科拉熙教堂。」

「你怎麼知道的？」瑞歐汀驚訝地問。

「有這個感覺，穌雷。」

「伊嵐翠裡怎麼會有科拉熙教堂？」瑞歐汀問。「伊嵐翠人就是自己的神。」

「但他們是寬大而仁慈的神祇。伊嵐翠中應該有一座巨大的科拉熙禮拜堂——最美麗的科拉熙禮拜堂，為了象徵與泰歐德人民的友誼而建。」

「聽起來有點奇怪。」瑞歐汀搖著頭說。「一個宗教的諸神替上神建造禮拜堂。」

「就像我說的，伊嵐翠人並不在意人民是否敬拜他們，他們對自己的神性很有信心，直到災罰降臨，可了？」

「你看起來懂得不少嘛，迦拉旦。」瑞歐汀說。

「什麼時候懂得多也是罪過了？」迦拉旦氣憤地說。「你一輩子都生活在凱依城裡，穌雷。也許你不應該問為什麼我懂得這些事情，你應該要問為什麼你不懂。」

「有道理。」瑞歐汀說著並瞥向一旁。瑪瑞西依舊專注於解說伊嵐翠人充滿危險的生命。「看來他短時間內不會結束。來吧，我想做些事情。」

「需要跑步嗎？」迦拉旦痛苦地問。

「除非他們發現我們。」

瑞歐汀認出了安登。這不太容易看清楚，霞德祕法帶來了深刻的轉變，但瑞歐汀向來對認臉頗有天賦。這個自稱是伊嵐翠男爵的人是個矮小的男子，有著可觀的大肚腩以及明顯是假造的長鬍鬚。安登不太像是個貴族，當然，在瑞歐汀認識的貴族中，也沒有幾個人真的儀態高貴。

不管如何，安登並不是個男爵。在瑞歐汀眼前的人，坐在一張黃金製的王座上，統御一群滿臉病容的伊嵐翠人。他以前叫做塔安（Taan）。在霞德祕法選上他之前，他曾是凱依城最有名的雕刻家之一，但他並非貴族血脈。然而，瑞歐汀的父親也只不過是個普通的貿易商，直到有機會登上王位。在伊嵐翠，塔安顯然也把握了這樣的機會。

對塔安來說，在伊嵐翠的這些年似乎不好過，這個男子毫無條理地向他的手下胡言亂語著。

「他瘋了嗎？」瑞歐汀問，蹲在他們用來窺探安登宮廷的窗戶旁。

「我們每個人都有自己對抗死亡的辦法，穌雷。」迦拉旦低聲地說。「傳言說，安登是清楚決定要把自己變成瘋子的。他們說在他被丟進伊嵐翠時，他環顧四周然後說：『我沒有辦法清醒地面對這一切。』在那之後，他自稱自己是伊嵐翠男爵安登，並且開始下達各種命令。」

「然後有人跟隨他？」

「有些人。」迦拉旦低聲地說，並且聳聳肩。「他也許是瘋了，但是這個世界也差不多。起碼，在被丟進伊嵐翠的人眼中，這個世界沒有比較正常，可了？安登是一種權力來源。更何況，他有可能在外面是個男爵。」

「他不是，他是個雕刻家。」

「你認識他？」

「我見過他一次。」瑞歐汀點點頭，然後轉頭看著迦拉旦，眼神裡帶著好奇。「你從哪裡聽來關於他的流言？」

「我們可不可以先退進來一點，穌雷？」迦拉旦要求。「我可不想參與安登的模仿審判秀，並且在其中被處決。」

「模仿？」

「每件事情都在模仿，除了斧頭是真的。」

「嗯，好主意。我已經看到我想看的了。」

兩個人往後退，沒多久之後，他們就在離大學的幾條街之外，迦拉旦這才回答了瑞歐汀的問題。「我和人們聊天。穌雷，這就是我取得情報的方法。就算這城市絕大部分的人都是霍依德，但還是有清醒的人能和別人講話。當然，就是我的嘴才會招惹到像你這樣的人。要是我那時候別多嘴，我可能還坐在我的樓梯邊上享受陽光，而不是像這樣偷偷摸摸跑來偵察這個城市最危險的人之一。」

「也許。」瑞歐汀說。「但你也不會有那麼多樂趣。你會被你的無聊綁死。」

「我可真該感謝你解放了我呢，穌雷。」

「不客氣。」

瑞歐汀邊走邊想如果安登來找他該如何行動。瑞歐汀沒多久就適應了伊嵐翠崎嶇而布滿爛泥的街道，持續疼痛的腳趾是個極佳的動力。他也開始習慣那些灰暗的牆壁和污垢，這件事本身遠比城市的髒亂更令他介意。

「穌雷，」迦拉旦終於還是開口詢問。「為什麼你想見安登？你不可能會知道你認識他。」

瑞歐汀搖搖頭。「如果安登在外面曾是個男爵，我一定會立刻認出他。」

「你確定？」

瑞歐汀十分肯定地點頭。

迦拉旦在接下來的幾條街都不再說話，然後突然明白地說：「好了，穌雷，我並不是很擅長那些你們亞瑞倫人非常重視的符文，但除非我錯得離譜，『靈性』的符文是瑞歐。」

「是。」瑞歐汀遲疑地說。

「那亞瑞倫王是不是有個兒子叫做瑞歐汀？」

「沒錯。」

「然後你在這裡，穌雷，宣稱你認識亞瑞倫所有的男爵。你顯然是個受過良好教育的人，而且你那麼習慣下達命令。」

「你可以這麼說。」

「最後，你自稱『靈性』，很可疑對吧，可了？」

瑞歐汀嘆氣。「我應該要挑個別的名字，對吧？」

「杜洛肯在上，孩子！你的意思是說，你就是亞瑞倫的王儲？」

「我曾經是亞瑞倫的王儲，迦拉旦。」瑞歐汀更正。「在我死去的那一刻，我就喪失了我的頭銜。」

「難怪你那麼惹人厭。我花了一輩子躲開那些王族，結果卻遇見你。該死的杜洛肯！」

「喔，安靜點。」瑞歐汀說。「我又不是真正的王族，我們家族成為王族還不超過一代呢。」

「夠久了。」迦拉旦繃著臉說。

「如果這樣可以讓你開心點的話，我父親不認為我適合當個統治者。他想盡各種辦法讓我遠離王位。」

迦拉旦哼了哼。「如果是艾敦王認可的統治者，那一定是令人髮指的傢伙——不是有意冒犯，但你父親是個白癡。」

「我不在意。」瑞歐汀回答。「我相信你會讓我的身分繼續保密。」

「如果你這麼希望的話。」迦拉旦嘆了口氣。

「我是這樣希望。如果我想改善伊嵐翠的話，我需要他們追隨我是因為他們認同我的行為，而不是因為他們有什麼愛國的義務。」

迦拉旦點點頭。「你起碼應該告訴我的，穌雷。」

「是你說我們不應該討論彼此的過去。」

「也對。」

瑞歐汀頓了頓。「當然，你知道這代表什麼。」

迦拉旦猜忌地看著他。「代表什麼？」

「現在你知道我的身分了，你也應該告訴我你過去的身分，這樣才公平。」

迦拉旦隔了很久才回答，幾乎要回到教堂前時，他才開了口。瑞歐汀放慢了步伐，不想因為抵達目的地而打斷朋友的敘述。他不需要擔心，迦拉旦的宣告又短又直接。

「我是個農夫。」他草率地說。

「農夫？」瑞歐汀原本有著更多期待。

「還擁有一片果樹。我賣掉我的田地，買了一座蘋果園。我以為這樣會容易一點，因為你不必每年都把樹重新種一次。」

「是這樣嗎？」瑞歐汀問。「我是指有比較容易嗎？」

迦拉旦聳肩。「我這麼以為，不過我認識幾個麥農會為了這件事情跟我爭論到太陽下山。可了？」高大的男子若有深意地看了瑞歐汀一點。「你不相信我說了真話，對不對？」

瑞歐汀微笑，對他攤攤雙手。「我很抱歉，迦拉旦，但就我來看，你實在不像個農夫。你是有那樣的體格，但是你看起來太……」

「聰明？」迦拉旦問。「穌雷，我見過許多農人心智敏銳到可以用他們的頭來割麥子。」

「我並不是懷疑你。」瑞歐汀說。「但不管聰明與否，那些人的感覺都像是沒受過教育，而你是個博學之人，迦拉旦。」

「書本，穌雷，是很奇妙的東西。一個有智慧的農夫會利用時間讀書，如果他住在像杜拉德那樣的國家，那裡人人自由。」

瑞歐汀挑了挑眉。「所以，你打算堅持這個農夫故事？」

「這是真的，穌雷。」迦拉旦說。「在我變成伊嵐翠人之前，我是個農夫。」

瑞歐汀聳聳肩。也許。迦拉旦可以預測下雨的時間，還會一些非常實際的東西。可是，似乎還有一些別的，一些他還不願意分享的事情。

「好吧，」瑞歐汀體諒地說。「我相信你。」

迦拉旦簡短地點個頭，他的表現像是非常高興這件事情可以就這樣結束。不管他在隱藏些什麼，總有一天會揭露出來的。於是，瑞歐汀趁機問了一個自從他抵達伊嵐翠第一天就想問的問題。

「迦拉旦，」他問。「小孩都在哪裡？」

「小孩？穌雷。」

「是的，霞德祕法的人選不分成人與兒童。」

迦拉旦點頭。「是，我也見過連路都不會走的嬰兒被丟進伊嵐翠的城門裡。」

「那他們都在哪裡？我只看見成人。」

「伊嵐翠是個殘酷的地方，穌雷。」迦拉旦小聲地說，當他們踏過大門走進瑞歐汀殘破的教堂。

「孩童沒有辦法在這裡撐多久。」

「是，但是……」瑞歐汀停下來，看見某個東西飄進他的視線裡，吃驚地轉身。

「一個侍靈。」迦拉旦說，注意到這個飄浮的球體。

「是。」瑞歐汀說，看著侍靈從開敞的天花板緩緩地飄下來，在兩個人之間慵懶地旋繞。「看到他們這樣在城市裡飄盪，真的很令我難過。我……」他停下來，瞇起眼睛仔細地看，希望能夠分辨出這個奇怪而沉默侍靈的中心符文。

「穌雷？」迦拉旦問。

「上神慈悲！」瑞歐汀低語。「這是埃恩。」

「侍靈？你認識他？」

瑞歐汀點點頭，張開他的掌心。侍靈飄起來，落在他攤開的掌心上一會兒，接著又飄開，像是一隻粗心大意的蝴蝶。

「埃恩是我的侍靈。」瑞歐汀說。「在我被丟進這裡以前。」他現在可以看見埃恩中心的符文了。那個文字看起來……很衰弱。他不規則地發著光，文字的好幾個部分都顯得非常晦暗，就像……

就像伊嵐翠人皮膚上的污點。在埃恩飄浮的時候，瑞歐汀發現到這點。侍靈沿著教堂的牆壁飄浮，直到他因為撞上去彈起來。這個小光球盤旋了一下，像是打量著牆壁，接著又往另一個方向飄走。侍靈的動作看起來很笨拙，彷彿埃恩無法讓自己在空中維持筆直的移動。他偶爾會猛然一動，接著繼續緩慢、暈眩地打著轉。

瑞歐汀的胃揪成一團，看著他朋友現在的模樣。他在伊嵐翠的時候，一直不敢去想埃恩的事情，他知道當主人被霞德祕法所選中的時候，侍靈會發生什麼樣的情況。他一直以為——也許是希望——霞德祕法已經摧毀了埃恩，一如傳言中的情況。

瑞歐汀搖搖頭。「埃恩以前非常睿智，我從來沒有見過一個生物，不管是人或是侍靈，像他那樣深思熟慮。」

「我……很遺憾，穌雷。」迦拉旦嚴肅地說。

瑞歐汀再一次攤開他的手掌，侍靈依舊盡職地靠上來，就像是他過去對還只是個孩子的瑞歐汀時那樣，一個還不明白侍靈當個朋友比當個僕人更有價值的孩子。

他還認得我嗎？瑞歐汀納悶，看著侍靈突然在空中歪斜了一下。或者他只是對那個手勢感到熟悉？

瑞歐汀也許永遠不會知道。侍靈懸浮在他掌心上方片刻，便對這裡失去了興趣，再一次飄走。

「我親愛的朋友。」瑞歐汀低語。「我以為霞德祕法對我已經夠殘酷了。」

第十一章

只有五個人回應了凱胤的請求。看到這些少得可憐的回應，路凱沉下臉來。「在瑞歐汀死去之前，都還有將近三十個人會參加他的聚會。」英挺的商人說。「我不期望他們全部都會到，但是只有五個？根本不值得花時間去談。」

「很夠了，兒子。」凱胤深思熟慮地說，瞄了一眼廚房的門。「也許人數不多，但這是所有人中最優秀的五個。他們是國內最有影響的人，更是最聰穎的。瑞歐汀有一種可以把聰明人拉到他那邊的魅力。」

「凱胤，老熊喔！」有個人從餐廳裡叫著。他穿著俐落的軍服，頭上有著幾綹銀髮，看起來是個頗有威嚴的人。「你到底要不要給我們東西吃呀？上神知道我來這裡只是聽說你要弄道烤豬給我們吃而已。」

「烤豬正在轉呢，依翁德。」凱胤回喊。「而且我特地幫你準備了兩人份，再克制你的肚子一會兒吧。」

男人豪爽地笑著，拍著他的肚子——在紗芮奈眼裡，他的肚子平坦堅實得跟一個比他年輕許多的小伙子一樣。「他是？」紗芮奈問著。

「依翁莊園（Eon Plantation）的伯爵。」凱胤說，「路凱，去幫我看著豬肉，讓我有時間可以跟你的堂妹聊聊我們的客人。」

「好的，父親。」路凱說完，拿著火鉗就往廚房後面的爐子走。

「除了瑞歐汀以外，依翁德是唯一一個公開反對國王，卻仍安然無恙的人。」凱胤說。「他是個軍事天才，而且也有些私人部隊。雖然他們只有幾百人，不過全都受過精良訓練。」

接下來凱胤指向微開門後，一個有著暗棕色皮膚跟精緻五官的年輕人。「在依翁德旁的是蘇登（Shuden）男爵。」

「占杜人？」

她叔叔點了點頭。「他的家族大約是一百年前移居亞瑞倫的，從引導貿易車隊穿越國家前往他地經商，因而累積了財富。當艾敦王即位的時候，他給蘇登一個男爵頭銜，以保持來往的商隊能夠暢通。蘇登的父親在五年前過世，而他的兒子比他父親更傳統。他覺得艾敦王的統治方法與舒．克賽教派的教義背道而馳，這也是他為什麼會願意見我們的原因。」

紗芮奈用手指輕敲臉頰，研究著蘇登。「要是他的心如同他的膚色一樣是個占杜人的話，叔叔，那他絕對會是一個強而有力的盟友。」

「妳丈夫也這麼想。」凱胤說。

紗芮奈嘟起嘴巴。「你為什麼要一直叫瑞歐汀『妳的丈夫』呢？我知道我已經結婚了，沒有必要一直指出這點。」

「妳是知道，」凱胤從喉嚨深處發出粗嗄的聲音。「但是妳還不相信。」

不論凱胤是沒有看到她臉上的疑問，抑或是單純的忽略，因為他繼續解釋著眾人的背景，彷彿他剛剛沒有做出這種令人氣憤而且不公的評斷一般。

「在蘇登身旁的是埃爾莊園（Ial Plantation）的偌艾歐公爵，」凱胤用頭指了指房間裡最老的人。「他的財產包括了埃爾德港（Iald）——一個除了凱依城之外最富裕的城市。他是整個房間裡最有權力，也是最有智慧的人。可是他一直不願意對國王採取行動。偌艾歐跟艾敦王從災罰前就一直是朋友。」

紗芮奈抬起一邊眉毛。「那他怎麼還會來？」

「偌艾歐是個好人。」凱胤說。「先不論友情，他知道艾敦王的統治方式對這個國家是有害的。況且，我覺得他只是因為無聊才來。」

「他參加一個謀反團隊，只是因為他很無聊？」紗芮奈不可置信地問。

她叔叔聳了聳肩。「到達偌艾歐那種歷練程度後，就會發現開始找不到你會有興趣的事情了。政治這檔事情早已根深蒂固於公爵的心裡，我想他要是沒有參加五個以上的偉大陰謀，大概晚上會睡不著覺吧——在災罰前他是埃爾德港的執政官，並且是在暴動之後，被伊嵐翠人所指派的執政官中唯一還掌有權力的。他驚人地富有——艾敦王要勝過他的唯一方法，是把國稅收入跟私人收入合併算成自己的。」

當眾人因為偌艾歐的評論大笑時，紗芮奈研究了一下這位公爵。他看起來跟她之前遇過的年長政治家很不同：偌艾歐看起來多話而非保守，氣質偏向淘氣而非尊貴。雖然公爵相貌平庸，體型並不高大，但他主導了整個對話，一綹綹稀薄灰白的頭髮隨著大笑活潑地律動。不過有個人看起來並沒有被公爵的言談吸引。

「坐在偌艾歐身旁的是誰？」

「那個圓圓的？」

「圓？」那個人看起來過重到把他的肚子都擠出椅側之外了。

「這就是一個胖子形容另一個胖子的方式。」凱胤微笑著說。

「但是叔叔，」紗芮奈邪惡地微笑了一下。「你不胖呀，你只是……壯。」

凱胤用著嘶啞的聲音輕笑。「好吧。那個坐在偌艾歐身旁的『壯』紳士是艾汗（Ahan）伯爵。妳也許看不出來，不過他們是非常要好的朋友，可能也是非常老的對手。我都記不起來到底是哪個了。」

「這兩個好像有點差別，叔叔。」紗芮奈指出。

「不盡然。這兩個人總是在爭論，而他們也爭論了很久，因為這樣，他們是彼此不可或缺的存在。

妳應該看看當他們兩個發現他們站在同一邊時的驚訝表情——在我們第一次會談後，瑞歐汀笑上了好幾天。顯然他之前就分別找過他們兩個，也得到他們的支持，所以他們兩個都抱著一種會勝過對方的心態，出現在第一次會議上。」

「那他們為什麼還來？」

「嗯，他們看起來都同意我們的論點，更別提其實他們享受彼此的陪伴了，或是只是想監視住對方。」凱胤聳肩。「不管哪一種都會幫到我們，所以也不用抱怨。」

「那最後一個是？」紗芮奈開始研究著最後那一個參與者。他很精瘦、有點禿頭，還有一對不安的眼睛。其他人都不會把他們的緊張顯露出來。他們笑著討論的像是在講賞鳥而不是叛國。然而，這最後一個人，在他的椅子上坐立不安，眼神呆滯，像是在想如何能夠最簡單快速逃出去。

「伊甸（Edan），」凱胤抿著嘴角說，「南邊提夷（Tii）莊園的男爵。我從未喜歡過他，但他有可能是我們最有力的支持者。」

「為什麼他這麼緊張？」

「艾敦王的政治系統讓整個國家傾向貪婪，一個貴族製造財富的能力越強，他就能得到越高的稱號。所以，小貴族像孩子一樣爭吵著，每一個都想要找到新的方法以榨取他們的子民，增加他們的財富。」

「這個體制也鼓勵金融賭博。伊甸的財富不太令人印象深刻。他的領地靠近大裂谷（Chasm），而且不太肥沃。在一次嘗試獲取多一點地位的賭博時，伊甸下了一些危險的投資，但是他全輸掉了。現在他已沒有足夠的財富以支撐他的貴族名號。」

「所以他有可能會失去他的稱號？」

「不是『有可能』，艾敦王會在下次的稅收時期體認到這個男爵有多窮。伊甸還有大約三個月可以在他的後院挖出一個金礦，不然就是推翻艾敦王分配貴族稱號的這個體系。」凱胤抓了抓他的臉，像是要在思索中找些鬍子來拉。紗芮奈因此微笑——也許這魁梧的男人已經十年不蓄鬍了，但是老習慣是很難改掉的。

「伊甸很絕望。」凱胤繼續說著，「而絕望的人會跳脫出個性來行事。我不相信他，但是對在房間裡的所有人來說，他可能是最想要我們成功的。」

「這是什麼意思？」紗芮奈問。「那這些人到底想幹嘛？」

凱胤聳聳肩。「他們會做任何可以擺脫這個需要計算財富的蠢系統的事情。貴族就是貴族。奈，他們擔心要怎麼維持自己的社會地位。」

接下來的討論被餐廳裡傳來的聲音給打斷了。「凱胤！」偌艾歐公爵不加掩飾地說。「在你做菜的這段時間，我們都可以把小豬養大，宰來吃了。」

「佳餚需要耐心烹調呀。」凱胤生氣地說，把他的頭伸出廚房門外。「要是你們覺得自己可以煮得更好吃，我家廚房非常歡迎你們。」

公爵保證著這絕對沒有必要。不過幸運的是，他也不需要等太久。凱胤很快就宣布烤豬已經烤到一個完美的程度，然後吩咐路凱開始切肉。剩下的菜也快完成了——多到連凱艾絲都會滿足的餐宴，不過她父親下午就叫她和其他的孩子們去阿姨家玩個一晚。

「妳還是決定要加入我們？」當凱胤走進廚房準備最後一盤菜時，他問紗芮奈。

「是的。」紗芮奈堅定地說。

「這不是泰歐德。紗芮奈。」凱胤說。「這裡的男人……傳統多了。他們不覺得女人涉入政治是好的。」

「所以就適合在廚房煮晚餐的男人？」紗芮奈問。

凱胤微笑。「好個反駁。」他用著嘶啞的聲音說。總有一天，她會知道他的喉嚨發生了什麼事情。

「我可以照顧好我自己。叔叔，」紗芮奈說。「偌艾歐不是唯一喜歡挑戰的人。」

「好吧。」凱胤說，順便帶起一大盤冒著蒸氣的豆子。「走吧。」凱胤領頭走出廚房，當他放完最後一道菜時，他指指紗芃奈。「大家，我相信你們已經見過我的姪女，紗芃奈，這個國家的王妃。」

在紗芃奈坐下之前，她向偌艾歐公爵行了個屈膝禮，接著跟其他人點頭致意。

「我還在想多出來的椅子是幫誰準備的。」年紀大的偌艾歐喃喃地說。「姪女？凱胤，你跟泰歐德王室有關連？」

「不是這樣的吧！」過重的艾汗笑得很開懷。「別告訴我你不知道凱胤是老伊凡托的弟弟。我的間諜很多年前就跟我說了。」

「我只是為了禮貌，艾汗。」偌艾歐說。「因為探子很有用，就破壞別人準備的驚喜不是件好事。」

「嗯，我想帶一個外人進來這種性質的會議，也不是件好事，」艾汗指出。他的聲音還是很愉悅，不過眼神很認真。

所有的臉同時轉向凱胤，不過卻是紗芃奈回答。「有人可能會想在你們的人數銳減之後加入，大人，你們可能會接受額外的幫助——無論它多陌生，或是多女性。」

整個餐桌因為紗芃奈的發言而沉默，有十雙眼睛透過凱胤精緻餐餚上的蒸氣觀察著她。紗芃奈因為這些認為她不受歡迎的凝視而感覺緊繃起來。這些人知道一個小小的錯誤，可以使他們的家世在一瞬間崩毀。在才剛經歷人民的顛覆沒多久的國家中，沒有人敢輕易涉足叛變。

最後，偌艾歐公爵笑了，咯咯笑聲迴盪在他的身軀中。「我就知道！」他聲明著。「親愛的，沒有人可以真像妳裝的那樣笨——即使是王后那個空腦袋瓜也不行。」

紗芃奈用著一個微笑掩飾她的緊張。「我相信你對伊瑄王后有誤解，閣下。她只是……精力旺盛罷了。」

艾汗輕蔑地發出哼聲。「要是妳要這麼形容她的話。」接著，看樣子沒有別人要先動手，他聳了聳肩就開始夾東西吃了。偌艾歐卻沒有仿照他的對手，笑語並不能抹去他的擔心。他交握著手，用非常老練的凝視看著紗芮奈。

「妳可以當個好演員，親愛的。」當公爵這樣說時，艾汗從他前頭拿走了一籃麵包。「不過我想不出來妳應該來參加這頓晚餐的原因。雖然這不是妳的錯，但妳很年輕而且沒有經驗。我們今晚談的將會是讓聽到的人非常危險，而讓記住的人更加危險的事。另一雙沒必要的耳朵——無論它所屬的那個頭多美麗——都將沒有幫助。」

紗芮奈瞇起眼睛，嘗試想清楚到底公爵有沒有在挑釁她。偌艾歐比她碰過的任何人都更加難以理解。「你會發現我經驗豐富，大人。在泰歐德，我們不會把女人關在紡織和刺繡之後。多年來我都是泰歐德的外交官。」

「或許吧。」偌艾歐說，「不過妳很難熟悉亞瑞倫巧妙的政治局勢。」

紗芮奈抬起一邊眉毛。「我經常發現毫無偏見的新觀點，在任何討論中都是寶貴的工具。」

「別傻了，女孩。」還很緊張的伊甸將裝滿湯的盤子濺了一點出來。「我不想只因為妳想要確保妳自由的天性，而冒著我的生命危險。」

大概有一打惡毒的反擊出現在紗芮奈的腦中，不過，當她決定哪個是最好的回答時，一個新的聲音加進了對話。

「我懇求你們，各位大人。」年輕的占杜人蘇登發聲，他的言語很溫和，卻也很明確。「回答我一個問題。對原本可能成為我們王后的女子，用『女孩』這個頭銜稱呼適當嗎？」

很多人的叉子突然停在嘴邊，而且紗芮奈立刻就發現整個房間的注意力又轉到她身上了。這次，起碼這些眼神看起來比較帶有稱許意味。凱胤點點頭，接著路凱給她一個加油的微笑。

「我必須警告你們，各位大人。」蘇登繼續說著，「你們可以接受她或是排斥她，但是不要用這種輕蔑的態度對待她。她的亞瑞倫稱號不比我們的強大，卻也不比我們的脆弱。當我們忽視一個的時候，就代表我們也得忽視其他人。」

紗芮奈內心暗自汗顏，同時責怪自己。她忽略了她最珍貴的資產——她和瑞歐汀的婚姻。她曾經是一位泰歐德公主，而這件事情也成為她自我認知的基石。不幸的是，這種自我認知已經過時了。她如今不只是泰歐德的女兒，紗芮奈；她也是亞瑞倫王儲的妻子，紗芮奈。

「我非常讚許你們的謹慎，諸位大人們。」她說。「你們應該要小心，你們已經失去了你們的主子，唯一可以在某種程度上保護著你們的人。但是，記著，我是他的妻子。我雖然不能替代王子，但我依然跟王室有所關連。而且不只是這裡的王室，還有泰歐德的。」

「說得太好了，紗芮奈。」偌艾歐說，「不過『關連』這兩字在國王的怒氣前，對我們來說功用不大。」

「不大和沒有是不一樣的，大人。」紗芮奈回答，接著用比較柔軟和不這麼針鋒相對的口氣，繼續說著：「公爵大人。我永遠不能了解那位我稱為丈夫的人。你們都尊重他，甚至照我叔叔的說法，都愛戴瑞歐汀。但是，我才是應該愛他最深的人，卻永遠不能見到他了。你們現在所做的這件事情曾經是他的熱情。我想成為其中的一份子。要是我不能了解瑞歐汀，至少讓我能夠分享他的夢想。」

偌艾歐看了她一會兒，紗芮奈知道他正在打量她誠不誠懇。公爵不是那種會被假裝所愚弄的人。最後，他點點頭，然後幫自己挾了一塊豬肉。「我不介意她留下來。」

「我也不介意。」蘇登說。

紗芮奈看看其他人。路凱因她的演說微笑，而威嚴的傭兵依翁德大人幾乎要掉下淚來。「我贊成這位女士留下來。」

「嗯，要是偌艾歐要她在這，那我就沒有反對的理由了，」艾汗笑著說。「不過，高興的是這看起來像是我被票數打敗的。」他給了紗芮奈一個寬厚的笑容，同時對她眨眨眼。「我也看膩了這些老臉了。」

「所以她要留下？」伊甸驚訝地問著。

「她會留下來。」凱胤說。她的叔叔還沒有吃任何一點東西，不過並不是唯一一個，蘇登跟依翁德也還沒開始吃。這場辯論一結束之後，蘇登低下頭念著禱言，然後開始用餐。依翁德，也還在等凱胤吃第一口——一個令紗芮奈感到興趣的舉動。雖然偌艾歐有著比較高的位階，但因為這是在凱胤的宅邸，根據傳統，應該是凱胤要第一個用餐的。只有依翁德等著凱胤。其他人可能太習慣於自己是桌上最重要的人物，所以都沒有想到這件事。

歷經討論紗芮奈去留的緊繃氣氛，或是因為緊繃一時鬆懈，大人們很快就開始把話題轉到沒有爭議性的地方去。

「凱胤，」偌艾歐宣布，「這是至今幾十年來吃過最好的一餐。」

「你稱讚得太過了，偌艾歐，」凱胤明顯地在避免用稱號稱呼其他人，而奇怪的是，其他人也不在意。

「我同意偌艾歐大人，凱胤。」依翁德說。「這國家沒有其他廚子可以勝過你。」

「亞瑞倫是個很大的地方，依翁德。」凱胤說。「不要讓我太自豪了，免得你找到比我更好的，讓我失望。」

「胡說。」依翁德說。

「我不敢相信這全都是你自己做的。」艾汗邊說邊搖著他的大頭。「我非常確定你有一船的占杜廚師藏在後面的櫃台下吧。」

偌艾歐噴了噴鼻息。「不要因為你自己需要像是一支軍隊這麼多的人才能餵飽你就這麼說，我們其他人都只要一個廚師就滿足了。」接著他對凱胤繼續說：「不過，凱胤，你一個人做全部的事，真的有點奇怪。你不能至少請個幫手嗎？」

「我很享受，偌艾歐。為什麼我要讓別人偷走我的快樂？」

「除此之外，大人，」路凱補充：「這也讓每次國王聽到一個像我父親一樣這麼富裕的人，竟然在做廚師的俗氣雜務時，都會胸痛。」

「真聰明，」艾汗同意。「透過屈從的抗議呀。」

凱胤無辜地握舉起手。「各位大人，我所知道的只是一個男人可以不需要任何人的協助，就照顧好自己和他的家人，不論他可能多有錢。」

「可能，我的朋友？」依翁德笑著。「你讓我們看到的這一點，最少可以讓你賺到一個男爵領主了。誰知道，如果你告訴每個人你實際的財富，我們就不必擔心艾敦王了——因為你應該是國王了。」

「你的假設可能太過誇大了，依翁德。」凱胤說。「我只是個喜歡煮菜的男人罷了。」

偌艾歐微笑。「一個喜歡煮菜的單純男人、一個是泰歐德國王的弟弟的男人、一個姪女是兩個國王女兒的男人，還有一個老婆在我們宮廷裡是個貴族的男人。」

「跟這麼多重要的人有親戚關係，我也沒辦法。」凱胤說。「慈悲的上神給我們每個人不同的試煉。」

「講到試煉，」依翁德把他的目光轉向了紗芮奈。「夫人，妳決定要在試煉上做什麼了嗎？」

紗芮奈在困惑中皺了皺額頭。「試煉？大人？」

「嗯，呃，妳的……」這位高貴的大人把頭轉向另一邊，看起來有點困窘。

「他在說妳的寡婦試煉，」偌艾歐說。

凱胤搖了搖頭。「別跟我說你期待她做那種事，偌艾歐？她連瑞歐汀都沒見過，要她去守喪感覺十分可笑，更別說是試煉了。」

紗芮奈覺得她被激怒了。雖然她常說她喜歡驚喜，但她不喜歡對話是這樣的進行方式。「有沒有人可以幫我解釋一下，到底試煉是什麼？」她用堅定的聲音要求著。

「當一個亞瑞倫的女貴族變成寡婦時，女士。」蘇登說，「她通常會進行一個試煉。」

「那我應該要做什麼？」紗芮奈皺眉問著。她不喜歡身上有未盡的責任。

「喔，」艾汗邊說邊不在意地揮揮手。「沒有人期待妳在這個過程中真正做些什麼，這只是艾敦王決定傳承下來的一個昔日傳統罷了。我從沒有喜歡過這個習俗，總覺得我們不應該鼓勵人民期待我們的死亡，如果貴族受歡迎的程度在他死後會達到巔峰，那他的安危相當堪慮。」

「我覺得這個傳統還不錯呀，艾汗大人。」依翁德說。

艾汗輕笑。「你當然覺得。你保守到連你的襪子都比我們其他人傳統了。」

「我不敢相信竟然沒有人告訴我。」紗芮奈仍然很氣惱地說。

「嗯，」艾汗說：「也許要是妳沒有把妳所有的時間，都縮躲在王宮或凱胤的房子裡的話，會有人跟妳說的。」

「不然我應該做什麼？」

「亞瑞倫有著不錯的宮廷，王妃。」依翁德說。「我相信在妳到達之後，應該已經舉辦過兩個舞會了，而當我們在這吃飯時，還有第三個。」

「嗯，那為什麼沒人邀請我？」她問。

「因為妳應該還在守喪，」偌艾歐解釋。「況且，通常舞會只邀請男士，然後他們會把妻子跟姊妹一起帶去。」

紗芮奈皺眉。「你們真是落後。」

「不是落後，殿下。」艾汗說。「只是傳統。要是妳喜歡的話，我們可以請一些男士邀請妳。」

「這看起來不是很糟嗎？」紗芮奈問。「我，成為寡婦還沒有一個禮拜，就要跟一個年輕的單身漢去宴會？」

「她說得有道理。」凱胤指出。

「所以你們為什麼不帶我去呢？」紗芮奈問。

「我們？」偌艾歐問。

「對，你們。」紗芮奈說。「各位大人都夠老，所以別人也不太會說閒話。你們只要像是介紹一個新朋友來見識宮廷生活的快樂就好了。」

「我們這些人大多數都結婚了，殿下。」蘇登說。

紗芮奈微笑，「真巧，我也是。」

「別擔心我們的名聲了，蘇登。」偌艾歐說。「我會讓大家知道王妃的意圖。只要她不要太常跟我們其中一個人出現，沒有人會想太多。」

「那就這麼說定了。」紗芮奈微笑著。「我會期待各位一一前來邀請我。我想要融入亞瑞倫人，那就得先熟悉貴族們。」

這件事得到大家的認同，所以接下來對話就轉到另一個主題上，像是接下來的月蝕。不過當他們開始討論的時候，紗芮奈想到她對於神祕的「試煉」並沒有得到足夠的資訊。她決定待會得好好問問凱胤。

顯然，只有一個人不享受整個對話或是餐點。伊甸大人的盤子盛滿，但卻沒有吃幾口。他反而不滿地戳弄著他的食物，把不同的菜混成一團爛泥巴，幾乎辨認不出來這是凱胤做的佳餚。

「我以為我們決定不要再見面了。」伊甸最後衝口說出，這句話就像是一隻駝鹿走近一群狼的中間一樣。每個人都停下了對話，看著伊甸。

「我們之前只是想要暫時停止聚會，伊甸大人。」依翁德說。「我們從未打算完全停止這個聚會。」

「我以為你會覺得高興，伊甸，」艾汗揮舞著一支上頭有塊豬肉的叉子。「你，在所有人裡面，應該是最渴望這個集會繼續的吧。離下次徵稅還有多久呀？」

「我想是在悠時提克（Eostek）的第一天，艾汗大人。」依翁德適時提供了這個資訊。「大概就是三個月以後？」

艾汗微笑。「謝謝你，依翁德，你真是個有用的好朋友。總是知道事情該怎麼做，什麼時候做。無論如何……三個月。伊甸。你的金庫還好嗎？你知道國王的檢稅官總是很挑剔的……」

在伯爵惡毒的嘲笑之下，伊甸更不安地扭動身子，這顯示了他的確注意到自己所剩時間不多——不過，同時他看起來也像是想忘掉這些問題，假裝它們會消失一般。這個掙扎就寫在他臉上，而艾汗顯然樂在其中。

「紳士們，」凱胤說：「我們不是來這邊吵架的。記得，我們在改革下都能獲得更多，包括國家的穩定跟人民的自由。」

「男爵說出了令人信服的考量點，不過。」偌艾歐公爵說，往椅子後方坐正。「除了這位女士答應要協助我們以外，沒有瑞歐汀，我們的行動將會完全暴露出來。人民愛戴著這位王子，所以即使艾敦王發現了我們聚會，他也不能採取對抗瑞歐汀的手段。」

艾汗點頭。「我們再也沒有對抗國王的權力了。在之前，我們還能逐步獲取力量，要是瑞歐汀沒過世，也許再沒多久，我們就能有足夠的貴族支持我們公開改革。不過，現在我們什麼都沒有。」

「你還有夢想，大人。」紗芮奈靜靜地說。「可不是什麼都沒有。」

「夢想？」艾汗邊大笑邊說。「這是瑞歐汀的夢想，女士。我們只是跟隨著，看他會把我們帶到哪去。」

「我不這樣覺得，艾汗大人。」紗芮奈皺眉著說。

「也許殿下可以跟我們說看看，這夢想是什麼？」蘇登要求著，他的語氣比較像是好奇而不是想爭辯些什麼。

「你們都是聰明人，各位大人。」紗芮奈回答。「你們有腦袋，也有經驗，你們知道國家不能承受艾敦王所加上去的壓力。亞瑞倫不是可以用鐵腕政策營運的企業，不只是生產總額減去成本這麼簡單而已。夢想，各位大人，是可以讓亞瑞倫的人民為國王服務，而不是反抗他。」

「觀察得很好，王妃。」偌艾歐說，不過他的聲調卻很輕蔑。他轉向其他人，接著繼續討論。每個人都禮貌性的忽略紗芮奈。他們允許她參加聚會，但他們明顯的不想讓紗芮奈參與討論。她氣惱地坐回椅子上。

「……有目標跟有方法去完成它是兩回事。」偌艾歐說著。「我相信我們應該繼續等——在我們幫他之前，先讓我的老朋友走到死角？」

「但是艾敦王將會在這過程中毀了亞瑞倫，閣下。」路凱反對。「我們給他愈多時間，傷害就愈難平復。」

「但我沒找出其他可行的方法。」偌艾歐說著舉起了他的手。「我們不能再向我們之前反對國王那樣。」

伊甸聽到這個宣布時，稍稍從椅子上跳了起來，額頭上開始出汗。他終於開始體認到，不論危不危險，繼續聚會總比等著艾敦王剝奪他的貴族頭銜來得好。

「你說得有道理，偌艾歐。」艾汗不情願地承認。「王子本來的計畫再也沒有可能實行了。要是我們沒有一半以上的貴族和他們的財富站在我們這邊的話，我們沒有辦法對國王施壓。」

「還有一條路，各位大人。」依翁德用著遲疑的聲音說。

「是什麼呢？依翁德？」公爵問。

「不出兩個星期的時間，我就可以集合我在國道沿途的駐軍。金錢不是唯一力量。」

「你的傭兵永遠沒有辦法打敗亞瑞倫的軍隊。」艾汗嘲笑著。

「艾敦王的軍力或許跟某些國家比起來弱，但比起你那幾百人的軍隊可多得多了——要是他還叫上伊嵐翠的護城衛隊的話。」

「話是這樣說沒錯，艾汗大人。」依翁德同意。「但是，要是我們攻擊得夠快，趁艾敦王還不知我們的意圖前讓軍隊進宮，然後挾持國王為人質。」

「你的軍隊得殺出一條進入王宮的血路。」蘇登說。「你的新政府將會從舊人的鮮血中誕生，如同艾敦王的一樣，從伊嵐翠的死亡中誕生。你只是在創造另一個循環罷了，依翁德大人。當一個革命達成他的目標時，另外一個就開始計畫了。鮮血、死亡和政變只會帶來更多混亂。一定有不需瓦解政府卻又能說服艾敦王的方法。」

「有的。」紗芮奈插話。一雙雙惱怒的眼睛轉過來看她。他們仍然覺得她在這裡只能聽，但他們應該要開始了解紗芮奈的能耐。

「我同意。」偌艾歐的目光從紗芮奈身上轉開。「而唯一的方法就是等待。」

「不，大人。」紗芮奈反擊。「我很抱歉，但這不是答案。我曾經見過亞瑞倫的人民，而他們的眼中還有希望，只是希望正在逐漸變弱。給艾敦王時間只會讓他教育出他理想中順從的農民。」

偌艾歐的嘴角往下垂。既然瑞歐汀已經不在了，他應該要主導整個聚會的。紗芮奈滿足地笑了——偌艾歐是第一個同意她參與的人，因此，他必須讓她說話。要是現在拒絕她的話，會讓他一開始的支持像是錯誤的選擇。

「說吧，王妃。」老人語帶保留地說。

「各位大人，」紗芮奈用著坦白的語氣說。「你們嘗試想要推翻艾敦王統治的體制——一個說財富等於領導能力的體制。你們說它不公平也過度膨脹，認為體制的愚蠢對於亞瑞倫人民來講是個折磨。」

「是的。」偌艾歐簡短地說。「然後？」

「嗯，要是艾敦的體制這麼壞，那又何必擔心推翻它呢？為什麼不讓體制推翻它自己呢？」

「妳的意思是？紗芮奈女士？」依翁德饒有興味地問著。

「讓艾敦王的體制違逆艾敦王本人，然後讓他了解到體制的錯誤。接著，也許你們就能讓它變得更令人滿意和更安穩。」

「有趣，不過不可能。」艾汗邊說邊搖著他臉上的垂肉。「也許瑞歐汀可以辦得到，但是我們人太少了。」

「不，這樣很完美。」紗芮奈從她的椅子上起身，開始繞著桌子走。「我們現在要做的是，各位大人，就是讓貴族們嫉妒。要是我們太多人，這樣就沒效了。」

「繼續說。」依翁德說。

「艾敦王的體制裡，最大的問題是什麼？」紗芮奈問。

「它鼓勵領主粗暴對待著他的人民。」依翁德說。「艾敦王以要是他們不生產，就褫奪他們的稱號來恐嚇他們。因此這些領主很絕望，他們就只好更加壓榨他們的人民。」

「這是個荒謬的安排，」蘇登同意。「一個建立在貪婪與恐懼，而不是忠誠的體制。」

紗芮奈繼續繞著桌子漫步。「你們有任何人看過近十年來亞瑞倫的生產圖表嗎？」

「有那種東西嗎？」艾汗問。

紗芮奈點頭。「我們在泰歐德有紀錄。各位大人，亞瑞倫的生產能力在艾敦王接管之後突然滑落，這會讓你們覺得驚訝嗎？」

「一點也不會。」艾汗說。「近十年來我們國運衰亡。」

「是國王讓國運衰亡，艾汗大人。」紗芮奈手用力一揮，然後繼續說：「最難過的不是艾敦王的體制讓人民怎麼了，或是破壞國家的道德。最可悲的是，他做了這些事情卻沒有讓貴族更有錢。」

「我們在泰歐德沒有奴隸，各位大人，但是我們依然過得很好。事實上，連菲悠丹都已經不再用農奴來耕作了。他們找到更好的方法──他們發現要是人民是為了自己工作的話，會更勤奮。」

紗芮奈讓她的話語在空氣飄盪一陣子。領主們都若有所思地坐著。「繼續。」偌艾歐最後說。

「最根本的原因就在我們身上，各位大人。」紗芮奈說。「我希望你們可以分割你們的領地給農民。給他們一塊地，然後告訴他們每年的收成他們可以保存一成。告訴他們你有可能讓他們從分到的土地裡，購買他們的家園跟田地。」

「這是一件實行起來非常困難的事情，年輕的王妃。」偌艾歐說。

「我還沒說完，」紗芮奈說。「我要你們餵飽你們的人民，各位大人。給他們衣服跟各種必需品。」

「我們不是野獸，紗芮奈。」艾汗警告著。「有些領主待他們的人民很差，但是我們不會對我們的追隨者做那種事情。我們土地上的人民吃得飽、穿得暖。」

「有可能是真的，大人。」紗芮奈繼續，「但是人民一定得感覺到你愛護他們。別把他們賣給其他貴族或是跟他們爭論。讓農民們知道你關心他們，然後他們就會把他們的心和汗水都交給你。繁榮的生活不應只侷限於一小群人裡。」

紗芮奈走到了座位後方。領主們都在思考著——這聽起來不錯，但他們也恐懼著。

「聽起來很冒險。」蘇登首先發言。

「比用依翁德大人的軍隊攻擊艾敦王還危險？」紗芮奈問。「要是這行不通，你們損失的只是一點財富跟自尊。要是那個偉大將軍的計畫行不通的話，你們掉的可就是人頭了。」

「她說得有道理。」艾汗同意。

「沒錯。」依翁德的眼神洩漏出他鬆了一口氣：不論是不是士兵，他都不想攻擊自己的同胞。「我會去做。」

「你說起來可真容易，依翁德。」伊甸在他的椅子上不安地動著。「當農民懶惰的時候，你只要吩咐你的軍隊去耕作就好了。」

「我的人都在守衛我們國家的大道，伊甸大人。」依翁德怒斥。「他們的辛勞是不可計量的。」

「而你也收到高額的報酬。」伊甸回擊。「我除了農場以外沒有別的收入——雖然他們看起來很大，正中央卻有那道該死的大裂痕。我沒有讓他們懶散的空間了。要是我的馬鈴薯沒有種、沒有除草、沒有收割，我就會失去我的稱號。」

「反正你怎樣都會失去它。」艾汗帶著一種安慰的笑容說。

「夠了，艾汗。」偌艾歐命令著。「伊甸說得對。我們怎麼能確定，要是我們給他們這麼多自由，他們能夠製造出更多東西出來呢？」

伊甸點點頭。「我早就發現亞瑞倫的農民都是些懶散、不事生產的東西了。我唯一能叫他們的工作的方式就是動用拳頭。」

「他們不是懶惰，大人。」紗芮奈說。「他們是憤怒。十年並不是一段太長的時間，而且這些人曾經是自己的主人。給他們自治的權力，他們就會努力工作以達成目標。你會驚訝於一個獨立的人竟然比一個想著下一餐的奴隸，能夠帶來更多利益。畢竟，你在哪種情況下比較想生產？」

貴族們沉思著紗芮奈的話。

「很多話都很有道理。」蘇登指出。

「但是，紗芮奈女士的證據很薄弱。」偌艾歐說。「時代已經跟災罰之前不同了。伊嵐翠人提供食物，土地也可以在沒有農民階級的情況保存下來。我們現在沒有這種奢侈的特權。」

「那讓我找出證據，大人。」紗芮奈說。「給我幾個月，然後我們就可以證明。」

「我們會……考慮妳的話的。」偌艾歐說。

「不，偌艾歐大人，你得下個決定。」紗芮奈說。「我相信你在表面下是個愛國者。你知道什麼是對的，而這就是了。別告訴我你對這國家做的事從來都沒感覺過愧疚。」

紗芮奈看著偌艾歐，內心感到焦急。這個老人使她印象深刻，但是她沒有辦法證明他為亞瑞倫而羞愧。她必須依照她自己的感覺——他的心地很好，而且在他此生當中看過、也了解這個國家已經墮落了多少。伊嵐翠的崩壞是個大災難，但是貴族的貪婪才是這個曾經偉大的國家的破壞者。

「我們曾經都被艾敦王對於財富的承諾所迷惑過。」蘇登用著他溫和的聲音說著。「我會做到殿下所要求的。」然後他轉頭看著偌艾歐，點了點頭。他的接受讓公爵有個同意而不會丟太多臉的機會。

「好吧，」老公爵嘆氣著說。「你是個聰明人，蘇登大人。要是你覺得這個計畫不錯，那我也會跟隨你。」

「我想我們沒有選擇了，」伊甸說。

「這比等待好得多，伊甸大人。」依翁德指出。

「這倒是，我同意。」

「那就只剩我了。」艾汗突然體認到這件事。「噢，我的天呀。我該怎麼辦？」

「偌艾歐大人剛剛不情願地同意了，大人。」紗芮奈說。「別告訴我，你也要這樣做？」

艾汗爆出一陣笑聲，讓他整個人都在搖晃。「真是個有趣的女孩！那，我猜我只能全心全意接受了，同時自責其實我一直都知道她說得對。不過現在，凱胤，請告訴我你沒有忘了甜點。我早聽說你那些誘人的西點了。」

「忘了甜點？」她的叔叔驚呼一聲。「艾汗，你太傷人了。」他一邊微笑一邊離開椅子走向廚房。

「她精於此道，凱胤……也許比我還在行。」偌艾歐公爵的聲音讓紗芮奈停住了腳步，她在向每個人道別之後去了趟洗手間，以為他們都已經離開了。

「她是個非常特別的年輕女子。」凱胤同意著。他們的聲音是從廚房傳出來的。紗芮奈悄悄地靠近了一點，然後在門外偷聽。

「她俐落地把控制權從我手中帶出，然而我還不知道我哪一步做錯了。你應該要警告我的。」

「然後讓你逃掉？偌艾歐？」凱胤笑著說。「已經有很長一段時間，包括艾汗在內，都沒有可以打敗你的人。對一個男人來說，偶爾受點挫折也是好的。」

「雖然她差點就在結尾的時候輸了。」偌艾歐說。「我不喜歡被逼到牆角的感覺。」

「這是個經過計算的險棋，大人。」紗芮奈邊推開門邊說。

她的出現沒有讓公爵停頓。「妳嚇死我了。紗芮奈。這不是對待盟友的方式——尤其是像我這樣佝僂的老人。」公爵和凱胤在廚房的餐桌上分享著一瓶從菲悠丹來的紅酒，他們的禮儀也比在晚餐時更放鬆。「多等幾天不會對我們的情況造成太大影響，而且我絕對會給予妳支持。我發覺深思熟慮和細心的承諾，比一時衝動的回應來得更有用。」

紗芮奈點點頭，從凱胤的櫃子中取出酒杯，在找個位置坐下之前幫自己倒點紅酒。「我明瞭，偌艾歐大人。」要是他可以放棄那些繁文縟節，為什麼她不行？「但是其他人都仰仗你。他們相信你的評斷。我不只需要你的支持——雖然我知道你會——我需要你公開的支持。在其他人同意之前，他們得先看你答應，情勢在幾天後就不同了。」

「也許吧。」偌艾歐說。「只有一件事情是確定的。紗芮奈——妳給了我們希望。瑞歐汀曾經是我們的核心，現在妳取代了他的位置。凱胤或是我都做不到。凱胤一直以來都拒絕貴族封號，無論他們嘴巴上怎麼說，他們還是想要一個有貴族稱號的人領導他們。而我……他們都知道是我幫著艾敦王開始這個慢性自殺的制度。」

「那是很久以前的事了，偌艾歐。」凱胤抓著偌艾歐的肩膀說。

「不，」偌艾歐邊說邊搖頭。「如同美麗的王妃所說，十年對於一個國家來說並不長。我對我沉重的罪孽感到慚愧。」

「我們會改正它的，偌艾歐。」凱胤說。「這個計畫很好，也許比瑞歐汀的還要好。」

偌艾歐微笑。「她原本會成為他的好妻子，凱胤。」

凱胤點頭。「沒錯，而且會成為一個更好的王后。上神總是用著我們不懂的方式，在操縱著命運。」

「我不相信上神的旨意會將他帶離我們身邊，叔叔。」紗芮奈從酒杯後頭說。「你們不覺得，或是想過，或許，有人在王子的過世背後操控著？」

「這個問題的答案也跟叛國罪沒兩樣了，紗芮奈。」凱胤警告。

「比我們今晚說的其他事更危險嗎？」

「我們剛才只是指控國王性情貪婪，紗芮奈。」偌艾歐說。「謀殺自己的親生兒子完全是另一回事。」

「可是你想想看。」紗芮奈的手大力揮舞，差點就要把紅酒給灑了出來。「王子跟他的父親事事都站在不同的立場——他還在宮廷裡嘲笑艾敦王，他在艾敦王的背後策劃事情，而且他深愛著人民。最重要的是，他每一句有關艾敦王的話都是真的。這是那種國王會放任他自由的人嗎？」

「是，但那是他親生兒子？」偌艾歐不相信地搖了搖頭。

「這種事情也不是第一次發生。」凱胤說。

「也對。」偌艾歐說。「但是，我不認為瑞歐汀對艾敦王造成這麼多麻煩。瑞歐汀不是意圖造反，只是直言不諱。他從來沒說過艾敦王不應該坐上王位，他只是說亞瑞倫的政府有麻煩了，實際上也是。」

「你們聽到王子死的時候，心中都沒有小小的懷疑嗎？」紗芮奈說，沉思地啜飲她的紅酒。「它發生的時機也還真巧。艾敦王藉此能夠跟泰歐德結盟，卻又不必擔心瑞歐汀會生出任何繼承人。」

偌艾歐看向凱胤，凱胤聳聳肩，「我覺得我們至少應該考慮這種可能性，偌艾歐。」

偌艾歐點點頭，「那我們應該怎麼做？嘗試找出艾敦王殺了自己兒子的證據？」

「知識帶來力量。」紗芮奈簡單地說。

「同意。」凱胤說。「妳是在我們之中唯一一個可以自由進出王宮的。」

「我會找找的，看我能發現什麼。」

「他有可能還沒死嗎？」偌艾歐說。「我想，要找到一個看起來像是棺材的東西應該很簡單——咳嗽與風寒是會讓人毀容的疾病。」

「有可能，」紗芮奈遲疑地說。「不過你並不相信。」

紗芮奈搖了搖頭。「當一個君王決定要毀滅他的競爭對手時，他通常會選擇一勞永逸的方法。有太多故事在訴說失蹤了二十年的繼承人出現在荒野中，想要回來繼承王座。」

「但是，或許艾敦王不像妳想的這麼壞。」偌艾歐說。「他曾經是個還不錯的人。我不是說他是好人，但他也不是個壞人，只是貪婪了點。過去幾年發生的事……改變了他。但是，我相信他還是對他兒子有足夠的憐憫，不會痛下殺手。」

「好吧，」紗芮奈說。「我派艾希去搜索王家地牢。他做事一絲不苟到離開時，會連每隻老鼠的名字都知道。」

「妳的侍靈？」偌艾歐問。「他在哪？」

「我送他去伊嵐翠了。」

「伊嵐翠？」凱胤問。

「那個菲悠丹樞機主祭因為某些原因對伊嵐翠很有興趣。」紗芮奈說。「而我的例行公事就是永遠不要忽略樞機主祭有興趣的是什麼。」

「妳看起來為了一個教士而大費周章呢，奈。」凱胤說。

「不是個教士，叔叔。」紗芮奈糾正他。「那是個樞機主祭。」

「但也只是一個人。他能造成多大傷害？」

「去問杜拉丹共和國吧。」紗芮奈說。「我想他是造成那場災難的同一個樞機主祭。」

「沒有明確的證據可以證明是菲悠丹在背後操控著他們的崩壞。」偌艾歐指出。

「證據在泰歐德，而你們沒有人相信它。但請相信我……這一個樞機主祭絕對比艾敦王來得更危險。」

這段評論讓對話暫時停止了。時間悄悄地過去，而三個貴族邊思索邊喝著他們的紅酒，直到路凱進房。他去接他的母親跟弟妹們回來。他對紗芮奈點了點頭，然後對公爵鞠了躬之後，才幫自己倒了杯紅酒。

「看看妳，」路凱在他找位置坐下時對紗芮奈說：「一個在男孩俱樂部占有一席之地的自信成員。」

「老實說，還是領導者。」偌艾歐指出。

「你母親呢？」凱胤問。

「在路上了。」路凱說。「他們還沒結束呢，你也知道我母親，所有事情都得有條不紊地做好，趕不得的。」

凱胤點點頭，喝完最後一滴紅酒。「那你跟我在她回來之前開始打掃吧，我們可不想讓她看到這群貴族們聚會完的桌面是像這個樣子的。」

路凱嘆氣，給了紗芮奈一個眼神，暗示著有時他也希望住在傳統的家裡，有僕人，或是至少有個女人可以做這些事。不過凱胤已經開始動手了，他兒子沒選擇地也得跟上。

「有趣的家庭。」偌艾歐看著他們離開。

「是呀。連在泰歐德的標準裡看起來都有點怪。」

「凱胤過了很長一段的獨身生活。」公爵說出他觀察到的。「這讓他很習慣一個人做事。我聽說他曾經請過一個廚子，但是馬上就對那女人的廚藝失望。我還記得她在他要求以前就自己辭職——她說她不能在這種苛求的環境裡煮飯。」

紗芮奈笑了。「聽起來很合理。」

偌艾歐微笑，但是接著是認真的語調。「紗芮奈，我們真的很幸運，妳可能是我們挽救亞瑞倫的最後一個機會。」

「謝謝你，閣下。」紗芮奈說完，不由自主臉龐泛紅。

「我們的國家不會維持太久了。也許幾個月，要是幸運的話，半年。」

紗芮奈皺眉。「我以為你想要等。至少這是你告訴其他人的。」

偌艾歐揮了個輕蔑的手勢。「我說服我自己，得到他們的支持沒什麼用。伊甸跟艾汗太針鋒相對，而蘇登跟依翁德沒有經驗。我希望在我和凱胤決定要怎麼做之前先安撫他們。我怕我們本來的計畫……更危險。」

「現在，至少我們有另一個選擇了。要是妳的計畫成功了——雖然我不相信它會——我們也許就可以把崩壞的時機延後。我不太確定，艾敦王以十年的統治創造了他的氣勢，想要在幾個月內改變很難。」

「我想我們可以辦得到，偌艾歐。」紗芮奈說。

「只要確定妳不要走得太快了，年輕的女士。」偌艾歐說著，看著她。「要是妳只有走的能力，不要急奔，也別浪費妳的力氣在不會動的牆上。最重要的是，如果拍一下就夠，就千萬別用推的。妳今天把我逼到了死角，但我還是有自尊的老人，要是蘇登今天沒有幫了我，我不確定我是否能夠謙遜到在那些人面前認錯。」

「我很抱歉。」紗芮奈現在因為另外一個原因而臉紅。從這位老公爵身上散發出來的某種有力、慈祥的力量，讓紗芮奈突然渴望得到他的尊敬。

「小心一點，」偌艾歐說。「要是這個樞機主祭如妳所說的這麼危險，那凱依城中也正有些某種力量在運作著。不要讓亞瑞倫因兩者的夾殺而崩壞。」

紗芮奈點點頭，接著公爵躺回椅背上，將最後一些紅酒倒入他的杯中。

第十二章

從拉森剛皈依起，他便覺得很難接受別的語言。菲悠丹語是杰德司所選定的語言，是神聖的，而其他的語言都是不敬的產物。但要怎麼樣讓那些不講菲悠丹語的人皈依呢？也跟著講他們的母語？還是要強迫人先去學習菲悠丹語？讓整個國家的人都先去學習一種新語言，而不是先將杰德司的福音傳播給他們，這實在是很愚蠢。

於是，當被迫在不敬與無限延期兩者中做出選擇時，拉森選擇不敬。他學會如何講艾歐語和杜拉德語，甚至能說上幾句占杜語。當他傳道時，他以當地人民的母語傳道——雖然，無可否認地，他依舊對此感到煩惱。要是他們永遠不去學習呢？要是他的行為讓人們覺得，既然他們可以用自己的母語學習杰德司的教導，也就沒有必要去學習菲悠丹語呢？

當拉森向凱依城的人民傳道時，這些思緒與想法就在他的心中流轉。這並非他缺乏集中力或是專心致志的能力，而是他講述同樣的演說太多遍，以致這像是在背誦某些東西。他幾乎無意識地開口演說，隨著布道詞的韻律上揚或壓低語調，表演著這項古老的藝術，一種祈禱與戲劇的混合產物。

當他大聲疾呼時，他們以喝采回應；當他責難眾人時，他們帶著羞愧面面相覷。當他抬高聲音，他們的注意力隨之集中；當他輕聲低語時，他們彷彿被蠱惑般地著迷。就好像他控制著海洋的浪潮，群眾的情緒起伏全部隨他指揮。

他以一個強力的勸告為收尾，要求人們要侍奉杰德司的王國，要他們宣誓成為教士的侍僧或從者（krondet），這樣他們將會成為架構中的一份子，讓他們能夠與上主杰德司相連。一般的民眾侍奉儀祭與輔祭，而儀祭與輔祭侍奉主祭（grador），主祭侍奉大主祭（ragnat），大主祭侍奉樞機主祭，樞機主祭侍奉沃恩，最後沃恩侍奉杰德司。只有教長（gragdet）——修道院的領袖——不在這個網絡中。這是完美而縝密的系統，每個人都知道自己應該要服侍誰，也不需要擔心杰德司的旨意，因為這本來就不是一般人所能明白的。他們只需要跟隨他們的儀祭，盡力地侍奉他，這樣就能夠取悅杰德司。

拉森從布道台走下來，十分滿意。他只不過在凱依城才布道幾天，禮拜堂就已經人滿為患，連最後一排的位子都擠滿了人。只有少數的新人對皈依有興趣，大多數的人都是因為拉森而來，覺得他新奇有趣。然而，他們最後會改變的，他們也許告訴自己只是好奇，他們對宗教一點興趣也沒有，但他們最後會回來的。

隨著舒·德瑞熙教派在凱依城中大受歡迎，參加過第一次聚會的人會發覺自己重要性大增，他們會開始吹噓自己比鄰居更早發現舒·德瑞熙教派，這個結果最後會讓他們持續地參加聚會。他們的洋洋得意混以拉森強力的布道，將會征服懷疑之心，很快地他們就會發現自己正在向儀祭宣誓服從。

拉森馬上就得要任命新的首席儀祭，他已經延遲這個決定好一陣子了，觀察在這間禮拜堂剩下的教士中是否有人能夠勝任這個重擔。時光飛逝，本地的組織就會成長到超過拉森能夠親自操控管理的局面，更何況他還有許多重要的計畫有待執行。

後排的人們開始要從禮拜堂離開，然而，一個突然的聲響讓他們停下。拉森吃驚地看著布道台。聚會已經在他的布道後結束了，但某人似乎不這麼認為。狄拉夫決定要開始演講。

這個矮小的亞瑞倫人以一種狂熱的能量尖嘯著發言，才短短幾秒鐘，群眾開始安靜，大多數的人開始回到他們的座位。他們知道狄拉夫跟隨拉森，其中一部分人甚至知道他是個儀祭，但是狄拉夫之前從來沒有向他們講過話。現在，他令自己無法被忽視。

他違反了所有公開演講的規則。他毫不在意聲調的抑揚頓挫，也不注視著觀眾的眼睛，他也無法維持一種莊重的姿態——自制而筆直地站在布道台上。他興奮的模樣，彷彿要把布道台給掀了似的，誇張的手勢，淌著汗水的臉龐，還有一雙狂野而強烈的眼睛。

而他們卻全都在聽。

他們甚至比聽拉森的布道更加專心。他們的眼神緊跟著狄拉夫精神錯亂般的跳上跳下，呆若木雞地看著他每個不正常的動作。狄拉夫的演說只有一個簡單的主題：對伊嵐翠的仇恨。拉森可以感覺得到群眾的狂熱正在增加，狄拉夫的激情彷彿是一種催化劑，彷彿霉菌在潮濕處無法控制地繁殖。沒多久所有的群眾感染了他的厭惡，他們隨著他的譴責尖叫大喊。

拉森擔憂且嫉妒地看著。與拉森不同，狄拉夫沒有在東方最偉大的學院受過訓練。然而，這個矮小的教士卻有著拉森所缺乏的東西：激情。

拉森一直是個精於計算的人，他有組織，有條理，謹慎而且注重細節。這些事物在舒·德瑞熙教派——它的標準化、有制度的管理與富有邏輯性的哲學思維——都是吸引拉森成為教士的理由。他從來沒有質疑過教會，如此完美有系統的組織不可能是錯的。

撇開他的忠誠度不論，拉森從來沒有感受過狄拉夫現在所表現出來的情緒。拉森從沒有像他所流散出那樣濃烈的仇恨，也沒有那樣深刻的情感讓他可以為某個事物去犧牲一切。他一直相信他是杰德司最完美的信徒，比起無法控制的激情狂熱，他的主人更需要冷靜與穩健。但現在，他開始懷疑了。

狄拉夫對群眾的力量是拉森從未有過的，狄拉夫對伊嵐翠的仇恨也毫無邏輯，只是一種非理性的偏執，但是沒有人在乎。拉森可能花上好幾年解釋舒·德瑞熙教派的好處，也無法換來他們這樣的反應。一部分的他嘲笑著，試著要說服他自己，狄拉夫言論的影響力無法持久，短暫的激情會在日常生活中消磨殆盡。但另一部分的他，更誠實的那一部分，只是單純的羨慕與嫉妒。是不是拉森其實有問題，在服侍杰德司的三十年中，他有任何一刻像是狄拉夫這個樣子嗎？

終於，儀祭安靜了下來。大廳裡的寂靜在狄拉夫演說之後還持續了好一會兒。接著他們突然爆出激烈而興奮的討論，直到他們離禮拜堂遠去都仍在講著。狄拉夫歪歪倒倒地步下舞台，軟倒在最前排的長椅上布。

「幹得漂亮。」一個聲音從拉森身旁發出來。泰瑞依公爵在禮拜堂裡的私人包廂中觀看了整場布道。「讓矮個子在你之後演講實在是個高招，拉森。當我發現群眾開始無聊的時候，我還擔心了一下。這個年輕的教士重新抓回了每個人的注意力。」

拉森隱藏著泰瑞依直呼他名字的不滿，日後自然會有很多時間來處理這樣的不敬。他也壓抑自己不要回應對方居然說群眾在他的布道中看起來很無聊一事。

「狄拉夫是個罕見的年輕人。」拉森說。「每件事情都有兩個面向，泰瑞依大人：邏輯與激情。如果我們想要成功，就得從兩個方向同時下手。」

泰瑞依點點頭。

「所以，大人，你考慮了我的提議嗎？」

泰瑞依遲疑了一會兒，接著再次點頭。「這很吸引人，拉森。非常地誘人。我不認為亞瑞倫有任何人可以拒絕它，更遑論是我。」

「很好，我將會聯絡菲悠丹。我們可以這一週就開始準備。」

泰瑞依點頭，他脖子上的胎記看起來像是陰影下的大片瘀青。接著公爵對他的大批隨從做了個手勢，轉身從禮拜堂的側門離去，消失在薄暮之中。拉森看著門關上，接著走到仍癱在長椅上的狄拉夫身邊。

「可真令人意外，儀祭。」他說。「你應該要先通知我。」

「這不是計劃好的。」狄拉夫說。「我只是突然覺得該說些什麼，這是希望能幫上您的忙，主上。」

「這當然。」拉森不太滿意地說。泰瑞依是對的，狄拉夫的參與很寶貴。不管拉森有多想責備這個儀祭，他都不能這麼做。他如果沒有利用每一項可用的道具來執行沃恩的命令，那就是他的失職。而狄拉夫已經證明他在讓亞瑞倫人民的皈依上是個非常有用的工具。拉森會需要儀祭在大型聚會上演說。又一次，狄拉夫讓他毫無選擇。

「沒關係，這結束了。」拉森刻意顯得不在乎地說。「顯然他們喜歡這一套。也許我會再讓你上台演說。但是，你要明白你的地位，儀祭。你是我的侍僧，如果我沒有交代，你就不應該隨意行動。明白嗎？」

「完全明白，拉森大人。」

拉森靜靜地關上他的房門。狄拉夫不在這裡，拉森不能讓他看見接下來會發生什麼事，這讓拉森感覺依舊優於那個年輕的亞瑞倫教士。狄拉夫永遠不可能晉升到教士的最高階，所以他也永遠無法做到拉森現在要做的——某些只有樞機主祭和沃恩才知道的事情。

拉森安靜地坐在他的椅子上，在半個小時後的冥想之後，他覺得自己已準備就緒。深吸了一口氣，拉森從椅子上站起來，走向房間角落的大箱子。箱子覆蓋在一大疊的繡毯之下，小心地隱蔽著。拉森虔誠地移開那些繡毯，接著他把手伸到自己的襯衫下，把圍繞在脖子上的金鍊拉出來。鍊子的末端是把小小的鑰匙。他用鑰匙打開了大箱子，顯露出其中的小巧金屬盒。

盒子約莫是四本書疊起來的大小，當拉森把盒子取出來的時候，顯出了盒子的沉重。盒子的線條顯出是以最好的鋼材製成，盒子的正面有著一個小小刻度盤和數根精巧的控制桿。這個機械裝置是由思弗丹最高明的鎖匠所設計，只有拉森與沃恩才知道正確開啟盒子的方法。

拉森轉著刻度盤和那個控制桿，排列出他在被任命為樞機主祭時就記下的圖案。圖案的組合從來沒有記錄下來。如果任何核心司祭以外的人得知盒內之物，就可能對舒．德瑞熙教派造成極大的難堪。

鎖彈了一下，拉森緩緩地打開盒子。一個發光的小球安靜地待在裡面。

「您需要我，主人？」侍靈以輕柔的女聲問。

「安靜！」拉森命令。「妳知道妳不被允許說話。」

光球柔順服從地律動。距離拉森上次開啟這個盒子已經好幾個月了，但侍靈絲毫沒有不滿或反抗的跡象。這生物——不管他們是什麼——似乎是全然地服從。

侍靈是拉森被祝聖為樞機主祭後最大的震撼，震撼並不是來自於發現這種生物居然是真的——雖然許多東方人認為侍靈只是某種艾歐神話產物，拉森也曾經這樣認為、這樣被教導，世界上有些東西不是一般人可以明白的。他早年在達克霍修道院（Dakhor Monastery）的記憶讓他害怕得發顫。

不，拉森的震驚來自於發現沃恩居然使用這些異教徒的魔法，來協助杰德司的帝國。沃恩本人解釋過使用侍靈的必要性，但拉森花了好幾年才接受這樣的論點。最後，還是邏輯使他動搖。既然可以因為需要，而使用異教徒的語言來傳播杰德司的教義，那麼敵人的技藝也能夠提供很好的幫助。

當然，只有那些自制力最高與最神聖的人，才能使用侍靈而不受污染。當樞機主祭在遙遠的異地時，會使用侍靈來與沃恩聯絡，他們鮮少這麼做。為了跨越遠距離進行立即的溝通，這樣的代價是值得的。

「讓我與沃恩談話。」拉森下達命令。侍靈聽令，盤旋了一會兒，以她的能力搜尋沃恩本人的隱藏侍靈——一個由啞巴僕人全天陪同，他唯一的神聖使命就是看管這個生物。

拉森在等待的時候盯著侍靈看，侍靈耐心地盤旋著。她看起來總是完全順從，確實，也從沒聽過樞機主祭抱怨過這個生物的忠誠。他們認為那是侍靈的魔法使他們忠於主人，即使他們的主人憎惡他們。

拉森並非完全地安靜。侍靈能夠聯繫他們的同類，他們似乎也睡不到人類的一半。侍靈在主人睡著的時候都做些什麼呢？他們討論些什麼祕密呢？過去某段時間，杜拉德、亞瑞倫、泰歐德，甚至是占杜的多數貴族都有侍靈。這些日子以來，有多少國家機密被這些不起眼的飄浮球所目睹，甚至是洩漏呢？

他搖搖頭，所幸這樣的日子已經過去了。主要是歸功於伊嵐翠的殞落，伊嵐翠魔法的消失避免了這些生物繼續產生。等到菲悠丹征服了西方，拉森很懷疑會看到任何一個侍靈繼續自在地飄盪。

他的侍靈開始像水一樣滴流，接著變化成沃恩高傲的臉龐——高貴而方正，注視著拉森。

「我在這兒，我的孩子。」沃恩的聲音透過侍靈傳遞出來。

「噢，偉大的主人，杰德司所膏禮，籠罩在祂恩寵之光中的皇帝。」拉森低下頭說。

「說吧，我的侍僧。」

「我有一項關於亞瑞倫領主之一的提議，上主……」

第十三章

「就是這個！」瑞歐汀興奮地大叫。「迦拉旦，快過來！」

高大的杜拉德人抬起眉毛，放下手中的書本，以他獨特的閒適姿態踱著步走到瑞歐汀身邊。「你發現了什麼，穌雷？」

瑞歐汀指著面前那本缺了封皮的書。原本的科拉熙禮拜堂，如今是他們的運作中心，而瑞歐汀就坐在其中。迦拉旦還是希望他那充滿藏書的小書房可以保持隱密，於是他們只好費力地把卷冊給搬到教堂來，免得他的私人領域遭到入侵。

「穌雷，這東西我看不懂。」迦拉旦抱怨地看著那本書。「它完全是用符文寫的。」

「這就是我起疑的地方。」瑞歐汀說。

「你讀得懂？」迦拉旦問。

「不。」瑞歐汀微笑地回答。「但我有這個。」他伸手下去抽出一本看起來沒有封皮的書冊，它的首頁沾著伊嵐翠的污痕。「一本符文字典。」

迦拉旦帶點疑惑地打量第一本書。「穌雷，我連這頁十分之一的符文都辨認不出來。你知道你翻譯它得花多久時間嗎？」

瑞歐汀聳聳肩。「總比在其他書裡繼續尋找線索來得好。迦拉旦，我要是再看到任何一個字跟菲悠丹的風貌有關，我大概就要吐了。」

迦拉旦悶哼一聲，表示同意。不管是誰在災罰前擁有這批書，他一定是個地理學者，至少有一半的書本與這類主題有關。

「你確定這本就是我們要找的？」迦拉旦問。

「我受過一點關於閱讀純粹符文文件的小小訓練，我的朋友。」瑞歐汀說，指著書本某頁的開端部分的一個符文。「這是艾歐鐸。」

迦拉旦點頭。「好吧，穌雷。我可不會羨慕你的任務。要是你的同胞沒有花那麼久的時間，發明一套字母系統，我們的生活可就簡單多了，可了？」

「符文的確是一套字母系統。」瑞歐汀說。「只不過是極端複雜的一種。這花的時間不會像你想得那麼久，我學生時代的熟練感覺很快就會回來的。」

「穌雷，有時候你那麼樂觀，實在有點叫人討厭。我猜我們又得把其他的書送回它們原本在的地方，對吧？」迦拉旦的聲音帶著一點憂慮。這些書本對他來說非常寶貴，瑞歐汀光是勸這個杜拉德人讓他把書的封皮取下就花了好幾個小時，他可以輕易感覺到，這個大個子對於書本直接暴露在伊嵐翠的爛泥與灰塵之中有多不滿。

「這應該沒問題。」瑞歐汀說。其他書幾乎沒有談到任何關於艾歐鐸的事情，雖然其中一部分的日記或其他的紀錄可能會有線索。但瑞歐汀懷疑它們不可能像他眼前的這本那樣有用——要是他可以成功地翻譯它的話。

迦拉旦點點頭，開始把書本收集起來。接著他擔心地抬起頭，因為從屋頂傳來一陣奇怪的摩擦聲。迦拉旦相信沒過多久整個屋頂就會全部垮下來，而且一定是壓在他閃亮的褐色頭頂上。

「別這麼擔心，迦拉旦。」瑞歐汀說。「瑪芮和李爾知道他們在做什麼。」

迦拉旦皺著眉頭說：「不，他們不知道。穌雷，我幾乎可以回想起他們根本毫無頭緒，直到你開始逼迫他們。」

「我的意思是他們還挺稱職的。」瑞歐汀滿意地抬起頭。六天的工作讓屋頂完成了一大半。瑪瑞西發明了一種像是黏土的碎木混合物，就以伊嵐翠隨處可見的爛泥巴為主材料，再加上掉落的樑柱碎片與腐爛程度比較輕微的衣物，構成了天花板的原料。雖然不是很高級，但起碼是可用之物。

瑞歐汀微笑著，雖然疼痛與飢餓如影隨形，但所有事情都進行得很順利，幾乎可以讓他忘記身上快半打的撞傷與割傷。透過窗戶，他可以看見他們小團體的新成員，洛倫（Loren）。這個男子在教堂外一片可能原本是花園的區域工作，根據瑞歐汀的指示，還有一雙簇新的皮手套可戴，洛倫在移除石塊與雜物，好露出底下的土壤。

「這樣做有什麼好處？」迦拉旦問，跟著瑞歐汀把視線移往窗外。

「你會知道的。」瑞歐汀神祕地微笑。

迦拉旦氣喘吁吁地抱起一大疊書本離開禮拜堂。杜拉德人有件事情說對了，他們不可能只靠剛被丟進來的新伊嵐翠人，起碼沒辦法像瑞歐汀一開始以為的那麼快。前天洛倫才抵達，在那之前整整五天城門連晃也不晃一下。瑞歐汀能在這麼短的時間裡，找到瑪瑞西與其他人真的非常幸運。

「靈性大人？」一個遲疑的聲音問。

瑞歐汀抬起頭望向禮拜堂的入口，一個陌生的男子等在那裡。他看來駝背而瘦弱，還帶著一種慣於服從的感覺。瑞歐汀一時間看不出他的年紀，霞德祕法讓所有人都看起來比原本蒼老。然而，瑞歐汀還是可以感受到他的老邁，如果他的頭頂還有頭髮的話，應該也是全都白了，他的皮膚亦早在霞德祕法轉化他之前，就已經起了皺紋。

「嗯？」瑞歐汀饒有興味地問。「我能為你做些什麼嗎？」

「大人……」那個男子開了口。

「繼續。」瑞歐汀敦促著。

「嗯……閣下，我聽說了一些事情。我在想，我是不是能夠加入你們？」

瑞歐汀露出笑容，站起來並走向那個男子。「當然，你可以加入我們。你聽說了些什麼？」

「嗯……」那個年長的伊嵐翠人緊張地坐立難安。「街上有些人說，跟著你的人都不會挨餓，他們說你知道讓那些痛苦都消失的祕密。我成為伊嵐翠人幾乎要一年了，大人，那些損傷已經快要讓我無法負荷。我想我可以找你碰碰運氣，或是替自己找個水溝成為霍依德的一份子。」

瑞歐汀點點頭，握緊老人的肩膀。即使他已經漸漸習慣那些疼痛，他還是可以感受到腳趾燒灼的感覺，從來不曾消失，它還伴隨著來自胃部的折磨。「我很高興你來了。你的名字是？」

「卡哈（Kahar），大人。」

「那麼，卡哈，你在霞德祕法選上你之前是做什麼的？」

卡哈的眼神有些渙散，彷彿他的心靈飄回了很久以前的時光。「我是某種清潔工，大人。我想我負責清掃街道。」

「太好了！我就等著你這種特殊才能。瑪瑞西，你在嗎？」

「是，大人？」體格單薄的藝術家從後面的房間回答，他的頭一會兒之後探了出來。

「你設下的閘口有把昨晚下的雨接起來嗎？」

「當然有，大人。」瑪瑞西憤慨地說。

「好，告訴卡哈那些水在哪裡。」

「當然。」瑪瑞西招呼卡哈過去。

「我要那些水做什麼？大人。」卡哈問。

「我們該停止住在一團髒亂中了。」瑞歐汀說。「這些覆蓋伊嵐翠的爛泥是可以被清除的，我見過某些乾淨的地方。你可以慢慢做不必趕，但是把這棟建築物裡外都打掃一遍，把每個地方的爛泥和灰塵都清乾淨。」

「然後你就會告訴我那個祕密？」卡哈充滿希望地問。

「相信我。」

卡哈點點頭，跟著瑪瑞西走到後面。瑞歐汀的笑容隨著那人的離去消失。他發現在伊嵐翠領導眾人最困難的地方，就是維持著迦拉旦剛剛嘲笑他的樂觀態度。這些人，即使是那些新來的人，已經瀕臨失去希望邊緣。他們認為自己受到天譴，認為他們的靈魂注定將隨同伊嵐翠一同腐爛，無法被拯救。瑞歐汀必須克服多年來自我催眠加上無時無刻不在的痛苦和飢餓所造成的結果。

他從來不覺得自己是個過分開朗的人，但在伊嵐翠，瑞歐汀卻發現自己在絕望的氣氛中發展出反抗性的樂觀。事情愈糟糕，他愈是要毫無抱怨地面對它。但是強顏歡笑需要代價，他可以感覺到其他人，甚至是迦拉旦都在依靠著他。在所有的伊嵐翠人中，只有瑞歐汀一個人不能把痛苦表現出來。飢餓感啃食著他的身體，就好像有一大群蟲子要從腹部裡爬出來，而傷處的疼痛也毫不留情地打擊著他。

他不知道自己還可以再撐多久。在伊嵐翠不過一週半，他已經累積了太多疼痛，讓他幾乎無法專注。離他完全不能思考還有多久呢？或者還有多少時間，他才會退化成夏歐手下那樣的半人？而還有一個更恐怖的問題，當他倒下的時候，又有多少人會跟著他一起倒下？

但現在他得承擔起重任，他要是不接下這個責任，沒有人會願意做下去。這些人要不被自己的苦痛所奴役，要不就在街上逞凶鬥惡。伊嵐翠需要他。如果他會因此耗盡生命，那就任由它吧。

「靈性大人！」一個聲音狂叫。

瑞歐汀看著沙歐林一臉憂心地衝進房間。這個鷹勾鼻士兵帶著一根由半截腐木和磨尖石頭所組成的長矛，負責在禮拜堂附近巡邏。男子帶著疤痕的伊嵐翠臉龐因為擔憂而皺在一起。

「發生什麼事了，沙歐林？」瑞歐汀帶著警戒地問。這個男子是個富有經驗的戰士，沒有那麼容易動搖。

「一群帶有武裝的人朝這裡來，大人。我數了十二個人，而且他們帶著鋼製的武器。」

「鋼？」瑞歐汀說。「在伊嵐翠？我從沒發現過這裡有鋼鐵。」

「他們來得很快，大人。」沙歐林說。「我們該怎麼做，他們就要到了。」

「他們已經到了。」正當瑞歐汀說出這句話時，那一群人強行穿過了禮拜堂敞開的大門。沙歐林確實沒說錯，其中好幾個人帶著鋼製武器，雖然那些劍刃帶著缺口與鏽蝕。那群人眼神陰鷙，滿臉怒容，而他們由一個熟悉的身影所帶領著，或者說從一段距離外看來頗熟悉的身影。

「卡菈塔。」瑞歐汀說。前幾天剛來的洛倫原本應該屬於她，瑞歐汀卻搶先一步搶走了洛倫。很顯然她是為此而來。這類事情早晚都會發生。

瑞歐汀偷看了沙歐林一眼，他緩慢地向前移動，焦慮地想使用他那簡陋的長矛。「站在原地，沙歐林。」瑞歐汀命令。

卡菈塔的頭頂一根頭髮也沒有，這是霞德祕法的特色，而她在這座城市裡的時間也久到足以讓她的皮膚開始萎縮起皺。然而，她還是有著一張驕傲的臉龐與充滿決心的雙眼，那是一雙不會屈服於痛苦的眼睛。她穿著一身黑色的外衣，以破碎的皮革縫製而成，以伊嵐翠的標準來說，做工已經算是相當出色。

她環視禮拜堂，先研究著新建的屋頂，然後看著瑞歐汀的手下們。那些人一臉擔憂地聚在窗戶之外。瑪瑞西與卡哈動也不動地站在房間的後面。最後，卡菈塔把她的視線轉向瑞歐汀。

一陣緊繃的停頓。終於卡菈塔轉身對她的手下說：「毀了這棟房子，把他們全趕出去，並且打斷一些人的骨頭。」接著她轉身離去。

「我可以讓妳進入艾敦王的王宮。」瑞歐汀小聲地說。

卡菈塔像是被冰凍似地停了下來。

「這就是妳想要的，不是嗎？」瑞歐汀問。「伊嵐翠護城衛隊在凱依城屢次抓到妳，他們不會繼續忍耐妳的行為，他們太常燒死那些逃跑的伊嵐翠人了。如果妳真的想進入王宮，我可以帶妳去。」

「我們連這座城市都逃不出去。」卡菈塔用多疑的眼神看著他。「他們最近把守衛加強了一倍，說是為了什麼王室婚禮好看。我已經一個月沒辦法離開城市了。」

「我也可以讓妳逃離伊嵐翠。」瑞歐汀保證。

卡菈塔懷疑地瞇起眼睛。他們沒有任何討價還價，兩個人都知道瑞歐汀只要求一件事：放過他們。

「你只是狗急跳牆。」她最後做出結論。

「沒錯。但我也是投機份子。」

卡菈塔緩緩地點頭。「我會在入夜的時候再來。你最好能夠履行你的諾言，否則我的手下就會把這裡每個人的四肢打斷，讓他們在自己的痛苦中腐爛。」

「知道了。」

「不覺得是個好主意。」瑞歐汀用小小的笑容替他把話說完。「是，迦拉旦，我知道。」

「伊嵐翠是座廣大的城市，」迦拉旦說。「我們有很多地方可以躲，卡菈塔永遠不會找得到我們。她沒有辦法分散太多人手，否則夏歐和安登就會開始攻擊她。可了？」

「是，但然後呢？」瑞歐汀問，拉扯著瑪瑞西用碎布拼成的繩索，試驗它的堅固程度，這似乎是足以承受他的體重。「卡菈塔找不到我們，那表示其他人也是一樣。人們才開始要了解我們的存在。如果我們現在逃跑，那我們永遠也不會成長擴大了。」

迦拉旦看起來有些受傷。「穌雷，我們一定得擴大嗎？你真的要組織另一個幫派？三個軍閥還不夠多？」

瑞歐汀停下來，關心地看著那個高大的杜拉德人。「迦拉旦，你真的覺得我在做這種事嗎？」

「我不知道，穌雷。」

「我並不想要權力，迦拉旦。」瑞歐汀斷然地說。「我關心的是生命，不只是苟活，迦拉旦。是生命。這些人死去是因為他們放棄了希望，而不是他們的心臟不再跳動。我要改變這一切。」

「穌雷，這是不可能的。」

「那把卡菈塔弄進艾敦王的王宮也同樣不可能。」瑞歐汀說著把瑪瑞西做的繩索纏了一圈，套在手臂上。「等我回來吧。」

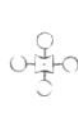

「那是什麼？」卡菈塔懷疑地問。

「我們的出口。」瑞歐汀凝視著伊嵐翠唯一一口井的矮牆。城井看起來很深，但他可以聽見黑暗中的水流聲。

「你打算讓我們游出去？」

「不。」瑞歐汀說，把繩索綁在井邊的腐蝕鐵桿上。「我們是要讓水流帶我們出去，比較像是漂浮而不是游泳。」

「這太瘋狂了——這條河流經地底下。我們會淹死。」

「我們不會淹死。」瑞歐汀說。「就像我朋友迦拉旦的口頭禪：『我們已經死了，可了？』」

卡菈塔似乎還不相信。

「亞瑞德河直接流經伊嵐翠，接著流過凱依城。」瑞歐汀解釋著。「它會流過城市，並且流經王宮。我們只需要讓河水帶著我們走。我試過屏息整整半個小時，但我的肺一點感覺也沒有。我們的血液不再流動，我們會需要空氣的理由，只是因為我們要說話。」

「這可能會毀了我們兩個。」卡菈塔警告著說。

瑞歐汀聳聳肩。「幾個月之後，飢餓也有可能會征服我們。」

卡菈塔露出一點微笑。「好吧，靈性。你先下去。」

「欣然之至。」瑞歐汀說，但是其實一點也沒有開心的感覺。不過畢竟這是他的主意。瑞歐汀哀傷地搖搖頭，開始從井邊爬下去。還不到井底的水面，繩索就用完了，於是瑞歐汀深吸了一口徒勞無益的空氣之後，放手下墜。

他撲通一聲摔進冰冷的河水之中，水流迅速地想將他帶走，但他很快地抓住一塊石頭穩住自己，等著卡菈塔。很快地，她的聲音也進入井中。

「靈性？」

「我在這裡。妳大概還離河水有十呎，剩下的距離大概得放手掉下來。」

「然後呢？」

「接著河水就流經地底，我已經感覺到它想把我吸下去。我們只能期待底下夠寬，否則我們可能得當一輩子的地底水塞。」

「你應該要在我下去之前提醒我。」卡菈塔緊張地說。然而，水花濺起的聲音很快響起，接著水中傳來低哼，而某個巨大的東西掉在瑞歐汀背後的水中。

咕噥了一聲上神慈悲之後，瑞歐汀放開了石塊，任由河水將他捲入黑暗的地底。

⸻

瑞歐汀還是必須要游泳，訣竅在於努力讓自己保持在河道的中間，免得一頭撞上堅硬的岩壁。他在黑暗中盡了最大的努力，伸展著雙臂好讓自己能夠穩定位置。所幸經過長時間的沖刷，岩石已經變得光滑，只會讓他們撞得瘀青而非割傷。

寂靜的地底旅程彷彿永無止境，就好像他就在黑暗之中漂流，無法言語，全然的孤獨。也許這就是死亡的模樣，靈魂在無盡無光的虛空中漂流。

接著水流轉變，帶著他向上。他伸長了手想要撐住石壁，但是卻撲了個空，沒多久他又重新接觸到空氣，濕漉漉的臉龐在風中覺得一陣寒意。他不確定地眨著眼，等著視線重新聚焦，滿天星點和街道上偶有的油燈散發著微弱的光芒，而這已經足以讓他回復方向感——或許連他的理智也跟著回復。

他昏昏欲睡地漂浮著，在重回地表後河面展開，水流跟著減緩。他感受到水流的轉變並且試著想說話，但是他的肺裡全都是水，於是只發出一聲巨大的怪響和激烈的咳嗽。

一隻手突然掩住他的嘴巴，讓他的咳嗽變成咕嚕咕嚕的水泡。

「安靜，笨蛋！」卡菈塔噓聲說。

瑞歐汀點頭，掙扎地控制他的痙攣。也許剛才的旅程中他應該少花點心思在神學問題的探討上，而多專心在閉上自己的嘴巴。

卡菈塔放開手，但依舊用手抓著他的肩膀，好讓他們兩個在穿過凱依城的時候同在一起。店家因為入夜早已打烊，偶爾會有一兩名守衛在街上巡邏。他們兩個持續漂流，直到靠近城市的西北角，而艾敦的王宮矗立於夜晚中。他們依舊安靜地游到王宮的岸邊。

王宮是一座昏暗而陰森的建築——一種艾敦王不安的表現。瑞歐汀的父親並不常害怕，事實上，常常在應該要恐懼的時候，他反而會變得更好鬥。這樣的特質讓商人的他與菲悠丹人交易時帶來財富，卻為身為國王的他帶來失敗。唯一讓艾敦王害怕的事情就是睡眠，國王非常恐懼會有刺客在他熟睡時來暗殺他。瑞歐汀對父親在睡前的喃喃自語印象非常深刻，對於綁架的憂慮只讓艾敦王變得更糟糕，把早已有如要塞般的住宅塞入了大隊的守衛，那些士兵就住在艾敦王的附近好隨時反應。

「好吧。」卡菈塔壓低聲音說，猶豫地看著守衛在城垛間穿梭。「你帶我們逃出了伊嵐翠，現在把我們弄進王宮吧。」

瑞歐汀點頭，盡可能安靜地把肺裡水給擠出來，過程不斷伴隨著壓抑的反胃聲。

「別一直咳。」卡菈塔建議。「會弄傷喉嚨，然後胸口會痛，到時候你會覺得自己永遠在感冒。」

瑞歐汀呻吟著，努力拖著自己的腳步。「我們得到西邊去。」他的聲音非常沙啞。

卡菈塔點點頭，她安靜地移動，遠比瑞歐汀安靜得多——彷彿習慣於危險一般。好幾次她警示地舉起手，等待一群守衛從黑暗中出現並走過。她的警戒讓他們平安無事地來到艾敦王宮的西側，而瑞歐汀全然缺乏這類的技巧。

「現在呢？」她小聲地問。

瑞歐汀停頓，他面臨了一個問題。為何卡菈塔想要進入王宮？就瑞歐汀聽來的情況，她看來不太像會想要復仇的人。她很冷酷卻不像是報復心很重。但要是他錯了呢？要是她真的想要艾敦王的血呢？

「怎麼？」卡菈塔問。

我不會讓她殺害我父親，他決定。不管他是個多麼糟糕的國王，我不會讓她這麼做。「妳必須先回答我一些問題。」

「現在？」她惱怒地問。

瑞歐汀點點頭。「我必須要知道妳為什麼想進王宮。」

她在黑暗中皺起眉頭。「你沒有任何立場提出問題。」

「妳也沒有任何立場拒絕。」瑞歐汀說。「我只要引起警報，我們就全都會被守衛抓走。」

卡菈塔在黑暗中停頓了一會兒，顯然在考慮他是否真的會這麼做。

「聽著，」瑞歐汀說。「只要告訴我一件事，妳打算傷害國王嗎？」

卡菈塔對上他的目光，接著搖頭。「我的目標與他無關。」

我該相信她嗎？瑞歐汀想。我有選擇嗎？

他伸手拔走一些牆邊茂密的草叢，然後整個人靠上其中一塊石頭。石塊縮進牆中帶著一種細微的摩擦聲，接著一小塊地面在他們眼前消失。

卡菈塔挑起眉毛。「一條祕密通道？真有趣。」

「艾敦王害怕睡覺。」瑞歐汀說，爬進這個城牆下的通道。「他建造這個通道，是為了在有人攻打王宮時，他可以從這裡逃跑。」

卡菈塔哼了哼，跟著他爬進洞穴。「我以為這種事情只在童話裡出現。」

「艾敦王挺喜歡那些童話的。」瑞歐汀說。

十幾呎過後，通道變得寬敞，瑞歐汀摸索著牆壁直到找到提燈與打火石。他只開出提燈的一條縫，露出一線的光芒，但已足夠照亮這個充滿灰塵的狹窄通道。

「你看起來對王宮非常了解。」卡菈塔留意地說。

瑞歐汀沒有回答，因為想不出一個不令人起疑的答案。在他剛進入青少年期的時候，他父親告訴他這些通道。瑞歐汀與他的朋友幾乎無法抵抗這個地方的誘惑，完全不顧這只是個緊急用的通道，瑞歐汀與路凱在這裡一玩就是好幾個小時。

通道比記憶中來得小，只勉強夠瑞歐汀和卡菈塔行走。「來吧。」他一邊說一邊抬高油燈，靠著牆壁緩慢前行。通往艾敦王房間的路程比他印象中要更短，幾乎算不上是一條通道，儘管在他幼時的記憶中，這條密道充滿了各種的想像。通道在一個陡峭的轉角後，緩緩向上通往二樓，直達艾敦王的房間。

「就是這裡。」在他們走到底端時，瑞歐汀說。「這就是國王的寢室，艾敦王現在應該在床上，雖然他畏懼入睡，但他其實睡得很沉，也許就是因為這樣他才會害怕。」他滑開壁毯後的密門。艾敦王巨大的四腳床顯得昏暗而安靜，透過窗戶的月光照在國王沉睡的臉龐上。

瑞歐汀緊張地盯著卡菈塔。那個女人並沒有違背她的諾言，她只看了一眼熟睡的國王，便穿過房間走到外面的廊道上。瑞歐汀安靜地鬆了一口氣，以他不熟練的潛行技巧跟在她身後。

黑暗的廊道連接著艾敦王的寢室與他的守衛們，右邊的走道通往守衛們的兵營，而左邊的走道則通往一個守衛哨點，以及王宮的其他部分。卡菈塔離開現在的地點，繼續往右邊的廊道走下去，往兵營的區域前進，她的赤足踏在石頭地板上沒有發出一點聲音。

瑞歐汀跟著她走進兵營，而焦躁又再次浮現。她並不打算殺害他的父親，但現在卻潛入王宮最危險的地方，任何一點聲響都可能會驚醒好幾十名士兵。

所幸在石頭通道上潛行並不需要太多的技巧，卡菈塔輕輕地打開通道上的每一扇門，瑞歐汀緊跟在後。

黑暗的走廊一路延伸，連接著許多扇門，這是低階軍官的區域，也包括了他們眷屬的房間。卡菈塔打開了一扇門，那是撥給一個已婚守衛全家的房間，月光下只有一張床靠著牆壁，連著一張梳妝台。

瑞歐汀臉上帶著焦慮，整個人顯得坐立難安，不禁懷疑卡菈塔該不會只是為了拿一把熟睡士兵的武器。如果是這樣，她一定是瘋了。當然，潛入一個偏執國王的王宮，也確實不是什麼正常人的行為。

當卡菈塔走進房間，瑞歐汀發現她並不是要偷走任何這個不在房間的守衛的裝備。床鋪是空的，床單有著睡過的痕跡。卡菈塔站在某樣瑞歐汀一開始沒有留意到的東西旁邊——地板上的小床褥，躺著一個睡著的孩子，而在黑暗中瑞歐汀看不清長相與性別。卡菈塔就跪在孩子的身旁過了許久。

接著她站起身，給瑞歐汀一個離去的手勢，並且把身後的門關上。瑞歐汀帶著詢問地挑起眉毛，而卡菈塔點點頭。他們準備離去。

逃脫的過程與入侵恰恰相反，瑞歐汀先走，小心地穿過依舊敞開的門扉，而卡菈塔緊隨在後，並且把門關上。終於瑞歐汀感到放心，這個夜晚總算過去，直到他放心地穿過房門，回到艾敦王的寢室。

一個人站在房間的另一邊，他的手僵直在那裡，正要伸向門把。他盯著他們，滿臉驚愕。

卡菈塔越過瑞歐汀，迅速地用手臂勒住那個人的脖子，並且緊緊地掩住他的嘴，扭住他那試圖拔劍的手腕。但是那個人遠比被轉化成虛弱的伊嵐翠人的卡菈塔，要更加高大強壯。他掙脫卡菈塔的手，並以腿擋住卡菈塔想絆倒他的舉動。

「停下來！」瑞歐汀低喝。他的手威脅地舉起來。

兩個人都不悅地瞪了他一眼，但當他們看見瑞歐汀的動作時，他們停下了掙扎。

瑞歐汀的手指滑過空氣，發著光的線條隨之出現。瑞歐汀繼續畫著，弧形與線條，直到他完成那個文字。艾歐．席歐（Aon Sheo），死亡的圖案。

「要是你敢動。」瑞歐汀輕聲說。「你就得死。」

守衛的眼睛因恐懼而睜大，符文就在他的胸前灼熱地飄浮，在黑暗的房間中散發著刺眼的光芒。文字如同以往般閃爍著，接著漸漸消失。然而，這樣的光芒已經足以照亮瑞歐汀帶著黑色斑點的伊嵐翠臉龐。

「你知道我們是誰。」

「上神慈悲。」那人低語。

「這個符文將會持續到下一個小時。」瑞歐汀面不改色地撒著謊。「它會留在我畫的地點，隱形地等著你做出任何動作然後毀滅你，明白嗎？」

那個人絲毫沒有移動，汗水流滿了他恐懼的臉龐。

瑞歐汀伸手把那個人的劍帶解下，然後把武器綁在自己的腰上。

「來。」瑞歐汀對卡菈塔說。

女子依舊蹲在她和守衛打鬥的牆邊，用一種難解的表情看著瑞歐汀。

「走吧。」瑞歐汀重複，帶了多一些的催促。

卡菈塔點點頭，回復了她的沉著。她打開國王寢室的大門，接著兩人從他們來的通道消失。

「他沒有認出我。」卡菈塔自言自語著，彷彿這是件可笑的事，但她的聲音卻充滿了哀傷。

「誰？」瑞歐汀問。他們兩人蹲在凱依城一間店舖的門口休息，準備要返回伊嵐翠。

「那個守衛。他是我丈夫，當我還在世的時候。」

「妳的丈夫？」

卡菈塔點點頭。「我們一起生活了十二年，但他現在卻忘了我。」

這樣就說得通了。「所以房間裡的孩子……」

「那是我的女兒。」卡菈塔說。「我懷疑有任何人會對她說我的事情。我只是……希望她能知道。」

「妳留下一張字條？」

「一張紙條與一樣紀念品。」卡菈塔的聲音聽起來很傷心，儘管她那雙伊嵐翠人的眼眸已經流不出淚水。「我的項鍊。一年前我本來想讓教士替我交給她，我希望她能保留它，我一直打算要把項鍊留給她。但他們太快就把我帶走……我甚至來不及說再見。」

「我明白。」瑞歐汀邊說邊安慰地摟住那個女子。「我明白。」

「它奪走我們的一切。它奪走了一切，然後什麼也不留給我們。」此刻她的聲音痛苦地糾結著。

「這是上神的旨意。」

「你怎麼能那樣說？」她尖銳地質問。「你怎麼能呼喊祂的名，在祂這樣對待我們之後？」

「我不知道。」瑞歐汀承認，感覺有些不適當。「我只知道我們必須過下去，就像每個人一樣。起碼妳再見到她一面。」

「是。」卡菈塔說。「感謝你。你今晚幫了我很大的忙，我的王子。」

瑞歐汀僾在那兒。

「是，我認識你。我和我的丈夫住在王宮中許多年了，保護你的父親與你的家人。我看著你從孩提時代到今天，瑞歐汀王子。」

「妳一直都知道？」

「不是一開始。」卡菈塔說。「不過夠久了。當我發覺這個事實，我無法決定該要因為你和艾敦王的關係而恨你，或是滿足於天理報應。」

「妳的決定是？」

「不重要了。」卡菈塔說，反射地擦著自己乾涸的眼睛。「你完美地達成了你的交易。我的手下會放過你們。」

「這樣不夠，卡菈塔。」瑞歐汀站起來說。

「你要求我們交易以外的事情？」

「我什麼都不要求，卡菈塔。」瑞歐汀說，伸手幫她站起來。「但妳知道我是誰，那妳可以去猜我想做些什麼。」

「你就像安登。」卡菈塔說。「你想要成為伊嵐翠之主，像你父親一樣統治這片受詛咒的土地。」

「原來人們這樣快就如此評斷我。」瑞歐汀帶著扭曲的笑容說。「不，卡菈塔。我並不想成為『伊嵐翠之主』，但我想要改善它。我只看見一座城市充滿了哀怨自憐的人民，全世界都覺得伊嵐翠人遭受天譴，於是伊嵐翠人也順從地覺得自己受到天譴。伊嵐翠不需要成為這樣一個深淵。」

「你又如何能改變這一切？」卡菈塔問。「只要食物依舊缺乏，人們就會因為他們的飢餓彼此鬥爭直到毀滅。」

「所以我們要餵飽他們。」瑞歐汀說。

卡菈塔不同意地哼了一聲。

瑞歐汀地把手深入腰帶，拿出一個破爛的小包。「妳認得這是什麼嗎，卡菈塔？」他攤開布包，布包是空的，卻剩下一些原本物品的殘餘。

卡菈塔的眼中燃起欲望。「它裝著食物。」

「哪一種？」

「一小把的穀粒，那些新伊嵐翠人往生祭品的一部分。」卡菈塔回答。

「不只是穀粒，卡菈塔。」瑞歐汀說。「這是玉米的種子。儀式的祭品中需要可以被種植的穀粒。」

「玉米的種子？」卡菈塔低語。

「我一直在從新來的人那邊收集這些種子。」瑞歐汀說。「那些其他的祭品我都沒興趣，除了這些玉米之外。我們可以種植這些玉米，卡菈塔。伊嵐翠並沒有多少居民，要餵飽他們全部並不困難。天知道我們有多少閒暇時間來種上一、兩個院子的玉米。」

卡菈塔睜大了雙眼。「沒有人這麼試過。」她目瞪口呆地說。

「我也這麼覺得。這需要遠見，但伊嵐翠人卻太專注於自己的飢餓與對明日的擔憂。我打算要改變這一切。」

卡菈塔的目光從布包移到瑞歐汀的臉上。「了不起。」她咕噥著。

「來吧。」瑞歐汀一邊說，一邊把布包塞回腰帶，並且把偷來的劍藏在破布底下。「我們快到城門了。」

「你打算怎麼把我們弄回去？」

「妳等著看吧。」

當他們走著的時候，卡菈塔在一間黑暗的房子前停下。

「怎麼了？」瑞歐汀問。

卡菈塔指著窗戶，在玻璃之後放著一整條的麵包。突然間，瑞歐汀感到自己的飢餓感像是針一樣地扎著他的胃。他無法責怪她，即使是在王宮裡，他也四處觀察有沒有東西可以吃。

「我們不能冒這個險，卡菈塔。」瑞歐汀說。

卡菈塔嘆氣著說：「我知道，我只是……東西就近在咫尺。」

「所有的店都打烊了，房子也都鎖上。」瑞歐汀說。「我們拿到多少都改變不了什麼。」

卡菈塔點點頭，再次疲倦地前進。他們轉過一個彎，靠近了伊嵐翠的大門。一棟低矮的建築坐落在旁邊，光線從窗戶中流瀉出來。幾個守衛在裡面斜倚著，他們棕黃相間的伊嵐翠護城衛隊的制服在燈光下發著亮光。瑞歐汀走近那棟建築，用手背敲了敲窗戶。

「不好意思。」他有禮貌地說。「能請你把城門打開嗎？」

守衛們原本正在玩著牌，現在一個個警戒地把牌丟下，並且因為認出這兩個伊嵐翠人而大叫咒罵。

「請快一點。」瑞歐汀輕鬆地說。「我已經累了。」

「你在外面做什麼？」其中一個看來是軍官的守衛問，並且從建築物裡走了出來。其他人則是拿著那些沒用的長矛指著瑞歐汀的胸膛。

「想要回城裡去。」瑞歐汀沒耐心地回答。

其中一個守衛舉起長矛。

「要是我是你，我不會這麼做。」瑞歐汀說。「除非你想要去解釋，為什麼你會在大門外殺死一個伊嵐翠人。你應該要把我們關在裡面的，要是人們發現我們逃出來的話，一定會讓你們很難堪。」

「你們怎麼逃出來的。」那個軍官問。

「我等下再告訴你。」瑞歐汀說。「現在，你應該要趕快把我們弄回城裡去，省得我們把附近的居民都吵起來，讓他們陷入恐慌之中。喔，別靠我太近，你知道的，霞德祕法……畢竟是傳染性很高的。」

守衛們全都害怕地退了幾步。看著伊嵐翠人是一回事，真的和屍體說話又是另一回事。軍官不確定該怎麼做，只好下令把城門打開。

「感謝你，先生。」瑞歐汀帶著微笑回答。「你幹得真漂亮，我們會想辦法看看能不能讓你加薪。」瑞歐汀挽著卡菈塔悠閒地穿過城門，回到伊嵐翠。彷彿那些守衛只是他的僕人，而不是監獄的守衛。

當城門在他們身後關上的時候，卡菈塔忍不住竊笑。「你搞得像是我們想要待在裡面似的，彷彿這是一種特權。」

「我們就應該要這麼覺得。畢竟，要是我們一定得被限制在伊嵐翠之中，我們最好表現得像伊嵐翠是全世界最偉大的地方。」

卡菈塔微笑。「你很叛逆呢，我的王子。我喜歡。」

「貴族不光只是血統上，也可以從態度上呈現。要是我們表現得像是生活在這裡是種祝福，那也許我們就會忘記，其實我們自以為自己有多可憐。現在，卡菈塔，我希望妳幫我個忙。」

她抬起眉毛。

「別告訴任何人我是誰。我希望在伊嵐翠裡，忠誠是來自於尊敬，而不是我的頭銜。」

「好吧。」

「第二，別告訴人任何關於穿過地下河川的通道。」

「為什麼？」

「那太危險了。」瑞歐汀說。「我了解我父親。要是守衛發現太多伊嵐翠人在凱依城裡，他會來摧毀我們。讓伊嵐翠進步的唯一辦法就是自給自足。我們不能冒險潛入城市裡，來供給我們的需要。」

卡菈塔聽著，並且在思考過後點頭。「好。」接著她停頓了一會兒。「瑞歐汀王子，我想讓你看點東西。」

孩子們看起來很開心，雖然只有幾個是醒著的，他們咯咯地傻笑著，彼此玩耍在一起。即使他們的頭髮全掉光了，並且帶著霞德祕法的痕跡，但他們一點都不在意。

「所以，他們都在這裡。」瑞歐汀饒富興趣地說。

卡菈塔帶著他走進那個房間，一個深埋在伊嵐翠王宮深處的房間。過去，這裡曾是由伊嵐翠長老們選出的領袖的居所，如今只是嬰孩們的遊戲間。

幾個男子守衛著那些孩童，懷疑地打量著瑞歐汀。卡菈塔轉向他。「當我剛來到伊嵐翠，我看到孩子縮在陰影之中，害怕每樣經過的東西。讓我想起我自己的小歐帕絲（Opais）。當我開始幫助他們，我的心也跟著一點點痊癒，我對他們表現出一點關愛，他們就緊緊抓著我不放。這裡你看見的每個男女都有孩子留在外頭。」

卡菈塔停頓，溫柔地撫摸著一個伊嵐翠孩子的頭。「是這些孩子把我們團結在一起，也是他們讓我們忘記疼痛。我們收集來的食物全給了孩子們。不知怎麼，我們比較可以忍耐飢餓，因為我們知道孩子會有東西吃。」

「我沒想到……」瑞歐汀小聲地開口，看著兩個小女孩玩著拍手的遊戲。

「他們會這麼快樂？」卡菈塔替他把話說完。她打手勢讓瑞歐汀跟上來，他們繼續往裡走，走到孩子聽不見的地方。「我也不懂，我的王子。他們比我們更能忍受飢餓。」

「孩童的心靈往往有著驚人的韌性。」瑞歐汀說。

「他們似乎也比較能夠忍受疼痛。」卡菈塔繼續。「像是撞傷或瘀青之類的。當然他們還是會承受不了，起初孩子仍會開開心心地玩耍著，但若是他跌倒或是割傷他自己太多次，他的心靈就會放棄。我有另一間房間，離其他小傢伙比較遠，充滿了幾十個每天只會啜泣的孩子。」

瑞歐汀點點頭，過了一會兒他說：「為什麼妳要讓我看這些？」

卡菈塔支吾其詞。「因為我想要加入你。我過去服侍你的父親，忽視我實際上對他的觀感。現在，我要服侍你，因為我認同你的想法。你接受我的效忠嗎？」

「這是我的榮幸，卡菈塔。」

她點頭，背對著孩子嘆氣。「我所剩不多了，瑞歐汀大人。」她低語。「我很擔心如果我不在了，孩子們會怎麼樣。你擁有的那個夢想，那個瘋狂的點子，讓我們自己種植食物，並且忘記我們的痛苦。我想要看到你去嘗試完成它。我雖然不認為這辦得到，但我相信在過程之中，你有辦法讓事情變得更好。」

「謝謝妳。」瑞歐汀說，清楚他剛剛接受了一項沉重的責任。卡菈塔已經承受了一年的煎熬，而他才要剛開始體會。她很疲倦了，他可以從她的雙眼中看出來。現在，她可以在時候到來之時休息，她的擔子已經傳給了他。

「謝謝你。」卡菈塔看著孩子們說。

「告訴我，卡菈塔。」瑞歐汀想了一會兒之後說：「妳真的會把我手下的手腳打斷嗎？」

卡菈塔一開始沒有回答。「你告訴我，我的王子。要是我今晚想要殺你父親，你會怎麼做？」

「這兩個問題還是都不要回答比較好。」

卡菈塔點點頭，她疲累的雙眼帶著冷靜的睿智。

當瑞歐汀認出禮拜堂外等著他回來的高大身影之後，露出了微笑。迦拉旦擔心的臉龐在他提燈的微弱光芒下發亮。

「一盞引我回家的燈光，我的朋友？」瑞歐汀在黑暗中說。

「穌雷！」迦拉旦大叫。「杜洛肯在上，你沒死？」

「當然，我死了。」瑞歐汀笑著說，拍著他朋友的肩膀。「我們都早就……起碼，你不是最喜歡這樣告訴我嗎？」

迦拉旦露齒微笑。「那個女人呢？」

「我陪她走回家了，就像是每個紳士都會做的一樣。」瑞歐汀邊說邊走進禮拜堂。

一走進去，瑪瑞西和其他人也跟著醒來。

「靈性大人回來了！」沙歐林熱情地喊著。

「沙歐林，一樣禮物。」瑞歐汀說，把長劍從破布中拿出來，遞給那個士兵。

「這是什麼？大人。」沙歐林問。

「只憑那一點原料，你做的那柄長矛真的很棒。」瑞歐汀說。「不過我想依你的任務來看，你需要更結實的武器，好讓你能應付真正的戰鬥。」

沙歐林把劍拔出皮鞘。在外頭一點也不特別的長劍，但在伊嵐翠卻是美麗的精品。「上頭刻著艾敦親衛隊的印記！」

「國王死了嗎？」瑪瑞西急切地問。

「沒這種事。」瑞歐汀有些不快地說。「我們的任務屬於私人事務，瑪瑞西，也沒有任何人流血。當然，原本劍的主人大概非常生氣吧。」

「我想也是。」迦拉旦哼了一聲。「那現在我們再也不必擔心卡菈塔了？」

「沒錯。」瑞歐汀露出微笑。「事實上，她的幫派將會加入我們。」

對於這項宣布有一些驚訝的小抱怨，而瑞歐汀停頓了一下之後才繼續：「明天我們將會去拜訪王宮區。卡菈塔有些東西，我希望你們全都去看看。一些每個伊嵐翠人都應該看的東西。」

「是什麼，穌雷？」迦拉旦問。

「飢餓是可以被擊敗的證明。」

第十四章

紗芮奈在縫紉上的才能，大概就只跟她在繪畫上的一樣多。不過這並不能阻止她繼續嘗試——不管她多努力參與那些在傳統上男人做的事，她仍然覺得證明自己可以做一些像其他女人才會做的事情，也很重要。不過沒有天分也不是她的錯。

她拿起了刺繡。上面的圖案本來應該是一隻深紅色姊妹鳥，在長凳上唱著歌。不幸的是，那是她自己畫的草圖——代表了一個不好的開始。接著，在她再也沒有辦法跟著圖的輪廓刺繡以後，整幅圖畫變成了像是爛掉的蕃茄而不是鳥。

「非常好，親愛的。」伊瑄說。只有活潑得無可救藥的王后，才能夠說出這樣一番話而不帶諷刺。

「別擔心，紗芮奈。」朵菈說。「上神給予每個人不同的才能，但是祂總是讚勉勤勞。繼續練習就會進步。」

妳說得可輕鬆了，紗芮奈在心中叨念著。朵菈的刺繡圈上精巧地繡著滿滿的漂亮圖案。她有一群鳥，每一隻都小而複雜，在一棵高大的橡樹旁飛舞旋轉著。凱胤的妻子簡直就是貴族美德的化身。朵菈不是用走的，而是用滑的，她每個動作都平順而優雅。她的妝容更是驚人，嘴唇紅潤、眼神神祕，精緻卻又不著痕跡。她年紀大到可表現出莊嚴，又可以年輕得以美貌聞名。簡單來說，要不是她是宮廷裡最和藹、聰慧的女子，她就會是紗芮奈最討厭的那種類型。

在安靜了一會兒之後，伊瑄開始如同往常般開始聊天。王后似乎很怕寂靜，所以通常會先開口讓別人一起加入。而其他女士也都願意讓她帶領對話，也不會有人想要跟她搶對話的主導權。

王后的刺繡團體是由十個女性組成的。一開始，紗芮奈總是避免參加她們的聚會，把注意力集中在宮廷政治上。不過，她馬上就發現女人跟其他事物一樣重要，不能在正式場合討論的流言蜚語總是在這種地方傳開。紗芮奈不能忍受消息不靈通，她只希望不需要在同時透露她拙劣的技巧。

「我聽說那位瓦倫大人，就是奇埃（Kie）莊園男爵的兒子，經歷了一場很深刻的宗教體驗呢。」伊瑄說。「我認得他母親——一位非常好的女人，而且也非常專精於編毛線。明年，當那些衣服送來的時候，我要逼艾敦王穿上一件，國王總不能跟不上時代潮流吧。他的頭髮也太長了。」

朵菈把一條線拉緊。「我聽到一些有關瓦倫小伙子的謠言。不過聽來古怪，他多年都是一個虔誠的科拉熙教徒，卻突然轉信舒．德瑞熙教派了。」

「他們還不都是同一個宗教。」阿特菈（Atara）隨口答著。即使以亞瑞倫人而言，泰瑞依公爵的妻子仍算是身形嬌小。她赭色的捲髮散落在肩上，而衣著跟珠寶也都是在場所有人之中看起來最富有的，如同她丈夫的奢華一般，只是她的刺繡看起來保守而無新意。

「妳可別在教士面前說這種話呀。」熙丹（Seaden）警告著，她是艾汗伯爵的妻子，也是在場身形最大的人，跟她的丈夫一樣。「他們的態度好像是妳把神叫成上神或杰德司，就注定了妳靈魂的命運似的。」

「這兩個有非常大的不同。」紗芮奈邊說邊努力地不讓同伴們看見她很糟的刺繡。

「對教士來說可能有所不同吧。」阿特菈帶著咯咯笑聲說。「不過對我們來說都沒有什麼兩樣。」

「當然，」紗芮奈說。「畢竟我們是女人。」她從她的刺繡上悄悄地往周遭看去，然後對於她的言詞感到得意。也許亞瑞倫的女人並不如他們的男人想得這麼順從。

這段沉默持續了一會兒就又被伊瑄打斷了。

「紗芮奈，泰歐德的女人平常都怎麼打發時間呢？」

紗芮奈驚訝地瞥向王后，她從沒聽過王后問過這麼直接的問題。「您的意思是？」

「她們平常都做些什麼？」伊瑄重複，「我聽過一些傳聞，妳也懂的——就像我聽過某些菲悠丹的故事一般，他們說那裡的樹，冬天會因為霜寒而爆開，真是個找木材的好方法。我在想他們有沒有辦法讓它隨意發生呢。」

紗芮奈微笑。「我們找事情來做，陛下。有些女士喜歡刺繡，而其他人各有不同的目標和追尋。」

「像是什麼？」托瑞娜（Torena）問，她是艾汗大人未嫁的女兒，雖然紗芮奈還是不敢相信這麼纖細的人，到底要怎麼從一對像是艾汗跟熙丹那樣「大」的夫婦給生出來。托瑞娜在這些聚會裡通常都很安靜，而她圓杏的棕色大眼睛經常帶著一種沉默的智慧，凝視事情的進行。

「嗯，通常來說，國王的宮廷是開放給所有人的。」紗芮奈平淡地說，但她的心底唱著歌。因為這就是她期待的那種機會。

「所以妳們通常會去聽案件囉？」托瑞娜問，她安靜、高亢的聲音聽起來愈來愈有興趣。

「常常。」紗芮奈說。「然後我會跟朋友們討論。」

「妳們會用劍彼此攻擊嗎？」過胖的熙丹帶著一種渴望的表情問。

紗芮奈頓了一下，有點驚訝。而她抬頭時發現，每個在房間裡的人都看著她。「妳怎麼會問這種問題呀？」

「這就是有關泰歐德女人的傳言，親愛的。」朵菈冷靜地說，她也是唯一一個還在做她的針線活的女人。

「是呀。」熙丹說。「我們總是聽到這種流言。他們說泰歐德的女人會為了爭奪男人拿劍殺掉彼此。」

紗芮奈的眉角抽動。「這是擊劍，熙丹女士。我們是因為玩樂，不是為了男人，而且我們絕對不會殺了彼此。我們用劍，但是頂端都有一個小球，而且我們也穿著很厚的衣服。我從沒聽過有人因為擊劍受過比扭傷腳踝更重的傷了。」

「所以這是真的囉？」嬌小的托瑞娜驚訝地吸氣。「妳們會用劍。」

「一部分人是。」紗芮奈說。「我個人還蠻喜歡它的。擊劍是我最愛的運動。」這些女人的眼睛透露出令人驚恐的嗜血，如同被關在小房間中太久的獵犬。紗芮奈希望能夠讓這些女人多一點政治興趣，鼓勵她們在這個國家的政治裡能扮演真正的角色，不過從這個角度切入看起來並不足夠。她們需要更直接的東西。

「要是妳想的話，我可以教妳。」紗芮奈提供了這個意見。

「去打鬥？」阿特菈震驚地問。

「沒錯，」紗芮奈說：「這又不難，而且拜託。阿特菈女士，我們稱之為擊劍。連最善解人意的男人想到女人在『打架』，都會有這麼一丁點不舒服的。」

「我們不行……」伊瑄開口。

「為什麼？」紗芮奈問。

「玩劍會讓國王不太高興，親愛的。」朵菈解釋著。「妳可能已注意到沒有貴族帶劍進宮。」

紗芮奈皺眉。「我正想問這點。」

「艾敦王覺得這太低下了。」伊瑄說。「他說打鬥是農民的工作，他研究他們很久了——他是個好的領導者，妳也知道，一個好的領導者需要知道很多事情。不然他怎麼可以跟妳說明思弗丹任何時候的天氣呢？他的商船可是世界上最堅固也最快的。」

「所以沒有男人可以戰鬥？」紗芮奈驚訝地問。

「除了依翁德大人，可能還有蘇登大人之外，就沒有了。」托瑞娜提起蘇登的名字時，臉上突然放出一種光彩。年輕、皮膚黝黑的貴族，因為他精緻的五官跟沒得挑剔的禮節，贏得宮廷裡所有女性的心。

「別忘了瑞歐汀王子。」阿特菈補充。「我想他叫依翁德教他怎麼打鬥，好激怒他父親。他常在做這種事。」

「這樣正好。」紗芮奈說。「要是沒有男性會打鬥，那艾敦王就不能妨礙我們的學習了。」

「妳的意思是？」托瑞娜問。

「嗯，他說這都低下於他嘛。」紗芮奈說。「要是這是真的話，那真是再適合我們也不過了。畢竟，我們只是女人。」

紗芮奈淘氣地笑著，而這樣的笑容傳到了在場大多數女性的臉上。

「艾希，我把我的劍放哪兒去了？」紗芮奈說著，邊屈膝跪在床邊，彎身到底下翻找著。

「您的劍，小姐？」艾希問。

「別在意。我等下會找到它的。你發現了什麼？」

艾希靜靜地振動著，像是他在說話之前正想著紗芮奈又要捲進什麼麻煩裡了。「恐怕我只有一些事情能回報而已，小姐。伊嵐翠是個非常敏感的話題，所以我所知不多。」

「任何事情都會有幫助的。」紗芮奈轉身去衣櫃。她今天晚上要參加舞會。

「嗯，小姐。大多數在凱依城的人都不想提到伊嵐翠。凱依城的侍靈們知道的並不多，而在伊嵐翠裡的瘋狂侍靈看來也不能回答我的問題。我甚至有嘗試接近過伊嵐翠人本身，但他們看起來被我嚇壞了，其他人向我乞求食物——好像我能帶食物一般。最後，我找到最佳的消息來源——伊嵐翠的護城衛隊。」

「我聽過他們。」紗芮奈說，翻找著她的衣服。「他們應該是整個亞瑞倫裡最菁英的一群人了。」

「他們也很快地回答『沒錯』，小姐。」艾希說。「雖然他們看起來還蠻會大吃大喝，但是我懷疑他們大多數人都不知道在戰鬥中到底要怎麼做。他們總是穿著平整的制服就是了。」

「典型擺著好看用的守衛。」紗芮奈從一排黑色的衣物裡挑選著，在想著要穿著如此平板、可怕又沒有顏色的衣服時，她的皮膚一陣顫抖，雖然她很尊敬地追思瑞歐汀，但她不可能再忍受穿黑色。

艾希在空中擺動著以回應她的評論。「恐怕，小姐，這些最『菁英』的衛士並不能給國家任何一點保障。不過，他們倒是對伊嵐翠最熟悉的專家了。」

「那他們說了什麼？」

艾希飄近了衣櫥，然後看著她挑選衣服。「不多。亞瑞倫的人民不太像以前一樣跟侍靈說話了。我還記得古老的時候，那時人民都愛著我們。不過現在他們……很保守，甚至害怕我們。」

「他們看到你就聯想到伊嵐翠。」紗芮奈說，渴望地望著她從泰歐德帶來的那些衣服。

「我知道。小姐，」艾希說。「不過我們跟那座城市的崩壞完全沒有關係。而侍靈也沒什麼好害怕的呀。我希望……但是，好吧，這沒有關連。除了他們的沉默以外，我還得到了一些其他的資訊。似乎霞德祕法選上人成為伊嵐翠人時，讓他們不只是外表改變。守衛們認為每個人都忘記了他或是她曾經是誰，變成一種比較像是動物的東西。這聽起來就像是我遇到的伊嵐翠侍靈。」

紗芮奈打了個冷顫。「但是，伊嵐翠人可以說話──有些還向你要了食物。」

「他們是可以。」艾希說。「這些可憐的靈魂們看起來不太像動物，他們大部分的人都在用某種方式哭泣或是喃喃自語著。我傾向認為他們是發瘋了。」

「所以霞德祕法同時影響著身體與心靈。」紗芮奈推測地說

「顯然地，小姐。守衛們還有談到幾個在伊嵐翠裡的幫派老大。因為食物是如此珍貴，所以他們猛烈地攻擊那些有帶食物在身上的人。」

紗芮奈皺眉。「那他們到底是吃什麼填飽肚子的？」

「就我知道的，他們什麼都沒得吃。」

「那他們怎麼活下來？」紗芮奈問。

「我不知道，小姐。有可能是整個城市在一個原始的狀態下，強者欺壓弱者。」

「沒有社會可以在那樣的狀態留存下來。」

「我連他們有社會都不相信，小姐。」艾希說。「他們是一群被您的神遺忘，悲慘、被詛咒的人們──而其他同為這個國家的人也在跟隨祂的腳步。」

紗芮奈若有所思地點頭。接著，下定決心脫下她的黑色洋裝，在衣櫃後方翻找一陣。幾分鐘之後，她穿好衣服出來等著艾希的評價。

「怎樣？」她問，轉了個身。整件衣服用一種厚重而金色的質料做成，看起來閃耀著金屬的光芒。上面覆蓋著黑色的蕾絲、男性化的高衩領口用著某一種堅挺的質料做成，和袖口一致。袖子非常寬，一如禮服的整體剪裁，使得整件衣服如同波浪向外打去，再落到地上，蓋住紗芮奈的腳。這就是可以讓人

覺得尊貴的那種衣服。即使是公主偶爾也需要被提醒。

「這不是黑色的，小姐。」艾希指出。

「這個部分是。」紗芮奈指著黑色的披肩反駁著。這披肩是衣服的一部分沒錯，它巧妙地縫進了領子和肩上，看起來就像是從蕾絲生出一般。

「我不覺得披肩可以讓它變成一個適合寡婦穿著的衣服，小姐。」

「總是可以的。」紗芮奈說，研究著鏡裡的自己。「要是我再穿伊瑄給我的任何一件衣服的話，你大概就可以因為發瘋而把我丟進伊嵐翠裡。」

「您確定這前面……適當嗎？」

「什麼？」

「前面的剪裁很低，小姐。」

「即使是在亞瑞倫，我都還看過更低的。」

「是，小姐，但她們都是還沒結婚的女人。」

紗芮奈微笑。艾希總是對她的事情很敏感。「我總得穿一次吧——我都還沒機會穿它。我在離開泰歐德前一個禮拜，才在杜拉德拿到的。」

「要是您這樣說的話，小姐。」艾希帶著微弱的振動說著。「您還需要我去嘗試找出些什麼嗎？」

「你去過那些地牢了沒？」

「我去過了，」艾希說。「不過很抱歉，小姐，我沒有找到任何壁龕裡有快餓死的王子。要是艾敦王把他的兒子鎖了起來，應該也還沒笨到藏在他自己的王宮裡。」

「嗯，總是該去看一下。」紗芮奈邊說邊嘆息。「我也不覺得你會找到東西。也許我們應該找的是帶刀的刺客。」

「也是。」艾希說。「也許您應該刺探王后，說不定可以從她身上得到一些訊息。要是王子是被侵入者殺掉的話，她可能知道些什麼。」

「我嘗試過了，但是伊瑄……嗯，要從她身上得到資訊並不難。但是讓她維持在某個話題，老實說，我實在不知道她如何能嫁給艾敦王的。」

「我在懷疑，小姐。」艾希說，「這個婚姻應該是建立在經濟而不是感情基礎上的。艾敦王原本的政府資金大都從伊瑄的父親手上取得。」

「這就對了。」紗芮奈微笑地想著艾敦王現在對這筆交易的想法是什麼。他得到了他的錢，但是得花幾十個年頭忍受伊瑄的叨念。也許這就是他總是對女人沮喪的原因。

「雖然，」紗芮奈說。「我不覺得王后知道任何有關瑞歐汀的事情，不過我會繼續試的。」艾希跳了一下。「還有，我應該做什麼？」

「嗯，我最近都在想凱胤叔叔的事。父親後來再也沒提過他了。我在想——你知道凱胤到底有沒有被正式剝奪繼承權嗎？」

「我不知道，小姐。」艾希說。「戴翁可能知道，他和您父親工作上很緊密。」

「那就看你能不能找出些東西吧。啊，亞瑞倫這裡可能會有些相關事件的謠言。凱胤畢竟是凱依城裡最有影響力的人之一。」

「是的，小姐，還有嗎？」

「沒錯！」紗芮奈扭了扭鼻子說。「找個人把這些黑衣服拿走——我剛剛決定再也不要穿它們了。」

「遵命，小姐。」艾希用一種痛苦的聲音說。

⁂

當接近泰瑞依公爵的宅邸時，紗芮奈從馬車的窗內往外看。她得到的資訊顯示，泰瑞依對於他舞會的邀請函發放非常隨意，這點從窗外的馬車數量可以得到證實。火把點亮了整條道路，而靠近宅邸的地面上更是被各種燈籠、火把還有奇怪顏色的火焰所點亮。

「公爵可真是不節省一分一毛。」蘇登指出。

「那些是什麼，蘇登大人？」紗芮奈向那群在鐵杆上燃燒著的明亮火焰點著頭。

「從南方進口的特殊石頭。」

「會燒的石頭？像煤炭？」

「他們比炭燒得還快多了。」年輕的占杜領主解釋著。「而且這些東西非常昂貴。光是點亮這條道路上的這些，大概就花了泰瑞依不少錢了。」蘇登皺眉。「即使對他來說，這看起來都太奢華了。」

「路凱有提過公爵很浪費。」紗芮奈回憶著她與路凱在王座大廳中的對話。

蘇登點頭。「但是他是聰明的精打細算。公爵不太在意他的錢，但是通常輕浮的舉動背後都有某種目的。」紗芮奈可以看出年輕的男爵在馬車停下的同時，腦筋正在飛快地輪轉著，試圖想要猜出先前提過的真正目的。

宅邸本身擠滿了人群。穿著亮麗衣裳的女性，都伴隨著一位穿著現今流行的男性直筒大衣的男士。客人人數沒比穿急急忙忙遞送著食物飲料，或是換著燈籠的白衣服務生多多少。蘇登扶著紗芮奈下馬車，接著他以熟練於在人群間穿梭的步伐，引導她進入舞會的主舞廳。

「妳不知道當妳提出要跟我來的邀請時，我有多高興。」蘇登和她進入房間時，他像似吐露心聲般說。一個龐大的樂團在一邊的走廊底端演奏著，而房間的中央是許多對在舞步中搖擺的人們，其他人則是站在一旁周圍講著話。整個房間因為各種顏色照耀著，而那些他們在外頭看過的石頭更是在房間的欄杆或是各種端點上熾烈地燃燒。柱子上還纏繞著一串串小蠟燭，大概每半個小時就得重新補充替換一次蠟燭。

「為什麼會這樣？大人。」紗芮奈問，凝視著周圍光彩耀目的所有事物。即使貴為公主，她也從未見過如此富麗美景，光線、聲音和色彩交織成醉人的一刻。

蘇登跟隨著她的目光，似乎沒有在聽她的問題。「誰看得出來，這個國家就在崩毀的邊緣跳著舞。」他喃喃著。

這句話像是喪鐘一般響起。紗芮奈沒有見過這種景象是有原因的，在這堂皇富麗之下，卻是不可置信的浪費。她的父親是個嚴謹的統治者，而他從不允許如此浪費。

「不總是這樣嗎？」蘇登問。「最花不起錢的人，似乎都是最篤定要散盡千金的人。」

「你是個睿智的人，蘇登大人。」紗芮奈說。

「不，我只是個嘗試看見事物核心的人。」他說完，領著紗芮奈走向一旁供應飲料的門廊。

「你本來打算說些什麼？」

「什麼？」蘇登問。「噢，我只是解釋今晚妳能讓我免於焦慮的原因。」

「為什麼？」她問的時候，蘇登交給她一杯紅酒。

蘇登微笑，啜了一口他的飲料。「有些人，因為某些原因，覺得我很……合適。她們很多人都不會想到妳是誰，只會遠遠站開，嘗試打量她們的新競爭者。我今晚說不定終於可以放鬆一下自己了。」

紗芮奈挑起一邊眉毛。「真的有這麼糟嗎？」

「我通常得用棒子打跑她們。」蘇登回應著，對她伸出手臂。

「聽起來你永遠都不會想結婚，大人。」紗芮奈笑著說，接受他伸出的手臂。

蘇登大笑著。「不，不是這樣的，女士。讓我對妳保證。我對於這個觀念非常有興趣——至少是其背後的理論。然而，在這個宮廷裡找一個愚蠢地嘰嘰喳喳而不會讓我反胃的女人，又完全是另一回事了。來吧，要是我想得沒錯，我們可以找到比大舞廳更有趣的地方。」

蘇登領著她穿越正在跳舞的人。儘管他先前的言論如此，他看起來對於歡迎他的女人們非常有禮貌，甚至是和善的。蘇登知道她們每個人的名字——光這件事就展現了他的社交手腕，也可能是教養。紗芮奈對於蘇登的敬重，隨著看到他遇到每一個人的反應而增長。沒有一個人看到他是不高興的，而且很少人對他露出在附庸風雅的上流社會所常見的高傲表情。大家都喜歡蘇登，即使他絕對算不上是活潑的人。紗芮奈感覺到他的名聲不是來自於他娛樂別人的能力，而是因為他難得的誠懇。蘇登說話時，總是很有禮貌也很體貼，但卻很直接。他的異國出身讓他有權力說出別人不能說的話。

最後他們在一排階梯之後，到達了一個頂端的小房間。「就是這裡了。」蘇登說，領著她穿越門檻。他們在裡頭找到了一個比較小，卻比較熟練的弦樂團。這房間的裝飾雖然看起來比較保守一點，但提供的食物卻比樓下更珍奇。紗芮奈在其中認出了許多宮廷中的人，包括了最重要的那個。

「國王。」她注意到艾敦王在遠處的角落，穿著纖細的綠禮服的伊瑄在他身旁。

蘇登點頭。「艾敦王不會錯過像這樣的宴會，即使是泰瑞依大人舉辦的。」

「他們處得不好嗎？」

「他們處得很好，只是他們做的是一樣的生意。艾敦王的是商船艦隊——穿越菲悠丹海，跟泰瑞依一樣，這讓他們變成競爭者。」

「我怎麼想都覺得他在這裡很怪。」紗芮奈說。「我父親從不出席這種場合。」

「那是因為他長大了。紗芮奈女士。艾敦王還在為他的權力著迷著，而且利用每個機會去享受。」蘇登用銳利的眼神看了看四周。「就拿這個房間來說好了。」

「這個房間？」

蘇登點頭。「不管艾敦王是什麼時候到達宴會的，他總會選一個在大舞廳旁的小房間，然後讓所有重要的人圍繞著他，貴族們也都很習慣。舉辦宴會的人都知道要請第二個樂團，也知道要在主要的舞會旁舉辦一個更小、更特別的舞會。艾敦王讓大家都知道這件事情，因為他不想跟一些地位低下他太多的人說話——這個集會通常只有公爵和地位不錯的伯爵才能進入。」

「但你是個男爵。」紗芮奈在他們兩個走入房間時指出。

蘇登微笑，啜飲了他的紅酒。「我是個特例。我的家族迫使艾敦王給我們稱號，而其他人大多數是用乞求跟財富拿到的。我有一些其他男爵沒有的特權，因為艾敦王和我都知道我曾經贏過他。我通常只會在裡面的小房間花上一段很短的時間——最多一個小時，否則我會讓國王開始不耐煩。當然，今晚並非如此。」

「這又是為什麼呢？」

「因為我有妳。」蘇登說。「別忘了，紗芮奈女士。妳可是這房間除了國王夫婦以外，最尊貴的人。」

紗芮奈點點頭，她很習慣被視為重要人物了——畢竟，她是國王的女兒——但她不習慣亞瑞倫人如此強調階級。

「艾敦王的出現改變了許多事情。」她低聲說，而國王也在這時發現了她。他的眼神掃過她的衣服，注意到紗芮奈應該穿著黑衣，因此他的面色凝重。

也許換衣服不是個好主意，紗芮奈對自己承認。不過，有件事情吸引了她的注意力。「他在這裡做什麼？」她悄悄地說，因為她注意到了一個在舞會人群中的明亮紅色身影，像是舞會人群中的一道紅疤痕。

蘇登跟隨著她的目光。「樞機主祭？從他來的那天起，他就到處參加舞會了。從一開始他就在沒有邀請函的情況下出現，然後端出無比重要的架子，之後就沒有人敢不邀請他。」

拉森正跟著一小群人講著話，亮紅色的胸甲跟披風在貴族的衣飾裡十分醒目。而樞機主祭也比房間裡所有人都至少高了一個頭，他的肩甲兩邊都延伸出一個腳掌長度。簡而言之，實在太難不注意到他了。

蘇登微笑。「不管我是怎麼想這個人的，我對他的自信印象深刻。他在某一晚走進國王的私人宴會，然後就開始跟其中一個公爵說話——而僅僅是跟國王點了個頭。顯然，拉森覺得樞機主祭的稱號跟房間裡任何一個人都一樣大。」

「在東方，國王得對樞機主祭鞠躬。」紗芮奈說。「而當沃恩本人親臨時，他們實際上還得趴著。」

「這都是因為一個老占杜人的關係。」蘇登指出，然後為了從旁邊的侍者手上換上新的紅酒，而停了一會兒。這是杯比較好的葡萄酒。「我總是對你們怎麼看克賽教派的教導很有興趣。」

「『你們』？」紗芮奈說。「我是科拉熙教徒，別把我跟樞機主祭弄混了。」

蘇登抬起一隻手。「我道歉。我不是有意要冒犯的。」

紗芮奈頓了一下。蘇登說艾歐語的方式就和本地人一樣自然，所以她覺得他是科拉熙教徒。不過她誤判了，蘇登仍然是個占杜人——他家族的人都是信舒．克賽教派的，也就是科拉熙跟德瑞熙教派的本宗。「但是，」她說，「你的祖國改信德瑞熙了。」

蘇登臉色一變，看著樞機主祭。「我在想，宗師當他的兩個學生——科拉熙跟德瑞熙離開到北地傳教時，他是怎麼想的。克賽教導的是『一致』。但是他的意思到底是什麼？是心的一致，如同我的人民所說的？還是愛的一致，如同你們教士所說的？還是是一致的順從，如同德瑞熙所相信的？最後，我想的是人類怎麼可以把這樣一個簡單概念給複雜化。」

他暫停了一下，然後搖搖頭。「無論如何，妳說得對，女士。占杜現在是舒．德瑞熙教派了。我的同胞允許沃恩把占杜人民視為已經皈依了，這總比戰爭好。不過他們愈來愈多人也都開始質疑這個決定，因為儀祭變得更咄咄逼人。」

紗芮奈點頭。「我同意。一定得阻止舒．德瑞熙教派的行為——他們是扭曲了真理。」

「我可沒這麼說，紗芮奈女士。舒．克賽教派的精神就是接受與相信。而祂也為著各式各樣的教誨敞開大門。德瑞熙教徒只是在做他們認為對的事情。」蘇登看了一眼拉森，才繼續說：「只不過那個人很危險。」

「為什麼是他而不是別人？」

「我去聽過幾場他的布道會。」蘇登說。「他不是用心來布道，紗芮奈女士。他是從他的理智來布道的。他重視皈依的人數，而不是信眾的虔誠度，這很危險。」

蘇登掃過了拉森的友人。「旁邊那個也一樣令我心煩。」他指著一個髮色幾乎是白金色的男人。

「他是誰？」紗芮奈有興趣地問。

「瓦倫，迪歐倫（Diolen）男爵的長子。」蘇登說。「他不應該出現在這的，但是他顯然利用了他與樞機主祭的親密關係當作邀請函。瓦倫以前是個出名的科拉熙教徒，但是他聲稱看到杰德司向他下令皈依舒．德瑞熙教派。」

「女士們稍早才在討論這件事情，」紗芮奈看著瓦倫。「你不相信他？」

「我早就懷疑瓦倫的虔誠只是做好看的。他是個投機份子，而他的狂熱信仰只是讓他聲名狼籍罷了。」

紗芮奈研究那白髮的男人，擔心著。他太年輕了，但是他裝成自己是有成就和控制一方的男人。他的言論就是個危險的指標。而拉森召集到愈多這種人，就會讓他變得更危險。

「我不應該等這麼久的。」她說。

「等什麼？」

「參與這些舞會。拉森可超越我一個星期了。」

「妳講的像是你們兩個人在私下競賽似的。」蘇登帶著微笑指出。

紗芮奈卻沒有輕視這段評論。「一場以國家安危為賭注的私下競賽。」

「蘇登！」一個聲音傳來。「你身旁怎麼沒有那些平常纏著你的仰慕者？」

「晚安，偌艾歐大人，」蘇登對靠近的老人鞠了個躬。「是的，這都要感謝我的女伴，所以今晚我才能避開她們大多數。」

「啊，可人的紗芮奈王妃，」偌艾歐親吻著她的手。「顯然，妳對黑色沒興趣了。」

「其實從一開始就不太喜歡，大人。」她邊說邊行了個屈膝禮。

「我可以想見。」偌艾歐帶著微笑說，然後他轉過身來面向蘇登。「我還希望你沒有體認到你有多好運呢，蘇登。我都想把王妃偷過來趕走幾隻煩人的水蛭了。」

紗芮奈驚訝地看著老人。

蘇登輕笑。「偌艾歐大人的魅力或許是亞瑞倫僅存的單身漢裡，唯一可以比得上我的。不過我一點都不嫉妒，大人總是能幫我轉移走不少女性的注意力。」

「你？」紗芮奈問，看著單薄的老人。「女人想要嫁給你？」然後，起她應有的禮儀，她加了一句遲來的「大人。」對於她不適當的發言感到臉紅。

偌艾歐笑了。「別擔心冒犯我，年輕的紗芮奈。我這把年紀的人不會有多好看。我親愛的攸黛絲（Eoldess）已過世二十年了，而且我也沒有兒子。我的財富總得繼承給某個人，而國內每位女性都清楚地發覺這點。她只要諂媚我幾年，就可以埋了我，再找一個年輕好色的情人幫她花錢。」

「大人太悲觀了。」蘇登指出。

「大人是太現實了。」偌艾歐噴了噴鼻息說。「雖然我得承認，強迫這些年輕小妞上我的床是蠻誘人的想法。她們以為我太老以至於沒有辦法讓她們行使做妻子的責任，但是她們錯了。要是我要讓她們偷走我的財富，我最少也得讓她們付出點勞力。」

蘇登聽到這段話時臉紅了，紗芮奈卻笑了。「我就知道，你只不過是個下流的老頭。」

「我承認我是，」偌艾歐帶著笑容同意。接著，他的視線轉到拉森說：「我們穿著過多盔甲的友人又做了什麼嗎？」

「用他惹人嫌的存在打擾了我，大人。」紗芮奈回覆。

「看看他，紗芮奈，」偌艾歐說。「我聽說我們親愛的泰瑞依大人的意外之財，可不只是單純的運氣而已。」

蘇登的眼神變得懷疑起來。「泰瑞依公爵並沒有宣示他對舒．德瑞熙教派的忠誠呀。」

「非公開，沒錯。」偌艾歐同意。「但是我的情報說這兩個人之間有些什麼。有個東西是確定的——凱依城很少有這樣豪華的宴會，但是明顯地公爵卻毫無理由舉辦。不禁讓人揣想，泰瑞依是不是想昭告些什麼，還有他為什麼要讓我們知道他到底多有錢。」

「一個有趣的想法，大人。」紗芮奈說。

「紗芮奈？」伊瑄的聲音從房間的另一頭傳來。「親愛的，妳可以來這嗎？」

「喔不。」紗芮奈看著王后向她招手，示意她過去。「你們覺得會有什麼事？」

「我也很好奇。」偌艾歐眼中閃過一瞬火花。

紗芮奈回應了王后的手勢，往著國王和王后走去，接著有禮貌地行禮。蘇登跟偌艾歐隱密地跟上，讓他們自己待在聽得到的地方。

伊瑄看見紗芮奈接近時微笑。「親愛的，我才在跟我的丈夫解釋我們今早達成的結論。妳知道的，就是有關運動的那個？」伊瑄對她的丈夫狂熱地點頭著。

「這到底是什麼意思？紗芮奈。」國王詰問著。「女人玩劍？」

「陛下不想我們變胖，是吧？」紗芮奈無辜地問著。

「不，當然不希望，」國王說。「妳們可以少吃一點就好了。」

「但是，我好喜歡運動喔，陛下。」

艾敦像是受罪似地深吸了一口氣。「我相信女人一定有其他可以做的運動？」

紗芮奈眨眨眼，嘗試讓她看起來像快哭出來一般。「但是，陛下，我從孩堤時候就在練劍了。國王應該不會對女人那些愚蠢、打發時間的東西有意見吧？」

國王停下來，看著她。她可能裝過頭了。紗芮奈讓自己看起來像是無助的白癡一樣微笑著。

最後，他搖搖頭。「好吧，做妳想要做的吧，女人。我不想讓妳毀了我的夜晚。」

「國王真是英明睿智。」紗芮奈說著，行屈膝禮之後退下。

「我都忘了。」蘇登在她重新加入他們時悄悄地說。「假裝成這樣應該很痛苦吧？」

「有時候很有用，」紗芮奈說。當他們要離開房間時，她看到一個信差接近國王。

紗芮奈把手放在蘇登手上，暗示她想多待一會兒，以便聽到艾敦王的對話。

信差在艾敦王耳邊悄悄說了些什麼，接著國王的眼睛沮喪地睜大。「什麼！」

那男子又悄悄說了一些話，但是國王把他推開。「說大聲一點，我不能忍受你的耳語了。」

「是這個禮拜才發生的，陛下。」男子說。而紗芮奈靠得更近了。

「太奇怪了。」一個微微帶著口音的聲音，從他們的方向傳過去。拉森就在離他們幾步的地方。他並沒有看著紗芮奈跟蘇登，而是對著國王說話——好像要讓大家都可以聽到他的話。「我不知道國王都在一些笨蛋面前討論國家大事。而讓他們有這種機會困惑，這只會使他們變得更笨而已。」

很多在她身旁的人似乎都沒有聽到樞機主祭的評論，不過國王聽到了。艾敦王看了紗芮奈一會兒，接著拖著信差的手臂往房間外面大步走去，留下還未回神的伊瑄。當紗芮奈看著國王離開時，她的眼神正好跟拉森對上，後者在轉身回去之前淺淺地笑了一下。

「你能相信嗎？」紗芮奈幾乎都要冒煙地說。「他是故意的！」

蘇登點頭。「小姐，我們的謊言經常反過來對付我們。」

「樞機主祭善於此道。」偌艾歐說。「要是能把別人的偽裝拿來當成自己的優勢利用，總是可以給敵人有效的一擊。」

「我常常發現不管在什麼情況下，當自己最有用。」蘇登說。「你戴上愈多面具，情況就變得愈混亂。」

偌艾歐點頭微笑。「真的，也許很無聊，但是是真的。」

紗芮奈幾乎沒在聽。她以為只有她會做一些操控別人的伎倆，但她也從沒體認到其中的壞處。「這偽裝的確是很麻煩。」她承認。接著她轉身對蘇登嘆了一口氣。「但我已經深陷其中了，至少對國王是這樣的。不過坦白說，我認為不管我是怎麼表現，他大概都不會用別的方式看待我。」

「妳也許是對的，」蘇登說。「國王遇到女人的時候，都變得特別短視。」

國王在一會兒之後帶著臭臉回來，而他本來的興致看來完全被他所收到的消息給毀了。信差鬆了一口氣就跑走，當信差離開時，紗芮奈看到一個新的身影進了房間。

泰瑞依公爵如同往常奢華地把自己包在亮紅色跟金飾裡，他的手指點綴著許多戒指。紗芮奈仔細靠近地觀察他，但是他沒有加入——或甚至注意到樞機主祭拉森。事實上，他似乎故意避開教士，然後對著房間裡的每一群客人噓寒問暖著。

「你是對的，偌艾歐大人。」紗芮奈最後說。

偌艾歐大人從他與蘇登的對話裡抬起頭來，看著紗芮奈。「嗯？」

「泰瑞依公爵，」紗芮奈說，向那個人點著頭。「他跟樞機主祭之間有些不可告人的祕密。」

「泰瑞依是個麻煩的傢伙，」偌艾歐說。「我從沒有辦法理解他的動機為何。有時，他似乎要的只是財源滾滾，但其他時候……」

泰瑞依好像是注意到他們檢視的目光，轉身面對紗芮奈一群，因此偌艾歐沒再說下去。泰瑞依微笑地向紗芮奈這方向走過來，阿特菈在他身旁。「偌艾歐大人。」他用一種平穩，全然不在意的語氣說。「歡迎。還有，殿下，我相信我們還沒有被正式引見過。」

偌艾歐介紹兩人。在泰瑞依喝了一小口紅酒，以及跟偌艾歐說著一些不著邊際的話題時，紗芮奈對他行了個屈膝禮。而他帶著一種……漠不關心的態度。雖然少有貴族對他人的話題會真的感到興趣，但至少在禮儀上會裝作聽得興味盎然。顯然泰瑞依不是會做這種讓步的人。他的語調聽起來輕率，雖然還不到污辱的程度，卻也表現得興趣缺缺。除了開頭的致敬以外，他完全忽略紗芮奈的存在，明顯地滿意著紗芮奈一點重要性都沒有。

最後，公爵終於漫步而去，隨即紗芮奈帶著惱怒看著他。說到紗芮奈最恨的一件事情，大概就是被忽略了。她嘆了口氣，接著轉身看著她的友人。「好吧，蘇登大人，我想要交際一番。拉森已經超前我一個星期了，但是上神在上，我可不會讓他繼續趕在我的前頭。」

時間早已晚了。蘇登在幾個小時之前就想離去，但是紗芮奈決心要繼續，在成千的人群中像個瘋女人般跟別人熱絡。紗芮奈請蘇登介紹她給每個他認識的人，這些人的名字跟臉很快也模糊掉。不過，重複的練習總可以熟稔的。

最後，她讓蘇登帶她回王宮，也對這天的行程感到很滿意。蘇登放她下來，然後疲累地與她道晚安，說他很高興下次帶他去舞會的是艾汗。「我很高興有妳作伴，」他說，「但我總趕不上妳的腳步。」

紗芮奈知道有時候她實在很難令人跟上。此刻她幾乎是跌跌撞撞地走在往王宮的路，疲累跟紅酒讓她累得幾乎張不開眼睛。

喊叫聲迴盪在整個門廊裡。

紗芮奈皺眉，轉進一個角落，看到國王的侍衛匆忙地跑來跑去，互相喊叫，讓她看了相當討厭。

「怎麼了？」她抱著頭問。

「今晚有人闖進了王宮。」一個守衛解釋著。「偷偷地潛入了國王的寢室。」

「有人受傷嗎？」紗芮奈突然警覺了起來。艾敦王跟伊瑄比她和蘇登早離開宴會幾個小時。

「感謝上神，沒有。」侍衛接著轉向兩個士兵。「護送王妃回房，然後在她的門口守著。」他命令。

「晚安，殿下。別擔心，他們已經逃走了。」

紗芮奈嘆了一口氣，察覺到侍衛的叫喊和吵雜聲。當他們跑過走廊時，紗芮奈就會聽到武器和盔甲發出的敲擊叮噹聲。在這種騷動下，無論紗芮奈有多累，她都懷疑今天晚上真的能睡個好覺。

第十五章

夜晚降臨，當一切彷彿都融入全然的黑暗中時，拉森幾乎可以看見伊嵐翠的莊嚴與宏偉。城市的輪廓反襯著綴滿星點的夜空，傾圮的建築脫下他們絕望的斗篷變成回憶，一座精心雕琢城市的回憶，一座每顆石頭都是藝術的城市，回憶中的尖塔彷彿可以觸碰到繁星，穹頂有如令人肅然起敬的山岳。

而這一切都只是幻影，在偉大後的破滅，一個被揭露的爛瘡。被鍍上金箔的異端多麼輕易地就被眾人接受，而外在的力量又多麼簡單地被當成內在的公義。

「繼續作夢吧，伊嵐翠。」拉森低語，轉身在圍繞城市的高牆頂端上緩步前行。「牢記你過去的模樣，然後試著用黑暗來裏藏你的罪惡。明天太陽又會升起，再次揭露一切。」

「大人？您說了什麼嗎？」

拉森回過頭，他幾乎沒有注意到一名守衛從他身邊經過，男子沉重的長矛依靠在肩膀上，而手上虛弱的火炬幾乎就要熄滅。

「沒有，我不過是在自言自語罷了。」

守衛點點頭，繼續巡邏。他們開始習慣拉森的存在，這一週他幾乎每個晚上都來到伊嵐翠，在城牆上踱步沉思。雖然這次的造訪另有目的，但其他的夜晚他只是單純地來獨處並且思考。他不確定是什麼吸引他靠近這座城市，一部分是好奇，他從來沒目睹過全盛時期的伊嵐翠，也無法明白即使這座城市如此強大，又如何能夠一再地抵抗菲悠丹的力量，不論是軍事上或是神學上。

他也感受到一份責任感，對於那些——不管他們是什麼——居住在伊嵐翠中的人們。他在利用他們，將他們塑造為敵人，好讓他的追隨者能夠團結。他有些罪惡感，他所看見的伊嵐翠人並不是惡魔，不過是些感染了恐怖疾病的可憐人。他們應該要被同情，而非譴責。當然，他們依舊是他的惡魔，因為他知道這是最簡單的一條路，也是傷害最小的一個方法來整合亞瑞倫。要是他像在杜拉德時，讓人民反抗他們的政府，死亡將會蔓延。這同樣是條流血的道路，但起碼他希望能少一些血腥。

噢，我們得承受多少重擔來服侍您的帝國，上主杰德司。拉森腦海中思考著。不管他是以教會之名行事，或是他拯救了成千上萬條生命，但拉森在杜拉德所造成的破壞，就像石磨般擠壓著他的靈魂。信賴他的人們在動盪中死去，整個社會陷入全然的混亂。

但杰德司需要犧牲，一個人的良心又怎麼能跟祂統治的榮耀相比呢？一個如今在杰德司細心的關注下統一的國家，這一點小小的罪惡感又算得了什麼？拉森將會永遠背負那些他所作所為的傷痕，但一個人受苦，總比一整個國家維持異端信仰來得好。

拉森轉身背對著伊嵐翠，望著凱依城閃爍的光點。杰德司給了他另一個機會，這一次他要以別的方式進行，這次不會再有危險的革命，不再會有階級之間的大屠殺。拉森會謹慎地對艾敦王施加壓力，直到他屈服，然後會有更合適的人選接替他的位子。亞瑞倫的貴族會輕易地改宗皈依。只有少數的人會因此受苦，那些他計畫中的代罪羔羊——就是伊嵐翠人。

這是個完善的計畫。他很肯定他可以不費吹灰之力就粉碎亞瑞倫的君權，因為它早就破敗又衰弱。亞瑞倫的人民也已經被壓迫到可以輕易建立一個新政府的程度，更別說他們會看到艾敦王的敗亡。不需要革命，每件事都會乾淨而漂亮。

除非他犯下一個錯誤。他已經走訪了凱依城附近的農莊與城鎮，他明白人民已經被壓迫到超過他們所能承受的範圍。要是他不小心給了他們太多，他們就會群起奮戰，屠殺整個貴族階級。這樣的可能性讓他緊張，主要是因為他明白如果這真的發生，他只會利用這個情況。他內在充滿理性的樞機主祭性格將會駕馭著這場毀滅，如同它是最好的種馬，利用它將全國人民塑造成德瑞熙教徒。

拉森嘆氣，轉身繼續他的緩步慢行。城牆的走道由守衛維持得很乾淨，但要是他走得太遠，他就會靠近覆蓋著黑色油膩污垢的區域。他不清楚是什麼造成這樣的污垢，但它卻遍布在整個城牆上，只有中央城門是個例外。

在他靠近那些污垢之前，留意到有一群人站在城牆的走道上。雖然夜晚還沒有冷到那種程度，他們卻披著斗篷。也許他們是希望能夠不要被辨認出來。如果真的意圖如此，那也許泰瑞依公爵應該選擇別件衣物，而非這件淺紫色並以銀線刺繡的華貴斗篷。

拉森實際地搖了搖頭。我們為了完成杰德司的目標，所必須忍耐的合作對象……

當拉森靠近時，泰瑞依公爵並沒有放低他的兜帽，也沒有適當地鞠躬。當然，拉森也沒有期待他真的會表現出任何禮貌。公爵向他的守衛點點頭，要他們退開好讓兩個人可以私下談話。

拉森緩緩地走到泰瑞依公爵的身邊，靠著城牆俯瞰著凱依城。光點閃爍，城市中的有錢人如此之多，能如此隨意地點著油燈或蠟燭。拉森造訪過許多大城市，他們的夜晚就如同伊嵐翠一樣昏暗。

「你難道不問我為什麼要和你會面嗎？」泰瑞依問。

「你對我們的計畫有了懷疑。」拉森簡單地說。

泰瑞依頓了一下，顯然對於拉森如此了解他有些吃驚。「是沒錯，如果你早就知道的話，那或許你也應該會有懷疑。」

「一點也不。」拉森說。「你這種鬼鬼祟祟的見面方法暴露了你的想法。」

泰瑞依皺起眉頭。他是個習慣在所有對話中占有優勢的人。這就是為什麼他在猶豫的理由嗎？拉森冒犯了他？不，觀察著泰瑞依的雙眼，拉森可以確信不是這麼回事。一開始時，泰瑞依對與菲悠丹的交易非常熱切。而他似乎也非常滿意今晚他所舉辦的宴會。是什麼改變了呢？

我無法承受錯過這個機會，拉森心想。要是他有更多時間，而不是三個月的期限只剩八十天。要是他有一年的時間，他就可以更加精細與準確地行動。不幸地，他並沒有如此餘裕，利用泰瑞依來重擊亞瑞倫，已經是他為了和緩地改變政權所下的最好賭注。

「你何不告訴我是什麼讓你煩心呢？」拉森說。

「我只是還不能確定，」泰瑞依謹慎地說。「我自己是否肯定想和菲悠丹合作。」

拉森挑起眉毛。「你先前沒有這種遲疑。」

泰瑞依從兜帽下看著拉森。在昏暗的月光下，他的胎記彷彿融合在陰影之中，讓他的容貌帶著一種不祥的感覺——要是他奢侈的裝扮沒有破壞這種感覺的話。

泰瑞依只是單純地皺著眉頭。「今晚的宴會中，我聽到了一些有趣的傳聞，樞機主祭。你是不是在杜拉德崩壞之前，被指派到哪裡去？」

*喔，原來是這個。*拉森想。「我確實曾在那裡。」

「而你如今在這裡。」泰瑞依說。「你納悶一個貴族怎麼會被這種消息搞得坐立難安？整個共和成員階級——統治杜拉德的共和階級在革命中全被屠殺了！我的消息來源告訴我，你和這一切都有關。」

也許這個人並不像拉森想得那樣蠢笨。拉森必須要很謹慎地來解釋這件事。他向泰瑞依的守衛所在的方向點點頭，他們就站在城牆走道的不遠處。「你從哪裡找來這些士兵？大人。」他問。

泰瑞依停頓了一下。「這件事有什麼關係？」

「先遷就我吧。」

泰瑞依轉身，瞥了那些士兵一眼。「我從伊嵐翠護城衛隊中召集了這些人。僱用他們擔任我的貼身護衛。」

拉森點頭。「那麼，你僱用了多少人呢？」

「十五個。」泰瑞依說。

「你怎麼看待他們的能力？」

泰瑞依聳聳肩。「夠好了，我想。我從沒見過他們戰鬥。」

「這也許是因為他們也真的沒有打鬥過。」拉森說。「沒有一個亞瑞倫的士兵真的見識過戰鬥。」

「你的重點究竟是什麼？樞機主祭。」泰瑞依不耐煩地問。

拉森轉身，朝伊嵐翠護城守衛那邊點點頭，站在牆壁火炬的光線之下。「衛隊有多少人？五百人？還是七百人？如果你把地方警備和像你那些私人守衛也算進去，凱依城也許有個一千名士兵吧。再加上依翁德大人的軍團，你們在這個區域還是不到一千五百人。」

「所以呢？」泰瑞依問。

拉森轉過頭。「你真的以為沃恩需要透過革命來控制亞瑞倫嗎？」

「沃恩根本連一支軍隊也沒有。」泰瑞依說。「菲悠丹只有最基本的防衛武力。」

「我並不是在說菲悠丹。」拉森說。「我說的是沃恩，所有造物的統治者，舒．德瑞熙教派的領袖。來吧，泰瑞依大人，讓我們坦誠點。若維爾（Hrovell）有多少軍隊？占杜又有多少？思弗丹呢？還有東方的其他國家呢？這些人全部都效忠於德瑞熙。你覺得他們不會因為沃恩的命令而聚集起來？」

泰瑞依說不出話來。

拉森輕輕頷首，當他看見公爵眼中的了解逐漸增加，這個男人連一半都聽不懂。事實上，沃恩根本不需要一支外國軍隊來征服亞瑞倫。只有少數高階司祭以外的人明白另一點，沃恩所能夠召喚的力量遠大於此——修道院。數個世紀以來，德瑞熙教士就在訓練僧侶戰鬥、暗殺與……其他技藝。亞瑞倫的防禦如此脆弱，說不定只需要一間修道院的成員，就可以征服這個國家。

拉森想到那些……在達克霍受訓的僧侶入侵亞瑞倫就感到一陣寒顫，他看著自己的手臂，在那些盔甲之下有著過去在那裡所留下的痕跡。然而，那裡卻不是可以向泰瑞依解釋的地方。

「大人。」拉森真誠地說。「我會在亞瑞倫的理由，是因為沃恩想給此地的人民一個和平地改宗皈依舒．德瑞熙教派的機會。若是他想要粉碎這個國家，他可以輕易做到。但是，他卻派我來。我唯一的目的就是希望能使亞瑞倫的人民改信德瑞熙。」

泰瑞依緩緩地點頭。

「在使這個國家皈依的第一步——」拉森說。「就是讓這個國家的政府能夠贊同舒・德瑞熙教派。而這需要領導階級的變換——王座需要一位新國王。」

「所以我有你的承諾？」泰瑞依說。

「你會擁有王座的。」拉森說。

泰瑞依點頭。這很明顯地就是他所期待的。拉森先前的承諾都有些模糊虛幻，但他已經無法繼續不許下承諾。他的諾言給泰瑞依證據，拉森將會努力推翻艾敦的統治——這是個計畫中的風險，但拉森是個善於謀劃算計的人。

「會有人想要反對你。」泰瑞依警告。

「像是？」

「那個女人，紗芮奈。」泰瑞依說。「她虛假的愚蠢明顯地只是在演戲。我的情報說她對你的平日行為有著不利於我們的興趣，而她整場晚宴都在打聽你的消息。」

泰瑞依的精明令拉森有些吃驚。這個男人如此做作、矯情又明目張膽，但很顯然並不是個草包。這可能是好處也可能是壞處。

「別擔心那個女孩。」拉森說。「只要拿了我們的錢並且耐心等待，你的機會很快就會到來。你聽見國王今晚收到的消息嗎？」

泰瑞依停頓了一下，接著點點頭。

「事情就如同我所許諾地進行著。」拉森說。「現在我們只需要耐心。」

「很好。」泰瑞依說。他依舊有些保留，但拉森的邏輯——混合對王座的直接承諾——已經足以使他動搖了。公爵不太習慣地向拉森點頭致敬，然後他對守衛揮手，準備離開。

「泰瑞依公爵。」拉森說，他突然有個想法。

泰瑞依慢下腳步，轉過身。

「你的士兵在伊嵐翠護城衛隊中還有朋友嗎？」拉森問。

泰瑞依聳聳肩。「我想應該有吧。」

「付給你手下兩倍的薪水。」拉森說，小聲得不讓泰瑞依的保鏢聽見。「對他們說些護城衛隊的好話，然後讓他們休假和以前的同伴聚會。這可能會……對你的未來有益，讓那些守衛覺得你是個值得別人付出忠誠的人。」

「那你要替我支付那些額外的薪水嗎？」泰瑞依謹慎地問。

拉森翻了翻白眼。「可以。」

泰瑞依點點頭，接著走向他的守衛。

拉森轉過身，斜倚在牆上，重新俯瞰著凱依城。他必須要再等一下才回到階梯那邊。泰瑞依對於公開向德瑞熙效忠感到憂心，不願意光明正大與拉森見面。這個人過度焦慮，但也許讓他暫時表現出對宗教的保守態度是件好事。

拉森對於泰瑞依提到紗芮奈有些心煩。因為某些理由，這個無禮的泰歐德公主決定要和拉森作對。雖然他並沒有給她這麼做的理由，但諷刺的是，某種程度上，她並不知道其實拉森才是她最大的盟友，而不是她的死敵。她的同胞終究會屈服，不管他們是回應拉森的訴求，或是被菲悠丹的軍隊所擊敗。

拉森懷疑自己不可能讓她接受這個事實。他看見她眼中的懷疑——她一定會立刻認為這是個謊言。她以一種毫無理性的仇恨敵視他，因為她潛意識裡明白自己的信仰是低下的。舒・科拉熙教派在東方的每個國家衰退，而很快地就會輪到亞瑞倫與泰歐德。舒・科拉熙教派太過衰弱了，他們缺乏活力。舒・德瑞熙教派則是強盛而有力。像是兩棵植物在同一塊土地上競爭，舒・德瑞熙教派將會扼殺舒・科拉熙教派的存在。

拉森搖了搖頭，等待著適當的時候。終於他轉身往回走，準備離開城牆回到凱依城。當他靠近的時候，他聽見從底下傳來撞擊回音，他驚訝地停下來。這個聲音聽起來像是城門剛剛關上。

「那是什麼？」拉森問，幾個守衛靠近，站成一圈光亮的火炬。

守衛們聳聳肩，但指著兩個身影正穿過底下黑暗的廣場。「他們一定是抓到有人想逃跑。」

拉森皺著額頭。「這很常發生嗎？」

守衛搖頭。「大部分的人都瘋到不會想逃跑。偶爾有人會想要逃出去，不過我們總是會抓到。」

「謝謝你。」拉森對守衛說，並且開始沿著樓梯往凱依城走。在階梯的底部，他看見了衛隊的主建築。隊長就在裡面，睡眼惺忪彷彿剛被叫醒。

「有麻煩嗎？隊長。」拉森問。

隊長驚訝地轉身。「喔，是您，樞機主祭。不，沒有麻煩。只是一個小隊長做了一些不該做的。」

「讓那些伊嵐翠人跑回城裡？」拉森問。

隊長皺著眉，但點點頭。拉森見過這個人好幾次，而每次見面他都會以一些小錢來滿足隊長的貪婪。對方幾乎已經被收買了。

「下次，隊長。」拉森說，從他的腰帶中掏出一個小袋。「我可以給你一些不同的選擇。」

當拉森倒出印著沃恩．兀夫登頭像的金幣時，隊長的眼睛整個亮了起來。

「我一直想靠近點研究那些伊嵐翠人，因為一些神學上的理由。」拉森說著，倒了一小堆金幣在桌上。「要是下一個被抓到的伊嵐翠人在被丟回去以前，能走到我的禮拜堂來，我一定會很感激的。」

「這應該可以安排，大人。」隊長熱切地把桌上的錢幣一掃而空。

「沒有人會知道這件事，對吧？」拉森說。

「當然，大人。」

第十六章

瑞歐汀有一次曾想要釋放埃恩。那時候他還只是個小男孩，心靈單純而意圖純淨。他剛從一位家庭教師那邊認識了奴隸制度，不知怎麼的，他開始覺得擁有侍靈本身違反了他們的意志。那天他淚眼汪汪地走到埃恩面前，要求侍靈接受他的自由。

「但我是自由的，小主人。」埃恩回答這個哭泣的男孩。

「不，你不是！」瑞歐汀抬高聲音。「你是個奴隸，別人叫你做什麼你就做什麼。」

「我做那些是因為我想要做，瑞歐汀王子。」

「為什麼？難道你不想要自由？」

「我想要服務人，小主人。」埃恩解釋著，光芒安慰般地明滅著。「我的自由就是在這裡，和您在一起。」

「我不懂。」

「您以人類的方式在看事情，小主人。」埃恩睿智地說，帶著充滿溺愛的聲音。「您看見階級與區分，您試著把世界排列出順序，這樣每件事物都會有它的位置，有的比您低，有的高過您。但對個侍靈來說，這世界沒有地位高或低，只是我們會喜愛某些人，於是我們服務那些我們愛的人。」

「但你甚至沒有酬勞！」瑞歐汀憤慨地回答。

「我有，小主人。我的薪水就是一個父親的自豪與一個母親的關愛。我的報酬來自於看見您成長的喜悅。」

許多年之後，瑞歐汀才明白這些話語，但這些話一直深藏在他心中。在他長大、學習，並且聽過無數場的科拉熙布道——那些關於愛的力量的演講之後，瑞歐汀開始以另一種眼光來看侍靈。不是僕人，甚至不是朋友，而是某種更深層更有力的存在。彷彿侍靈們就是上神的化身，反映著神對子民的愛。透過那些服務，他們更加靠近天堂，是他們所謂的主人所永遠不能明白的。

「你終於自由了，我的朋友。」瑞歐汀在看著埃恩飄浮與跳動時，帶著蒼白的微笑說。自從霞德祕法選中他後，他依舊無法從侍靈身上獲得任何一絲認得自己的跡象，但埃恩確實一直待在瑞歐汀的附近。

「我想我知道他的問題出在哪裡了。」瑞歐汀對迦拉旦說，他就坐在不遠的陰影處。他們在禮拜堂附近的某個屋頂上，他們被卡哈道歉地趕出習以為常的讀書場所。自從加入的那天起，老人發起狠般地打掃，而今天終於要開始最後的擦拭磨光。今天早上的時候，他歉疚但堅決地把大家趕出禮拜堂，好讓他可以完成清潔的工作。

迦拉旦的視線從書本上抬起。「誰？侍靈？」

瑞歐汀點點頭，趴在曾是花園圍籬的矮牆上，目光依舊停留在埃恩身上。「他的符文不完整。」

「埃恩。」迦拉旦沉思地說。「那是治療符文，可了？」

「是呀，只不過他的符文不再完整，某一些線條崩裂，顏色也有些虛弱的污痕。」

迦拉旦咕噥著，但並沒有繼續開口，他對符文或侍靈的興趣遠低於瑞歐汀。瑞歐汀繼續看了埃恩一會兒才繼續回頭閱讀他的艾歐鐸書籍。還沒看多少，迦拉旦就以自己的話題打斷他。

「你最想念什麼？穌雷。」杜拉德人問得有如在冥想一般。

「最想念？關於外面嗎？」

「可了。」迦拉旦說。「要是你可以的話，你會把什麼東西帶進伊嵐翠來？」

「我不知道。」瑞歐汀說。「我得想一想。那你呢？」

「我的房子。」迦拉旦帶著一種懷舊的口吻說。「我親手造的，穌雷。砍下每棵樹，裁出每塊木板，釘下每顆釘子。它真的很美，沒有一棟宅邸或王宮可以比得上用自己的雙手完成的家。」

瑞歐汀點點頭。在他的腦海中想像著那棟房屋。什麼才是他最強烈思念的東西呢？他是國王的兒子，擁有許多東西。然而這個答案卻連他自己都嚇了一跳。

「信。」他說。「我要帶一整堆的信。」

「信，穌雷？」這顯然不是他預期中的答案。「誰寄來的信？」

「一個女孩。」

迦拉旦笑了。「女人？穌雷，我從來不知道你是這種浪漫的人。」

「即使我不像你們那些杜拉丹言情小說的主角一樣，一天到晚誇張地憂鬱哀嘆，也並不表示我不會去想這種事情。」

迦拉旦防禦地舉起手。「別把我和德拉斯杜（DeluseDoo）扯在一塊，穌雷。我只是有點吃驚，那個女孩是誰？」

「我本來快要娶她了。」

「一定是個很特殊的女人。」

「一定是的。」瑞歐汀點頭。「我多希望我們見過一面。」

「你從沒有見過她？」

瑞歐汀搖著頭。「只有那些信件，朋友。她住在泰歐德——事實上，她是泰歐德王的女兒。她大概在一年前開始寫信給我，她的文字優美，言語間充滿詼諧機智，讓我忍不住提筆回信。我們大約彼此通信了五個月，接著她求婚。」

「她向你求婚？」迦拉旦問。

「一點也不害羞。」瑞歐汀帶著笑容回答。「當然，這有著政治上的動機。紗芮奈希望能在泰歐德與亞瑞倫之間建立一個穩固的聯盟。」

「那你接受了？」

「這是好機會。自從災罰之後，泰歐德就開始疏遠亞瑞倫。更何況，這些信讓人陶醉。最近的這一年……很艱困。我父親彷彿下了決心要讓亞瑞倫自己毀滅，而他並不是能夠容忍異議的人。但每當我快要承受不了這些重擔的時候，我就會收到紗芮奈的來信。她也有個侍靈，在婚事訂下來之後，我們也開始常常談天。她通常在傍晚時聯絡我，她從埃恩流瀉出來的聲音讓我著迷，有時候我們甚至一聊就是好幾個小時。」

「是誰說不會像言情小說的主角那樣唉聲嘆氣的？」迦拉旦帶著得意的笑容說。

瑞歐汀哼了哼，繼續看著他的書。「好啦，現在你知道了。如果我可以帶任何東西，我就會保留那些信。我真的為這個婚姻興奮，即使這場結合只是德瑞熙入侵杜拉德的連鎖反應。」

寂靜無聲。

「你剛剛說什麼？瑞歐汀。」迦拉旦用一種平靜的聲音問。

「那個？噢，那些信嗎？」

「不，關於杜拉德。」

瑞歐汀停頓。迦拉旦曾說自己是「幾個月前」來到伊嵐翠，但杜拉德人以講話保守著稱。而杜拉丹共和國在六個月前覆滅……

「我以為你知道。」瑞歐汀說。

「知道什麼？穌雷。」迦拉旦追問。「以為我知道什麼？」

「我很遺憾，迦拉旦。」瑞歐汀帶著同情說，接著轉身坐下。「杜拉丹共和國崩潰了。」

「不……」迦拉旦開始喘息，他的眼睛睜得大大的。

瑞歐汀點點頭。「發生了一場革命。就像亞瑞倫十年前的那場一樣，不過更加暴力。共和成員階級完全被毀滅，然後他們建立了一個君主政體。」

「不可能。共和國那麼強盛。我們全都這麼相信。」

「事情變了，我的朋友。」瑞歐汀說，起身並且走過去把手放在迦拉旦的肩膀上。

「共和國不會，穌雷。」迦拉旦說，但眼神渙散。「我們全體挑選統治者，穌雷。為什麼要推翻這種事？」

瑞歐汀搖頭。「不知道，沒有太多消息傳來。杜拉德那時候是一片大亂，所以菲悠丹教士才能趁機插手介入並且獲取了權力。」

迦拉旦抬起頭。「意思是亞瑞倫有麻煩了。一直以來，都有我們讓德瑞熙遠離你們的國境。」

「我明白。」

「那杰斯珂呢？」他問。「我的信仰，它怎麼樣呢？」

瑞歐汀只是搖頭。

「你一定知道！」

「舒．德瑞熙教派現在是杜拉德的國教了。」瑞歐汀小聲地說。「我很遺憾。」

迦拉旦的眼睛下垂。「它完了。」

「還是有些祕教存在。」瑞歐汀的安慰顯得無力。

迦拉旦眉頭緊皺，眼神頑固。「祕教和杰斯珂不是同一種東西，穌雷。他們只是神聖事物的贗品。一種曲解。只有外來者——那些全然缺乏對鐸（Dor）真正了解的人——才會加入祕教。」

瑞歐汀把手從這個痛苦的男人肩上拿開，不知道該如何安慰他。「我以為你知道。」他又說了一次，感覺異常無助。

迦拉旦只發出一點呻吟，眼神陰鬱而恍惚。

瑞歐汀把迦拉旦留在屋頂上，這名高大的杜拉德人需要一個人與自己的悲傷獨處。不知道還能做些什麼，瑞歐汀決定回到禮拜堂，思緒混亂難以集中，但他的心神不寧並沒有持續多久。

「卡哈，這太美了！」瑞歐汀興奮地說，驚訝地看著四周。

老人從他正在清理的轉角抬起頭。有一種深刻的驕傲寫在他的臉上。整個禮拜堂的爛泥都被清乾淨了，露出原本灰白色的大理石。陽光就從西邊的窗戶整個灑進來，照在光亮的地板上，反射照亮整座禮拜堂，彷彿充斥著神聖的光輝。淺浮雕像幾乎覆蓋了每一處表面，因為只有半吋深，以致先前都埋在爛泥之中。瑞歐汀的手指滑過這些微小的傑作，人像臉部的細節栩栩如生。

「令人驚嘆。」他低語著。

「我根本不知道有這些，大人。」卡哈蹣跚地走近瑞歐汀。「我一直沒注意到，直到我開始清理。它們一直埋在陰影中，等我開始清理地板才又出現。大理石像鏡子一樣平滑，而那些窗戶完美地捕捉了光線。」

「整個房間都有那些浮雕？」

「是，大人。而這也不是唯一有浮雕的建築。你偶爾就會經過一面牆壁或看到一件家具上有著這類浮雕，在災罰前的伊嵐翠大概很普遍。」

瑞歐汀點點頭。「這裡是諸神之城，卡哈。」

老人露出笑容，他的雙手因為污垢而髒兮兮的，半打擦拭用的破布就掛在他的腰帶上。但是他卻很快樂。

「接下來？大人。」他熱切地問。

瑞歐汀飛快地思考。卡哈幾乎是以一個教士消滅罪惡的憤慨，來對抗這些禮拜堂中的髒亂。這是幾個月來，甚至幾年來，卡哈第一次被需要。

「我們的人開始住在附近的建築物裡，卡哈。」瑞歐汀說。「要是我們每次見面，他們又把泥巴帶進來，破壞了你費盡心力的整潔怎麼辦？」

卡哈深思熟慮地點點頭。「那些石板路是個問題。」他咕噥著。「這是大工程，大人。」然而他的眼睛卻絲毫沒有遲疑。

「我明白。」瑞歐汀同意。「不過，這是個迫切的任務。一個人要是住在垃圾之中，就會覺得自己像垃圾。要是我們想要貫徹我們的主張，我們就需要整潔。你能辦到嗎？」

「是，大人。」

「很好，我會指派一些幫手給你，好讓進度能加快。」瑞歐汀的團體過去幾天人數急速成長，因為伊嵐翠的人們開始聽到卡菈塔與瑞歐汀合併的消息。許多原本像鬼魅般在街上徘徊的伊嵐翠人也開始加入瑞歐汀的團體，迫切地尋找同伴，孤注一擲地尋求避免瘋狂。

卡哈轉身離去，他布滿皺紋的臉龐再次看著禮拜堂，神情滿足。

「卡哈。」瑞歐汀叫喚。

「是，大人？」

「你知道那是什麼了嗎？我是說那個祕密。」

卡哈微笑。「我好幾天不覺得飢餓了，大人。這是世界上最美好的感覺。我甚至不再感覺到那些疼痛。」

瑞歐汀點頭，接著卡哈離開。這個男子為了他的苦痛而前來尋找一個魔法般的救贖，但是他最後卻找到一個更簡單的答案。當有別的東西更重要的時候，痛苦就失去了它的力量。卡哈不需要神奇的藥劑或符文來拯救他，他只是需要一些事情來做。

瑞歐汀在發亮的房間中漫步，驚嘆於那些美麗的雕刻。然而，他卻在某一個浮雕前停頓了下來。石頭有一小段空白處，它白色的表面被卡哈細心地擦亮。它是如此潔淨，瑞歐汀甚至可以看見自己的倒影。

他震懾在那兒，那張從大理石中凝視的臉孔對他來說異常陌生。他曾疑惑為何沒什麼人認出他來，他曾是亞瑞倫的王子。即使在外地的莊園居民也會認得他的臉。他原本以為伊嵐翠人只是不認為會有王子在伊嵐翠裡。所以他們不會把「靈性」和瑞歐汀聯想在一起。然而，他現在看到了自己面孔的轉變，明白了別人認不出他的理由。

他的面容還是有著一些過去的痕跡與線索，但是轉變卻是如此劇烈。只不過兩週過去，但他的頭髮已經全然脫落，皮膚上有著伊嵐翠人慣有的污斑，而一些幾週前還是膚色的部分，已變成暗沉的灰白。他的皮膚起了皺紋，尤其是嘴唇附近，眼睛也開始凹陷。

在他轉變之前，他曾經想像那些伊嵐翠人是活屍體，他的血肉會腐爛並且脫落。但事實不是這樣，伊嵐翠人會維持他們的肌肉和絕大部分的樣子，但他們的皮膚會起皺並且變暗。比起腐朽的屍體，他們更像是枯乾的豆莢。然而，即使轉變沒有像他曾經想像的如此猛烈，但他還是被自己嚇了一跳。

「我們真是一群可悲的生物，對吧？」迦拉旦從門口處問。

瑞歐汀抬起頭，露出一點勉勵的笑容。「還不算太糟，我的朋友。我可以習慣這些改變的。」

迦拉旦嘀咕著，走進禮拜堂。「你的清潔工做得不錯，穌雷。這個地方幾乎看不出災罰的痕跡。」

「最美好的是，我的朋友，它在這個過程中解放了它的清潔者。」

迦拉旦點點頭，走到瑞歐汀的身邊，看著窗外一大群人清理著禮拜堂的花園區。「他們一來就一大群，對吧，穌雷？」

「他們聽說我們能提供苟活在巷子中以外的事物。我們甚至不必再對著城門流口水，卡菈塔把每個她能拯救的人都帶給我們。」

「你打算要怎樣讓他們持續忙碌？」迦拉旦問。「花園雖大，但也幾乎完全清理乾淨了。」

「伊嵐翠是一座巨大的城市，朋友。我們會找到事情讓他們繼續的。」

迦拉旦看著工作的人群，他的眼神難解。他似乎克服了他的悲痛，起碼現在是這樣。

「提到工作。」瑞歐汀開始說。「我有些事情想拜託你去做。」

「一些讓我不再沉浸在痛苦中的事情嗎？穌雷。」

「你也可以這麼想。總之，這件事情比起清爛泥來得重要一些。」瑞歐汀對迦拉旦招手，並且走到後面房間的轉角，看著牆上一塊鬆動的石頭。他把手伸進裡面，並從中拿出幾小袋穀粒。「以一個農夫來說，你覺得這些種子的品質如何？」

迦拉旦帶著興趣地拿起一粒穀子，在手中翻轉了幾次，觀察它的顏色與硬度。「不錯。」他說。「雖然不是我看過最好的，但還是不錯。」

「播種的季節也差不多就是這個時候了，對吧？」

「考慮到最近溫暖的程度，我想已經完全到了這個季節。」

「很好，」瑞歐汀說。「這些穀粒沒辦法在洞裡放多久，把它們放在外面我也不安心。」

迦拉旦搖著他的頭。「這行不通的，穌雷。耕種需要時間才能獲得收成。那些人會在一發芽的時候就把苗給吃了。」

「我不這麼認為。」瑞歐汀抓起一把穀粒在手掌中。「他們的心靈已經轉變了，迦拉旦。他們已經知道自己不必活得像隻動物。」

「這裡根本不夠空間來種點像樣的莊稼。」迦拉旦抱怨著。「這只不過是個花圃。」

「對這麼一點種子來說，已經夠大了。明年我們就會有更多種子，到時候我們再來擔心空間吧。我聽說王宮的花園大得多，也許我們可以用得上。」

迦拉旦搖搖頭。「這些話有問題，穌雷。關於『明年』……這裡沒有『明年』，可了？伊嵐翠人沒辦法撐那麼久。」

「伊嵐翠會改變的。」瑞歐汀說。「如果沒有，那麼那些在我們之後來的人，會接替著種下一季。」

「我還是懷疑這會不會成功。」

「要不是你每天都被證明錯誤，你大概還懷疑太陽是不是每天都會升起來呢。」瑞歐汀笑著說。「就去試試吧。」

「好吧，穌雷。」迦拉旦嘆了一口氣。「我想你的三十天期限還沒到。」

瑞歐汀再次微笑，把種子遞給他的朋友，並且把手搭在杜拉德人的肩膀上。「記得，我們不需要讓過去成為我們的未來。」

迦拉旦點頭，把那些穀粒放回原本的洞穴中。「這幾天我們還用不到這些種子，我得要找個方法來犁田。」

「靈性大人！」沙歐林的聲音模糊地從上面傳出來，那個他替自己搭出來的臨時瞭望塔。「有人過來了。」

瑞歐汀站起來，而迦拉旦匆忙地把石頭掩回洞口。沒多久一名卡菈塔的手下衝進了房間。

「大人。」那人說。「卡菈塔女士請您立刻過去！」

「你是個笨蛋，戴希（Dashe）！」卡菈塔厲聲吼叫。

戴希——卡菈塔的副手，一個碩大而充滿肌肉的男子——繼續綁著他的武器。

瑞歐汀與迦拉旦困惑地站在王宮的大門。至少有十幾個人站在入口通道中，整整是卡菈塔三分之二的手下，彷彿他們正準備要進行一場戰鬥。

「妳可以繼續和妳的新朋友作夢，卡菈塔。」戴希粗魯地回答。「但是我再也等不下去，尤其是那個傢伙繼續威脅小孩子們。」

瑞歐汀沿著邊緣靠近這場爭論，接著在一個叫做荷倫（Horen）的男子身邊停下來，他手臂纖細，一臉憂慮。荷倫是那種想要避開爭端的人，而瑞歐汀猜測他在這個爭執裡應該立場中立。

「發生了什麼事？」瑞歐汀低聲問。

「戴希的一個探子，無意中聽見安登打算要今晚攻擊我們的王宮。」荷倫小聲地回答，緊張地看著他的兩個領袖爭吵。「戴希想要好好打擊安登好幾個月了，這正好是他需要的理由。」

「你可能會把這群人帶到比死更糟的處境，戴希。」卡菈塔警告著。「安登的人手比你多。」

「他沒有武器。」戴希回嘴，把生鏽的劍喀的一聲插回劍鞘中。「整個大學裡只有書，而且他已經把那些給吃光了。」

「想想你在做什麼。」卡菈塔說。

戴希轉身，平板的臉上十分坦率。「我想過，卡菈塔。安登是個瘋子，與他為鄰，我們睡不好覺。要是我們出其不意地攻擊，那我們就可以永遠地阻止他。只有這樣才能確保孩子們的安全。」

接著戴希轉向他嚴肅冷硬的手下士兵，並且點頭，一團人踏著堅定的大步從門口離去。

卡菈塔轉向瑞歐汀，她的臉龐混雜著挫敗與遭背叛的痛苦。「這比自殺還糟，靈性。」

「我知道。」瑞歐汀說。「我們的人數如此之少，根本經不起損失任何一個人——即使那些人是跟隨安登。我們必須要阻止這件事。」

「他已經走了。」卡菈塔倒退地靠在牆上。「我太了解戴希了。現在已沒辦法阻止他。」

「我拒絕接受這種想法，卡菈塔。」

「穌雷，如果你不介意我問一下，以杜洛肯之名，你在計劃些什麼啊？」

瑞歐汀大步地跑在迦拉旦與卡菈塔身邊，勉強地趕上那兩個人。

「我不知道。」他坦承。「我還在想。」

「我猜也是……」迦拉旦嘟囔著。

「卡菈塔，」瑞歐汀問。「戴希會走哪一條路？」

「那邊有一棟建築緊貼大學。」她回答。「它的高牆很久之前就垮了，崩落的石頭把學院的牆壁弄出一個大洞。我很確定戴希會試著從那邊衝進去。他以為安登不知道這個地方。」

「帶我們去那邊吧。」瑞歐汀說。「但從另外一條路走，我可不想撞見戴希那一群人。」

卡菈塔點點頭，帶領他們穿入一條小巷。她所提及的建築物是一棟低矮的單間構造房舍。它的牆壁離大學靠得如此之近，讓瑞歐汀忍不住懷疑那個建築師在想些什麼。那棟房舍許久沒有人照料，雖然還有著無比低垂的屋頂，但整棟建築已經在傾塌的邊緣。

他們擔憂地靠近，從門口探出腦袋。房子內部寬敞，他們站在這棟長方形房舍的中間。坍塌的牆壁就在他們左邊不遠處，而另一個出口就在右邊。

迦拉旦低聲咒罵。「我覺得有問題。」

「我也是。」瑞歐汀說。

「果然……你看，穌雷。」迦拉旦指著房舍的中心樑柱。仔細點看，瑞歐汀發現了好幾處新砍的痕跡，就在那根非常脆弱的木材上。「這整個地方已經被設計成了陷阱。」

瑞歐汀點頭。「顯然安登比戴希認為的知道得更多。也許戴希會注意到這個危險，而選擇別條通道。」

卡菈塔立刻搖頭。「戴希是個好人，但非常單純而直接。他會直接穿過這棟房子，看也不看。」

瑞歐汀咒罵，蹲在門邊思考著。但很快他的時間就用光了，腳步聲逐漸靠近。沒過多久，戴希就會出現在遠處的入口，瑞歐汀的右邊。

瑞歐汀——站在戴希與崩牆的中間——深吸一口氣，接著大喊。「戴希，停下來！這是個陷阱，這棟建築只要稍有妄動，就會垮下來！」

戴希停下來，他一半的手下已經在房子裡。警示的呼喊已經從大學裡傳了出來，一個有著安登眾所周知的長鬍子面孔的人出現，手中拿著老舊的斧頭。安登跳進房間裡狂暴地大喊，斧頭就向支撐的樑柱揮了過去。

「塔安，住手！」瑞歐汀大吼。

安登在半途停下他的斧頭，因為聽見自己的本名而震驚。他的假鬍鬚有一半搖搖晃晃地垂著，幾乎就要掉下來。

「別和他講道理！」戴希警告著，趕緊把他的手下從房間中拉出來。「他是個瘋子。」

「不，我不覺得他是個瘋子。」瑞歐汀打量著安登的眼睛。「這個人不是瘋子——只是很困惑罷了。」

安登眨了幾次眼睛，他的手緊張地握著斧頭的握柄。瑞歐汀不顧一切地想要找一個解決辦法，接著他的目光停在房間中央，那張過去遺留下來的石桌上。他一咬牙，默默地向上神祈禱。接著瑞歐汀站起來，並且走進建築物裡。

卡菈塔在他身後倒抽了一口氣，迦拉旦低聲咒罵，而屋頂不祥地呻吟著。瑞歐汀看著安登，他的斧頭隨時準備揮下去。他的雙眼盯著瑞歐汀移進房間的中央。

「我是對的，沒錯吧？你沒瘋。我聽說你在你的宮廷裡胡言亂語，不過誰都知道要怎麼樣胡言亂語。一個瘋子不會想到要把羊皮紙煮來吃，一個狂人也不會預料到要設下陷阱。」

「我不是塔安。」安登最後說。「我是安登，伊嵐翠男爵！」

「如果你這麼希望，」瑞歐汀說，拿他破爛的衣袖抹了抹半垮的石桌表面。「雖然我想不通為什麼你會想當安登而不是塔安。畢竟……這裡是伊嵐翠。」

「我知道！」安登猛然大吼。不管瑞歐汀怎麼說，這個男子並不是處在一個穩定的狀態下。斧頭隨時都可能會落在柱子上。

「是嗎？」瑞歐汀問。「你真的知道生活在伊嵐翠——諸神之城是什麼意思嗎？」他繼續擦拭著桌子，並且背對著安登。「伊嵐翠，美麗之城、藝術之都……雕刻之城。」他退後一步，顯露出乾淨的桌面。上面布滿了精細的浮雕，就像禮拜堂裡的那些牆壁。

安登的眼睛突然睜大，手中的斧頭垂了下來。

「這座城市是雕刻家的美夢，塔安。」瑞歐汀說。「你聽過多少外頭的藝術家抱怨在伊嵐翠失落的美麗？這些建築全都是雕刻藝術的最佳典範。我想知道是誰在面對這樣的機會時，會想要去當安登男爵，而不是雕刻家塔安。」

斧頭鏗鏘地落在地上，安登一臉震驚。

「看看你身旁的牆壁，塔安。」瑞歐汀輕聲地說。

男子轉身，手指輕撫過隱藏在爛泥下的壁雕，他抬起袖口，手臂顫抖地抹去那些污泥。「上神慈悲，」他低語。「這真是太美了。」

「想想這個機會，塔安。」瑞歐汀說。「只有你，全世界的雕刻家中只有你一人，能看見伊嵐翠。只有你能感受它的美麗並且從中學習。你是歐沛倫最幸運的人。」

顫抖的手扯去了那些假鬍鬚。「而我原本要摧毀它，」他含糊地說。「我原本要把它敲倒……」

就這樣，安登低下頭，崩潰般地嚎啕大哭。瑞歐汀感激地鬆了一口氣，接著注意到危機還沒結束。安登的手下還是裝備著石頭與鐵棒，戴希與他的手下再次走進房間，絲毫不相信這棟房子隨時都會垮下來。

瑞歐汀直接站到這兩群人之間。「停下來！」他下令並舉起手。他們暫停下來，但是仍充滿警戒。

「你們這些人是怎麼回事？」瑞歐汀問。「塔安的領悟沒有辦法教會你們任何事嗎？」

「站到一邊去，靈性。」戴希警告著，並且舉起他的劍。

「我拒絕！」瑞歐汀說。「我問你一個問題，剛才發生的事情，沒辦法讓你學會任何事？」

「我們不是雕刻家。」戴希說。

「這沒有關係。」瑞歐汀說。「你不明白生活在伊嵐翠中的機會嗎？我們有著外面人從沒有的機會——我們是自由的。」

「自由？」安登的手下中有人嘲笑著說。

「是，自由。」瑞歐汀說。「亙古以來，人只為了滿足他的口腹之欲而掙扎奮鬥，食物是生命中最迫切的需求。全副的心靈只追求這樣的肉欲滿足。在人能夠作夢之前，他必須要能吃飽；在他能去愛人之前，他必須先滿足他的胃。但我們不一樣，以一點點的飢餓為代價，我們就可以掙脫有史以來所有生命的枷鎖。」

武器緩緩地垂下來，雖然瑞歐汀並不確信他們是否真的在考慮他的話語，抑或只是迷惑。

「為什麼要戰鬥？」瑞歐汀問。「為什麼要擔心殺戮？在外頭他們為了財富而戰，而財富的終極用途也不過是去購買食物。他們為了土地而戰，土地提供食物，吃是一切爭端的來源。但，我們不需要。我們的身體是冰冷的，我們幾乎不需要衣服或掩蔽來取暖，即使我們不進食，我們的身體依舊運作。這有多神奇！」

兩群依舊緊張地彼此相望，哲學辯證比不上仇敵的凝視。

「那些你們手上的武器，」瑞歐汀說。「是屬於外面世界的，它們在伊嵐翠沒有作用。頭銜、階級這些都是別處的概念。

「聽我說！我們的人數如此之少，少得經不起損失你們任何一個。這真的值得嗎？用永恆的痛苦來交換短暫的仇恨釋放？」

瑞歐汀的聲音在寂靜的房間中迴盪。終於，一個聲音打破了緊張。

「我會加入你。」塔安說，抬起他的腳。他的聲音帶著猶豫，但他的臉龐卻很堅決。「我以為我必須要失去理智才能住在伊嵐翠，但瘋狂阻止了我看見美麗。把你們的武器放下。」

他們抗拒命令。

「我說放下武器。」塔安的聲音變得更加堅定，他矮小又挺著大肚子的身影突然顯得威風凜凜。

「我依舊是這裡的領袖。」

「安登男爵才統治我們。」其中一個人說。

「安登是個傻子。」塔安嘆氣地說。「而且那些跟隨他的人也都是傻子。聽聽這個人，他的言論比我的虛假宮廷要更加高貴，這才是真正的莊嚴堂皇。」

「放下你的憤怒。」瑞歐汀繼續。「讓我帶給你希望。」

噹啷聲從他身後傳來，戴希的劍掉在石板地上。「我今天沒辦法殺人。」他轉身離開。他的手下瞪了安登那群人一會兒，接著跟隨他們的領袖離去。劍就這樣被遺留在房間中央。

安登——塔安對瑞歐汀微笑。「不管你是誰，感謝你。」

「跟我來，塔安。」瑞歐汀說。「有棟建築你一定得看看。」

第十七章

紗芮奈大步走進王宮的舞廳裡，一個長長的黑袋背在她的肩上。舞廳裡的女人發出了幾聲驚呼。

「怎麼了？」她問。

「妳的衣服，親愛的。」朵菈最後回答著。「她們還不習慣這種東西。」

「這看起來像男人的衣服！」熙丹驚呼，臉龐兩側的肉忿忿不平地晃動著。

紗芮奈驚訝地看著自己的連身衣褲，然後再把目光移向聚在一起的女人們。「好吧，妳們總不會想要穿著洋裝打鬥吧？」然而，再研究了一下她們的表情，她發覺她們真的這麼覺得。

「妳還有好長的一段路得走哩，堂妹。」路凱安靜地警告著，他在她身後進來，接著在房間的遠處挑了一個位置坐下。

「路凱？」紗芮奈問。「你在這裡幹嘛？」

「這是這個禮拜最有趣的事情，我已經期待很久了。」他靠在他的椅子上，接著把手放在頭後。

「就算給我沃恩金庫裡的所有黃金，我也不會錯過。」

「我也是。」凱艾絲的聲音傳了過來。小女孩在紗芮奈身旁衝過，在椅子中選著要坐哪張。然而鐸恩飛奔進房間，然後跳上凱艾絲選的那張。凱艾絲生氣地跺腳，但是在體認到哪張椅子都一樣後，就選了另一張。

「我很抱歉。」路凱難為情地聳了聳肩。「我被他們纏住了。」

「對你的弟妹好一點，親愛的。」朵菈責備著。

「是的，母親。」路凱迅速地回應。

被幾個突然的觀眾稍微拖延以後，紗芮奈轉身面對她未來的學生們。每個刺繡會的人都來了——連沒有腦袋的王后伊瑄都來了。紗芮奈的衣服跟行動或許讓她們感到大受冒犯，但是她們對獨立的渴望比她們的憤慨可大多了。

紗芮奈從肩上把袋子滑落下來到手上，袋子一邊就打開了。接著她從袋子裡抽了一把練習劍。當紗芮奈揮動它時，長而薄的劍身發出了微微的金屬摩擦聲，嚇得這群女人退後了幾步。

「這就是席爾劍（Syre）。」紗芮奈說，順手在空中揮了幾下。「它也叫克米爾劍（Kmeer）或是杰戴佛劍（Jedaver），看是在哪個國家而已。這種劍一開始是占杜人發明的，做為斥侯的輕武器，但是在僅僅幾十年以後就不太使用了。接著，占杜的貴族接收了它們，因為他們喜愛這種劍的優雅跟精巧。決鬥在占杜是很常見的，而這種快速、整齊的擊劍流派需要高超的技巧。」

她邊說話邊突刺和揮了幾次，都是她在戰鬥中從不會使用的招式，不過至少看起來很帥，進而擄獲了這些女人的心。

「杜拉德人第一個讓擊劍變成一種運動，而不是用來殺死決定要追求同一名女性的男人。」紗芮奈繼續說著。「他們裝了這種小圓球在頂端，然後把刀刃磨鈍。這種運動不一會就在杜拉丹共和國風行起來——因為他們的中立可以讓他們保持於戰爭之外，所以這種沒有實際武術上用途的技巧就非常吸引他們。有著鈍的刀刃和有圓球的頂端之後，他們訂了一些不能打擊身體重要部位的規定。

「亞瑞倫因為伊嵐翠人不讚許任何類似戰鬥的活動，於是都不太喜歡而沒有被引進，但這在泰歐德一樣是非常風行的運動——除了一個重大的改變。它變成了女人的運動。泰歐德的男人喜歡更激烈的運動，像是摔角或是寬劍的擊劍。但是對於一個女人來說，席爾劍再適合也不過了。輕巧的劍讓我們能夠善用自身的靈巧，還有——」她補充，帶著微笑看著路凱。「讓我們能夠利用高男人一等的智慧。」

接著，紗芮奈抽出了第二把劍，拋給在人群前的托瑞娜。赭金髮色的女孩帶著困惑接下了劍。

「防衛妳自己。」紗芮奈警告著，然後把劍舉起，擺起戰鬥姿態來。

托瑞娜笨拙地拿起席爾劍，嘗試模仿紗芮奈的態勢。當紗芮奈攻擊時，托瑞娜驚呼了一聲就放棄了她的架勢，接著用兩手瘋狂地甩著她的席爾劍。

「妳死了，」紗芮奈告知她。「擊劍不是用蠻力的運動，它需要的是技巧和精準。只用單手——妳會控制得比較好，同時能夠增加攻擊範圍。把妳的身體稍微偏向一邊。這讓妳能刺擊的更遠並且難以被攻擊到。」

紗芮奈邊說邊拿出一大捆她早些時日做的細棒子。這些，當然離真劍的品質甚遠，但是在鐵匠做好席爾劍之前，她們只能將就。在每個女人都拿到武器之後，紗芮奈開始教她們該怎麼刺擊。

這是個困難的工作——比紗芮奈原本想的還困難許多。她認為自己是個好的擊劍師了，但是她從沒有發生過知道這些知識，卻難以解釋給別人聽的情況。這些女人總是可以找到紗芮奈本以為生理上做不到的握劍方式。她們狂野地突刺著，害怕迎面而來的劍刃，接著被她們的衣服給絆倒。

最後紗芮奈留她們自己練習突刺——在她們還沒有適當的面罩以前，她不能放心地讓她們對打。紗芮奈讓自己坐在路凱的身旁嘆了口氣。

「堂妹，是個費力的工作吧？」他問，明顯很享受地看著他母親穿著華服，嘗試拿劍的樣子。

「你根本無法想像。」紗芮奈擦了擦額頭。「你確定你不想嘗試看看嗎？」

路凱抬起雙手。「我有時候的確太招搖了，堂妹，但是我並不笨。艾敦王會把所有參與這種貶低人格活動的男人給列入黑名單的。要是我是依翁德，在那個名單上就沒問題，但是我只是個單純的商人，我可承受不起王室的不悅呢。」

「我想也是，」紗芮奈看著那些女人嘗試熟練她們的刺擊。「我覺得我教得不好。」

「但是做得比我好了。」路凱聳聳肩說。

「我可以做得更好。」凱艾絲從她的椅子上宣稱著。小女孩看著重複的練習都看得無聊了。

「噢，真的嗎？」路凱淡淡地問。

「當然。她沒教她們回擊或是正確的體態（Proper Form），她甚至完全都沒提到錦標賽的規則。」

紗芮奈抬起一邊的眉毛。「妳懂擊劍？」

「我讀過一本相關的書。」凱艾絲輕快地說。接著她伸出手打了鐸恩的手一下，因為小男孩正用從紗芮奈的木棍堆拿來的木棍戳著她。

「最可悲的是，她可能真讀了。」路凱嘆了口氣說。「就為了想讓妳印象深刻。」

「我想凱艾絲可能是我遇過最聰明的小女孩了。」紗芮奈承認。

路凱聳肩，「她是聰明，不過別太佩服她——她還只是個小鬼。她或許能像個大人一般的理解，但是她還是像個小女孩一般的反應。」

「我還是覺得她聰明得令人吃驚。」紗芮奈說，看著兩個小鬼打鬧著。

「噢，的確是的。」路凱同意著。「凱艾絲只要幾個小時就能吸收一本書了，更別提她那不太真實的語言能力。我有時候覺得鐸恩很可憐，他盡力了，但是他還是覺得不太平等——凱艾絲可以很跋扈，要是妳還沒注意到的話。不過，不管聰明與否，他們還是難帶得很。」

紗芮奈看著小孩玩在一起。凱艾絲已經從她弟弟手上偷走了棍子，追著她弟弟四處跑，像是諷刺一般地用紗芮奈教的方法砍著跟刺著。當紗芮奈看著她們時，她的目光落在門廊。因為門是開的，兩個身影站著看女人們練習著。

女士們察覺到她們正被剛剛溜進來的依翁德跟蘇登大人注意到時，全都呆住了。這兩個人，雖然年紀相差很大，但據說正因此而成為好朋友。兩個都是亞瑞倫的外人，蘇登，是一個是黑黝膚色的外國人，而依翁德，是個連出現都似乎會冒犯到別人的前軍人。

即使依翁德的出現讓女士們覺得不愉快，蘇登的出現也大大補償了她們。當她們發覺到年輕的占杜領主看著她們時，一陣臉紅席捲了在場的擊劍者。有幾個比較年輕的女孩還抓著朋友的手臂以尋求支持，興奮地低語。蘇登因為這些注意力而倏地臉紅起來。

不過依翁德卻忽視女人的反應。他走過這些即將成為劍客的人，然後舉起一根木棍，站起擊劍姿態，接著開始一連串的揮擊跟突刺。在測試完武器以後，他對自己點點頭，把木棍放到一旁，移動到其中一位女士身旁。

「像這樣握著木棍。」他指導著，移著她的手指頭。「妳因為抓得太緊而失去了靈活性。現在，把妳的大拇指放到劍柄的頂端讓它指著正確的方位，退後一步，接著突刺。」

那位女性，阿特菈（Atara），遵從著指導——接著對依翁德竟敢摸她的手腕而感到慌張。她的突刺，出人意料之外地既直又準——最訝異的人非阿特菈莫屬。

依翁德在人群裡移動著，仔細地糾正姿勢、握法，還有姿態。他輪流教導每位女士，給她們一些有關她們自身問題的建議。在幾分鐘的指導以後，這些女士的攻擊變得比紗芮奈預想可能的更加精準了。

依翁德從女士們帶著滿足的眼神中退出。「我希望妳沒有被我的闖入冒犯，殿下。」

「完全不會，大人。」雖然她的確感覺到一陣嫉妒。不過她告訴自己，必須展現女人寬大的胸懷，欣賞別人更高超的劍技。

「妳很有才華，」老人說。「但是妳看來沒有太多訓練他人的經驗。」

紗芮奈點頭。做為軍事指揮官，依翁德可能花了好幾十年在指導新手有關戰鬥的基本技巧。「你對擊劍知道的可真多，大人。」

「我對擊劍有興趣。」依翁德說，「而且我去過杜拉德很多次。杜拉德人拒絕承認不會擊劍的人是男人，不論他贏了多少場勝仗。」

紗芮奈站起，伸手去拿她的練習席爾劍。「願意比試一場嗎？大人。」她隨意地問，測試著她手中拿的劍。

依翁德看起來很驚訝。「我……我從未跟女人比試過，殿下。我不覺得這很適當。」

「胡說。」她拋出一把劍給他。「防衛自己吧。」

接著，不給他任何機會反對，紗芮奈就攻擊了。依翁德一開始蹣跚了一會兒，吃驚於她的突襲。但是，戰士的訓練很快就掌握了控制權，開始用高超的技巧格擋紗芮奈的攻擊。從他說過的話來看，紗芮奈以為他對擊劍的認識很粗淺。不過，她錯估了。

依翁德最後下定決心展開了一陣攻擊。他的劍快速地揮舞於空中，幾乎不可能跟上，只有多年的訓練跟操演告訴紗芮奈要格擋哪裡。整個房間響著金屬交擊的聲音。而女人目瞪口呆地看著兩個教練在地上移動，進行一場激戰。

紗芮奈不習慣和依翁德如此的好手比試。不只是他和她一樣高——這削減了她的距離優勢，他還有著一生在戰鬥和訓練中得到的靈敏與反射能力。兩個人互相在人群中、椅子周圍，還有其他在房間裡的物品中，推移與阻擋著對方的攻勢。他們的劍交集揮舞著，突刺接著又彈回來格擋。

依翁德對她來說太厲害了。她可以拖住他，但是找不到空間可以反擊。當汗水流下她的臉龐時，紗芮奈敏銳地注意到房間裡的每個人都在看著她。

在這一刻，依翁德好像被什麼東西改變似的，稍稍減緩了攻擊態勢，緊接著紗芮奈直覺地回擊。她的圓頭細劍穿過依翁德的防線直抵喉間。依翁德微微地笑著。

「我只能讓步，女士。」依翁德說。

突然間，紗芮奈對於她讓依翁德陷入必須讓她贏，以免讓她在眾人面前出糗的處境感到羞愧。依翁德欠身，只讓紗芮奈感到自己的愚蠢。

他們走回房間的一旁，從路凱手上接過水杯，路凱稱讚他們的精彩演出。當紗芮奈喝著時，她突然領悟了某些事情。她把她在亞瑞倫所付出的時間跟力氣視為一場競賽，像是她在政治上所做的許多努力——一場複雜、但是令人享受的遊戲。

依翁德讓她贏，是因為他想保持紗芮奈的形象。對他來說，這不是場遊戲。亞瑞倫是他的國家，他的人民，而他會為了保護他們不惜付出任何代價。

這次不同了，紗芮奈。要是妳失敗的話，失去的不是一個貿易協定或是建築權而已，是人民的鮮血與生命。是那些活生生的人民——這個想法讓她瞬間清醒起來。

依翁德看著他的杯子，眉毛懷疑地抬起。「這只是水？」他轉身向紗芮奈詢問。

「水對你的身體很好，大人。」

「這我可不確定，」依翁德說。「妳從哪裡找來的？」

「我燒了開水，並倒進兩個桶子裡來保存它的味道。」紗芮奈說。「我可不想看到這些女人練習時，互相醉倒在彼此身上。」

「亞瑞倫的紅酒沒這麼烈，堂妹。」路凱指出。

「夠烈了。」紗芮奈回答。「喝吧，依翁德大人，我們可不想讓你脫水。」

依翁德乖乖聽話喝了，雖然保持著臉上的不滿。

紗芮奈轉身看著她的學生，意圖讓她們繼續開始練習——然而，她們的注意力都被場上某個人給吸住了。蘇登站在房間的後方，閉著眼睛做出一系列優雅的動作。當他的手轉著一個又一個的圓圈時，手臂上繃緊的肌肉如波浪般移動著，而他的身體也跟著流動。即使他的動作如此地緩慢跟精準，在他的皮膚上仍可看到汗水閃耀著。

這看起來像某種舞蹈。他踩著長長的步伐，腳在空中高高地抬起，弓著腳背，然後慢慢放下。他的手臂持續流轉著，肌肉緊繃，如同在對抗某種看不見的力量一般。慢慢地，蘇登開始加速。如同有時間限制一般，蘇登移動得愈來愈快，他的步伐變成了跳躍，手臂揮舞於空中。

這些女人靜靜地看著，她們的眼睛張得比一個嘴巴還要大。房間裡唯一的聲音是蘇登劃過風和他的步伐聲。

他突然停止，最後一次跳躍後落地，雙腳同時重重踏下，雙臂平舉，手掌朝下，最後雙臂內收，有如沉重的柵門闔起。然後他低下頭，深深吐氣。

紗芮奈保持沉默片刻後，喃喃地說：「上神慈悲，現在我永遠抓不回她們的注意力了。」

依翁德靜靜地輕笑。「蘇登是個有趣的小伙子。他不停地抱怨女人是怎樣追著他跑，但是又沒有辦法克制自己炫耀的欲望。除此之外，他是個男人，而且還是個十分年輕的男人。」

紗芮奈點頭回應，這時蘇登也完成了他的儀式，接著發現大家都在看著他，瞬時又變得羞怯了起來。他低著頭穿越了女士們，加入紗芮奈跟依翁德的行列。

「這真是……料想不到呀。」紗芮奈在蘇登從路凱那拿了一杯水時說。

「真是抱歉，紗芮奈女士。」他在大口喝水的空隙中說。「你們的比試讓我想要運動一下。我以為大家會忙著練習而不會注意到我。」

「女人總是注意你，朋友。」依翁德搖了搖他帶著灰髮的頭說。「下次你再抱怨仰慕你的女人如何粗暴地對待你的話，我就會拿這件事情回答你。」

蘇登默默地低了頭，羞紅了臉。

「那是什麼運動？」紗芮奈好奇地問。「我從沒看過像那樣的東西。」

「我們稱它為確身（ChayShan）。」蘇登解釋。「這是一種暖身方法，讓你的身心都可以準備好戰鬥。」

「令人印象深刻。」路凱說。

「我只是個業餘的。」蘇登謙遜地低下了頭說。「我缺乏速度跟準度——在占杜可是有些人會快到讓人眼花撩亂。」

「好了，女士們。」紗芮奈宣布，轉身向著那些女人，她們大多數都還望著蘇登。「感謝蘇登大人的表演。現在，妳們得繼續練習刺擊，別以為我會讓妳們在練習了這一點點之後就可以離開。」

當紗芮奈拿起她的席爾劍，準備進行下個練習時，她聽到幾聲抱怨的嘆息從人群中傳出。

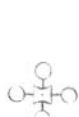

「她們明天一定都痛得不能走路。」紗芮奈微笑著說。

「小姐，您用一種別人會覺得您對這件事情很高興的口氣說著。」艾希邊說邊微微地振動。

「這對她們很好。」紗芮奈說。「這裡大多數的女人都被寵到大概一輩子沒經歷過比被針刺到更嚴重的痛楚。」

「我很抱歉我錯過了練習。」艾希說。「我已經幾十年沒看過確身了。」

「你曾經看過？」

「我看過很多東西，小姐。」艾希回答。「侍靈的一生可是非常漫長的。」

紗芮奈點點頭。他們走過一條凱依城的街道，而雄偉的伊嵐翠城牆慢慢靠近著。一群群的小販在紗芮奈走過時奮力地叫賣著，似乎從衣著中認出她是王室成員。凱依城是為了亞瑞倫貴族而存在，而其也投合著這些人的浮誇品味。黃金杯、異國香料和奢華的衣物都為她而爭寵著，雖然紗芮奈覺得大多數的東西只令她反胃。

而紗芮奈從她來之後的經歷了解到，這些商人是亞瑞倫裡僅存真正的中產階級。他們在凱依城裡希望能獲得艾敦王的青睞，甚至是一個稱號——通常需要花上不少金錢、農奴還有他們的尊嚴。亞瑞倫很快就變成了一個狂熱，甚至嚇人的資本主義國家。成功帶來的不只是財富，失敗帶來的也不光是貧窮——收入決定的是，一個人離被賣成奴隸還有多遠。

紗芮奈揮揮手想趕走這些商人，但這卻不能使他們氣餒，直到一個轉角她才鬆了一口氣，接著她看到科拉熙的教堂。她阻止自己往前衝向教堂的衝動，用著平穩的步伐走到門前，傾身走進去。

她投下了幾枚銅板——幾乎是她從泰歐德帶來的最後一些——到奉獻箱中，接著開始尋找教士。整間教堂讓紗芮奈倍感舒適。不似德瑞熙教堂散發著一股嚴峻跟正式的氣息，掛著盾牌、長矛和應景的絨繡，科拉熙教堂讓人放鬆。有幾條掛毯懸在牆上，應該是一些年長的人士捐贈的，花叢和新綠在其下整齊地排列著，它們的新芽綻放在春日的天氣裡。天花板不高，而且也不是拱狀的，但因為窗戶又寬又長，讓人感覺不到壓迫。

「嗨，孩子。」一個聲音從室內的一端傳了出來。歐敏（Omin）教士正站在遙遠彼處的窗邊，看向城市。

「嗨，歐敏神父。」紗芮奈有禮貌地說。「我是不是打擾了你？」

「當然沒有，孩子，」歐敏招招手叫她過去。「來，妳最近過得怎麼樣？我似乎沒在昨晚的布道會看見妳。」

「我很抱歉，歐敏神父，」紗芮奈臉紅地說。「有個我必須參加的舞會。」

「啊，別有罪惡感了，孩子。對一個新來的人來說，可不能輕忽了社交的重要性。」

紗芮奈微笑，走過一排排的長椅，坐到身材矮小的教士身旁。他的矮小身材讓他容易被忽略；歐敏必須在教堂前做一個符合他身材的講台，所以當他在布道時，也很難分辨出他的身高。站在教士身旁，讓紗芮奈覺得自己像是一座高塔般聳立。即使對一個亞瑞倫人來說，他也太矮了，他的頭大概只有到紗芮奈的胸膛一般高。

「在煩惱些什麼？孩子。」歐敏問。他幾乎已經全禿了，穿著寬鬆的袍子，腰間繫著白色的絲帶。除了他僱人的藍眼之外，他身上唯一的顏色就是他繫著的科拉熙墜飾，上頭刻著艾歐．歐米（Aon Omi）的符文。

他是個好人，而這樣的詞彙，紗芮奈可不覺得能用在每個人身上，即使是教士。還在泰歐德時，曾經有一些教士讓她抓狂。歐敏，是個深思熟慮而且像是個爸爸一樣的人，即使他有著容易恍神這樣擾人的壞習慣。他有時候會分心到過了幾分鐘之後，才體認到眼前的人全都在等他說下一句話。

「我不確定可以問誰，神父。」紗芮奈說。「我需要做一個寡婦的試煉，但是從沒有人向我解釋這是什麼。」

「啊，」歐敏邊說邊用著他光溜溜的頭點了一下。「這的確會讓新來的人搞不清楚狀況。」

「那為什麼沒有人願意解釋給我聽呢？」

「這是一個從伊嵐翠人時代所留下來的古老儀式——帶有宗教性質。」歐敏說。「而在亞瑞倫裡牽扯到那個城市的東西都是禁忌，尤其是有關信仰的。」

「那我要怎麼才能知道我該去做什麼？」紗芮奈幾近惱怒地說。

「別洩氣，孩子。」歐敏平緩地說。「這是禁忌，但也只是傳統而已，不是教條一般的東西。而我想上神應該也不會反對我稍稍緩和一下妳的好奇心。」

「謝謝你，神父。」紗芮奈邊說邊放心地嘆了一口氣。

「只要妳丈夫死了以後，」歐敏說，「妳就會被大眾所期待要公開地表示妳的悲痛，不然人們就會認為妳不愛他。」

「但是我真的不愛他——真的。我甚至還不認識他。」

「無論如何，進行試煉對妳來說還是比較好。寡婦試煉的重要性，就像是妳把兩人的結合看得多重要，還有妳多尊敬妳丈夫一樣。要是不進行的話，即使是對一個外來者來說，都不是一個好兆頭。」

「但它不是個異教儀式嗎？」

「不完全。」歐敏邊搖搖頭邊說。「是伊嵐翠人開始這樣的儀式，但這跟他們的宗教完全沒有關係。這只是一種從良善的舉動所演變出，一個有價值的行善傳統而已。」

紗芮奈抬起眉毛。「老實說，我對於你形容伊嵐翠人的方式感到驚訝，神父。」

歐敏的眼睛發亮了一下。「不是德瑞熙主祭討厭伊嵐翠人，就代表上神也討厭伊嵐翠人，孩子。我不相信他們是神，而且他們大多數對於自身的偉大都抱持著一種誇張的觀點，但是我還是有過幾個朋友；霞德祕法同時帶走好人和壞人，自私和無私的人。在裡頭有一些人是我看過最高尚的——我對於發生在他們身上的事情感到非常感傷。」

紗芮奈猶豫了一下。「是上神嗎？神父。是如同其他人所說，祂詛咒了他們？」

「所有事情都是根據上神的意志所發生的，孩子。」歐敏回答。「不過，我不覺得『詛咒』是一個適當的詞彙。有時候，上神覺得是時候降下災難試驗世人。或是，降下致命的疾病到最無辜的孩童身上。這些就像是伊嵐翠人發生的一樣，都不是詛咒——它們只是世界的運作罷了。所有東西都必須前進，而前進不全都是平穩的上升。有時候我們必須墜落，有時候我們將崛起；有人得到財富，就會有人吃虧，這就是我們能學習到要依賴他人的唯一辦法。當一個人被祝福時，他得到幫助那些生活在窮苦之中的人的特權。奮鬥會孕育團結，孩子。」

紗芮奈思索了一下。「所以你不認為伊嵐翠——那些剩下的人——是惡魔？」

「斯弗拉契司，就像菲悠丹他們講的？」歐敏帶著笑意問。「不，雖然我聽說這是新的高階儀祭所教的。我所害怕的是他的言語只會帶來憎恨。」

紗芮奈邊想邊拍拍她的臉頰。「這就是他想要的。」

「那他又想要什麼？」

「我不知道。」紗芮奈承認。

歐敏再次地搖搖頭。「我不相信一個追隨神的人，即使是一個高階儀祭，會做出這種事來。」當他突然考慮到這個面向時，臉色有點迷離，微微皺眉。

「神父？」紗芮奈問。「神父？」

在第二次提醒之後，歐敏搖搖頭，彷彿他突然驚覺到紗芮奈還在這裡。「我很抱歉，孩子，我們在討論些什麼？」

「你還沒告訴我，到底寡婦的試煉是什麼？」她提醒，跟這位小個頭教士講話時，總是會離題。

「啊，對。寡婦的試煉。簡單來說，孩子，大家都期待妳會幫國家做些什麼——妳愈愛妳的丈夫，妳的地位愈崇高，妳就得進行一個愈奢華的試煉。大多數的女人都是分送食物或衣物給農民。妳愈用心參加，妳給人的印象就會愈好。試煉是一種服務方式——一種讓上位者學習謙遜的方法。」

「但是我要去哪裡找錢？」她還沒決定要怎麼去問問她的新父親，有關津貼或薪餉的問題。

「錢？」歐敏驚訝地問。「為什麼，妳是亞瑞倫裡最富裕的人之一。妳不知道嗎？」

「什麼？」

「妳繼承了瑞歐汀王子的遺產，孩子。」歐敏說。「他是個非常有錢的人，他的父親確保了這點。在艾敦王的政府體制底下，要是王儲比任何一個公爵窮可就不好了。而且就某些層面來說，要是他的媳婦沒有珠光寶氣般地有錢的話，對他來說就是天大的恥辱。妳所需要的只是去問王家財務總管，我確定他會幫妳打理好的。」

「謝謝你，神父。」紗芮奈說，給這個小教士一個溫柔的擁抱。「我得去忙了。」

「我永遠歡迎妳，孩子。」歐敏說完，轉過頭用沉思的眼神看著整座城市。「這就是我在這裡的原因。」不過，紗芮奈很確定在說出這句話之後沒多久，他就已經忘了她的存在，繼續在他心靈中的那條長途旅行著。

艾希在門外等候，用著他特有的耐心在門口附近繞著。

「我不懂你為什麼這麼擔心，」紗芮奈對他說。「歐敏喜歡伊嵐翠人，他不會反對你進入他的禮拜堂。」

艾希微微地振動著。自從許多年前辛那蘭（Seinalan），舒．科拉熙教派的宗主，將他丟出教堂外之後，他就再也沒有進去過了。

「沒關係的，小姐。」艾希說。「我覺得不管教士怎麼說，我待在外面對我們兩個而言，可能都會高興一點。」

「我不同意。」紗芮奈說，「但是我不想爭論這個。你有聽到我們的對話內容嗎？」

「侍靈有雙好耳朵，小姐。」

「你根本沒有耳朵。」紗芮奈指出。「——那，你怎麼想？」

「這聽起來是個好機會。可以讓城市裡的居民知道您有多惡名昭彰。」

「我也這麼想。」

「還有另一件事，小姐。你們兩個談到有關德瑞熙樞機主祭跟伊嵐翠。之前有個晚上，當我在調查整個城市時，注意到樞機主祭拉森漫步在伊嵐翠的城牆上。我好幾個晚上都在那裡晃盪著，而也發現他常在那裡出沒。他看起來對伊嵐翠的城市守備隊長蠻友善的。」

「他到底要對那座城市做什麼？」紗芮奈喪氣地說。

「我也想不透，小姐。」

紗芮奈皺眉，嘗試著把她所知道有關樞機主祭的一舉一動與伊嵐翠拼湊起來，但還是徒勞無功。不過，她突然靈光一閃。也許她可以一石二鳥，同時解決她其他的問題和麻煩的主教。

「也許我不必知道他在做什麼，就可以阻撓他。」她說。

「這可幫了大忙，小姐。」

「我也沒這種奢侈的時間。但是我們知道一件事情：要是樞機主祭想要人民討厭伊嵐翠人，我們的工作就是讓人民喜歡他們。」

艾希停了下來。「您在計劃什麼，小姐？」

「你會知道的。」她帶著微笑說。「首先，讓我們回到房間裡。我之前就想跟父親說說話了。」

◆

「奈？我很高興妳來訊，我還在擔心妳呢。」伊凡托王發光的頭像停留在紗芮奈面前的空中。

「您任何時候都能找我，父親。」紗芮奈說。

「我不想打擾妳，寶貝。我知道妳多重視獨立。」

「獨立現在也得放在責任之後，父親。」紗芮奈說。「國家正在動搖——我們沒有時間顧及對方的感受了。」

「我知錯了。」她父親邊說邊輕笑一聲。

「泰歐德境內有發生什麼嗎？父親。」

「淨是些壞事。」伊凡托王警告著說，他的聲調變得平板而低沉。「最近情勢很危急。我才剛剛鎮壓了杰斯珂祕教，他們總是在月蝕前特別活躍。」

紗芮奈顫抖了一下。這群祕教徒都是些古怪的人，是一群她父親不喜歡打交道的人。不過他語帶保留——似乎，還有其他的東西在煩惱著他。

「還有些別的，對吧？」

「是呀，奈，」她父親承認。「更糟的。」

「什麼？」

「妳知道亞熙奎斯（Ashgress）吧，就是那個菲悠丹大使？」

「嗯，」紗芮奈皺眉著說。「他做了什麼？公開譴責您？」

「不，更糟。」她父親的臉看起來像是有了大麻煩一樣。「他走了。」

「走了？離開國境？在菲悠丹克服萬難把大使送進來之後？」

「是的，奈。」伊凡托王說。「他帶著他所有隨扈，在碼頭上發表了最後一場演說就離開了。留下的只有一種帶有定局意味的討厭氣氛。」

「這不是件好事。」紗芮奈同意。菲悠丹非常重視能有個代表在泰歐德。要是亞熙奎斯離開了，代表他接受了沃恩的個人命令。這看起來像是因為某種原因，他們放棄了泰歐德。

「我很害怕，奈。」這樣的話讓紗芮奈打了個冷顫。她父親可是她所知最堅強的人。

「您不應該這麼說的。」

「只有對妳，奈。」伊凡托王說。「我得讓妳了解現在情況有多嚴重。」

「我知道，」紗芮奈說。「我懂。凱依城這裡也有個樞機主祭。」

她父親喃喃罵了幾個她以前從沒聽過他說過的髒話。

「我想我可以處理他，父親。」紗芮奈快速地說。「我們在互相監視對方。」

「他是哪位？」

「他的名字是拉森。」

她的父親再罵了一次，這次罵得更激烈。「上神在上，紗芮奈！妳知道他是誰嗎？拉森就是那個在杜拉丹崩壞六個月以前，被指派去的樞機主祭。」

「所以我猜您知道他是誰。」

「我要妳立刻離開那裡，紗芮奈。」伊凡托王說。「那個人很危險，妳知道杜拉德的革命中死了多少人嗎？有數萬人死亡啊！」

「我知道，父親。」

「我幫妳送艘船去——我們這裡堅守防線，起碼這裡不歡迎樞機主祭。」

「我沒有要離開的意思，父親。」紗芮奈堅決地說。

「紗芮奈，理性點。」伊凡托王的聲調平緩，卻帶有催促的意味，只要他要紗芮奈答應某些事情的時候，就會帶著這種口氣。他通常能夠稱心如意，因為他是少數幾個知道該怎麼說動她的人。「每個人都知道亞瑞倫的政府是一團糟。而且要是這個樞機主祭能扳倒杜拉德，那他就能對亞瑞倫做一樣的事情。妳不能期望在整個國家都反對妳的時候阻止他。」

「我必須留下來，父親，不管情況如何。」

「妳又不必替他們效忠，紗芮奈？」伊凡托王懇求。「一個妳從未了解的丈夫？一群不效忠妳的人民？」

「我是他們國王的女兒。」

「妳也是這裡國王的女兒。那差別又在哪裡？而且這裡的人民還尊敬妳。」

「他們知道我，父親，但是談到尊敬……」紗芮奈坐回去，開始感覺厭煩。那些久遠的回憶又回來了——那些讓她一開始願意離開故土到一個新國家，拋棄所有她的東西以換取新國家的感受。

「我不懂，呃……」她父親痛苦的聲音傳來。

紗芮奈嘆氣，閉上眼睛。「噢，父親，您從來看不到這些的。您眼中的我是賞心悅目的——您漂亮又聰明的女兒。沒有人膽敢告訴您，他們對我真正的想法是什麼。」

「妳在說什麼？」他盤問著，現在用的是一個國王的口氣。

「父親。」紗芮奈說，「我已經二十五歲了，而且個性直言又善鑽營，經常冒犯到別人。您一定注意過，沒有男人向您提出過娶我的要求。」

她的父親半晌沒有回答。「我有想過。」他最後承認。

「我是國王的老處女女兒，一個沒人想碰的潑婦。」紗芮奈嘗試著讓她的聲音不要聽起來太苦澀，但是失敗了。「男人都在我的背後笑我。沒有人敢帶著浪漫的情懷接觸我，因為大家都知道這只會被他們的同伴嘲笑而已。」

「我以為，妳不把他們任何一個放在眼裡。」

紗芮奈自嘲地笑著。「您愛我，父親。沒有父母想要承認他的女兒沒有吸引力。事實就是如此，沒有男人想要一個聰明的老婆。」

「這不是事實。」她父親很快的反駁。「妳的母親很聰明。」

「您是個例外，父親，這也是您沒發現的原因。一個堅強的女人在這個世界上不被視為優點，即使在我宣稱是大陸上最先進的泰歐德亦然。情況並沒有好多少，父親。他們說他們給了女人更多自由，但是他們還是抱持著自由是他『給』女人的這種想法。

「在泰歐德，我是個未嫁的女兒。在這，亞瑞倫，我是個寡婦，這兩者就有廣大的差別了。不管我有多愛泰歐德，我都得生活在沒有人要我的陰影下。在這裡，至少我可以說服我自己有人要我——即使是因為政治。」

「我可以幫妳找別人。」

「我不這麼想，父親。」紗芮奈邊說邊搖了搖頭，坐進她的椅子裡。「既然現在泰翁（Teorn）有小孩，那我的丈夫就不會登上王位——這也是泰歐德的男人考慮我的唯一原因。沒有一個德瑞熙控制底下的人會考慮和泰歐德人結婚。那就只剩下亞瑞倫了，雖然我的訂婚契約也再次背叛了我。難道我要追尋傳言在泰歐德北方，那座難以穿越的山脈背後的土地嗎？所以別無選擇了，父親。我所能做的只有利用我在這裡的情況。至少我在亞瑞倫這裡可以得到一點尊重，而不必擔心我的行動會不會影響我的『結婚能力』。」

「我懂了。」伊凡托王說。她能夠聽到他聲音中的不悅。

「父親，需要我提醒您不用擔心我嗎？」紗芮奈問。「我們還有更大的問題得處理。」

「我不能不擔心妳，小得分桿。妳是我唯一的女兒。」

紗芮奈搖搖頭，決定要在掉淚之前趕緊換個話題。突然間，紗芮奈後悔破壞她在他心中的美好模樣，開始尋找能夠轉移言談內容的話題。「凱胤叔叔也在凱依城這裡。」

這成功轉移了話題。紗芮奈聽到從侍靈的聯繫中傳來深呼吸的聲音。

「別提起他的名字，奈。」

「但是……」

「不。」

紗芮奈嘆氣。「好吧，那告訴我有關菲悠丹的事情吧。您覺得沃恩在計劃些什麼？」

「這次我真的沒有頭緒。」伊凡托王說，允許話題被帶開。「一定是一些大事。南境和北境的道路都將封閉，不開放給泰歐德商人。我們的大使們也正在消失。我已經打算叫他們回來了。」

「那您的間諜呢？」

「幾乎是以同樣速度在消失。」她的父親說。「我已經超過一個月沒辦法把人送進維爾丁（Velding）了，只有上神知道沃恩跟他那群樞機主祭在密謀些什麼。最近這一陣子，送間諜去菲悠丹就像是叫他們去送死一樣。」

「但是您還是得做。」紗芮奈平靜地說，了解到她父親聲音中的痛苦從何而來。

「我必須。因為我們找到的，也許能夠讓我們拯救幾千個人的性命，雖然這並不會讓它變簡單。我只希望我可以找到去達克霍的人。」

「修道院？」

「對的。」伊凡托王說。「我們知道一些其他的修道院——像是拉斯伯（Rathbore）會訓練刺客、菲悠丹間諜和大多數的普通戰士。達克霍讓我擔心。我聽了一些有關這間修道院的糟糕傳聞，但是我無法想像有任何人，甚至是德瑞熙人，會做出這樣的事情。」

「看起來像是菲悠丹為了戰爭而集中他們嗎？」

「我不知道——看起來不像，但是誰知道呢。沃恩在轉眼間就能送來一支多國的軍隊。唯一的安慰是沃恩可能不知道我們了解這件事情；不幸的是，這也讓我陷入了一個困境。」

「您的意思是？」

她父親的聲音有些遲疑。「要是沃恩對我們發動聖戰，那就是泰歐德的終結之日。我們不能對抗東部國家所結合起來的力量，奈。我不會坐以待斃，看著我的國民被屠殺。」

「您會考慮投降？」紗芮奈問，她覺得自己的聲音裡帶著憤怒與不敢置信的意味。

「一個國王的職責就是保護他的人民。當面臨到歸順或是讓我的人民被毀滅的抉擇時，我想我得選擇投降。」

「您像占杜人一樣沒骨氣。」紗芮奈說。

「占杜人都很聰明。紗芮奈。」她的父親說，聲音愈趨堅定。「他們做了能夠活下來的事情。」

「但這代表了放棄！」

「這代表了做了我們必須做的事情。」伊凡托王說。「我還不會做什麼。只要這兩個國家都還存在，我們就還有希望。不過，要是亞瑞倫沉淪，我就必須投降。我們不能跟整個世界為敵，奈，一粒沙子無法對抗一整片大海。」

「但是……」紗芮奈的聲音拖得很長。她可以了解父親的難處，跟菲悠丹作戰只是徒勞罷了。歸順或是死亡都令人感到作噁，但歸順看起來有理性多了。只不過，一個平靜的聲音在她腦中爭論著這值得一死，要是死亡能夠證明真理比實際的力量更有力。

紗芮奈必須確定她父親永遠不會需要選擇。要是她能夠阻止拉森，那她也許就能夠阻止沃恩，至少……一會兒。

「我一定得留下來，父親。」她宣布。

「我知道，奈。這很危險。」

「我懂。不過要是亞瑞倫崩壞的話，那我可能會選擇一死，而不是看著這一切發生。」

「小心一點，並且看緊樞機主祭。噢，除此之外——要是妳發現沃恩為什麼要把艾敦王的船隻弄沉的話，告訴我。」

「什麼？」紗芮奈震驚地問。

「妳不知道？」

「知道什麼？」紗芮奈質問。

「艾敦王幾乎損失了整個商船艦隊。官方報告顯示這是海盜的傑作，那些德瑞克·碎喉（Dreok Crushthroat）殘存艦隊。不過，我的情報來源認為，沉船事件與菲悠丹有關。」

「所以，是那件事！」

「什麼？」

「四天前我參加了一個宴會。」紗芮奈解釋。「一個僕人送了訊息給國王，不論那是什麼，都著實讓國王非常煩惱。」

「時間上來說是對的。」她父親說。「我自己是兩天前知道的。」

「不過為什麼沃恩要弄沉那些商船呢？」紗芮奈思考著。「除非，**上神慈悲**！要是國王失去了他的收入，他就會陷入失去王位的危險！」

「那些亞瑞倫的貴族頭銜與財富有關的無稽之談是真的？」

「很瘋狂，但也是真的。」紗芮奈說，「如果一個家族不能維持他們的收入，艾敦王就會剝奪他們的稱號。要是他喪失了財富收入的話，這就會毀壞他的執政基礎。拉森可以用其他人取代他——一個願意接受舒．德瑞熙教派的人——連革命都用不上。」

「聽起來很可行。艾敦王創造出如此不穩定的統治架構基礎，根本是自找麻煩。」

「我想應該是泰瑞依吧，」紗芮奈說。「這就是他在舞會上花這麼多錢的緣故——公爵想要證明他經濟實力。要是有一堆菲悠丹金山做他的後盾，我也不會感到非常吃驚。」

「那妳接下來要做什麼？」

「阻止他。」紗芮奈說。「即使這很痛苦，我真的不喜歡艾敦王，父親。」

「不幸的是，拉森早已幫我們選好盟友了。」

紗芮奈點點頭。「他把我放在伊嵐翠人跟艾敦王中間——一個絲毫不令人羨慕的地方。」

「我們必須依照上神賦予的天賦而努力。」

「您聽起來像個教士。」

「因為我最近找到讓我變得虔誠的原因。」

紗芮奈在回答之前想了一會兒，思索他的話，輕拍著自己的臉頰。「一個明智的選擇，父親。要是上神真的想幫我們的話，那就是現在了。泰歐德的毀滅之日，也就是舒．科拉熙教派的毀滅之時。」

「或許只是一時的，」她的父親說。「真理是不會被打敗的，紗芮奈。即使人們偶爾會忘記它。」

⁂

紗芮奈躺在床上，燈已經關了。艾希飄在房間的遠方空中，他的光微微亮著像是牆上的艾希歐符文一樣。

和父親的對話在一小時前結束，不過其中的牽連涉入看起來會荼毒紗芮奈好幾個月。她從未考慮過投降這個選擇，但是現在這看起來不可避免。這樣的想法困擾著她。她知道沃恩不是那種會讓他父親繼續統治的人，即使他改宗皈依；她也知道伊凡托王為了他的人民願意放棄自己的生命。

她想到了自己的生活，以及對泰歐德的複雜情感。那個王國裡有著她最摯愛的事物──父親、哥哥還有母親。森林圍繞著那座港口與首都，泰歐拉斯（Teoras）這座被森林圍繞的港城首都，是另一個非常珍貴的回憶。她還記得雪是怎麼降臨在城市上的──有天早上她起床時發現，窗外的景色都被一層美麗的薄冰所包覆，樹木看起來像是冬日陽光中的一串串寶石。

不過，泰歐德也讓她想起了痛苦和孤單。它代表了和社交界的疏離，還有在男人面前的羞辱。她很早就展現出她的靈活腦筋，話鋒銳利快速，而這兩樣特點都讓她無法接觸其他女性──不是她們全都不聰明，而是她們認為藏到結婚之後再顯露出來才是明智之舉。

不是所有男性都想要一個愚笨的妻子，但是大多數的男性在一個比他們聰明的妻子面前，都不會感到太舒服。當紗芮奈意識到她對自己做了什麼的時候，幾名可能接受她的男人也都結婚了。在絕望之下，她挖出宮廷中男性對她的觀點，倍受羞辱地發現原來他們在背後是如此地取笑她。之後，這變得更糟──而她也只是變得更老。在一塊幾乎所有女人十八歲就已經訂婚的土地上，她是個二十五歲的老女人。一個非常高、瘦長，而且喜愛爭論的老處女。

她的自嘲被一陣噪音打斷。不是從門廊或是窗戶發出來的，似乎是從房間裡發出的。她驚嚇地坐了起來，呼吸一緊，準備逃跑。不過接著她發覺到，聲音不是從房間裡發出，而是從房間旁的牆中所發出。她困惑地皺眉。隔壁沒有任何房間呀；這裡可是王宮的邊緣。她有一扇可以看到整座城市的窗戶。

噪音再也沒有響起過，於是，她決定屏除焦慮，好好地睡上一覺，告訴自己那只是建築物的尋常振動聲而已。

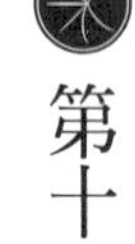

第十八章

狄拉夫走進房門，看起來有些心神不寧。然後，他看見一名伊嵐翠人坐在拉森桌前的椅子上顫抖。拉森露出一個微笑，看著狄拉夫艱難地把空氣嚥入喉嚨，兩眼張大得有如盾牌一般，臉色醬紫有如拉森鎧甲的陰影。「荷魯嘎司賈（Hruggath Ja）！」狄拉夫大叫了一聲，菲悠丹語的詛咒飛快地從他的唇間射出來。

拉森抬起眉毛，並非這樣的咒罵冒犯了他，而是他訝異於狄拉夫的自然流露，這位儀祭已經讓他自己深深地沉浸於菲悠丹文化之中。

「向迪倫（Diren）打聲招呼吧，儀祭。」拉森向那個黑灰色臉龐的伊嵐翠人做了個手勢。「請不要用上主杰德司的聖名來咒罵，這是一項我希望你沒有學到的菲悠丹習俗。」

「一個伊嵐翠人！」

「是的。」拉森說。「說得很好，儀祭。但不行，你可不能在他身上點火。」

拉森靠上椅子。微笑地看著狄拉夫怒視那名伊嵐翠人。拉森召喚狄拉夫來他的房間前，就十分清楚他會採取什麼樣的行動，而這樣的行為實在有些小心眼。然而，卻無法阻止他享受這樣的感覺。

終於，狄拉夫憎恨地瞪了拉森一眼，雖然他迅速地用勉強克制的順從掩飾那樣的表情。「他在這裡做什麼，我的主上？」

「我想我們應該要好好了解我們的敵人，儀祭。」拉森說，站起身並且繞過那位伊嵐翠人。兩位教士理所當然地以菲悠丹語交談。伊嵐翠人的眼中閃著困惑與大量的恐懼。

拉森在那個人的身邊蹲下，研究著落入他掌中的惡魔。「他們全是禿頭嗎，狄拉夫？」他饒富興味地問。

「一開始還不會。」儀祭繃著臉回答。「通常那些科拉熙走狗準備要把他們丟進去時，他們的頭髮還依舊完好。他們的皮膚也比較蒼白灰暗。」

拉森伸手感覺那個人的臉頰，他的皮膚堅韌而且具有皮革的質感。伊嵐翠人緊張地看著他。「這些黑色的斑點就是辨認伊嵐翠人的方法嗎？」

「這是第一項徵兆，主上。」狄拉夫順從地說。要不他已經習慣了伊嵐翠人，不然就是他把自己爆發出來的仇恨轉移成更有耐心的悶燒。「這通常發生在晚上。當受詛咒的人醒來，他或她會全身布滿這些黑暗的污點。皮膚的其他部分則會轉為灰棕色，就像這個傢伙，一點一點轉變。」

「他的皮膚就像是一具做過防腐處理的屍體。」拉森注意到這點。他偶爾會造訪思弗丹的大學，知道他們處理並研究屍體的方法。

「很類似。」狄拉夫小聲地同意。「皮膚不是唯一的徵兆，主上。他們的內部也隨之腐爛。」

「你怎麼知道？」

「他們的心臟不再跳動。」狄拉夫說。「而他們的心智也停止運作。早些年有許多傳聞，那時候他們還沒有全部被關進城市裡面。幾個月內他們就會陷入昏睡，幾乎無法移動，只能哀嘆他們的痛苦。」

「痛苦？」

「因為他們的靈魂被上主杰德司的怒火所焚燒。」狄拉夫說。「他們內在的痛苦會吞噬他們的理智，這就是他們的懲罰。」

拉森點點頭，不再對伊嵐翠人感興趣。

「您不應該觸碰他的，主上。」狄拉夫說。

「我以為你會說上主杰德司會保護他的信徒。」拉森說。「我要害怕些什麼？」

「您把邪惡請入禮拜堂，主上。」

拉森哼了哼。「這座建築沒有什麼神聖之處，狄拉夫。你要知道，在一個國家還不願意接受舒・德瑞熙教派的時候，他們是不會有任何聖地存在的。」

「當然。」狄拉夫的眼神因為某些理由而變得熱切起來。

看著狄拉夫的眼睛讓拉森不太舒服。也許應該要減少這個儀祭與伊嵐翠人共處一室的時間。

「我召喚你過來，是因為我需要你準備傍晚的布道演講。」拉森說。「我沒有辦法親自準備，我想要花點時間來審問這個伊嵐翠人。」

「謹遵您的命令，主上。」狄拉夫一邊說，一邊還是盯著那個伊嵐翠人。

「你可以退下了，儀祭。」拉森堅定地說。

狄拉夫低聲咆哮，然後跑出房間去完成拉森的要求。

拉森轉身面對那個伊嵐翠人。這個生物看起來並不像是狄拉夫所說的「喪失心智」。衛隊隊長把這伊嵐翠人帶來的時候，還提起他的名字，這表示了他會說話。

「你聽得懂我在說什麼嗎？伊嵐翠人。」拉森以艾歐語詢問。

迪倫猶豫了一會兒，接著點點頭。

「有意思。」拉森陷入沉思。

「你想要怎樣？」伊嵐翠人問。

「只是想問你一些問題。」拉森走回他的書桌並且坐下。他繼續好奇地打量著那個生物，在他各種旅程中，都沒有看過這樣的疾病。

「你有……任何食物嗎？」伊嵐翠人問。在他提起「食物」這個字眼的時候，眼神閃過一絲狂野的光芒。

「要是你回答我的問題，我會把你送回伊嵐翠城，還附上一整籃的麵包與起司。」

這句話引起了那個生物的注意，他大力點頭。

如此飢餓，拉森好奇地想。剛剛狄拉夫說什麼來著？沒有心跳？也許這個疾病影響了新陳代謝，讓心臟跳得快速到讓人無法察覺，因此增強了食欲？

「你在被丟進城裡之前，是做什麼？迪倫。」拉森問。

「農夫，大人。我在歐爾（Aor）莊園的農地裡工作。」

「那麼，你變成伊嵐翠人多久了？」

「我在秋天的時候被丟進城裡。」迪倫說。「七個月？還是八個月？我也不確定……」

所以狄拉夫又一次武斷的誤解，伊嵐翠人會在幾個月內「失神」是個錯誤。拉森陷入了沉思，試著想找出這個生物可能會有什麼樣的情報以供他們利用。

「伊嵐翠裡面是什麼樣子？」拉森問。

「這……很可怕，大人。」迪倫低著頭說。「城裡充滿了幫派，如果你走錯地方，他們會追捕你，甚至是獵殺。沒有人願意幫助新來的人，所以要是你不小心，你會走進市場……這樣很不好。然後，現在有一個新幫派，我聽一些街上的伊嵐翠人告訴我的，第四個幫派，比起其他的更強大。」

幫派。這表示有基本程度的社會制度，最低的限度。拉森對自己皺眉。如果幫派像迪倫暗示得那樣粗暴，也許他可以利用他們做為斯弗拉契司的範例，向他的追隨者們解釋。然而，與乖順的迪倫談過話後，拉森開始思考也許他應該要繼續從遠處進行他的譴責。就算只有一些伊嵐翠人像這個男人一樣無害，凱依城的人民仍然會對這種伊嵐翠「魔鬼」感到失望。

隨著審問的進行，拉森了解到迪倫並不知道多少可供利用的消息。這個伊嵐翠人無法解釋霞德祕法的情形——它就在他熟睡的時候發生。他宣稱他是個「死人」，不管那是什麼意思，而他的傷口不再自己痊癒。他甚至把皮膚上的割傷給拉森看，可是傷口已經不再流血，所以拉森懷疑皮膚的傷口在痊癒時沒有好好癒合。

迪倫一點也不明白伊嵐翠人的「魔法」。他宣稱他看過有人在空氣中畫出圖案，但迪倫自己並不知道該怎麼做，但他確實知道自己的飢餓——非常飢餓。他表達過這個情況好幾次，也提了超過兩次他很懼怕那些流氓。

拉森很滿意找出自己想明白的事情——就是伊嵐翠是個殘酷的地方。但殘暴的手段卻是令人失望的一點。拉森派人去把衛隊隊長給找來。

伊嵐翠護城衛隊的隊長諂媚地走進來。他戴著厚手套，並且用一根長柴枝把伊嵐翠人從椅子上戳起來。隊長熱切地從拉森手上接過一袋錢幣，並且承諾會辦妥拉森答應要給迪倫的食物。當隊長要把他的犯人帶離房間時，狄拉夫出現在拉森的門口，失望地看著他的獵物離去。

「全都準備好了嗎？」拉森問。

「是的，主上。」狄拉夫說。「人們已經陸續來到了。」

「很好。」拉森說，離開他的位子，若有所思地交叉著手指。

「什麼事讓您困擾嗎？主上。」

拉森搖搖頭。「我只是在思考傍晚的演講，我想應該是我們進入計畫下一步的時候了。」

「下一步？主上。」

拉森點頭。「我認為我們已經成功地建立對抗伊嵐翠的立場。群眾總是很容易能夠找出他們身邊的魔鬼，只要你給他們適當的助力。」

「是，主上。」

「別忘記，儀祭。」拉森說。「我們的仇恨有一個重點。」

「統合我們的追隨者，就是給他們一個共通的敵人。」

「正確。」拉森將手臂放在書桌上。「但是，我們還有另一個目的，一個有著同等重要性的目標。現在我們給了人們仇視的對象，還需要把伊嵐翠與我們的對手連結起來。」

「舒・科拉熙教派。」狄拉夫帶著一種充滿惡意的笑容說。

「再次答對了。科拉熙教士負責處理那些新的伊嵐翠人，他們代表了這個國家對他們過去神祇展現出來的仁慈。要是我們暗示就是科拉熙的寬容造成那些教士同情惡魔，那麼群眾就會把他們的憎惡轉移到舒・科拉熙教派上。那些教士就會只剩下兩條路，要不接受我們的指控，否則就得加入我們，一起對抗伊嵐翠人。要是他們選擇了前者，那麼群眾就會轉而對付他們；若是他們選擇後者，那麼他們就會受到我們的控制，並且也證明了他們宗教理念的錯誤。接下來，只需要一點小小的難堪，就會讓他們顯得無力也不再重要。」

「這真是太完美了。」狄拉夫說。「但進行得夠快嗎？時間已經剩下不多了。」

拉森看著還在微笑的儀祭。這個人怎麼會知道他的最後期限？不可能……他一定只是在猜測。

「沒問題的。」拉森說。「不可靠的君主與動搖的信仰，人們會期待一個新的領袖。舒・德瑞熙教派就是流沙中恆久不移的巨石。」

「絕妙的比喻，主上。」

拉森說不出狄拉夫到底是不是在嘲笑他的陳述。「我有一項任務要交給你，儀祭。我要你在今晚的布道中做出引導，讓人們轉而對抗舒・科拉熙教派。」

「主上不親自演說嗎？」

「我之後才上場。我的演講提供邏輯性，而你，你的布道比較激烈，他們對舒・科拉熙教派的反感首先必須要發自內心。」

狄拉夫點點頭，低頭鞠躬表示他接受這項命令。拉森揮揮手表示談話已經結束。儀祭退下，並且隨手關上房門。

狄拉夫以他獨特的狂熱大聲疾呼，他站在禮拜堂之外的講台上，因為前來的群眾已經多到禮拜堂所無法容納的程度。溫暖的春夜似乎更促進了這樣的場面，夕陽半明半暗的餘暉與火炬的交錯，巧妙地混合了視線與陰影。

人們癡迷地望著狄拉夫，即使他的談話內容大多只是一再重複。拉森花了好幾個小時準備他的布道講稿，精心地透過反覆陳述來強化他的論點，也同時設計了獨特的創見來刺激人們的熱情。狄拉夫繼續講著，拉森並不在乎他是不是又一次譴責伊嵐翠，或重複那些對於杰德司帝國的讚揚，總之人們都會聽下去。在聽過儀祭一整週的演講之後，拉森學會了無視他的妒羨——至少是大部分的妒羨，取而代之的是驕傲。在他聽著同時，拉森恭喜著自己，儀祭比他想像中的還更有用。狄拉夫照著拉森的指揮進行，先以他平時對伊嵐翠的瘋話開場，然後將話題直接地轉移到對舒．科拉熙教派的全面指控，群眾向他靠攏，任由他們的情緒被操弄。就如同拉森所預期的一樣，他沒有理由要去嫉妒狄拉夫，那個男人的狂熱就像一條河流，由拉森引導著衝向群眾。也許狄拉夫有著未經開發的才能，但拉森才是它背後的主人。

就在他沉浸在自己的想法中時，狄拉夫又嚇了他一跳。講道進行得十分順利，狄拉夫的狂怒灌注在人們身上，讓他們對科拉熙的一切都感到厭惡。但隨著狄拉夫又一次把話題轉回伊嵐翠時，整個態勢又再度轉變。起初拉森並沒有想太多——狄拉夫總是習慣在他的演講中反覆跳躍主題，而且屢勸不改。

「而現在，看哪！」狄拉夫突然命令地大吼。「看著這個斯弗拉契司！看著他的眼睛，從中發掘你們的仇恨！讓杰德司的憤怒在你們的身體中燃燒！」

拉森全身發冷，狄拉夫指著講台的另一邊，一對火炬突然點亮。伊嵐翠人迪倫被綁在一根柱子上，低垂著頭，臉上帶著一道道先前沒有的怵目傷口。

「看著我們的大敵！」狄拉夫尖叫著。「看哪！他不會流血！他們的軀體中沒有血液，他們也沒有心跳。哲人葛倫凱斯特（Grondkest）不是說，你可以由人們同樣流著血來證明他們的平等？但那些沒有血的傢伙，我們該怎麼叫他們？」

「惡魔！」群眾中的一個人大喊。

「妖怪！」

「斯弗拉契司！」狄拉夫尖叫。

接著群眾沸騰，每一個人都對著那可憐的目標大喊咒罵。而那個伊嵐翠人發出原始而瘋狂的嚎叫，彷彿某種野生動物似的。那個人有了一些變化，當拉森和他談話時，那個伊嵐翠人的回答雖然冷淡。卻很清楚明白，但現在他的眼中沒有一絲理智——只有純然的痛苦。那個生物的叫聲甚至可以壓過集會的狂熱傳到拉森的耳中。

「消滅我！」伊嵐翠人哀嚎著。「結束這痛苦！毀滅我！」

那個聲音震得拉森不再恍惚。他立刻明白一件事——那就是狄拉夫不可以公開謀殺這個伊嵐翠人。拉森的心中立刻閃過群眾轉變成暴民的景象，要是他們在集體狂熱之下把那個伊嵐翠人給燒死，那一切就毀了。艾敦王絕對不會忍受公開處決的這種暴行，即使受害者是個伊嵐翠人也不行。這太像是十年前的那場動亂，那個推翻政府的動亂。

拉森站在演講台的另一端，和一群教士站在一塊兒。迫切的群眾不停擠壓著高台，而狄拉夫就站在他們前面，一邊講話一邊揮舞著雙手。

「他們一定要被消滅！」狄拉夫大喊。「他們全部！用神聖的火焰來淨化！」

拉森跳上講台。「他們也必會如此！」他大吼，打斷儀祭的發言。

狄拉夫只停頓了一下。他轉到另一邊，對著拿著火炬的低階教士點點頭。狄拉夫大概以為拉森沒辦法做什麼來阻止這場處刑，起碼他無法阻止這件事，而不會破壞群眾對他的印象。

這次可不行，儀祭。拉森想著。我不會讓你為所欲為。他沒辦法反駁狄拉夫，因為這會讓人看起來像是德瑞熙教士內部的分歧。

不過，他卻可以曲解狄拉夫的言語。這類獨特的演講技巧是拉森的專長之一。

「但是，這又有什麼好處呢？」拉森大喊著，努力地對著尖叫的群眾們說。他們有如波濤般地想往前擠，期待這場血腥的處刑，並且大聲詛咒著伊嵐翠人。

拉森咬緊牙關，推開狄拉夫並且從低階教士的手中一把抓過火炬。拉森聽見狄拉夫低聲地咒罵，但他毫不理會那名儀祭。要是他沒有辦法控制那些群眾，他們將會直接衝過來，親手對付那個伊嵐翠人。

拉森高舉著火把，一次又一次用力揮舞著它，群眾們興奮地大叫，彷彿構成了一種奇怪的旋律。而在每一次的高舉與叫喊之間，他們安靜無聲。

「我再次詢問你們，各位！」拉森在群眾安靜下來，準備下一次高呼時大吼著。「殺死這個生物有什麼好處？」

「那是個魔鬼！」其中一個男子叫喊。

「沒錯！」拉森說。「但他已經受到了懲罰。杰德司已經親自詛咒了這個惡魔。聽聽他垂死的哀嚎！難道我們要這麼做嗎？讓那個生物獲得他想要的死亡？」

拉森緊張地等待著。人群之中有人習慣性地喊出「對！」，其他人則是沉默著。他們顯得迷惘，而繃緊的氣氛開始鬆懈。

「斯弗拉契司是我們的敵人。」拉森帶著更多的控制力說話，他的語調堅定穩重而非激昂熱切。他的言語進一步地安撫了人們。「然而，他們不是我們能去懲罰的對象。這是杰德司的娛樂！我們有著別的任務。

「這個生物，這個魔鬼，就是科拉熙教士讓你們去同情的東西！你難道不好奇為什麼亞瑞倫比起東方諸國來得貧窮嗎？那是因為你們必須忍受科拉熙的愚蠢。這就是為什麼你們無法像占杜或是思弗丹那樣享受富饒與祝福。科拉熙太過軟弱寬容了。也許我們的任務不是去消滅那些生物，但是我們的任務也不是去關心他們！我們絕對不要同情他們，也不可以讓他們繼續住在那個富有而偉大的伊嵐翠城中！」

拉森熄滅了火把，並且招手讓教士也把照著那個可憐伊嵐翠人的火把給熄滅。當那些火炬的光線散去，伊嵐翠人也從人們的視線中消失，群眾重新開始安頓下來。

「要記得。」拉森說。「科拉熙是那些關懷伊嵐翠人的傢伙，即使是現在，他們還是不願意承認伊嵐翠人都是惡魔，科拉熙在害怕如果那座城市重返光榮。但是我們知道得更清楚，我們知道杰德司已經降下祂的詛咒。對那些受天譴的絕沒有同情可言！

「舒．科拉熙教派造成了你們的痛苦，就是因為他們保護並且支持伊嵐翠人。只要科拉熙教士在亞瑞倫繼續他們的行徑，你們就永遠無法擺脫伊嵐翠人的詛咒。所以，我對你們說。去吧！告訴你的朋友你所學會的，並且讓他們遠離那些科拉熙異端！」

群眾沉默無聲。接著他們開始喊叫著贊同，他們的不滿被成功地轉移了。拉森謹慎地看著他們認同的呼喊，終於人們開始慢慢散去，他們復仇般的憎恨大多也隨之消散。拉森鬆了一口氣，看來也不會有什麼對科拉熙教士或教堂的半夜攻擊。狄拉夫的言論太短暫也太快速，沒有造成什麼持續的傷害。拉森成功地避開了一場災難。

拉森轉身，瞪視著狄拉夫。儀祭在拉森獲得控制權之後就離開了講台，現在任性而憤怒地看著他的群眾離去。

他會把他們全轉變成跟他一樣的狂熱份子，拉森心想。但是當時間點過去，他們的熱情就會飛快地燃燒殆盡。他們需要更多，他們需要知識，而不只是歇斯底里的狂怒。

「儀祭。」拉森嚴厲地說，吸引了狄拉夫的注意力。「我們要好好談一談。」

儀祭怒視著拉森，接著點頭。伊嵐翠人依舊哭喊著想要死去。拉森對著其他兩位儀祭揮手。「把這個生物帶去花園見我。」

拉森轉身面對著狄拉夫，向站在德瑞熙禮拜堂大門之後的他略點個頭。狄拉夫遵從指示，開始往花園走去。拉森跟著他，從那名滿臉疑惑的伊嵐翠護城衛隊隊長身旁走過。

「大人？」那個人問。「年輕的教士在我回城前把我攔下。他說您想把那個東西給要回去。我做錯了嗎？」

「沒你的事。」拉森簡短地說。「回到你的崗位上，我們會再討論伊嵐翠人的事情。」

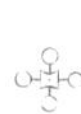

伊嵐翠人似乎非常歡迎那些火焰，儘管它們會造成非常可怕的痛苦。

狄拉夫縮在一旁，熱切地看著雖然那是拉森的手——而非狄拉夫的——丟下那根火把，點燃了滿身燈油的伊嵐翠人。拉森看著那個伊嵐翠人被火焰吞噬，他的哀嚎終於在火焰的咆哮中安靜下來。那個生物的身體看來似乎非常易燃，在火舌的舔舐下太過容易燃燒了。

拉森感到一種背叛迪倫的罪惡感，但是那種情緒是如此可笑。伊嵐翠人也許並非真的惡魔，但他必然是受到杰德司詛咒的生物。拉森一點也沒有虧欠那個伊嵐翠人。

然而，他依舊後悔燒死那個生物。不幸的是，狄拉夫所造成的割傷顯然把那個伊嵐翠人給逼瘋了，在這個情況下把他送回城裡聽也沒有什麼意義了。火焰是唯一的選擇。

拉森看著那個可憐人的眼睛，火焰直接將他完全吞沒。

「杰德司不悅的火焰將會淨化他們。」狄拉夫低語，引述著鐸．德瑞熙經的內容。

「審判的權力只屬於杰德司，而只有祂唯一的僕人——沃恩才能執行判決。」拉森引述了同一本書中別的章節。「你不應該逼我殺死這個生物。」

「這是必然的。」狄拉夫說。「最終所有生物都將屈服於杰德司的意志之下，而祂希望伊嵐翠的一切都被燒毀。我只是跟隨著命運。」

「你差點沒辦法控制你煽動的那些群眾，儀祭。」拉森冷哼一聲。「一場暴動必須要非常謹慎地計劃與執行，否則他們很有可能會不光是對抗他們的敵人，也會對抗我們。」

「我……太過激動了。」狄拉夫說。「但是，殺死一個伊嵐翠人不會讓他們暴動的。」

「你不確定。更何況，艾敦王怎麼辦？」

「他怎麼會反對？」狄拉夫說。「是他下令要把所有逃脫的伊嵐翠人都燒死的。他絕對不會忍受有人支持伊嵐翠。」

「但是他可以翻臉對付我們！」拉森說。「你不應該把那個生物帶來今天的集會。」

「人們有權利看到他們仇恨的對象。」

「人們還沒有準備好。」拉森嚴厲地說。「我們必須要讓他們的仇恨不被定型。要是他們開始搗毀城市，那艾敦王就會禁止我們傳道。」

狄拉夫的眼睛瞇了起來。「您聽起來像是想避免必然會發生的事情，主上。您培養這種仇恨，卻又不願意為它將會造成的死亡負上責任？仇恨與憎惡是沒有辦法『不定型』的，它們需要一個宣洩的管道。」

「但那個宣洩管道將會由我來決定。」拉森冷冰冰地說。「我很清楚我的責任，儀祭。雖然我很懷疑你是否明白。你要告訴我殺死那個伊嵐翠人是杰德司所定下的命運，而你只是跟從杰德司的旨意來迫使我去殺死那個生物——是這樣的嗎？我所引起的暴動中的死亡是我造成的嗎？或這只是神的旨意？你怎麼可能只當一個無辜清白的僕人，而我必須要為這座城市的百姓全權負責？」

狄拉夫激烈地喘息。但是他知道他被擊敗了。他簡短地鞠躬，並且轉身走進禮拜堂。

拉森看著儀祭離去，安靜而憤怒。狄拉夫今晚的行為愚蠢又衝動。他想要打擊拉森的權威嗎？或只是他依著瘋狂的熱情行事？如果是後者，那麼這場差點發生的暴動會是拉森的錯誤。畢竟，是他自以為能把狄拉夫只當成一件有用的道具。

拉森搖搖頭，鬆了一口氣。他今晚擊敗了狄拉夫，但他們之間的緊張在持續增長。他們無法承受公開的衝突爭論，德瑞熙內部不和的流言會嚴重侵蝕他們的信譽。

我必須處理這個儀祭，拉森無奈地下定決心。*狄拉夫已經構成一種不利條件。*

他做出了決定，拉森轉身離開。然而，當他的視線再次落在伊嵐翠人焦黑的殘餘上，他感到一陣恐懼。那個男子欣然赴死的模樣勾起了拉森努力想要忘卻的回憶。那些痛苦、犧牲與死亡的影像。

達克霍的回憶。

他轉身背對著那堆焦黑的骨頭，走進禮拜堂。他今晚還有另一項任務。

侍靈從盒子裡被釋放出來，回應拉森的命令。拉森在心中責備自己，他已經在十天內第二次使用這個生物了。過度依賴侍靈是一種需要被避免的情況。然而，拉森已經想不到第二種方法來達成他的目標。狄拉夫是對的，時間已經非常緊迫。他抵達亞瑞倫已經十四天了，而他先前還花了一整個禮拜在旅途之中。他離最後期限只剩下七十天，而以今晚聚會的人群來看，拉森只影響了一小部分的亞瑞倫。

只有一件事給了他希望，亞瑞倫的貴族都集中在凱依城。遠離艾敦的宮廷根本是政治自殺，國王可以隨意地賜予或剝奪別人的頭銜，而高知名度也是穩固地位的要素之一。沃恩並不在意拉森是否能夠將百姓皈依改宗，只要貴族能夠低頭，整個國家就會被認定為德瑞熙教區的一部分。

所以，拉森還有機會，但他仍需要繼續努力去完成。很重要的一部分依靠著拉森，以及將要召喚的人——傅頓（Forton）。由於他並非要聯絡另一名樞機主祭，於是拉森使用侍靈的時候顯得沒那麼正式。因為沃恩也從來沒有直接禁止他以侍靈聯絡別人，所以拉森也可以把這項行為給合理化。

侍靈迅速地回應著，接著傅頓有著一雙大耳，彷彿老鼠一般的臉龐出現在光芒之中。

「是誰？」他以一種只在哈弗（Horvell）使用的菲悠丹方言粗魯地說。

「是我，傅頓。」

「拉森大人？」傅頓驚訝地問。「大人，可隔了好久啊。」

「我知道，傅頓。我相信你過得不錯。」

男子開心地笑了，但笑聲很快地轉成一陣喘息。傅頓長期以來都被咳嗽的宿疾所困擾，拉森非常清楚這個男人還是擺脫不了他的菸癮。

「當然，我的大人。」傅頓一邊咳嗽一邊回答。「我什麼時候不好過？」傅頓是個對自己人生非常滿意的人，而咳嗽的宿疾也是因為他對吸菸的愛好所致。「我該如何為您效勞呢？」

「我需要你的一種藥劑，傅頓。」拉森說。

「當然，當然。什麼用途的呢？」

拉森微笑，傅頓是個古今罕見的天才，這也是為什麼拉森可以忍受他的怪癖。這個男子不光是擁有侍靈，還是個獻身於祕教（一種杰斯珂教派在鄉下地區的危險分支）的信徒。雖然官方上哈弗也屬於德瑞熙宗教圈的一分子，但是他們原始而人煙罕至的偏遠地區很難監督管理。許多農民雖然虔誠地信奉舒・德瑞熙教派，但也同樣熱心地參加他們那些午夜的祕教儀式。傅頓在自己的鎮上就是個祕教信徒，雖然他在和拉森交談時，總是裝出一副德瑞熙正統派的模樣。

拉森說明了他的需求，而傅頓重複了一次。雖然傅頓用藥成癮，但是他非常擅於調製藥水、毒物與鍊金術藥劑。拉森沒有看過席克藍大陸上有誰比得上傅頓的技藝。也是靠著他，拉森才從被政敵毒害中撿回一條命，而那種慢性毒素原本是沒有解藥可言的。

「這沒有問題，大人。」傅頓以他厚重口音的方言回答拉森。即使長年與那些哈弗人（Horven）交涉，他還是聽不太懂這些方言。他甚至很懷疑那裡的人並不知道菲悠丹其實是說純正、正確的菲悠丹語。

「很好。」拉森說。

「是，只需把我已有的兩種藥劑混合就行了。」傅頓說。「您想要多少劑呢？」

「起碼需要兩劑。我會以標準價格付款給你。」

「我真正的報酬是知道我侍奉了上主杰德司。」男子虔誠地說。

拉森忍住發笑的衝動，他很清楚祕教在哈弗人心中的地位。那是一種令人不悅的信仰，好幾十種不同宗教的融合，並且加上一些異常的行徑（譬如說獻祭典禮與富饒儀式）好讓它擁有神祕的魅力。不過哈弗的事情可以改天再說。那裡的人民懂得依沃恩的命令行事，而且政治上對於菲悠丹而言無足輕重，當然，他們的靈魂有著嚴重的危險——杰德司並非以對無知者寬大而著稱。

改天，拉森對自己說。改天。

「大人打算什麼時候要這些藥劑？」男子問。

「這就是問題了，傅頓。我現在就要。」

「您在哪裡呢？」

「亞瑞倫。」拉森說。

「喔，很好。」傅頓說。「大人終於打算讓那些異教徒皈依改宗了。」

「是。」拉森帶著輕蔑的微笑回答。「我們德瑞熙已經忍耐亞瑞倫太久了。」

「嗯，閣下選上一個不能更遠的地方呢。」傅頓說。「就算我今晚完成那些藥劑，然後在早上將它送出去，這起碼也要兩週之後才會送抵您的手中。」

拉森痛苦地皺起眉頭，但是似乎沒有別的選擇了。「那就這樣吧，傅頓。我會補償讓你如此趕工。」

「一個杰德司的忠實追隨者，會為祂的帝國赴湯蹈火在所不辭，大人。」

很好，起碼他很清楚他的德瑞熙教條，拉森聳肩地想。

「還有別的吩咐嗎？大人。」傅頓問，伴隨著輕微的咳嗽。

「沒有，去工作吧，然後盡可能地快點把藥劑送來。」

「是，大人。我會立刻開始。有任何需要都可以隨時向我祈禱。」

拉森皺起眉頭，不過隨即忘記這樣一點小小的言詞錯誤。也許傅頓對德瑞熙教條還沒有那麼熟練。傅頓並不知道拉森擁有一個侍靈，他只是單純的以為一位樞機主祭可以透過向杰德司祈禱，杰德司就可以將他的言語透過侍靈來傳達。彷彿上主杰德司是某種郵政系統似的。

「晚安，傅頓。」拉森說，忍著聲音中的不悅。傅頓是個藥癮中毒者、異教徒和偽君子，但他依舊是個重要的資源。拉森很久以前就認為，如果杰德司會允許祂的樞機主祭使用侍靈，那祂一定也會允許他利用傅頓這樣的人。

畢竟，杰德司創造了所有人類，包括那些異教徒。

第十九章

伊嵐翠城散發著奪目的光芒，每一塊石頭都在發亮，彷彿有火焰蘊藏其中。破裂的圓頂修補完好，光滑有如蛋殼的表面在地平線上隆起；細長的尖塔延展至天空有如灑下的光柱。城牆不再是道圍籬，大門永恆地敞開，不再因為保護而存在，而是象徵著團結。城牆是每座城市的一部分，少了這樣的城牆，伊嵐翠也將不再完整。

而在這些美麗與榮光之中的是伊嵐翠人，他們的身體彷彿這座城市一般地散發著內蘊的光芒，皮膚反映出光亮的銀白色，那不是金屬的銀色，而是……純淨之銀。頭髮白亮，但不是因為年邁衰老而出現的灰白或棕黃，是鋼鐵在高熱下所呈現出來最熾烈的白色，一種毫無雜質的純色，強大而集中的白色。

他們的舉止儀態也是同樣的耀眼，穿梭在城市中的伊嵐翠人散發著一種掌控一切的氛圍。即使最矮的男性也顯得高大而英挺，最平凡的女性也有著令人無法挑剔的美貌。他們態度從容不迫，閒適地遊移，從不疾行，用一貫的笑容向所有人打招呼。但是力量潛藏在他們之中，從他們的眼中，以及他們的舉手投足之間散發出來。一點都不難理解為什麼這樣的生物被敬若神明。

同樣無法忽略的是符文。覆蓋著整座城市的古老文字，鐫刻在牆壁之上，彩繪在門扉之間，也同樣地當成文字書寫。大部分的符文沒有生命，只是單純的符號字母，並不具有神奇的魔力。但某些符文卻明顯地蘊含著能量。散布在城中的巨大金屬碟上，刻著艾歐．泰亞（Aon Tia），三不五時就會有個伊嵐翠人將他或她的手臂伸入文字的中心，隨即那名伊嵐翠人的身體就會開始發光，接著整個人消失在一團閃光中，最後人就會被傳送到城市的另一個區域中。

在光輝之中站著凱依城居民的一個小家庭，他們的衣著豪華細緻，談吐優雅而文明，然而他們的皮膚卻不會發光。城市中還有著其他的普通人，雖然不如伊嵐翠人眾多，但依舊數量不少。這樣已令其中的男孩感到安慰不少，讓他覺得比較熟悉。

父親緊緊地抱著他年幼的兒子，懷疑地四處觀望。並非所有人都崇拜伊嵐翠人，有些人就是比較多疑。男孩的母親用手指牢牢地緊扣著丈夫的手；雖然在凱依城居住了超過十年，但她從沒進過伊嵐翠城。不像男孩的父親，她的緊張多過猜疑。她擔心兒子的傷勢，和每個兒子瀕死的母親一樣憂慮萬分。

突然間，男孩感到腳上的痛苦，劇烈得令人暈眩，因為他斷裂的大腿骨傷口已經開始化膿。他從高處摔下來，大腿因為猛力的撞擊而碎裂，骨頭插出皮膚之外，露出白色的骨片。

他父親請來了最好的醫生進行手術，但他們還是無法阻止感染。碎成十幾片的腿骨已經盡可能地拼回原樣，但即使沒有感染，這個男孩下半輩子也必定得當個跛子。然而在感染之後……截肢就變成唯一的選擇。私底下，醫生們還擔心這個辦法也已經來不及，斷裂的傷處太高，化膿與感染可能已經蔓延到身軀。孩子的父親要求知道真相，明白他的兒子命在旦夕。於是他來到伊嵐翠城，儘管他這一生都不相信那些神祇。

他們把男孩抱到一間有著圓頂的建築物，當門無聲無息地滑開的時候，男孩差點忘了自己腳上的疼痛。他的父親在門口突然停下，彷彿在重新思考自己的行為，但男孩的母親卻堅持地拉著丈夫的手臂。最後他父親點頭，低下頭進入那棟建築。

光線來自於牆壁上發光的符文，一個女子走上前，她的白髮長而豐厚，銀色的臉龐帶著鼓勵的微笑。她無視他父親的不信任，雙眼洋溢著同情，從他父親遲疑的手上接過男孩。她小心地把男孩放在一張軟墊上，接著伸手在他頭上揮舞著，她纖細修長的手指在空中舞動。

那個伊嵐翠人緩慢地移動她的手指，而空氣中開始發光，一道光芒的軌跡自她的指尖流瀉，劃開了空氣，線條散發著一種深沉而強有力的光芒，彷彿一條光線構成的河流在狹小的灣口奔流。男孩可以感受到那種力量，他可以感覺到力量好像正呼喊著要掙脫，然而卻只有一點能允許被釋放出來。但那一點點就足以散發出讓他無法逼視的光亮。

女子謹慎地移動，完成艾歐．埃恩（Aon Ien），但不只是艾歐．埃恩，它更為複雜。它的核心類似於治療的符文，但還有著十幾條線與弧線在圖案之中。男孩的額頭因為思考而起皺，他從家庭教師那裡學過符文，那個女子如此劇烈地更動符文似乎十分奇怪。

那個美麗的伊嵐翠人完成了她複雜圖案的最後一筆，接著符文散發出更強烈的光芒。男孩感到一種灼燒從腳上一路蔓延到胸口。他開始喊叫，但光芒突然消失。男孩驚訝地睜開雙眼，而艾歐．埃恩的痕跡依舊印在他的視線中。他眩目地望下看，傷口已經消失了，甚至連一條疤也沒有留下。

但他還是可以感覺到那疼痛灼燒著他、撕裂著他，讓他的靈魂為之顫抖。痛苦應該要消失，但是卻沒有。

「現在好好休息吧，小傢伙。」那個伊嵐翠人以一種溫暖的語氣說，並且把他按回軟墊上。

他的母親開心地流下眼淚，甚至連他父親都看來心滿意足。男孩想要對他們喊叫，告訴他們有些事情不對勁。他的腿沒有被治好，疼痛依舊存在。

不！事情不對！他掙扎地想要說話，但他辦不到。他沒辦法說話……

「不！」瑞歐汀大喊，坐起身來。一時之間他因為不適應黑暗而視線模糊，最後他深呼吸了一口氣，用手抱住頭。痛楚還在，甚至強烈到足以影響他的夢境。他現在已有十幾處小傷口和瘀傷，即便他才來到伊嵐翠三個禮拜。他可以清晰地感受到每一處傷口，而它們集中成一種強烈的痛楚從額頭打擊著他的理智。

瑞歐汀呻吟著，向前傾並且抓住他的腳對抗著痛苦。他的身體已經不會再流汗，但他可以感覺到身體在一陣陣地發抖。他咬緊牙關免得叫出聲來，忍耐著有如潮水般湧來的痛楚。緩慢而艱苦地，一點點重新獲得控制。他摒除了疼痛，安撫著他自己的身體，直到他可以放開他的腳，並且站起身來。

狀況愈來愈糟，他知道不應該這麼嚴重。他也知道痛苦的出現應該是平穩的，起碼別人都是這麼說，但他的疼痛卻像是波浪般地忽強忽弱。它永遠在那邊，等著在他最脆弱的一刻撲倒他。

嘆了口氣，瑞歐汀推開他的房門。他還是對於伊嵐翠人需要睡眠而感到奇怪。他們的心臟不再跳動，他們也不再需要呼吸，那為什麼他們還需要睡覺？其他人並沒有辦法給他答案。真正了解內情的人早在十年前就已經死光了。

所以，瑞歐汀只好睡覺，而睡眠帶來夢境。跌斷大腿的那年，他才八歲。他父親不情願地帶著他進城裡——災罰之前的伊嵐翠城。艾敦王一直對伊嵐翠多所猜忌，瑞歐汀的母親卻很堅持一定要來；她已在十二年前去世。

孩提時的瑞歐汀並不知道自己離死亡有多近，他感覺到痛楚，還有移除痛楚後的喜悅與自由。他也記得這座城市與居民的美。艾敦王在他們離去之後說了很多嚴厲的批評，而瑞歐汀強烈地反駁他的父親，從此之後這類的爭執愈來愈多。

當瑞歐汀走進禮拜堂，沙歐林離開原本駐守瑞歐汀房外的崗位，跟在他的身後。經過上週之後，這個士兵召集了一批志願者，組成一班守衛。

「你知道你的關注總是讓我受寵若驚，沙歐林。」瑞歐汀說。「但這真的必要嗎？」

「一位貴族領主需要一位忠實的守衛，靈性大人。」沙歐林說。「讓您獨自一人實在很不適當。」

「我不是個領主，沙歐林。」瑞歐汀說。「我只是個領導者，在伊嵐翠裡沒有貴族階級。」

「我了解，大人。」沙歐林點頭回答，顯然看不出這兩者有何矛盾之處。「但這座城市依舊是個危險的地方。」

「隨你吧，沙歐林。」瑞歐汀說。「耕種的情況如何？」

「迦拉旦已經完成了犁田。」沙歐林回答。「他也組成了耕種隊。」

「我不應該睡那麼久的。」沙歐汀說，從禮拜堂的窗外看出去，注意到太陽的高度。他離開建築物，沙歐林緊跟在後，走在通往花園的潔淨石板路上。卡哈和他的組員已經把這些石子路給清乾淨了，而達哈（Dahad）（塔安的一個手下）則利用他的技藝修補了那些圓石子路。

耕種進行得十分順利，迦拉旦謹慎地監督整個過程，他板著臉，迅速地指出每個錯誤之處，但這杜拉德人卻顯得十分平靜。許多人成為農夫是因為別無選擇，但迦拉旦似乎真心喜歡這樣的勞動。

瑞歐汀對第一天的情況還記得很清楚，當他拿一小塊肉乾引誘迦拉旦的時候，他朋友的痛苦差點無法控制，而在最初的日子中，瑞歐汀被那個杜拉德人嚇到好幾次。如今這一切也不復見。瑞歐汀可以看見迦拉旦眼中所呈現的光芒，他像卡哈一樣找到了解脫的「祕密」。迦拉旦再次獲得控制，現在瑞歐汀唯一要擔心的，就是他自己。

他的理論比他預期的效果還要更好，但只對其他人有用。他帶給那幾十個跟隨者平靜與生活的目標，但他卻無法對自己做一樣的事。痛苦依舊使他煎熬，在每天早晨他醒來的時候，威脅著要摧毀他的理智，並且在他清醒的每一刻蠢蠢欲動。他比每一個人都更有目標，同時也是最期待伊嵐翠能成功的人，他每天充實度日，幾乎沒有空檔來感覺他的痛苦，但沒有一樣有效，痛楚持續地累積。

「大人，當心！」沙歐林大喊。

瑞歐汀跳起來，轉向一個袒胸咆哮的伊嵐翠人，從暗巷中對他衝刺過來。當那個狂人拿著一根鏽蝕的鐵棒朝瑞歐汀的臉揮來時，瑞歐汀差點來不及退後。那個野獸般的人突然停下來，面對新出現的敵人；他的動作太慢，沙歐林熟練的劍術已經在那個瘋子的腹部添上猛烈一刺。沙歐林知道這樣的一擊還無法阻止一個伊嵐翠人，他反手大力一揮，讓那個人的頭顱與他的身體分家。沒有濺出一點血跡。屍體倒在地上，沙歐林執劍向瑞歐汀行禮，給他一個露出大牙縫的笑容。接著，他轉身看見一整群瘋子從街道的另一頭朝他們衝了過來。

瑞歐汀在震驚之下蹣跚後退。「沙歐林，不要！他們人數太多了！」

所幸，沙歐林的手下聽到了先前的騷動。沒多久，已經有五個守衛（沙歐林、戴希和其他三個士兵）現身抵抗他們的攻擊。他們有效率地列隊作戰，擋住敵人通往花園的通道，像是熟練士兵般地協力戰鬥。

夏歐的手下人數眾多，但他們的狂暴不是有效率的軍隊的對手，他們攻擊分散，而狂熱讓他們顯得愚蠢而遲鈍。沒多久戰鬥就結束了，僅剩的幾名攻擊者連忙退走。

沙歐林熟練地清理他的劍刃，接著轉身面對其他人。他們動作劃一地對瑞歐汀行禮。

整場戰鬥快得幾乎讓瑞歐汀無法反應。「幹得好。」他終於定下心說。

他身邊傳來一聲咕噥，迦拉旦蹲在一旁檢視著被斬首的第一個攻擊者。「他們一定是聽說我們在這裡種玉米。」杜拉德人抱怨著。「可憐的混蛋。」

瑞歐汀嚴肅地點頭。除了最先倒下的那個瘋子之外，還有四個人也躺在地上，布滿了早已超過常人所能承受的巨大傷口，如今他們只能痛苦地哀嚎著。

瑞歐汀感到一陣熟悉的刺痛，他知道那種痛苦的感覺。

「不能這樣繼續下去。」他低聲地說。

「我不知道你要怎麼阻止，穌雷。」迦拉旦回答。「這些人是夏歐的手下，而連他都不太能控制他們。」

瑞歐汀搖搖頭。「我不是為了讓他們彼此廝殺才拯救伊嵐翠的人民。我也不打算建立一個充滿死亡的社會。夏歐的手下也許忘了他們其實是人，但我可沒有。」

迦拉旦蹙著眉。「卡菈塔和安登他們還有點可能性，夏歐又是另外一回事了，穌雷。這些人已經失去了人性，你沒辦法和他們講道理。」

「那我就把他們的理智和人性找回來。」瑞歐汀說。

「怎麼做？穌雷，你非要這麼做嗎？」

「我會找到辦法的。」

瑞歐汀在那個死去的瘋子身邊蹲下，他心裡有種感覺告訴他認得這個人，而且就是不久之前。瑞歐汀並不確定，這個人似乎是塔安的一個手下，瑞歐汀在戴希與他們對峙的時候見過一面。

所以這是真的，瑞歐汀一邊想，他的胃一邊餓得打結。塔安的許多手下都加入了瑞歐汀，但很大一部分卻沒有。傳言說他們全都跑去伊嵐翠的市場區，加入夏歐的狂人集團。這並非不可能，這個人既然願意跟隨明顯不太正常的安登，那夏歐的幫派也相差不太遠。

「靈性大人？」沙歐林遲疑地問。「我們該怎麼處理他們？」

瑞歐汀同情地看著地上的人。「他們現在對我們沒有危險了，把他們和其他人放在一起吧。」

⁂

在他成功地併吞安登的幫派之後，他的手下人數急速擴張，於是瑞歐汀做了一件他早就想做的事。

他開始把倒下的伊嵐翠人全都集中起來。

他把他們從街道和水溝中找出來，並且在坍塌或依舊屹立的建築物中尋找，試著找到所有男人、女人和小孩，把那些放棄抵抗痛苦的人們集中起來。他下令把他們全部安置在卡哈清理出來的第二棟建築物中，一個原本打算當成開會地點的空曠建築。霍依德依舊受苦，但起碼他們能有一點基本的尊嚴。

而且他們也不再是一個人受苦，瑞歐汀也請他的手下不時去看照那些霍依德。那裡總是有一兩個伊嵐翠人在照顧他們，和他們說說話，安慰他們，或者盡可能地讓他們在環境上舒適一點。這樣並沒有特別幫助，也沒多少人能夠忍受長時間看著霍依德，但瑞歐汀讓自己相信這樣會有所幫助。他依自己的良心行事，至少每天造訪一次頹者之廳。而就他看來他們有所好轉，霍依德依舊呻吟、哀嚎，或是茫然地睜著眼，但痛苦的聲音卻小了一些。那間大廳不久前還充滿了令人害怕的哭嚎與回音，而現在只是有著低聲呻吟與絕望的地方

瑞歐汀嚴肅地和他們一起行動，幫忙背著其中一個瘋狂的頹者。他們帶走了四個人，他下令把第五個人（被沙歐林砍下頭的那個人）給埋起來。大多數的人都認為，一個伊嵐翠人只有被完全砍下頭的情況下才會死亡，起碼他們的眼睛不再轉動，嘴唇也不會再試著發出聲音——頭顱完全與身體分開的話。

當他在霍依德中行走時，瑞歐汀聽著他們低聲的呢喃。

「多美啊，以前多美麗啊……」

「生命，生命，生命，生命，生命……」

「噢，上神，您在哪裡？這何時才會結束？噢，上神……」

他通常拒絕一直聆聽那些話語，免得自己被那些話給逼瘋，或者更糟——喚醒他自己身體上的那些痛苦。埃恩也在那裡，在那些視線模糊的人身旁飄浮或在那些倒下的身體之間飄盪。侍靈常常會在房間中待上很久，而且十分詭異地適合。

他們抛下留下這群陰沉的人離開，靜靜地思索自己的事情。一直到瑞歐汀注意到沙歐林袍子上的裂口才開口。「你受傷了！」他吃驚地說。

「這沒什麼，大人。」沙歐林淡然地說。

「這樣的謙遜在外頭是件好事，沙歐林，但在這裡不是。你一定要接受我的道歉。」

「大人。」沙歐林認真地說。「成為一個伊嵐翠人，只會讓我對自己的傷痕更驕傲。我是因為保護我的人民而受傷。」

瑞歐汀痛苦地把視線轉回頹者之廳。「只是會讓你離得更近……」

「不，大人，我不這麼認為。那些人放棄抵抗痛苦是因為他們沒有目標。他們的折磨是沒有意義的，當你在生命找不到找到一個理由，你才會想要放棄。傷口雖然會痛，但每一次抽痛都會讓我想起獲得它時的榮耀。這不是件壞事，我是這麼想的。」

瑞歐汀尊敬地看著那個老戰士。要是在外頭，他也許已經要退休除役了。在伊嵐翠，在霞德祕法的平等原則之下，他和其他人看來幾乎一樣。雖無法從外表中看出年齡，但卻可以從智慧中判斷出來。

「你的話很有道理，我的朋友。」瑞歐汀說。「我以謙遜之心接受你的犧牲。」

交談被石板路上的響亮腳步聲所打斷。卡菈塔一下子出現在視線中，她的腳上全是禮拜堂區域外的爛泥。卡哈一定會氣壞，她忘了要先清一清腳底，現在還把爛泥帶到乾淨的地板上。

此時的卡菈塔顯然並不在意那些爛泥，她迅速地打量這一群人，確定沒有一個人不在。「我聽說夏歐跑來攻擊，有任何傷亡嗎？」

「五個，全都是他們的人。」瑞歐汀說。

她咒罵一聲。「我應該待在這裡的。」過去幾天，這個充滿決心的女人四處監督，並把她的手下遷移到禮拜堂區域來，她同意一個統一中心的集團將會更有效率，而禮拜堂區域比較乾淨。奇怪的是，她從來沒有過清理王宮的想法。對大多數的伊嵐翠人而言，爛泥巴早就是生活中可以忍受的一部分。

「妳有更重要的事情得處理。」瑞歐汀說。「妳不可能預料到夏歐會攻擊我們。」

卡菈塔並不喜歡這個答案，不過她並沒有進一步地抱怨。

「看看他，穌雷。」迦拉旦說，在他身邊微笑。「我從來沒有想過會有這種可能性。」

瑞歐汀抬起頭，順著杜拉德人的視線。塔安蹲在路旁，仔細地檢查矮牆上的雕刻，就像是個孩子般好奇。這個半蹲半跪的前男爵，花了一整個禮拜在替禮拜堂區的每個雕刻、雕像或浮雕編號造冊。照他的說法，他已經發現了「起碼有一打以上的新技術」。塔安的改變十分顯著，他突然間對領導完全失去了興趣。卡菈塔在團體中依舊保持著相當的影響力，她接受瑞歐汀的意見做為最終的定論，但依舊保有她大部分的權力。而塔安，根本懶得下達任何命令，只忙著四處研究。

他那些願意加入瑞歐汀的手下似乎不太在意。塔安預測，大約有三成的人加入了瑞歐汀的團體——陸陸續續地以小團體的方式加入。瑞歐汀希望其他人能夠獨立生活，而不是近七成的人去加入夏歐，這令他非常困擾。瑞歐汀擁有卡菈塔所有的成員，但她的幫派一直以來都是最小的一個，雖然亦是最有效率的。而夏歐的手下一直都是最多的，不過他的成員缺乏凝聚力，也沒有攻擊其他幫派的動機。那些偶爾的新人滿足了夏歐手下過剩的嗜血欲望。

再也不會發生了。瑞歐汀不願意和那些瘋子妥協，不允許他們傷害那些無辜的新來者。現在卡菈塔和沙歐林接收了每一個被丟進城裡的新人，讓他們安全地加入瑞歐汀的集團。截至目前為止，夏歐的手下對此反應很不好，而瑞歐汀擔心這個情況只會繼續惡化。

我必須想個辦法，他想。然而這不是眼下最重要的問題，他現在有別的事情必須要先研究。

當他們抵達禮拜堂，迦拉旦回去繼續他的耕種，沙歐林的手下則是解散開來繼續巡邏，而卡菈塔則決定（儘管她先前抱怨連連）回到王宮去。很快地就只剩下瑞歐汀和沙歐林兩個人。

在經過戰鬥和起床太晚之後，幾乎半天的光陰已經過去了。瑞歐汀堅定地繼續他的研讀，當迦拉旦繼續耕耘，卡菈塔疏散著王宮的居民時，瑞歐汀賦予自己的任務就是盡力地解讀艾歐鐸的奧祕。他愈來愈肯定這古老的魔法文字蘊藏著伊嵐翠衰落的祕密。

他伸手穿入禮拜堂的一扇窗戶，拿出那本放在桌上厚重的艾歐鐸典籍，目前為止進展非常有限，還不如他自己的努力來得幫助更大。這不是一本教學手冊，而是一連串的案例研究，關於艾歐鐸的奇怪或特殊事件。不幸的是，它實在過於艱深，書中的絕大部分只會列出不應該發生的案例，於是瑞歐汀只好反向去解讀艾歐鐸的原理邏輯。

眼前的成果很少，唯一可以肯定的是，符文只是開始的端點。一個人可以畫出基本的圖樣來造成效果，就像是他夢中治療符文的延伸，進階的艾歐鐸是以畫出中心符文，並且添加其他的線條與圖點為主，那些額外的線條和圖點是用來集中或擴大力量的焦點。舉例而言，透過謹慎的繪製，一個醫療者可以指定哪一條腿要被治療，並以什麼樣的方式治療，也包括該如何治癒那些感染。

瑞歐汀讀得愈多，他愈不認為符文只是一些神祕的符號，它更像是數學公式。大部分的伊嵐翠人都能夠繪製符文，這只需要一隻穩定的手和對文字的基本知識；但艾歐鐸的大師卻能夠迅速而精準地畫出數十種對中心符文的變化與調整。不幸的是，這本書早就認定讀者具備高深的艾歐鐸專業知識，於是跳過大多數的基本原則，少數的幾個圖例則是複雜到要是不配合內文，瑞歐汀連中心符文都辨認不出來。

「要是它肯解釋『引導鐸（Dor）』是什麼意思就好了！」瑞歐汀生氣地說，他反覆地閱讀一段特別惱人的文章，而其中一再地使用這個句子。

「鐸？穌雷。」迦拉旦問，耕種到一半轉頭問。「聽起來有點像是個杜拉德名詞。」

瑞歐汀身體一直。書中使用的這個文字表達「鐸」是一個不常見的字眼，甚至不是個符文，只是單純的一種語音表達。彷彿這個字是從別的語言中翻譯過來的。

「迦拉旦，你是對的！」瑞歐汀說。「這根本不是艾歐語。」

「當然不是，它也不是符文，它只有一個母音。」

「這真是個簡單的邏輯，我的朋友。」

「雖然簡單，但卻是正確的，可了？」

「對，我也這麼認為。」瑞歐汀說。「不過這還不重要，問題是鐸。你知道它是什麼意思嗎？」

「嗯，如果是同一個字的話，就表示某種與杰斯珂有關的事物。」

「要是祕教會怎麼解釋這個？」瑞歐汀猜疑地問。

「杜洛肯啊，穌雷！」迦拉旦咒罵。「我跟你說過多少次，杰斯珂和祕教是不一樣的東西！歐沛倫大陸上說的『杰斯珂祕教』與杜拉德宗教毫無關係，就像是他們與舒．克賽教派一樣沒有關連。」

「了解了解。」瑞歐汀說，舉起他的手。「跟我講講鐸是什麼吧。」

「這很難解釋，穌雷。」迦拉旦說，靠在他用木棍與石頭做出來的克難鋤頭上。「鐸是一種看不見的力量，存在於萬物之中，但是卻摸不到。它什麼也不影響，卻又控制所有的事物。為什麼河水會流動？」

「因為水會往下動，就像是其他東西一樣。冰雪在山上融化，需要一個地方去。」

「正確。」迦拉旦說。「另一個問題，那麼讓水想要流動的力量又是什麼？」

「我不知道它會『想要』力量來流動。」

「它需要，而鐸就是流動的力量。」迦拉旦說。「杰斯珂告訴我們，只有人類擁有無視鐸的能力（或是詛咒）。你知道就算你把雛鳥帶離牠的父母，牠還是能學會飛嗎？」

瑞歐汀聳肩。

「牠怎麼學會的？穌雷，誰教牠飛？」

「鐸？」瑞歐汀遲疑地說。

「沒錯。」

瑞歐汀露出微笑，這個解釋聽來太過具有宗教意味而沒有用處，但他想到他的夢境，那個很久以前發生的記憶。當那個伊嵐翠醫者繪出她的符文時，空氣隨著她的手指發出一種類似撕裂的聲音。瑞歐汀還記得那種存在裂隙後的渾沌力量，那巨大的力量想要穿透符文靠近他。那是一種想要征服他、擊倒他，最後想讓他融為一體的力量。然而，那個醫者謹慎地建構符文，將那種力量塑造侷限成一種有用的模式，讓這股力量治療了瑞歐汀而非毀滅他。

那股力量，不管那是什麼，都是真實的。就隱藏在他自己繪出的符文之後，雖然衰弱許多。「一定是它……迦拉旦，這就是為什麼我們還活著！」

「你在胡說些什麼啊？穌雷。」迦拉旦停下手邊的工作，寬容地看著他。

「這就是為什麼我們繼續活著，即使我們的身體已經不再運作！」瑞歐汀興奮地說。「你還不明白嗎？我們不吃不喝，但我們卻有能量可以繼續行動。在伊嵐翠人與鐸之間必定有所連結，是鐸在供給我們的身體，提供我們繼續生存下去的能量。」

「那為什麼不給我們足夠的能量，讓我們的心臟繼續跳動，讓我們皮膚不會變成灰色？」迦拉旦懷疑地問。

「因為，它自己也不夠了。」瑞歐汀說。「艾歐鐸不再運作，原本充斥在整座城市中的能量現在減弱成一條涓細的流水。但重要的是，它並沒有消失。我們還是可以畫出符文，即使它們變弱也沒有作用。就像是我們的心智依舊活動，即使我們的身體早已放棄。我只需要找到方法，讓它可以回復原有的能量。」

「噢，這就是結論？」迦拉旦問。「你的意思是，我們要去修復原本損壞的？」

「我猜應該是。」瑞歐汀說。「重要的是，我們明白了自己與鐸之間的連結。迦拉旦，不只是這樣，這片土地也一定與鐸有某些連結。」

迦拉旦皺著眉頭。「你為什麼這麼說？」

「因為艾歐鐸是在亞瑞倫發展出來的，而別的地方沒有。」瑞歐汀說。「文獻上記載，一個人要是離伊嵐翠愈遠，艾歐鐸的力量就愈衰弱。更何況只有在亞瑞倫的人才會被霞德祕法所選中。它也許會選擇泰歐德人，但也只有他住在亞瑞倫時才會發生。噢，偶爾也是會選中杜拉德人。」

「我沒注意到。」

「在這片土地，亞瑞倫人和鐸之間必定有所連結，迦拉旦。」瑞歐汀說。「我從沒聽說菲悠丹人被霞德祕法選中，不管他住在亞瑞倫多久。杜拉德人本來就是混血民族，一半是占杜，一半是艾歐。你的農場在杜拉丹的那裡？」

迦拉旦繼續皺著眉頭。「在北部，穌雷。」

「和亞瑞倫接壤的區域。」瑞歐汀得意洋洋地說。「這件事情和土地有關，還有我們艾歐人的血脈。」

迦拉旦聳聳肩。「聽起來還蠻合理的，穌雷。但我只是個普通的農夫，我怎麼會懂這些事？」

瑞歐汀哼了哼，並沒有對此回應。「但是為什麼呢？關連是什麼？也許菲悠丹人是對的，也許亞瑞倫真的被詛咒了。」

「別假設了，穌雷。」迦拉旦繼續他的工作。「就經驗論而言，我看不出這樣下去有什麼好處。」

「好吧，只要你告訴我，一個單純的農夫從哪裡學會『經驗論』這種字眼，我就停止推論。」

迦拉旦沒有回答，但瑞歐汀覺得他聽見杜拉德人悶聲地偷笑。

第二十章

「讓我瞧瞧我是不是了解妳，親愛的王妃。」艾汗說著抬起他豐滿的手指。「妳要我們去幫助艾敦王？多愚蠢啊，我以為我們不喜歡他。」

「我們是不喜歡。」紗芮奈同意。「在財政上協助國王與我們個人的情感並無關係。」

「我怕我得同意艾汗，王妃。」偌艾歐張開手說。「為什麼要突然改變？現在幫助國王又有什麼益處呢？」

紗芮奈不悅地咬緊牙齒，但她卻注意到老公爵的眼光一閃。他知道。據聞公爵掌握了一個幾乎和多數國王一樣龐大的間諜網，他知道拉森在打什麼算盤。他的問題並不是要激怒她，而是提供她一個解釋的機會。紗芮奈緩緩地吸氣，感謝公爵的老練與圓滑。

「有人把國王的船給弄沉。」紗芮奈說。「常識確認了我父親間諜的情報。不可能是德瑞克．碎喉的艦隊弄沉的，他十五年前試圖奪取泰歐德王位時，大部分的船隻早就已經毀了，剩下的船隻也早已失蹤。沉船一定是沃恩搞的鬼。」

「好吧，我們接受這種說法。」艾汗說。

「菲悠丹也在提供泰瑞依公爵經濟援助。」紗芮奈繼續。

「妳沒辦法證明這件事情，王妃殿下。」依翁德指出這點。

「的確，我沒辦法。」紗芮奈承認，在他們的椅子間踱步，地上遍布著柔軟的新春綠草。他們終於決定在凱依城的科拉熙禮拜堂進行他們的會面，所以這裡也沒有桌子讓她可以繞圈圈。紗芮奈在會議一開始的時候還坐在位子上，後來終於忍不住站了起來。紗芮奈發覺她自己站著的時候比較容易和別人講話——這是她緊張時的習慣，她很清楚這一點，也知道她的身高給了她一種權威感。

「不過，我卻有個合乎邏輯的推斷。」她說。依翁德向來對「邏輯」這個字眼反應良好。「我們都出席了泰瑞依上週的宴會，他在那場宴會上花的錢比任何人一年賺得還要多。」

「奢侈鋪張一直都是財富的象徵。」蘇登說。「我看過一個跟農夫一樣窮的人還舉辦煙火秀，好在破滅之前維持他虛假的安全感。」蘇登的話沒錯，與會的另一人，伊甸男爵，正如蘇登所形容。

紗芮奈皺眉。「我做了一些調查，上週我有不少空閒時間，因為你們沒有人願意進行聚會，無視事情的急迫性。」在這句話之後。沒有一位貴族敢和她視線相交。最後她還是把他們集合起來，但不幸地，凱胤和路凱因為預先訂下的約會而無法出席。「不管如何，有謠言說泰瑞依的帳戶過去兩週急速膨脹，而他在菲悠丹的船運事業不管運什麼都有驚人獲利，從高價的香料到牛糞，每一樣都賺錢。」

「但事實上公爵還是沒有向舒．德瑞熙教派效忠。」依翁德指出這一點。「他依舊虔誠地參加科拉熙聚會。」

紗芮奈用手指敲打著自己的臉頰，一副思索的模樣。「要是泰瑞依公開地加入菲悠丹，他的收入就會引起別人的懷疑。拉森這麼奸詐狡猾，沒那麼容易摸透。菲悠丹就是夠聰明才和公爵分開行事，讓泰瑞依看起來像是個虔誠的保守派。即使拉森最近在傳道上頗有進展，但讓傳統科拉熙教徒來推翻王位，仍比由德瑞熙教徒來得容易。」

「他會奪取王位，然後實現與沃恩的協議。」偌艾歐同意。

「這也是為什麼我要確保艾敦王能夠盡快地重建他的財政狀況。」紗芮奈說。「這個國家快要乾涸了，泰瑞依很有可能會在下一個會計期賺的錢比艾敦王還多，甚至包含稅收。我並不認為國王會退位，但要是泰瑞依起事，我怕其他的貴族也會跟隨他。」

「你喜歡這樣嗎，伊甸？」艾汗問，對著焦慮的男爵一陣大笑。「幾個月後失去頭銜的人可能不只你而已，老艾敦可能也會加入你呢。」

「請你高抬貴手，艾汗伯爵。」紗芮奈說。「我們的責任就是別讓這件事情發生。」

「妳要我們怎麼做？」伊甸緊張地問。「送禮物給國王？我沒有任何多餘的錢了。」

「我們也都沒有，伊甸。」艾汗回答，把手放在他肥滿的肚子上。「要是它是『多餘』的，它才不會這麼有價值呢，對吧？」

「妳知道他的意思，艾汗。」偌艾歐責怪地說。「我也不認為王妃心中想的是禮物。」

「事實上，我期待你們的建議，諸位紳士。」紗芮奈攤開手說。「我是個政治家，不是個商人。在賺錢這件事情上，我得承認我很外行。」

「禮物是沒有用的。」蘇登摸著下巴思考地說。「國王是個驕傲的人，他透過汗水、工作與詭計來賺取他的財富。就算是為了保住他的王位，他也絕對不會接受施捨。更何況，商人總是對禮物起疑。」

「我們可以告訴他事實。」紗芮奈建議。「也許這樣他會接受我們的幫助。」

「他不會相信我們的。」偌艾歐搖了搖他老邁的頭顱。「國王是個刻板的人，紗芮奈。比我們敬愛的依翁德大人還要更古板。將軍還必須要抽象地去猜測他的敵人，但是艾敦王……我很懷疑他一生中有過任何抽象的想法。國王只接受事情表面的模樣，特別是那些他認為事情該有的樣子。」

「這也是為什麼紗芮奈女士能以缺乏智慧的外表愚弄陛下。」蘇登同意。「他認為女人是愚蠢的，而她的表現正如他的預期，於是他隨意打發她，無視她的行為其實太過誇張。」

紗芮奈決定不要反駁。

「海盜是艾敦王了解的事情。」偌艾歐說。「他們在航海的世界中很合理，換個方法說，每個商人也都覺得自己是海盜。然而，政府卻不一樣，在國王的眼中，一個國家把裝滿貴重貨物的船隻給弄沉是不合理的。國王絕對不會去攻擊商人，不管戰爭有多麼緊迫。就他所知，亞瑞倫和菲悠丹是良好的盟友，是他首先允許德瑞熙教士進入凱依城，他讓樞機主祭拉森能夠自由地和每一個貴族見面。我非常懷疑我們能夠讓國王相信沃恩打算要推翻他。」

「我們可以從菲悠丹著手。」依翁德建議。「讓沉船看起來就像是沃恩幹的。」

「這太花時間了，依翁德。」艾汗說，搖著他巨大的下巴。「更何況，艾敦王沒剩下多少船隻。我不認為他會冒險再次前往同樣的海域。」

紗芮奈點點頭。「而且我們也很難把事情與沃恩扯上關係。他也許在利用思弗丹的船隻在執行他的任務。菲悠丹本身幾乎沒有海軍。」

「德瑞克．碎喉是思弗丹人嗎？」依翁德皺起眉頭問。

「我聽說他是菲悠丹人。」艾汗說。

「不。」偌艾歐接著說。「我想他應該是艾歐人，對吧？」

「不重要。」紗芮奈不耐煩地回答，她試圖讓會議維持在正題上，同時在肥沃的花園地上來回踱步。「艾汗大人說國王不願意再次冒險航行於同樣的海域，但他的船隻總得往某個地方航行。」

艾汗同意地點頭。「他承受不起現在停止買賣，春季一直都是最好的貿易季節。人們痛恨一整個冬天都和單調的顏色及更單調的親戚關在同一間屋子裡，一旦積雪融化，他們就會打算揮霍一下，慶祝春天的來臨。高價的彩色絲綢在這個時節賣得最好了，而這也是艾敦王最好的商品之一。

「這次的沉船事件真是個災難，艾敦王不光只是損失了他的船隻，他還損失了那些絲綢原本可以獲得的利潤，更別說其他的貨物了。許多商人在這個季節中，光為了購買囤積他們知道最終一定賣得出去的貨物，就差點要讓自己破產。」

「陛下太過貪心了。」蘇登說。「他的船隻愈買愈多，並且盡他財力可能地裝滿絲綢。」

「我們全都很貪心，蘇登。」艾汗說。「別忘了，你的家族靠著安排占杜的香料貿易路線而致富。你們甚至不運送任何貨物，光靠著建立貿易商路和向使用的商人收費來賺錢。」

「讓我修正一下我的詞語，艾汗大人。」蘇登說。「國王讓他的貪婪蒙蔽了他的智慧。每個良好的商人都應該要有面對災難的準備。絕對不要一次運送你無法負擔其損失的貨物。」

「說得沒錯。」艾汗點頭同意。

「總之，」紗芮奈說。「要是國王只沒剩下幾艘船隻，他必須要找一些穩定的獲利。」

「『穩定的』不是個適當的詞彙，親愛的。」艾汗說。「『驚人的』比較好。艾敦王需要一個奇蹟來彌補這場小災難。而且要趕在泰瑞依對他做出無可挽回的羞辱之前。」

「要是他能和泰歐德建立貿易協定呢？」紗芮奈問。「一個利潤非常高的絲綢交易合約？」

「也許，」艾汗聳聳肩。「這很聰明。」

「但是卻不可能。」偌艾歐公爵說。

「為什麼？」紗芮奈問。「泰歐德支付得起。」

「因為——」公爵解釋。「艾敦王絕對不會接受這樣的合約，他是個太過老練的商人，以至於不會接受這種太過超現實的交易。」

「我也同意。」蘇登說。「國王不反對從泰歐德身上狠狠賺一筆，但前提是他要覺得是他騙倒了你。」

其他人也對蘇登的說法點頭贊同。儘管這個占杜人是所有人中最年輕的一位，蘇登很快就證明他和偌艾歐同樣的精明——也許更精明也不一定，如此才能混合了他因誠實而獲得的良好名聲，替他換來了超越年齡的尊敬。只有真正的強者才能將正直與精明這兩樣特質，巧妙地融合在一起。

「這件事情我們得多思考一下。」偌艾歐說。「但不能太久。我們必須趕在結算日之前解決這個問題，否則我們就得應付泰瑞依而非艾敦王了。雖然我的老朋友也並非善類，但我想泰瑞依絕對只會更糟，尤其是菲悠丹人真的在暗中支援他的話。」

「關於莊園田地的事情，每個人都照我說的去做嗎？」紗芮奈詢問那些準備要起身離開的貴族。

「這並不容易。」艾汗說。「我手下的監工和低階貴族全都非常反對這個主意。」

「但你並不反對。」

「沒錯。」艾汗說。

「我也一樣。」偌艾歐說。

「我沒有選擇。」伊甸咕噥著。

蘇登和依翁德則是對她安靜地點點頭。

「我們上週開始耕種。」伊甸說。「要多久之後我們才能看出成果？」

「順利的話，應該能在未來兩個月內見效，這是為了你好，大人。」紗芮奈說。

「這樣的時間剛好夠來評估今年莊稼的收穫情況。」蘇登說。

「我還是不明白這和人們認為自己自由與否有什麼關係。」艾汗說。

「我們還是播下同樣的種子，收成應該也是一樣的。」

「你會很驚訝的，大人。」紗芮奈保證。

「我們可以走了嗎？」伊甸問。他還是對於紗芮奈主持會議這件事情有點不愉快。

「最後一個問題，大人們。我正在考慮我的寡婦試煉，想聽取各位的看法。」

男人們因為這個話題而變得有些不安，心神不寧地看著彼此。

「噢，別這樣。」紗芮奈不悅地皺著眉頭。「你們都是大人了，只有小孩子才會怕伊嵐翠。」

「這在亞瑞倫是個不可輕忽的話題，紗芮奈。」蘇登說。

「嗯，起碼拉森看來並不擔心這件事。」她說。「你們全都知道他接下來打算要做什麼。」

偌艾歐點頭。「他打算讓伊嵐翠和舒．科拉熙教派畫上等號——試著引導人們開始與科拉熙教士對抗。」

「要是我們不去阻止他，那麼他可能就會成功。」紗芮奈說。「而這需要你們克服你們的神經質，還有停止假裝伊嵐翠並不存在。那座城市是樞機主祭計畫中最重要的一部分。」

這些人對彼此露出理解的眼神。他們認為她對樞機主祭的計畫放了太多心思，而他們認為艾敦王的政府才是主要的問題，宗教也不像是什麼實質的威脅——他們並不清楚，在菲悠丹，宗教與戰爭幾乎是同一件事。

「你們必須要信任我，諸位大人。」紗芮奈說。「拉森的盤算很重要。你們說國王看事情很具體，而這個拉森剛好相反。他觀察每一件事情背後的潛力，而他的目標就是將亞瑞倫變為菲悠丹的另一個屬國。要是他利用伊嵐翠來對抗我們，我們就必須要有所反應。」

「要是那個矮小的科拉熙教士也同意拉森的言論就好了。」艾汗建議。「讓他們站在同一陣線，這樣雙方都不能用那座城市斥責對方。」

「歐敏不會這麼做的，大人。」紗芮奈搖搖頭說。「他對伊嵐翠人沒有任何敵意，他絕對不會同意把伊嵐翠人貼上惡魔的標籤。」

「難道他沒辦法……」艾汗說。

「上神慈悲，艾汗。」偌艾歐說。「你從來沒有參加過那個人的布道會嗎？他絕對不會這麼做的。」

「我去過。」艾汗憤恨不平地說。「我只是覺得他也許會願意替他的國家服務，我們可以補償他的。」

「不，大人。」紗芮奈堅持地說。「歐敏是個神職人員，而且是個善良真誠的神職人員。對他來說，真相不是一個可以交易或是買賣的東西。我怕我們沒有什麼選擇。我們必須站在伊嵐翠這一邊。」

好幾張臉龐，包括依翁德與伊甸都因為這句話而變得慘白。

「這也許不是個如此簡單的提議，紗芮奈。」偌艾歐警告地說。「妳也許認為我們幼稚，但在座的四個人已經是亞瑞倫中最有智慧以及最思想開放的人了。妳要是覺得他們對伊嵐翠感到不安，那麼妳會發現亞瑞倫其他的人們只會更加不安。」

「我們得改變這個現況，大人。」紗芮奈說。「我的寡婦試煉就是我們的機會。我要提供食物給伊嵐翠人。」

這次她成功地獲得了蘇登與偌艾歐的反應。「我沒聽錯吧？親愛的。」艾汗用顫抖的聲音問。「妳要進入伊嵐翠城？」

「是的。」紗芮奈說。

「我需要喝點什麼。」艾汗一邊說一邊開酒瓶的塞子。

「國王絕對不會容許這種事情。」伊甸說。「他甚至不讓伊嵐翠的護城衛隊進去裡面。」

「他是對的。」蘇登同意。「妳無法通過大門的，殿下。」

「讓我來說服國王。」紗芮奈說。

「妳的謊言這次行不通的，紗芮奈。」偌艾歐警告。「再多的裝瘋賣傻也不會讓國王允許妳進入那座城市。」

「我會想別的辦法。」紗芮奈試著讓她的話語更加篤定。「你不需要擔心這件事，大人。我只需要你們的承諾，說你們會幫助我。」

「幫助妳？」艾汗躊躇地問。

「幫我在伊嵐翠中發放食物。」紗芮奈說。

艾汗的眼睛凸了出來。「幫助妳？」他重複。「在那裡頭？」

「我的目標是消除那座城市的神祕感。」她說。「要達到這個目標，我必須得說服那些貴族願意重新涉足伊嵐翠，讓他們知道伊嵐翠人沒什麼好怕的。」

「要是我的話聽來反對意味濃厚，我先道歉。」依翁德開口。「但紗芮奈女士，要是伊嵐翠人真的很危險呢？要是拉森他們說的全都是真的呢？」

紗芮奈思索了一下。「我不認為他們是危險的，依翁德大人。我看過那座城市與其中的居民。伊嵐翠沒有值得害怕的——除了那些人被如此殘酷地對待。我也不相信那些關於怪物或伊嵐翠人同類相食的傳聞。我只看見一群普通人被錯誤地對待與評斷。」

依翁德看起來並沒有被說服，其他人似乎也一樣。

「我會先進去證實這件事情。」紗芮奈說。「我希望諸位大人能夠在之後幾天加入我。」

「為什麼是我們？」伊甸呻吟。

「因為我必須要找個開始。要是諸位大人能勇敢地面對這座城市，那麼其他拒絕的人就會顯得很愚蠢。貴族有著一種集體意識，要是我能立下一個指標，那麼我也許能夠拉攏到大多數的成員。接著他們就會發現伊嵐翠中並沒有什麼可怕之處——有的只是一群飢餓的可憐人。我們可以靠著一項簡單的真相就打敗拉森。當一個人因為你送食物給他而感激涕零，你就很難視這個人為惡魔。」

「總之，這些都不重要。」伊甸的手因為想到要進入伊嵐翠而抽動著。「國王絕對不會允許她進去的。」

「要是他同意了呢？」紗芮奈迅速地問。「那麼你會去嗎？伊甸。」

男爵驚訝地睜大了眼，發覺他被逮到了話柄。她等著他的答覆，但他頑固地拒絕回答。

「我會。」蘇登宣布。

紗芮奈對占杜人露出微笑。這是他第二次率先支持她。

「要是蘇登願意這麼做。那麼我們其他人還拒絕就顯得太丟臉了。」偌艾歐說。「想辦法獲得許可吧，紗芮奈。接著我們再做進一步的討論。」

⁂

「也許我有點太樂觀了。」紗芮奈站在艾敦王的書房門外承認。兩名守衛就站在不遠之處，猜疑地看著她。

「您真的明白自己在做什麼嗎？小姐？」艾希問。整個會議的過程，侍靈都飄浮在教堂的牆外——

剛好聽得見他們談話的距離，確保沒有人在竊聽這個會議。

紗芮奈搖搖頭，她在面對艾汗和其他人時表現得十分勇敢，但她現在了解到那樣的勇敢似乎有些不適當。該如何讓艾敦王允許她進入伊嵐翠，她一點主意也沒有，更別說是讓國王接受他們的幫助。

「你和父親談過了嗎？」她問。

「談過了，小姐。」艾希回答。「他說無論您要求什麼程度的財務援助，他都會幫忙。」

「好吧。」紗芮奈說。「我們進去吧。」她深吸了一口氣，接著走向門口的守衛。「我想和我的父親說話。」

守衛看了彼此一眼。「呃，我們被要求不能……」

「家族成員不在限制之內，士兵。」紗芮奈堅持地說。「要是王后來要和她的丈夫說話，你們也要把她趕走嗎？」

守衛困惑地皺著眉頭，伊瑄也許從不曾過來。紗芮奈早就注意到這位王后試著和艾敦王保持一定的距離。即使再愚蠢的女性也討厭別人當面這麼形容她們。

「打開門就對了，士兵。」紗芮奈說。「如果國王不願意和我交談，他會自己趕我出來。下次你就會知道別讓我進去了。」

守衛遲疑了一陣子，接著紗芮奈就直接走到了房門與守衛之間。這些守衛很顯然地沒有應付過如此強勢的女性——尤其還是王室成員——只好讓她進去。

艾敦王從書桌前抬起頭，鼻梁末端上掛著一副她從沒見過的眼鏡。他迅速地拿下眼鏡，然後站起身，兩手碰地用力拍在桌上，打亂了桌上成堆的票單。

「妳在公開場合惹惱我還不滿意？現在還要跟進我的書房？」他高聲斥問。「要是我知道妳是個多蠢笨的女孩，我絕對不會簽下那紙合約。滾出去，女人。讓我專心工作！」

「讓我告訴您，父親。」紗芮奈坦率地說。「我要假裝成一個聰明人，一個足以應付正式會談的人，就像您假裝的一樣。」

艾敦的眼睛睜得老大，臉龐漲得通紅。「上神咒罵妳！」他破口大罵，這樣惡毒的詛咒，紗芮奈只聽過兩次。「妳耍我，女人。光是因為妳愚弄我，我就可以把妳斬首示眾。」

「要是您把自己孩子的頭砍下來，父親，人們會出現許多疑問與流言。」她仔細地觀察他的反應，希望能捕捉到一些關於瑞歐汀失蹤的線索，但可惜似乎沒有成效。艾敦王只是生氣地忽略這句話。

「我應該立刻把妳送回去給伊凡托王。」他說

「很好，我是很樂意離開。」她空口白話。「不過，要是我離開了，您恐怕就會失去一個與泰歐德簽訂貿易協定的機會。這大概會是個問題，尤其是考慮到您最近在菲悠丹的絲綢買賣似乎不太順利。」

艾敦王咬牙切齒地聽著這句話。

「小心點，小姐。」艾希低聲地說。「別讓他太生氣，男人通常把自尊放在理性之前。」

紗芮奈點點頭。「我可以提供您一個解決之道，父親。我是來向您獻上一個提議。」

「我有什麼理由要接受妳的任何提議，女人？」他冷哼。「妳來到此地三週了，而我現在卻發現妳從頭到尾都在欺騙我。」

「您會相信我的，父親。因為您在海盜手上喪失了百分之七十五的艦隊。要是您忽視我的話，沒幾個月後，您可能就會失去您的王位。」

艾敦王因為她的話忍不住露出驚訝之色。「妳怎麼會知道這些事？」

「所有人都知道，父親。」紗芮奈輕描淡寫地說。「整個宮廷都在流傳，他們希望您在下一個稅季大大地挫敗。」

「我知道！」艾敦雙眼圓睜。他的額頭開始冒汗，並且咒罵著那些廷臣，抱怨他們打算任由他失去王位。

紗芮奈驚訝地眨了眨眼，她隨口提起那句話只是想讓艾敦王分心，絲毫沒有預料到那麼強烈的反

應。他嚇壞了，她這才明白。為什麼先前都沒有人注意到？然而艾敦王如此迅速地恢復鎮定，洩漏出了一個訊息——他雖然驚恐，卻掩飾得很好。她這樣刺激他的情緒，一定降低了他對自己的控制力。

「妳有個提議？」國王問。

「是的。」紗芮奈說。「絲綢在泰歐德現在正是好價錢，父親。要是可以把絲綢賣給國王，一定能夠獲得很高的利潤。更何況，考慮一下我們彼此的親屬關係，您說不定還可以要求我父親，給您在他國家內的專賣權呢。」

艾敦王變得多疑了起來，他的怒火因為這個交易而冷靜了下來。然而，他內在的商人習性立刻嗅出了問題。紗芮奈挫敗地咬著牙，就像別人告訴過她的。艾敦王絕對不會接受她的提議，這個交易太像是詐欺了。

「很有趣的提案。」他坦承。「但我想我……」

「當然，我要求有所回報。」紗芮奈開口打斷他。經過飛快地思索之後，她接下去說：「在我安排您和我父親之間的交易時，我得收點手續費。」

艾敦停頓了一下。「哦？什麼樣的手續費？」他小心翼翼地問。交易和單純的餽贈就有所不同了——它可以被衡量、評估，在討價還價之後被信任。

「我想要進入伊嵐翠。」紗芮奈宣布。

「什麼?!」

「我得要進行寡婦試煉。」紗芮奈說。「所以，我打算要帶食物去給那些伊嵐翠人。」

「妳這麼做的動機是什麼？女人。」

「宗教上的因素，父親。」紗芮奈說。「舒·科拉熙教派教導我們要幫助最低層的人民，我懷疑您能找得出比伊嵐翠更低層的可憐人。」

「這完全沒得討論。」艾敦王說。「進入伊嵐翠是違反法律的。」

「一條您訂下的法律，父親。」紗芮奈一針見血地說。「所以，您當然可以做出一個例外，請您謹慎地思考——您的財富與您的王位，可以靠著您的答案一次全部挽回。」

艾敦王思考這交易時的磨牙聲清晰可聞。「妳想要帶著食物進入伊嵐翠？要多久？」

「直到我確信我身為瑞歐汀王子之妻的責任已經完成。」紗芮奈說。

「妳一個人進去？」

「任何打算陪伴我的人都可以一起進去。」

艾敦王冷哼一聲。「妳恐怕找不到人願意這麼做。」

「這是我的問題，不勞您費心。」

「先是那些菲悠丹惡魔想把我的人民改造成暴民，現在妳也要來湊熱鬧。」國王含糊地抱怨著。

「不，父親。」紗芮奈訂正他。「我要的剛好相反，混亂只會讓沃恩得利。信不信由您，但我唯一的目標就是亞瑞倫的安穩和平。」

艾敦王繼續想了一會兒。「一次最多不能超過十個人，不包括守衛。」他最後說。「我可不希望有什麼朝聖團跑進伊嵐翠。妳可以在正午前的一小時進去，然後在午後一小時出來。沒有例外。」

「成交。」紗芮奈同意。「您可以使用我的侍靈聯絡我父親，討論交易的細節。」

「我必須承認，小姐，這是頗聰明的一招。」艾希在她走回房間的路上說。

紗芮奈在艾敦王與伊凡托王討論時依舊留在旁邊，居中斡旋兩人的交易。她父親的聲音坦然自若，但強烈帶著一種「我希望妳知道妳在做什麼，奈」的語氣。伊凡托是個慷慨善良的國王，但他實在是個非常糟糕的生意人，他有著一整個艦隊的會計師來管理王室財政。艾敦王一發現她父親在財務上的弱點，就像掠食者一樣凶猛地撲上前，得靠著紗芮奈在身邊，才沒有讓艾敦王來勢洶洶的貿易索求吸乾泰歐德的年度稅收。即便如此，艾敦王仍然說服他們以四倍的價格購買他的絲綢。當紗芮奈離去的時候，國王整個散發著光彩，像是完全忘記她曾經欺騙過他。

「聰明？」紗芮奈故做無辜貌地回應艾希的話。「我嗎？」

侍靈上下飄動，咯咯地輕笑。「有哪個人是您沒辦法操控的嗎？小姐？」

「我父親。」紗芮奈說。「你知道他通常在五次裡有三次可以贏過我。」

「他也這麼說您唷，小姐。」艾希說。

紗芮奈微笑，推開她的房門準備上床睡覺。「其實真的沒那麼難，艾希。我們早該了解我們的問題，其實是彼此的解決方法，一邊是沒有陷阱的提議，另一個是沒有甜頭的要求。」

艾希在房間中飄動的時候，發出了滋滋聲，表達對混亂房間的不滿。

「什麼？」紗芮奈一邊問，一邊解開繫在手臂上的黑色緞帶，這是她仍在哀悼中的唯一證明。

「房間又一次沒有打掃乾淨，小姐。」艾希解釋。

「我又沒有把房間弄得很亂。」紗芮奈有點不滿地說。

「沒錯，殿下是位愛好整潔的女士。」艾希同意。「然而，宮廷中的女侍似乎太過懶散。一位王妃應該要獲得更好的尊重，要是您任由她們忽視她們的工作，要不了多久，她們就不會再尊重您。」

「我想你看得太認真了，艾希。」紗芮奈搖搖頭說，脫下她的衣服準備換上睡袍。「我應該才是那個多疑的人，記得嗎？」

「這是僕人的事情，不是主人的。小姐。」艾希說。「您是一位聰明的女性和一位優秀的政治家，但您犯下你們階級常見的錯誤——您忽視僕人的意見。」

「艾希！」紗芮奈反對說。「我總是以尊重和寬容對待我父親的僕役。」

「也許我應該調整我的說法，小姐。」艾希說。「是，您也許沒有那些刻薄的偏見。然而，您卻不在意那些僕人的想法，那些人的思考邏輯和貴族並不一樣。」

紗芮奈穿上了睡袍和睡帽，不願意露出任何脾氣或任性的模樣。「我總是要試著公平。」

「是，小姐。但您從小就是個貴族，被培養成忽視那些在您身旁工作的人。我只是想提醒您，要是那些女僕對您不夠尊重，造成的損害跟貴族這麼做是同等的。」

「好吧，」紗芮奈嘆了一口氣說。「說得有道理。幫我叫梅拉（Meala）過來，我會問問她是不是發生了什麼事情。」

「是，小姐。」

艾希飄向窗戶，但在他離去之前，紗芮奈又講了一句話。

「艾希？」她問。「人們都愛瑞歐汀，對吧？」

「每個人都這麼說，小姐。他留心每一個人的意見與需要，於是人人都愛戴他。」

「他比我這個王妃更稱職，對吧？」她的聲音顯得有些低落。

「我不會這麼說，小姐。」艾希說。「您是一位心地仁慈的女性，您也總是善待您的女侍。別拿自己和瑞歐汀王子比，您並不是隨時準備要經營一個國家，您在人民之中的受歡迎程度也不會是一項政治議題。瑞歐汀王子是王位繼承人，了解臣民的想法對他來說很重要。」

「他們說，他給了人們希望。」紗芮奈陷入沉思。「農民忍受艾敦王的苛政，是因為他們知道有一天瑞歐汀會登上王位。要是王子沒有與百姓同在、鼓勵他們和幫助她們，這個國家早在好幾年前就會崩解了。」

「如今他不在了。」艾希低聲說。

「是呀，他走了。」紗芮奈同意，聲音有些零落。「我們得加快腳步，艾希。我依舊覺得我沒有幫上一點忙，不管我怎麼做，這個國家都將大禍臨頭。就好像我站在山腳下，而無數的巨大石塊朝我飛奔滾落，然後我丟著石子想要把它們打偏。」

「堅強點，小姐。」艾希以他穩重而莊嚴的聲音說。「你們的神不會坐視亞瑞倫和泰歐德在沃恩的腳跟下粉碎的。」

「我多希望王子也在看。」紗芮奈說。「他會以我為傲嗎？艾希。」

「一定十分驕傲，小姐。」

「我只是希望他們接納我。」她明瞭自己聽起來有多天真。她花了三十年中的精華時光去愛一個國家，不在意它是否回報她的愛。泰歐德人尊敬她，但她開始對尊敬感到厭倦。她希望能從亞瑞倫獲得一些別的情感。

「他們會的，小姐。」艾希保證。「給他們時間，他們會的。」

「謝謝你，艾希。」紗芮奈安靜地嘆息。「謝謝你忍受一個笨女孩的連篇抱怨。」

「當我們面對國王和教士的時候，可以裝得很堅強。」艾希說。「但是生活中充滿了擔憂與不確定，要是一直悶在心裡，這些情緒會毀了您，讓一個人僵硬得感受不到任何情緒。」

接著侍靈穿過窗戶，去尋找女侍梅拉。

當梅拉抵達的時候，紗芮奈已經讓自己冷靜下來。她沒有眼淚，只是陷入沉思。有時候這實在對她來說太過沉重，她的不安只是單純地爆發。而艾希與她父親總會在這時候支持著她。

「噢，天哪。」梅拉看著房間說。她的身子細瘦也不年輕，並非是紗芮奈剛進王宮時所期待的女侍。梅拉比較像是她父親的會計師而非她的女僕長。

「我很抱歉，女士。」梅拉道歉，對紗芮奈露出一個蒼白的微笑。「我根本沒想到，今天下午我們又失去了一個女孩，而我沒有發現您的房間是屬於她的職責。」

「『失去』，梅拉？」紗芮奈關心地問。

「是逃跑，女士。」梅拉解釋。「她們不應該離開的，我們和農民一樣是訂下契約。因為某些理由，我們不太容易讓女僕留在王宮之中。上神才知道為什麼——這個國家中沒有僕人過得比在王宮更好了。」

「妳失去了多少人？」紗芮奈好奇地問。

「她是今年的第四個。」梅拉說。「我會立刻派一個人過來。」

「不，今晚就別麻煩了。只要向我保證這不會再次發生。」

「當然，女士。」梅拉屈膝回答。

「謝謝妳。」

⁂

「又是這個！」紗芮奈興奮地說，從她的床上跳起來。艾希立刻發出強烈的光芒，猶豫地在牆邊徘徊。「小姐？」

「安靜。」紗芮奈命令，把她的耳朵靠上窗邊的石牆，聽著摩擦的聲音。「你覺得怎樣？」

「我覺得小姐今晚晚餐時吃壞東西了。」艾希簡短地回答。

「那裡一定有個聲音。」紗芮奈無視艾希的嘲弄。儘管艾希總是在她起床之前就已經醒了，他並不喜歡在睡著時被打擾。

她伸手從床頭櫃上抓起一小片羊皮紙，她懶得去拿筆和墨水，就用小塊的木炭做了記號。

「看。」她宣布，把紙片拿給艾希。「有固定的週期。」

艾希飄起來看著紙片，他發著光的符文是房間中除了星光以外的唯一光源。「您在玫日（MaeDal）聽過兩次，也在甌日（OpeDal）聽過一次。一共是三次。」他懷疑地說。「這樣似乎還是無法做出有固定週期的結論，小姐。」

「喔，你只認為我聽見一些東西。」紗芮奈邊說邊把羊皮紙放回桌上。「我以為侍靈應該有著絕佳的聽力。」

「不是在我們睡覺的時候，小姐。」艾希說，並且暗示這才是她現在應該要做的事情。

「這裡一定有條通道。」紗芮奈說，徒勞地輕敲著石牆。

「您說得是，小姐。」

「我說得沒錯。」她起身研究著她的窗戶。「看看窗戶邊的石頭有多厚，艾希。」她靠著牆壁，並且用手臂推著窗戶，她的手指只夠扣住窗戶的外緣。「牆壁真的需要這麼厚嗎？」

「這樣提供較多的保護，小姐。」

「這也提供了通道的空間。」

「只夠塞下一條很窄的通道。」艾希回答。

「是沒錯。」紗芮奈說完，蹲在窗邊仔細研究著窗戶的邊緣。「這個通道一定往上延伸，用以連接這層樓的窗戶底部與一樓。」她的腦海裡浮現王宮的外觀：在她寢室正上方的房間窗戶較小，而且高掛在牆上。

「但是這個方向是……」

「國王的寢室。」紗芮奈結束。「不然通道還要通往哪裡？」

「您的意思是，國王一週內在半夜使用祕密通道兩次？小姐。」

「正確來說是在十一點鐘。」紗芮奈看著她房間角落的立鐘。「幾乎都是相同的時間。」

「他這種行為的可能性是什麼呢？」

「我不知道。」紗芮奈沉思地輕敲自己的臉頰。

「噢，天哪。」艾希咕噥著。「我的小姐在盤算些什麼，對吧？」

「向來如此。」紗芮奈爬回床上甜甜地說。「把你的光線轉暗吧，我們有人想要睡覺了。」

第二十一章

拉森身著大紅色德瑞熙長袍，端坐在自己的椅子上，在寢室內不穿甲冑是他的習慣。

不意外地響起了敲門聲。「請進。」拉森說。

進來的人是儀祭希瑞德（Thered），一位血統純正的菲悠丹男子。他的身材高䠷，一頭黑髮，做事一板一眼，強健的肌肉同時反映了他在修道院時的苦練。

「大人。」儀祭彎身屈膝以表尊敬。

「儀祭，」拉森說話的同時，十指交扣。「過去這一段在此地的時間中，我不斷觀察這裡的教士，而我非常滿意你對杰德司帝國的貢獻，於是決定讓你出任這間禮拜堂首席儀祭的位置。」

希瑞德抬起頭，一臉訝異。「大人？」

「幾經思量，我得等下一批菲悠丹派來的教士到這之後，才能任命新的首席儀祭。」拉森說：「但是，一如我說過的，我很滿意你的所作所為，因此要委任你這個職務。」

當然，他在自己心裡補充，我沒那麼多閒工夫等待，要有一個人立刻接管禮拜堂，這樣我才能專注處理其他事情。

「大人……」儀祭的情緒激動依舊，「我無法接受這個職位。」

拉森一愣。「你說什麼？」不會有德瑞熙教士拒絕一個如此位高權重的職務。

「十分抱歉，大人。」儀祭低下了頭重複。

「儀祭，你有什麼理由拒絕？」拉森質問。

「大人，我沒有理由拒絕，我只是……只是覺得接下這個職務是不對的。還請容許我告退。」

拉森惱怒地揮揮手示意他下去。野心是菲悠丹如此顯著的特徵，一個像是希瑞德的人，怎麼會這麼快便喪失了他所有的自信？費薤深深地令凱依城的教士變得如此軟弱了嗎？

還是……他拒絕的背後有什麼理由？有個惱人的聲音在拉森的腦袋裡絮語著，不應該怪費薤，而是狄拉夫，狄拉夫才是希瑞德為何拒絕的理由。

這個想法也許只是妄加猜測，但催促了拉森處理下一件事——對付狄拉夫。儘管他對亞瑞倫人有影響力，但是在眾教士之中，儀祭逐漸獲得舉足輕重的地位。拉森手伸進書桌抽屜，拿出了一紙信封。他錯估了狄拉夫。現在有機會控引狂熱信徒們的熱忱，但是拉森卻無暇乏力。整個帝國的未來正被拉森的力量所牽引著，他卻尚未認知該花多少心力在狄拉夫身上。

狀況不能這樣持續下去。拉森的世界是可駕馭的，是一成不變的，就像他的宗教合理的運作。狄拉夫就像一壺滾水澆在拉森這塊萬年不化的冰上，最終兩人將如同飄蕩在空中的蒸氣那樣愈來愈弱勢、煙消雲散。一旦兩人消逝，亞瑞倫也活不長了。

拉森穿上鎧甲，離開自己的房間，走進禮拜堂裡。幾位輔祭沉默地跪地祈禱著，教士們忙碌地往來走動。一切是如此地熟悉，拱形的天花板、宗教氣息的建築……他應該覺得這裡再舒適不過了。但是，拉森常發現自己逃向伊嵐翠的高牆之上，雖然他告訴自己，爬上高牆只是為了俯視整個凱依城，但是他知道還有別的理由——有一部分是因為伊嵐翠是個狄拉夫不情願前往的地方。

狄拉夫的臥房如同拉森多年前還是一名儀祭時所居住的小小房間。拉森推開臥房樸素的木門，狄拉夫的目光從書桌提高到他身上。

「主上？」這位儀祭意外地站起身來。拉森鮮少出現在他的房裡。

「我要交付你一項重要的任務，儀祭。」拉森說：「一項除了你別無他人值得信任交付的任務。」

「那是當然的，主上。」狄拉夫頷首順從地說。然而，他懷疑地瞇起了眼睛。「我知道我和上主杰德司有著密不可分的關係，我將全心一意效勞。」

「是的。」拉森輕描淡寫地說：「儀祭，我要你交遞一封信。」

「一封信？」狄拉夫充滿疑問地仰望他。

「是的。」拉森平緩地說著：「沃恩知道我們在此的進展是很危險的。我寫了一份報告，但是裡面談及的內容非常敏感，一旦遺失，會造成無法彌補的傷害。因而我挑上了你，侍僧，替我親自送這封信。」

「那可要花上數週的時間，主上。」

「我曉得。我會有一段時間內沒有你的幫助，但是這麼重大的任務唯有交付給你，我才能放心。」

狄拉夫向下望，雙手放下輕輕地撐在桌上。「謹遵大人的吩咐。」

拉森蹙眉。狄拉夫避無可避，主上和侍僧的牽絆是不會改變的。當主人下令，僕從也只能遵守。即便是這樣，拉森仍期待狄拉夫不僅止於此，也許是某些手腕，試著甩開這項指派。

狄拉夫順從地接下了這封信。*他也許將一嘗宿願*，拉森這麼覺得，*一條通往菲悠丹的筆直路徑*。身為樞機主祭之侍僧的地位，可能給他在東方的權力和景仰。也許狄拉夫仇視拉森的理由是因為亞瑞倫。

拉森轉身離開房間，走進教堂裡空蕩蕩的布道廳。整件事比起拉森所期望的輕鬆得多，他鬆了一口氣，回到自己的房間時所踏出的每一步愈發自信。

聲音從後邊傳了過來。是狄拉夫。語調很輕，但足夠讓人聽得到。「派信差出去。」狄拉夫命令著一位低階輔祭，「一早我們便前往菲悠丹。」

拉森幾乎沒有停下腳步，只要狄拉夫離開，他一點也不擔心儀祭計劃著些什麼或做了些什麼。然而，拉森當領導者的時間太長了，就像所有的政治人物，長到不放過任何人說話的語病，特別是針對狄拉夫。

拉森轉過身去。「我們？我只派了你去，儀祭。」

「是的，大人。」狄拉夫說：「但是相信您一定不希望將我的侍僧留下。」

「侍僧？」拉森問。一旦成為德瑞熙教士的一員，狄拉夫便能如同拉森收募自己的侍僧一樣，持續將杰德司的關係串連到所有人身上。但拉森沒考慮到這點，這人說的是自己的侍僧。他有時間收募侍僧嗎？

「你說誰，狄拉夫？」拉森尖銳地問著：「你收募了誰當你的侍僧？」

「主上，不少人。」狄拉夫回答得有些閃躲。

「名字，儀祭。」

於是，他開始念出他侍僧的名字。大部分的教士擁有一到兩位侍僧，而許多樞機主祭的教士更擁有多達十個。狄拉夫的侍僧則超過三十名。沒來由的，拉森愈聽愈驚訝，既驚訝又憤怒。狄拉夫將拉森大部分得力的幫手都納為自己的侍僧，包括瓦倫和其他貴族。

狄拉夫念完之後，刻意般恭順地看著地面。

「這些名字很有意思。」拉森緩緩地說：「那麼，儀祭，你屬意和誰一道前往呢？」

「大人，為何這麼問？當然是他們所有人。」狄拉夫無辜地說。「如果這封信如同大人您所說的如此重要，那麼我必須加以適當的防護才行。」

拉森閉上雙眼。如果狄拉夫將他所提到的所有人全都帶走，並假設這些人都去了，將會抽離所有協助拉森教務的人。對一般的德瑞熙信徒來說，侍僧的命令仍是無可抗拒的。即便是教士，接受從者職務的規範稍為寬鬆，從者雖然要聽從自己主上的教訓，但是兩者間沒有道德上的束縛。

在狄拉夫的權力之下，帶著他所有的侍僧前往菲悠丹是件正常的事。拉森無權控制儀祭的信眾——命令狄拉夫棄之不理是嚴重違反教義的事情。但是，狄拉夫真的要帶每一個人走肯定會造成重創。這些人是德瑞熙教會的新面孔——他們不曉得賦予了狄拉夫多大的權力。若是狄拉夫試著把他們都攜往菲悠丹，他們並不一定願意跟隨。

如果此事成真，拉森將會被逼得把每一個人逐出教會，德瑞熙教會也會成為亞瑞倫的廢墟。狄拉夫假裝沒注意到拉森內心的掙扎，繼續著自己的準備工作。這件事促成了正面衝突，拉森知道必須採取行動。狄拉夫只是在虛張聲勢。他可能只是嚇唬人，但同樣也將報應在摧毀拉森的一切努力。拉森緊咬牙關直到痠麻。拉森也許阻止了狄拉夫破壞伊嵐翠人的行動，但是他顯然很清楚拉森下一步是什麼。是的，狄拉夫不想去菲悠丹。他也許是虛張聲勢，但同時也比拉森所假設的準備更加充足。

在狄拉夫的使者轉身離去之後，拉森做出了指示。如果這個人離開了教會，那麼一切都毀了。「儀祭，我改變主意了。」

「主上？」狄拉夫從他的房間探出頭問。

「你不必去菲悠丹了，狄拉夫。」

「大人，但是……」

「是的，我做事不能沒有你。」這個謊言令拉森的胃緊緊糾結成一團。「找其他人送信吧。」話一出口，拉森快步鑽進自己的房間裡。

「我永遠是閣下最謙卑的僕人。」狄拉夫輕聲說著，室內的回音將這些字句送進了拉森的耳朵裡。

拉森又逃跑了一次。

他需要思考，理出頭緒。他窩在自己的工作室好幾個小時，對自己和狄拉夫發脾氣。最後，再也忍受不住，逃進凱依城夜晚的大街。

一如往常，他往伊嵐翠的城牆直去。他爬往高處，似乎爬到人群之上才能給他縱觀人生的能力。

「先生，施捨我一點銅板吧。」一句話懇求著他。

拉森嚇了一跳停下腳步。他心不在焉，而沒發現腳邊有位裹著毛毯的乞丐。這個人不但老而且不良於視，因為他在黑暗中瞇眼瞅著拉森。拉森皺眉，發現自己從未在凱依城見過乞丐。

一個衣著不比這位老乞丐好到哪去的年輕人，在街角蹣跚地走過。這個男孩子隨即定住，臉色慘白。「別向他乞討，你這個老傻瓜！」他細聲說著。接著，很快地對拉森說：「對不起啊大人，我父親瘋瘋癲癲地自認是個乞丐，還請原諒我們。」他走過來抓住老人的手臂。

拉森威然握住他的手，年輕人停住，臉色更加蒼白。拉森跪在老人的身邊，老人微微笑著，衰弱地瞧著他。「老先生，告訴我，」拉森問：「為何城裡看不到乞丐？」

「國王不准城裡行乞啊，好心的先生。」老人沙啞地說：「我們在街上不好看，如果他發現我們，會把我們送回農莊的。」

「多嘴！」年輕人警告，他倉皇的臉像是要拋下老人並且拔腿就跑。

老乞丐還沒說完。「先生，是的，我們千萬不能被他逮到。我們躲在城市外頭。」

「城市外頭？」拉森接著問。

「您知道的，凱依城不是這裡唯一的城市，過去有四個的，圍繞著伊嵐翠，但是其他城市都枯竭了。人們說，地狹人稠食糧不足，我們躲在廢墟之中。」

「還有其他人嗎？」拉森問。

「不，不多了，只有那些膽敢逃出農莊的人們。」老人的眼神虛幻。「好心的先生，我不是天生就是乞丐，我在伊嵐翠有工作，是個木匠，最好的木匠，但我不是個好農夫。國王這裡做錯了，好心的先生，他把我送到田野，但是年紀太大沒辦法耕作，只好逃了出來。來到這裡，城裡的商販有時會給我錢，但我們只有在入夜之後才能乞討，也從來不跟權貴要錢。這可不行，他們會通報國王的。」

老人瞇著眼睛望著拉森，似乎發現為何男孩一開始那麼驚恐。「您看起來不太像商販呀，好心的先生。」他說著有些猶豫。

「我不是，」拉森回答，放了一袋錢在老人的手上，「這是給你的。」接著放了另一袋在旁邊，「這是給其他人的。晚安，老先生。」

「謝謝你啊，好心的先生。」老人哭喊著。

「感謝杰德司。」拉森說。

「誰是杰德司啊，好心的先生？」

拉森點頭行禮。「你很快就會知道了，老先生。無論如何。」

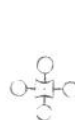

伊嵐翠城牆上的晚風十分強勁，盈盈鞭打著拉森的罩衫。海風冷冽，混雜著海水與海中生物的鹹味。拉森站在兩把燃燒著的火炬中間，斜倚著矮牆眺望整座凱依城。

和整個伊嵐翠相比，這座城市並不大，但是其防護卻遠遠不及。他古老的不滿足感再起，他痛恨待在一個無以自保的城市。也許是因為這件事伴隨的壓力令他這麼聯想。

燈火在凱依城明滅，多數是街燈，包括了標記城市邊界的矮牆上的。城牆形成了完美的圓，事實上，完美到令拉森感到身處他地，是另一個頹圮伊嵐翠的榮光殘景。凱依城早已突圍而出，但古老的邊際依舊一圈火焰圍繞著城市的中央。

「這裡曾經更加輝煌。」聲音從他身後傳來。

拉森訝異地轉身。他聽見了腳步聲接近，猜想是某個守衛正巡邏周遭，但卻是個穿著樸素灰袍、又矮又禿的亞瑞倫人。歐敏，舒．科拉熙教派於凱依城的教長。歐敏走向城邊，在拉森身邊停下，研究著整座城市。「的確，如果伊嵐翠人仍然統治這裡，一切會回來的。城市的陷落也許對我們的靈魂是好事。不過，我仍不時敬畏地想起過去的日子。你知道亞瑞倫中沒有人餓肚子嗎？伊嵐翠人有能耐化石為穀、化泥為肉。正視這些記憶，我陷入長考。惡魔能在世上做出如此多善行嗎？他們甚至會想這麼做嗎？」

拉森沒有回答。他靜靜地站著，雙臂交倚在護牆上，寒風拂動他的頭髮。歐敏陷入靜默。

「你怎麼找到我的？」拉森終於問出口。

「很多人知道晚上你會在這裡。」這矮胖的教士說。他的手幾乎搆不到護牆。拉森覺得狄拉夫矮小，但這個人讓儀祭看起來像是個巨人。「你的資助者們說，你來這裡計劃著如何擊潰萬惡的伊嵐翠人。」歐敏接著說：「你的敵人則說，來此乃是因為你加罪在一個已然受詛咒的人身上，因而有了罪惡感。」

拉森轉過身，向下望去矮小男人的雙眼。「那你怎麼說？」

「我什麼都不說。」歐敏說：「拉森，我不在意你為什麼爬上這階梯。可是，我好奇為何你明明憐憫那些伊嵐翠人，口中卻宣揚著對他們的仇恨。」

拉森沒急著回答，穿戴護甲的手不停敲弄著石製的護牆。「只要你習慣了，一切就不那麼難。」他最後說：「事在人為，尤其當他相信這是為了更崇高的善行。」

「少者之惡，成就其眾，是嗎？」歐敏臉上帶著一抹微笑問，像是找到了這論點的荒謬處。

「別用輕蔑的態度說話，亞瑞倫人。」拉森警告著：「你無從選擇，你和我也都很清楚，為了讓傷害降到最低，你會需要做出和我一樣的事情來。」

「對我不感憤恨的事物宣稱憤恨？我永遠不會這麼做，拉森。」

「那你會成為不重要的人。」拉森直接地說。

「一定要這麼做嗎？」

「教士，舒．科拉熙教派既柔弱又無力。」拉森說：「而德瑞熙教會則狂野又活躍。它會如同奔吼的激流，將你從一潭死水沖離。」

歐敏又笑了。「你似乎在說，堅持下去的才是真理，拉森。」

「我不是在講真理或謊言，我說的是現實上的無可避免。你擋不住菲悠丹的，只要菲悠丹統治的地方，舒．德瑞熙教派就在那裡傳教。」

「拉森，沒有人能將真理從行為中拆解。」歐敏邊說邊搖著他的禿頭，「無論現實是否無可避免，真理永遠在一切之上。真理無視於誰的武力強、誰能永遠傳道，或誰擁有最多的教士。真理也許能被壓制，但總會浮上水面。真理永遠不受威脅。」

「而如果舒．德瑞熙教派是真理呢？」拉森質問。

「舒．科拉熙教派會獲得勝利的。」歐敏說：「但我來這裡不是要跟你爭辯。」

「嗯？」拉森挑起眉毛說。

「是的。」歐敏說：「我是來問你一個問題。」

「問吧，教士，然後別再來打擾我的沉思。」

「我想知道發生了什麼事。」歐敏開始猜測，「怎麼了，拉森？你的信仰出了什麼問題？」

「我的信仰？」拉森震驚地反問。

「是的。」歐敏說著，他的話語柔和，輕如流水。「你必定深信某個觀點，否則你不會持續教士身分長達足以成為樞機主祭。可是你的信仰不知何時遺落了。我聽過你傳道，我聽到了條理與全然的領悟——還有決心。但我就是聽不到信仰，而我好奇你的信仰發生了什麼事。」

拉森在齒縫間，慢慢地、輕聲地，深吸了一口氣。「走開。」他最後命令，看也不看那教士一眼。

歐敏沒有回答，拉森轉身。那位亞瑞倫人已然離去，踩著尋常的腳步踱下城牆，似乎已忘了拉森人在哪兒。

那一夜，拉森在城牆上站了良久。

第二十二章

瑞歐汀一步步地前進，謹慎地從轉角窺探。他本應緊張得汗流浹背——事實上，他不停地舉起手來擦拭眉毛，雖然這樣做只不過是把伊嵐翠污泥抹在他的額頭上而已。當他把身體靠在腐朽的木籬笆上，焦慮地搜索可能潛伏在對街的危機時，他的膝蓋也微微地顫抖著。

「穌雷，在你後面！」

瑞歐汀轉身，被迦拉旦嚇到的他，一下子滑倒在泥濘的石板路上。這一跤救了他一命。在他掙扎著抓住籬笆的同時，瑞歐汀感覺到有什麼東西從他頭頂呼嘯而過。木屑飛散在空中，跳出來的野人發現他錯過了目標，只打碎了籬笆，發出失望的嚎叫。

瑞歐汀掙扎著站起來，但野人的動作更快。沒有毛髮而且幾乎衣不蔽體的野人，像一隻發狂的獵犬般一面嚎叫，一面扯碎籬笆向他攻來。

迦拉旦的木板不偏不倚地砸中野人的臉；趁他暈眩的空檔，迦拉旦撿起一塊路石，狠狠地敲向那傢伙的腦袋。他一動也不動地癱倒下去。

迦拉旦站直了身子。「這些傢伙不知怎麼愈來愈強悍，穌雷。」他扔掉手中的石頭說：「他們看起來好像連疼痛也感覺不到，可了？」

瑞歐汀點點頭，慢慢冷靜下來。「他們已經好幾個禮拜沒有抓到一個新來的了。現在他們愈來愈飢渴，逐漸陷入野獸的狀態。我曾經聽說過，有些戰士在戰鬥中的狂怒狀態，甚至讓他們無視可能致命的傷口。」瑞歐汀暫停下來，看著迦拉旦用一根棍子戳著攻擊他們的野人的身體，確定他不是在裝昏。

「也許他們已經找到能夠抑制疼痛的訣竅了。」瑞歐汀低聲說。

「他們只需要捨棄人性而已。」迦拉旦在他們繼續朝向曾經是伊嵐翠市場的區域潛行時，搖著頭回答。他們穿過成堆刻著符文的鏽金屬和陶器碎片，曾經這些破爛東西都具有奇蹟般的功用，每一個都有著極其高昂的價格。而現在它們不過是一堆瑞歐汀必須小心避過的障礙物，一不小心就會在他腳下吱嘎作響。

「我們應該要帶著沙歐林一起來的。」迦拉旦小聲地說。

瑞歐汀搖搖頭，「沙歐林是個很棒的士兵，也是一個好人；但他完全缺乏潛行的技巧，就連我都可以聽見他靠近的聲音。而且，如果帶他來，他一定會堅持要帶上一整隊的衛兵。他拒絕相信我有足夠的能力來保護我自己。」

迦拉旦瞥了倒地的野人一眼，然後帶著嘲諷的眼神看著瑞歐汀。「你要這麼說也行，穌雷。」

瑞歐汀微微笑了一下。「好吧，」他承認，「帶他來可能很有用。可是他和他的手下會堅持對我過分保護。老實說，我以為我已經把那種事情留在我父親的王宮裡了。」

「人會保衛他們覺得重要的事物。」迦拉旦聳聳肩，「如果你反對，你就不應該讓自己這麼無可取代，可了？」

「有道理。」瑞歐汀嘆了一口氣。「走吧。」

他們安靜地繼續潛行。當瑞歐汀向迦拉旦解釋潛入根據地，直接面對夏歐的計畫時，他反對了好幾個小時。杜拉德人指稱這是一個有勇無謀、沒有意義、危險，而且根本就是愚蠢的計畫。然而，他並沒有讓瑞歐汀獨自進行。

瑞歐汀知道迦拉旦是對的。夏歐的手下會直接把他們給撕成碎片，根本不需要多做考慮——根據他們的心智狀況看來，根本是不加思索。但是在過去的一週裡，夏歐的手下三度試圖占領花園。沙歐林的衛兵身上的傷口愈來愈多，然而夏歐的手下似乎愈來愈加狂暴野蠻。

瑞歐汀搖了搖頭，雖然他的人手逐漸增加，但是他的追隨者大多數在體能上屬於弱勢。夏歐的手下卻是驚人地強壯——他們都曾經是個戰士。他們的怒氣帶給他們力量，瑞歐汀的追隨者已經無法再繼續抵擋下去了。

瑞歐汀非得找到夏歐不可。只要可以跟這個人談話，他確信他們可以找到和解的方式。聽說夏歐從來沒有親自參與打劫；每個人都叫那幫人「夏歐的手下」，但沒有半個人曾經看過夏歐本人。的確，夏歐很有可能只是另一個瘋子，跟他的部下沒有兩樣。也可能他很久以前就成了一個霍伊德，而他的幫派在失去領導的情況下繼續打劫。

然而，有某些事情告訴瑞歐汀，夏歐還活著。或者，單純是瑞歐汀想要相信有這回事。瑞歐汀需要一個他可以去面對的對手；那些野人分得太散，無法有效地對付他們，況且他們的人數比瑞歐汀的士兵要多出太多。除非夏歐真的存在，除非夏歐可以被說服，除非夏歐可以控制他的手下，否則瑞歐汀的人就麻煩大了。

「我們快到了。」迦拉旦在他們靠近最後一條街的時候悄聲說。街道的一端有人在移動，他們暫停下來，等到完全沒有動靜才繼續。

「銀行。」迦拉旦一面說，一面朝著對街的一棟大建築物點了點頭。那是一棟巨大的四方型房屋，牆壁比一般爛泥的污漬更黑。「伊嵐翠人提供這個地方給本地的商人保管他們的財富。當時一座伊嵐翠的銀行遠比凱依城的銀行來得安全得多。」

瑞歐汀點點頭。部分的商人，比如他父親，並沒有相信伊嵐翠人。他們把財產放在城市之外的堅持，最後終於證明是聰明的。「你認為夏歐在這裡？」

迦拉旦聳聳肩。「如果說我要選一座基地的話，我就會選這裡。夠大，好防守，夠壯觀。對一個軍閥來說再好不過。」

瑞歐汀點頭。「那就走吧。」

他們顯然佔領了這座銀行。正門附近的污泥被時常來回的腳步磨光了，他們還可以聽見從建築物裡傳來的聲音。迦拉旦用詢問的眼光看著瑞歐汀，瑞歐汀點了點頭，然後他們走了進去。

建築物裡面和外面一樣髒亂——就算用伊嵐翠的標準來說，依然顯得陳舊髒污。金庫的大門——刻著厚厚一層符文的大圓洞——是開著的，聲音就是從裡面傳出來。瑞歐汀深深吸了一口氣，準備好要面對最後一個幫派首領。

「給我食物！」一聲尖銳的叫聲傳來。

瑞歐汀僵住。他伸長了脖子從邊緣窺看金庫裡面，然後又縮回來。在房間的深處，坐在一堆看起來像是金塊的東西上面的，是一個穿著乾淨無垢、粉紅洋裝的小女孩。她擁有一頭閃亮的長金髮，但她的皮膚和伊嵐翠人一樣黑污。八個衣衫襤褸的男人跪在她面前，崇拜地伸直著手臂。

「給我食物！」女孩重複地要求著。

「呃，砍了我的頭，讓我去見杜洛肯吧。」迦拉旦在他背後咒罵。「那是什麼啊？」

「夏歐。」瑞歐汀驚詫地回答。然後他定睛一看，發現那個女孩正在瞪著他。

「殺掉他們！」她尖叫。

「上神保佑！」瑞歐汀大喊，然後轉身衝向門口。

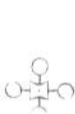

「如果你不是個死人，穌雷，我真想殺了你。」迦拉旦說。

瑞歐汀點點頭，疲倦地靠在牆上。他正逐漸變得虛弱。迦拉旦警告過他——伊嵐翠人的肌肉在第一個月的結尾萎縮得最嚴重，即使做運動也無法阻止。雖然心智並未停止運作，血肉也不會腐壞，他們的身體終究會相信自己已經死亡。

老把戲還是最有效——他們爬上一截斷牆翻上屋頂，甩掉了夏歐的手下。這些野人雖然像獵犬一樣的行動，但是終究沒有獵犬的嗅覺。他們經過瑞歐汀和迦拉旦藏匿的屋頂下好幾次，完全沒想到要抬頭往上看。他們夠狂熱，但是不太聰明。

「夏歐是個小女孩。」瑞歐汀仍然帶著震驚的語調說。

迦拉旦聳肩。「我也搞不懂，穌雷。」

「喔，我懂──我只是不敢相信。你沒看見他們跪拜她嗎？那個小女孩，夏歐，是他們的神──一個活生生的偶像。他們退化到原始的生活方式，同時也信奉未開化的原始信仰。」

「注意你的用詞，穌雷。」迦拉旦警告他。「有很多人也把杰斯珂稱為『原始信仰』。」

「好吧。」瑞歐汀一邊說一邊揮手表示他們應該繼續移動。「也許我該說是『簡單的信仰』。他們找到一個稀有的人──有著一頭長長金髮的女孩──然後決定他們應該要信仰她。他們把她供上祭壇，然後她對他們做出要求。那個女孩向他們要食物，所以他們想辦法弄到食物給她。她就會公開祝福他們。」

「那頭髮是怎麼回事？」

「耐用的假髮吧。」瑞歐汀說。「我認得她。她是亞瑞倫最有錢的一個公爵千金。她從沒長過頭髮，所以她父親就給她做了一頂假髮。我想那些牧師在把她丟進伊嵐翠之前，沒想到要把它給拿下來。」

「她是什麼時候被霞德祕法給選上的？」

「兩年多前，」瑞歐汀說。「她的父親，泰瑞依公爵，試圖把事情壓下來。他總是宣稱她死於多尼亞症（dionia），但是關於這件事情的謠言卻很多。」

「謠言顯然是對的。」

「看來是這樣，」瑞歐汀搖搖頭。「我只見過她幾次。我甚至想不起她的名字──某個語源艾歐・索依（Aon Soi）的名字。索依恩（Soine）之類的──我只記得她是我所見過最難忍受，完全被寵壞的小孩。」

「也許是適合當個女神的料。」迦拉旦做了個諷刺的鬼臉。

「你至少說對了一件事，」瑞歐汀說，「跟夏歐談判沒有用。她在外面就不講道理，現在可能糟糕十倍。她只知道她非常餓，而那些人給她帶來食物。」

「晚安，大人。」一個哨兵在他們轉過一個街角，接近自己的區域時向他們敬禮。人們開始這樣稱呼他們的地盤為新伊嵐翠（New Elantris）。這名衛兵，名叫戴翁（Dion）的結實小伙子，在瑞歐汀靠近時站得直挺挺的，手中緊握住他的簡陋長矛。「沙歐林隊長因為您的失蹤感到十分困擾。」

瑞歐汀點頭。「我會向他道歉的，戴翁。」

瑞歐汀和迦拉旦脫下他們的鞋子，跟其他幾雙髒鞋一起排放在牆邊，然後換上乾淨的鞋子。旁邊還有一桶水，用來盡可能地洗掉泥巴。他們的衣服仍舊很髒，但是也沒有別的辦法；儘管瑞歐汀努力地收集了很多可用的東西，衣服還是很稀少。

他們找到的東西十分驚人。當然，大多數都生鏽或是正在腐爛中，但是伊嵐翠很龐大。靠著組織性的行動以及積極的態度，他們找到了許多還可以用的東西，從矛尖到還可以負荷重量的家具都有。

藉由沙歐林的幫助，瑞歐汀在城市裡劃出一塊可以防守的區域，做為新伊嵐翠。通向這個區域的街道只有十一條，還有一堵矮牆包圍著大半的邊界，但他們完全想不出來矮牆原本的用途是什麼。瑞歐汀在每一條街尾設置哨兵，讓他們預警過來的掠奪隊伍。

這個系統保護他們不被擊垮。幸運的是，夏歐的手下傾向以小組人馬進行攻擊。只要瑞歐汀的士兵能夠事先得到預警，他們可以集合起來擊敗任何一個小隊。假使夏歐發起一場大型的多方向攻擊，下場就會慘不忍睹。瑞歐汀手下的婦孺和虛弱者毫無能力抵抗那些野獸般的敵人。沙歐林已經開始教導還有體能的人一些簡單的戰鬥技巧，但是他只能運用最安全，也最基礎的教學方式，否則他們彼此造成的傷害將會比夏歐的手下還要致命。

然而，人們並不覺得這場鬥爭會一直持續下去。瑞歐汀聽過他們是怎麼談論他的——他們相信「靈性大人」終究會找到方法讓夏歐加入他們這一邊，就像他說服了安登和卡菈塔一樣。

在他們走向禮拜堂的路上，瑞歐汀開始覺得想吐，他身上數十個擦傷的疼痛陡然劇增，壓迫得他喘不過氣來。他的身體彷彿被包裹在一團烈焰之中。他的血肉、骨頭，還有靈魂都被高熱吞噬著。

「我辜負了他們的期待。」瑞歐汀低語。

迦拉旦搖了搖頭。「不是每件事情都一蹴可得，可了？你會找到方法的。我原先根本沒想到你可以走到現在這一步。」

*我只是幸運罷了。一個幸運的傻子。*當疼痛繼續重擊在他身上時，瑞歐汀這麼想著。

「穌雷？」迦拉旦忽然用關心的眼光看著他。「你還好嗎？」

*我必須堅強。他們需要我的堅強。*瑞歐汀在心裡發出一聲反抗的呻吟，透過痛苦的迷霧擠出一絲虛弱的笑容。「我還好。」

「我從沒看過你像現在這個樣子，穌雷。」

瑞歐汀靠著鄰近的牆壁搖了搖頭。「我沒事的——我只是在想我們要拿夏歐怎麼辦。我們無法和她講道理，也沒有辦法用武力擊敗她的手下……」

「你會想出一個辦法的。」迦拉旦說，想鼓勵朋友的心情壓抑住他一貫的悲觀態度。

*否則我們全部都會死，*瑞歐汀想。他抓著牆角的手緊緊握起。*這次會真正地，永遠地死去。*

瑞歐汀嘆了一口氣，把身體從牆上撐起來；石屑從他的指間撲簌簌滑落。他轉過身驚訝地看著牆壁。卡哈最近才清理過這個部分，白色的大理石在陽光下閃閃發光，除了瑞歐汀捏碎的部分以外。

「你比你想的還強壯吧？」迦拉旦笑著說。

瑞歐汀挑起眉毛，然後掃了掃破碎的石塊，它們就在他指間碎裂了。「這大理石比皂石還要鬆軟！」

「伊嵐翠。」迦拉旦說，「任何東西在這裡都腐朽得很快。」

「沒錯，可是連石頭也一樣？」

「任何東西都一樣。人也是。」

瑞歐汀拿起一顆石頭敲了敲牆上碎裂的石頭，碎屑和石片隨之掉落在地面。「一定有某種關連，迦拉旦。鐸和伊嵐翠，就像鐸和亞瑞倫這片土地有某種關連一樣。」

「但是鐸為什麼要這麼做，穌雷？」迦拉旦搖著頭問。「為什麼要摧毀這座城市？」

「也許不是鐸做的，」瑞歐汀說。「也許是突然之間沒有了鐸。鐸曾是這個城市的一部分；每一塊石頭都曾經透出光芒。當法力——當鐸突然消失的時候，整個城市變空了；就好像長大的河蝦遺棄的空殼一樣。這些石頭，是空的。」

「石頭怎麼會是空的？」迦拉旦懷疑地反問。

瑞歐汀敲下另一塊大理石，在掌中捏碎。「像這樣，吾友。這些石頭被鐸充滿了太久，變得脆弱而且再也無法復原。這整個城市就像一具失去了靈魂的屍體。」

他們的討論被疲累的瑪瑞西給打斷了。「靈性大人！」他一面走近一面用急迫的語氣說著。

「什麼事？」瑞歐汀擔心地問道。「又一波攻擊？」

瑪瑞西搖了搖頭，眼中帶著困惑。「不，不一樣，大人。我們不知道要怎麼對付她。我們被侵入了。」

「被誰？」

瑪瑞西微微一笑，然後聳了聳肩。「我們認為她應該是個王妃。」

⁂

瑞歐汀蹲踞在屋頂上，迦拉旦也蹲在他身旁。這棟建築物被他們改建成觀察城門以及新來者的觀測站，從這個高度他可以清楚地看見廣場上發生的事情。

伊嵐翠的城牆上聚集著一群人；城門口開著。光是這點就夠驚人了，一般來說，當新的伊嵐翠人被送進來之後，城門立刻就會被關上，彷彿多讓它開著一秒都會嚇怕那些守衛。

然而，廣場上的景象更教人吃驚。廣場的正中央停著一輛載貨馬車，一群穿著體面的人縮在車旁。只有一個人對於眼前所見的景象毫不懼怕——一個高眺、有著尖削臉龐的金髮女子。她穿著光滑的棕色連身洋裝，右手臂繫著一條黑色絲巾，正輕撫著其中一匹馬的脖子，安撫著這個緊張的生物。她以一種帶著謀策的眼神，檢視著滿布污泥的廣場。

瑞歐汀訝然，「我只透過侍靈看過她。」他喃喃說著：「我從來不知道她這麼美。」

「你認得她？穌雷？」迦拉旦吃驚地問。

「我……我想我已跟她結婚了。那一定是紗芮奈，泰歐德伊凡托王的女兒。」

「她在這裡做什麼？」迦拉旦問。

「更重要的是，」瑞歐汀說，「她和全亞瑞倫最有影響力的一群貴族在這裡做什麼？後方那個年長的是偌艾歐公爵，有些人認為他是整個王國權力第二大的男人。」

迦拉旦點點頭。「那我想那個年輕的占杜人就是蘇登，凱艾莊園（Kaa Plantation）男爵？」

瑞歐汀微笑，「我以為你只是個普通的農夫。」

「蘇登的商隊路線穿過整個杜拉德的中心，穌雷，沒有一個杜拉德人不知道他的名字。」

「啊，」瑞歐汀說，「艾汗伯爵和依翁德也在。以上神之名，這個女人到底在策劃什麼？」

好像在回應瑞歐汀的問題似的，紗芮奈公主結束了她對伊嵐翠的觀察。她轉身走到馬車後面，不耐煩地用手勢趕走擔憂的貴族們，然後她伸手掀開了覆蓋在車上的布匹，露出它載運的東西。

車上堆滿了食物。

「上神在上！」瑞歐汀咒罵。「迦拉旦，我們麻煩大了。」

迦拉旦皺眉看著他，眼中閃動著飢餓。「你到底在胡說什麼？穌雷。那是食物，而我的直覺告訴我，她要把那些食物送給我們。這有什麼麻煩的？」

「她一定是在進行她的寡婦試煉。」瑞歐汀說。「只有外地人才會想要進來伊嵐翠進行。」

「稣雷，」迦拉旦立即反應，「告訴我你在想什麼。」

「時機不對，迦拉旦。」瑞歐汀說，「我們的人才剛開始建立獨立的感覺，他們正開始展望未來，並且忘記他們自身的痛苦。如果現在有人給他們食物，他們就會把這一切忘光。這些食物可以餵飽他們一陣子，但是寡婦試煉只會持續幾個禮拜。在那之後一切又會回到無盡的痛苦、飢餓，還有自憐。我的公主可能會把我們一直以來辛苦建立的一切都毀掉。」

「你說得對，」迦拉旦明白了，「我幾乎已經忘記我有多餓了——直到我看到食物為止。」

瑞歐汀呻吟了一聲。

「怎麼了？」

「夏歐聽到這件事的話會怎麼樣？她的手下會像狼群一樣襲擊貨車。天知道要是他們殺了一個伯爵或者男爵的話，會造成多大的損害。我父親之所以忍受伊嵐翠，是因為他不想為它多花心思。但是一旦他的貴族被伊嵐翠人殺害的話，他很有可能會下令把我們全部殺光。」

人群開始出現在廣場周邊的巷道裡。沒有一個看起來像是夏歐的手下，他們是那些依舊自力生活，像幽魂一樣遊蕩在城市裡的伊嵐翠人，疲倦而悲慘。他們之中已經有愈來愈多的人加入了瑞歐汀這邊，但是現在有了免費的食物，他再也沒辦法爭取到他們的加入。他們將會繼續迷失在他們的痛苦和災罰之中，沒有思想也沒有目的。

「噢，我親愛的王妃啊，」瑞歐汀低語，「也許妳是出於好意，但給這些人食物是妳所能做的事情裡，最糟糕的一項。」

瑪瑞西在樓梯下面等候著他們。「你們看見她了嗎？」他焦急地問。

「看見了。」瑞歐汀回答。

「她想要做什麼？」

在瑞歐汀來得及回答之前，一個堅決的女性聲音在廣場上響起。「我要和這個城市的暴君們談話——自稱為安登、卡菈塔和夏歐的人，請現身。」

「她是從哪裡……」瑞歐汀驚訝不已。

「她可真是消息靈通啊，不是嗎？」瑪瑞西評論著。

「儘管有些過時。」迦拉旦追加一句。

瑞歐汀咬咬牙，迅速地思索。「瑪瑞西，派一個人去通知卡菈塔，告訴她我們在大學那裡碰面。」

「是的，大人。」瑪瑞西招手叫來一個信差。

「噢，」瑞歐汀說，「叫沙歐林也帶著一半的士兵過去。他得盯著夏歐的部下。」

「如果大人希望的話，我可以親自去通知他們。」瑪瑞西自告奮勇。

「不，」瑞歐汀回答，「你要練習扮演安登。」

第二十三章

依翁德跟蘇登都堅持要跟她一起去。依翁德將一隻手放在劍上——他無視於亞瑞倫的禮教，通常隨身攜帶武器，此時他用著同樣懷疑的眼光，看著他們的嚮導和伊嵐翠城守衛。守衛倒是看起來很冷靜，彷彿進入伊嵐翠是每天都會發生的事情一樣。不過，紗芮奈可以感覺得到他們的焦慮。

每個人一開始都反對這個提案。她讓自己像是誘餌一樣進入伊嵐翠的深處，接觸那些暴君是沒有人能夠想像的事。但是，紗芮奈下了決心要證明這個城市是無害的。要是她想要說服其他貴族進入大門，展開一個小小旅行的話，就不能有任何遲疑。

「我們接近那裡了。」嚮導說。他是個很高的人，大概跟紗芮奈穿了高跟鞋一樣高。他皮膚上灰色的部分，看起來比紗芮奈曾經看過的伊嵐翠人還亮一些，不過她不知道這是不是代表了他之前有著蒼白的皮膚，或是因為他只當了伊嵐翠人不久。他有張英俊的橢圓臉龐——在霞德祕法毀了他之前。他不過是個僕人而已；但他的行走姿態高貴，紗芮奈在想就算他只是扮演著一個簡單的信差，他應該也是伊嵐翠幫派老大最信任的爪牙之一。

「你的名字是？」紗芮奈小心地問，語調保持中性。他是屬於三個團體中的一個，根據艾希的情報，這些團體像是軍閥一樣統治著這個城市，然後奴役那些被趕進來的新人。

這男人沒有立即回應。「他們叫我靈性。」他最後說。

一個適合的名字，紗芮奈想，這個人以前一定就看起來如鬼魂般飄渺。

他們靠近了一棟很大的建築物，而靈性告訴她這就是以前的伊嵐翠大學。紗芮奈用著銳利的眼睛掃視著建築物。它被一種古怪的棕綠爛泥所覆蓋著，如同這個城市的其他部分一樣。不過這棟建築物也曾經輝煌一時，即使現在只是個廢墟。紗芮奈在她的嚮導走進建築物時遲疑了一下。她打量著地板，而上面的天花板看起來像是要塌了一樣。

她看了依翁德一眼，而老人也很快就理解了，邊思考邊摩擦著他的下巴。接著他聳聳肩，對紗芮奈點了個頭。他彷彿在說，我們都已經走了那麼遠了……

所以，紗芮奈嘗試不要想到要塌下來的天花板，她領著她一群朋友和士兵走進建築物裡。幸運的是，他們沒走多遠，就看到一群伊嵐翠人站在第一個房間後方，他們暗沉的臉龐在微弱的燈光下幾乎都看不見了。兩個人站在像是崩塌的桌子瓦礫上，在離其他人幾呎的地方昂起頭。

「安登？」紗芮奈問。

「還有卡菈塔。」第二個人影回答——顯然是位女性。雖然她滿是皺紋的臉和光禿禿的頭讓她跟那些人實際上沒什麼差別。「妳想從我們這裡得到什麼？」

「我以為你們應該是敵人。」紗芮奈懷疑地說。

「我們最近體認到同盟的好處。」安登說。他是個帶著警醒眼神的矮小男子，而他小小的臉龐萎縮成像是老鼠一般，這種誇耀的自大態度正是紗芮奈之前猜想的。

「那個叫做夏歐的人呢？」紗芮奈說。

卡菈塔微笑。「這也是之前提到的好處之一。」

「死了？」

安登點頭。「我們是現在統治伊嵐翠的人，王妃。妳要什麼？」

紗芮奈沒有立刻回答。她本來計劃讓三個不同的幫派老大互相對抗彼此。但在已聯盟的人面前，她得用一種不同的方式介紹她自己。

「我是來賄賂你們的。」她直接了當地說。

其中的女人富有興味地抬了抬眉毛，但是矮小的男子惱怒地吐氣。

「為什麼我們需要妳的賄賂？女人。」

紗芮奈太常玩這種遊戲了。安登用著一種毫不感興趣的態度面對著他不懂的政治。她之前在父親的外交團隊中服務時，遇過太多這種人——而且她對他們感到非常地厭倦。

「聽著，」紗芮奈說，「我們打開天窗說亮話，你們看起來對此不是非常在行，所以冗長的談判只是浪費時間而已。我想要分送食物給伊嵐翠的人民，因為你們覺得這會削弱你們的統治權，而打算反抗我。現在，你們可能要好好想想，到底誰會從我的提議中獲利，而誰又不會。」

男人不舒服地扭動了一下，紗芮奈微笑。「這就是我為什麼要賄賂你們的原因。讓人民可以自由獲取食物，又讓你們失去了什麼？」

安登猶豫了，不知道下一步該怎麼做，一旁的女子倒是堅定地說：「妳有紙可以寫下我們的要求嗎？」

「我有。」紗芮奈說，比了個手勢請蘇登展開他的紙和炭筆。

名單很長——甚至比紗芮奈想的還要長。她本來想他們可能會要求武器，甚至是金子。但是卡菈塔的要求卻從衣物開始，接著寫到各種的穀類，一些金屬薄板、木條、稻稈、最後以油料終結。傳達的訊息很清楚——要統治伊嵐翠的人靠的不是力量或是財富，而是控制基本的需求。

紗芮奈簡短地答應了要求。要是她只需要對付安登，就可以少費一點唇舌，但是卡菈塔是個直接、堅定的女子，就是那種沒有耐心討價還價的人。

「這就是全部了嗎？」當蘇登寫下最後的要求時，紗芮奈問。

「一開始幾天這樣就夠了，」卡菈塔說。

紗芮奈瞇起眼睛。「好。但是我有一條你們必須遵守的規則。你們不能禁止任何人來廣場這裡。你們可以當你們的暴君，但是至少讓這些人填飽肚子。」

「妳有我的承諾。」卡菈塔說。「我不會阻止任何一個人。」

紗芮奈點點頭，示意會議結束。卡菈塔指派了另一個嚮導領他們回到大門——這次不是靈性。當紗芮奈離開時，他待在後面，靠近那兩個暴君。

⁂

「我演的還像嗎？大人。」瑪瑞西急切地問著。

「瑪瑞西，你演的真是太好了。」瑞歐汀回答，帶著滿足看著離開的王妃。

瑪瑞西謙遜的微笑，「嗯，大人。我盡力了。我沒有很多演戲的經驗，但是我想我成功地扮演了一個有權威的可怕領導者。」

瑞歐汀瞄到卡菈塔的眼睛。這個豪邁的女子正試著不要笑出來。誇耀的工匠家完美的演出——既不權威也不可怕。在伊嵐翠城外的人，都把這座城市看的像是一個沒有秩序，被嚴厲又像小偷般的暴君所統治的國度。瑪瑞西和卡菈塔扮演的正是王妃和她的同伴所想看到的東西。

「她起疑心了，穌雷。」迦拉旦指出，走出房間旁的陰影外。

「沒錯，但是她不知道是什麼原因。」瑞歐汀說。「就讓她懷疑『安登』跟『卡菈塔』正在對她玩些小把戲吧，這沒有大礙。」

迦拉旦搖了搖頭，他光溜溜的頭在微弱的光線下閃耀著。「所以為什麼要這樣做？為什麼不帶她去教堂，讓他看看我們真正是什麼樣子？」

「我也想，迦拉旦，」瑞歐汀說。「但是我們經不起祕密被洩漏出去。亞瑞倫的人民會容忍伊嵐翠人是因為他們看起來太可憐了。要是他們發覺我們正在建立一個有文化的社會，那他們對我們的恐懼就會浮上水面。一群每天在嘆氣的廢物是一回事，一群殺不死的怪物又是另外一回事了。」

卡菈塔點點頭，不多說什麼。迦拉旦，永遠的懷疑論者，只是搖了搖頭——彷彿他不確定要擔心些什麼。

「好吧，她的確是很有決心的人。可了？」他最後問，指的是紗芮奈。

「沒錯，很有決心。」瑞歐汀同意，接著愉悅地說：「而且我不覺得她喜歡我。」

「她覺得你是一個暴君身旁的小人。」卡菈塔指出。「她應該要喜歡你嗎？」

「是沒錯。」瑞歐汀說。「不過，我想我們應該要多加一條說，我能參加她所有的發放。我想要監視我們好心的王妃——她看起來不像是會毫無目的做事情的人。而且我在想，到底是為什麼她選擇伊嵐翠進行她的試煉呢？」

「事情進行得蠻順利的。」依翁德在他們的導覽消失在伊嵐翠的某一扇門中之後說。

「你也很順利地出來了。」蘇登同意地說。「他們要求的東西也不太花錢。」

紗芮奈點頭，用手指摩挲著貨車的邊緣。「我只是討厭應付那樣的人。」

「或許妳對他們太嚴苛了。」蘇登說。「他們看起來不像暴君，而只是一群可憐人努力地在艱困的環境中存活。」

紗芮奈搖搖頭，「你應該聽聽艾希告訴我的那些故事，蘇登。守衛說當有新的伊嵐翠人被丟進城市裡時，那些幫派分子就會像鯊魚一樣襲擊他們。這些微少的資源一進入城裡就進了那些幫派分子的口袋，然後讓城裡剩下的人在餓死的邊緣遊走。」

蘇登抬起眉毛，打量著伊嵐翠護城衛隊，也就是紗芮奈的資訊來源。這一群人懶散地靠在他們的長矛上，用著沒有興趣的眼神看著貴族們把東西從車上卸下來。

「好吧，」紗芮奈承認，接著爬上一個貨車，然後交給蘇登一箱水果。「也許他們不是最可靠的來源，但是現在證據就在我們眼前。」她努力地向街邊聚集的那群人揮手。「看看他們空洞的眼神還有充滿憂慮的步伐。他們是一群活在恐懼之中的人們，蘇登。我曾經在菲悠丹、哈弗，還有許許多多的地方看過這樣的事情。我知道被壓迫的人民像是什麼樣子。」

「這也是真的。」蘇登承認，從紗芮奈那接過箱子。「但是，在我看起來，這些『領導者』看起來並沒有比較好。也許他們不是壓迫別人的人，只是像其他人一樣被壓迫而已。」

「或許吧。」紗芮奈說。

「小姐。」當紗芮奈把另外一個箱子搬給蘇登時，依翁德聲明。「我希望妳能退開一步，讓我們搬這些東西就好了。妳這樣做不太恰當。」

「沒關係的，依翁德。」紗芮奈邊說邊交給他一個箱子。

「我為什麼沒帶僕人來的原因就是——我希望我們全部都能參與。這也包括你，大人。」紗芮奈邊補充邊對艾汗點頭，而這個人剛在門旁找了個陰影處休息。

艾汗嘆了一口氣，起身，蹣跚地走進太陽底下。今天的氣溫對早春來說實在是太熱了，太陽在大家的頭頂上閃耀著——即使如此，高溫還是沒有辦法曬乾那些無所不在的伊嵐翠爛泥。

「我希望妳感激我的犧牲，紗芮奈。」過重的艾汗大喊。「這些爛泥根本把我的披風毀了。」

「活該。」紗芮奈說，接著交給伯爵一箱煮過的馬鈴薯。「我早跟你說穿便宜一點的。」

「親愛的，我沒有便宜的東西。」艾汗用著不高興的眼神接過箱子。

「你是說你穿去尼歐丹（Neoden）婚禮的那件長袍，真的是你用錢買的？」偌艾歐邊笑著問邊接近。「我都不知道世界上居然有那種橘色呢，艾汗。」

伯爵皺眉，用力地把箱子搬到貨車前面去。紗芮奈沒有給偌艾歐任何一個箱子，而他也沒向前拿取。幾天前，宮廷裡的大新聞就是有人注意到公爵一跛一跛地走路。謠言說他在某天早晨起床時摔斷了腿，而偌艾歐活潑的態度有時候讓人很難想起來，事實上他已經很老了。

紗芮奈有節奏地拿起和給出箱子——這也就是她起先沒有注意到有一個新朋友加入他們。在剩下幾個箱子的時候，她突然抬起頭來看著接貨的人。當她認出他的臉時，箱子都要掉到地上了。

「是你！」她驚訝地說。

這個叫做靈性的伊嵐翠人微笑，從她震驚的手指中拿起箱子。「我還在想，妳到底要多久才會發現我在這裡。」

「多久……」

「大概十分鐘吧，」他回答。「我在妳開始卸貨的時候就來了。」

靈性把箱子拿走，和其他的堆在一起。紗芮奈站在貨車的後方，陷入一種無聲的麻木驚慌狀態——她一定把他黑色的手看成蘇登棕色的手了。

有個人在她面前清了清喉嚨，接著紗芮奈發現依翁德在她面前正等著接箱子。她急急忙忙地配合。

「他為什麼在這裡？」她邊說邊把箱子丟到依翁德手上。

「他說是他的主人命令他看著分發。顯然，安登相信妳的程度大概就跟妳相信他差不多。」

紗芮奈遞出了最後兩個箱子，接著跳下貨車的後面。她落地時卻沒站穩，腳在爛泥巴裡一滑，向後傾倒，讓她一面揮舞著手，一面大叫。

幸好，有雙手抓住她，然後把她扶正。「小心點，」靈性警告。「在伊嵐翠裡行走，需要一點時間適應。」

紗芮奈將她的手臂從那雙幫忙的手中抽出。「謝謝你。」她用一種非常不像公主的聲音喃喃說。

靈性抬起眉毛，然後站到亞瑞倫領主們的身旁。紗芮奈嘆了口氣，搓著剛剛靈性抓的手肘。不知道為什麼，他的碰觸似乎古怪地輕柔。紗芮奈搖搖頭，趕走這些奇怪的想像，還有更重要的事情需要她的注意力。伊嵐翠人並沒有靠近。

他們現在人更多了，大概有五十個，像是小鳥一般遲疑地聚集在陰影中。有些看起來明顯是小孩，但是大多數人看不出年紀；他們皺巴巴的伊嵐翠人皮膚讓他們看起來都跟偌艾歐一樣老。沒人敢接近食物。

「他們為什麼不來？」紗芮奈困惑地問。

「他們太害怕了。」靈性說。「還有，不信任。這麼多食物看起來就像幻影一樣——像是惡魔在他們心中玩過無數次的把戲。」他輕柔地說，甚至有點同情。他的言語聽起來不像是出自專制的軍閥。

靈性屈身從貨車裡選了一個蘿蔔。他輕輕地握住它，看著它，像是不確定它是真的一樣。他眼中閃著飢餓——這是一個好幾個禮拜沒吃過一頓正常餐點的人所發出來的目光。紗芮奈這才發現，雖然他身處高階，他也像其他人一樣飽受饑荒之苦，但他還有耐心幫助大家卸下許多的貨物。

靈性最後拿起了蘿蔔，咬了一口。蔬菜在他嘴中碎裂，紗芮奈可以想像那是什麼滋味：又生又苦。但是，在他眼中所映出的卻是一頓大餐。

靈性吃了食物像是給了其他人允許一般，因為人群湧上前來。這時，伊嵐翠的護城衛隊終於打起精神，他們很快地圍繞著紗芮奈和其他人身旁，長矛威脅地向外伸出。

「在箱子前面留點空間出來。」紗芮奈命令。

守衛站開讓伊嵐翠人可以一群一群接觸到食物。紗芮奈跟貴族們站在箱子後面，分發食物給那些精疲力盡的哀求者。即使是艾汗，當他下來幫忙時也不再抱怨，而在一種嚴肅的沉默中分發食物。紗芮奈看著他遞了一袋東西給一個原本是個小女孩的人，她的頭已經禿了，嘴唇上爬滿了皺紋。小女孩回了一個不相稱的天真微笑，接著蹦蹦跳跳地走開。艾汗停了一會兒，才繼續他的工作。

這行得通，紗芮奈寬慰地想。要是她能感動艾汗，那她就可以對全宮廷的人做一樣的事情。

當她工作時，紗芮奈注意到靈性站在人群的後方。靈性研究她時，他的手深思地放在他的下巴上。他看起來……很擔心。但是為什麼？他得擔心什麼？接著，望進他的眼眸，紗芮奈知道真相了。他不是走狗。他才是領導者。而且為了某些原因，他覺得自己需要對她隱藏這個事實。

所以，紗芮奈對那些想要從她面前隱藏事物的人，做了她平常會做的事——她會嘗試找出他們在隱藏什麼。

「他不是尋常的人物，艾希。」紗芮奈說，她站在王宮旁看著空空的食物貨車被拉走。很難相信一整個下午，他們只發了三餐。而這些東西大概在明天中午之前就會全部被吃完——也可能現在已經都被吃光了。

「誰？小姐？」艾希問。他之前是從牆上觀察著食物的發放，而在他身旁不遠就是艾敦王。艾希當然希望能夠陪伴紗芮奈，但紗芮奈回絕了。侍靈是他對於伊嵐翠和其領導者的主要情報來源，而紗芮奈並不想讓大家發覺其中的關連。

「嚮導。」紗芮奈說，轉身漫步在長長的地毯上——從國王的王宮門口所鋪過來的。艾敦對於織錦的愛可遠遠超過她的胃口了。

「那個叫靈性的男人？」

紗芮奈點點頭。「他假裝聽從於別人的命令，但是他不是個僕人。安登在談判時一直不時看著他，好像是在確定些什麼似的。你覺得我們有可能搞錯那些老大的名字嗎？」

「有可能，小姐。」艾希承認。「無論如何，跟我說的伊嵐翠人看起來非常確定。卡菈塔、安登跟夏歐是我在這裡聽過很多次的名字，但是沒有人提起一個叫做靈性的人。」

「你最近有跟這些人說過話嗎？」紗芮奈問。

「我最近正在專心地跟守衛打探消息。」艾希說，接著有個急急忙忙的信差向他衝過來，他順勢往旁邊一閃。人們通常用某種程度的冷漠來忽略侍靈，要是人類被如此對待早就大發脾氣了，艾希卻都默默承擔下來，甚至連對話都沒中斷。

「伊嵐翠人只願意說名字，小姐，守衛們則是沒有任何顧忌。他們除了看守城市以外無事可做。我將他們的觀察和我所收集到的姓名結合在一起，然後就整理出了我告訴您的東西。」

紗芮奈停了下來，靠在一旁的大理石石柱上。「他在隱藏一些事情。」

「慘了。」艾希嘟囔地說。「小姐，您不覺得您太勞累了嗎？您決定要對付樞機主祭，解放男性壓迫底下的宮廷女性，拯救亞瑞倫的經濟，然後餵飽伊嵐翠人。也許您應該不去探索這個男人的祕密。」

「你說得對，」紗芮奈說。「我可沒空理靈性。這就是為什麼你得去找出他在做什麼。」

艾希嘆氣。

「回城裡去，」紗芮奈說。「你應該不用走得太遠——很多伊嵐翠人都在大門附近遊蕩。問他們有關靈性的事情，然後看你能不能找出有關安登跟卡菈塔的盟約事情。」

「是的，小姐。」

「我在想我是不是誤判了伊嵐翠人。」紗芮奈說。

「我不知道，小姐。」艾希說。「它是個非常野蠻的地方。我自己就在那裡看過幾樁暴行，看到其他人的下場。在城市裡的每個人都帶有某種傷，而且從他們的悲嘆聲聽來，很多人的傷勢都很嚴重。打鬥一定常常發生。」

紗芮奈恍神地搖搖頭。但是，她不能停止自己去想靈性的事，他和野蠻一點也扯不上關係。他讓領主們放鬆心情，親近友善地融入他們之中，彷彿他未受詛咒，而他們也不是把他關起來的人。她發覺她在一整個下午之後幾乎喜歡上了靈性，雖然她擔心他只是在玩弄她。

所以紗芮奈決定繼續對靈性保持冷漠，甚至冰冷——提醒她自己許多暴君和謀殺者，只要他們想，他們就可以表現得很友善。不過，她的心卻告訴她這個人是真誠的。他和所有人一樣在隱藏某些東西，但是他是真心想要幫助伊嵐翠人。而不知為何，他特別在意紗芮奈對他的觀感。

紗芮奈在走出大門、回房間的路上，一直努力地告訴自己，她真的不在意他是怎麼想她的。

第二十四章

拉森曝身於豔陽之下，血紅色的甲冑裡悶熱至極。他安慰自己，日光下身著耀眼的盔甲站在城牆上，看起來是多麼顯眼。當然，沒人看他一眼。他們目不轉睛地看著高眺的泰歐德王妃分送食物。

她決定進入伊嵐翠的消息震驚了全城，而國王緊接著的允諾也是。一早伊嵐翠的城牆便擠滿了人，貴族和商販湧入城牆頂的開闊走道。他們的臉上帶著有如觀賞思弗丹鬥鯊魚的表情，偎著牆以便找到最佳的視野，準備欣賞大家都認為即將出現的災難現場。大家覺得伊嵐翠的蠻人會在公主進城之後的幾分鐘之內將她撕成裂片，搶食精光。

拉森無奈地看著伊嵐翠的惡獸靜靜地到訪，連守衛也拒絕吞食，更遑論公主。他的惡魔們拒絕表演，而他可以看到群眾臉上的失望表情。公主的動作真是神來之筆，以無情鐮刀般的真相割閹了拉森的惡魔。如今紗芮奈帶領的貴族以進入伊嵐翠的方式證明他們的勇氣，光因為面子就會強迫其他人也這麼做。對伊嵐翠的仇恨將煙消雲滅，因為人們無法憎恨他們憐憫的對象。

一發現今天不會上演王妃被分食的畫面，人們便失去了興趣，魚貫地走下了高聳的城牆，一道心懷不滿的人龍。拉森加入了這群人之中，爬下階梯，返回凱依城中心德瑞熙禮拜堂。然而在路程中，一輛馬車在他身邊停下。拉森從外觀便認出了這馬車上的符文：艾歐．芮依（Aon Rii）。

馬車止住，門打了開。拉森上了車，和泰瑞依公爵相視而坐。

公爵顯然很不高興。「我警告過你那個女人的事情。人們不會去恨伊嵐翠了，不恨伊嵐翠，人們會連帶地不會去恨舒．科拉熙教派。」

拉森揮揮手，「這女孩不會有影響的。」

「我可看不出來。」

「她能維持多久？」拉森問：「數週，最多一個月？現在，她的造訪只是一頭熱，很快就會消褪。也許她想繼續布施，但是我還是很懷疑未來有哪些貴族願意參與。」

「傷害已經造成了。」泰瑞依堅持。

「微乎其微。」拉森說。「泰瑞依大人，自從我來亞瑞倫之後才不過幾週。是的，這女人讓我們受阻，但只是小小的不便罷了。你知我知，貴族心性不定，你認為他們多久就會忘記造訪伊嵐翠的事？」

泰瑞依好像沒被說服。

「此外，」拉森換個方法說：「我們的計畫中，伊嵐翠的任務只是一小部分。艾敦王的權勢不穩——下個稅期他將持續窘困——才是我們該全神貫注的。」

「國王最近和泰歐德訂立了一些契約。」泰瑞依說。

「那不夠回收他的損失。」拉森輕蔑地說：「他的財務困頓，貴族不會支持一個堅持所有人的財富狀況不可改變，卻不以同樣標準自律的國王。

「很快地，我們可以散布國王財政縮水的謠言。絕大多數高階貴族本身就是商賈，他們有能耐得知對手的動態是什麼。他們會發現艾敦王受創有多嚴重，他們會埋怨的。」

「埋怨不會把我推向王座的。」泰瑞依說。

「你會意外的。」拉森說：「另外，我們同時要暗示如果你坐在王位上，你會給亞瑞倫訂下蓬勃的東方貿易協定。我能提供你合適的文件，大家都有錢賺──這也是艾敦王做不到的事。你的人民會發現這個國家瀕臨財務危機，菲悠丹則能帶你離開那個危險。」

泰瑞依緩緩點頭。

很好，泰瑞依。拉森暗嘆一口氣，這下你聽得懂了吧。如果我們沒辦法同化貴族，只好收買他們。這個計畫並未如拉森所說的確定，但可以先拿來搪塞一下泰瑞依，等拉森想出其他計謀。一旦國王破產的消息走漏，而泰瑞依巨富依舊，顯見其他加諸政府的壓力會輕易將權力移轉，就算有點突兀也無妨。

公主反制錯了陰謀。即使她自認機智地破壞了拉森的計畫，分送食物給伊嵐翠人，艾敦王的王座依然會崩碎。

「我警告你，拉森，」泰瑞依忽然說：「不要以為我只是個德瑞熙的卒子，因為能獲得你所承諾的財富，我才願意和你合作，我不會隨你起舞的。」

「大人，我想都不敢想。」拉森圓滑地說。

泰瑞依點點頭，呼喚車夫停下。還不到前往德瑞熙禮拜堂路程的一半。

「我的宅邸在那個方向。」泰瑞依心不在焉地說著，朝街邊底用手比了比。「你可以走完剩下前往禮拜堂的路。」

拉森緊咬牙根。這個人有一天會明白得重視德瑞熙的官員。但是現在，拉森只是默默爬下馬車。他寧願走路也不願和他同車。

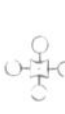

「我從未見過亞瑞倫人有這種反應。」一位教士附注。

「我同意。」他的友人說：「我在凱依城服務帝國長達十多年，一年中信教的人數也沒那麼多。」

拉森抵達德瑞熙禮拜堂時，和幾位教士擦肩而過。幾位低階的一般神職人員沒注意到他，他卻注意到他們，因為狄拉夫的緣故。

「好長一段時間了，」狄拉夫也同意。「但我記得有段時間，正好是海盜德瑞克．碎喉襲擊泰歐德之後，亞瑞倫發生一波信教風潮。」

拉森皺起眉頭。狄拉夫的見解困擾著他。他逼自己別停下來，但是瞥了狄拉夫一眼。狄拉夫可能從小時便記得德瑞克．碎喉十五年前攻擊了泰歐德的史事，但是怎麼可能連亞瑞倫人信仰比率都那麼清楚？

儀祭狄拉夫一定比拉森假設的還要年長——年長很多。拉森在腦海中研究狄拉夫的表情時，突地睜大了眼睛。拉森誤認狄拉夫不到二十五歲，但現在卻可以從儀祭的身上發現歲月的痕跡。雖然只有隱約的痕跡，但他可能是那種少見，看起來比實際年輕許多的人。這「年輕的」亞瑞倫教士假裝缺乏經驗，但是他的深思熟慮卻暴露了他的成熟。狄拉夫比人們以為的更為老練。

這又代表什麼？拉森搖搖頭，推開門走進房間。當拉森正困擾著誰要當新的首席儀祭時，狄拉夫在禮拜堂的影響力也在擴張。另外三個人拒絕了這個職務。他已經不懷疑了，拉森深信這與狄拉夫脫不了關係。

他比你想的來得老，拉森心想。同時長期以來影響著凱依城的教士。

狄拉夫說過，凱依城原本的德瑞熙信徒都是從亞瑞倫南方、他個人的禮拜堂中前來的。他來凱依城多久了？狄拉夫來的時候費雍才當上首席儀祭，但費雍統治這個城市已經有一段時間了。

狄拉夫也許在城裡待了好幾年的時間。他可能和其他的教士有往來，在那段時間中學習影響他們，獲得控制他們的權能。而且，從狄拉夫信仰德瑞熙的熱情來看，他還挑了最保守也最具影響力的儀祭們培養關係。

而那些人正是拉森當初抵達凱依城時，決定留下來的人。他送走了較不熱切的信眾，而他們正是會對狄拉夫的狂熱反感、敬而遠之的人。在不知情的情況下，拉森將禮拜堂的組成分割成有利於狄拉夫的局面。

拉森坐在桌前，新的發現困擾著他。難怪尋找新的首席儀祭如此困難。留下來的人很清楚狄拉夫的為人——不是害怕從他手上拿走這個位置，要不就是受他賄賂知曉退讓。

他不可能影響所有人，拉森堅決地相信。我只要繼續找，還是會有教士能取代這個職務。

然而，他仍然憂心狄拉夫驚人的影響力。這位儀祭的左右手緊掐著拉森。一隻手是狄拉夫依舊能掌控宣示追隨拉森的有力信眾；而另一隻手是這位儀祭檯面下，整個修道院的領導力越發鞏固。沒有首席儀祭，同時拉森花費許多時間在傳教或與貴族會面，狄拉夫正緩緩地從亞瑞倫的德瑞熙教會的日常工作中，一點一滴榨乾所有權勢。

總之，這是一件更令人嚴重頭疼的問題，某個令拉森不願正視，比紗芮奈的試煉，或狄拉夫的手段更掣肘的事。拉森足以面對這些來自於外的阻力，同時獲得勝利。

然而，他內心的猶豫，則全然不同。

他從書桌裡找出了一本小書。在無以記數的整理中，他記得開箱後把這本書放進了抽屜裡，這是他每次搬遷時的習慣動作。他沒有多少自己的東西，所以也從不覺得東西多到得扔了這本書，縱使幾年沒有看過它了。

終於找到了。他從泛黃的書頁中翻挑出他要的東西。

書上寫著：我找到了目標。以前，我不知道我為什麼而活，如今有了方向。它讓我所做的一切充滿榮耀，我服侍上主杰德司的國度，我的奉獻直達祂。我舉足輕重。

德瑞熙信仰訓練下的教士會紀錄下聖靈體驗，但是拉森在這個領域從不熱衷。他的私人紀錄只包含了數行文字——包括這一段——數年之前，在他決定成為教士後的幾週，還沒前往達克霍修道院的時候。

拉森，你的信仰出了什麼問題？

歐敏的問題糾纏著拉森的思緒，他聽見科拉熙教士在他的腦裡絮語，質問他的信仰出了什麼問題，質問他布道的企圖。難道拉森愈來愈憤世嫉俗，只因為熟悉所以才履行義務？難道他的布道已經成為邏輯的挑戰，而非性靈上的追求？

他知曉，有部分的確如此。他樂於謀劃、對抗，以及思考如何令全國異教徒改變信仰。即便狄拉夫困擾著他，拉森仍覺得亞瑞倫的挑戰讓他精神百倍。

但是，年輕的拉森怎麼了？曾讓他不假思索的熱情，他的信念怎麼了？他幾乎想不起來。這部分在他的生命很快便過去了，他的信念從炙烈的火焰降溫成舒緩的溫暖。

為什麼拉森想在亞瑞倫中成功？是為了名聲？令亞瑞倫改變信仰的人，將永遠紀錄在德瑞熙教會中永誌不忘。為了要服從？畢竟他是接受了沃恩的直接命令，還是因為他懇切的認為改變信仰能幫助百姓？殷鑑於他在杜拉德引發的大屠殺，拉森下定決心不殺一人，在亞瑞倫獲得成功。但是，再一次自問，他真的是為了拯救生命嗎？還是因為他知道溫和的征服較為困難，因此帶來了更多的挑戰？

他的心如同煙塵漫天的斗室般渾沌。

狄拉夫慢慢地掌握控制，並不如拉森自己的憂慮那麼令人害怕。如果狄拉夫的行事方式與驅趕拉森才是對的呢？如果亞瑞倫適合狄拉夫的統領呢？狄拉夫不擔心血腥革命所帶來的死亡，他早已知曉人民信仰德瑞熙才是正道，即便他們最初的改信需要以屠殺做為序幕。

狄拉夫擁有信念。狄拉夫相信他的所作所為。

拉森擁有什麼？

他再也無法確定。

第二十五章

「我想，她跟我們一樣需要這些食物。」瑞歐汀用懷疑的眼神打量著瘦弱的托瑞娜。艾汗的女兒穿著一件簡樸的藍色洋裝，用一條絲巾罩住她淡紅的金髮。依照亞瑞倫貴族奢華的穿衣標準，她要做這樣的打扮很可能得向侍女借衣服。

「要善待她。」紗芮奈一面從車上拿下一個箱子交給瑞歐汀，一面命令他。「她是唯一一個有勇氣來的女性——雖然是我叫蘇登邀請她，她才答應的。如果你把她給嚇跑，就再也不會有別人跟來了。」

「是的，殿下。」瑞歐汀鞠躬。雖然一起發配食物一個星期，似乎有些軟化了她的厭惡，紗芮奈對他依舊很冷淡。她會回應他的評論，甚至跟他交談片刻，但她不願意和他成為朋友。

上一個星期讓瑞歐汀格外地緊張。他在伊嵐翠的時間都花在習慣新奇與怪異的事物上，但這禮拜他被強迫要重新了解熟悉的事物。在某種方面，這比原本更糟。他能夠把伊嵐翠當作痛苦的來源來忍受，但是他沒辦法這樣看待他的故友。

就像現在，蘇登站在托瑞娜身旁，扶著她的手臂鼓勵她靠近等待食物的隊伍。過去蘇登是瑞歐汀最要好的朋友；他和這個認真的占杜人經常花上好幾個小時，一起討論亞瑞倫的內政問題。現在蘇登根本就沒有注意到他的存在。其他人，包括依翁德、凱胤、偌艾歐，甚至連路凱也一樣。他們曾是英俊的瑞歐汀王子的同伴，但絕不會是這個名叫靈性、被詛咒的生物的夥伴。

然而，瑞歐汀無法因此感到不滿。他無法責怪他的朋友不認得他，就連他自己也不認得他皺縮的皮膚和孱弱的身體，甚至連他的聲音都變了。某種層面上，他隱瞞自己的身分比朋友們的忽視更令他難受。他不能夠告訴他們他是誰，否則他還活著的消息將會毀了整個亞瑞倫。瑞歐汀很清楚他比他父親還要受歡迎，一定會有人寧願追隨他，不管他是不是個伊嵐翠人。掀起內戰對誰都沒有好處，而且結果很可能會把他送上斷頭台。

不，他得繼續把自己藏起來。讓他的朋友知道他的命運，只會帶給他們痛苦和困擾。然而，要隱瞞他的身分需要格外的謹慎。雖然他的臉和聲音改變了，但他的行為舉止沒變。他決定要和那些他太熟識的人保持距離；他試著表現得開朗友善，但不和眾人親近。

這也是他接近紗芮奈的一個理由。她以前不認識他，所以他在她身邊不必演戲。另一方面，這也像是一種考驗。他很好奇，如果沒有政治上的需要，做為夫妻的他們能不能相處愉快。

他當初的感覺似乎是對的。他的確喜歡她。她在信裡透露的特質，都一一顯現在她身上。她和亞瑞倫宮廷裡的女人不一樣，既強悍又堅定。不管向她說話的男人身分如何高貴，她都不會把視線垂下。她輕鬆地下達指示，而且絕不假裝脆弱來吸引男人的注意。

然而，這些王公貴族領主還是跟隨著她。依翁德、蘇登，甚至連偌艾歐公爵也一樣。他們聽從她的判斷，像是對國王一樣的服從她的命令，他們的眼裡沒有一絲不甘。她禮貌地下達命令，而他們很自然地回應。瑞歐汀驚奇地微笑著，他花了好幾年的時間來獲得這些人的信任，而紗芮奈在幾個禮拜之中就辦到了。

她的每項特質都令人印象深刻——聰慧、美麗，而且堅強。他只希望能夠說服她不要討厭自己。

瑞歐汀輕嘆，重新專注在工作上。除了蘇登以外，今天在場的貴族都是第一次來。大多是不重要的小貴族，但也有幾個大人物。比如泰瑞依公爵，他正站在一旁用慵懶的眼神看著他們卸貨。他自己並不參與，但是他帶了一個僕人來幫忙。泰瑞依本人顯然不願參加實際的勞動。

瑞歐汀搖搖頭。他向來不喜歡公爵泰瑞依。有一次他試著接近這個男人，希望泰瑞依能加入他這邊。公爵的回應是打著呵欠反問瑞歐汀，願意付多少錢來爭取他的支持，然後在瑞歐汀離去的時候放聲大笑。瑞歐汀從沒有弄清楚過，究竟泰瑞依的回答是出於純粹的貪婪，還是對瑞歐汀會做出的反應心知肚明。

瑞歐汀轉頭看著其他貴族。跟往常一樣，新來的人們戒慎恐懼地聚集在卸過貨的車子旁邊。現在輪到瑞歐汀上場了。他帶著微笑靠近他們，向他們自我介紹並且半強迫地和他們握手。不過幾分鐘之後他們就逐漸放鬆了戒備。至少有一個伊嵐翠人不會撲上來啃咬他們，而且沒有任何參與分派食物的人被霞德祕法影響，所以他們也排除了被感染的恐懼。

這群人開始放鬆，融入瑞歐汀風趣的談話中。瑞歐汀自願擔任負責讓貴族適應的工作。從第二天開始，就很明顯可以看出紗芮奈在其他的貴族社交圈裡，不像在瑞歐汀的舊團體中一樣有影響力。假若瑞歐汀沒有靠上前的話，那群貴族可能到現在還僵在貨車旁邊不動。紗芮奈並沒有開口感謝他，但她微微地對瑞歐汀點了點頭表示讚許。從那之後，瑞歐汀負責應付新來的貴族就成了共識。

對他來說，參與一項能摧毀他之前對伊嵐翠所有付出的活動，實在很奇怪。然而，除了製造一場激烈的意外之外，也沒有什麼辦法可以阻止紗芮奈了。此外，瑪瑞西和卡菈塔透過「合作」而獲得了很多很有用處的物資。紗芮奈的試煉結束之後，瑞歐汀得花很多力氣在重建上，但克服這個阻礙顯然是值得的——假使他活得夠久的話。

這些輕鬆的想法忽然間喚醒了他的疼痛。它們一如往常地燒灼著他的肉體，啃噬著他的決心。他再也不去計算傷口的數量，然而每一個產生的疼痛都是獨立的，無以名狀的痛苦。他只知道他疼痛加劇的速度比任何一個人都還要快。他左手臂上的一個擦傷痛得像是從肩膀裂到手指一樣，而腳趾的疼痛一直熾烈地燒到膝蓋上。他簡直像是在伊嵐翠待了整整一年，而不是短短的一個月。

或許他的疼痛並不比別人劇烈，或許他只是比別人更脆弱。無論如何，他撐不了多久了。也許一個月，也許兩個月，有一天他再也不會在疼痛中醒來，然後他們就會把他安置在頹者之廳。在那裡，他終於可以全心專注於無盡的痛苦之中。

瑞歐汀強迫自己把思緒轉開，開始分派食物。他試圖讓這項工作轉移自己的注意力，而且的確有點效果。然而，劇痛依舊潛伏著，像是躲在陰影裡的野獸一樣，飢餓的眼睛閃爍著紅芒。

每個伊嵐翠人都可以拿到一個小袋子，裝滿立即可食的食物。今天的份量就跟往常一樣，不過瑞歐汀驚訝地發現還多了一些占杜酸瓜。這種拳頭大小的鮮紅水果，在瑞歐汀身旁的貨車上微微地反光閃耀著，彷彿在挑戰此時應該不是盛產季的事實。他在每一個袋子裡面放進一顆，然後放一些蒸過的玉米，幾種蔬菜，還有一小塊麵包。伊嵐翠人感激而貪婪地收下這些食物。大多數的人一拿到食物就急忙地從馬車旁跑開，躲起來獨自進食。他們依舊不肯相信沒有人會來搶走他們的食物。

一個熟悉的臉孔出現在瑞歐汀的面前。迦拉旦穿著他的伊嵐翠破布袍，以及他們從四處收集來的物品所拼湊出的碎布斗篷。杜拉德人遞出他的袋子，瑞歐汀悄悄地把它換成可以裝下五倍配給的大小。他把袋子裝滿到一雙虛弱的伊嵐翠手臂幾乎難以拿得起來的程度。迦拉旦伸出手臂拿回食物袋，把它藏在斗篷底下，然後消失在人群中。

沙歐林，瑪瑞西和卡菈塔也會過來，然後他們三個都會拿到像迦拉旦一樣滿的袋子。他們會盡可能地把它們儲藏起來，然後把剩下的分配給霍依德。倒下的人之中有一些還認得出食物，瑞歐汀希望規律的進食可以幫助他們回復神智。

然而，至今仍然沒有什麼效果。

城門關上的時候發出鈍重的響聲，讓瑞歐汀想起他來到伊嵐翠的第一天。當時他的痛苦只是情緒上的，而且相比之下非常輕微。如果當時他真的明瞭自己踏進了怎樣的處境，他可能會當場就蜷縮起來加入霍依德的行列。

⚘

瑞歐汀轉身，把背靠在城門上。瑪瑞西和迦拉旦站在廣場中央，看著紗芮奈依照卡菈塔的要求，留下的幾個箱子。

「拜託告訴我，你們已經想到要怎麼搬運這些東西了。」瑞歐汀一面說，一面走向他的朋友。前幾次，他們得一人扛著一個箱子走回新伊嵐翠，耗盡他們虛弱的肌肉僅存的力氣。

「當然，我已經想好了。」瑪瑞西用力地吸了吸鼻子。「至少應該會奏效。」

矮小的男人從碎石堆後面拿出一片金屬薄片，四端有些捲曲，前面綁著三條繩子。

「雪橇？」迦拉旦問。

「底下抹了油。」瑪瑞西解釋。「我找不到任何沒生鏽或者還沒爛掉的輪子，但這樣應該沒問題，街上的爛泥可以提供足夠的潤滑讓它前進。」

迦拉旦咕噥了一聲，顯然努力在忍住諷刺的批評。不管瑪瑞西的雪橇運作得多糟糕，總不可能比在大門和禮拜堂之間來回搬上幾十趟更嚴重。

事實上，這個雪橇運作得很不錯。當然到最後潤滑油磨損掉了，而街道也窄得讓他們沒有空間避開石板路破損翻起的地方，而且要把它拖過沒有污泥的新伊嵐翠街區更加困難。然而整體而言，連迦拉旦也不得不承認這輛雪橇替他們省了不少時間。

「他總算做了點有用的事。」迦拉旦在他們拉到禮拜堂前時咕噥了一聲。

瑪瑞西冷哼了一聲，不過瑞歐汀看出他愉快的眼神。迦拉旦固執地拒絕承認這個矮小男子的靈巧，他抱怨不想再讓瑪瑞西自我膨脹，但瑞歐汀覺得這不可能。

「讓我們來看看，這次王妃決定給我們什麼。」瑞歐汀說著，一面打開第一個箱子。

「小心有蛇。」迦拉旦警告。

瑞歐汀輕笑，把蓋子扔在地上。箱子裡裝著幾大捆布料——全都是噁心的亮橘色。

迦拉旦陰沉地說：「穌雷，這是我一生中見過最糟糕的顏色。」

「我同意。」瑞歐汀微笑。

「你好像不怎麼失望。」

「喔，我是很反感。」瑞歐汀說。「我只是很欣賞她刁難我們的方式。」

迦拉旦又咕噥了一聲，一面走向第二個箱子。瑞歐汀拉起一塊布料的邊緣，用觀察的眼光審視著。

迦拉旦說得沒錯，這的確是鮮艷過頭了。紗芮奈和這些「幫派首領」之間的交換條件，變成了一種競賽遊戲，瑪瑞西和卡菈塔要花上好幾個小時來決定他們要求的細節，但紗芮奈總是找得出方法來找他們麻煩。

「喔，你一定會愛上這個的。」迦拉旦看著第二箱的內容物搖頭。

「什麼？」

「我們的鐵。」杜拉德人說。上一次他們要求二十片鐵片，然後紗芮奈給他們送來二十片薄到幾乎可以飄起來的鐵片。這次他們要求以重量計算。

迦拉旦伸手從箱子裡撈出一把鐵釘。彎曲的鐵釘。「這裡面一定有幾千根。」

瑞歐汀大笑。「我們總會找得出方法來運用它們的。」幸運的是，鐵匠翁尼克（Eonic）是少數幾個仍對瑞歐汀效忠的伊嵐翠人之一。

迦拉旦把鐵釘放回箱子裡，聳了聳肩。其餘的補給品並不算太糟。食物不太新鮮，但卡菈塔注明要求要還能吃的。那些油燒起來發出刺鼻的味道，瑞歐汀搞不懂她是從哪裡弄來這種油的。刀子都很銳利，但是沒有手柄。

「至少她沒有發現，我們為什麼要她用木箱裝這些東西。」瑞歐汀說，一面檢查著箱子，感覺木質良好且堅硬。他們可以把箱子拆開來做各種不同的用途。

「如果她為了想讓我們被刺傷，而沒有把這些打磨過，我也不會太驚訝。」迦拉旦尋找著繩尾，試圖把整捆繩子分開來。「如果跟那個女人結婚是你的命運的話，上神把你送進這裡來真算是一種祝福。」

「她沒有那麼糟。」瑞歐汀一面說，一面看著瑪瑞西把他們的貨物列清單。

「我覺得很奇怪，大人。」瑪瑞西說。「為什麼她要大費周章地找我們麻煩？她不怕破壞我們的協議嗎？」

「我想她很懷疑我們是否真的有那麼虛弱，瑪瑞西。」瑞歐汀搖搖頭，「她遵守我們的約定，只是因為不想背棄她的承諾。但是她不覺得她有必要令我們高興。她知道我們無法阻止人們接受她的食物。」

瑪瑞西點點頭，繼續寫他的清單。

「來吧，迦拉旦。」瑞歐汀拾起要分給霍依德的袋子。「我們去找卡菈塔。」

新伊嵐翠現在看起來空空蕩蕩的。在紗芮奈到來之前，他們曾經聚集了超過一百個人。現在如果不算小孩子和霍依德的話，留下來的不到二十個。他們之中大多數是新來的伊嵐翠人，跟沙歐林還有瑪瑞西一樣是被瑞歐汀「拯救」的人。他們不知道怎麼在新伊嵐翠以外的地方生活，所以躊躇著不敢離開。其他人，那些自己加入新伊嵐翠的人，對瑞歐汀的忠誠十分薄弱。一旦紗芮奈提供給他們更即時的好處，他們就立刻離開了。這些人大多都在城門附近徘徊，等待下一次的食物。

「真是悲傷，可了？」迦拉旦看著乾淨而空蕩的房子。

「是的。」瑞歐汀回應。「本來很有發展的潛力，即使只維持了一週。」

「我們會再次成功的，穌雷。」迦拉旦說。

「我們費盡力氣使他們再次當個人類，現在他們又放棄他們所學到的一切。他們張著嘴等待——我懷疑紗芮奈是否知道她提供的三餐只撐不到幾分鐘。她試圖阻止飢餓，但人們吃得如此迅速，讓他們在幾個小時之內飽得想吐，然後挨餓一整天。伊嵐翠人的身體和普通人運作的方式不一樣。」

「就像你提出的理論一樣，」迦拉旦說。「這是心理上的飢餓。我們的身體並不需要食物；鐸會供給我們養分。」

瑞歐汀點頭。「至少不會使我們脹破肚子。」他曾經擔心吃得太多會撐破伊嵐翠人的肚子，幸好，一旦伊嵐翠人填飽肚子，消化系統就會開始運作。就像他們的肌肉一樣，給予刺激就會回應。

他們繼續行走，經過正滿足地用他們上次要求的刷子，清洗牆壁的卡哈。他的神情是如此祥和寧靜，看起來好像甚至沒注意到他的助手離開了。不過，他卻用不滿的眼神看著瑞歐汀。

「為什麼大人您還沒有換衣服呢？」他指著瑞歐汀。

瑞歐汀看了看他身上的破袍子。「我還沒時間換，卡哈。」

「您知道瑪芮小姐花了很多時間，替您縫製一套合適的衣服嗎？大人。」卡哈仍舊挑剔著。

「好啦，」瑞歐汀微笑著說，「你有看到卡菈塔嗎？」

「她在頽者之廳裡，大人，探視霍依德們。」

遵照年長清潔工的要求，瑞歐汀和迦拉旦在去找卡菈塔之前換了衣服。瑞歐汀很高興他們照做了，他幾乎忘了穿上乾淨清潔、聞起來不臭、沒有沾滿污泥的新衣服的感覺。當然，顏色不是很令人滿意，紗芮奈挑得很聰明。

瑞歐汀拿起一塊擦亮的金屬看著自己的模樣：他的襯衫是染有藍色條紋的黃色，褲子亮紅色，背心是噁心的綠色。他覺得自己看起來像是一隻困惑的熱帶鳥。唯一的安慰是，雖然他看起來很蠢，迦拉旦更糟糕。

高大黝黑的杜拉德人認命地看著自己粉紅色和淺綠色的裝扮。

「別這麼難過，迦拉旦。」瑞歐汀笑著說。「你們杜拉德人不是喜歡鮮艷的衣服嗎？」

「那是貴族，城市人和共和階級。我是個農夫，我不覺得粉紅色是個討人喜歡的顏色，可了？」迦拉旦瞇著眼睛說。「如果你敢說我看起來像個卡薩瑞（Kathari）水果的話，我就把這件上衣脫下來勒死你。」

瑞歐汀輕笑。「總有一天，我要找來那名告訴我杜拉德人脾氣都很好的學者，然後把他跟你丟在同一個房間裡面，關上一個星期，朋友。」

迦拉旦哼了一聲，拒絕回答。

「來吧。」瑞歐汀走向禮拜堂的後室，看到卡菈塔坐在頹者之廳外面，手中拿著針線。沙歐林坐在她面前，捲起了袖子，手臂上有一道巨大的割傷，沒有血流出來，但是肌肉光滑灰敗。卡菈塔正迅速地把傷口縫起來。

「沙歐林！」瑞歐汀驚叫。「發生了什麼事？」

戰士尷尬地低下頭。雖然傷口深到普通人早該昏厥的程度，他看起來並不痛苦。「我滑了一跤，大人，然後他們逮到機會。」

瑞歐汀憤然地看著沙歐林的傷口。沙歐林的衛兵不像其他伊嵐翠人一樣減少得那麼快，他們是堅定的一群人，沒有放棄他們的新職務。但是他們的人數不足，幾乎不夠看守夏歐的領土通往廣場的每條街。當其他的伊嵐翠人日復一日地領取紗芮奈的食物充飢時，沙歐林的手下都得艱辛地防範夏歐的野獸手下衝進廣場。有時候廣場上都可以聽到遠處傳來的嚎叫聲。

「對不起，沙歐林。」卡菈塔一面縫，瑞歐汀一面說。

「無須在意，大人。」戰士勇敢地說。然而，這個傷口跟其他的傷口不一樣，這是他持劍的手。

「大人……」他開口，不敢看著瑞歐汀的眼睛。

「怎麼了？」

「我們今天又失去了一個士兵。我們勉強把他們擋住了，可是現在少了我……我們將會非常辛苦，大人。我們的士兵都是很好的戰士，而且裝備齊全，可是我們沒辦法再抵擋他們多久了。」

瑞歐汀點點頭。「我會想個辦法的。」沙歐林滿懷希望的點頭。瑞歐汀則充滿罪惡感地繼續說：「沙歐林，你怎麼受到這種劍傷的？我從沒看過夏歐的手下拿過石頭和木棒以外的武器。」

「他們變了，大人。」沙歐林說。「現在他們之中有些人持有武器。而且每當我們的士兵倒下，他們立刻就搶走他的劍。」

瑞歐汀驚訝的挑眉。「真的？」

「是的，大人。這很重要嗎？」

「非常重要。這代表夏歐的手下並不像我們所相信的那麼野蠻。至少他們的心智裡有足夠的空間讓他們可以學習。某部分的狂暴獸性，只是演出來的。」

「去他的演戲。」迦拉旦哼聲說。

「也許不一定是演戲。」瑞歐汀說。「他們表現得像野獸，是因為這樣比忍受痛楚更容易。如果我們能給他們別的選擇，他們很有可能會接受。」

「我們也許可以放他們進入廣場，大人。」沙歐林有些猶豫地建議。當卡菈塔完成縫合的時候，他發出呻吟。她縫合得十分熟練，她是在一個小傭兵隊擔任護士時認識她的丈夫。

「不行。」瑞歐汀說。「就算他們沒有殺死貴族，伊嵐翠的守衛也會把他們屠殺殆盡。」

「那不正是我們想要的結果嗎？穌雷。」迦拉旦眼中閃動著邪惡的笑意。

「絕對不是。」瑞歐汀說。「我想紗芮奈公主的試煉背後另有其他目的。她每天都帶不同的貴族來，好像想要讓他們適應伊嵐翠一樣。」

「那有什麼好處呢？」卡菈塔把她的縫紉工具放到一旁，首次發言。

「我不知道。」瑞歐汀說。「但是對她來說很重要。如果夏歐的手下攻擊了貴族，就會摧毀她想要進行的一切。我曾試著警告她不是所有伊嵐翠人都像她見到的一樣溫順，但我不覺得她相信我。我們得在紗芮奈完成她的試煉之前擋住夏歐的攻擊。」

「到什麼時候？」迦拉旦問。

「天曉得。」瑞歐汀搖搖頭。「她不肯告訴我，每當我試圖從她那裡打探消息，她就愈來愈提防我。」

「好吧，穌雷，」迦拉旦看著沙歐林的傷口。「你最好快點想到辦法讓她早點結束，否則她就得應付幾十個瘋子的攻擊，可了？」

瑞歐汀點頭。

⁂

中心一點，幾吋之上畫出一條橫線，然後在右方往下畫一條線——艾歐。這是每個符文的起點。瑞歐汀繼續畫下去，他的手指精準而迅速地移動，在空中留下發光的軌跡。他完成了圍繞著中心點的方型，然後在周圍畫出兩個更大的圓圈。艾歐．泰亞（Aon Tia），旅行的符文。

瑞歐汀仍舊沒有停下來。他從方形的角落延伸出兩條長線，限制符文只對他自己發生效用；然後在一旁畫出四個較小的符文描述確實的距離。上方的一組線條要求符文等到他輕敲中心點，才會發生作用。

他精準地描繪每一個點和線，長度和大小對於符文的運作來說都非常重要。這還是相對簡單的一個符文，不像書上描述的治療符文一樣到難以置信的複雜。不過，瑞歐汀對於他逐漸進步的能力仍然感到自豪。他花了好幾天，把這四個能將他的身體傳送到十步之外的符文練熟。

他滿意地看著空中閃爍的圖形，直到它們沒有發生一點效用的閃動，然後消失為止。

「你的技術愈來愈好了，穌雷。」迦拉旦靠在窗口，望向禮拜堂裡面。

瑞歐汀搖搖頭，「我還有很長一段路得走，迦拉旦。」

杜拉德人聳聳肩。迦拉旦已經放棄說服瑞歐汀練習艾歐鐸符文是沒有用的。不管發生什麼事，瑞歐汀每天都會花上幾個小時練習畫符文。這個舉動能夠安撫他的疼痛。他在畫符文的時候比較感覺不到疼痛，而且這幾個小時遠比其他時間來得令他心安。

「農作物怎麼樣了？」瑞歐汀問。

迦拉旦轉身，看著花圃。玉米的莖依舊很短，幾乎沒比剛抽芽的時候長。瑞歐汀看得出來它們的葉子開始在凋謝。上個星期，幫助迦拉旦耕作的人手大多離開了，而現在只剩下杜拉德人獨自在耕種他們的小小農田。他每天都長途跋涉到水井去提水來灌溉，但是沒辦法一次搬運太多，而紗芮奈給他們的桶子又會漏水。

「它們會活下去的。」迦拉旦說。「記得叫卡菈塔在下一次的要求裡，叫他們送來一點肥料。」

瑞歐汀搖頭。「我們不能這樣做。不能讓國王發現我們正在種植自己的食物。」

迦拉旦臉色一沉。「好吧，那你可以向他們要一些糞便。」

「太明顯了。」

「那向他們要求一些魚吧，宣稱你突然很想吃魚。」

瑞歐汀嘆了一口氣，點點頭。他真該在決定把花圃設置在自己家後面之前多想想的。腐魚的味道顯然不是他所期望聞到的。

「那個符文是你從書上學來的？」迦拉旦換了一個悠閒的姿勢，傾身靠在窗台上，「它應該要發揮什麼樣的效果？」

「艾歐‧泰亞？」瑞歐汀問，「那是個傳送用的符文。在災罰之前，那個符文可以把人從伊嵐翠傳送到世界上任何一個角落。書上提到它，是因為它是最危險的符文之一。」

「危險？」

「你必須非常精確地指出傳送的距離。如果你要它把你傳送十呎，它就會這麼做，無論十呎之外有什麼東西。你很可能會出現在一道石牆之中。」

「你從書上學到很多東西囉？」

瑞歐汀聳聳肩。「學了一些。大多是暗示和線索。」他把書翻到做了記號的某頁。「像這個，大約在災罰之前十年，有個男人帶著他妻子前來治療癱瘓。然而，伊嵐翠的醫者稍微畫錯了艾歐‧埃恩。符文沒有消失，而是將那個可憐的女人籠罩在紅光中。她的皮膚上留下了黑色的污斑，鬆垮的頭髮很快就掉光了。聽起來很熟悉吧？」

迦拉旦挑起一邊眉毛。

「她很快就死了。」瑞歐汀說，「她從一棟房子頂端跳下，尖叫著說疼痛太劇烈了。」

迦拉旦皺眉。「那個醫者做錯了什麼？」

「那不算是錯誤，應該算是疏漏。」瑞歐汀說。「他忘了三條基本線中的一條。愚蠢的錯誤，但不應該產生這麼激烈的效果。」瑞歐汀仔細研究這一頁。「那幾乎就像是……」

「像什麼，穌雷？」

「嗯，那個符文不夠完整，對吧？」

「可了。」

「所以，也許治療開始進行了，但是無法完成，因為符文的指引不夠完整。」瑞歐汀說。「要是這個錯誤仍然構成了符文，引導著鐸，但是卻沒有給它足夠的能量來完成整個程序呢？」

「你想說什麼，穌雷？」

瑞歐汀睜大了眼睛。「我想說的是，我們還沒死，我的朋友。」

「沒有心跳，沒有呼吸，沒有血液。你說得對。」

「不，我是說真的。」瑞歐汀愈說愈興奮。「你看不出來嗎？我們的身體被困在某個半途停止的轉變之中。整個轉變的程序開始了，但是被某個東西阻擋，就像那個女人受到的治療一樣。鐸還在我們的體內，等待指示來完成它們做到一半的工作。」

「我覺得我沒有聽懂你的意思，穌雷。」迦拉旦有點猶豫地說。

瑞歐汀沒有在聽。「這就是為什麼我們的身體永遠都不會治癒，它被困在某個特定的時間點。像是一條魚被凍結在冰塊裡面一樣。我們的疼痛不會消退，是因為我們的身體裡的時間不會流逝。它們卡住了，一直等待整個轉變過程的完成。我們的頭髮掉落，然後長不出東西來取代它們。我們的皮膚從霞德祕法展開的地方開始變黑，然後當能量用盡的時候就停在那裡。」

「我覺得你跳得太快了，穌雷。」迦拉旦說。

「是沒錯，」瑞歐汀說，「可是我確定是對的。有什麼東西擋住了鐸，我可以從我畫的符文裡面感覺得到。能量試著要釋放出來，可是有某種東西擋在中間，就好像符文圖形畫錯了一樣。」

瑞歐汀抬頭看著他的朋友。「我們還沒死，迦拉旦，而且我們也沒有被詛咒。我們只是還沒被完成而已。」

「好極了，穌雷。」迦拉旦說，「現在你只要找出原因就好了。」

瑞歐汀點點頭。他們終於多了解了一點，但是伊嵐翠殞落的真正原因仍然是個謎。

「不過，」杜拉德人繼續說，轉過頭去看著他的農作物。「我很高興那本書幫上了忙。」

瑞歐汀偏著頭看著迦拉旦走開。「等一下，迦拉旦。」

杜拉德人轉過身來，一臉疑惑。

「你其實不是真的關心我的研究，對吧？」瑞歐汀問，「你只是想知道你的書有沒有用而已。」

「為什麼我會在意那種事？」迦拉旦嘲笑。

「我不知道，」瑞歐汀說，「但是你對你的書房總是小心翼翼，從不向任何人公開，可是你自己也從來不去那裡。為什麼那個地方和這些書這麼重要？」

「沒什麼，」杜拉德人聳聳肩，「我只是不想看到它們被糟蹋。」

「那你究竟是怎麼找到那個地方的？」瑞歐汀走向窗戶，靠在窗台上說：「你說你才來到伊嵐翠幾個月而已，但是你看起來好像認得每一條街道一樣。你帶著我直接找到夏歐的銀行，可是市場區並不是那種可以輕鬆探索的區域。」

杜拉德人隨著瑞歐汀的話語，變得愈來愈不自在。最後他終於喃喃地說：「難道我就不能擁有自己的祕密嗎，瑞歐汀？你非得把每件事情都挖出來不可？」

瑞歐汀往後靠，被朋友突然強硬的語氣給嚇了一跳。「我很抱歉……」他結巴地說著，發現自己的口吻聽起來有多麼像是在質問迦拉旦。從他到達伊嵐翠以來，迦拉旦一直給予他全力的支持。瑞歐汀尷尬地想要離開。

「我父親是伊嵐翠人。」迦拉旦低聲說。

瑞歐汀佇足。他從眼角可以看見他的朋友。高大的杜拉德人在剛澆過水的土堆上坐下，盯著眼前的一株幼苗。

「我直到成年獨立之前，都和他住在一起。」迦拉旦說，「我一直覺得一個杜拉德人遠離他的朋友，和親人住在亞瑞倫是不對的。我猜這就是為什麼鐸會挑上我，給我同樣的詛咒。

「人們總說，伊嵐翠是一座受盡祝福的城市，可是我的父親在這裡從沒有快樂過。我猜就算在天堂樂園裡也會有人無法融入。他成了一個學者——我讓你看的那間書房就是他的。可是杜拉德一直縈繞在他的心頭，他研究的是農耕和灌溉，而這兩樣東西在伊嵐翠一點用處也沒有。當你可以把垃圾變成食物的時候，為什麼要耕作？」

迦拉旦嘆息，在指尖捏弄著一塊泥土，然後他搓搓手指，土壤掉回地面。

「有一天早上，當他起床發現我母親在他身旁重病的時候，他恨不得自己研究的是醫療。有些急症侵襲的速度快到連符文都沒辦法阻止。我父親成了我所認識唯一一個憂鬱的伊嵐翠人。我終於了解到他們不是神，因為一個神祇不可能如此苦痛。他不能回家，過去的伊嵐翠人就像我們一樣，是被放逐的人——無論他們是多麼美麗。因為人們不能忍受跟比自己優秀的生物比鄰而居——他們無法忍受看到這樣明顯把自己比下去的生物。

「當我回去杜拉德的時候，他很高興，他叫我當一個農夫。我把他留在城裡，繼續當一個寂寞而可憐的神祇；他唯一祈求，只有希望能夠再次像一個普通人一樣自由。在我離開約一年之後，他就過世了。你知道伊嵐翠人也會因為像心臟病一樣的小事就死去嗎？他們活得比一般人都還要久，但他們仍會死去。特別是當他們想死的時候。我父親知道心臟病的徵兆，他大可以去治療它，但他選擇了待在他的書房裡直到消失。就像你花大把時間在畫的符文一樣。」

「所以你憎恨伊嵐翠？」瑞歐汀問。他鑽過窗戶，靠近他的朋友。他坐在迦拉旦對面，隔著植物看著他。

「憎恨？」迦拉旦說。「不，我並不恨它，仇恨並不是杜拉德人的作風。當然，跟一個痛苦的父親一同在伊嵐翠長大的我，並不是一個純正的杜拉德人。你已經發現了，我沒辦法像我的同胞一樣輕鬆看待事物。我在每個事物上都看得到污點，就像伊嵐翠的污泥一樣。其他杜拉德人因為我的行為都避著我，而當霞德祕法選上我的時候，我幾乎是高興的。不論我多麼樂於耕種，我都不適合杜拉德。我活該屬於這城市，而這城市也屬於我，可了？」

瑞歐汀不太確定該怎麼回話。「我想，一個樂觀的評論，現在應該沒什麼幫助。」

迦拉旦微笑，「顯然不會。你們樂觀的人不懂憂鬱的人並不希望你試著鼓勵他，那只會讓他不舒服。」

「那我就說些真心話，我的朋友。」瑞歐汀說，「我欣賞你，我不知道你適不適合這裡——我懷疑有任何人適合。可是你對我的幫助很有意義。如果新伊嵐翠有一天成功了，那是因為有你在我身旁，讓我不至於從樓頂跳下去。」

迦拉旦深吸一口氣。他的臉上看起來沒有快樂的表情，但他的感激顯而易見。他點了點頭，然後站起來，伸出一隻手拉起瑞歐汀。

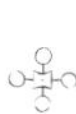

瑞歐汀不斷地翻身。他的床鋪不怎麼樣，只是一疊毯子，堆在禮拜堂後面的小房間裡。然而他並不是因為不舒服而睡不著，而是有什麼別的問題，心底有某個疑惑打擾他的睡眠。他覺得好像漏掉了什麼重要的事情。早先他已經接近它了；他的潛意識催促著他，要他把環節連接起來。

但是，到底是什麼事？到底是什麼線索在使他困擾？在跟迦拉旦談過話之後，瑞歐汀又回到了他的符文練習。然後接下來他到市區巡視了一圈。四處都很安靜，夏歐的手下已經不再進攻新伊嵐翠，轉而鎖定紗芮奈的到來所帶來的更多食物上。

應該跟他和迦拉旦討論的東西有關，瑞歐汀這麼認為。跟符文，或者和迦拉旦的父親有關。在那個時代身為一個伊嵐翠人是什麼感覺？在這些美麗的圍牆之中，真的有人能夠變得憂鬱沮喪嗎？有誰會願意拿能夠創造這一切不可思議的能力來交換簡陋的農村生活？當時這裡一定很美，非常美……

「上神慈悲！」瑞歐汀猛然掀開他的毯子大喊。

幾秒鐘之後，睡在禮拜堂大廳裡的沙歐林和瑪瑞西衝進門裡，迦拉旦和卡菈塔跟在他們身後不遠處。他們發現瑞歐汀震驚地呆坐著。

「穌雷？」迦拉旦小心翼翼地詢問。

瑞歐汀站起來大步走出房間，他們困惑地跟隨著他。瑞歐汀沒有停下來點起任何一盞燈；紗芮奈的燈油發出的辛辣氣味，他甚至根本沒注意到。他踏進黑夜裡，直直走向頹者之廳。

那個人還躺在那裡，像許多霍依德一樣，即使連夜晚都不停地喃喃低語。他的身軀矮小而皺縮，皮膚布滿的摺痕讓他看起來像是有一千歲那麼老。他悄聲地念著像是禱言一樣的細語。

「美……」他嗄聲說著，「曾經是多麼的美啊……」

線索並不是來自於他和迦拉旦的對談，而是來自於他來發送食物給霍依德的時候。瑞歐汀聽過幾十次這個人的自言自語，然而他從來沒有想到。

瑞歐汀把一隻手按在他的肩膀上。「是什麼東西這麼美？」

「美……」那個人低語。

「老先生，」瑞歐汀懇求他，「如果你的身體裡還存有靈魂，即使是一絲理性也好，請你告訴我，你究竟是指什麼？」

「曾經是多麼美……」他繼續呢喃，眼睛瞪著天空。

瑞歐汀舉起一隻手，開始在老人的面前勾勒著符文。在他來得及畫完艾歐·瑞歐之前，老人伸出了一隻手穿過符文的中心，倒抽了一口氣。

「我們一度是那麼地美，曾經——」他細語。「我的頭髮曾是那麼閃亮，皮膚熠熠生輝。符文曾飄盪在我的指尖。它們是如此地美麗……」

瑞歐汀聽到背後傳來幾聲驚嘆。「你是說，」卡菈塔靠向前，「一直以來……？」

「十年。」瑞歐汀說，一面用手支撐老人的身體。「這個人是災罰前的伊嵐翠人。」

「這不可能，」瑪瑞西說，「太長一段時間了。」

「他們還能上哪去？」瑞歐汀反問，「我們知道有些伊嵐翠人在城市和政府的崩壞中存活下來，而他們就被鎖在伊嵐翠裡。也許有些人自焚身亡，也許有些人逃走了，可是其他人還留在這裡。他們會成為霍依德，在幾年之內失去了他們的心智和力量……然後被遺忘在街道上。」

「十年，」迦拉旦低聲說。「十年的折磨。」

瑞歐汀看著老人的眼睛，它們布滿裂痕和皺摺，彷彿被某種巨大的爆炸所眩目。艾歐鐸的祕密就藏在這個人的內心某處。

老人抓住瑞歐汀的手，輕得幾乎無法察覺，卻努力地全身打顫。他那滿載痛苦的眼睛緊盯著瑞歐汀，嘶聲從唇中吐出三個單詞。

「帶，我，去。」

「去哪裡？」瑞歐汀困惑地問著，「城市外面？」

「……湖。」

「我不知道你指的是什麼，老先生。」瑞歐汀低聲說。

老人的眼睛看向門口。

「卡菈塔，妳拿著那盞燈。」瑞歐汀一面下達命令，一面背起老人。「迦拉旦，和我們一起來。瑪瑞西和沙歐林，你們留在這裡，我不希望其他人醒來時，發現我們全都不見了。」

「可是……」沙歐林開口，但是沒有繼續下去，他認清了這是一個直接下達的命令。

這是個明亮的滿月之夜，幾乎不需要提燈。瑞歐汀小心地背負著老伊嵐翠人。這個人很明顯沒有力量可以抬起手臂指引方向，所以瑞歐汀得在每個路口停下來，在老人的眼中搜尋是否有轉向的指示。

這過程進行得很慢，當他們抵達伊嵐翠西南邊的頹圮建築時，幾乎已經是早上了。它的樣子看起來就像其他的伊嵐翠建築一樣，除了屋頂近乎完好無缺以外。

「你知道這是什麼建築嗎？」瑞歐汀問。

迦拉旦思索片刻，在記憶中搜索著。「我想我知道，穌雷。這是伊嵐翠人的某種聚會所。我父親有時候會來，雖然我從來不被允許進入。」

卡菈塔驚訝地看著迦拉旦解說，但是她決定之後再問問題。瑞歐汀把老人帶進建築裡，裡面空蕩而且沒有雕飾。瑞歐汀看著老人的臉，而他看著地面。

迦拉旦蹲下來掃開地面的殘骸，搜索著。「這裡有個符文。」

「哪一個？」

「我想是瑞歐。」

瑞歐汀皺眉。艾歐．瑞歐的意涵很簡單，它代表「靈性」或者「靈魂的能量」。然而，那本艾歐鐸的書雖然頻繁地提到它，卻從沒解釋過它能夠產生什麼樣的魔法效果。

「壓壓看。」瑞歐汀建議。

「我正在試，穌雷。」迦拉旦咕噥了一聲，「我不覺得這樣有什麼……」杜拉德人在地面開始下沉的時候中斷了他的話語。他一面喊叫一面往後爬，看著巨石發出刺耳的響聲往下沉。卡菈塔清了清喉嚨，指著牆上被她按下去的一塊符文。艾歐．泰依（Aon Tae），代表「開啟」的古老符文。

「這裡面有階梯，穌雷。」迦拉旦把他的頭伸進洞裡說。他爬了下去，卡菈塔拿著提燈跟進去。把老人傳下去之後，瑞歐汀也加入了他們。

「精巧的機關。」迦拉旦注意到，並且研究著把這塊大石頭降下來的整套齒輪。「瑪瑞西看到一定會發瘋的，可了？」

「我對這些牆壁更感興趣。」瑞歐汀瞪著精美的壁畫說。這是個狹小的長方形房間，不到八呎高，但是裝飾著奪目的壁畫和兩列彫刻的圓柱。「把油燈舉起來。」

牆上畫滿白髮銀膚的人形，正從事著各種不同的活動。有些跪伏在巨大的符文之前，有些低著頭成列行走。這些人形有種嚴肅的感覺。

「這地方是聖地。」瑞歐汀說，「某種祭壇。」

「伊嵐翠人信仰宗教？」卡菈塔說。

「他們總會信仰些什麼。」瑞歐汀說。「也許他們並不像亞瑞倫人以為的那樣，這麼相信自己的神性。」他用詢問的眼光看向迦拉旦。

「我父親沒有談論過宗教，」杜拉德人說：「但是伊嵐翠人藏有許多祕密，就算對家人也一樣。」

「那邊。」卡菈塔指著長方形房間的另一端。牆上只有一張壁畫，上面描繪著一個巨大有如鏡子般的藍色橢圓。一個伊嵐翠人面向橢圓閉眼站著，手臂攤開。他看起來好像正飛向那個藍色碟子一樣。其餘的部分都是黑色的，除了藍色橢圓相對的位置有個白色的圓形。

「湖。」老伊嵐翠人的聲音微弱但堅定。

「這是橫著看的，」卡菈塔說，「你看，他正在墜入湖中。」

瑞歐汀點點頭。畫中的伊嵐翠人不是在飛行，而是在墜落。

這個橢圓就是湖面，它的邊線代表湖岸。

「看起來，這些湖水好像被當成是某種大門。」迦拉旦歪著脖子說。

「而他要我們把他投入湖中。」瑞歐汀明白過來，「迦拉旦，你有看過伊嵐翠的葬禮嗎？」

杜拉德人搖搖頭。「從來沒有。」

「來吧。」瑞歐汀看著老人的眼睛，它們堅定地望著通道的另一頭。

門後的房間比第一間更令人訝異。卡菈塔顫抖著舉起提燈。

「書！」瑞歐汀興奮地低語，他們的燈光照在一排又一排的書架上，一直延伸到黑暗中。他們三人在巨大的房間裡漫步，感受不可思議的歲月累積。書架上布滿灰塵，他們的腳步在地面上留下清晰的腳印。

「你有注意到這地方的奇特嗎？穌雷。」迦拉旦輕聲說。

「沒有泥巴。」卡菈塔說。

「沒有泥巴。」迦拉旦點頭同意。

「你說得對。」瑞歐汀驚詫地說。他已經太習慣新伊嵐翠清潔的路面，讓他幾乎忘記他們費了多大的勁才清掃完畢。

「整個城市裡面我沒有找到任何一個地方不是覆滿污泥，穌雷。」迦拉旦說，「就連我父親的書房，在我清理之前也都是泥巴。」

「還有別的東西，」瑞歐汀看著房間後方的石牆，「看那邊。」

「油燈。」迦拉旦吃驚地說。

「這些燈沿著牆排列。」

「但是為什麼不用符文？」杜拉德人問，「他們每個地方都用啊。」

「我不知道，」瑞歐汀說，「我在入口處也懷疑過。他們可以用符文在城裡四處傳送，當然也可以用符文來降下入口的石頭。」

「你說得對。」迦拉旦說。

「這裡一定是因為某種理由禁用艾歐鐸。」當他們來到圖書室的底端時，卡菈塔如此猜測。

「沒有符文，沒有爛泥。真是巧合？」迦拉旦問。

「也許。」瑞歐汀一面看著老人的眼睛一面說。他堅持地看著牆上的一道小門。門上雕著和第一間房間相似的壁畫景象。

迦拉旦拉開門，門裡是一條看起來好似沒有盡頭的通道，一直通往石壁深處。「這究竟通到什麼鬼地方去？」

「外面。」瑞歐汀說，「這個老人要求我把他帶出伊嵐翠。」

卡菈塔走進通道裡，用手指撫過光滑的牆壁。瑞歐汀和迦拉旦跟在她身後。走道很快變得陡峭，使得他們必須經常停下來，讓他們脆弱的伊嵐翠身體休息。當斜坡變成階梯的時候，他們輪流背負那個老人。他們花了將近一個小時才抵達通道的盡頭——一扇沒有彫刻，沒有裝飾的木門。

迦拉旦推開它，走進微弱的晨曦之中。「我們在山上！」他大喊。

瑞歐汀在他的朋友身旁停下來，走上山腰上的一個小平台，平台之外有著陡峭的斜坡。但瑞歐汀辨認出那是一條蜿蜒向下的小徑。小徑的底端往北連接通往凱依城的路，而西北方的龐然巨石便是伊嵐翠城。

他從來沒有真的明白伊嵐翠有多麼龐大，它讓凱依城看起來只是一座小村莊。圍繞著伊嵐翠的是另外三座城市的遺跡，就像凱依城一樣，籠罩在那巨偉城市的陰影之下，全都在許久之前被遺棄。沒有了伊嵐翠的魔法，亞瑞倫也無法維持如此集中的人口。城市的居民被迫要遷移，成為艾敦王手下的工人與農夫。

「穌雷，我想我們的朋友已經開始失去耐心了。」

瑞歐汀看著那個伊嵐翠人，老人的雙眼來回抽搐，指著一條寬敞的小路，向上通往平台。「還要繼續爬……」瑞歐汀邊說邊嘆氣。

「不遠了。」卡菈塔從小徑的頂端說。「頂端就快到了。」

瑞歐汀點點頭又爬行了一小段路，來到了卡菈塔所在的平台。

「湖泊。」老人疲憊而滿足地低語。

瑞歐汀皺眉。這「湖泊」最多才十呎深，根本只是個池子。湖水散發如結晶般的藍色，而瑞歐汀看不見有任何進水或出水口。

「現在呢？」迦拉旦問。

「我們把他放進去。」瑞歐汀猜測，跪下來把那個伊嵐翠人放入池子中。老人在湛藍的水波中漂浮了一會兒，接著發出一種解放般的舒適嘆息。這種聲音也引起了瑞歐汀的渴望，想要擺脫身體與心靈上的痛苦。老伊嵐翠人的臉龐似乎和緩了許多，他的眼睛重新回復了生氣。

那雙眼睛看了瑞歐汀一會兒，閃過了感激的神色，接著他便開始溶解。

「杜洛肯！」迦拉旦咒罵著，那個老伊嵐翠人像是砂糖在熱茶中般溶化。才沒幾秒，那個人已經徹底消失，沒有骨頭、肌肉或是血跡。

「要是我是你，我會更小心，我的王子。」卡菈塔建議。

瑞歐汀往下看，才發覺自己有多靠近那個池子。突然間痛苦襲來，他的身體顫抖著，彷彿它知道來到了解放的邊緣。他只需要跳下去……

瑞歐汀站起來，當他想要退開的時候差點絆倒，他還沒準備好，除非痛苦已經完全支配了他，否則他還要繼續奮戰。

他用手靠著迦拉旦的肩膀來支撐自己。「等我變成霍依德，帶我來這裡。別讓我留在痛苦之中。」

「你對伊嵐翠來說還太年輕了，穌雷。」迦拉旦安慰地說。「你還可以撐上好幾年的。」

痛苦在瑞歐汀的身體中翻騰，他的膝蓋忍不住地顫抖。「答應我，我的朋友。發誓你會帶我來這裡。」

「我向你發誓，瑞歐汀。」迦拉旦嚴肅地說，眼神全是擔憂。

瑞歐汀點點頭。「來吧，回到城市還有好長一段路。」

第二十六章

當紗芮奈的貨車出城時，身後的大門像是被甩上一般。

「你確定他是主控的人了嗎？」她問。

艾希上下晃動。「您是對的，小姐。我有關幫派老大的資訊都過時了。他們叫那個新來的為『靈性大人』。他的崛起只是最近的事情，很多人在一個月前根本沒有聽過他，雖然有人說靈性大人跟夏歐是同一個人。他們說他打敗了卡菈塔跟安登。顯然，第二次的對決與某一場不知名的戰鬥有關。」

「所以我見的人都是騙子。」紗芮奈說，一邊拍臉頰一邊坐在貨車上。這不是一個適合王妃的交通工具，但是那些白天離開的貴族沒有人願意用他們的馬車載她一程。她本來想問蘇登，但是他早就消失了——年輕的托瑞娜比紗芮奈搶先一步。

「他們顯然是，小姐。您生氣了嗎？」艾希小心地問。他覺得紗芮奈分心去想靈性的事情，是在浪費時間。

「不，不全然。我知道他在某些關於政治的事情上有所隱瞞。」不過，雖然她這麼說，不管跟政治有沒有關係，她希望靈性對她坦承。她才剛開始想要信任他，而這使紗芮奈擔憂。

他為了某些原因而隱瞞紗芮奈。在這些人當中，他看起來機靈又讓人感到愉快，但他不可能一直這麼樂觀——當他只對紗芮奈說話時，他很誠實。紗芮奈可以看出他眼中的痛苦，不用言語的哀傷與擔憂。這個人，不管他是不是軍閥，真正地擔心著伊嵐翠人。

像其他伊嵐翠人一樣，他看起來比較像是個屍體而不是人——皮膚乾燥而無血色，頭皮和眉毛都掉光了。但紗芮奈的嫌惡每天都在減少，因為她開始熟悉這座城市。她不是說她能在伊嵐翠人裡看見美麗，但是至少她不會對他們有生理上的嫌惡。

但是，她對靈性的主動和友善還是保持冷漠。她花了太長的時間在政治裡打滾，這讓她對敵人毫無感情。這個人，毫無疑問的是個敵人——不論他有多麼友善。他跟她玩著遊戲，給她看假的幫派老大，使她分心，而他自己卻能監督著她的分送行動。紗芮奈甚至不能確定他是不是會遵守協議。因為就她所知，那個准許發送食物的人是靈性的手下。也許他看起來這麼樂觀，是因為紗芮奈毫無顧忌地幫助他，讓他能夠統治整個城市。

貨車因為石頭而震了一下，所以紗芮奈撞到上面的木頭隔板。許多空箱子隨即倒塌下來，差點砸到紗芮奈的頭上。

「下次我們看到蘇登時，」她不高興地喃喃自語，揉著她的屁股。「提醒我記得踢他。」

「是的，小姐，」艾希安撫地說。

她沒有等太久。不幸的是，紗芮奈沒有空閒踢他。紗芮奈也許可以像她所希望的把蘇登刺穿，但這只會招致宮廷裡那些女人的不高興而已。今天剛好是那些女人選擇練劍的一天，蘇登像往常一般也來了——雖然他很少下場。令人感激的是，他克制自己沒做那個確身練習。女人已經夠為他失魂落魄了。

「她們真的有在進步。」依翁德讚賞地說，看著那些女人出招。每個人都拿了一把鋼製練習劍，也穿著某種制服——一套紗芮奈曾經穿過的連身衣款式，不過上頭有一小圈衣服從腰際垂了下來，像是在模仿裙子一樣。這圈衣服又薄又沒有用，但是能讓這些女人舒服一點，所以紗芮奈也沒多說什麼——即便她覺得愚蠢至極。

「你聽起來很驚訝，依翁德。」紗芮奈說。「你因為我的教學能力而不滿嗎？」

這威嚴的戰士顯得有些僵硬。「沒有，殿下，絕對沒有……」

「她在調侃你，大人。」路凱說，一邊靠近用一個卷軸輕敲了紗芮奈的頭。「你不應該讓她得逞。這只會助長她的氣燄而已。」

「這是什麼？」紗芮奈說，從路凱手上搶走卷軸。

「我們親愛國王的收入表。」路凱說著，從口袋拿出一個亮紅色的酸瓜，咬了一口。他還是沒有解釋他怎麼在收成季節開始前整整一個月，就能拿到一船的水果，讓其他的商人們只能嫉妒得口吐白沫。

紗芮奈瀏覽過圖表。「他能撐過嗎？」

「勉強。」路凱微笑。「但是他在泰歐德賺的錢跟賦稅收入可以讓他脫離窘境。恭喜妳，堂妹，妳拯救了王權。」

紗芮奈將紙重新捲上。「嗯，這是我們唯一需要擔心的事。」

「唯二。」路凱糾正她，一滴粉紅色的果汁從他的臉頰流下。「我們親愛的朋友——伊甸大人逃出國外了。」

「什麼？」紗芮奈問。

「這是真的，小姐。」依翁德說。「我是今早得到的消息。伊甸男爵的領地靠近亞瑞倫南方的大裂谷不遠，所以近來雨勢造成的土石流波及了他的農田。伊甸決定要減少損失，然後就逃往杜拉德了。」

「在那裡，他會發覺他們的新國王看不起亞瑞倫的頭銜。」路凱補充。「我覺得伊甸可以成為一個好農夫，妳不覺得嗎？」

「把你臉上的笑容收起來。」紗芮奈帶著責備看著他。「拿別人的不幸開玩笑一點都不仁慈。」

「不幸也是上神的旨意。」路凱說。

「你從一開始就不喜歡伊甸了。」紗芮奈說。

「他是個牆頭草、自大狂，而且要是他無恥一點，就會背叛我們。這些有什麼值得喜歡的嗎？」路凱滿意地咬著水果。

「嗯，有個人今天下午非常洋洋得意。」紗芮奈指出。

「他在做了一筆好生意之後，總是像這個樣子，殿下。」依翁德說。「他至少會保持這討人厭的樣子一個禮拜。」

「啊，等著看亞瑞倫市集（Areleon Market）吧，」路凱說。「我會通殺他們。不過，艾敦正在找個有錢到可以買走伊甸領地的人，所以你們暫時可以不用理他了。」

「我希望我也能對你說同樣的話。」紗芮奈回答，把她的注意力轉到那些正在打鬥的學生上。依翁德是對的——她們在進步。即使是年紀最大的那一群看起來也充滿活力。紗芮奈舉起手，吸引她們的注意力，接著打鬥停止。

「妳們做得很好，」紗芮奈一開口，就讓整個房間安靜下來。「我對妳們印象深刻。妳們其中一些人甚至比我在泰歐德所認識的女性更厲害。」

當這些女人聽到紗芮奈的稱讚時，空氣中充滿了一種滿足的氣氛。

「無論如何，有件事情一直困擾著我。」紗芮奈邊說邊開始走著。「我以為妳們這些女人想要證明妳們真的有能力，而不是只是在刺繡枕頭而已。但是，至今只有一個人，真的向我證明了她想要改變亞瑞倫的現狀，托瑞娜，跟她們說說妳今天做了什麼。」

當紗芮奈叫到她的名字時，纖瘦的女孩微微驚呼了一下，然後羞怯地看著她的同伴。「要說我今天跟妳去伊嵐翠這件事情？」

「對。」紗芮奈說。「我邀請了在場的諸位女士很多次，但只有托瑞娜有勇氣陪我去伊嵐翠。」

紗芮奈停止漫步，看著這些忸怩不安的女性。沒有一個人看著她——連托瑞娜也是。托瑞娜對於她去伊嵐翠仍感到有點罪惡感。

「明天我會再去伊嵐翠，這次，除了平常的護衛以外，我不會帶任何男人同行。要是妳們真的想在這座城市裡，證明妳跟妳的丈夫一樣有能力，妳們就會來。」

紗芮奈站著不動，看著這群女人。她們遲疑地抬起頭，眼睛凝視著她。她們會來的。她們雖然都快怕死了，但是她們會來的。紗芮奈微笑。而這個微笑，卻只有一半是真心。站在她們面前，像是一個將軍站在他的軍隊面前。她突然體認到某些事情又發生了。

這就像在泰歐德一樣。她可以從她們的眼裡看出尊敬；即使是王后，也看著紗芮奈尋求建議。不過，這也只是尊敬而已，她們永遠都不會接受她成為她們其中的一份子了。當紗芮奈走進房間時，一片沉寂；當她離開時，笑語如珠。這就像是她們覺得她是處於那些日常繁瑣的對話之上。紗芮奈為了要當一個她們想要成為的楷模，將自己與她們的距離拉開了。

紗芮奈轉身，留她們繼續去練習。那些男人也一樣；蘇登跟依翁德同樣尊敬她，甚至把她當成朋友，但是他們不會對她抱有浪漫的幻想。雖然紗芮奈經常聲稱自己受不了宮廷裡的婚姻配對遊戲——蘇登對於托瑞娜的追求有了正面反應——而他一次也沒有正眼看過紗芮奈。依翁德比她老太多了，但是紗芮奈依然可以感覺到他對她的看法：尊敬、仰望，而且願意服從她。簡直像是他不曾留意紗芮奈是個女人一樣。

紗芮奈知道她現在已經結婚了，不應該再想這些亂七八糟的東西，可是她很難體認到她已經結婚。沒有儀式，她也不知道丈夫是個怎樣的人。她渴望著一個象徵——一個雖然她永遠無法回應，但仍顯示男性已經認可她的魅力的象徵。不過事情卻不是這樣，亞瑞倫男人尊敬她的程度，就跟害怕她的程度一樣多。

她成長的環境中沒有家庭以外的情感，現在看起來依然如此。至少，她有凱胤跟他的家人。不過要是她來亞瑞倫尋找的是接納的話，她已經失敗了。如今她必須滿足於尊敬。

一個深沉、嘶啞的聲音圍繞在她身旁，紗芮奈轉身發覺凱胤加入了路凱和依翁德的行列。

「叔叔？」她問。「你在這裡做什麼？」

「我回家然後發覺空無一人。」凱胤說。「只有一個人敢偷走我的家人。」

「她沒有偷走我們，父親。」路凱調侃。「我們只是聽說你要做霍格希（Hraggish）雜菜湯。」

凱胤看著他開心的兒子一會，摩擦著他長出鬍子的下巴。「他做了一樁好買賣，對吧？」

「一樁非常好的買賣。」依翁德說。

「上神保佑。」凱胤咕噥，將他堅實的身體塞進一旁的椅子裡，紗芮奈挑了他身旁的位置坐下。

「妳聽說過國王今年預期的收入了嗎？奈。」凱胤問。

「嗯，叔叔。」

凱胤點點頭。「我從沒想過我會為了艾敦王的成功而高興。妳的計畫救了他一命。而且就我所聽到的，依翁德和其他人將會收到傑出的穀物量。」

「那你為什麼看起來這麼憂心？」紗芮奈問。

「我老了，奈，老人總是喜歡擔心。最近我對妳去伊嵐翠這件事情感到很擔心。要是妳發生了什麼事情，妳爸爸可不會原諒我。」

「反正無論你做什麼，他都不會原諒你。」紗芮奈不經意地回答。

凱胤咕噥了一聲。「這倒是真的。」接著他停了下來，帶著懷疑的眼神看著紗芮奈。「妳知道些什麼了？」

「我什麼都不知道。」紗芮奈承認。「但是我希望你能糾正我的無知。」

凱胤搖搖頭。「有些事情不要糾正比較好。妳父親和我在年輕時都笨多了。伊凡托王也許是個好國王，但是他是個可悲的兄弟。當然，我也不是個很好的。」

「到底發生了什麼事？」

「我們……不同意某件事情。」

「不同意什麼？」

凱胤發出大笑，嘶啞的笑聲。「不，奈。我可沒有這麼簡單就被妳玩弄在手掌心上。妳就猜吧，然後不許嘟嘴。」

「我不嘟嘴的。」紗芮奈努力嘗試讓自己的聲音不要聽起來這麼幼稚。不過很明顯的是，她從叔叔嘴中再也套不出話來了，紗芮奈最後決定換個主題。「凱胤叔叔，艾敦王的王宮裡有任何的祕密通道嗎？」

「要是沒有，我大概會跟三貞女（Three Virgins）一樣驚訝。」他回答。「艾敦王是我看過最嚴重的偏執狂，在那個他稱之為家的地方，大概有十來個逃脫用的通道吧。」

紗芮奈阻止自己不要指出，其實凱胤的家也跟國王的差不多。當對話的間隔時，凱胤轉頭問依翁德有關路凱的酸瓜買賣。最後，紗芮奈站起來，拿起她的席爾劍，走向練習場。她讓自己進入一種有規律、單一的模式裡。

她的劍刃揮舞，而久經練習的動作也照著路徑在走，她的心裡開始想——艾希是不是才是對的？她是不是讓自己被伊嵐翠，還有謎一般的領導者所分心煩憂了？她不能停止那些更重要的工作。拉森在計劃某些事情，而泰瑞依也不可能像他表現出來的如此置身事外。她得關心很多事情，她有足夠的政治經驗知道，當一個人想要過分多頭並進的結果會如何。

不過，她無法抑制她逐漸對靈性感到興趣。很難找到一個人的政治手腕能靈活到吸引她的注意力，但是在亞瑞倫她就找到了兩個。某種程度上，靈性比樞機主祭更令人著迷。當拉森和她明顯地表達對彼此的敵意時，靈性對她的操控和欺騙，同時卻又像個老朋友一樣。最令人擔心的是，她竟然完全不在意。

儘管她用一些沒用的東西來應付他的要求，他卻一點也不生氣，反而像是大為佩服。他還稱讚了紗芮奈的節儉美德，說她捐獻的衣物，看顏色就知道都是折價後才買的。在所有事物上，他對她一直很友善，完全不受她的挖苦影響。

她感覺得到自己在回應他。在那裡，一個被詛咒的城市中央，她找到一個能夠接納她的人。紗芮奈希望她能夠因靈性機智的話語而發笑，同意他的細微觀察，接著分享他的煩憂。紗芮奈看起來愈反抗，他看起來就愈不感覺到被威脅。實際上，他似乎欣然接受她的反抗。

「紗芮奈，親愛的？」朵菈平靜的聲音穿透了她的思緒。紗芮奈揮舞了最後一下，接著站直，凝視著她。汗水從紗芮奈的臉頰上流下，滲入領子裡，她沒想到自己練習得如此激烈。

她放鬆下來，將席爾劍的尖端放在地板上。朵菈的頭髮綁成了髻狀，而她的制服也沒被汗水浸濕。如同往常，這個女人優雅地做著所有事——連運動也是。

「妳想要談談嗎，親愛的？」朵菈勸哄著她。她們站在房間的一旁，而腳步聲和劍刃揮舞聲可以讓人無法偷聽到她們的談話。

「談什麼？」紗芮奈困惑地問。

「我曾經看過那個表情，孩子。」朵菈安慰著紗芮奈說。「他不是個適合人選，但妳早理解了這點，對吧？」

紗芮奈臉色蒼白。她怎麼會知道？難道這個女人會讀心嗎？接著，她跟著她嬸嬸的凝視望過去。朵菈看著蘇登跟托瑞娜，當蘇登秀了幾個突刺之後，兩個人笑成一團。

「我知道這很難，紗芮奈。」朵菈說。「被困在婚姻裡，找不到情感的出口……從未見過妳的丈夫，或是感覺到他對妳的情愛。或許再幾年吧，當妳在亞瑞倫的地位穩固了之後，你可以有一段……檯面下的關係。但是，現在還太早了。」

當看見蘇登笨拙地掉了劍，朵菈的眼神變得很輕柔。平常很保守的占杜人沒有節制地笑著自己的錯誤。「除此之外，孩子，」朵菈繼續說，「那是別人的。」

「妳以為……」紗芮奈開口說。

朵菈將手放在紗芮奈的手臂上，微笑著輕輕地捏了捏。「我這幾天都在妳的眼睛裡看過這種神情，而我也看到了挫敗。這兩種情緒通常在年輕的心裡一起出現。」

紗芮奈搖搖頭，然後微笑。「我對妳保證，嬸嬸。」她真切且堅定地說，「我對蘇登大人沒有興趣。」

「當然，親愛的。」朵菈拍拍她的手臂，然後離開。

紗芮奈搖搖頭，接著走去找點東西喝。到底朵菈說在她身上看到的「徵兆」是什麼？這個女人通常觀察入微，不過很抱歉朵拉這次誤判了。紗芮奈當然喜歡蘇登，不過不是愛情的喜歡。他太安靜了，而且對她來說，像依翁德一樣太死板了。紗芮奈知道她要的是一個願意給她空間的男人，也不會對她的指令言聽計從的男人。

紗芮奈聳聳肩，將朵菈誤判的猜測掃出心中，接著坐下來思考她要怎麼曲解靈性最新的、鉅細靡遺的要求清單。

第二十七章

拉森瞪著眼前的報告書很長很長一段時間。那是艾敦王的財務結算——透過那些德瑞熙間諜所完成。在某種原因之下，艾敦王居然從船隻和貨物的損失中恢復過來，泰瑞依無法成為國王。

拉森坐在他的書桌之前。依舊穿著他剛走進房間時的一身鎧甲。報告書動也不動地躺在他僵直的手指邊，要不是他已經面對了夠多問題，他也許不會對這項消息感到那麼大的挫折，他這一生中應付過太多艱困的情況了。但除了這個報告之外，他對每一個當地的儀祭提供了首席儀祭的地位，而每一個人都拒絕了他。只剩下一個人可以坐上那個位子。

艾敦王的恢復只是從即將傾倒的城牆上落下的另一塊磚頭，只不過那片城牆是拉森最後的一點自制力。除了名義上以外，狄拉夫已經控制了整個禮拜堂，大半數拉森舉行的聚會與布道，狄拉夫甚至不再通知拉森。狄拉夫近乎報復地奪走拉森原本對他的控制。也許儀祭依舊在為了那個伊嵐翠犯人的事件生氣，或者狄拉夫將因紗芮奈讓伊嵐翠人人性化的舉措，所產生的怒氣和焦躁轉移到拉森身上。

無論如何，狄拉夫已經一點一點地取得了權力。看來有些不可思議，卻似乎是無法避免。這個狡猾的儀祭宣稱，這些僕人的組織結構是「不配占用我主上的時間」，就某種程度而言，這個聲稱是很合理的。樞機主祭很少跟禮拜堂的日常運作有關，而拉森也無法事必躬親。狄拉夫因此填補了其間的空缺。

即使拉森沒有屈服，做出任命狄拉夫為首席儀祭的明顯決定，結果終究會是相同。

拉森已經失去了他對亞瑞倫的掌控，貴族們現在跟隨狄拉夫而不是他。雖然德瑞熙教徒依舊持續增長，但速度卻不夠快。紗芮奈以某種手法破壞了把泰瑞依推上王位的計畫，而在訪問過那座城市之後，凱依城的人民也不再視伊嵐翠人為惡魔。拉森對自己在亞瑞倫的活動中，立下了一個悲慘的先例。

而在這一切災難之上，是拉森自己搖擺不定的信仰，如今實在很不是時候對自己的信仰產生質疑。拉森非常了解這個情況，然而理解——感覺的相反——正好就是他問題的根源。如今不確定的種子已經在他的心中發芽，他無法輕易地將它連根拔除。

這實在太沉重了。突然間他覺得整個房間向他傾倒下來，牆壁與天花板愈壓愈近，彷彿要將他壓扁在這些千斤巨石之下。拉森跌倒在大理石地板上，掙扎地想要逃脫。但一切的掙扎都沒有用，沒有東西可以幫助他。

他呻吟著，感受到鎧甲戳到皮膚的痛苦，他挪動著膝蓋，開始祈禱。

以一個舒．德瑞熙教派的教士而言，拉森每一週都花上許多小時禱告，然而那些祈禱有所不同，更像是一種冥想的形式而非溝通，只是一種整理思緒的方法。然而這一次，他衷心地乞求。

許多年來的第一次，他發現自己在懇求幫助。拉森向他長久以來侍奉的神伸出手，久到他幾乎忘了該怎麼向祂說話。那個曾被他拖入邏輯與理解之中的神祇，那個在他生命中漸漸無力的神祇，他現在尋求祂的協助。

這一次，拉森發覺自己無法獨自完成；這一次，他承認自己極需幫助。

他不知道自己跪了多久，全心全意地祈求協助、同情與憐憫。最後，一陣敲門聲將他從恍惚的祈禱中驚醒。

「進來。」他心煩意亂地說。

「抱歉打攪了您，大人。」一個低階教士說，並且迅速地打開門。「但這剛剛送來要交給您的。」教士把一個不大的條板箱搬進房間，接著關上房門。

拉森搖搖晃晃地站起來，外頭已經天黑了——他在中午之前就開始祈禱。他真的在祈禱懇求之中花了這麼久的時間嗎？一陣昏眩後，拉森拿起箱子把它放上書桌，並用匕首打開蓋子。裡面塞滿了乾草與一個放了四罐小玻璃瓶的架子。

我主拉森，紙條如此開頭。這是您所要求的毒藥。所有效果完全符合您的要求。這些液體必須被喝下去才能產生效果，而受害者將不會產生任何症狀，直到八個小時過去。

一切皆讚揚上主杰德司。

——傅頓，藥劑師與沃恩忠實的僕從。

拉森拿起一罐玻璃瓶，好奇地看著其中黑色的液體。他幾乎忘記了幾天前與傅頓的對話。他模糊地記得原本打算把藥劑交給狄拉夫來使用。如今這個計畫不再適用，他需要一些更令人驚訝的手段。

拉森搖晃著那個小瓶子好一會兒，接著拔開瓶蓋，一口將它飲盡。

第二部 伊嵐翠的呼喚

第二十八章

最困難的部分，就是決定從何處開始閱讀。書櫃一路延伸到視線之外，彷彿儲存了亙古以來的一切文字。瑞歐汀確定他所尋覓的線索，一定藏在這無垠書海的某一處，然而要找出它來卻是一項令人氣餒的任務。

這是由卡菈塔所發現的，她鎖定了房間邊緣面對通道的一個矮櫃。一套約三十本書籍蹲踞在書架的格板上，累積著灰塵。它們記載著整個圖書館中的索書編碼與目錄。靠著它，瑞歐汀很輕易地就找到了關於艾歐鐸的書籍。他挑選他能找到最簡單的書籍，然後坐下開始閱讀。

發現圖書館這件事情只有瑞歐汀、迦拉旦與卡菈塔知道，不光是他害怕又發生類似安登煮書的事件，他也感受到這棟建築的神聖性。這不是一個應該被訪客所侵犯的領域，任由那些無知的手指弄亂那些書籍，並且破壞此處的平靜。

他們也把那個水池當成祕密，只給瑪瑞西和沙歐林一個簡單的解釋。瑞歐汀自己的渴望讓他明白這個水池有多危險。某一部分的他想要尋求那種死亡的平穩擁抱，那種釋放一切的毀滅。要是人們知道有這麼一個簡單而平靜的方法可以擺脫這一切的折磨，許多人一定會毫不猶豫地嘗試。這座城市的人口就會在幾個月間大幅減少。

當然，是可以讓他們選擇。他有什麼權力讓其他人追尋他們的平靜呢？然而，瑞歐汀還是覺得不能這麼快就放棄伊嵐翠。在紗芮奈開始發放食物前的好幾週，他就認為伊嵐翠能夠忘記它的痛苦與飢餓。伊嵐翠人能夠克服他們的欲望與衝動，他們除了毀滅之外還別有出路。

但他不是，痛楚一天天地增長。痛苦從鐸取得能量，讓他在每一次衝擊之後，又向屈從於苦難更靠近一步。所幸他還有這些書本可以幫助他轉移注意力。他彷彿把閱讀當成一種安眠藥劑，終於找到了他長久追尋的簡單解釋。

他讀到符文方程式的組合十分複雜，一條線在比例上比其他線延長的話，就會造成戲劇化的結果，兩個符文方程式也可以像石塊從山頂的同一處開始往下滾，卻有著不同的路徑，於是產生出截然不同的效果。而全部只需要調整一些線條的長度。

他開始掌握艾歐鐸的原理，鐸就是迦拉旦所形容的：一種在普通感官之外的強力能源儲存池。它只想要掙脫。書中解釋鐸只存在於一種全是壓力的空間中，所以能量會試著往任何可能的管道流動，從高度集中的區域往低處移動。

然而，根據鐸的天性，它只能夠經由特定的大小與形狀的通道進入物質世界。而伊嵐翠人就能夠透過他們的勾畫製造出這些裂縫通道，提供鐸掙脫的方法。這些筆畫決定了當鐸掙脫時，所呈現的能量型態。但要是有其中一條線條錯誤，鐸就可能無法通過——就像是一個正方形無法通過圓形的孔道。某些理論家以一些陌生的字詞像「頻率」或「波長」來形容這種狀態。瑞歐汀才剛開始要了解這些充滿霉味的書頁中，有著多少令人驚嘆的科學智慧。

然而在他所有的研讀之中，他還是很失望地發現，仍然找不到究竟是什麼理由，造成艾歐鐸不再作用。他只能猜測鐸在不明的理由下產生變化，也許現在鐸不再是方形而是三角形。所以不管瑞歐汀畫出多少個方形的符文，能量都無法成功地流通。但又是什麼造成鐸這樣的突然轉變，就不是他所能明白的。

「它怎麼跑進來的？」迦拉旦問，打斷了瑞歐汀的思緒。杜拉德人指著侍靈埃恩，它就正飄浮在書櫃之上，他的光芒照映出書本的陰影。

「我不知道。」瑞歐汀說，看著埃恩繞著好幾個圈圈。

「我得承認，你的侍靈真叫人毛骨悚然。」

瑞歐汀聳聳肩。「所有瘋侍靈不都是這個樣子。」

「是沒錯，但其他的都不會靠近人。」迦拉旦看著埃恩，不禁一陣顫抖。侍靈則如同以往，絲毫不理會迦拉旦。但埃恩確實似乎喜歡待在瑞歐汀的附近。

「好啦，不管如何。」迦拉旦說。「沙歐林正在找你。」

瑞歐汀點點頭，闔上他的書本，從充斥在圖書館後面的小書桌旁站起來。他走到迦拉旦的身邊，杜拉德人最後又不舒服地看了埃恩一眼，然後關上門，把侍靈鎖在黑暗之中。

❧

「我不知道，沙歐林。」瑞歐汀遲疑地說。

「大人，我們沒多少選擇。」士兵說。「我手下的傷勢已經累積太多了。今天實在不應該繼續和夏歐對抗，那些野人幾乎不會停止。」

瑞歐汀點點頭，嘆了口氣。沙歐林是對的，他們沒辦法一直阻擋夏歐的手下靠近紗芮奈。雖然沙歐林已經愈來愈習慣以左手戰鬥，但是能夠保護廣場的戰士卻愈來愈少。而且夏歐的手下似乎也顯得愈來愈凶暴。他們可以輕易嗅到廣場有食物，卻無法靠近讓他們更加瘋狂。

瑞歐汀曾經試著把食物留給他們，但是那樣分散注意力的行為只維持了一小段時間。他們貪婪地滿足自己，然後發狂地想要更多，比起之前更加狂暴。他們一心一意想要靠近廣場上裝滿食物的貨車。

*要是我們能有更多的士兵就好了！*瑞歐汀充滿挫折地想。他為了紗芮奈的施捨已經失去太多人了，而夏歐的手下數量卻持續地增加。瑞歐汀和迦拉旦都自願加入沙歐林他們，但這位頭髮斑白的隊長卻充耳不聞。

「領導者不親自作戰。」那個鼻梁曾經斷裂的男人簡單地說。「您太過重要了。」

瑞歐汀知道他是對的。瑞歐汀和迦拉旦都不是士兵，他們只會打亂沙歐林細心訓練的部隊。他們沒剩多少選擇，顯然沙歐林的計畫已經是其中最好的一個。

「好吧。」瑞歐汀說。「就這麼辦。」

「很好，大人。」沙歐林鞠躬說。「我會立刻開始準備。沒多久王妃就要來了。」

瑞歐汀點點頭讓沙歐林離開。軍人的計畫是個鋌而走險的背水一戰。夏歐的手下應該會通過他們每天必經之路，然後才分開行事，試著闖入廣場。而沙歐林打算在他們靠近的時候伏擊他們。這很冒險，但可能是他們唯一的機會。士兵們無法再這樣持續戰鬥。

「我想我們該走了。」瑞歐汀說。

迦拉旦點點頭。當他們轉身走向廣場時，瑞歐汀忍不住懷疑自己所做的決定。如果沙歐林失敗了，那些瘋子就會衝破防線。要是沙歐林贏了，那就表示幾十個伊嵐翠人將會死亡或是再也無法行動——雙方都是瑞歐汀應該要保護的人。

無論如何，我都失敗了。瑞歐汀心想。

⁂

紗芮奈可以感覺得出來有些事情不太對勁，但她不確定是怎麼回事。靈性顯得很緊張，他善意的逗趣調侃不再，不是因為她，而是一些別的。也許是某些領導上的困境。

她並沒有開口詢問，只是進行著如今十分熟練的食物分配，靈性的緊張也傳染給她。每當他靠近從貨車上拿取食物的時候，她都可以從他的眼中看出那種緊繃。她無法強迫自己去問那些問題，她已經假裝冷漠太久了，也斷然拒絕他的善意太多次了。就像是在泰歐德，她把自己固定在一個角色裡面。她開始詛咒自己，不知道該怎麼擺脫自己構築出來的冷漠。

所幸，靈性並沒有像她一樣自我設限。當貴族開始發放食物時，靈性把紗芮奈拉到一邊，走離團體一小段距離。

她好奇地看著他。「怎麼了？」

靈性看了身後那一群貴族，甚至還有些貴族女性，正等著伊嵐翠人走上前來領走他們的食物。終於，他轉身面對紗芮奈。「今天也許會發生一些事情。」他說。

「什麼？」她皺眉問。

「記得我曾告訴過妳，不是所有的伊嵐翠人都像這裡的那麼溫馴嗎？」

「是。」紗芮奈緩慢地說。你在耍什麼把戲？靈性，你在玩些什麼遊戲？他看起來很誠實，那麼真摯。但是，她還是忍不住害怕他只是在玩弄她。

「嗯……」靈性說。「總之做好準備，讓妳的守衛靠近一點。」

紗芮奈再次皺眉。她感到他眼中的另一種新情緒，一種她不是在他身上第一次看到的情緒：罪惡感。

當他轉身回到排隊領取食物的隊伍中，把他不祥的話語留在她心中時，紗芮奈內心的一部分突然開始感謝自己遠離那個人，他對她有所隱瞞——隱瞞著一件大事。她的政治觸覺告訴她要有所小心。

不管他在期待些什麼，最後並沒有發生。當他們開始分派食物的時候，靈性顯然鬆了一口氣，說起話來也高興許多，讓紗芮奈覺得他做了一次無意義的行為。

接著，喊叫開始了。

⁂

瑞歐汀咒罵，當他聽見嚎叫的時候，一把丟下裝著食物的袋子。聲音很近，太近了。沒多久，他看見沙歐林被包圍的部屬出現在一條巷子口，那個軍人狂野地揮舞著長劍，對付著四個敵人。其中一個用棍子打在沙歐林的腿上，接著那個士兵跌倒。

夏歐的手下占了上風。

他們出現在每一條巷子裡，超過二十個叫囂的瘋子。伊嵐翠護城衛隊驚訝地跳了起來，從他們懶散的崗位上震驚地衝出來，但他們的速度太慢了。夏歐的手下已經衝向了那些貴族與普通的伊嵐翠人，他們的血盆大口野蠻地張開著。

接著依翁德出現了，因為一些幸運的理由，他選擇在這天陪伴紗芮奈前來，而一如往常，他配戴著自己的劍——無視眾人所強調的安全性。在這一刻來說，他的謹慎是正確的。

夏歐的手下並沒有預期到抵抗，他們在將軍揮舞的長劍前被自己絆倒。依翁德的動作彷彿無視於他的年齡，他的戰鬥積極而敏捷，一口氣砍下兩名狂人的頭顱。依翁德的武器也因為他訓練有素的肌肉而獲得強化，輕易地斬斷伊嵐翠的血肉。他的攻擊減緩了狂人的行動，好讓守衛趕上來加入戰局，讓他們在將軍前排成一列。

貴族這時才明白他們陷入危險，開始尖叫。所幸他們離城門並不遠，讓他們可以輕易地逃離混亂。很快地就只剩下瑞歐汀和紗芮奈還在，在戰鬥中彼此對望。

夏歐的一個手下摔在他們腳前，撞倒了一鍋的麥片粥。那個生物的肚子整個被劃開，從腰一路剖開到脖子，他的手臂無助地拍打著，攪起麥片粥與石板路上的爛泥。當他抬起頭向上看的時候，他的嘴唇害怕地顫抖著。

「食物，我們只是想要一點食物，食物……」那個瘋子說，開始了霍依德的喃喃自語。

紗芮奈看著腳邊的生物，忍不住退開一步。接著她看向瑞歐汀，眼神中充滿了遭到背叛的冰冷狂怒。

「是你讓他們拿不到食物，對不對？」她質疑。

瑞歐汀緩緩地點頭，沒有辯解。「對。」

「你這個暴君！」她怒罵。「無良的獨裁者！」

瑞歐汀轉身看著夏歐那些孤注一擲的手下，從某方面來說，她是正確的。「對，我是。」

紗芮奈又往後退了一步，但她卻被某種東西所絆倒。瑞歐汀伸手穩住她，接著看到是什麼絆倒了她——那是一整袋的食物，那些瑞歐汀打算要給霍依德，好幾袋裝得滿滿的食物。紗芮奈也跟著看見，突然領悟了什麼。

「我幾乎要開始相信你。」紗芮奈痛苦地說。接著她轉身離去，跟著士兵快步跑向城門。夏歐的手下並沒有跟上去，他們一擁而上，撲向那些貴族所留下的食物。

瑞歐汀就站在那裡，夏歐的手下完全沒有注意到他，他們只是衝向那些食物，用他們髒污的手不停地把東西塞進自己的嘴裡。瑞歐汀眼神疲憊地看著他們。一切都完了，那些貴族不會再進入伊嵐翠了。所幸他們沒有人被殺害。

他想起了沙歐林，瑞歐汀快步跑過廣場，在他的朋友身邊蹲下。那個老士兵兩眼無神地看著天空，他的頭顱隨著自言自語前後搖擺。「失敗了，大人。失敗了，靈性大人。失敗，失敗，失敗……」

瑞歐汀痛苦萬分地哀嚎著，他絕望地垂下頭。我做了什麼？他捫心自問。無助地抱著那個新生的霍依德。

瑞歐汀就待在那邊，失落在哀痛之中，直到夏歐的手下將剩餘的食物全都帶走。最後，一個突如其來的聲音，將他從他的哀傷中喚醒。

伊嵐翠的城門再次打開。

第二十九章

「小姐，您受傷了嗎？」艾希低沉的聲音充滿了擔憂。紗芮奈試著想擦乾她的眼淚，但淚水卻流個不停。「沒有。」她一邊說一邊無聲地啜泣。「我沒事。」

毫無說服力可言。侍靈在她身邊緩慢地繞圈飄浮，檢查有無任何外傷的跡象。房舍與店鋪從馬車的車窗中飛快閃過，馬車一路往王宮前進。而依翁德，馬車的主人卻還留在城門那邊。

「小姐。」艾希直接地問。「發生了什麼事？」

「我是對的，艾希。」她試著在滿臉淚痕中擠出一個笑臉。「我應該要高興的，一直以來我對他的想法都是對的。」

「靈性？」

紗芮奈點頭，接著將頭無力地靠在馬車的座位上，凝視著馬車的篷頂。「他沒有將食物分給人們。你應該要看看他們，艾希，飢餓把他們都給逼瘋了。靈性的士兵不讓他們靠近廣場，但他們終於耐不住飢餓起來反抗。我無法想像他們怎麼辦到的，他們甚至沒有護甲或是長劍，只靠著他們的飢餓。他甚至也不試圖否認。他只是站在那裡，看著他的謊言破滅，腳邊躺著一袋想要拿去藏起來的食物。」

紗芮奈用手捧著頭，一臉挫敗。「我怎麼會這麼笨？」

艾希關心地震動著。

「我知道了他在做什麼。為什麼證明我是對的，卻讓我如此難過？」紗芮奈深吸了一口氣，卻哽在喉嚨。艾希是正確的。她太任由自己靠近靈性與伊嵐翠。她自己的行為太過多疑也太過情緒化了。

結果卻是一場大災難。貴族對伊嵐翠人的痛苦和不幸有所反應，長期以來的偏見也隨之緩和。而現在，貴族們只會記得自己曾被攻擊，紗芮奈只能感謝上神起碼沒有一個人受傷。

紗芮奈的思緒被窗外的鎧甲叮噹聲所打斷，她盡力讓自己顯得平靜而沉著，然後把頭伸出窗外，看看外頭的騷動。兩排穿著鍊衫與皮甲的士兵從她的馬車旁經過，他們的制服黑紅相間，那是艾敦王的近衛隊，他們正朝伊嵐翠前進。

紗芮奈望著那些士兵嚴厲的表情，忍不住打了個冷顫。「上神慈悲。」她低語。那些士兵的眼神強硬——他們準備要去廝殺，要去屠戮。

一開始，馬車夫還要違抗紗芮奈的命令，而駕駛得更快，但很少人能夠違抗這位泰歐德來的王妃。他們才剛抵達王宮，紗芮奈就立刻跳下馬車，甚至等不及讓車伕把階梯給放下來。

她在王宮工作人員中的名聲持續增長，大多數人都知道當她在走廊上快步前行時要讓出路來。艾敦王書房前的守衛也開始習慣她，他們只是順從地嘆息，替她推開房門。

當她走進來時，國王的臉色明顯沉了下來。「不管是什麼事，都得等。我們有個危機得……」

紗芮奈砰的一聲用力地拍在艾敦王的書桌上，整張書桌為之震動，筆筒也倒了下來。「以上神的聖名，你以為你在做什麼？」

艾敦王氣得滿臉通紅，立刻站了起來。「我的廷臣有人被攻擊了！反擊是我的職責。」

「別和我講什麼職責，艾敦王。」紗芮奈反唇相譏。「你從十年前就一直在找個藉口毀滅伊嵐翠，只不過是人民的迷信讓你卻步。」

「妳的重點是？」他冷冰冰地問。

「我不要成為那個給你藉口的人！」她說。「把你的手下給撤回來！」

艾敦王輕蔑地哼了哼。「妳和所有人民都應該要感謝我的反應迅速，王妃。在這場攻擊中受損的是妳的尊嚴。」

「我完全可以保護我自己的尊嚴，艾敦王。那樣的部隊行動會直接破壞我過去幾週所達成的每一件事。」

「不管怎麼，那都是個愚蠢的計畫。」艾敦王宣布，並且把一疊報告書放在桌上。最上面的那張紙因為他的動作皺成一團，但紗芮奈依舊可以看見上面的命令。「伊嵐翠」和「消滅」這兩個字眼不祥地吸引著她的目光。

「回妳的房間去，紗芮奈。」國王說。「幾個小時之後，這件事情就會結束了。」

紗芮奈突然驚覺到自己現在的模樣，她滿臉通紅並且布滿了淚水的污痕，樣式簡單、黑白相間的衣裙早就被自己的汗水和伊嵐翠的污泥弄得髒亂不堪，而她的頭髮也凌亂地從原本的辮子散開。

在那一瞬間所有的不安都消失了，她看著國王，發覺他眼中的滿足。他會把那些在伊嵐翠中飢餓無助的人群全部屠殺殆盡，他會殺死靈性。這全都是因為她。

「聽我說，艾敦王。」紗芮奈說，她的聲音尖銳而冰冷。她盯著國王的眼睛，以她近六呎的身高俯視著眼前矮小的男子。「你會把你的部隊從伊嵐翠給撤回來。你會放過那些人。否則的話，我就會告訴人們你的祕密。」

艾敦王冷哼。

「不屑？艾敦王。」她問。「等所有人都知道真相之後，你就不會這麼覺得了。你已經讓他們覺得你是個傻瓜，他們假意服從你，但你知道——你知道你心底的聲音，他們只是裝出順從。你以為他們不會知道你損失的船隻？你以為他們不會笑著討論一個國王居然變得跟男爵一樣窮？噢，他們都知道。你該怎麼面對他們，艾敦王？當他們知道你是如何逃過一劫？等我告訴他們，你是怎樣挽救你的收入，我是怎麼給你與泰歐德的協約，我是怎麼挽救你頭上的王冠。」

她每說一句話、每一個重點，她就用手指戳著他的胸口。他的額頭冒出一顆顆汗珠，一點一點地瓦解他原本不願退讓的眼神。

「你是個笨蛋，艾敦王。」她不屑地說。「我知道，你的貴族也知道，全世界都知道。你奪去一個偉大的國家，然後用你貪婪的手把它碾碎。你奴役你的人民，你玷污了亞瑞倫的名譽。而儘管如此，你的國家還是日漸貧弱。即使你，一國之君，要是沒有泰歐德的援助也無法保住你的王冠。」

艾敦王失去勇氣地退讓。國王像是洩了氣的皮球，他的傲慢行徑在她的怒氣面前萎縮殆盡。

「那看起來會是怎麼樣，艾敦王？」她低聲說。「要是整個宮廷都知道你受惠於一個女人，那是什麼樣的感覺？被那樣愚蠢的一個女孩扶助？你的一切都會被揭露，每個人都會知道你真正的模樣。一個不可靠、沒有價值、無能的廢物。」

艾敦王碰地一聲跌回他的位子。紗芮奈遞給他一枝筆。

「撤回這項命令。」她命令。

他的手指在他簽下撤回的命令時顫抖不已，接著蓋上他個人的璽印。

紗芮奈一把抓過那張令旨，衝出房間。「艾希，阻止那些士兵！告訴他們有新的命令。」

「是，小姐。」侍靈回答，從走廊飛射，穿窗而去。比一隻疾馳的馬匹還要快。

「你！」紗芮奈命令，把捲成一卷的令旨推到一個守衛的胸甲前。「把這個帶去伊嵐翠。」

那個人遲疑地接下命令。

「跑啊！」紗芮奈大喝。

那人開始狂奔。

紗芮奈交叉著手臂，看著那個守衛跑過走廊。接著她轉身看著另一個守衛。在她瞪視下，那人緊張地抽搐著。

「呃，我……我去確保他真的會到那邊。」男子口吃地說，也衝出去找他的同伴。

紗芮奈在原地站了一會兒，接著轉身面對國王的書房，把門關上。她看了艾敦王一眼，他癱軟在椅子上，手肘撐著書桌，兩手抱著頭，無聲地啜泣著。

⁂

當紗芮奈抵達伊嵐翠時，新的命令早已抵達。艾敦王的近衛隊猶豫地站在城門邊。她命令他們撤退，但隊長卻對此拒絕，宣稱他收到命令停止攻擊，卻沒有命令要他回去。沒多久之後，一個信差抵達，傳遞了撤軍的命令。隊長焦躁地看了她一眼，接著下令近衛隊返回王宮。

紗芮奈又多待了一會兒，接著費力地爬上城牆，看著底下的廣場。她裝載食物的篷車還被遺棄在廣場的中央，破損的木箱散落一地。那裡也有著屍體，那些攻擊者，在污泥之中等著腐爛。

紗芮奈整個人僵住，她的肌肉發硬。其中一具屍體還會動。她靠上城垛，盯著那個嚇人的景象。距離實在太遠，但她還是可以看見那個人的腳，躺在離他胸口十幾呎的地方，某個猛力一擊讓他的身體自腰部以下分離開來。沒有人能在這樣的傷勢中存活，然而，現在他的手還是無助地向空中胡亂揮舞。

「上神慈悲。」紗芮奈低語，她的手伸向胸前，手指緊扣著她的科拉熙護符。她不可置信地看著廣場，而其他的屍體也一樣會動，無視於他們嚴重無比的傷勢。

人們說伊嵐翠人都已經死了。他們身體已死，但心靈卻拒絕安息。她的雙眼睜大，紗芮奈總算知道為什麼那些伊嵐翠人沒有食物依舊可以存活。他們不需要吃東西。

但是，他們為什麼又要爭奪那些食物？

紗芮奈搖搖頭，試著從迷惘與那些掙扎的屍體之中釐清她的思緒。接著她的目光注意到另一個人影，他蹲在伊嵐翠城牆的陰影邊，身影莫名地呈現出一種哀痛。紗芮奈發覺自己的目光順著階梯一路往下，延伸到那個人的身上。她的手緊抓著城垛，目光緊緊地盯著他。

不知道為何，她明白那就是靈性。他用手抱著一具屍體，低著頭前後擺動。訊息非常明顯——即使是個暴君，也會愛護那些跟隨他的人。

我救了你。紗芮奈想。國王本來要消滅你，但我救了你的性命。這不是為了你，靈性。是為了你所統治的那些可憐人。

靈性並沒有注意到她。

她試著想繼續對他生氣，然而看著他，感受到他的悲痛。她無法言語——即使騙她自己。白天的事件以好幾種理由讓她心煩不已。她因為自己的計畫被打亂而氣惱，懊悔也許沒辦法再繼續替那些掙扎中的伊嵐翠人提供食物。她也為了貴族們可能會對伊嵐翠產生的新看法而不悅。

但同時她也為了可能再也見不到靈性而難過。不管他是不是個暴君，都看起來像是個好人。也許……也許只有暴君才能領導像伊嵐翠這樣的地方。也許他是那些人能有的最好選擇。

不管如何，她大概都再也見不到他了。她再也見不到那雙眼睛，儘管身體憔悴、衰弱，他的眼神依舊那麼靈動而活躍，眼神中透出的訊息，複雜得彷彿她永遠也解不開。

而這一切都結束了。

她到凱依城中唯一能給她安全感的處所，尋求庇護與安慰。凱胤讓她進去，然後緊緊地以手臂環抱著她，那是在這極度情緒化的一天中，絕對丟臉的結尾。但是這個擁抱卻很值得，她從孩提時代就覺得她的叔叔能給人絕佳的擁抱，他寬大的手臂和厚實的胸膛，甚至足以應付這個高眺瘦長的女孩。

當紗芮奈終於放開他，她擦了擦眼睛，對自己再次落淚有點不滿。凱胤依舊把大大的手掌放在她肩上，帶她走進餐廳，家裡的其他人都坐在桌邊，甚至連阿迪恩也在。

路凱生氣勃勃地高談闊論，但當他一看見紗芮奈就停了下來。「說出獅子的名字。」他引述了一句占杜的諺語。「那麼他將來參與盛宴。」

阿迪恩飄忽而有點迷離的雙眼看著她的臉龐。「從這裡到伊嵐翠要兩千一百三十七步。」他低聲地說。

突然間，安靜了下來。接著凱艾絲在椅子上跳著。「紗芮奈！他們真的打算要吃了妳嗎？」

「沒有，凱艾絲。」紗芮奈回答，並且找了個位子。「他們只是想要我們的一些食物。」

「凱艾絲，別煩妳的堂姊。」朵菈堅定地說。「她已經累了一整天。」

「我卻錯過了。」凱艾絲不高興地說，砰的一聲坐回椅子上，接著怒氣沖沖地看著她弟弟。「為什麼你非要生病？」

「這又不是我的錯。」鐸恩帶著有點蒼白的臉抗議說。對於錯過戰鬥，他看來倒沒有太失望。

「安靜點，孩子們。」朵菈又重複了一次。

「沒關係。」紗芮奈說。「我可以討論那件事。」

「那好吧。」路凱說。「那是真的嗎？」

「是。」紗芮奈說。「有些伊嵐翠人攻擊我們，但沒有人受傷，起碼不是我們這邊的人。」

「不。」路凱說。「不是這個——我是說國王的事情。妳真的對他大吼，然後讓他屈服？」

紗芮奈差點沒有昏倒。「這事洩漏出來了？」

路凱大笑。「他們說妳的聲音大到主廳都聽得見回音。艾敦王到現在都還待在書房裡。」

「我大概有點太激動了。」紗芮奈說。

「妳做了正確的事，親愛的。」朵菈鼓勵她。「艾敦王太過習慣整個宮廷的人對他畢恭畢敬。當有人真的反抗他的時候，他可能都不知道該怎麼辦。」

「沒那麼難。」紗芮奈搖搖頭說。「撇開那些叫囂，其實他非常沒有安全感。」

「大部分的人都是，親愛的。」朵菈說。

路凱咳了咳。「堂妹，我們怎麼少得了妳？生命在妳決定飄洋過來，然後替我們搗亂一切之前顯得多麼無聊啊。」

「我寧可沒有搗亂那麼多事情。」紗芮奈咕噥著。「等艾敦王回復過來，他恐怕不會太高興。」

「反正要是他再越界，妳還是可以再一次對他大吼。」路凱說。

「不。」凱胤粗啞的聲音顯得有點嚴肅。「她是對的。元首無法忍受被公開斥責。等事情過去，我們恐怕得面對一段艱困時期。」

「否則的話，他就會放棄一切，然後讓位給紗芮奈。」路凱笑著說。

「就像您父親害怕的一樣。」艾希低沉的聲音響起，當他從窗戶飄進來。「他總是害怕亞瑞倫會沒有辦法應付您，小姐。」

紗芮奈無力地笑著。「他們都回去了嗎？」

「都回去了。」侍靈回答。她派他去監視艾敦王的近衛隊，避免他們違抗命令。「隊長立刻就跑去求見國王。不過陛下拒絕開門，他只好離開。」

「要是一個士兵看見他的國王哭得像個小孩，似乎不太好。」路凱說。

「總之。」侍靈繼續。「我……」

他被急促的敲門聲打斷。凱胤消失了一下，接著帶著焦急的蘇登大人一起回來。

「女士，」他邊說邊向紗芮奈鞠躬，接著轉向路凱。「我剛聽到幾個非常有趣的消息。」

「那全都是真的。」路凱說。「我們才問過紗芮奈。」

蘇登搖頭。「不是那件事。」

紗芮奈關切地看過來。「今天還能發生什麼事？」

蘇登的眼睛閃爍著。「妳絕對猜不到，霞德祕法昨晚選上了誰。」

第三十章

拉森並不想掩飾他的轉變，他從房間裡走出來，向整間禮拜堂展現他所遭到的天譴。狄拉夫正在進行他的晨間服務。能看到那個矮小的亞瑞倫教士害怕得整個人跌倒在地，頭髮掉落和皮膚染色似乎非常值得。

科拉熙教士沒多久之後就為了拉森而來。他們給了他一件寬大的白袍來掩飾他扭曲的外觀，接著將他從如今空蕩蕩的禮拜堂中領走。拉森對自己露出笑容，當他看見狄拉夫困惑地從房間裡偷看他。

科拉熙教士帶他去了他們的禮拜堂。脫光他的衣服，並且以亞瑞德河的河水替他清潔如今布滿黑色斑點的身體。接著他們替他套上一件白色厚織的套頭長袍。在清洗與更衣之後，教士們退下，一個禿頭而矮小的亞瑞倫教士，也就是舒．德瑞熙的教長歐敏靠上前來，安靜地替拉森祝福，在他胸前畫著艾歐．歐米（Omi）的圖案。那個亞瑞倫人的眼中洩漏出一絲滿足。

接著，他們領著拉森穿過城市的街道，一路吟頌。然而，他們卻在街上遇見一整隊士兵，穿著艾敦王近衛隊的制服，擋住他們的去路。士兵們持著武器站在那邊，嚴厲地質問。拉森驚訝地看著他們——他感覺得出來他們是要去準備戰鬥。歐敏和伊嵐翠護城衛隊的隊長爭執了一段時間，其他的教士則是把拉森帶進守衛營舍旁邊的一間小房間，一間刻著艾歐．歐米符文的拘留室。

拉森從房間的小窗戶看見兩個守衛騎著馬疾馳過來，交給艾敦王的士兵一卷羊皮紙。隊長讀了之後，皺著眉回過頭去與使者爭辯。在這之後，歐敏走回來，解釋他們必須要等一下。

他們只好等待，大概等了兩個小時。

拉森聽見教士們在討論著，他們只在一天中的固定時間把人丟進伊嵐翠，很顯然只是某個空窗時間，而非特殊的一刻。最後，教士把一小籃食物塞進拉森的手中，對他們可憐的神祇做了最後一次禱告，接著把他推過城門。

他站在城市裡，他的頭髮落盡，皮膚上有著黑色的斑塊。一個伊嵐翠人。這座城市看起來和他從城牆上觀察的一樣，污穢、腐敗而不潔。他轉了一圈，接著把那一小籃食物丟到一旁，然後跪下。

「噢，杰德司，一切造物之主。」他開口，聲音響亮而堅定。「聆聽一個您帝國僕人的請求。潔淨我血液中的污染，重建我的生命，我向您祈求，以我聖潔樞機主祭的地位與權能向您乞求。」

沒有回應。於是他再次一次地禱告。一次又一次，一次又一次……

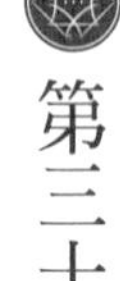

第三十一章

當沙歐林沉入水池的時候，眼睛並沒有張開，但他確實停止了呢喃。他抽動了一陣子，接著深吸了一口氣，將他的手伸向天際，最後，他完全溶解在那藍色的液體之中。

瑞歐汀嚴肅地看著整個過程。他們等了兩天，希望這位頭髮灰白的戰士能夠重新甦醒，但他卻沒有醒來。他們把他帶來這裡，一部分是因為他的傷勢實在太過嚴重，另一部分則是瑞歐汀知道自己無法踏入有著沙歐林的頹者之廳。聽他哭喊著：「我讓靈性大人失望了。」實在是太過沉重。

「來吧，穌雷。」迦拉旦說。「他已經走了。」

「是，他走了。」瑞歐汀說。而這都是我的錯。有那麼一瞬間，他身體上的痛苦與折磨，和他心靈上的痛楚相比顯得無足輕重。

接著，他們都回來找他了。一開始像是涓細的流水，接著有如山洪。他們花了好幾天才明白，並且相信紗芮奈將不會再回來。再也沒有救濟與布施——再也沒有吃飯、等待然後再次吃飯。然後他們回來，彷彿突然從恍惚中甦醒一樣，想起就在不久之前，他們的生命曾有所目標。

瑞歐汀讓他們回到原本的工作崗位——清潔、耕種與建築。靠著適當的工具與材料，這些工作逐漸變得不像是單純打發時間的運動，而是有意義地重建一個新伊嵐翠。屋頂逐個換上更耐久更實用的材質。多餘的穀物提供了額外的種植機會，比前一次更大更有野心的耕地。新伊嵐翠的矮牆逐漸擴張與強化，然而這時，夏歐的手下卻毫不作聲。瑞歐汀知道，他們從紗芮奈那裡搶來的食物支撐不了多久。那些狂人還會再回來。

在紗芮奈之後加入他的人，又比之前更多了。瑞歐汀不得不承認，儘管造成了一些暫時性的挫敗，紗芮奈造訪伊嵐翠，就長遠而言終究是有益的。她向伊嵐翠人證明了不管他們有多飢餓，光是填飽他們的肚子仍是不夠的，喜悅不只是來自於不適的消失。

所以，當他們回來找他後，他們不再為了食物而工作。他們害怕要是不工作的話，只會帶來空虛與無助。

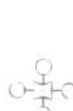

「他不應該在這裡，迦拉旦。」瑞歐汀從他們花園屋頂上的觀察點，打量著那個菲悠丹教士。

「你確定那是個樞機主祭？」迦拉旦問。

「他在他的禱告中這麼自稱。更何況，他一定是菲悠丹人。他的體型對於艾歐人來說太大了。」

「可是菲悠丹人應該不受霞德祕法影響。」迦拉旦頑固地說。「只有亞瑞倫、泰歐德或偶爾杜拉德的人才會被霞德祕法選上。」

「我知道。」瑞歐汀說，有些挫折地坐下。「這也許只是機率，畢竟亞瑞倫的菲悠丹人太少了——也許這才是他們沒有被選上的原因。」

迦拉旦搖搖頭。「那為什麼占杜人不會被選上？整條香料商道上到處都是他們的蹤跡。」

「我也不知道。」瑞歐汀說。

「穌雷，聽他的禱告。」迦拉旦嘲弄著。「好像我們其他人都沒嘗試過禱告一樣。」

「我很好奇他要撐多久。」

「已經三天了。」迦拉旦說。「一定開始餓了吧，可了？」

瑞歐汀點點頭。即使經過整整三天的禱告，樞機主祭的聲音都聽起來堅定十足。不管其他的情況，瑞歐汀倒是很尊敬那個人的堅決。

「嗯，等他明白他哪裡也去不了之後，我們再去邀請他加入我們。」瑞歐汀說。

「有麻煩了，穌雷。」迦拉旦警告。瑞歐汀順著杜拉德人的手勢，發覺到幾個蜷縮的身影躲在樞機主祭的左邊。

瑞歐汀咒罵著，看著夏歐的手下從巷子中穿過。顯然他們的食物消耗得比瑞歐汀估計的還快。他們大概是跑回廣場看看還有沒有任何殘留，但他們找到的更多，一整籃的食物就躺在樞機主祭腳邊。

「快來。」瑞歐汀催促著，轉身爬下屋頂。在以前，夏歐的手下往往搶了食物就跑，但最近的事情改變了那些野人。他們開始見人就傷，彷彿他們認知到愈少人反抗他們，他們拿到食物的機會就愈大。

「杜洛肯會因為幫助一個樞機主祭而燒死我的。」迦拉旦嘀咕，但仍跟著瑞歐汀跑。不幸的是，他和瑞歐汀來得太晚。他們來不及……去拯救夏歐的手下。

當第一個野人跳上樞機主祭的背上時，瑞歐汀才剛跑過建築物的邊緣。那個菲悠丹人整個人跳起來，以非人的速度旋轉著，並且抓那個夏歐手下的頭。只聞喀啦一聲，那個樞機主祭就扭斷了對手的脖子，並且把人丟在城門上。另外兩個野人一起衝向他，其中一人被一個猛力的旋踢踹過整個廣場，摔得像一團爛布。另外一個人則是臉上被連打三拳，然後一腳踢在胸口上。野人狂怒的嗥叫被樞機主祭狠狠地踩在頭上而中斷。

瑞歐汀嚇得差點絆倒，嘴巴張得老大。

迦拉旦冷哼。「早該知道德瑞熙教士可以照顧他們自己，可了？」

瑞歐汀緩緩地點頭，看著教士優雅地回復到跪姿，繼續他的禱告。瑞歐汀聽說過，所有的德瑞熙教士都曾在菲悠丹惡名昭彰的修道院中受過訓練。但他並沒有想到這個中年樞機主祭，居然保有他的驚人技藝。

兩個野人還勉強可以爬行，而另外一個被樞機主祭丟開的人則是躺在原地，帶著斷掉的脖子抽噎地哭喊。

「真是浪費。」瑞歐汀低語。「我們可以在新伊嵐翠用上這些人。」

迦拉旦搖搖頭。「我不認為我們能改變什麼。」

瑞歐汀轉身看著伊嵐翠的市場區。「我知道。」他堅定地回答。

⚜

他們非常快速而直接地穿過夏歐的區域，以至於當他們抵達銀行之前都沒有被人發覺。瑞歐汀對夏歐手下的嗥叫毫無反應——他持續地奔跑，不屈不撓地集中在他的目標上。迦拉旦、卡菈塔與戴希——卡菈塔的前副手，亦是瑞歐汀陣營中少數僅存的老練戰士——陪著瑞歐汀同行。每個人都緊張地用手拎著一口麻布袋。

夏歐的手下追著他們，堵住了他們的去路。在過去幾週的損失後，夏歐的手下只剩下二、三十個人，但那些人卻在陰影中顯得數量大增。

迦拉旦憂慮地看了瑞歐汀一眼，瑞歐汀可以看出他在想什麼——你最好像杜洛肯一樣明白你在幹什麼……穌雷。

瑞歐汀堅定地回看他，他只有一個希望——他對人類天生理性的信任。

夏歐看起來跟之前差不多，雖然她的手下應該仍將戰利品帶給了她，不過從她的叫聲中卻完全聽不出來。

「帶食物給我！」她尖叫著，聲音在他進入銀行之前就清晰可聞。「我要食物！」

瑞歐汀帶著他的小隊進入銀行，夏歐的手下緊追在後，一點一點靠近。等著他們的女神下令把這些入侵者都殺死。

瑞歐汀最先移動，他對其他人點點頭，接著每個人都放下他們的麻布袋。穀粒從袋口中滾落在銀行不甚平坦的地板上，混著爛泥滾到裂縫之中。嗥叫在他們身後響起，瑞歐汀對他的手下揮揮手，替夏歐的手下讓路，好讓他們可以撲向那些穀粒。

「殺死他們！」夏歐遲疑地大喊。但她的手下卻忙著塞滿他們的嘴巴。

瑞歐汀和其他人就這樣直接離去，就和他們來時一樣。

第一個靠近新伊嵐翠的人只隔了幾個小時，瑞歐汀站在他們在高樓點起的火堆旁邊。火焰消耗了他們不少珍貴的木材，而且迦拉旦從開始就反對。不過瑞歐汀無視那些異議，夏歐的手下必須要看見火焰才能產生聯想，讓他們回復神智的觸發點。

第一個狂人出現在傍晚的夜幕之中。他悄悄地移動，像一隻緊張不安的動物。他抓著破爛的麻袋，裡面還有著一兩把的穀物。

瑞歐汀讓他手下的戰士退開。「你想要什麼？」他問那個瘋狂的人。

那個人沉默地瞪著瑞歐汀看。

「我知道你明白我在說什麼。」瑞歐汀說。「你不可能來到這裡多久——最多六個月。這還不夠讓你忘記語言，即使你想讓自己這麼相信。」

男子舉起麻袋，他的手因為爛泥而反光。

「想要什麼？」瑞歐汀堅持。

「煮。」那個人終於開口。

他們帶去的那些穀物都是玉米種子，為了在春天播種而在冬天變硬。雖然他們一定嘗試過，但夏歐的手下肯定無法毫無痛苦或阻礙地咀嚼、吞嚥這些東西。

而瑞歐汀也希望被他們放棄的心智中的某一處，還記得他們曾是個人。希望他們還記得什麼是文明，該怎麼煮東西。希望他們能夠回復人性。

「我不會替你烹煮你的食物。」瑞歐汀說。「但我可以讓你自己煮。」

第三十二章

「所以，妳又穿回黑色的衣服了，對吧？親愛的。」偌艾歐公爵邊問邊幫她搭上馬車。

紗芮奈低頭看著她的衣裙，那不是伊瑄送給她的衣服，而是她拜託蘇登從杜拉德買來的。不像目前亞瑞倫流行得那樣蓬鬆；剪裁適當地貼合她的線條，柔軟的天鵝絨繡著銀色的圖樣，這件衣服捨棄了披風而採用短披肩的設計，蓋住了她的肩膀與上臂。

「這其實是藍色，閣下。」她說。「我絕不穿黑色的衣服。」

「噢。」老人穿著一件白色的外衣與深赭色的短上衣，與他精心維持的白髮造型非常搭配。

車伕關上門並且爬上他的位置。過了一會兒，他們啟程前往舞會。

紗芮奈凝視著黑暗的凱依城街道，她處在一種壓抑的心情下，一點也不開心。她無法拒絕出席舞會——偌艾歐在她的建議下舉辦了這場舞會。但這是她在一週前做出的計畫，在伊嵐翠的事件之前。過去的三天她仔細地反省深思，試著想要整理她的情緒與重新建構她的計畫。她不想被一個輕佻的夜晚所打擾，儘管那背後另有含意。

「妳看起來不太自在，殿下。」偌艾歐說。

「我還沒有完全從前幾天的事情中恢復過來，閣下。」她靠在座椅上說。

「那天真的讓人很難接受。」他同意，接著把頭靠向馬車的窗戶，觀看著天色。「以我們的目的而言，這是個很美的夜晚。」

紗芮奈心不在焉地點頭，她很久沒注意夜空是否明亮了。自從她和艾敦王的交易之後，整個宮廷悄悄地在她周圍變化。艾敦王倒沒有像凱胤預期地憤怒，只是盡量躲開她。每當紗芮奈走進一間房間，大家的頭不是轉開，就是眼神望著地板。彷彿她是一隻怪物——一個復仇的斯弗拉契司，特意要來折磨他們。僕人們也沒有好到哪裡去，他們原來只是服從，如今他們畏懼她。她的晚餐延遲，雖然廚子堅持是某個女僕突然跑開，紗芮奈只是懷疑是不是沒人敢面對可怕王妃的怒氣。整個情勢快要把紗芮奈給逼到盡頭。為什麼？以上神之名啊。她疑惑著。難道這個國家裡的每個人都覺得自己備受威脅，只因為一名主動的女性？

當然，現在她必須要承認那個女性的威脅，畢竟她對國王的行為確實太過分了。紗芮奈必須為了她的情緒失控付出代價。

「沒事了，紗芮奈。」偌艾歐說。「夠了。」

紗芮奈抬起頭看著老公爵嚴厲的臉龐。「抱歉，閣下？」

「我說夠了。恕我失禮，妳已經花了三天躲在妳的房間裡哀聲嘆氣，我不管那場在伊嵐翠裡的攻擊有多麼情緒化，妳都應該要克服它——而且要快。我們已經快要抵達我的宅邸了。」

「嗯？」她又應了一聲，一臉驚訝。

「紗芮奈。」偌艾歐繼續，聲音變得比較柔和。「我們從沒有要求妳的領導，而妳卻為此努力並且獲得了主控權。如今妳已經做到了，不能只因為一點情感受創就離開我們。當妳接下那些權力，妳也要承擔起那些責任，無時無刻——即使在妳不想的時候。」

突然間，公爵的智慧讓紗芮奈感到羞愧無比，她慚愧地低下目光。「我很抱歉。」

「噢，王妃。」偌艾歐說。「這幾週以來，我們也太過依賴妳了。妳這就樣走進我們的心中，從來沒有人能這樣。即使是我也做不到——妳讓我們團結起來。蘇登和依翁德根本就崇拜著妳，路凱和凱胤像是兩塊不動巨石般地支持妳，我根本無法解析妳那些精確的計畫，甚至連艾汗都把妳形容為他所見過最令人愉快的年輕女性。別在這個時候拋下我們，我們需要妳。」

紗芮奈臉紅地搖搖頭，馬車這時停在偌艾歐大宅的門前。「那還有些什麼事呢？閣下。雖然不像我們一樣聰明，如今德瑞熙樞機主祭已經被排除了，艾敦王也顯然被我們壓制。就我來看，危機似乎已經過去。」偌艾歐挑了挑他濃密的白眉。「也許艾敦王比我們想得還要更聰明；也許國王有著一些明顯而無法抗拒的盲點，但他有能力在十年前奪取政權，他也牢牢地控制著貴族這麼多年。至於那個樞機主祭……」

偌艾歐看著馬車窗外，有另一輛馬車就停在不遠處。裡面坐著一個穿著火紅的矮小男子，紗芮奈認出那是那位協助拉森的年輕艾歐教士。

偌艾歐皺眉。「我認為我們把拉森換成了一個同樣危險的敵人。」

「他？」紗芮奈驚訝地問。她確實看過那個年輕人和拉森在一起，當然——以他令人印象深刻的狂熱外表。然而，他怎麼會跟一個心機算盡的樞機主祭一樣危險，可能嗎？

「我一直在觀察那個傢伙。」公爵說。「他的名字是狄拉夫，是個亞瑞倫人。這就表示他可能原本在科拉熙的環境下長大。我注意到他改信宗教的情況，比很多外來者要充滿更多仇恨。」

「你也許是對的，閣下。」紗芮奈同意。「我們得要改變計畫，我們可不能用對付拉森的方法來應付他。」

偌艾歐微笑，雙眼中輕微地閃爍著。「這才是我記得的那個女孩。來吧，自己舉行的宴會遲到了可不好。」

偌艾歐在他宅邸後的庭院中舉辦了一場月蝕觀賞宴會——因為他的宅邸占地有限。以亞瑞倫第三有錢的人來講，公爵非常儉樸。

「我只不過成為公爵十年而已，紗芮奈。」偌艾歐在她第一次造訪他家時說。「但我一輩子都是個商人。妳無法靠著奢侈來賺錢。這房子很適合我，要是再大一點，我大概就會在裡面迷路了。」

環繞著主宅的草地卻十分遼闊，這是偌艾歐唯一願意承認的奢侈之處。公爵熱愛庭院，他在庭院中散步的時間遠遠多過待在房子裡。

很幸運地，天氣似乎打算配合公爵的計畫，提供了來自南方的溫暖微風，晴朗無雲的夜空。繁星潑灑在天空中有如黑色絨布上的白點，紗芮奈忍不住看著星空中主要符文的星座。瑞歐在她頭頂上閃爍著，一個方形而四個圓圈在其周圍，再加上方形中心的一點。而她自己的符文，艾歐·依尼（Aon Ene）躲在地平線的邊緣。滿月緩緩在天頂移動，再過幾個小時就會全然消失——或者說，天文學家如此宣稱。

「所以，」偌艾歐走到她身旁，挽著她的手臂說：「妳要告訴我這是為了什麼嗎？」

「什麼為了什麼？」

「這個舞會。」偌艾歐說。「妳要我舉辦這場宴會一定有奇怪的設想——妳這麼要求特定的日期和地點。妳在盤算些什麼？」

紗芮奈露出微笑，重新想起今晚的計畫。她差點忘記這個宴會，此刻她愈是思考，愈是期待這場舞會。在夜晚結束之前，她希望能夠解答那個從她抵達亞瑞倫後，就一直困擾她的問題。

「就說我想和大家一起觀賞月蝕好了。」她以狡猾的笑容說。

「噢，紗芮奈，太戲劇化了。妳真是入錯行了，親愛的，妳真該去當個演員的。」

「其實，我有這麼考慮過。」紗芮奈懷念起過往。「我那時候只有十一歲。某個劇團在泰歐德巡迴，在看過他們的表演之後，我就告訴我父母，我長大之後不要當公主，要當個女伶。」

偌艾歐大笑。「我真想看看老伊凡托那時候的臉色，當他的寶貝女兒告訴他，她想當個巡迴藝人時。」

「你認識我父親？」

「當然，紗芮奈。」偌艾歐帶點氣憤地說。「我不是一直都這麼老邁的。當年我也是四處遊歷，而每個成功的商人，在泰歐德裡都會有幾個聯絡人。我見過妳父親兩次，每次他都嘲笑我的服裝。」

紗芮奈輕笑。「他總是對來訪的商人特別刻薄。」

偌艾歐的庭院在一片大草坪之中，中間建造了跳舞用的臨時木製亭閣。樹籬所構成的小徑通往亭閣，還有新綻放的花圃，以及跨著小橋的池塘與四處林立的雕像。火把在庭院中四處可見，提供了足夠的照明。那些火把會在月蝕的時候被熄滅。如果一切都照著紗芮奈的計畫，那時候她應該看不到這個景象。

「國王！」紗芮奈驚叫。「他來了嗎？」

「當然。」偌艾歐指著舞池的旁邊一處隱蔽的小花園說。紗芮奈有點難以分辨出艾敦王的身影，而伊瑄似乎也跟在他的身邊。

紗芮奈鬆了一口氣，艾敦王是今晚行動的焦點。國王的自尊是不會允許自己錯過任何一場由治下公爵所舉辦的宴會。如果他出席了泰瑞依的宴會，他就得出席偌艾歐的。

「國王又和小紗芮奈的計畫有何關係呢？」偌艾歐自言自語。「也許她派了人趁著國王不在的時候潛入他的房間。也許是她的侍靈？」

然而當艾希飄到附近的時候，紗芮奈對偌艾歐狡猾地笑著。

「好吧，也許不是侍靈。」偌艾歐說。「那樣太明顯了。」

「小姐。」艾希在出現的時候，來回躍動地行禮。

「你發現了什麼？」紗芮奈問。

「廚子今天下午確實少了一個女僕，小姐。他們說她的哥哥走掉了，那個人最近才搬到國王外部的行宮，但是那個人又發誓說他沒有看見自己的妹妹。」

紗芮奈皺著眉頭。也許她太快評斷廚子和他的手下。

「好吧，做得好。」

「那是怎麼一回事？」偌艾歐猜疑地問。

「沒什麼。」紗芮奈全然誠實地回答。

偌艾歐卻理解地點點頭。

太過聰明的一個問題就是，紗芮奈嘆著氣心想，就是每個人都以為妳總是在計畫一些事情。

「艾希，我希望你盯著國王。」紗芮奈說，留意到偌艾歐好奇的笑容。「他大概會把大部分的時間都花在自己的小庭院裡，要是他打算移動，立刻通知我。」

「是的，小姐。」艾希飄移靠近不起眼的地方，就在火把的旁邊，讓火焰的光線掩蔽他的光芒。

偌艾歐再次點點頭。他顯然很開心地想猜出紗芮奈的計畫。

「所以，你打算過去參加國王的私人聚會嗎？」紗芮奈問，打算分散公爵的注意力。

偌艾歐搖搖頭。「不，雖然很想好好待在妳的身邊，看看艾敦王蠕動的模樣，但我從來不贊許他刻意遠離人群的態度。多謝妳的教唆，我是宴會的主人，一個主人應該要四處交際。更何況，今晚在艾敦王的身邊多難受——他正打算要找人替換伊甸男爵的地位，今晚宴會的每個低階貴族都想要爭取那個頭銜。」

「如你所願。」紗芮奈說，讓偌艾歐領著她走近開闊的亭閣邊，一群樂師正在演奏，幾對男女跟著音樂起舞，但大多數的人都在另一邊跳舞。

偌艾歐輕笑，紗芮奈跟著他的目光前視。蘇登跟托瑞娜在舞池的中央合舞著，兩個人看起來皆迷戀著對方。

「你在笑什麼？」紗芮奈問，看著火紅色頭髮的女孩和占杜年輕人。

「看到一個年輕人裝成一個偽君子，一直都是我一生中最大的樂趣之一。」偌艾歐帶著一個邪惡的笑容。「這麼多年來，他一直發誓不會讓自己陷入這樣的情況，在抱怨著那些數不完的舞會之中對他阿諛奉承的女子之後，他的心，他的靈魂，還是變成了跟普通男人一樣的爛泥。」

「你真是個尖酸刻薄的老人，閣下。」

「本該如此。」偌艾歐說。「刻薄的年輕人沒有份量，慈祥的老人都很無聊。等等，我去幫我們拿點喝的。」

公爵漫步離開，紗芮奈留在原地看著年輕的情侶共舞。蘇登眼中令人反胃的深情，讓紗芮奈別過了頭。也許朵菈的話，實際上比紗芮奈所願意承認的還要準確。紗芮奈其實很嫉妒，雖然不是因為她會讓自己陷入任何和蘇登的情感裡；但是，自從她來到亞瑞倫之後，蘇登一直都是她最熱情的支持者之一。很難看著他把注意力轉移到另外一個女人身上，即使是為了完全不同的原因。

不過，還有另一個原因，一個更深層、更誠實的原因——她嫉妒蘇登眼中的神情。她羨慕他能夠有機會求愛、墜入愛河，甚至能沉浸在令人昏昏沉沉的浪漫情調之中。

這是紗芮奈從少女時期就有的夢想了。隨著年歲增加，紗芮奈體認到這些東西她永遠得不到。她從一開始就叛逃了，接著只能咒罵自己具有侵略性的性格。她知道自己會威脅到宮廷裡那些男人，因為如此，曾經有一段時間，她強迫自己採取比較順從、溫馴的態度，結果就是她和一名年輕的伯爵葛瑞歐（Graeo）訂了婚，差點結婚。

她帶著憐憫記起那個男人，其實只是個男孩。只有葛瑞歐願意嘗試和這個全新、好脾氣的紗芮奈在一起，冒著被他同伴取笑的風險。這個結合不是出於愛情，但是紗芮奈還是喜歡葛瑞歐，雖然他的意志軟弱。他有一種童稚的猶疑，過度強迫自己要做對的事情，在其他人都懂得比他多的世界裡成功。

最後，紗芮奈解除了婚約——不是因為跟無聊至極的葛瑞歐住在一起會讓她發瘋，而是因為她體認到這不公平。她利用了葛瑞歐單純率直的天性，知道他陷入自己無法處理的處境。對他來說，在最後一刻被拒絕然後被嘲笑，總比娶一個會抑制他成長的女人要好。

這個決定注定了她自身的命運——一個不會結婚的老處女。謠言說她跟葛瑞歐在一起，只是為了愚弄他而已，而尷尬的年輕人離開了宮廷，接下來的三年，都在他自己的土地上過著隱士生活。在這之後，沒有人敢追求國王的女兒。

因此，她逃離了泰歐德，將她自己隱身在國王的外交使節之中。她成為一個在各個歐沛倫主要都市駐守的大使，從菲悠丹的沃恩之座（Wyrn's Seat）到思弗丹的首都瑟拉凡（Seraven）。前往亞瑞倫的這個提議迷住了她，但她父親下的禁令毫無轉寰餘地。他很少讓間諜進入那個國家，更別提他的獨生女。

但是，她最後還是做到了。紗芮奈認為這是值得的；她跟瑞歐汀的訂婚是個好主意，不論它最後變得多糟。曾經有一段時間，當他們書信來往時，她讓自己又開始懷抱希望，但是那些承諾最後仍然破滅。不過，紗芮奈還是擁有了懷抱希望的記憶。那比她曾經想要的還要多。

「妳看起來像是親密摯友死了一樣。」偌艾歐指出，他回來時交給她一杯藍色的占杜酒。

「不，只是想到我的丈夫。」紗芮奈嘆氣地說。

「啊，」偌艾歐理解地點了個頭。「也許我們應該移動到別處——移動到一個不會清楚看到發春的年輕男爵的地方。」

「一個完美的提議，閣下。」

他們沿著亭子外的周圍走。偌艾歐對那些稱讚他辦了一個好舞會的人點點頭。紗芮奈在老人的身旁漫步，對於經過時那些冷淡地看著她的貴族女子感到困惑。接著幾分鐘，紗芮奈終於體認到這些敵意的來由，她完全忘記偌艾歐是亞瑞倫裡最值錢的獨身男子。女人們在都等著公爵落單的時候。她們也許早就辛苦嚴密計畫了許久，想著要如何困住老人，趁機吸引他的好感。紗芮奈完全摧毀了這個可能性。

偌艾歐輕笑，研究著她的臉，「妳終於懂了，是吧？」

「這就是你為什麼不舉辦宴會的原因吧？」

公爵點點頭。「雖然在別人的宴會上應付她們很困難，但有這些狐狸在身旁，是根本不可能當個宴會的好主人。」

「小心點，閣下，」紗芮奈說。「蘇登第一次帶我去舞會時，抱怨的也是同樣的東西，你看他現在變成什麼樣子。」

「蘇登用錯方式了。」偌艾歐說。「他跑得很快——但是每個人都知道不論一個人跑多快，總有比他更快的人會出現。我，跟他相反，停在原地。我覺得玩弄她們貪婪的小腦袋更好玩。」

紗芮奈本想責怪他，但是卻被一對熟人的接近所打斷。路凱穿著他像往常一般時髦的衣服，鑲金邊的藍色披風和褐色的褲子。潔拉，他黑髮的妻子，穿的則是簡單的紫色衣飾，從高領的剪裁中就能看出是占杜衣著。

「現在，要是我沒看錯的話，這裡好像有一對配錯對的情侶。」路凱邊說邊笑，向公爵鞠了躬。

「什麼？」偌艾歐問。「一個暴躁的老公爵，還有他可人的年輕伴侶？」

「我是說身高的差距，閣下。」路凱大笑。

偌艾歐往上看，揚起眉毛，紗芮奈站直時，高過他整整一個頭。「到了我這個年紀，只能來者不拒了。」

「我想不管您幾歲，這句話都是真的。閣下。」路凱說，低頭看著他美麗妻子的黑瞳。「我們只能接受上天指定的女性，然後對這份賜與感到幸福。」

紗芮奈感到噁心——先是蘇登，接著是路凱。她今晚完全沒有應付快樂佳偶的心情。

察覺到紗芮奈的心情，公爵向路凱道別，說他得去看看在花園裡的其他食物。路凱和潔拉轉回到舞池，接著偌艾歐帶著紗芮奈走出光亮的亭子，回到有著閃耀的火把和灰暗的天空下。

「妳必須克服它，紗芮奈。」公爵說。「不能每次看到有穩定感情關係的人就逃跑。」

紗芮奈決定不要指出這種年輕的感情很難是穩定的。「我不是總是這樣的，閣下。只是這一週過得很辛苦。給我幾天，我就可以回到那個平常的、鐵石心腸的紗芮奈。」

方。

　　偌艾歐似乎察覺到她的苦澀，決定明智地不要回這句話，反而看向一邊，看著傳來熟悉笑聲的地方。

　　泰瑞依公爵顯然不想加入國王的私人聚會。相反的，他在反方向聚集了一群貴族們，談笑著，跟亭子裡的艾敦王呈現對比，看起來就像是他已經開始聚集他的私人小聚會了。

「不是個好現象。」偌艾歐悄悄地說，說出了紗芮奈的心聲。

「同意。」紗芮奈數了數泰瑞依的奉承者，辨認著他們的階級，接著視線轉回艾敦王這邊。數量差不多，但是艾敦王似乎掌控了比較重要的貴族——暫時。

「這也是妳在艾敦王面前激烈的言詞所帶來的效應。」偌艾歐說。「艾敦變得愈不穩固，其他的選擇看起來就愈誘人。」

　　當泰瑞依愉悅輕鬆的笑聲響起時，紗芮奈皺了皺眉頭。他聽起來不像是失去了一個最重要的支持者——樞機主祭拉森——的樣子。

「他到底在計劃些什麼？」紗芮奈說。「他怎麼可能現在奪取王位？」偌艾歐搖搖頭，在短暫的沉思之後，他往天空看去，然後對著空氣說話。「什麼事？」

　　紗芮奈轉頭看著艾希接近。接著吃驚地發現那不是艾希，而是其他侍靈。

「園丁說您有一個客人掉進了池塘裡，大人。」侍靈躍動地接近著他們，他的聲音清脆卻平靜。

「誰？」偌艾歐笑著問。

「雷狄（Redeen）大人，閣下。」侍靈解釋。「他看起來喝了太多葡萄酒。」

　　紗芮奈瞇著眼，想要找出光球的深處是什麼符文。她想應該是歐帕（Opa）。

　　偌艾歐嘆氣，「他可能把魚都嚇出水裡了。謝謝你，歐帕。確定雷狄被拉上來時有毛巾，而且有人可以送他回家，如果他有需要的話。下次他或許就不會往池塘裡添酒精了。」

　　侍靈再度規矩地躍動了一下，然後飄開執行主人的要求。

「你從來沒說過你有個侍靈，大人。」紗芮奈說。

「很多貴族都有，王妃。」偌艾歐說，「但是現在已經不流行把他們帶出門了。侍靈會讓人想起伊嵐翠。」

「所以他只能待在你的房子裡？」

偌艾歐點點頭。「歐帕監督著我房子裡的園丁。我覺得很適合——畢竟，他的名字意涵是『花朵』。」

紗芮奈輕拍臉頰，想著歐帕聲音中的那種嚴謹與正式。她在泰歐德所了解的侍靈對他們的主人親切多了，不論他們是什麼樣的人。也許是因為在這裡，在這個被認為是創造他們的國度裡，侍靈都會被懷疑和嫌惡的眼光看待。

「來吧。」偌艾歐說，挽起她的手臂。「當我說要確定餐點時，我是認真的。」

紗芮奈讓她自己被偌艾歐牽著。

「偌艾歐，你這個老糊塗。」當他們接近餐桌時，一陣吵鬧的聲音從後方傳來。「我很驚訝，你真的知道要怎麼舉辦一場舞會！我還怕你會嘗試把我們全部塞進一個箱子裡——那個你稱作房子的地方。」

「艾汗，」偌艾歐說，「我早就應該想到，會在餐桌旁找到你。」

身形龐大的公爵穿著一件垂掛著的黃色長袍，手上抓著很多餅乾和海鮮，而他妻子的盤子裡卻只有一些水果。在熙丹參加紗芮奈的擊劍課程的這幾週，她已經瘦了不少。

「當然，這是宴會最好的部分了！」伯爵露出笑容。接著他對紗芮奈點點頭，然後說：「殿下，我必須警告妳別讓這個老不修帶壞了妳，不過，我擔心妳也會對他做一樣的事。」

「我？」紗芮奈假裝生氣地問。「我能構成什麼危險？」

艾汗不屑地噴噴鼻息。「去問國王吧。」他把一塊薄酥餅塞進嘴巴裡。「事實上，妳可以問我——只要看看妳對我可憐的老婆做了什麼就好。她拒絕吃東西！」

「我在享受我的水果，艾汗。」熙丹說。「我想你也應該來一些。」

「也許我吃完這些會去拿一盤來。」艾汗惱怒地說。「妳看看妳做了什麼，紗芮奈。我要是知道妳的擊劍課會毀了我妻子的曼妙身形，我絕對不會同意！」

「毀了？」紗芮奈驚訝地問。

「我是從亞瑞倫南方來的，公主。」艾汗伸手去拿更多的蛤蜊。「對我們來說，圓潤就是美。不是每個人都想要他們的老婆看起來像吃不飽的小鬼一樣。」接著，體認到他好像說得太多了，艾汗停了下來。「無意冒犯。」

紗芮奈皺眉。艾汗是個讓人愉快的人，但是常常說話跟做事不經大腦。紗芮奈遲疑了，因為她不知道該怎麼回答。

好心的偌艾歐公爵適時幫了她一把。「嗯，艾汗，我們得繼續走了，我還有許多客人得招待。喔，忘了說，也許你要讓你的商隊走快一點了。」

艾汗在偌艾歐帶著紗芮奈離開時，抬起頭來。「商隊？」他換了一個認真的神情。「什麼商隊？」

「什麼？當然就是你從杜拉德載著酸瓜往思弗丹的那個呀。」公爵立刻回答。「我一週前也送了一船過去，我想明天早上應該就會到了。我怕的是，朋友，你的商隊會去到一個充滿酸瓜的市場，更別提他們馬上就會都熟到爛了！」

艾汗咒罵了幾句，盤子在他手中傾斜，沒注意到幾塊海鮮已掉到草地上。「你怎麼可以在上神之名下做出這種事情？」

「哦，你不知道嘛？」偌艾歐問。「我是路凱的合夥人。上週從他前次的收穫裡，我拿到所有還沒有熟的水果——不過它們到思弗丹的時候應該都熟了吧。」

艾汗搖搖頭，低聲地笑。「又被你逮到了，偌艾歐。但是看著吧，再幾天我就會贏過你了，接著你就會驚訝到一個禮拜無法直視自己！」

「我等著。」偌艾歐邊說邊離開餐桌。

紗芮奈輕笑跟上，他們身後揚起了熙丹責備她丈夫的聲音。紗芮奈說：「你如同他們所說的一樣是個精明的商人，不是嗎？」

偌艾歐謙虛地揚了揚手，接著說：「對，每一分每一毫都是。」

紗芮奈大笑。

「不過。」偌艾歐接著說，「妳年輕的堂兄羞辱了我一番。我不知道他如何把那船酸瓜給藏起來的——我在杜拉丹的辦事員應該要通知我，我會跟他交易是因為他來找我籌措資金。」

「總比他去找艾汗好吧。」

「這倒是真的，」偌艾歐同意。「如果他這麼做了，我的耳根子絕對不得清靜。艾汗在過去二十年裡一直想要超越我——不過總有一天，他就會理解到我只是假裝很聰明，好讓他無法預料我的行動，只是到那時人生的趣味就少一半了。」

他們繼續散步，跟客人談天，享受著偌艾歐漂亮的花園。早開的花床中以火把、油燈，甚至是蠟燭精心點亮。更驚人的是那些十字樹（crossword tree），它們開著粉紅色跟白色的小花，被沿著樹幹纏繞的提燈從背後反照著。紗芮奈恣情地享受美景到幾乎忘了時間，直到艾希出現，提醒了她今晚真正的目的。

「小姐！」艾希驚呼。「國王要離開宴會了！」

「你確定？」她把注意力從十字樹上的花轉移過來。

「是的，小姐。」艾希問。「他鬼鬼祟祟地離開，說是要去廁所，但是卻招來了他的馬車。」

「抱歉，閣下。」紗芮奈簡短地跟偌艾歐說。「我得走了。」

「紗芮奈？」當紗芮奈走向房子裡時，偌艾歐在後頭驚訝地問著。接著，他更著急地又喊了一次。

「紗芮奈，妳不能走。」

「我很抱歉，閣下，但這很重要！」

他嘗試跟上他，但是紗芮奈的腿比較長。此外，公爵還得主持宴會，他不能在宴會的中途消失。

紗芮奈即時沿著偌艾歐的房子看到國王坐上他的馬車。她咒罵了幾句——她怎麼沒想到要準備自己的交通工具？她著急地看著四周，找著可以借用的交通工具。在她好不容易選上一輛的時候，國王的馬車已經噠啦噠啦地駕離。

「小姐！」艾希警告著。「國王並不在馬車裡。」

紗芮奈整個人僵住。「什麼？」

「他從另一邊偷偷溜走，消失在道路另一頭的陰影中。馬車只是個幌子。」

紗芮奈甚至不打算詢問侍靈——他的感官遠遠比一般人要來得靈敏。「走吧。」她朝著正確的方向前進。「我沒有穿著適合潛行的衣服。你得要盯緊他，告訴我他往那邊走。」

「是，小姐。」艾希減弱他的亮光，幾乎隱形地飛在國王後頭，而紗芮奈悄悄地跟在後面。

他們繼續這樣前進，艾希緊緊地跟著國王，而紗芮奈則隔著一段較不明顯的距離。他們迅速地離開偌艾歐宅邸的範圍，進入凱依城之中。艾敦王嚴密地穿入小巷之中，而紗芮奈第一次感覺到她可能讓自己陷入危險之中。女性不會在入夜之後獨自行走——即使在凱依城，這座幾乎已經是歐沛倫最安全的城市之一了。她好幾次考慮要回頭，當一個醉漢從黑暗中倒在她身旁時，她幾乎就要轉身逃跑。然而她還是繼續走下去。她終於有機會可以發現艾敦王到底在做些什麼，好奇心壓過了恐懼……起碼這個時候是。

艾希亦感覺到這樣的危險，建議紗芮奈讓他一個人跟蹤國王就好了，但她堅決地拒絕。侍靈早就習慣了紗芮奈的脾氣，放棄了進一步的爭執。他飛回去繼續跟蹤著國王，盡力地一邊照看紗芮奈，一邊跟蹤著艾敦王。

終於，侍靈慢了下來，帶著憂慮的震動回到紗芮奈的身邊。「他剛剛進入了下水道，小姐。」

「下水道？」紗芮奈不可置信地問。

「是，小姐。而且不只一個人──他離開宴會之後，就和兩個披著斗篷的人會面，接著在下水道的入口又加入了五、六個人。」

「而你沒有跟進去？」她失望地問。「我們永遠也追不上他了。」

「這真是不幸，小姐。」

紗芮奈挫敗地咬著牙。「他們會在泥巴上留下足跡。」她說著繼續走向前。「你應該還可以跟上他們。」

艾希遲疑著。「小姐，我一定要堅持，請您回到公爵的宴會上。」

「想都別想，艾希。」

「我有保護您的重大職責，小姐。」艾希說。「我不能讓您爬下去，尤其是這樣的半夜。讓您走這麼遠已經是我的錯誤了，我有責任要終止這件事。」

「那你要怎麼做？」紗芮奈不耐煩地問。

「我可以呼喚您的父親。」

「父親在泰歐德，艾希。」紗芮奈指出。「你能做什麼？」

「我可以去找依翁德大人或其他人。」

「然後把我丟在這裡，任由我自己在下水道裡迷路？」

「您永遠也不會做出這麼愚蠢的舉動，小姐。」艾希說，接著他頓了一下，不確定地在空中盤旋。他的符文變得如此微弱，幾乎像是半透明一般。「好吧。」他終於承認。「您的確有這麼愚蠢。」

紗芮奈微笑。「來吧，我們動作愈快，你愈容易找到他們。」

侍靈不高興地領著路往街道走下去，很快便在一個骯髒發霉的地方看見了下水道入口。紗芮奈堅決地走向前，不在乎那些爛泥會怎麼毀了她的裙子。

月光只能照到第一個拐角處。紗芮奈在那令人窒息和潮濕的黑暗中站了一會兒，了解到就算是她，也絕對不會在沒有嚮導的情況下，傻到進入這樣一個找不出方向的迷宮。所幸她的虛張聲勢騙倒了艾希——雖然她並不確定該不該因為他相信她是那種傲慢的白癡而生氣。

艾希微微地調亮發光度，下水道是一條中空的管子，這是過去伊嵐翠魔法提供每一棟凱依城房舍活水時的遺跡，現在則是用來堆放垃圾和排泄物之用。這些東西會定期由亞瑞德河的轉向沖洗——如今看起來是許久沒有清理過了，泥濘的堆肥幾乎已經堆過了她的腳踝。她不打算去考慮那些泥巴是由什麼構成，但刺激鼻腔的惡臭已經提供了壓倒性的線索。

對紗芮奈來說，每一條通道看起來都一樣。只有一件事情令她寬心——侍靈的方向感。只要有艾希在，就絕對不可能會迷路。這個生物總是知道他們身處何方，並且指出他們應該要前進的方向。

艾希在前頭領路，低低地飄行在爛泥之上。「小姐，我能詢問您為什麼會知道，國王會從偌艾歐的宴會上溜走？」

「我認為你想得出來，艾希。」她帶點責怪地說。

「容我向您保證，小姐，我想過了。」

「嗯，那麼今天是一週的哪一天？」

「玫日？」侍靈回答，帶著她繞過一個轉角。

「沒錯。那麼每一週的玫日會發生什麼事？」

艾希並沒有立刻回答。「您的父親和歐丹大人玩辛達？」他的聲音帶著一種不尋常的挫折。這場夜晚活動和她的好戰性，連艾希驚人的耐性都快被消磨殆盡。

「不。」紗芮奈說。「每週的玫日十一點時，我都會聽見有人走過的怪聲，從我的牆壁中傳出來——而那個通道只通往國王的寢室。」

侍靈理解地「喔」了一聲。

「我也在別的晚上聽過那種噪音。」紗芮奈說。「但玫日是唯一固定的日期。」

「所以您讓偌艾歐在今晚舉辦這場宴會，期待國王會維持他的行程。」侍靈說。

「沒錯。」紗芮奈試著不要在爛泥中跌倒。「而且還是一個深夜的宴會，讓賓客起碼要待到午夜——所幸一場月蝕提供了一個完美的理由。國王必須要出席宴會，他的自尊不可能讓自己被摒除在外。然而，他的每週固定活動必定很重要，讓他得冒險偷溜出來去參加。」

「小姐，我不喜歡這個。」艾希說。「一個國王半夜待在下水道裡，會做什麼好事？」

「這正是我要查出來的。」紗芮奈撥開一片蜘蛛網。一個想法支持著她，讓她穿過這些泥巴和黑暗，一種她幾乎不敢相信的可能性——也許瑞歐汀王子還活著。也許艾敦王並沒有把他關在地牢，而是關在下水道。也許紗芮奈並不是個寡婦。

一陣喧鬧從前頭傳來。「調暗你的光線，艾希。」她說。「我好像聽到了什麼。」

艾希照做，光線變得幾乎看不見。前頭有一個交叉路口，在筆直的通道那邊閃著火把的亮光。紗芮奈緩緩地靠近轉角，試著想要偷看一下。不幸的是，她沒有注意到那個轉角有坡度，於是立刻滑了一跤。她拚命地揮舞著手臂，卻完全無法穩住自己，一路滑了好幾呎才停在底部。

這個動作讓她直接停在交叉路口的中心。紗芮奈緩緩地抬起頭。

艾敦王瞪著她，和她一樣震驚萬分。

「上神慈悲！」紗芮奈低語。國王站在她面前，身後就是一個祭壇，一把紅色條紋的匕首就在他手中。他完全地赤裸，除了鮮血染在他的胸膛之上。一個年輕女性被開膛剖肚、癱在祭壇上，屍體從脖子到下腹被整個切開，內臟就散落在祭壇旁邊。

匕首從艾敦王手中掉下來，撲通一聲掉進泥巴裡。紗芮奈這時才留意到十幾個黑袍身影和他站在一起，杜拉丹符文繡在他們的衣服上，每個人都拿著一把長匕首，好幾個人迅速地向她靠了過來。

紗芮奈掙扎著，極度反胃想吐，而她的心卻只想尖叫。

最後，她放聲尖叫。

她踉蹌地後退，接著整個人又滑到爛泥中。那些人匆忙地向她跑過來，兜帽下的眼睛閃著熱切與渴望。紗芮奈在泥巴中又踢又掙扎，不停地尖叫試著讓自己站起來。她幾乎沒有聽見從右邊傳來的腳步聲。

突然之間，依翁德出現了。

年長將軍的長劍在昏暗的光線中閃爍，俐落地割開一隻伸向紗芮奈腳踝的手臂，而那些穿著依翁德軍團制服的人也跟著衝過走道。其中還有著一個穿著紅袍的德瑞熙教士，狄拉夫。他並沒有加入戰鬥，只是站在一旁，滿臉著迷地看著。

目瞪口呆的紗芮奈試著再次站起來，但又一次跌倒在污水之中。有人伸手拉住她的手臂，幫她爬了起來。她看見偌艾歐滿是皺紋的臉龐一臉安慰地對她微笑，一邊把紗芮奈拉起來站好。

「也許下一次妳會告訴我，妳在計劃些什麼了，王妃。」他建議。

「你告訴他了。」紗芮奈對艾希投射出責難的目光。

「我當然要告訴他，小姐。」侍靈回答，隨著語句顫動。紗芮奈正和艾希還有路凱坐在偌艾歐的書房中，穿著從公爵女侍那裡借來的袍子。袍子當然太短了，但總好過沾滿污水的絲絨洋裝。

「什麼時候？」紗芮奈質問，靠在偌艾歐柔軟豐厚的絨布沙發上，把自己包在一塊毯子中。先前公爵命人伺候她入浴，如今她的頭髮還帶著水氣，在夜風中感覺一陣涼意。

「妳一離開我的宅邸，他就通知歐帕了。」偌艾歐一邊說一邊走進房間，還帶著三個冒著熱氣的杯子。他把杯子遞給紗芮奈和路凱，接著坐下。

「那麼快？」紗芮奈驚訝地問。

「我知道不管我怎麼說，妳都絕對不會回頭。」艾希說。

「你太了解我了。」她咕噥，啜飲了一口飲料。那是菲悠丹嘎哈（garha）——這非常好——她可沒辦法現在就去睡。

「我不會爭辯我有這項缺陷，小姐。」艾希說。

「那你為什麼還試著阻止我，在你帶我進去下水道之前？」她問。

「我在拖延時間，小姐。」艾希解釋。「公爵堅持要親自趕來，他的隊伍移動得很慢。」

「我或許很慢，但我不會錯過妳在盤算的所有東西，紗芮奈。」偌艾歐說。「他們說年齡會帶來智慧，但它只帶給我折磨人的好奇心。」

「依翁德的士兵呢？」紗芮奈問。

「他們本來就在宴會裡。」路凱說。當他看到紗芮奈偷偷摸摸又沾滿泥水地回到偌艾歐的宅邸時，就堅持一定要知道所有詳情。「我看他們其中的一些人和賓客交談。」

「我邀請了依翁德的軍官們。」偌艾歐說。「或者說，在城裡的半數軍官。」

「好吧。」紗芮奈說。「所以當我跑掉之後，艾希通知你的侍靈，告訴你我正在追著國王。」

「『那個傻女孩快要把自己給害死了。』我想他的話大概是這樣。」偌艾歐笑著說。

「艾希！」

「我道歉，小姐。」侍靈尷尬地震動著。「我那時口不擇言。」

「總之，」紗芮奈繼續。「艾希通知了偌艾歐，然後他從宴會中召集了依翁德還有他的士兵。你們全都跟著我進了下水道，然後你用你的侍靈替你引路。」

「直到依翁德聽見妳在尖叫。」偌艾歐說。「妳是個幸運的女孩，擁有那個男人的忠誠，紗芮奈。」

「我知道。」紗芮奈說。「這週他已經第二次證明了他的配劍的用處。下次讓我看見艾敦王，記得提醒我要踹他一腳，責怪他說什麼貴族接受軍事訓練是下等的。」

偌艾歐輕笑。「我怕妳得排隊踢他了，王妃。我認為城裡的教士——不管是德瑞熙還是科拉熙——

都想要狠狠地把這個杰斯珂祕教徒給踢飛。」

「他還把那個可憐的女人給獻祭了。」艾希低聲地說。

當他們想起那個情況的時候，討論的語調突然沉重了起來。紗芮奈顫抖地回想起那個染滿鮮血的祭壇，還有上面的人。艾希是對的，她陰沉地想。這不是開玩笑的時候。

「所以就是那樣？」路凱問。

紗芮奈點點頭。「祕教有時候會牽扯到獻祭。艾敦王一定是非常渴望某種東西。」

「我們的德瑞熙友人宣稱他對此有點了解。」偌艾歐說。「他認為國王在向杰斯珂聖靈祈求，替他毀滅某人。」

「我？」紗芮奈問，儘管裹著毛毯，身體還是一陣發寒。

偌艾歐點點頭。「狄拉夫儀祭說，祈禱文就用那個女人的鮮血寫在祭壇上。」

紗芮奈顫抖。「起碼我們現在知道那些女侍和廚子，為什麼會從王宮裡消失了。」

偌艾歐再次點頭。「我猜他涉入祕教已經有了相當時間——甚至可能在災罰之前。他很顯然是那個團體的領袖。」

「其他人呢？」紗芮奈問。

「一些低階貴族。」偌艾歐說。「艾敦王不可能讓任何會挑戰他的人加入。」

「等一下。」紗芮奈皺起眉頭說。「那個德瑞熙教士從哪裡跑來的？」

偌艾歐不安地看著自己的杯子。「這是我的錯。他看到我在召集依翁德的手下——我那時有點匆忙——他就跟著我們。我也沒有時間跟他多扯。」

紗芮奈不快地又喝了一口飲料。這一晚的事件結果，完全不是她所計劃的那樣。

突然間，艾汗搖搖晃晃地走進房間。「上神咒罵，紗芮奈！」他大聲說。「妳先是反對國王，然後又挽救他，現在卻要罷免他。拜託妳下個決定好不好？」

紗芮奈把腳縮到胸口前，把頭靠在膝蓋上呻吟，「沒辦法把這件事情壓下來嗎？」

「沒辦法。」偌艾歐說。「那個德瑞熙教士看到了，他已經通知了半個城市的人。」

「泰瑞依現在毫無疑問要獲取權力了。」艾汗搖搖頭說。

「依翁德在哪裡？」紗芮奈問，她的聲音隔著毛毯而不太清楚。

「把國王關在監獄裡。」艾汗說。

「那蘇登呢？」

「還在看顧著那些女人安全地回家，我猜。」路凱說。

「好吧。」紗芮奈抬起她的頭，把頭髮從眼前撥開。「那我們就暫時不管他們了。先生們，我怕我剛剛摧毀了我們好不容易爭取來的短暫平靜。現在我們有些重要的計畫得做——大部分就是把傷害控制到最小。」

第三十三章

有些事情改變了。拉森驚訝地看著，沖走了他白日夢的殘餘片段。他並不確定經過了多久的時間，如今天已經黑了，縈繞的黑暗只剩下數根高燃於伊嵐翠城牆上的火炬，甚至連月光也沒有。

他最近愈來愈常陷入恍惚的狀態，在他維持著懺悔的跪姿時，心神也隨之模糊了起來。整整三天的禱告是有些太長了。

他感到口渴，同時還有飢餓。他期待著這種情況——他曾經禁食齋戒過，但這次似乎有所不同。他的飢餓感似乎更加強烈，彷彿身體試圖向他警告些什麼。他知道伊嵐翠已經對他造成夠多的不適，整座城市充滿了一股絕望，每一塊骯髒破裂的石頭中都散發著一種焦慮的氣息。

突然間，天空中出現光芒。拉森敬畏地抬起頭，眨了眨疲憊的雙眼。月亮緩緩地從黑暗中現身，先是有如鐮刀般的弦月，閃爍著尖銳的銀光，接著一點一點地在拉森的注視下擴大，他並不知道今天晚上會有一場月蝕，自從他離開杜拉德之後，就不再留心這種事情。那個國家曾經盛行的異教信仰，認為月蝕是天界運行的一項重要指標，而祕教的儀式也往往在這樣的夜晚舉行。

跪在伊嵐翠的廣場上，拉森終於了解到是什麼刺激了杰斯珂，讓他以宗教的眼光來探索自然。在那蒼白之中有某種美麗──面對著天堂的女神，一種月蝕所帶來的神祕。彷彿她真的消失了一段時間──旅行到別處去，而不願像是思弗丹科學家所宣稱的，只是落入這顆星球的陰影之中。拉森幾乎可以感覺到她的魔力。

拉森如今可以明白，為什麼一個原始宗教會想膜拜月亮。雖然他無法參與那樣的崇拜，但他在思索著──那就是當他面對他的神所應有的敬畏嗎？難道他的信仰有瑕疵，是因為他無法對杰德司有著同樣混雜著好奇的恐懼與讚嘆，如同杰斯珂的信徒望著月亮的心情？

他永遠也不會有那樣的情緒。他無法接受非理性的敬畏。他知道。即使是他嫉妒那些人能夠在不了解祂的教誨之下，依舊可以湧出對神的讚美，拉森仍無法把宗教與真相或論證分離。杰德司將能力賜予那些祂覺得適合的人，而拉森獲得了邏輯的智慧，他永遠也無法滿足於單純的奉獻。

這也不是拉森所期待的，但這是個答案，他從中獲得了安慰與力量。他不是個狂信者──他永遠也不會是擁有極端熱情的男子。就結果而言，他追隨舒·德瑞熙教派是因為其合理性，這樣就夠了。

拉森舔了舔乾裂的嘴唇，他不知道還要多久才能離開伊嵐翠，他的放逐可能會持續好幾天。他不想展露出任何身體上的需求，但他確實需要一些補給品。四下搜索，他找到了他的祭品籃，倒臥在爛泥之中。那些祭品已經開始變質腐敗，但拉森還是把它們吃了下去。當他最終決定要進食時，他的決心也隨之破壞，他把全部的東西都吃了下去──破爛的蔬菜、發霉的麵包、肉片甚至一些玉米和那些被伊嵐翠泥巴給泡軟的堅硬穀粒。最後，他狼吞虎嚥地灌下一整瓶葡萄酒。

他把籃子丟到一旁，起碼現在不必擔心會有掠奪者來偷走他的食物，不過自從先前的攻擊之後，他還沒有看過任何一個人。他由衷地感謝杰德司，因為他現在是如此虛弱與脫水，應該無法應付任何襲擊。

月亮現在幾乎完全顯露出來了，拉森帶著重拾的決心抬頭凝視。他也許缺乏激情，但卻有著豐富的決斷力與堅定的信念。重新舔了舔變得濕潤的嘴唇，拉森重新開始祈禱。他將會繼續他的工作，盡一切努力來服侍杰德司的帝國。

而神也不會對他有任何額外的期待。

第三十四章

瑞歐汀看錯了夏歐的手下。他們其中的幾個人在那晚前來烹煮他們的食物，雙眼中閃爍著微弱的理智。而其他人——夏歐手下的多數成員則否，他們為了別的理由而來。

他看到他們其中的一些人推來巨大的石塊，擋住瑪瑞西的長橇。他們喪失了心智，他們理性思考的能力似乎隨著獸性狂野的發展而逐漸萎縮。回復正常的只有幾個人——某部分恢復，其餘的人都還很需要幫助。他們無法把火焰與烹煮聯想起來，他們只會對著穀物咆哮、暴怒並且困惑自己為什麼無法吞嚥那些東西。

不，那些人還沒有落入他的陷阱，但他們起碼來了——瑞歐汀已經推翻了他們的神。

他進入了夏歐的領域，並且毫髮無損的逃脫。他擁有操控食物的力量，他可以讓食物乾硬得無法下嘛，也可以讓它們可以吞食。瑞歐汀的士兵已經擊退了夏歐的手下好幾次。對他們單純而危險的心智而言，當面對一個比他們的神更強力量的時候，選擇只剩一個：皈依。

在瑞歐汀試著讓他們回復智力失敗之後，他們在第二天早上來找瑞歐汀。他走在新伊嵐翠的防禦矮牆邊緣，看見他們偷偷摸摸地走在城市的主要大道上，他敲響警鐘，以為他們終於打算要進行一次統合攻擊。

但夏歐的手下卻不是來戰鬥的，他們帶來一樣禮物給他——他們之前神祇的頭顱。或者說，她的頭髮。領頭的狂人把金色頭髮丟在瑞歐汀的腳邊，它的根部還沾黏著伊嵐翠人半凝固的血液。

不管怎麼搜索，他的手下都沒有找到夏歐的屍體。

但他們垮台神祇的毛髮卻躺在跟前的泥巴上，野人彎著腰，乞求似地把他們的頭貼在地上。他們現在任憑瑞歐汀指揮，而瑞歐汀則要提供他們食物，這就是寵物與主人之間的關係。

這讓瑞歐汀有些不安——像驅使野獸一樣地指使人類。他想用別的辦法恢復他們的心靈，但經過兩天的努力之後，他明白這一切都只是徒勞。那些人已經放棄了他們的思考能力，不管靠著什麼心理治療或是鐸的努力，那些心智不會再回來了。

但他們卻表現得相當好，非常容易駕馭。疼痛似乎也不太影響他們，他們願意執行任何工作，不管有多麼低下或是吃力。如果瑞歐汀叫他們把一棟建築給推倒，他認為他們在幾天之後還會推著同一面牆，用他們的雙手持續對付那些頑固的石頭。但不管他們表面如何順從，瑞歐汀都不信任他們。他們殺死了沙歐林，他們甚至殺死了前一個主人。他們眼前的平靜鎮定，只是因為他們現在的神如此要求。

「卡啞訥。」迦拉旦走近瑞歐汀說。

「沒剩下多少，對吧？」卡菈塔跟著同意。

卡啞訥是迦拉旦給他們的名字，意思是「瘋子」。

「可憐的靈魂。」瑞歐汀低語。

迦拉旦點點頭。「你找我們嗎？穌雷。」

「對，跟我來。」

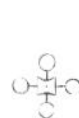

卡啞訥所增加的人手，給了瑪瑞西與他的工人修復石材家具的辦法，好節省他們珍貴的木材資源。瑞歐汀在禮拜堂裡的新桌子就和他讓塔安回復雕刻時光的一模一樣，中央有個大裂縫以水泥糊起，但除此之外仍是完整無缺，表面的雕刻雖有點磨損，仍是很明顯。

桌上放了好幾本書，近來新伊嵐翠的重建需要瑞歐汀的指揮，讓他很難抽空暗中前往那個隱藏的圖書館，他只好把其中幾本書帶出來。人們也很習慣他隨身帶著那些書本，也沒人想要問他——即使那些書本都還有著皮革封面。

他對艾歐鐸的研究愈發迫切，但他的痛苦持續地增長。好幾次疼痛猛烈到幾乎讓他崩潰，他不停地與痛苦掙扎。目前還可以控制，但也只是勉為其難，而且情況愈來愈壞。他來到伊嵐翠已經超過五週了，但他卻很懷疑自己能不能夠看到下個五週過去。

「我不知道你為什麼堅持要和我們分享艾歐鐸的細節，穌雷。」迦拉旦邊說邊嘆氣，瑞歐汀則是靠近一本打開的書籍。「你講的東西，我連一半也聽不懂。」

「迦拉旦，你得強迫自己記得這些東西。」瑞歐汀說。「不管你如何宣稱，我知道你具備了解這些的能力。」

「也許是吧。」迦拉旦承認。「但並不表示我喜歡它。艾歐鐸是你的興趣，不是我的。」

「聽著，朋友。」瑞歐汀說。「我知道艾歐鐸藏著我們身上詛咒的祕密。只要認真的研究，我相信我們可以找出治療的辦法。但是……」他舉起一根手指，然後繼續說：「如果我出了什麼事，必須要有人能繼續我的工作。」

迦拉旦不以為然地說：「拜託，你離變成霍依德的距離，大概跟我變成菲悠丹人的距離一樣遠。」

「那只是我隱藏得很好。「這不重要。」瑞歐汀說。「沒有備案是很愚蠢的行為，我把那些東西寫了下來。但我要你們聽聽我講的。」

迦拉旦嘆了一口氣。「好吧，穌雷。你又發現了些什麼？另一個增加符文效果範圍的調整方法？」

瑞歐汀微笑。「不，這個更有趣。我知道伊嵐翠為什麼覆蓋著爛泥了。」

卡菈塔和迦拉旦一瞬間都提起了精神。「真的嗎？」卡菈塔問，看著那本攤開的書。「解釋寫在這裡？」

「不，這是好幾個狀況的結合。」瑞歐汀說。「不過，關鍵的部分確實在這裡。」他指著其中一個圖案解釋。

「艾歐．艾希？」迦拉旦問。

「正確。」瑞歐汀說。「你知道伊嵐翠人的皮膚原本是純銀色，甚至有人認為那會發光。」

「是會發光……」迦拉旦說。「雖然不是很亮，但當我父親走進黑暗的房間時，你可以看見他的身形。」

「嗯，這也是因為鐸的緣故。」瑞歐汀說。「每個伊嵐翠人的身體都無時無刻與鐸連接著，同樣的連結也存在於伊嵐翠城與鐸之間，雖然學者們並不了解原因。鐸充斥在整座城市中，也讓石頭與木材發出好像火焰在裡面燃燒般的光芒。」

「這樣一定很不好睡覺。」卡菈塔說。

「你可以遮蔽那些光線。」瑞歐汀說。「但讓整座城市發光的效果是如此地壯麗，以至於許多伊嵐翠人都習以為常，學著在發光的時候也能入睡。」

「真有趣。」迦拉旦冷淡地說。「所以，這又和爛泥巴有什麼關係？」

「有一些菌類和霉菌仰賴著光源生存，迦拉旦。」瑞歐汀說。「鐸的發光與一般的光線不同，然而卻吸引了另一種的菌類。顯然，那些半透明的軟膠生長在大部分的東西上，伊嵐翠人並沒有費心去清理它們，它們幾乎無法察覺。而且實際上它們還會強化光度。這些菌類十分地強韌，也不太會造成髒亂，直到它們死亡。」

「光芒消失……」卡菈塔說。

「於是那些菌類腐爛。」瑞歐汀點頭說。「由於那些霉菌覆蓋了整座城市，於是現在四處都是爛泥巴。」

「所以，重點是？」迦拉旦打著呵欠說。

「這只是網子中的一條線索。」瑞歐汀說。「別的線索也同樣會提到災罰如何出現。我們需要向後倒推，我的朋友。我們才開始聚焦十年前發生的事件的徵象罷了。也許當我們了解災罰所造成的每一個影響，我們就能夠去猜測造成這一切的原因。」

「爛泥的解釋很合理，王子殿下。」卡菈塔說。「我總是覺得那些泥巴有不尋常之處。我曾經站在雨中，看著雨水滑過石牆，卻洗不去上面的污痕。」

「爛泥是油性的。」瑞歐汀說。「所以它不溶於水。妳聽過卡哈在講那些東西有多難刷乾淨？」卡菈塔點點頭，隨手翻閱著那本書。「這些書包含了許多訊息。」

「的確。」瑞歐汀說。「不過寫下它們的學者，實在令人討厭地語意不清，讓人得花上許多功夫才能找到特定問題的解答。」

「像是？」卡菈塔問。

瑞歐汀皺眉。「嗯，譬如說，我目前還沒有找到任何一本書，提起如何製造侍靈。」

「一本也沒有？」卡菈塔驚訝地問。

瑞歐汀搖搖頭。「我一直認為侍靈是由艾歐鐸製造的，但如果是這樣，這些書卻沒有解釋怎麼做。許多書有提到有名的侍靈被傳承給另一個人，但也僅止於此。」

「傳承？」卡菈塔皺著眉問。

「把侍靈讓給另一人。」瑞歐汀說。「如果你有一個侍靈，你可以把它讓給別人──或者你也可以在自己要死去的時候，告訴它應該去服侍誰。」

「所以，一般人也可以擁有侍靈？」她問。「我以為只有貴族能擁有它們。」

瑞歐汀搖搖頭。「這都要看前一個擁有者的意願。」

「只不過一個貴族不會把他的侍靈傳承給一個隨便的農夫。」迦拉旦說。「侍靈就和財產一樣，通常只在家族內流傳，可了？」

卡菈塔再次皺眉。「所以……要是擁有者死去，卻沒有告訴侍靈要去服侍誰呢？」

瑞歐汀停下來，聳聳肩，看著迦拉旦。

「別看我，穌雷。」迦拉旦。「我從沒擁有過侍靈。」

「我不知道。」瑞歐汀承認。「我猜它會自己選擇下一個主人。」

「即使它不願意？」卡菈塔問。

「我不認為它們有選擇。」瑞歐汀說。「侍靈和它們的主人之間有一種……連結。當它們的主人被霞德祕法選上，他的侍靈也會跟著瘋掉。舉例來說，我認為它們是被創造出來服務的──這是它們魔法的一部分。」

卡菈塔點點頭。

「靈性大人！」一個逐漸靠近的聲音喊著。

瑞歐汀抬起頭，闔上書本。

「大人。」戴希匆忙地穿過房門。高大的伊嵐翠人看起來困惑多過擔憂。

「怎麼了，戴希？」瑞歐汀問。

「是那個樞機主祭，大人。」戴希眼神激動地說：「他痊癒了。」

第三十五章

「才過了五週，妳已經罷黜了國王。沒有人能說妳手腳不夠快啊，紗芮奈。」雖然她的父親用詞輕鬆，但那發亮的臉孔透露出他的關切。他和她都知道，政府被推翻後引發的混亂，對於農民與貴族兩者來說，都是相當危險的。

「呃，這與我的計畫不同。」紗芮奈抗議。「上神慈悲，我試圖拯救那個傻子。他不該牽扯上祕教的。」

她的父親輕笑。「我真不該派妳去那，當初我們讓妳拜訪我們的敵人時，妳就已經夠壞了。」

「您並沒有把我『派』到這裡，父親。」紗芮奈說。「這是我的主意。」

「我很高興我的意見在我女兒的眼中是如此舉足輕重。」伊凡托王說。

紗芮奈感覺到自己態度軟化。「我很抱歉，爸爸。」她嘆口氣。「自從我看過之後就一直很緊繃……您不知道那有多恐怖。」

「唉，不幸的是，我知道，在上神的名下，怎會有祕教這樣的醜惡之物，卻來自於如杰斯珂一樣地純淨的宗教？」

「同樣的，舒．克賽教派與舒．科拉熙，這兩者都來自於一個微不足道的占杜男子的教誨。」紗芮奈搖頭回應。

伊凡托王嘆氣。「所以，艾敦王死了？」

「您聽說了？」紗芮奈驚訝地問。

「我最近在亞瑞倫派了幾個新的間諜，紗芮奈。」她父親說。「我可不會把我的女兒獨自留在一個毀滅邊緣的國家，而沒分神注意著她。」

「是誰？」紗芮奈好奇地問。

「妳不需要知道。」她的父親如此回答。

「他們必須要有個侍靈。」紗芮奈思索著。「否則您就不會知道艾敦王的事——他昨晚才剛上吊。」

「我才不會告訴妳，紗芮奈。」伊凡托王用著逗樂的口氣說。「如果妳知道那是誰，妳一定會把他挪為己用。」

「很好。」紗芮奈說。「但當這一切都結束時，您最好告訴我他是誰。」

「妳不認識他……」

「很好。」紗芮奈故作不在乎地重述了一次。

她的父親大笑。「告訴我關於艾敦王的事。在上神名下，他是怎麼拿到繩子的？」

「這一切必然出自依翁德伯爵之手。」紗芮奈把手肘置於書桌上暫歇，並如此猜測。「伯爵的思考就如一個戰士，而這是一種非常有效率的解答。我們不需要促成退位，更能以自殺為君王挽回一些尊嚴。」

「妳今天下午很嗜血呢，紗芮奈？」

紗芮奈顫抖地說：「您沒有看見，父親。那國王並不僅僅殺死了那個女孩，他……根本是樂在其中。」

「啊，」伊凡托王說。「我的情報顯示，泰瑞依公爵大概將登上王位呢。」

「我們絕對不會袖手旁觀。」紗芮奈說。「泰瑞依甚至比艾敦王更糟。即使他不是個德瑞熙信徒，他仍將成為一個恐怖的國王。」

「紗芮奈，一場內戰沒有任何益處。」

「不會演變到那樣的，父親。」紗芮奈保證。「您不知道，這邊的人民居然能毫無半點軍事概念。他們在伊嵐翠人的保護下居住了數世紀之久——他們相信在城牆上放著幾個發福的衛兵就足以嚇退侵略者，他們僅有的真正軍隊屬於依翁德伯爵的軍團，而他下令士兵們要在凱依城集結，我們或許能在別人反應過來前，就讓偌艾歐登上王位。」

「所以你們決定一致擁護他？」

「他是唯一一個富有到足以挑戰泰瑞依的人。」紗芮奈解釋。「我並沒有足夠的時間去扭轉艾敦王那愚蠢的財富頭銜系統，人民習慣這樣的制度，因此我們還是必須暫時使用它。」

隨著敲門聲，一個女僕端著午餐托盤出現。在偌艾歐的莊園僅待了一夜後，無視於她盟友們的關切，紗芮奈返回居住於王宮中，王宮是一個象徵，她希望這能給予她威信。傭人把盤子放在桌上並離去。

「那是午餐？」她的父親似乎擁有與食物相關的第六感。

「是的。」紗芮奈說著，為她自己切了片玉米麵包。

「好吃嗎？」

紗芮奈微笑著說：「您不該問的，父親，只是徒然讓自己難過。」

伊凡托嘆道：「我知道啊，妳的母親正迷上個新東西——霍格希雜菜湯。」

「嚐起來好嗎？」紗芮奈問著。她的母親是泰歐德外交官之女，在占杜度過了大半的青少年時期，因此她有著一些非常古怪的飲食偏好，並且會強迫整個宮殿中的人員一同享用。

「糟糕透了。」

「真慘。」紗芮奈說。「啊，我把奶油放哪去了？」

她的父親發出呻吟。

「父親。」紗芮奈責怪地說。「您知道您需要節食。」雖然國王的體型無論在肌肉或脂肪上，都沒有他兄弟凱胤來得碩大，但他的發展方向並非結實，而是圓滾。

「我不覺得。」伊凡托王說。「妳知道嗎？在杜拉德，他們認為肥胖的人是有魅力的，他們可不在乎占杜人那種健康概念，並且他們活得相當愉快。此外，有什麼能證實奶油會使人發胖？」

「您聽過占杜人的俗諺，父親。」紗芮奈說。「如果是可燃物，必定有礙健康。」

伊凡托王嘆氣。「我已經整整十年沒喝過一杯酒了。」

「我知道，父親，記得嗎？我原本一直跟您住在一起。」

「是啊，但是她並沒有叫妳遠離酒精。」

「我沒有過胖啊。」紗芮奈指出。「酒精是可燃物。」

「霍格希雜菜湯也燒得起來啊，」伊凡托王回答，帶著惡作劇的語調。「至少，當妳弄乾它的時候可以，我試過了。」

紗芮奈笑著。「我懷疑母親對於這項小實驗會有很友善的反應。」

「她只是瞪了我一眼——妳知道她是怎樣的人。」

「是啊。」紗芮奈憶起她母親的外貌。紗芮奈在過去的數年間，花費了太多的時間在外交使命上，所以已經不太會思鄉。但是，如果能回泰歐德一趟，將會是美好的選擇——特別是考慮到在過去數週都充滿了一連串像是永無止境的驚奇與災難。

「啊，紗芮奈，我得去聽政了，」她的父親最後這麼說。「我很高興妳偶爾會花時間在與妳的老父親溝通上，特別是讓他知道妳已經推翻了一整個國家。噢，還有一件事，當我們發現艾敦王自殺，辛那蘭（Seinalan）就強徵了一艘我最快的船，並出航往亞瑞倫去。他應該會在幾天內到達。」

「辛那蘭？」紗芮奈疑惑地問。「主教跟整件事有什麼關係？」

「我不知道，他不肯告訴我。但是，我真的該走了，紗芮奈。我愛妳。」

「我也愛您，父親。」

「我從沒與主教會過面。」偌艾歐坐在凱胤的餐廳中承認。「他和歐敏神父差不多嗎？」

「不，」紗芮奈堅決地說。「辛那蘭是個傲慢到足以讓德瑞熙樞機主祭都顯得謙遜的自私利己主義者。」

「王妃！」依翁德憤怒地說。「妳正論及我們教會之父！」

「這不表示我必須喜歡他。」紗芮奈說。

依翁德的臉孔變得蒼白，反射性地伸手觸碰環繞在他頸上的艾歐・歐米垂飾。

紗芮奈皺眉。「你不需要避邪，依翁德。我才不會因為他選了個傻子去負責他的教會，就反對上神——傻子也是需要機會去效力的。」

「怎麼了？」紗芮奈詰問著。

依翁德的視線低垂，注視著自己的手，接著面帶困窘地放下手。偌艾歐則是安靜地笑著。

「我只是在思考，紗芮奈。」那老人微笑。「我從不認為我會碰上任何像妳這麼有主見的人，無論是男是女。」

「那你的人生被保護得太好了，公爵大人。」紗芮奈說著。「此外，路凱哪去了？」

凱胤的餐桌並不如偌艾歐的書房般舒適，但不知為何他們在凱胤的餐廳中感到最自在。多數人忙於在書房或客廳添加個人裝飾，凱胤只鍾愛他的食物，而這個餐廳是他分享餐飲天賦的地方。屋中的裝飾品來自於凱胤旅行所帶回來的紀念品，其中包羅萬象，小如風乾蔬菜，大到一柄巨大的裝飾斧，一切看在眼裡都令人感到欣慰地熟悉。從來沒經過任何討論，而是當他們會面時，都會自然而然地聚集在這裡。他們必須再等候一會兒，直到路凱終於回來。最後，他們聽到大門被打開又關上，然後她堂哥那和藹可親的臉孔便出現在房間裡。艾汗與凱胤和他同行。

「如何？」紗芮奈詢問。

「泰瑞依確定打算登上王位。」路凱說。

「只要我用我的軍隊來支持傛艾歐，他就不會。」依翁德說。

「不幸地，我親愛的將軍。」艾汗邊說邊把他的巨軀塞進椅子。「你的軍隊並不在那裡，你只有十幾個人在你的掌控下。」

「比泰瑞依有的要多。」紗芮奈指出。

「再也不是了，情況不再是這樣。」艾汗說。「伊嵐翠護城衛隊離開他們的崗位，在泰瑞依的宅邸外築起了營地。」

依翁德輕蔑地哼聲：「那些守衛只是些想表現出其重要性，由貴族次子所聚起的烏合之眾。」

「是沒錯。」艾汗說。「不過那群人超過六百人，以五十比一的優勢，就連我都會選擇跟你的軍隊打。目前優勢恐怕已經傾向泰瑞依那邊。」

「真糟。」傛艾歐同意。「泰瑞依那占優勢的財富以前就是個大問題，不過現在……。」

「總是有個辦法。」路凱說。

「但我並沒看到什麼辦法。」傛艾歐承認。

男人們若有所思地皺眉。然而，他們已經仔細考慮這個嚴重的問題三天了。即使他們有軍力優勢，其他貴族還是不情願支持傛艾歐這個較不富有的人。

當紗芮奈依序細察過每個貴族，她的視線落在蘇登身上。他看來像是猶豫多於擔心。

「有事嗎？」她平靜地問。

「我想，我有個策略。」他試探性地說。

「說吧。」艾汗說。

「紗芮奈依然十分富有，」蘇登說。「瑞歐汀留給她至少五十萬德歐（deos）。」

「我們討論過這個，蘇登。」路凱說。「她有不少錢，但是仍然比偌艾歐少。」

「是的，」蘇登同意。「但是他們兩個所擁有的合起來，將遠多於泰瑞依。」沉默在房間內蔓延。

「您的婚約在技術上是無效的，小姐。」艾希從後面發聲。「當艾敦王自殺，並將他的繼承順位從王位上移除時，婚約就作廢了。當別人成為國王的瞬間——無論是泰瑞依或是偌艾歐，契約將會終結，而妳將不再是亞瑞倫的王妃。」

蘇登點頭。「如果妳將妳的財富與偌艾歐大人的合併，那將不只是給予妳足以對抗泰瑞依的金錢，並且將使得公爵的要求變得正當。別以為在亞瑞倫中，家系是無足輕重的。貴族們會寧願把他們的忠誠獻給艾敦王的親戚之一。」

偌艾歐以如同仁慈祖父般的眼神注視著她。「我必須承認，年輕的蘇登確實說到重點。這會是一場純政治性的婚姻，紗芮奈。」

紗芮奈吸了一口氣。事情發生的如此之快。「我了解，大人。我們將會完成一切需做之事。」

接著，在短短兩個月中的第二次，紗芮奈訂下了婚約。

⁂

「這恐怕真的不太浪漫。」偌艾歐道歉。會談結束了，偌艾歐低調地提出了護送紗芮奈回到王宮的建議。其他人，包括艾希，都意識到這兩個人需要單獨地談一談。

「沒關係的，大人。」紗芮奈帶著微微的笑容說。「政治婚姻就該是這樣——枯燥、做作，但相當有效。」

「妳非常務實。」

「我必須這樣，大人。」

偌艾歐皺眉道。「我們必須回復客套地用『大人』嗎？紗芮奈。我以為我們的交情更深。」

「我很抱歉，偌艾歐。」紗芮奈說。「我只是很難將個人從我的政治自我中剝離。」

偌艾歐點點頭。「我剛說的話是認真的，紗芮奈，這將僅僅是個為了便利而成的結合——別擔心妳在任何其他方面有什麼義務。」

紗芮奈沉默了片刻，聆聽馬蹄的韃韃聲在他們前方響起。「這個國家需要繼承人。」

偌艾歐低聲沉笑著。「不，紗芮奈，多謝妳，但是不了。即使在生理層面上可行，我還是不會去做的。我是個老人，也多活不了幾年。這次，妳的婚約將不再禁止妳在我死後再婚。當我死後，妳就能依照妳自己的偏好選個男人，到那時，我們以更穩固的系統代換掉艾敦王的蠢體系，而妳和第三任丈夫生的小孩將繼承這王座。」

第三任丈夫。偌艾歐說得好似他已經死了，而她也當了兩次寡婦。「好吧，」她說。「如果事情都如你預期的，至少我不會有怎麼吸引丈夫的困擾。王位應該還是蠻有價值的獎賞，即使附帶條件是我。」偌艾歐聞言臉色一正。「我一直要跟妳談這件事，紗芮奈。」

「什麼事？」

「妳對自己評價過苛，我聽了妳的說法，妳認為沒人會想要妳。」

「他們真的不要，」紗芮奈冷漠地說。「相信我。」

偌艾歐搖搖他的頭。「妳對人的評斷相當精準，紗芮奈，除了對妳自己。人們對於自己的看法往往是最不切實際的，妳把自己看做個老處女，孩子，但妳年輕，也貌美。妳過去的不幸並不意味著妳必須放棄未來。」

他直視著她的雙眼，雖然偌艾歐經常捉弄她，但他其實是很睿智的人。「妳會找到對的人來愛妳的，紗芮奈。」偌艾歐保證。「妳是個獎賞，而且絕對比妳所代表的王位還要更有價值。」

紗芮奈羞紅了臉看著地上。儘管如此，他的話語依然鼓舞了她，也許她是有希望的，或許會等到她三十幾歲，但她至少還是有最後的機會去找到如意郎君。

「總之，」偌艾歐說。「如果我們要擊垮泰瑞依，那婚禮就必須要快點進行。」

「你有什麼建議？」

「在艾敦王葬禮當天。」偌艾歐說。「技術上來說，艾敦的王朝，直到他下葬才算是結束。」

四天。這的確是很短的訂婚過程。

「我只擔心將妳所有一切投入於此的必要性。」偌艾歐說。「考慮與這樣一個薄暮之年的老人結婚，的確不容易。」

紗芮奈將她的手放在公爵手上，他的話令她聽了心中一甜，露出微笑。「整體來說，大人，我認為我是相當幸運的，世界上很少男人讓我覺得能夠被迫嫁給他是我的榮幸呢。」

偌艾歐露出滿是皺紋的微笑，目光閃動。「真可惜艾汗已經結婚了，對吧？」

紗芮奈抽開她的手，轉而搥打他的肩膀。「這一週我已經有夠多的情感衝擊了，偌艾歐，我想請你不要讓我還得反胃。」

公爵笑了一陣，然而，當他的歡愉平靜下來，一個聲音蓋過了笑聲——一種吶喊吼叫。紗芮奈繃緊著。但這吶喊聽來不是因為憤怒或是痛苦，反而像是喜樂與興奮。她疑惑地從馬車的窗戶往外看，一群人正如波濤般湧過一個十字路口。

「以上神之名，那又是什麼？」偌艾歐問著。

她們的馬車駛得更近，這讓紗芮奈看清了有個高個子位於人群的中心。

紗芮奈呆愣了一瞬。「但……這不可能！」

「什麼？」偌艾歐斜瞥了一眼。

「那是拉森。」紗芮奈張大雙眼。「他離開伊嵐翠了！」然後她驚覺到，那位樞機主祭的臉孔毫無斑點。是正常的膚色。

「上神慈悲——他被治癒了！」

第三十六章

當黎明揭示拉森的流放到達第五天時，他知道自己已經犯下了錯誤。他將會死在伊嵐翠裡。五天沒有喝過一滴水實在太久了，而他知道在這座被詛咒的城市中並沒有水可以喝。

他不後悔自己的行為，他的所作所為絕對是合乎邏輯的，雖然是走投無路的邏輯，卻仍然合理。如果他繼續待在凱依城裡，他將會在每一天中變得更無力。不，死於脫水都還比這樣好得多。

當第五天過去時，他的神智變得愈來愈恍惚。有時，他看見狄拉夫在對他嗤笑；有時看到泰歐德王妃也在嗤笑。他甚至認為他看見杰德司本尊，神低首看著拉森，強烈炙熱的失望讓拉森的面部灼紅。但是，他的妄想接著改變。他不再看見那些臉孔，不再感到被羞辱還有蔑視。在那時候，他開始面對某些更可怕的事情。

達克霍的記憶。

又一次，黑暗而空洞的修道院小房間圍繞著他。尖叫在黑色石頭的走廊間迴響，莊嚴的詠唱混雜了充滿獸性的痛苦哀嚎，彷彿詠唱擁有特殊的力量。還只是個男孩的拉森服從地跪著，等待，在一個不比衣櫃大多少的窄小房間裡蹲伏成一小團。汗水流過充滿恐懼的眼睛。他知道最終他們會來找他。

拉斯伯（Rathbore）修道院訓練刺客，菲悠德（Fjeldor）修道院訓練間諜。達克霍……達克霍修道院訓練惡魔。

他的幻覺在下午時停止，暫時釋放了他——像是貓在給予獵物致命一擊前，任由獵物自由玩耍一樣。拉森喚醒他虛弱的身體，想撐離堅硬的石板面，糾結的衣服黏在滑膩的表面上。他不記得自己何時蜷臥在地上。拉森嘆了一口氣，用骯髒污穢的手拍拍了頭頂，毫無意義地想要拍去一些泥濘。他的手指刮在粗糙短硬的某種東西上，那是他的髮鬚。

拉森筆直地正坐。震驚提供了他瞬間的力量。他用他發抖的手指，搜出那個曾裝載著他祭祀酒水的小瓶。他用髒污袖子的一角盡他最大努力擦拭著玻璃，然後看著自己的倒影。影像儘管扭曲而模糊，但是已經足夠。污點消失了，儘管他仍蓬頭垢面，但皮膚又和五天前一樣完好無瑕了。

傅頓的藥劑效果終於消失了。

他幾乎開始認為這件事永遠也不會發生。傅頓忘了只需要暫時的效果。這個哈弗人調製出一種能使人的身體產生出類似伊嵐翠人感染的藥劑已經夠驚人，但拉森誤判了藥劑師的能力。儘管效力比他預期的還久了一點，但藥劑師確實達到了他的要求。

當然，如果拉森沒能盡快讓自己離開伊嵐翠，他可能還是會死。拉森站起來，聚集起僅存的力量混合激動的腎上腺素。「看哪！」他對於上方的警衛室尖聲叫喊。「目睹上主杰德司的能力和光榮！我被治好了！」

沒有回應。或許對他的聲音來說，那裡太遠了。然後，他沿著牆看，拉森注意到某些事情。沒有一個守衛在，沒有巡邏或是來回行走，也沒有那些彰顯他們存在的矛尖。他們前天還在那裡……或者……是大前天還在？過去三天的記憶像是一陣迷霧——過長時間的祈禱、幻覺，和間歇的虛弱昏睡。

那些警衛都去哪裡了？他們認為看守伊嵐翠是他們莊嚴的職責，彷彿那座腐爛的城市能夠造成任何威脅似的。伊嵐翠護城衛隊只有一個無用的功能，但也是這個功能讓他們惡名昭彰。那些守衛絕不會放棄他們的崗位。

只是他們已經走了。……拉森再次開始尖叫，感到力量從他的身體一點一點流失。如果守衛沒有打開城門，他就完了。他的心裡諷刺地想著——唯一一個被治癒的伊嵐翠人，卻死於守衛的疏忽與怠惰。

城門突然啪的一聲打開。另一個幻覺嗎？一個頭從縫隙間伸出窺探著。那是拉森長期收買的貪婪隊長。

「大人……？」守衛猶豫地問，然後睜大眼睛上下打量著拉森，他驚訝地大力吸氣。「上神慈悲！這是真的，您被治好了！」

「上主杰德司聽見了我的懇求，隊長。」拉森用盡所有剩餘的力氣宣布。「伊嵐翠的污染已經從我身上消失了。」

隊長的頭消失一會兒。接著，城門一點一點地緩慢打開，出現了一隊謹慎的守衛。

「大人。」

拉森站起來——他甚至不知道自己是何時跪倒在地，然後步履蹣跚地走向城門。他轉身，手靠在城門的木頭上——一邊被穢物和污垢所弄髒，另一邊則是明亮與潔淨——回頭看著伊嵐翠。幾個身影在某棟建築的頂端看著他。

「享受你們的天譴吧，我的朋友。」拉森低聲說，然後示意守衛把城門關上。

「我真的不應該這麼做的，您知道。」隊長說。「通常一個人一旦被丟進伊嵐翠……」

「杰德司會獎勵那些服從祂的人，隊長。」拉森說。「並且時常透過祂的僕人賜予獎賞。」

隊長的眼睛一下子亮了起來。拉森非常高興自己先前收買過這個人。「隊長，你其他的手下呢？」

「保護新國王。」隊長自豪地說。

「新國王？」拉森問。

「您錯過了很多事，大人。泰瑞依大人現在統治亞瑞倫——或起碼等艾敦王的喪禮結束之後，他就會是了。」

衰弱的拉森只能動也不動地站在原地。儘管衰弱，拉森盡可能努力地在震驚中站好。艾敦王死了？泰瑞依奪得了權力？怎麼可能才五天就發生這麼劇烈的變化？

「跟我來。」拉森堅定地說。「你可以在回禮拜堂的路上解釋給我聽。」

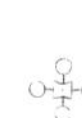

當他行走在路上的時候，人們在他的周圍聚集。隊長沒有馬車，而拉森也懶得去等一輛馬車。在這一刻，計畫完成的喜悅支持著他繼續走下去。

那些人群也給了很大的幫助，隨著消息傳開，僕人、商人和貴族全都跑來看這個獲得治癒的伊嵐翠人。人們讓路給他，從震驚進而崇拜地看著他，並且敬畏地觸摸著他的伊嵐翠長袍。

一路上非常擁擠，卻沒有什麼事情發生——除了某一刻他望過小巷，剛好看見那個泰歐德王妃也從馬車中偷看他。有那麼一刻，拉森感覺到自己又重新回到剛成為樞機主祭的那一天。他的治療不只是不可預期，而是深不可測。紗芮奈絕對不可能猜測到這件事，終於有這麼一次，拉森有了完全的優勢。

當他抵達禮拜堂，拉森轉身舉起手，看著追隨著他的人群。他的衣服依舊又髒又黑，但他彷彿把這些髒污轉變成一種驕傲的勳章。這些污垢解釋了他的苦難，證明了他曾經抵達天譴神罰的最深處，然後靈魂完整地回來。

「亞瑞倫的人們！」他高喊著。「今天你們知道誰才是支配者！讓你的全副身心接受能夠證明神將扶持你的宗教。上主杰德司是這個大陸唯一的神。如果你想要證明，那就看看我的手從腐敗到潔淨，我的臉是如此純淨無暇，還有我長著短髮的頭皮。上主杰德司考驗我，而我一心仰賴祂。祂賜福予我，而我已經獲得治癒！」

他把手放下，人群吼著他們的贊同。許多懷疑的人曾經因為拉森的倒下而離去，但是他們將會帶著全新的信心回來。他們的改宗皈依將會比任何情況下都來得更強烈。

拉森進入禮拜堂，而人群依舊在外頭群聚。拉森疲倦地走著，在過去五天的疲憊終於耗盡了他所最後激發出來的能量。他在祭壇前彎下膝蓋，低下他的頭進入虔誠的禱告。

他一點也不覺得奇蹟來自於傅頓的藥劑有何不對——拉森認為最有說服力的奇蹟，都是來自於自然現象或是人為操控，因為杰德司都在其中，一如祂存在於萬物，用自然現象增強人的信仰。

拉森讚揚神賜予他具有建構這個計畫，並同時能執行讓其成功的環境。隊長的出現更明顯是神的旨意。這個人會在拉森需要他的時候，離開泰瑞依的處所，又剛好聽到拉森的聲音穿過厚重的木門，實在超過了巧合的範疇。杰德司也許沒有以「霞德祕法」來詛咒拉森，但祂絕對和這個計畫的成功有關。

精疲力竭的拉森完成了他的禱告，搖晃地站起來。在此同時，他聽到禮拜堂的門被打開。等到他轉身，狄拉夫已經站在門前。拉森嘆息，他一直希望能在自己獲得一點休息之前，避免這樣的對質。

然而狄拉夫卻在拉森面前跪下。「主上。」他低聲說。

拉森訝異地眨了眨眼。「什麼事，儀祭？」

「我曾經懷疑您，主上。」狄拉夫承認。「我認為上主杰德司因為您的不適任而詛咒您；而我現在看見您的信仰比我所知的還堅強得多。我現在知道您為什麼被獲選為樞機主祭了。」

「我接受你的道歉，儀祭。」拉森努力地壓抑聲音中的疲憊。「每個人都會有質疑的時候。在我被流放時，你和其他的教士一定頗為艱困。」

「我們本來應該要更有信心。」

「從這個事件中學習，儀祭。下次別再讓自己懷疑。你可以退下了。」

狄拉夫轉身準備離去。當那個人站起來的時候，拉森打量著他的眼睛。狄拉夫的眼中有著尊敬，但卻沒有像儀祭展現出的那麼多懺悔。他看起來更像是困惑、驚訝而不安，而且透露著不悅。看來戰鬥還沒有結束。

拉森實在太過疲倦而無法去擔心狄拉夫，他拖著腳步回到自己的房門口，然後推開房門。他的東西被堆在房間中的一個角落，好像等著被處理掉。突然一陣擔心湧上，拉森衝了過去。他在一大堆衣服底下找到了侍靈的箱子，而它的鎖已經被破壞了。拉森焦慮不安地打開蓋子，並且從中取出了金屬盒。鐵盒上面布滿了抓痕、擦傷與凹痕。

拉森匆忙地打開鐵盒，一些槓桿有點彎曲，表盤也有些卡住。當他聽到鎖打開的時候，感到整個人鬆了一口氣。侍靈飄在裡面，沒有受到什麼擾亂。剩下的三瓶藥劑也躺在旁邊，其中兩個已經破了，液體滲透進箱子的底部。

「自從我上次透過你傳話之後，有人打開過盒子嗎？」拉森問。

「沒有，大人。」侍靈以她憂鬱的聲音回答。

「很好。」拉森很快地闔上盒子。他從衣服堆中找出葡萄酒，喝了一部分後，攤在床上沉沉睡去。

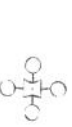

當拉森醒來的時候，天已經黑了。他的身體依舊疲倦，但仍強迫自己起身。他的計畫中非常重要的一部分已經不能再等了。他找來了一位不久前才抵達的特定教士，德悉金（Dothgen），一個高大而且有著強壯的菲悠丹體魄的男子，他的肌肉居然將德瑞熙紅袍繃得很緊。

「是，大人？」德悉金問。

「你是從拉斯伯修道院訓練出來的，對吧？儀祭。」拉森問。

「是的，大人。」那個人以一種低沉的聲音回答。

「好。」拉森說，拿出最後一瓶藥劑。「我需要你的特殊才能。」

「目標是誰？大人。」教士問。就和每個拉斯伯的畢業生一樣，德悉金是一個專業的刺客。他比拉森在葛哈金（Ghajan）修道院中受過更多的專業訓練，而葛哈金也是拉森被證明達克霍對他來說太過艱難之後所待的地方。只有樞機主祭或大主祭才能不需要沃恩允許，而使用拉斯伯訓練出來的教士。

拉森露出微笑。

第三十七章

它在瑞歐汀讀書研究的時候突然來襲，而他沒有聽見自己因為痛苦衝擊的喘息，也沒有感覺到自己因為痙攣而整個人從座位上摔下來。他只感覺到全然的痛苦，一種突如其來、有如復仇般擄獲他的尖銳折磨，就好像有上百萬隻的小蟲在他的身體裡四處亂鑽，活生生地啃食他的血肉。很快地，他就感覺不到自己的身體，彷彿痛苦就是他的身體本身，是他唯一的感覺，是唯一的輸入，而尖叫是他唯一的輸出。

接著他感覺到了，那個東西彷彿像是巨大的光滑表面，沒有一絲裂縫或凹洞，就躲在他心靈之後。緊緊壓迫著，把痛苦逼進他身體的每一條神經，像是一個工人把釘子釘進地板。它廣大無邊，它讓人類、山川，甚至是整個世界顯得微不足道。它不邪惡，甚至沒有意識。它既不狂怒也不翻騰，它是靜止不動的，因為自身劇烈的壓力而凝固。它想要移動——往任何地方都好，尋找任何一個可以釋放壓力的方法，但卻沒有任何出口。

當壓力退去，瑞歐汀的視線也開始逐漸恢復。他躺在禮拜堂的大理石地板上，看著桌子的底部。兩張模糊的臉龐望著他。

「穌雷？」一個焦急的聲音問，彷彿來自遙遠的地方。「杜洛肯啊！瑞歐汀，你聽得見我嗎？」

他的視線一點一點清晰起來。卡菈塔嚴峻的臉上充滿擔憂，而迦拉旦則是滿臉怒氣。

「我還好。」瑞歐汀一邊咳嗽一邊感到羞愧。他們發覺他有多麼脆弱，他甚至忍受不了在伊嵐翠中一個月的痛苦。

他們兩個人幫他坐下，他坐在地上好一陣子，才堅持要坐回椅子上。他整個身體都在發痛，彷彿身體被十幾種不同的力量拉扯著。當他坐上那個不舒服的石椅，忍不住發出一陣呻吟。

「穌雷，發生什麼事了？」迦拉旦問，坐回自己的椅子上。

「是痛苦。」瑞歐汀用手抱著頭，手肘撐在桌子上。「剛剛對我來說有點難以承受，我現在沒事了，疼痛已經退去了。」

迦拉旦皺眉。「你在說什麼？穌雷。」

「那些痛苦。」瑞歐汀有點被激怒。「我那些割傷、撞傷的疼痛。伊嵐翠生命的最大剋星。」

「穌雷，痛苦並不是像潮水一樣。」迦拉旦說。「它是持續不變的。」

「對我來說，它就像波濤一樣。」瑞歐汀疲憊地說。

迦拉旦搖頭。「這是不可能的，可了？當你完全陷入痛苦中，你會倒下，你的心智也會跟著消失。這是一貫的情況。更何況，你不可能傷勢嚴重到會變成霍依德。」

「你說過這些了，迦拉旦，但是這就是我身體的情況。它就突然出現，試著要摧毀我，接著消失不見。也許我只是所有人中最難抵抗疼痛的。」

「我的王子。」卡菈塔躊躇地說。「你在發光。」

瑞歐汀驚訝地望向她。「什麼？」

「是真的，穌雷。」迦拉旦說。「你倒下之後，你就開始發光，像是個符文。幾乎就像是……」

瑞歐汀張大了嘴。「……彷彿鐸要從我的身體中鑽出來。那股力量在尋找一個出口，尋找一條通路。它把我當成符文一樣……為什麼是我？」

「有些人比一般人更靠近鐸，穌雷。」迦拉旦說。「在伊嵐翠裡，有些人畫出的符文比別人更強更有力，而有些人看起來……內蘊著更多力量。」

「更何況，我的王子。」卡菈塔說。「你難道不是最了解符文的人嗎？我們每天都看你在練習它。」

瑞歐汀緩緩地點頭，幾乎忘記他的痛苦。「在災罰的過程中，他們說最強大的伊嵐翠人最先倒下。他們甚至在被暴民燒死的時候都沒有抵抗。」

「好像他們已經先被什麼東西打倒了，可了？」迦拉旦說。

突來且諷刺的安心讓瑞歐汀的心靈平靜了下來。疼痛愈強，他的不安也愈嚴重。然而他依舊不是自由的。「但痛苦的情況愈來愈嚴重，如果它繼續下去，它終究會打倒我的。要是這個情況發生……」

迦拉旦嚴肅地點點頭。「就會成為霍依德的一份子。」

「鐸就會毀滅我。」瑞歐汀說。「在掙脫的過程中把我靈魂扯碎。它不是活的——只是一股力量，而我不是個適合通道的事實，並不會阻止它的嘗試。當它征服我的時候，記得你們的誓言。」

迦拉旦和卡菈塔點點頭。他們會把他帶到山上的水池。瑞歐汀確信他們會在他倒下後為他處理後事，這讓他能夠堅持下去——也讓他悄悄地希望能夠終結痛苦的那天不會太遠。

「但這不一定會發生，穌雷。」迦拉旦說。「我是說，那個樞機主祭被治癒了。說不定發生了什麼事，也許有些東西改變了。」

瑞歐汀遲疑了。「假如他是真的被治癒的話。」

「你的意思是？」卡菈塔問。

「把他拉出城市的時候太過忙亂了。」瑞歐汀說。「如果我是沃恩，我才不會希望一個德瑞熙伊嵐翠人在外頭四處亂晃，讓我的宗教蒙羞。我會派一個使節來把他拉走，告訴每個人他被治癒了，然後把他藏回菲悠丹。」

「我們從來沒有機會好好看看他是怎麼『被治癒的』。」卡菈塔說。

迦拉旦在談話中顯得有些氣餒。他和其他的伊嵐翠人一樣，從拉森的治療中看到了一線希望。瑞歐汀並不打算把話說死，以免打擊大家的樂觀態度，但其實他對此的態度非常保留。自從樞機主祭離去之後，並沒有其他人被治好。

那是個充滿希望的象徵，但瑞歐汀卻不認為這會改變伊嵐翠的人民。他們需要工作來改善他們的生活，而不是等待某一種外來的奇蹟。

他轉頭繼續研讀。

第三十八章

紗芮奈不滿地看著樞機主祭。拉森不再在德瑞熙禮拜堂布道，因為人太多了。取而代之的，他選擇有系統地在城市的邊緣各處舉行布道大會。在那，他能夠站在凱依城的五呎邊牆上，而他的追隨者則是坐在他的腳邊聽道。樞機主祭的宣教比他以往充滿了更多的活力與熱情。此刻，他是個聖徒，他雖被霞德祕法所轉化，但卻證實了他可以戰勝詛咒。

是啊，紗芮奈必須承認，他是個令人佩服的敵人。他穿著全套的紅色鎧甲，立於人群之中，宛若一尊滿身是血的金屬雕像。

「這其中必定有某種詭計。」她說。

「這一定的啊，堂妹。」路凱站在她身邊這麼說。「如果我們不是這麼想，那倒不如直接去加入舒．德瑞熙教派算了。就我個人而言，我穿紅色看來糟透了。」

「你啊，你的臉太粉紅啦。」紗芮奈漫不在乎地說。

「如果那是個騙人的把戲，紗芮奈，」蘇登說。「我不知道要怎麼解釋。」他們三人站在晨禱會的周園，他們是要來親自見證拉森的聚會，是否真能吸引如此大量的人潮，即便今天是國王葬禮的當日。

「那可能是化妝。」紗芮奈說。

「在經過儀式的刷洗後仍然存在？」蘇登問。

「也許這祭司有內線搞鬼。」路凱說。

「你試過賄賂科拉熙教士嗎？路凱，」蘇登直接反問。

路凱不自在地左右張望。「我寧願不回答這問題，多謝。」

「你聽來似乎要相信那人的奇蹟了，蘇登。」紗芮奈說。

「我不全然否定。」蘇登說。「神為何不可保佑他的信眾呢？不同是科拉熙跟德瑞熙教派擅自將排他性加諸於克賽教派上。」

紗芮奈嘆了口氣，點頭示意她的朋友們跟上，她在邊緣的人群中推開了一條路，接著登上了在一旁等候的馬車。無論是不是詭計，拉森都已經強勢地掌控群眾，令人不安。如果他能安排偏向支持舒．德瑞熙教派的人登上王位，那一切都完了。亞瑞倫會變成一個德瑞熙教國，只有泰歐德會留存下來，即便如此，也不會存續多久。

她的夥伴無疑地也有著同樣的思緒，路凱與蘇登的面容都透出了不安的沉思神情。他們沉默地進入了車廂，最後，路凱轉向她，老鷹般的臉龐一臉困擾。

「妳說我的臉太粉紅是什麼意思？」他以受傷的語調問著。

⁂

船桅上有泰歐德的王室徽章——藍色背景配上金色的艾歐．提歐（Aon Teo）。船形長而窄，大海上沒有比泰歐德直船更快的船了。

紗芮奈覺得她有責任用比她當初抵達這座碼頭時更好的接待來迎接教長。她並不喜歡這個人，但這不是無禮的藉口，所以她帶著蘇登、路凱和依翁德，還有伯爵的好幾名士兵充做榮譽護衛。

窄長的船隻柔順地滑入港口，一等到船隻被繫牢，水手們就放下踏板，一個藍袍的身影穿過水手間，踏著穩定的步伐走下船，身後跟隨著十幾名侍從與低階教士，因為教長喜歡受到細心服侍。當辛那蘭走近，紗芮奈戴著禮貌的面具歡迎著他。

教長是個高瘦而有著精緻臉孔的人，他金色的頭髮長得像是女人一樣，與他隨風飄動的金色披風合為一體。藍色袍子的金色刺繡密布到有時很難看到其下的布料。他的笑容帶著仁慈與容忍，明顯要讓對方知道，他正以無比的耐心應付你的次等資質。

「殿下！」辛那蘭在靠近時這麼說。「我這雙老眼太久沒有看見您甜美的容貌了。」

紗芮奈盡力微笑，在教長與他的「老眼」之前屈膝行禮。辛那蘭只不過四十歲，然而他卻試著讓自己看起來比他應有的年歲更加地老成與睿智。

「聖座，」她說。「整個亞瑞倫都因您在此而受祝福。」

他點點頭，猶如他了解他們是多麼地幸運。他轉向蘇登與其他人。「您的這些同伴是？」

「我的堂兄路凱，還有亞瑞倫的蘇登男爵與依翁德伯爵，聖座。」在她介紹時，每個人都一一鞠躬示意。

「只有男爵與伯爵？」辛那蘭不滿地問。

「偌艾歐公爵致上他的問候，閣下。」紗芮奈說。「他正忙於準備艾敦王的葬禮。」

「嗯，」辛那蘭說。他那精心整理過的頭髮，並未染上一絲灰白，柔順地隨著海風舞動。紗芮奈不只一次希望能擁有教長一半好的秀髮。「我想我應該來得及出席葬禮吧。」

「是的，聖座，」紗芮奈說。「儀式將在下午開始。」

「很好。」辛那蘭說。「來吧，您現在可以帶我到住宿的地方。」

「這真是……令人失望。」路凱在他們一進馬車就立刻說。教長獲贈自己專屬的交通工具，這是偌艾歐所致上的歉意，這個禮物也澆熄了因為公爵缺席所帶來的不滿。

「他不符合你所預期的，對吧？」紗芮奈說。

「路凱不是這個意思，紗芮奈。」蘇登說。

紗芮奈對路凱投以一瞥。「那你是什麼意思？」

「我只是希望能看到更有趣的場景。」路凱說。在他聳肩的時候，他中分的頭髮在臉頰旁跳動著。

「從他聽到妳談論教長後，他就一直很期待這場會面，殿下。」依翁德以不滿的神色解釋。「他只是覺得你們會……有更多爭執……。」

紗芮奈嘆了口氣，沒好氣地瞪了路凱一眼。「堂兄，我不欣賞那個男人，並不意味著我就得找他麻煩，記著，我可是我父親的主要外交官之一。」

路凱無奈地點點頭。

「我必須承認，紗芮奈。」蘇登說，「妳對那位教長性格的分析，看來是正確的。我實在不知道，像這樣一個傢伙，怎麼會被選出來登上這麼重要的位子。」

「是個錯誤。」紗芮奈簡短地說。「辛那蘭約在十五年前登上那個位子，當時他幾乎不到你這年歲，當時兀夫登才剛成為沃恩，舒．科拉熙教派的領導者們因他的精壯而倍感威脅。不知道為什麼，他們居然認為他們也必須選出一個如兀夫登一樣年輕的教長，要不就更年輕些的。辛那蘭就是這樣被選出的。」

蘇登挑了挑眉毛。

「我完全同意。」紗芮奈說。「但是我必須說他們的決定，也並非完全沒有道理。兀夫登被稱為是有史以來菲悠丹王位上最為英俊的男子，而科拉熙的領導者希望有個人能與之媲美。」

路凱哼著鼻子說：「英俊和漂亮完全是兩回事，堂妹。有一半的女人，看到這樣的男人會愛上他，但剩下的一半卻會妒忌。」

在談話的過程中，依翁德的臉色變得更加蒼白，最後，他發出聲音表示憤怒。「注意，大人與女士，那是上神所遴選的神聖引導者。」

「而他也挑不出更美麗的引導者了。」路凱諷刺——這為他贏得了紗芮奈朝他肋骨的一個肘擊。

「我們會試著作出更加恭敬的評論，依翁德。」她道歉。「其實教長的外貌如何，只是無關緊要的小事。我更感興趣的是，他為何而來。」

「國王的葬禮並不足以成為理由？」蘇登問。

「或許是，」紗芮奈懷疑地說，此時馬車停在科拉熙教堂外。「來吧，讓我們盡快把聖座給安頓好。距葬禮只剩不到兩小時，而在那之後似乎就是我的婚禮。」

因為國王沒有明確的繼承人，伊瑄也因她丈夫的廢黜與死亡而完全精神不濟，因此偌艾歐公爵一肩挑起了葬禮的所有事務。

「無論他是否是為異教的兇手，艾敦王都曾是我的朋友，」公爵曾說。「他在這國家最需要的時候，為這國家帶來了穩定。以這樣的功勳，他至少該被光榮地下葬。」

歐敏要求他們不要使用科拉熙的教堂來舉行儀式，因此偌艾歐選擇王座廳來進行。這個抉擇讓紗芮奈有些不自在——王座廳也是他們將舉辦婚禮的地方。然而，偌艾歐覺得，使用同一個房間來舉行故王的葬禮與新王的登基，是具有其象徵意義的。

儀式裝潢雅致而內斂。向來節儉的偌艾歐安排了同時適用於葬禮與婚禮兩者的布置與用色。房間的柱子包裹了白色的緞帶，並且擺放了形形色色的花朵，大半是白色的玫瑰或是雅伯廷花。

紗芮奈走進那個房間，微笑地看著一邊。在靠近前端之處，一個柱子的旁邊，就是她一開始架起畫架的地方。雖然僅僅是一個月前的事，但感覺像是在很久之前。幸好她被認定為沒大腦的過去，也一同被遺忘，如今貴族們以幾近敬畏的態度看待她。這女子曾操弄國王，並讓其難堪出糗，最後更把他趕下王位。他們不會如愛戴瑞歐汀般地敬愛她，但是她將退而其次地接受那些貴族的羨仰。

另一側，紗芮奈看見了泰瑞依公爵。這禿頭且穿著過於正經的男子，看來確實有些不悅，而不僅僅是心不在焉。偌艾歐在數小時前才宣布了與紗芮奈的婚事，讓浮誇的泰瑞依沒有什麼時間來思考對策。紗芮奈對上泰瑞依的目光，然後從這男子的肢體語言中感覺到……焦躁。她預期著他會做出某些反應——例如試圖阻止她們的婚禮。但是，他並沒有動作。什麼阻止了他？

偌艾歐的到達代表儀式的開始，人群沉寂了下來。偌艾歐走到房間的前端，國王密封的棺材擺放之處，並開始發言。

那是一個簡短的祭詞。偌艾歐講述了艾敦王如何從伊嵐翠的灰燼中，讓一個國家穩步前進，以及他如何賜與他們頭銜。他警告他們別犯下與國王相同的錯誤，並建議他們別在富裕與舒適中忘記了上神。他以督促他們勿論亡者是非作結，要記得上神將照料艾敦王的靈魂，因此與他們無關。

接著，他示意幾個依翁德的士兵抬起棺木，然而他們才踏出幾步，有人早一步走到前方。

「我有些話要補充。」辛那蘭宣布。

偌艾歐在驚訝中猶豫著。辛那蘭微笑，對他們露出完美的牙齒。他已經更換了衣服，穿著一件與初見相似的袍子，不同的是，那袍子有條寬鬆的金色錦帶，從他的背後繞到前胸，以取代刺繡。

「當然，聖座。」偌艾歐說。

「這是怎麼一回事？」蘇登低語問。

紗芮奈搖搖頭。辛那蘭走上前，並站到棺木前方，他以自滿的笑容微笑地看著人群，並以誇張的動作從他衣袍的袖子中取出一個卷軸。

「十年前，就在他剛登基之後，艾敦王來找我，並寫下這封聲明。」辛那蘭說。「你可以在底下看到他的印緘，以及我的。他指示我在他的葬禮時，或是在這文書寫成後十五年，對亞瑞倫宣布——無論何者先發生。」

偌艾歐穿過房間的一側，並站到紗芮奈與蘇登的身旁。他的目光中透露出好奇與關切。在房間的前端，辛那蘭打開在卷軸上的封蠟，並展開它。

「我亞瑞倫的子民啊，」辛那蘭將紙張舉在身前，猶如閃耀的聖物，並讀述其內容。「讓你們初代君王，凱依城的艾敦的意志得以傳達。我在上神、我的先祖以及所有見證的神明前起誓，這份文件是合法的。若我死去，或因為其他原因而無法繼續擔任你們的國王，那麼請明白我是在神智健全的情況下寫下這份聲明，而這份聲明根據我國法令將具有約束力。

「我下令所有的貴族頭銜階級都將凍結，維持原樣，然後代代相傳，父傳子，就如同其他的國家一樣。讓財富不再做為一名貴族的衡量——那些維持自己階級這麼久的人已經證明了自己的價值。附上根據泰歐德律條為藍本的繼承法。讓這份文件成為我們國家的法律。」

辛那蘭放下了紙捲，房內一片肅靜。除了紗芮奈身旁的一點呼吸聲，房內寂靜無聲。然後，人們開始以興奮的語調低聲談論著。

「所以，這就是他一直以來所計劃的事。」偌艾歐緩慢地說。「他明瞭他的體系是多麼的不牢靠，這是他故意的。他讓他們互相較勁，就是為了看出誰才夠強壯，或是夠狡猾，足以存活下來。」

「是個好計畫，雖然不太道德。」蘇登說。「或許我們低估了艾敦王的狡猾。」

辛那蘭依然站在房間前端，以心照不宣的眼神看著貴族們。

「為什麼是他。」蘇登問。

「因為他是絕對的。」紗芮奈說。「甚至連拉森都不敢質疑教長所說的字句——至少還沒。如果辛那蘭說這指示是十年前所下，亞瑞倫的所有人都必須同意。」

蘇登點點頭。「這改變了我們的計畫嗎？」

「不全然。」偌艾歐說著，並瞧了泰瑞依一眼，他的表情轉變得比先前更加陰沉。「它強化了我們的主張。我與艾敦家族的結合將變得更為可信。」

「泰瑞依仍然使我不安。」紗芮奈說，教長添加了幾條陳腔濫調，關於沿用繼承體系的睿智。「他的權利會為此而確實減少——但他同意這樣嗎？」

「他必須要接受。」偌艾歐微笑著說。「現在不會有貴族敢跟隨他。艾敦王的宣告授與他們一直期望的東西——穩固的頭銜，貴族們不會冒險推舉一個沒有確切血統的人來登上王位，艾敦王的聲明是否合法並不重要，所有人都會把它當作是教會的旨意。」

依翁德的士兵終於被允許走上前去抬起棺木。由於沒有先例可循來適宜地安葬一個亞瑞倫王，偌艾歐只好依循最為相似的泰歐德文化。泰歐德傾向於盛大的儀式，通常將其最偉大的國王與一船艙的財富一起燒毀，但不包括船。這對艾敦王來說是不合適的，因此偌艾歐必須想個其他方式。泰歐德風格的葬禮列隊是一場冗長乏味的遊行，通常需要參與者走上一個小時或更久，以到達準備好的場所。偌艾歐加入了這項傳統，但是做了些微的更動。

一長列的馬車在王宮外等待，對紗芮奈來說，使用載具似乎有些失禮，但蘇登有著一個好觀點。「偌艾歐計畫在今天下午就要爭取王位。」占杜人說。「他現在不能冒險觸怒亞瑞倫那些習慣優渥生活的領主與女士，強迫他們要一路步行出城。」

更何況，紗芮奈心想。何必擔心不敬？畢竟，這只是艾敦王。

馬車只花了十五分鐘就來到下葬的地點。起初那看起來像是一個剛挖好的大洞，但仔細觀察就會發現這是一個自然的凹洞，然後再加以挖深。再一次，偌艾歐的節約在此展現出來。

偌艾歐不浪費時間，直接下令將棺木放入洞中。一大群工人開始把土填上，造出土堆。

紗芮奈訝異地發現許多貴族留下來觀看。天氣最近開始轉涼，從山上吹來冷風。天空中下起毛毛雨，烏雲遮蔽了太陽。她原本以為大多數的貴族會在雨滴開始落下之前離去。

但他們還是繼續待著，安靜地看著工程。紗芮奈再次穿著素黑，為了保暖拉緊圍巾。那些貴族的眼神中有某種東西。艾敦王是亞瑞倫的第一位國王，他的統治——儘管短暫——開啟了傳統。好幾個世紀之後，人們依舊會想起艾敦王的名字，孩子們會被教導他在一片諸神死去的土地上，如何建立了政權。

如此想來，他改信祕教應是意料中的事。在他見過那些災罰前的伊嵐翠的榮光，還有一個應該永恆時代的終結之後，他想要尋求力量來控制統治神之國度的混沌，不也是理所當然？站在冰冷的細雨中，看著泥土一點一點地覆蓋他的棺木，紗芮奈覺得她又多了解了艾敦王一些。

當最後一剷土丟下去的時候，土堆的最後一部分也已經完成了，那些亞瑞倫貴族終於轉身散去。他們安靜地離去，紗芮奈幾乎沒有注意到。她又站了一會兒，在罕見的午後雨霧中看著國王的墳墓。艾敦王去世了，而亞瑞倫也該有個新的領袖了。

一張手掌輕搭在她的肩膀上，她轉頭看著偌艾歐溫和安慰的雙眼。「我們該準備了，紗芮奈。」

紗芮奈點點頭，讓他帶著自己離開

⁂

紗芮奈熟悉地跪在祭壇前，低矮的科拉熙禮拜堂。她獨自一人，這是習俗上新娘在許下婚姻誓約前，與上神私密溝通的時間。

她從頭到腳一身雪白，穿著她第一次婚禮時的白紗——那是她父親所選，象徵貞潔的高領長禮服，套著長達肩膀的白色絲質手套，臉上遮著厚重的面紗——也是傳統的一部分，直到她走入新郎等待的大廳時才會掀起。

她不確定該祈禱些什麼。紗芮奈認為自己是有信仰的，雖然她一點也不像依翁德那樣虔誠。然而，她為泰歐德而戰的目的，其實也是為了科拉熙而戰。她相信上神並且崇敬以對。她相信那些教士教導她的信條——雖然也許有些太過固執。

現在，顯然上神終於回應了她的祈禱。祂賜給她一位丈夫，雖然他不全然是她所期待的樣子。或許，她心想。我應該要更具體一點。

然而，這些想法卻沒有一點苦澀。她這大半輩子都知道自己將會為了政治而結婚，而不是為了愛情。偌艾歐已經是她所見過的人中最正派的，即使他老得足以當她的父親，甚至是祖父。但她也聽過比這更誇張的政治聯姻，許多占杜國王以迎娶十二歲的少女為新娘聞名。

所以她的祈禱中也有著感謝。她認為以偌艾歐為丈夫，算是一種祝福，她將會成為亞瑞倫的王后。而也許幾年後上神打算將偌艾歐帶離她身邊，她知道公爵的承諾是真的。她會有別的選擇。

拜託，她在她簡單的祈禱中又多加了一句。讓我們快樂就好。

她的伴娘就等在外頭，大多數是貴族的女兒。凱艾絲也在其中，莊重地穿著小小的白紗，就像托瑞娜一樣。她們在她登上馬車還有走進王宮的時候，替她拎起白色的長裙襬。

王座大廳的大門敞開，而偌艾歐穿著白色的禮服站在房間的前端。這是他的主意——盡快在儀式結束後能坐進王座。如果公爵不以強硬確實的方法登上王位，那麼泰瑞依仍舊會試著奪取權力。

矮小的歐敏神父站在王座的旁邊，拿著大本的鐸．科拉熙經（Do-Korath）。他的臉龐看起來像是還在作夢，那個小個子教士很顯然地非常享受婚禮。辛那蘭就站在他的旁邊，一臉任性不悅，因為紗芮奈沒有請他來證婚。她根本不在意，生活在泰歐德時，她一直以為教長會替她證婚。但現在，她有機會找一個她真心喜歡的教士，她才不會放棄這個機會。

她一步步走進房間，所有人都轉身看著她。許多人都來參加婚禮——就和喪禮一樣——如果沒有更多人。艾敦王的喪禮是一項重要的政治事件，但偌艾歐的婚禮顯然更加關鍵。貴族會把它視為主要的理由是，他們已經開始要對偌艾歐展現出適當的奉承。

甚至連樞機主祭也在那裡。這有些奇怪，紗芮奈想，那張臉龐顯得非常冷靜。她和偌艾歐的婚禮應該是他改宗計畫的主要妨礙。然而這一刻，紗芮奈把菲悠丹教士趕出她的腦海。她已經等這天等得夠久了，即使這不是她曾經希望的，但她也會盡力做到最好。

這終於發生了，在那麼多的等待，還有兩次的擦肩而過之後，她終於要結婚了。想到這裡，既害怕又興奮，她揭起自己的面紗。

尖叫聲突然響起。

帶著困惑與不安，紗芮奈伸手拉下面紗，想著可能是面紗出了什麼問題。當扯下面紗的時候，她的頭髮也跟著落下。紗芮奈驚駭麻木地看著滿地的長髮。她的手開始發抖。她抬起頭。偌艾歐也同樣地震驚，辛那蘭憤怒萬分，甚至連歐敏都驚愕地抓住他的科拉熙垂飾。

紗芮奈瘋狂地轉過身，她的目光找到了王座大廳兩旁的大寬鏡。盯著鏡子的臉不是她。那是一個帶著黑色斑點的噁心生物，在她一身的白紗下更加顯眼刺目。只有幾綹頭髮還依舊掛在她病態光禿的頭皮上。

無法理解和不可思議的霞德祕法，找上了她。

第三十九章

拉森看著幾個科拉熙教士把震驚的王妃帶離房間。「這是杰德司的聖裁。」他宣布。

偌艾歐公爵坐在王座高台的邊緣，兩手抱著頭。年輕的占杜男爵一副想要追上那些教士，並且要求他們釋放紗芮奈，而久經沙場的依翁德伯爵則是當著所有人的面前掉下眼淚。拉森很驚訝地發現自己並沒有從那些人的悲痛中獲得一絲喜悅。紗芮奈王妃的垮台是必須的，但這和她的朋友無關——或起碼他們不應該要被牽連。那為什麼他會介意自己被霞德祕法選上時，沒有人為他落淚呢？

拉森原本以為藥效會來不及發作，紗芮奈與偌艾歐的閃電結婚會不受阻礙地完成。當然，要是紗芮奈在婚禮之後才殞落，結果應該會是同樣的災難，除非偌艾歐打算在今晚就登上王位。這個可能性讓人感到不安。幸好拉森將永遠沒有機會看到這個可能性了。

偌艾歐並沒有就這樣替自己加冕，不光是缺乏合法權力，而且他的財富還是差了泰瑞依一些。拉森檢查過婚約——這次死亡並不視同已經結婚。

拉森推開震驚的群眾準備離開。他必須要加快行動，紗芮奈的藥效將會在五天之後過去。泰瑞依公爵在拉森離去時，兩人眼神交會，他帶著尊敬的微笑點點頭。那個人已經收到拉森的訊息，不要動手干涉婚禮。現在他的信心將會獲得獎勵。

亞瑞倫的征服即將要完成了。

第四十章

「應該有辦法可以上去。」瑞歐汀說，以手遮著光看著伊嵐翠的城牆。幾個小時前太陽升起，蒸去了清晨的霧靄。然而天氣卻沒有變得比較溫暖。

迦拉旦皺眉。「我可看不出來，穌雷。城牆實在太高了。」

「你忘了，我的朋友。」瑞歐汀說。「這城牆不是為了把人關在裡面，也不是為了把敵人阻擋在外頭。古代的伊嵐翠人在城牆外圍建造了階梯與觀賞用的平台，裡面應該也要有才對。」

迦拉旦咕噥著。自從守衛神祕地從城牆上消失之後，瑞歐汀一直想找辦法上去。這座城牆是屬於伊嵐翠的，而不屬於外面的世界。從上面看去，他們說不定可以知道凱依城到底發生了什麼事。

守衛的消失令他有些煩心。某種方面來說，他們不在是件好事，這樣比較不容易讓人發現新伊嵐翠的存在。然而，瑞歐汀只能想到幾個理由，造成那些士兵離開城牆上的崗位，而最可能的理由卻是最嚇人的。難道東方諸國真的入侵了？

瑞歐汀明白入侵的可能性真的太高了。沃恩不可能任由一顆災罰後的亞瑞倫寶石永遠不受侵擾。菲悠丹最終會採取攻擊的。要是亞瑞倫捲入了沃恩的聖戰，那麼伊嵐翠也會跟著被毀滅。德瑞熙教士一定樂見此事。

瑞歐汀並沒有把他的恐懼告訴其他伊嵐翠人，但他開始對自己的恐懼採取行動。如果他能夠在城牆上布置人手，那麼他起碼可以在軍隊靠近的時候獲得警告。假使有這樣的時間，瑞歐汀也許還有機會讓他的人民有躲藏的機會。在伊嵐翠外圍那三個已經被荒廢的城市，是他們最好的選擇。要是有機會的話，他可以帶領他們逃到那裡去。

不過也要他的身體狀況能配合才行。鐸已經在過去四天中襲擊他兩次，所幸他的決心也和痛苦一樣獲得了成長，現在他起碼知道疼痛的來由。

「那邊。」迦拉旦說，指著一個凸起。

瑞歐汀點點頭。那個石柱有可能有著往上的樓梯。「走吧。」

他們離新伊嵐翠十分遙遠，新伊嵐翠藏在城市的中心，好躲開城牆上那些好窺探的目光。而這裡，在舊伊嵐翠中，那些爛泥依舊覆蓋在每樣東西上。瑞歐汀微笑——這些髒亂和污泥再次讓他感到難受，有好一陣子，他都忘了那些東西有多令人噁心。

他們還沒走多遠，迦拉旦才剛指出樓梯的地點。一個來自新伊嵐翠的使者已經出現在街道的另一邊，那個人快速地靠近瑞歐汀，並且向他揮手。

「靈性大人。」那個人說。

「什麼事，坦拉歐（Tenrao）？」瑞歐汀回頭問。

「有一個新來的人被丟進城裡，大人。」

瑞歐汀點點頭，他喜歡親自接待每一個新來到伊嵐翠的人。「我們走吧？」他問迦拉旦。

「城牆也不會跑。」杜拉德人同意。

新來的人是個女性。那個女子背倚著城門坐在那邊，她的腳屈著，膝蓋靠在胸口上，頭臉罩在祭袍下。

「她看起來很焦躁，大人。」戴希說，他負責觀察那些新來的人。「在她被丟進來之後，她對城門整整喊了十分鐘。接著她把祭品籃丟向城牆，然後像現在那樣坐在那邊。」

瑞歐汀點點頭。大多數的新來者都太過震驚，只能漫無目的地遊走。這個人有力量。

瑞歐汀示意其他人留在後面，他不想帶上一大群人讓她感到緊張。他悠閒地走到她面前，接下來蹲到和她兩眼平視的高度。

「嗨，妳好。」他殷切地說。「我猜妳剛過很糟糕的一天。」

那個女子抬起頭。當他看到她的臉，瑞歐汀差點失去平衡。她的皮膚上全是斑點，頭髮也幾乎掉光了，但她還留著細瘦的臉龐和渾圓淘氣的眼睛。紗芮奈王妃，他的妻子。

「你還猜不到我一半慘，靈性。」她的嘴唇上露出一個微弱而嘲諷的笑容。

「我打賭我知道的比妳以為的多。」瑞歐汀說。「我只是過來讓事情不要那麼令人沮喪。」

「幹嘛？」紗芮奈問，她的聲音突然轉得更加苦澀。「你要來偷走那些教士給我的祭品嗎？」

「嗯，如果妳真希望的話，我是可以這麼做。」瑞歐汀說。「雖然我不覺得我們需要它。有人很好心地在好幾週前，給了我們一大堆食物。」

紗芮奈敵視著他。她還沒有忘記瑞歐汀的背叛。

「跟我來。」他催促著，伸出他的手。

「我已經不再信任你了，靈性。」

「妳信任過我嗎？」

紗芮奈頓了一下，接著搖搖頭。「我想過，但我知道不該信任你。」

「所以妳從來沒有給我一個機會，對吧？」他又把手伸得更近。「跟我來。」

她看著他一會兒，端詳他的眼睛。

終於，她第一次把自己修長的手交到瑞歐汀手中，讓瑞歐汀把自己給拉起來。

第四十一章

這突來其來的改變帶來徹底的震驚。紗芮奈彷彿從黑暗中踏進陽光，從苦澀的水底浮上溫暖的空氣裡。伊嵐翠的污泥與灰塵停在某條清楚的界線之前，在那之後是純白的石板路。在別處，這樣簡單乾淨的街道都是醒目而不奇怪的，但在她身後伊嵐翠的腐朽襯托之下，紗芮奈覺得自己好像跌入上神的天堂一樣。

她在石頭城門前停下，看著城中之城，她不敢置信地睜大眼睛。人們在其中交談與工作，有著伊嵐翠人被詛咒的膚色，但也有著愉快的微笑。沒有一個人披著破布，她以為伊嵐翠人只拿得到這樣的衣服；他們的衣裝是簡單的裙子或褲子配上襯衫，樣式醒目而多彩。紗芮奈驚奇的發覺那是她之前選的顏色。可是在她眼中討厭的顏色，人們卻愉快地穿著它們——明亮的黃色、綠色、紅色襯托了人們的愉悅。

他們不像是幾週前她看到的樣子，病態、四處乞討食物。他們看起來就像是身處故事中的桃花源，紗芮奈以前認為在現實世界中不實際的好脾氣跟開朗都表現在人們身上，然而他們卻住在眾人皆知，比紗芮奈現實世界更糟的地方。

「什麼……？」

靈性滿是微笑。在他拉著她穿過城門進入村莊時，仍牽著她的手。「紗芮奈，歡迎來到新伊嵐翠。妳曾以為的一切都不再是那樣了。」

「我看得出來。」

一位矮胖的伊嵐翠婦人接近，她的衣服黃綠相間而翠亮，仔細打量著紗芮奈，「靈性大人，我懷疑我們有她的尺寸的衣服。」

靈性打量紗芮奈的身高，他大笑起來。「盡妳所能吧，瑪芮。」他說著走進一間城門邊的矮屋。門是開的，紗芮奈可以看見裡面成排的衣服掛在木釘上。她突然意識到自己的穿著，發覺她的外衣沾滿了泥土，感覺很難為情。

「過來，親愛的。」瑪芮帶領她到第二間建築，「看我們能做什麼。」

充滿母性的女性最後找到了一套還算適合紗芮奈的服裝——一件藍色的裙子讓她的雙腿只露出一半，配上一件亮紅的短上衣。甚至連內衣都有了——雖然它們也是用鮮豔的布料所縫製成。紗芮奈沒有抱怨，因為再怎麼說，這些都好過她沾滿泥土的袍子。

穿上衣服之後，紗芮奈在房間裡的連身鏡前打量自己。她身上一半的膚色仍是肉色的，但這只讓暗色的污點更明顯。她認為她的膚色會隨時間暗淡，像其他伊嵐翠人一樣變成灰色。

「等一下，」她遲疑地問，「這面鏡子是從那裡來的？」

「它不是鏡子，親愛的。」瑪芮一邊挑選著鞋襪，一邊回答，「我想它是石頭桌平坦的一部分，包上一片片的薄鐵皮。」

靠近觀察，紗芮奈可以看到薄鐵皮相疊的痕跡。在這種環境之下，這是面設計精良的鏡子，原本的石面一定非常平滑。

「但從哪裡——」紗芮奈停下，她太清楚他們從那裡弄來這些細鐵皮了。在靈性要求一些金屬條的時候，紗芮奈故意曲解他的意思而給了他們這些。

瑪芮離開了一下，給紗芮奈帶來襪子與鞋子，都和她的襯衫以及鞋子是不同顏色。「好了。」瑪芮說，「我剛才還必須從男人那邊偷來這些。」

紗芮奈收下這些時臉紅了起來。

「別在意，親愛的。」瑪芮笑著說，「妳當然有雙大腳，上神知道要支持妳這樣的身高，在腳底下就需要更多力量！喔，這是最後一件。」

瑪芮拿起一條長圍巾樣式的橘色布料。「戴在頭上。」瑪芮指著跟她頭上很相似的布，「它可以幫助我們忘記頭髮的事情。」

紗芮奈感激的點頭，接過頭巾，試著把它包在頭上。靈性在外面等她，穿著紅色的長褲與黃色的襯衫。在她靠近時對她微笑。

「我覺得我像發瘋的彩虹。」紗芮奈坦承，低頭看一身的顏色。

靈性大笑，伸出他的手帶她更深入這個城市。她發現她下意識在評斷他的身高。他對我而言夠高了，她幾乎是不自主地想到，雖然只勉強跟我一樣高。她隨即發覺她在做什麼，翻翻白眼。她的世界已經天翻地覆，結果她只想著要打量身邊的這個男人。

「……妳要習慣我們看來像是春天的鵲鳥，」他說，「只要妳穿久一點，這些顏色就不會讓妳那麼不適應。在舊伊嵐翠單調沉悶的色彩之後，我覺得這些顏色令人耳目一新。」

在他們走路時，靈性向她解說新伊嵐翠。它並不大，大概只有五十棟建築，但它緊密的特性讓它看來更一致。雖然沒有太多的居民——最多只有五六百人，但在她周圍總是有人來來去去。男人在屋頂上或牆邊工作，女人縫紉或是打掃，還有小孩在街上奔跑。以前她根本沒有想到霞德祕法也會選上小孩。

在靈性經過時，每個人都向他致敬，帶著歡迎的微笑向他問好。他們的聲音帶著真誠的接納，表現出的敬愛程度，是紗芮奈極少見到對領袖表現出來的，甚至是對她的父親。她父親廣泛受到愛戴，但仍有他的反對者。當然大多是小團體，但她仍然印象深刻。

在某個時刻，他們經過一位看不出年齡的男士——在伊嵐翠，很難由臉孔判斷年齡。他坐在石塊上，矮小而且肚子很大，沒向他們打招呼。他的不注意不是因為沒有禮貌，而是因為他專心在手中的一個小東西。幾個小孩站在旁邊圍觀，看他用專注的眼神加工手上的東西。當紗芮奈和靈性經過時，他把手上的東西拿給其中一個小孩。那是一件美麗的石雕馬。小女孩驚嘆地拍手，用她興奮的手指接過它。孩子們在他從地上挑選另一顆石頭時離開。他開始用一把小工具雕塑石頭，當紗芮奈靠近看他的手指時，她認出那是什麼。

「我送來的釘子！」她說。「他用的是我送你的彎釘子中的一根。」

「嗯？」靈性說，「噢，是啊。我必須要告訴妳，紗芮奈，我們花了很多時間思考要拿那箱怎麼辦。要把它們全部熔掉要花掉太多燃料，在那之前我們還得先有熔鑄的工具。這些釘子是妳聰明的曲解之一。」

紗芮奈臉紅了。這些人在這個缺乏資源的城市裡掙扎地活下去，而她卻小心眼到送了他們彎釘子。

「我很抱歉，我怕你們會用金屬製造武器。」

「妳的擔心是正確的。」靈性說，「畢竟我最後背叛了妳。」

「我確定你有好理由。」她很快地說。

「我是有，」他點頭說，「但在那個時候並不重要，不是嗎？妳對我的想法是正確的。我曾是，而仍是暴君。我從人民那裡苛扣食物，我破壞我們的盟約，而且一些好人因我而死。」

紗芮奈搖搖頭，她的聲音轉而堅定。「你並不是暴君。這裡的人民證明了這件事。他們愛你，而且有愛的地方不可能有暴政。」

他似笑非笑，眼神顯示他沒有被說服。隨後，對她露出一個難解的表情。「我想妳的試煉並不是全然浪費，我在那幾週得到非常重要的東西。」

「那些補給品？」紗芮奈問。

「那也是。」

紗芮奈停下來注視他的雙眼。然後回頭看那位雕刻家。「他是誰？」

「他的名字是塔安，」靈性說，「妳可能比較知道『安登』這個名字。」

「那個幫派領袖？」紗芮奈驚訝地問。

靈性點頭。「在霞德祕法找上他以前，塔安是亞瑞倫最有成就的雕刻家之一。來到伊嵐翠之後，他迷失了一陣子，最後恢復了神智。」

他們讓雕刻家繼續他的工作，靈性向她展示城市最後幾個區域。他們經過一座他稱為「頽者之廳」的大型建築。雖然她看見幾個失去心智的侍靈在天花板上方飄浮，但靈性言語中的憂傷讓她不敢發問那是什麼樣的地方。

紗芮奈被悲傷刺痛。艾希一定也像這樣，她想。她想起那些在伊嵐翠四周飄浮的瘋侍靈。先無論她眼前的這些，她那天晚上一直在等待艾希會找到她。科拉熙教士把她關在一間小房間裡，似乎在等待新的伊嵐翠人現在只在一天中的特定時間被丟進城市。她一直站在窗邊，等待他的到來。

她的等待是徒勞的。在經歷了婚禮的混亂之後，她甚至不記得她上次看見他是什麼時候。他那時沒有進入禮拜堂，而是先去了王座大廳。當她到達的時候，有沒有看到他飄浮在房間裡呢？她是不是從周圍震驚的婚禮賓客叫喊間聽到他的聲音？抑或她只是被希望蒙蔽了她的記憶？

紗芮奈搖搖頭，在靈性領她離開頹者之廳時嘆息。她不斷地抬頭看，期待會看到艾希。他以前總是在那裡。

至少他還活著，她想，強迫自己把哀傷放在一旁。他可能在城裡的某處，我可以找到他……或許多少能幫他。

他們繼續走，紗芮奈故意讓自己分心在景色上。她沒辦法忍受再去想艾希的事了。接下來，靈性帶她穿過一些空曠地，仔細一看，她發現那是田地。新芽細心排列在泥土裡，幾個男人在它們周圍走動，尋找雜草。空中有種特殊的氣味。

紗芮奈聞了聞，「是魚嗎？」

「是肥料，」靈性咯咯地笑，「有一次我們想反將妳一軍。我們要求一些魚，而且完全知道妳會運來一桶壞掉的魚。」

「看起來你們將了我好幾軍了。」紗芮奈說，羞愧地想起當初她對如何曲解這些要求感到得意。無論她的意圖再怎麼扭曲，新伊嵐翠對於她的無用贈予，似乎總是可以找到用途。

「我們沒有什麼選擇，王妃，在災罰之後的伊嵐翠，任何東西都是腐爛或是污損，就算是石頭也開始碎裂。無論妳覺得這些補給品有多少缺陷，它們仍然比這城市裡的任何東西有用。」

「我錯了。」紗芮奈低落地說。

「別又開始了，」靈性說，「如果妳開始感到自憐，我會把妳和迦拉旦關在一起一個小時，妳就知道什麼是真正的悲觀。」

「迦拉旦？」

「他是那個妳在城門遇到的大傢伙。」靈性說。

「那個杜拉德人？」紗芮奈驚訝地問，她想起那個高大寬臉的伊嵐翠人，有著濃厚的杜拉德口音。

「就是他。」

「悲觀的杜拉德人？」她重複，「我從沒聽過這種事。」

靈性再次大笑，領她進入一間大而莊嚴的建築。紗芮奈因為它的美麗而吸了一口氣。精緻而有螺旋裝飾的拱門排列著，地板是雪白的大理石。牆上的浮雕比泰歐拉斯（Teoras）的科拉熙聖堂還精緻。

「這是禮拜堂。」她的手指掠過精緻的大理石圖案。

「它確實是，妳怎麼知道的？」

「這些場景是出自鐸．科拉熙經。」她抬頭用責備的眼神看他，「有人在去上主日學時沒有專心。」

靈性咳了兩聲。

「別說你沒去過。」紗芮奈轉身回去面對浮雕。「你很明顯是個貴族。就算你不虔誠，你也常去教堂露面。」

「小姐非常聰明。我當然是上神謙遜的僕人，不過我承認在聽布道的時候常常分心。」

「那麼，你是誰呢？」紗芮奈接著話題問，終於問到她從幾週前第一次遇到靈性時，就想知道的問題。

他頓了一下，「埃恩莊園（Ien Plantation）領主的第二個兒子。在亞瑞倫南方一個非常小的領地。」

這可能是真的，她從不麻煩自己去記這些小貴族的名字，要記得那些公爵、伯爵、男爵已經夠困難的了。不過也可能是謊話。靈性看來是個絕佳的政治家，他知道如何編造可信的謊言。無論他是誰，他確實擁有優秀的領導技巧——她覺得大部分的特質是亞瑞倫的貴族所沒有的。

「有多久……」她開始離開那道牆，但又馬上停下來，話語卡在喉嚨裡。

靈性在發光。

一道奇特的光在其中逐漸變強，她可以看見他的胸口有一道巨大的光在燃燒，照亮他骨架的輪廓，他張大了嘴，發出無聲的尖叫，隨後倒下，隨著光線的明滅而顫抖。

紗芮奈趕到他身邊，不知道該做什麼而停下來。她咬著牙，抓住他的身體，抬起他的頭以免因為抽搐而撞到地板。接著她感覺到什麼。

她的雙臂傳來衝擊，一陣冷顫傳遍她的身體。某種很大的東西——一個不可思議、廣大無垠的東西壓著她。風包覆著靈性的身體。她已經看不見他的骨架。光芒太強了，他好像融化在純粹的白色當中。如果不是因為他的重量傳到她的手臂上，她會以為他消失了。他的掙扎在顫動後停止，癱軟在那裡。

接著，他大叫起來。

一個單音。冰冷而一致。從他的嘴中飛出反抗的喊叫。光芒幾乎立刻消失，留下紗芮奈與她振動胸口的心跳。她的手因為緊張而滿是汗水，她的呼吸變得深且急促。

過了一陣子，靈性眨了眨眼，睜開眼睛。隨著意識逐漸恢復，他蒼白地微笑起，把他的頭靠回她的手臂上。「當我張開眼睛的時候，我以為我一定已經死了。」

「發生什麼事？」她緊張地問，「我該找人來嗎？」

「不，這個情況逐漸變得常見。」

「常見？」紗芮奈慢慢地問。「對……我們全部？」

靈性虛弱地笑，「不，只有我。鐸想要摧毀我。」

「鐸？」她問。「杰斯珂和這有什麼關係。」

他微笑。「噢，看來美麗的王妃也是一個宗教學家嗎？」

「美麗的王妃知道很多事情。」紗芮奈淡淡地說，「我想知道為什麼一個『上神的謙遜僕人』會認為杰斯珂想要摧毀他。」

靈性試著想要坐起來，紗芮奈扶了他一把。「這跟艾歐鐸有關。」他用疲累的聲音說。

「艾歐鐸？那個異教徒傳說？」在看過剛才發生的事情之後，她的話語沒有太多信心。

靈性揚起他的眉毛，「如果我們擁有被詛咒而不會死的身體是件合理的事，那麼我們古老的魔法發生作用又有什麼好奇怪的？我還不是看到妳和一位侍靈在一起？」

「那不一樣……」她的尾音逐漸變小，心思又轉回到艾希上。

然而，靈性又再度引起她的注意力。他揚起他的手，開始畫線。隨著他的手指移動，發光線條出現在空中。十年來科拉熙的教育盡力在貶低伊嵐翠的魔法；侍靈除外，它們是種魔法寵物，就像是上神為了保護與安慰而送來的友善靈魂。紗芮奈曾被教導，並且深信不疑伊嵐翠的魔法大部分都是騙人的。

但她現在面對一個可能性。這些故事可能是真的。

「教我，」她輕輕地說，「我想知道。」

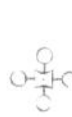

在夜幕落下時，紗芮奈終於允許自己哭泣。靈性把這天剩下的時間，都用在解釋他知道的艾歐鐸。看起來他對此做過相當廣泛的研究。紗芮奈由於他提供的陪伴，令她能夠分心而愉快地聆聽著。在他們注意到之前，幽暗已在禮拜堂的窗外降臨。靈性則為她準備了落腳處。

現在她蜷曲地躺著，在寒冷中顫抖。房間裡其他兩個女人睡得很甜，除了寒冷的空氣外，沒有一位蓋著毯子什麼的。其他伊嵐翠人似乎不像紗芮奈那樣感覺到氣溫變化。靈性宣稱他們的身體進入一種靜止狀態，因此在等待鐸完成對他們的轉換前，必須停下運作。這種說法對紗芮奈來說，仍是不愉快的寒冷。

陰冷的氣溫對她的情緒沒什麼增進。在她靠在堅硬石牆上的時候，她想起那些眼神。那些眼神很可怕。大部分其他的伊嵐翠人是在晚上時被祕法選上，他們被安靜地發現。但紗芮奈卻必須被展示在所有的貴族之前，而且在她自己的婚禮上。

這真是令人羞愧的難堪。她唯一的慰藉是，她從此大概不會再見到他們之中的任何一位了。因為同樣的原因，她應該也無法再看見她的父親、母親或兄弟了。思鄉病以前從沒有發生在她身上，現在以一輩子的壓抑來攻擊她。

這件事與她知道自己失敗的認知合併在一起。靈性問她外界的事，但這個主題對她而言，太痛苦了。她知道泰瑞依現在應該已經是國王了。這表示拉森可以輕易地讓亞瑞倫的其他區域改宗。

她的眼淚安靜地流下。她為婚禮而哭泣，為亞瑞倫而哭泣，為艾希的瘋狂哭泣，為了親愛的偌艾歐必須感到的羞愧而哭泣。思及她的父親是其中最糟的。一想到將不再感受到他溫和玩笑中的關愛，將不再感受到他無與倫比、無條件的認同，她的心感到無比懼怕。

「小姐？」一個低沉遲疑的聲音說，「是妳嗎？」

她從眼淚中震驚的抬頭看。她聽到聲音了嗎？她一定聽到了。但她不可能聽見……

「紗芮奈小姐？」

是艾希的聲音。

她看見他，正從窗戶飄進來，他的符文十分微弱，幾乎是隱形的。「艾希？」她不敢置信地問。

「噢，感謝上神！」符文驚嘆，快速接近過來。

「艾希！」她正用顫抖的手擦乾眼淚，因為驚訝而停下動作，「你不應該使用上神之名！」

「如果祂帶我找到您，他就有了第一位侍靈信徒。」艾希興奮地脈動著。

她幾乎沒辦法阻止自己伸出手來擁抱那顆光球。

「艾希，你在說話！你應該不會說話的，你應該……」

「瘋了。」艾希說，「是啊，小姐，我知道。不過我覺得我與之前沒兩樣。」

「這真是奇蹟。」紗芮奈說。

「至少是個奇觀。」侍靈說，「也許我是應該考慮改信科拉熙教派。」

紗芮奈笑了。「辛那蘭是絕對不會同意的。當然，他的反對從來沒辦法阻止我們，對吧？」

「一次也沒辦法，小姐。」

紗芮奈靠回牆邊，單純享受他聲音帶來的熟悉感而感到滿足。

「您想像不到我多慶幸能找到您，小姐。我從昨天就開始找妳了。久得讓我開始害怕您遇到了不好的事。」

「它確實發生了，艾希。」紗芮奈說，不過當她說這句話時露出微笑。

「我是說一些更可怕的事，小姐。」侍靈說，「我看過這地方可以孕育的邪惡。」

「它變了，艾希。」紗芮奈說。「我不是很清楚他如何辦到的，不過靈性為伊嵐翠帶來了秩序。」

「無論他做了什麼事，如果他做的事能讓您安全的話，我為此祝福他。」

她突然想到什麼。如果艾希活著……紗芮奈就能與外界保持聯繫了。她不是與凱胤和其他人完全隔絕。

「你知道大家在做什麼嗎？」她問。

「小姐，我不知道。在婚禮解散之後，我花了一小時要求教長放了您。我不覺得他對您的轉變感到失望。在那之後我知道我失去您了。我到伊嵐翠城門前，但似乎沒來得及看到您被丟進這個城市。而且當我問守衛您到那裡去了，他們拒絕告訴我任何事。他們說談論那些變成伊嵐翠人的人是一種禁忌。在我告訴他們，我是您的侍靈之後，他們變得非常不安，不和我說話。我只能在沒有消息的情況下進入城市。我從那個時候開始就在找您。」

紗芮奈笑了，想像她嚴肅的侍靈——基本上是個異教產物，在與科拉熙的宗教領袖爭論。「艾希，你不是來得太晚，所以沒看到我被丟進城市。你來得太早了。看起來他們只在一天的某個時間把人丟進來，而婚禮從很晚開始。我一整個晚上都在禮拜堂，他們在今天下午把我帶來伊嵐翠。」

「啊。」侍靈因為理解而上下浮動。

「以後你大概可以在這裡找到我，在城市中的這個乾淨區域。」

「這是個有趣的地方。」艾希說，「我從來沒來過這裡，它被仔細地隱藏著。這裡與其他區域有什麼不同？」

「你會知道的。」她說，「明天再過來。」

「再過來？小姐？」艾希憤慨地說，「我不打算離開您。」

「只是一下子，我的朋友。」紗芮奈說，「我需要凱依城那裡的消息，而且你必須讓其他人知道我很好。」

「是的，小姐。」

紗芮奈思考了一下。靈性花了很大的努力讓外面的人不知道新伊嵐翠。就算她信任艾希通知的人，但她不能如此輕易就這樣背叛他的祕密，「告訴他們你找到我了，不過別說出你在這裡看到的一切。」

「是的，小姐。」艾希狐疑地說，「等一下，小姐。您父親想和您說話。」侍靈開始波動，他的光融化了，漸漸滴化，重組成伊凡托王的大圓頭。

「奈？」伊凡托的語調充滿驚訝。

「父親大人，我在。」

「噢，感謝上神！」他說，「紗芮奈，妳沒受傷吧？」

「我很好，父親大人。」她向他保證，感覺全身氣力都回來了。她立刻知道她可以做任何事，到任何地方——只要她聽得到伊凡托王的聲音。

「我詛咒那個辛那蘭！他根本沒試過要讓妳自由。如果我不是那麼虔誠，我會想都不想就砍下他的頭。」

「我們必須公正，父親大人，」紗芮奈說，「如果一個農夫的女兒會被放逐到伊嵐翠，為何國王之女會例外？」

「如果我收到的那些報告是真的，那麼沒有人應該被丟進那個深淵裡。」

「這裡不像您想得那麼糟，父親。」紗芮奈說，「我無法解釋，但事情變得比預期更有希望。」

「不管有沒有希望，我要把妳弄出來。」

「父親大人，不要這樣做！」紗芮奈說。「如果您帶士兵到亞瑞倫來，您會讓泰歐德失去防衛，也讓我們唯一的同盟遠離。」

「如果我的間諜的預測是正確的，他們當我們的同盟也不會太久了。」伊凡托王說。「泰瑞依公爵還在等待以便更穩定權位，不過每個人都知道他快坐上王位了。而且他對樞機主祭拉森非常友善。妳試過了，奈，不過我們失去亞瑞倫了。我要來接妳，我真的不需要太多人，然後我會撤退，準備抵抗入侵。無論沃恩帶來多少人，他都沒辦法通過我們的艦隊的。泰歐德有這片海洋中最好的船艦。」

「父親大人，您可能放棄了亞瑞倫，但我不行。」

「紗芮奈，」伊凡托王告誡地說，「別又開始了。妳跟我一樣都不是亞瑞倫人了……」

「我是認真的，父親大人。」紗芮奈堅定地說。「我不會離開亞瑞倫。」

「上神在上，紗芮奈，這真是瘋狂！我是妳的父親與國王。不管妳要不要，我都要把妳帶回來。」

紗芮奈讓自己平靜下來。強勢對伊凡托王絕對沒有用。

「父親大人，」她說，讓愛與尊敬充滿她的聲音，「您教我要勇敢。您讓我變得比平常人更堅強。有時我因此詛咒您，但大部分的時候，我對此祝福。您給我掌握自己的自由。您現在要奪去我選擇的權利來否定這件事嗎？」

她父親的白頭在黑暗的房間裡靜靜地低下來。

「父親大人，如果您不放手，您的教誨就不會完全。」，紗芮奈安靜地說，「如果您真的相信您給我的理念，您會讓我做這個決定。」

他終於說話了，「妳這麼愛他們嗎？奈。」

「他們已經是我的人民了，父親大人。」

「不過才兩個月。」

「愛與時間無關，父親大人。我需要與亞瑞倫待在一起。如果它墜落，我必須和它一起墜落——但我不認為它會這樣。一定有辦法阻止泰瑞依。」

「但妳被困在在城裡，紗芮奈，」她的父親說，「妳在那裡能做什麼？」

「艾希可以充當使者。我不能再領導他們，但我也許可以幫得上忙。就算我不能，我也必須待在這裡。」

「我明白了。」她的父親終於說，深深嘆了一口氣，「妳的人生屬於妳自己，紗芮奈。我一直相信這件事——就算我偶爾會忘記。」

「那是因為您愛我，父親大人。我們保護我們所愛。」

「我是如此，」伊凡托說，「不要忘了這件事，我的女兒。」

紗芮奈微笑，「我不會的。」

「艾希。」伊凡托王下令，把侍靈的意識喚入交談。

「是的，我的國王。」艾希的聲音說，它低沉的聲音恭敬而順從。

「你要看顧與保護她。如果她受到傷害，你要呼喚我。」

「一如往常，未來也將如此，我的國王。」艾希回答。

「紗芮奈，我仍然會將艦隊布置成防禦陣形。讓妳的朋友知道，任何接近泰歐德水域的船隻將不經警告逕行擊沉。整個世界轉而對抗我們，我不能讓我的人民遭受到任何風險。」

「我會警告他們的，父親大人。」紗芮奈承諾。

「那麼，晚安，奈。願上神祝福妳。」

第四十二章

拉森重新掌握了一切，彷彿一個來自於古老菲悠丹史詩中的英雄，他曾經深入地獄——生理、心理與精神上——然後變成一個更強壯的人歸來。狄拉夫的控制已經瓦解。拉森現在才看出來狄拉夫用來綁住他的鎖鍊，是用拉森自己的嫉妒和不安所鑄成。他被狄拉夫的熱情所威脅，讓他對自己信仰產生質疑。如今，他的意志如此堅決——如同他初抵亞瑞倫的時候。他將會是那些人民的救星。

狄拉夫不悅地放棄，儀祭不情願地承諾沒有拉森的公開允許，不舉行任何聚會或布道講經。為了換來正式被任命為禮拜堂的首席儀祭，狄拉夫也同意解除他為數眾多的侍僧的誓約，並以較寬鬆的從者約定來取代。然而其中最大的轉變不是儀祭的行為，而是拉森的信心。只要拉森知道自己的信仰和狄拉夫一樣堅定，那麼儀祭就不可能操控他。

然而，狄拉夫依舊無法減輕他想要毀滅伊嵐翠的渴望。「他們是不潔的！」儀祭依舊堅持。今晚的布道非常成功，拉森已經說服了四分之三的亞瑞倫貴族成為德瑞熙教徒或是贊同舒．德瑞熙教派。泰瑞依會在這一週內登上王位，只要他的統治稍趨穩定，他就會宣布自己皈依舒．德瑞熙教派。亞瑞倫已經在拉森的掌握之中了，而他離沃恩的期限還有將近六週的時間。

「利用伊嵐翠人的目的已經達到了，儀祭。」拉森邊走邊和狄拉夫說。今晚有些涼，但還不會冷到呼出白霧。

「為什麼您阻止我反對他們，大人？」狄拉夫的聲音帶著苦澀。現在拉森完全禁止他談論任何伊嵐翠的議題，儀祭的演講彷彿被閹割了一樣。

「反對伊嵐翠已經沒有意義了。」拉森以邏輯對應狄拉夫語氣中的憤怒。「別忘了我們的仇恨是有目的。現在我已經證實了杰德司的無上力量是高於伊嵐翠，我們已經證實了我們的神才是真的，科拉熙的上神是假的。人們已經在潛意識中了解了。」

「但伊嵐翠人依舊是不潔的。」

「他們是可鄙的，他們是褻瀆的，他們也顯然是不潔的。但現在，他們同時也是無關緊要的。我們需要專注於德瑞熙宗教本身，教導人民如何讓自己與杰德司連結——透過向你或是其他儀祭宣示效忠。讓他們感受到我們的力量，我們的責任就是教導他們分享這些連結。」

「然後就放過那些伊嵐翠人？」狄拉夫質問。

「不，當然不會。」拉森說。「等到這個國家，還有他的元首都在杰德司的掌握中之後，我們會有足夠的時間來對付他們。」

拉森微笑，轉身離開繃著一張臉的狄拉夫。

結束了，他了解到。我終於辦到了，不需要一場血腥的暴動，我就讓人民皈依改信。然而，他還沒有結束。亞瑞倫已經在他的控制之下，但另一個國家依舊存在。

拉森對泰歐德也有所計畫。

第四十三章

這道門從裡面整個堵住，但是木製的門板卻依舊是伊嵐翠的一部分——這座任由腐敗侵蝕城市的一部分。迦拉旦說那一片爛木頭幾乎輕輕一碰就整個從絞鍊上坍落。黑暗中隱藏著一道盤旋而上的樓梯，十年的塵埃堆積在階梯之上。一組足跡印在那堆灰塵上面，只有像迦拉旦那般的大腳，才能留下那樣的足跡。

「一路通到上面？」瑞歐汀問，走過已經破爛不堪的木門。

「可了。」迦拉旦說。「整條階梯就直接嵌在石壁上，偶爾有些採光用的開口。我猜只要踏錯一步，你就得滾上大概跟我哈麻的故事一樣，又臭又長的石階。」

瑞歐汀點點頭，開始向上爬，杜拉德人緊跟在後。在災罰之前，樓梯一定以伊嵐翠人的魔法為照明，如今光線只能從偶爾散布的裂口中透進來。階梯繞著建築的石牆盤旋而上，從中心向下看，低層的弧度幾乎模糊不可辨，而樓梯原本有著扶手，只早已腐朽脫落。

他們常常需要停下來休息，他們的伊嵐翠身體無法承受過於激烈或長時間的運動。然而他們終究是爬上了頂端。木門看起來比較新，也許是守衛隊把原本腐爛的門給換過了。沒有門把，它幾乎不能算是扇門，只是個路障。

「這裡就是我最遠到達的地方，穌雷。」迦拉旦說。「爬了這麼一大段天殺的樓梯，才發現我得需要一把斧頭。」

「這就是為什麼要帶這個。」瑞歐汀說。拿出塔安當初要用來把樑柱砍倒，壓死瑞歐汀的那把斧頭。兩人開始工作，輪流砍著那扇木門。

即使透過工具，砍穿一扇木門依舊是項困難的工作。瑞歐汀試著砍了幾次，每次幾乎只在木板上留下些許痕跡。終於他們找到了一塊比較鬆脫的木條，成功地開出一條大得足以讓他們擠過去的破洞。

眼前的景致絕對值得方才的努力。瑞歐汀來過伊嵐翠的城牆上幾十次，但凱依城的景色從沒有看起來這麼甜美過。城市顯得十分安詳，他所害怕的入侵還沒有發生。瑞歐汀露出微笑，享受著那種成就感，彷彿他是登上了一座高山，而非只是城牆的樓梯。伊嵐翠的城牆再次回到了他們建造者的手中。

「我們辦到了。」瑞歐汀在城垛邊坐下休息。

「花了夠多時間了。」迦拉旦站在他身邊。

「只不過幾個小時罷了。」瑞歐汀輕鬆地說，成功的喜悅沖淡了工作的辛勞。

「我不是說砍破那扇門，而是說為了讓你上來已經花了兩天的工夫。」

「我很忙的。」

迦拉旦哼了一聲，低聲地咕噥些什麼。

「你說什麼？」

「我說，『兩頭的飛翎（Ferrin）絕對不願離開自己的巢穴』。」

瑞歐汀笑了，他知道這個占杜俗諺。飛翎是一種愛說話的鳥，常常可以在占杜的沼澤看見牠們彼此鳴叫。這句諺語則是形容一個人找到了新的嗜好，或是一段新戀情。

「喔，拜託。」瑞歐汀白了迦拉旦一眼說。「我沒有那麼壞。」

「穌雷，我看過去三天你們兩個只有去廁所的時候，才沒有黏在一起。要不是我趁著沒人看到的時候把你拖走，她現在大概也在這裡了。」

「要知道。」瑞歐汀防衛地說。「她是我的妻子。」

「那你有打算要告訴她這件事情嗎？」

「也許。」瑞歐汀輕描淡寫地說。「我不想讓她覺得有什麼責任。」

「不，當然不。」

「迦拉旦，我的朋友。」瑞歐汀說，全然不受杜拉德人的評論所影響。「你的同胞會因為你這麼不浪漫而名譽受損。」杜拉德是一個以戲劇化羅曼史與禁忌之愛溫床而惡名昭彰的國度。

迦拉旦對他的回答只哼了一聲，表現出他對一般杜拉德人的浪漫偏好的態度。他轉身看著凱依城。

「好了，穌雷，我們上來了。現在要做什麼？」

「我不知道。」瑞歐汀承認。「是你逼我上來的。」

「是沒錯。但是你先說要找到上來的樓梯。」

瑞歐汀點點頭，回想他們兩天前的短暫對話。真的有那麼久嗎？他好奇地想。他幾乎沒有注意到。也許他真的多花了一點時間和紗芮奈在一起，但卻一點都不覺得足夠。

「那裡。」迦拉旦瞇起眼指著城市。

「什麼？」瑞歐汀跟著杜拉德人的手勢看去。

「我看見一面旗子。」迦拉旦說。「我們失蹤的守衛。」

瑞歐汀幾乎看不清楚遠方的紅點——那一面旗子。「你確定？」

「沒錯。」迦拉旦說。

瑞歐汀瞇著眼睛，辨認出旗子飄揚的建築。「那是泰瑞依公爵的宅邸。伊嵐翠護城衛隊和他在一起做什麼？」

「也許他被逮捕了。」迦拉旦說。

「不。」瑞歐汀說。「衛隊並不是警察。」

「那他們為什麼要離開城牆？」迦拉旦問。

瑞歐汀搖搖頭。「我不確定。有些事情，非常不對勁。」

瑞歐汀與迦拉旦撤回到樓梯下，兩個人都陷入沉思。

只有一個辦法可以找出衛隊發生了什麼事。紗芮奈是唯一一個在衛隊消失之後，進入城市的伊嵐翠人。只有她能解釋現在凱依城的政治情況。

然而，紗芮奈卻還是不願討論外頭的情形。在她被放逐前的幾天似乎非常令她痛苦。感受到她的受傷，瑞歐汀並不願多加打聽，也不願冒險被她疏遠。事實是，他真的非常享受陪伴紗芮奈的時間，她風趣的機智讓他開懷大笑，她的聰敏也令他著迷，而她的個性則讓他覺得備受鼓舞。經過十年只跟那些在意自己長相和衣著的女性交往——一種被自己意志薄弱的後母所領導而造成的愚鈍——瑞歐汀早就在期待著一個不會因稍有衝突就想要退縮的女性，一個讓他能想起逝去母親的女性。

然而，就是這樣頑固不願退讓的個性，讓他無法得知外界的情況。沒有任何一種微妙的勸說或直接的操控，可以從紗芮奈的口中套出任何一點非自願的訊息。但他已無法繼續小心處理目前的情況，衛隊的奇怪舉動令他煩惱，任何一點政治上的變化都可能會影響到伊嵐翠的安危。

他們爬到樓梯的底部，並且往城市中心走。這段路不算短，但在瑞歐汀思索著他們所見時卻過得很快。亞瑞倫已經和平了十年，起碼就國家層面來說是和平的。依靠著南方的盟友，泰歐德的艦隊在北方海域巡弋，以及山脈做為屏障。即使一個衰弱的亞瑞倫也很少面對什麼外在危險。在內部，艾敦牢牢地控制著軍隊，鼓勵貴族進行政治角力而非軍力競賽。

瑞歐汀知道和平維持不了多久，即使他的父親不願正視事實。瑞歐汀迎娶紗芮奈的決定，也大部分來自於要和泰歐德建立正式的協約，讓亞瑞倫起碼能獲得泰歐德艦隊的協助。亞瑞倫並不習慣戰爭，在伊嵐翠人的保護之下，他們習慣於和平主義。現任的沃恩除非是個傻子才不會盡快攻擊，他需要的只是個導火線。

一場內部鬥爭就可以提供這個開端。如果衛隊打算背叛國王，那麼一場內亂將會再次讓整個亞瑞倫陷入動盪，而菲悠丹人絕對不會錯過這樣的機會。瑞歐汀一定要找出城牆外究竟發生了什麼事。

終於瑞歐汀和迦拉旦抵達了目的地。這裡不是新伊嵐翠，而是通往聖地那棟不起眼的建築。迦拉旦對於瑞歐汀把紗芮奈帶進圖書館沒有多說什麼，那個杜拉德人看起來似乎早就料到情況會如此發展下去。

沒多久之後，瑞歐汀與迦拉旦已經進入了地下圖書館。牆上的油燈只有幾盞亮著——因為要節省燈油，但是瑞歐汀輕易地就認出紗芮奈坐在小房間中的身影，斜倚著牆壁，一本書就攤開在她的手邊。

隨著他們走近，她的臉龐變得更加清晰，瑞歐汀無法克制自己關注她的美麗。那些伊嵐翠人皮膚上的暗色斑點，如今對瑞歐汀來說早已習慣，他幾乎看不見那些污痕。紗芃奈的身體似乎非常適應霞德祕法所帶來的轉變。一般來說，進一步的退化會在幾天內出現——像是皮膚的皺折和萎縮，血肉的顏色也會逐漸變得黯淡蒼白。紗芃奈卻一點也沒有這些特徵，她的皮膚依舊柔滑而充滿活力，一如她來到伊嵐翠的那天。

她說她的傷勢並不像應有的情況那樣持續疼痛，不過瑞歐汀單純地認為，那只是她不需要在新伊嵐翠之外求生。許多最近新來的人根本沒有經歷過伊嵐翠痛苦的可怕之處，工作與正面的氣氛讓他們忽略了他們的傷勢。她也從來沒經歷過飢餓，當然她很幸運在大家一天起碼都能吃到一餐的時候，來到了伊嵐翠。不過他們的儲糧最多只能再支撐一個月，但也沒有特別理由需要囤積糧食。對伊嵐翠人來說，挨餓不會致命，最多只是有點不舒服罷了。

而最美麗的就是她的眼睛——敏銳地關注所有事物的那種眼神。紗芃奈不只是單純地瀏覽，而是仔細地觀察。當她開口說話，一字一句都經過思考，那樣的智慧正是瑞歐汀覺得他的泰歐德王妃最吸引人之處。

當他們靠近的時候，紗芃奈抬起頭。她的臉上有著興奮的笑容。「靈性！你絕對猜不到我發現了什麼。」

「我猜不到。」瑞歐汀笑著承認。不知道怎麼讓關於外界的話題起頭。「那妳還是趕快告訴我吧。」

紗芃奈舉起她的書，把書背拿給他看，上面寫著《席歐的政治迷思百科》（Seor's Encyclopedia of Political Myths）」。雖然瑞歐汀對紗芃奈介紹圖書館的時候，希望把她的興趣導向艾歐鐸，可惜她一發現這裡有著整排整櫃的政治理論書籍之後，瑞歐汀的計畫就顯得徒勞無益。她的轉變，一部分是源自於她對艾歐鐸的厭煩。她無法在空中畫出符文，她甚至無法在指尖移動後留下線條。瑞歐汀一開始也覺得茫然不知所措，但後來迦拉旦解釋這種情況，其實並不罕見。即使在災罰之前，也有許多伊嵐翠人必須要花上好幾年才能學會艾歐鐸——有些人要是第一條線就沒畫對，那麼接下來就什麼都不會發生。瑞歐汀的速成幾乎可以說是非常特例。

然而紗芮奈卻不這麼認為，紗芮奈是那種無法忍受花了額外功夫卻依舊學不好的人，她自認自己的符文完美無缺——事實上，連瑞歐汀也看不出她的圖案有任何缺點，但是文字就是拒絕出現——王妃再怎麼憤怒也無法說服它們改變拒絕配合的行為。

所以紗芮奈又將她的興趣轉回政治，雖然瑞歐汀猜想事情早晚都會變成這樣。她對艾歐鐸有點興趣，但是她卻是對政治全然地著迷。每當瑞歐汀來圖書館練習符文或是研究，紗芮奈就會拿起一本古代歷史學家或是外交天才的著作，開始坐在角落閱讀。

「……這真的很棒。我從來沒有讀過這麼直接地拆穿菲悠丹修辭，與操作假面具的文章。」

瑞歐汀搖搖頭，發覺自己只是凝視著她，享受著她的存在，而根本沒有聽進她說些什麼。她似乎在講述書中的內容，關於如何揭露菲悠丹的政治謊言。

「每個政府都會說謊，紗芮奈。」瑞歐汀在她稍停的時候說。

「是沒錯。」她邊說邊隨手翻閱著書本。「但卻沒有編織過這麼大的謊話，過去三百年來，從菲悠丹接受舒．德瑞熙教派開始，歷代的沃恩就把他們國家的歷史與文學竄改成別的樣子，彷彿這個帝國自始至終就是神性的彰顯。看看這個。」她再次拿起書本，指著其中某一頁文章。

「這是什麼？」

「〈聖王沃恩〉——一首三百行的詩文。」

「我讀過。」瑞歐汀說。這首詩據稱是最古老的文學作品——甚至比鐸．坎杜經（Do-Kando），舒．克賽教派的聖典還古老。而舒．克賽教派則是舒．德瑞熙教派與舒．科拉熙教派的源頭。

「你只是讀到了〈聖王沃恩〉的其中一個版本。」紗芮奈搖搖頭說。「但不是這個，現代的版本幾乎完全以德瑞熙的方式來形容杰德司。這本書的版本，講述了他們如何把原本的版本改寫成現在的樣子，把沃恩完全形容成德瑞熙教徒，但沃恩根本早在舒．德瑞熙教派建立前就已經存在了。再講到杰德司——或者說是那個舒・德瑞熙教派所盜用的同名神祇——原本只是個不重要的神祇，負責照顧地底下的岩石。

「如今菲悠丹完全是個神權國家，他們不可能會接受他們最偉大的君王居然是個異教徒，所以他們的教士只好改寫整首詩文。我不知道這個叫做席歐的人，是怎麼取得〈聖王沃恩〉的原始版本，但要是這東西流傳出去，一定會讓菲悠丹非常難堪。」她的眼睛閃著壞心的光芒。

瑞歐汀嘆了一口氣，走過去蹲在紗芮奈的書桌邊。平視著她的眼睛。要是在別的時候，他一定很樂意在一邊聆聽她講話。但不幸地，現在他有更重要的事情得說。

「好吧。」她眼神黯淡地說，並且把書放回桌上。「怎麼樣？我真的那麼無聊嗎？」

「一點也不會。」瑞歐汀說。「只是時間不太對。妳知道……迦拉旦和我剛剛爬上了城牆。」

她的臉龐顯得有些困惑。「然後？」

「我們發現伊嵐翠護城衛隊正駐紮在泰瑞依公爵的宅邸外。」瑞歐汀說。「我們希望妳能告訴我們理由。我知道妳不太願意討論外頭的事情，但是我很擔心。我需要知道外頭發生了什麼事。」

紗芮奈把手撐在書桌上，食指輕輕地點著自己的臉頰，就像她平常思考的模樣。「好吧。」她最終嘆了一口氣說。「我猜我有點不公平。我不想讓你為了外頭的事情煩心。」

「也許有些伊嵐翠人不太關心，紗芮奈。」瑞歐汀說。「但那是因為他們認為我們無法去影響凱依城正在發生的事情。但我還是想知道外頭的情況。」

紗芮奈點頭。「沒關係，我現在可以講了。我想重要的事情要從我推翻艾敦王開始，那也是他上吊自殺的原因。」

瑞歐汀聞言震驚得跌坐在椅子上，兩眼睜得老大。

第四十四章

即使她已經說出來了，紗芮奈還是擔心靈性剛剛說的話。沒有了她，其他人也就缺少了合法要求王位的權力。甚至連偌艾歐都無法可想——他們只能無助地看著泰瑞依繼續強化他對貴族的控制。她猜想今天就會收到關於泰瑞依加冕典禮的消息。

她花了一些時間，才了解到剛才的話對靈性所造成的衝擊。他整個人跌坐在椅子上，雙眼驚訝地睜大。她暗罵自己還不夠老練圓滑，不管如何她都是在談論靈性的國王。過去幾週實在發生太多事情，讓她變得有些麻木。

「我很抱歉。」紗芮奈說。「這樣講話太直接了，對吧？」

「艾敦王死了？」靈性低聲問。

紗芮奈點點頭。「最後他被發現與杰斯珂祕教有關。當這件事情被揭露出來，他寧願上吊也不願面對這樣的恥辱。」她並沒有解釋自己在事件中的角色，沒有必要讓事情更加複雜。

「杰斯珂？」靈性重複。他的臉色黯然，緊緊地咬著牙齒。「我一直以為他只是個傻瓜，但……他和這件事情……牽扯有多深？」

「他把他的廚師與女僕拿來獻祭。」紗芮奈難過地說。她一直想避開討論這件事情是有原因的。

靈性留意到她臉色的蒼白。「我很抱歉。」

「沒關係。」紗芮奈說。然而她知道不管之後還會發生多少事情；不管她的生命走到哪一步，艾敦王獻祭的恐怖陰影依舊會盤據在她的心中。

「於是泰瑞依繼位了？」靈性問。

「快了。」紗芮奈說。「說不定他現在已經加冕了。」

靈性搖搖頭。「那偌艾歐公爵呢？他比泰瑞依更有錢，又受人敬重。他應該要登上王位。」

「泰瑞依的財富早就超過偌艾歐了。」紗芮奈說。「菲悠丹在暗中支援泰瑞依的財務，他已經靠攏舒·德瑞熙教派了，而我更害怕目前這樣只會增加他的社會地位。」

靈性的額頭整個皺了起來。「同情舒·德瑞熙教派讓人更受歡迎？看來我離開外頭太久了，對吧？」

「你在伊嵐翠有多久了？」

「一年。」靈性隨口回答。這和其他新伊嵐翠人告訴她的一樣。沒有人知道靈性到底待在城市裡有多久，但他們大多猜測起碼超過一年。他在幾週之內從那些幫派手上獲得控制權，這樣的成就必定需要長久的計畫與努力。

「我猜這也是泰瑞依獲得衛隊支持的原因。」靈性咕噥著。「他們總是急著想要支持那些看起來最受歡迎的人。」

紗芮奈點頭。「在我被送進來之後，他們很快就搬進了公爵的宅邸。」

「好吧。」靈性說。「妳還是從頭說起吧，我需要妳能提供的一切訊息。」

於是她開始解釋，從杜拉丹共和國的衰亡和菲悠丹持續增長的威脅開始說起，她講起和瑞歐汀王子的婚約，德瑞熙教滲入亞瑞倫的情況。在她談論的過程中，她發覺靈性遠比她預期得更了解亞瑞倫的政治情況。他非常快就掌握了艾敦王死後聲明的重點，他也很了解菲悠丹，雖然他並不實際明白那些教士有多危險，他更擔心那些沃恩手下的軍隊。

更令人驚訝的是，他非常了解亞瑞倫眾多的貴族與領主，紗芮奈完全不需要解釋他們的性格與特質，靈性早就知道了。事實上，他似乎比紗芮奈更了解他們。當紗芮奈問起這個，他只是解釋說，在亞瑞倫了解這些貴族是很重要的。許多時候低階貴族必須要和更有力的貴族簽訂契約和交易，因為他們才是市場的控制者。

只有一件事情和國王駕崩一樣令他震驚。

「妳打算要嫁給偌艾歐？」他不可置信地問。

紗芮奈微笑。「我自己也不能相信，這個計畫發展得比預想還快。」

「偌艾歐？」靈性又問了一次。「那個老流氓！提出這個建議他一定開心得要命。」

「我認為公爵是個無庸置疑的紳士。」紗芮奈說。

靈性的眼睛卻告訴她：「我以為妳很會評斷人。」

「更何況，」她繼續，「這不是他建議的，是蘇登提出來的。」

「蘇登？」靈性接著他想了一想，點點頭。「是，這的確像是他會想出來的提議。不過我真不敢想像他會說出『結婚』這兩個字，他可是非常害怕婚姻這種觀念。」

「不再是了。」紗芮奈說。「他和艾汗的女兒愈來愈親密。」

「蘇登和托瑞娜？」靈性目瞪口呆地問，接著睜大眼睛看著紗芮奈。「等等，妳怎麼能嫁給偌艾歐？我以為妳已經結婚了。」

「嫁給一個死人。」紗芮奈噴著氣說。

「但是妳的婚約說妳不能再婚。」

「妳怎麼會知道？」紗芮奈瞇著眼睛問。

「妳在幾分鐘之前解釋過了。」

「我沒有。」

「妳有。對吧，迦拉旦？」

那個高大的杜拉德人正在隨手翻閱紗芮奈的政治書籍，甚至連頭都不肯抬起來。「別看我，穌雷。

我可不想牽扯進去。」

「總之，」靈性背對著他的朋友。「妳怎麼會嫁給偌艾歐？」

「為什麼不？」紗芮奈問。「我根本不認識這個瑞歐汀。每個人都說他是個好王子，但我欠他什麼嗎？我和亞瑞倫的條約在艾敦王死後就失效了，我訂下這個合約的唯一理由，就是為了讓亞瑞倫和我的母國產生連結。為什麼要繼續遵守一個和死人的契約，尤其是我明明可以與亞瑞倫未來的國王訂下更好的條約？」

「所以妳願意嫁給王子完全只是政治上的原因。」他的語調聽來有些受傷，彷彿認定她和亞瑞倫王儲的關係只是建立在他們的貴族身分之上。

「當然。」紗芮奈說。「我是個政治動物，靈性。我一切的行為都是為了泰歐德的最佳利益，這也是我願意嫁給偌艾歐的原因。」

他點點頭，依舊看起來非常憂鬱。

「那時候我站在王座廳，準備要嫁給偌艾歐公爵。」紗芮奈繼續，無視於靈性的微慍。他有什麼權利質疑我的動機？「就在那個時候霞德祕法選中了我。」

「就在那時候？」靈性問。「在妳的婚禮上？」

紗芮奈點點頭，突然覺得非常沒有安全感。每當她試著接受現狀，那種災難般的孤獨感就會找上她。

迦拉旦哼了哼。「好啦，現在我們知道為什麼她不願意談論這件事了，可了？」

靈性的手搭在她的肩膀上。「對不起。」

「都過去了。」紗芮奈搖頭說。「我們需要的是擔心泰瑞依的加冕典禮，透過菲悠丹的支持……」

「我們是可以擔心泰瑞依，但我懷疑我們能做些什麼。除非我們有辦法聯絡外界。」

突然一陣羞愧，紗芮奈的眼神投射到躲在房間陰影處的艾希，他的符文光芒幾乎讓人看不見。「說不定還有辦法。」她承認。

靈性抬頭看著紗芮奈對艾希招手。艾希開始發光，符文的光芒重新恢復成一顆光球。當侍靈在她的書桌上盤旋時，紗芮奈尷尬地看著靈性。

「一個侍靈？」他激賞地說。

「你不生氣我把他藏起來不告訴你？」紗芮奈問。

靈性咯咯笑著。「老實說，紗芮奈。我一直都覺得妳有事情瞞著我。妳看起來像是那種需要祕密的人，而祕密的內容並不重要，只需要是祕密。」

紗芮奈因為這樣敏銳的發言而羞紅了臉。「艾希，去問問凱胤和其他人，我要知道泰瑞依什麼時候要自稱為王。」

「是，小姐。」艾希說完飄了出去。

靈性沉默著，他沒有質疑為什麼艾希沒有受到霞德祕法的影響而發狂，但是，靈性並不確定艾希是紗芮奈的侍靈。

他們繼續沉默著，紗芮奈並沒有打擾靈性的思緒。她給了他量大到幾乎難以承受的資訊，她彷彿可以從靈性的眼中看見他急速運轉的心靈。

他依舊對她隱瞞著一些事。並非他們兩人彼此不信任對方，而是不管他的祕密是什麼，他似乎都覺得有很好的理由不告訴別人。她已經涉入政治中太過長久，不再會因為他人需要保守祕密而感到不滿。

當然，這並不表示她不會試著去把祕密給找出來，但目前為止，艾希還無法找出任何關於這位埃恩莊園統治者次子的情報，但艾希的行動也十分受限。她目前只讓凱胤和其他人知道，她不知道艾希是怎麼逃過一劫——其他侍靈都在霞德祕法的影響下發狂。但是她並不希望失去艾希能帶給她的力量。

知道他們暫時哪裡也不會去，杜拉德人迦拉旦自己拖了一張椅子坐下，然後閉上眼睛，看起來像是睡著了。他也許有些悲觀主義，但他終究是個杜拉德人。他們都說杜拉德人非常懂得放鬆自己，能在任何地方任何時候入睡。

紗芮奈看著那個大個子，迦拉旦似乎並不喜歡她，但他很執著維持他壞脾氣的外在，所以她也很難看出他真正的心意。他有時候彷彿是知識的寶庫，但其他時候又是全然無知和毫不在乎。他總是毫不猶豫地接受每一件事情，同時拚命地抱怨。

過了一會兒。當艾希回來時，紗芮奈已經把她的注意力重新轉回她的政治書籍之上。侍靈發出一種清喉嚨的聲音，提醒紗芮奈他已經回來。靈性也同時抬起頭，而杜拉德人依舊還在打鼾，直到他的朋友用手肘朝他的肚子拐了一記。接著，他們三個人都看著艾希。

「怎麼樣？」紗芮奈問。

「已經完成了，小姐。」艾希告訴他們。「泰瑞依已經是國王了。」

第四十五章

拉森在月光下，站在伊嵐翠的城牆頂端，好奇地研究那個破洞。一個樓梯塔原本堵住的入口被打破，而且傷痕累累，破掉的木板也全都被清理了。這個破洞顯然像是那些伊嵐翠鼠輩想要掙脫網子，所咬出來的破洞。這是守衛有保持清潔的區域，而那些從樓梯中延伸出來，沾著爛泥的足跡更證明了下頭的人已經上來過好幾次了。

拉森探頭看著底下的樓梯，他也許是唯一知道這個破洞存在的人，伊嵐翠現在只有兩、三個守衛在監視，他們現在甚至不在城牆上巡邏了。現在，他還不打算告訴守衛這個破洞，他並不在意那些伊嵐翠人是否想從城市裡逃出來。他們哪裡也去不了，因為他們的外型太明顯了。更何況，他也不想讓百姓擔心伊嵐翠的事情，他希望他們能夠專心在他們的新國王身上，以及新王所即將宣誓的對象。

拉森隨意地走著，伊嵐翠在他的右邊，而凱依城在左邊。一小團集中的光線在黑夜中閃爍著，那是王宮，泰瑞依如今的住所。那些亞瑞倫貴族急切地想要對他們的新王諂媚，全體一同出席他的加冕宴會，每個人爭著宣誓效忠。而這位浮誇的前公爵非常享受如此受人注目的感覺。

拉森繼續在平靜的夜晚漫步，腳踩在石板地上鏗鏘作響。泰瑞依的加冕一如預期。這位前公爵，現在的國王是個非常容易了解的人，既容易了解也容易操控。讓他享受這一刻的虛榮，翌日他將會有還債的時候。

毫無疑問，泰瑞依會在加入舒．德瑞熙教派之前，向拉森要求更多的金錢。泰瑞依自以為聰明，還以為這個王冠會讓他在和菲悠丹的交易上，擁有更多的籌碼。拉森會假裝氣憤他在金錢上的要求，卻完全了解泰瑞依永遠也不會明白的事情，權力不是來自於財富，而是來自於控制。當人拒絕被收買的時候，金錢就失去了效用。國王永遠也不會明白，他要求的那些金幣不會帶給他權力，只會讓他受別的力量所支配。在他一手收取金幣的時候，亞瑞倫也漸漸從他手中溜走。

拉森搖搖頭，感受到些許的罪惡感。他利用泰瑞依，因為國王讓他自己變成一個絕佳的工具；然而泰瑞依的心亦永遠不會真的皈依，他無法真心接受杰德司或是祂的帝國。泰瑞依的承諾就和他的王位一樣空虛。然而，拉森還是會繼續利用他，這一切合於邏輯。拉森開始了解，他信仰的力量就是來自於邏輯。泰瑞依也不會真的相信，但他的孩子——以德瑞熙的方式被養大——就會相信。一個人空泛的皈依改宗，卻可以拯救一整個國家。

當他持續漫步，拉森發現的目光持續地關注著伊嵐翠黑暗的街道。他試著讓自己的精神集中在泰瑞依與亞瑞倫即將面臨的征服，但一些別的東西卻在他的心中撩撥著。

拉森不情願地承認，自己今晚想在伊嵐翠城牆上散步還有別的理由——他在擔心王妃，這樣的情緒干擾著他，而他並不否認這種情緒。紗芮奈是個非常優秀的對手，而他很清楚伊嵐翠能有多危險，並且在他做出那個下毒的命令的時候，他也清楚這件事。但在權衡風險與獲益之後，他依舊做出這樣的決定。在等待了三天之後，他的決心開始消散，他有不只一個理由希望她還活著。

所以，拉森看著街道，傻傻地希望能看到紗芮奈在底下，看見她毫髮無傷，好讓他的良心獲得一點慰藉。當然，他沒有看見任何東西，事實上，他今晚還沒有看過任何一個伊嵐翠人。拉森並不知道他們是否搬到城市別的區域去了，或是這個地方暴力到毀滅了自己。為了王妃，他希望不會是後者。

「你是樞機主祭，拉森。」一個聲音突然出現。

拉森轉身，兩眼搜尋著那個無聲無息靠近他的人。而一個侍靈卻浮現在他面前，在黑夜中震動地發光。拉森睨視，看出中心的符文——戴翁。

「我就是。」拉森謹慎地說。

「我依我主人之令前來，泰歐德的伊凡托王。」侍靈以一種悅耳的聲音說。「他希望和你通話。」

拉森微笑。他一直在想伊凡托王什麼時候才會和他聯繫。「我渴望能聽到陛下所言。」

侍靈自中心發出光芒，逐漸出現一個有著橢圓的臉龐和飽滿下巴的男子。

「陛下。」拉森輕輕點頭說。「我能為您效勞嗎？」

「不需要無謂的客套，樞機主祭。」伊凡托王斷然地說。「你知道我要什麼。」

「您的女兒。」

國王的頭像點點頭。「我知道你有力量能夠克服這樣的疾病。你要怎樣才肯治療紗芮奈？」

「我本身一點力量也沒有。」拉森謙卑地說。「上主杰德司才是真正的治療者。」

國王頓了一下。「所以，要怎樣你的杰德司才願意治療我女兒？」

「要是您能提供一些誘因或鼓勵，上主也許會願意達成您的要求。」拉森說。「不信者是不會得到奇蹟的，陛下。」

伊凡托王緩緩地低下頭——他很清楚拉森在要求什麼。他一定非常愛他的女兒。

「就如你所說，教士。」伊凡托王承諾。「要是我的女兒平安地從那座城市回來，我就會皈依舒・德瑞熙教派。我知道這一天不管如何都會到來。」

拉森開懷地笑著。「我會看看我是不是能夠……敦促上主杰德司使公主歸來，陛下。」

伊凡托王點頭，他的臉色有如一隻鬥敗的公雞。侍靈結束通話之後，一言不發地飄去。

拉森露出微笑，計畫的最後一片拼圖終於也放上了位置。伊凡托王做出了一個理智的決定。這樣他起碼能靠他的皈依改宗換點回報——儘管這原本就是早晚會發生的事情。

拉森看著底下的伊嵐翠，更加掛念紗芮奈是否能夠安然無恙地回來。看起來接下來的幾個月中，他能呈現給沃恩的是兩個異教徒國家，而非一個。

第四十六章

瑞歐汀曾經希望自己的父親死去。瑞歐汀看過百姓受的苦，而他的父親正是理當負責的人。艾敦王證明了他自己靠著詐欺成功，而且在決定要摧毀別人的時候顯得殘忍無情。他甚至以自己國家的貴族爭執為樂。要是亞瑞倫沒有艾敦王一定會更好。

但當父親去世的消息終於出來，瑞歐汀卻發現他的情感背叛了他，讓他陷入深沉的憂傷。他的心靈想要忘記艾敦王過去五年的行為，而想起艾敦王在瑞歐汀小時候的樣子。那時候他父親是全亞瑞倫最成功的商人，被他的同胞所尊敬，被他的兒子所敬愛。他那時是個充滿榮譽與力量的人，瑞歐汀像個孩子一般地認為父親是最偉大的英雄。

他靠著兩件事來忘卻他失去親人的痛苦——紗芮奈與符文。他要不與其中之一相伴，不然就是與另一個同在。新伊嵐翠如今可以自行運作了，人們可以自己找到讓自己忙碌的目標。也很少爭吵需要他的關注。於是他愈來愈常來到圖書館，一邊畫著符文，而紗芮奈就在一旁念書。

「這裡居然沒什麼關於現代菲悠丹的訊息。」紗芮奈一邊說，一邊翻著一本大得幾乎需要瑞歐汀幫忙才能抬得動的書。

「說不定妳只是還沒找到正確的那一本。」瑞歐汀邊說邊畫著艾歐．依赫（Aon Ehe）。她坐在她習慣的那張書桌上，一疊書本就在她的椅子邊，他站在紗芮奈的身後，靠著牆壁練習符文新的調整方式。

「也許吧。」紗芮奈不太相信地說。「這裡的每本書都在講古老帝國，只有整理過的歷史書籍才有提到百年前的菲悠丹。我認為伊嵐翠人曾經很謹慎地研究其他宗教——只是為了要準備有天如果要和他們對抗。」

「就我所知，伊嵐翠人並不太在意競爭這種事情。」瑞歐汀講話的時候，滑開手指，破壞了線條。符文在空中持續了一會兒，接著消散不見，他的失誤讓整個結構失去效力。他在繼續解釋前嘆了一口氣。「伊嵐翠認為他們是如此超越其他事物，而根本不需要去擔心其他宗教。大多數人甚至根本不在意自己是否被崇拜。」

紗芮奈思考著他的評論，接著回頭繼續看著她的書。並且順手把裝著今天配給的午餐空盤推到一邊。瑞歐汀並沒有告訴她，他增加了她的食物配給量——就像他對每個剛來第一週的人一樣。他透過經驗學會，逐步地減少食物可以有助於心靈抵抗飢餓。

他再次開始繪製符文，一會兒之後圖書館的門被打開。「他還在上面嗎？」瑞歐汀開口詢問剛走進來的迦拉旦。

「沒錯。」杜拉德人回答。「依舊對著他的神哀嚎。」

「你是說『祈禱』。」

迦拉旦聳聳肩，找了張椅子坐在紗芮奈的旁邊。「不管他講話有多小聲，神應該都能聽見吧。」

紗芮奈從書本中抬起頭。「你在說那個樞機主祭嗎？」

瑞歐汀點點頭。「他從今天早上開始就站在城牆上，顯然他正在向他的神請求以治療我們。」

紗芮奈有些訝異。「治療我們？」

「某些類似的話。」瑞歐汀說。「我們聽得不是很清楚。」

「治療伊嵐翠人？轉變得也太大了吧。」她的眼裡滿是猜疑。

瑞歐汀聳聳肩，繼續畫著符文。迦拉旦挑了一本關於農業的書，開始隨手翻閱。過去幾天他都在嘗試建立出一套灌溉計畫，好符合他們特殊的情況。

幾分鐘之後，當瑞歐汀快要完成他的符文與調整之後，他注意到紗芮奈已經把書本放下，並且充滿興趣地看著他。這樣的凝視打量又讓他再次失手，符文在它還來不及了解自己要做了些什麼之前，就消失了。她持續地凝視他，直到他再次開始畫出艾歐·依希。

「怎麼樣？」他終於問。他的手指本能地畫出三條短線，線條橫越上方，線條直直往下，而中間的一點是每個符文的開端。

「你從一個小時前，就在畫同一個符文。」她說。

「我想把它畫好。」

「但是你起碼已經連續畫對十幾次了。」

瑞歐汀聳肩。「這樣可以幫助我思考。」

「然後呢？」她好奇地問，顯然暫時因為古老帝國的歷史而感到無聊。

「最近關於艾歐鐸本身，我了解了大多數的理論，但我還是沒有辦法靠近阻擋鐸的理由謎底。感覺符文改變了，古老的圖案有了些許的不同，不過我還沒有開始去推測可能的理由。」

「也許是土地本身出了問題。」紗芮奈隨口說，背靠著椅子，伸長了兩隻腳。

「妳的意思是？」

「嗯。」紗芮奈思索地說。「你說符文與土地是連結的，透過你很清楚的東西。」

「哦？」瑞歐汀問，一邊微笑一邊畫。「妳在接受公主訓練的時候，也學過伊嵐翠魔法的祕密課程？」

「沒有。」紗芮奈誇張地甩著頭。「但確實包含了符文的課程。要開始每個符文，你得先畫出一幅亞瑞倫的圖案。而我在小女孩的時候就學過了。」

瑞歐汀僵在那邊，手指停在空中。「再說一次。」

「嗯？」紗芮奈問。「喔，那只是我老師用來讓我專心的蠢方法。有注意到嗎？每個符文都用同樣的方式開始，一條線表現出海岸，由上而下的直線就像阿塔德山脈（Atad），而那一點就像是艾隆諾湖（Lake Alonoe）。」

迦拉旦站起來，好奇地看著瑞歐汀持續發光的符文。「她說得對，穌雷。這的確看起來很像亞瑞倫，你的書裡有講過這件事情嗎？」

「沒有。」瑞歐汀驚訝地說。「嗯，他們確實有談過符文與亞瑞倫之間的連結，但他們從來沒有提過每個文字都真的代表土地——也許是因為這件事情太過基本。」

迦拉旦拿起他的書，把某個折起來的東西從書背後拿出來——一張亞瑞倫的地圖。「繼續畫，穌雷，不然這個符文就要消失了。」

瑞歐汀照著他的話，強迫他的手指繼續移動。迦拉旦拿起地圖，然後紗芮奈也跟著站到杜拉德人的身邊。他們透過薄薄的紙片看著發光的符文。

「杜洛肯啊！」迦拉旦驚呼。「穌雷，那個比例幾乎是一樣的，甚至連歪斜的地方都一樣。」

瑞歐汀完成了符文的最後一畫，也跟著他們兩個端詳著地圖。接著他看了看紗芮奈。「但是問題出在哪裡？山脈還是在那邊，一樣的海岸，一樣的湖泊。」

紗芮奈聳聳肩。「別看我，你才是專家。我甚至連第一條線都畫不好。」

瑞歐汀轉身看著符文。幾秒之後它就逐漸淡去，最後消失，它的力量被某個無法解釋的理由所阻擋。如果紗芮奈的假設是正確的，那麼符文與亞瑞倫的連結就比他以為得更加深厚。不管是什麼阻礙了艾歐鐸，也一定同樣影響著這片土地。

他轉身，想要讚美紗芮奈所提供的線索。然而，他的話卻鯁在喉嚨之中。有些事情不太對勁，王妃臉上的暗斑顏色有異，它們看起來像是藍色和紫色的混合，就像是瘀青一樣，而且就在他的眼前逐漸消失。

「上神慈悲！」他興奮地大叫。「迦拉旦，看看她！」

杜拉德人警覺地回頭，接著臉色從擔心轉變為驚訝。

「怎麼了？」王妃緊張地看著兩個人問。

「你做了什麼，穌雷？」迦拉旦問。

「什麼也沒有！」瑞歐汀堅持，看著方才符文原本在的地方。「一定是別的東西治好她。」

接著他想通了。紗芮奈一直無法畫出符文，她抱怨天氣太冷，她也還是堅持她的傷勢並不會持續疼痛。瑞歐汀伸手去摸紗芮奈的臉龐，她的身體依舊溫暖——即使以一個身體尚未冰冷的新伊嵐翠人來說都太溫暖了。他以顫抖的手指撫過紗芮奈的頭，感覺到那幾乎看不見的金髮從頭皮剛冒出一點來。

「上神在上。」他低語。接著他拉著紗芮奈的手，一路把她拉出圖書館外。

「靈性，我不懂。」紗芮奈一路掙扎到他們走近伊嵐翠城門前的廣場。

「妳從來都不是伊嵐翠人，紗芮奈。」他說。「這是個計謀——和樞機主祭用來騙所有人他是個伊嵐翠人一樣。拉森似乎有某種方法，讓妳看起來被霞德祕法選中，但實際上妳並沒有。」

「但是……」她反對說。

「想一想，紗芮奈！」瑞歐汀拉著她直視他的眼睛。樞機主祭就在城牆上布道講經，他宏亮的聲音在一段距離外被風吹亂。「妳和偌艾歐的婚禮會讓德瑞熙教會的敵人登上王位，拉森一定要阻止那場婚禮，而他採取了最不要臉的手段。妳不屬於這裡。」

他再次拉住她的手臂，想把她拉到城門邊。但是她卻抵抗，用同樣的力量往回拉。「我不走。」

瑞歐汀驚訝地轉頭。「但妳一定要走，這裡是伊嵐翠，紗芮奈。沒有人想要待在這裡。」

「我不在乎。」她的聲音堅定而頑固。「我要留下來。」

「亞瑞倫需要妳。」

「亞瑞倫沒有我會更好。要是我不介入的話，艾敦王還會活著，泰瑞依也不會登上王位。」

瑞歐汀依舊拉扯著她。他希望她留下來——他渴望她留下來。但他會盡一切努力讓她離開伊嵐翠。這座城市就是死亡的化身。城門被打開了，樞機主祭來確認他的獵物。

紗芮奈睜大了雙睛看著瑞歐汀，她伸手拉住他。那些斑點如今彷彿從來不存在過。她看起來非常美麗。

「妳以為我們養得起妳嗎，王妃？」瑞歐汀強迫自己的聲音刻薄起來。「妳以為我們會浪費食物在一個不是我們同類的女人身上嗎？」

「這樣沒用，靈性。」紗芮奈也跟著吼回去。「我可以看見你眼裡的實話。」

「那就相信那些實話。」瑞歐汀說。「即使靠著配給，新伊嵐翠的存糧也只夠再吃幾週。我們種植玉米，但是還要好幾個月才能收成。那段時間中我們就得挨餓。我們所有人——男人、女人還有小孩。我們得繼續挨餓，除非外頭有人能給我們更多補給。」

她遲疑了。接著她被拉入他的懷中，緊緊地貼著瑞歐汀的胸膛。「詛咒你。」她低聲說。「上神詛咒你。」

「亞瑞倫真的需要妳，紗芮奈。」他也小聲地回答。「要是妳說得沒錯，一個菲悠丹的支持者已經登上了王位。伊嵐翠已經沒有多少時間了，妳知道德瑞熙教士會怎麼對付我們。亞瑞倫的情況已經惡化到極點了，紗芮奈。妳是我唯一信任能夠解決這件事情的人。」

她凝視著他的眼眸。「我會回來。」

穿著黃褐相間制服的人圍繞著他們，接著把兩人分開。他們把瑞歐汀推到一旁，他跌在石板路上，看著紗芮奈離去。瑞歐汀整個人癱平在地上，感受著身下的爛泥，然後他看見一個穿著血紅鎧甲的男人。樞機主祭無聲地站了好一會兒，轉身帶著紗芮奈離開這座城市。城門在瑞歐汀眼前轟然關上。

第四十七章

城門砰的一聲關上。這一次，紗芮奈並沒有被關在伊嵐翠裡，而是將她釋放。她內心深處的情緒像是憤怒的狼群向她撲過來，每一隻都呼喊著她的關注。五天前，她的生命像是遭到毀滅，她曾經希望、祈禱，哀求上神能夠治癒她。如今她卻瘋狂地想要回到她受天譴的地方——只要靈性也還在那裡。

然而，上神卻替她做了決定。靈性是對的，她無法繼續待在伊嵐翠裡，就像他沒有辦法留在城市之外。這個世界，還有他們身體的需求，都太過困難了。

一隻手放上她的肩膀，驚醒了她的恍惚，紗芮奈轉身。這裡沒幾個人需要她抬起脖子才能看到。拉森。

「杰德司保護了妳，王妃。」他帶著一點輕微的口音說。

紗芮奈把他的手甩開。「我不知道你是怎麼辦到的，教士。但我很確定一件事，我什麼也不欠你的神。」

「妳父親可不這麼認為，王妃。」拉森一臉嚴厲地說。

「以一個宣稱要傳播真相的宗教來講，教士，你的謊言真是粗俗得嚇人。」

拉森淺笑。「謊言？那妳為什麼不去向他說？從某種方面來看，是妳把泰歐德交給我們。讓國王皈依改宗，通常也會讓整個國家改信。」

「不可能！」紗芮奈大喊，卻有些不確定。然而狡猾多計的樞機主祭通常不會直白地扯謊。

「妳以妳的智慧與機智而戰，王妃。」拉森緩緩走前一步，伸出戴著鐵手套的手。「但真正的智慧會明白更進一步的抗爭是無益的。我已經擁有了泰歐德，而亞瑞倫也很快就要屬於我了。別像是石鶩，永遠在海灘上挖洞，卻不斷被潮汐淹沒。擁抱舒．德瑞熙教派吧，讓妳的能力不要只是淪為虛榮。」

「等我死了再說！」

「妳已經死過一次了。」樞機主祭說。「而我把妳救了回來。」他又踏前一步，紗芮奈防衛地後退，把手舉在胸前。

金屬在陽光下揮過，突然間依翁德的長劍已經架在拉森脖子上。紗芮奈突然感到自己被巨大的身體抱住——有力的手臂，粗糙的聲音高興地在她身邊哭喊出來。

「讚美上神之名！」凱胤抱著她，把她舉離地面。

「讚美杰德司之名。」拉森說。長劍依舊威脅著他的脖子。「上神任由她腐爛。」

「別再說了，教士。」依翁德威脅地舉起他的劍。

拉森冷哼一聲。接著他移動得比紗芮奈的目光還快，樞機主祭一瞬間就已經退開，遠離了長劍的攻擊範圍。接著他出腳一踢，踹在依翁德的手上，把長劍整個踢飛。

拉森旋身，腥紅色的披風也隨之飛騰，血紅色的手一把從空中接住長劍。鋼鐵在拉森舞劍的時候反射出刺眼的陽光，然後猛力地將劍尖抵著石板路折斷。他握著劍把彷佛國王握著他的權杖，接著他把劍拋下，丟還到依翁德仍然震驚的手上。教士向前走去，經過一臉茫然的將軍。

「時間流動有如高山，紗芮奈。」拉森低語，他靠得如此之近，以至於他的胸甲幾乎貼在凱胤的手臂之上。「它來得如此之慢，讓人甚至無法察覺它已經過去。然而，它卻會壓碎那些不願隨之前進的東西。」

隨著他的轉身，他的披風在依翁德和凱胤面前飄揚飛舞，然後主祭大步離去。

凱胤看著拉森走開，眼神充滿了憎恨。終於他轉向依翁德。「走吧，將軍。讓我們帶紗芮奈回家休息。」

「沒時間休息了，叔叔。」紗芮奈說。「我需要去召集我們的盟友。我們需要盡快會面。」

凱胤挑起眉毛。「這個可以之後再說。奈，妳的情況並不適合……」

「我過了一個很不錯的假期，叔叔。」她說。「但是工作正等著我們處理。也許等這些事情結束，我還能逃回伊嵐翠去。但現在，我們需要思考該怎麼阻止泰瑞依把整個國家獻給沃恩。派使者去找偌艾歐和艾汗。我想要盡快和他們見面。」

他叔叔的臉色看起來極度的驚愕。

「嗯，她看起來還蠻好的。」依翁德微笑著說。

◇

她父親的廚師很清楚知道一件事情——當紗芮奈公主想吃的時候，她非常能吃。

「妳最好快一點，堂妹。」路凱在她吃完第四盤的時候提醒她。「妳看起來幾乎多花了點時間嘗那道菜的味道。」

紗芮奈不理會他，示意凱胤再拿另外一盤來。她聽人家說，一個人如果挨餓太久，胃就會萎縮而減少食量。不過要是那個人看到紗芮奈吃飯的模樣，大概會絕望地舉手投降。

她和路凱、偌艾歐同桌而坐，老公爵才剛剛抵達，當他剛看見紗芮奈的時候，有那麼一刻，她以為偌艾歐就要驚訝地摔倒了。不過，他深呼吸，向上神祈禱，然後無言地在紗芮奈身邊坐下。

「我得承認，我從來沒有看過一個女人能吃那麼多。」偌艾歐公爵讚賞地說。他看著她的眼神仍有不敢相信的讚嘆。

「她是個泰歐德女巨人。」路凱說。「我覺得拿一般女性和紗芮奈比實在太不公平。」

「要不是我忙著吃東西，我一定會拿這個回應你那句話。」紗芮奈一邊說，一邊揮舞著叉子。一直到進入凱胤的廚房前，她都不明白自己有多餓，當那些宴會殘留的氣味飄在空中時，彷彿像是一種令人愉悅的迷霧。她現在才明白有一個精通世界美食的廚師叔叔有多好。

凱胤端著一鍋半沸騰的肉和蔬菜走進來，上頭還充滿了紅色的醬汁。「這是占杜美食瑞多摩・梅（RaiDomo Mai）。意思是『帶著火焰外皮的肉』。妳很幸運，我手邊剛好有適合的材料。占杜的瑞德（RaiDel）上一季的收成很差。還有……」他一邊說，紗芮奈一邊把成堆的肉排拿進她的盤子。「妳根本不在意，對吧？」他嘆氣地問。「我就算拿洗碗水煮，對妳來說也一樣。」

「我都了解，叔叔。」紗芮奈說。「你為了你的藝術品而痛苦。」

凱胤坐下，看著堆在桌子邊的空盤。「嗯，妳確實繼承了我們家的好胃口。」

「她是個大女孩。」路凱說。「得需要很多燃料才能讓身體持續運轉。」

紗芮奈一邊咀嚼還一邊瞪了他一眼。

「她看起來有減緩速度嗎？」凱胤問。「我的食材快用光了。」

「事實上，」紗芮奈說。「我想是差不多了。你不了解裡面的情況，先生。我雖然怡然自得，但裡面真的沒多少食物。」

「我倒是很驚訝裡面還會有任何食物剩下來。」路凱說。「伊嵐翠人都喜歡吃。」

「但他們不需要。」凱胤說。「所以他們可以囤積食糧。」

紗芮奈繼續進食，沒有看著她的叔叔與堂兄。然而，她卻開始思考起來。他們怎麼知道那些關於伊嵐翠人的事情？

「不管情況如何，王妃。」偌艾歐說。「我們都感謝上神讓妳平安歸來。」

「這不是表面上看起來的奇蹟，偌艾歐。」紗芮奈說。「你們有人算過拉森在伊嵐翠裡待了幾天嗎？」

「四天或五天。」路凱想了一想之後回答。

「我猜就是五天。也正好是我被丟進城裡，然後被『治癒』的時間。」

偌艾歐點頭。「樞機主祭與這件事情有關，妳和妳父親談過了嗎？」

紗芮奈突然感到胃有些糾結。「沒有。我……很快就會和他聯絡。」

接著傳來一陣敲門聲，過一下依翁德走了進來，蘇登就跟在他身後。這位年輕的占杜人和托瑞娜一起乘馬車來。

當他走進來的時候，男爵臉上帶著非比尋常的大笑容。「我們早就知道妳會回來，紗芮奈。要是有人要被送下地獄，然後又毫髮無傷地回來，那個人一定是妳。」

「並非全然毫髮無傷。」紗芮奈摸了摸她光禿的頭頂。「你找到了嗎？」

「這裡，女士。」依翁德拿出一頂金色的短假髮。「這是我能找到最好的，其他的又粗又厚，讓我覺得是用馬鬃製作的。」

紗芮奈挑剔地看著假髮，甚至不到她的肩膀長，但起碼比光頭好。在她的想法中，她的頭髮是這次被放逐最大的損失，得要花上好幾年才能長回那樣的長度。

「可惜沒有人把我的頭髮給留起來。」她把假髮塞進衣服裡，等有時間再來好好戴上。

「我們並沒有真的預期妳能回來，堂妹。」路凱用叉子戳了幾塊肉。「它大概還黏在頭紗上，被我們一起燒掉了。」

「燒掉了？」

「亞瑞倫的傳統，奈。」凱胤說。「當有人被送進伊嵐翠，他們就把那個人的所有物給燒掉。」

「每樣東西？」紗芮奈虛弱地問。

「我怕是。」凱胤窘迫地說。

紗芮奈閉上眼睛，呼出一口氣。「算了。」她看著他們說。「艾汗呢？」

「在泰瑞依的王宮。」偌艾歐說。

紗芮奈皺眉。「他在哪裡做什麼？」

凱胤聳肩。「我們想起碼要派一個人，向新國王表示一下。我們得要和他接觸，才知道該預期怎樣的協調與合作。」

紗芮奈看著她的夥伴。除了看到她的喜悅之外，她還感覺到一些別的東西。挫敗。他們這麼努力地阻止泰瑞依登上王位，但他們卻失敗了。當然，紗芮奈幾乎沒有意識到，她也得處理同樣的情緒。她覺得很難受，她不知道該怎麼打算，每件事情看起來都那麼混亂。所幸她的責任感提供了引導，靈性是對的——亞瑞倫陷入了極大的危機中。她不願意去想，拉森到底和她父親說了什麼，她只知道無論如何她都會保護亞瑞倫。這都是為了伊嵐翠。

「你講得像是我們已經對泰瑞依據有王位無計可施了。」紗芮奈對一片沉默的房間說。

「我們還能做什麼？」路凱說。「泰瑞依已經加冕了，貴族們也都支持他。」

「沃恩也支持他。」紗芮奈說。「派艾汗去是個好主意。但我懷疑你們能在泰瑞依的統治下找到任何一點仁慈，無論是對我們，或是對整個亞瑞倫。我的大人們，瑞歐汀才應該是國王，而我是他的妻子。我覺得我對他的人民有責任。他們在艾敦王的統治下受苦，如果泰瑞依把他的王國拱手讓給沃恩，那麼亞瑞倫只會變成菲悠丹的另一個行省。」

「妳想要暗示什麼，紗芮奈？」蘇登問。

「我們要對抗泰瑞依，盡我們所能。」

整個房間陷入沉默。最後偌艾歐開口。「這和我們先前做得不一樣，紗芮奈。我們反對艾敦王，但我們並沒有打算推翻他。要是我們直接採取行動對抗泰瑞依，那我們就會變成叛國賊。」

「背叛國王，但沒有背叛人民。」紗芮奈說。「在泰歐德，我們尊敬國王，因為他保護我們。這是一個交易——一種正式的協議。艾敦王絲毫沒有保護過亞瑞倫；他沒有立軍抵抗菲悠丹，他也沒有任何法律系統來保護他的臣民被公平地對待，他亦對這國家的教會事務毫不關心。而我的直覺警告我，泰瑞依只會比這個更糟。」

偌艾歐嘆氣。「我不知道，紗芮奈。艾敦王推翻了伊嵐翠人取得政權，而現在妳建議我們做同樣的事情。這個國家在分裂之前還能承受多少？」

「你覺得國家還能承受多少拉森的拉扯與陰謀？」紗芮奈一針見血地問。

聚會的貴族們面面相覷。「讓我們睡一覺之後再來討論，紗芮奈。」蘇登說。「妳說的事情非常重要而且困難，每個人都必須要有飽滿的精神才能思考這件事情。」

「我同意。」紗芮奈說。她自己也很想要一夜的休息，過去一週來的第一次，她可以溫暖地入睡。貴族們點頭，起身準備離開。偌艾歐畏縮了一會兒。「現在似乎沒有理由繼續我們的婚禮了吧，紗芮奈？」

「我也這麼認為，大人。如果我們現在取得王位，那是透過武力，而非透過政治操作。」

老人遺憾地點點頭。「唉，反正這件事原本就好得不像是真的，親愛的。那就晚安吧。」

「晚安。」紗芮奈溫柔地對著年邁的公爵微笑。三次訂婚卻沒有結成一次，她真的擁有很糟糕的紀錄。她嘆了一口氣，看著偌艾歐關上房門，接著轉身對著凱胤，他正在挑剔地清理碗盤，抱怨他們留下他精心製作的美食。

「叔叔。」她說。「泰瑞依搬進了王宮，而我的東西全都燒掉了。我發現我沒有地方可以住了。我可以接受你兩個月前的提議，搬進來跟你一起住嗎？」

凱胤笑著說：「要是妳不搬進來，我老婆大概會大發雷霆吧。奈，她已經花了好幾個小時替妳準備房間了。」

⁂

紗芮奈坐在她的新床邊上，穿著嬸嬸的睡袍。她的腿貼著胸口，沮喪地低著頭。

艾希的形體變得模糊，她父親的臉龐逐漸消失，侍靈也回復成原本的樣子。艾希沉默了很久才開口說話。「我很遺憾，小姐。」

紗芮奈點點頭，她光禿禿的頭摩擦著她的膝蓋，拉森一點也沒有說謊——甚至沒有一點誇大。她父親已經皈依了舒．德瑞熙教派。

雖然儀式還沒有舉行，因為泰歐德並沒有任何德瑞熙教士。然而，顯然只要拉森一處理完亞瑞倫的事情，他就打算親自去她的家鄉，親自接受她父親的宣誓效忠。這樣的誓言會把伊凡托拉入德瑞熙階級的底端，強迫他向任何一個教士低頭。

再如何謾罵或解釋都不能改變她父親的決心。伊凡托王是個誠實的人。他已經向拉森發誓，如果紗芮奈可以平安地回來，他就會改信德瑞熙。這和樞機主祭是否在她被詛咒與被治療的真相背後，耍了什麼陰謀無關，國王會遵守他的諾言。

只要伊凡托王帶頭，整個泰歐德都會跟隨他。也許會花上一些時間，人民畢竟不是羊群。然而，當那些教士在她的母國散布開來時，原本會拳頭相向的百姓，會開始側耳聆聽他們的言論，因為他們知道國王也是個德瑞熙教徒。這樣泰歐德就會永遠改變了。

而伊凡托王卻為了她這麼做。當然，他宣稱他也知道對國家來說，這是最好的。不管泰歐德的海軍有多麼優秀，當菲悠丹決心要展開一場大戰的時候，他們壓倒性的數量將會把泰歐德的艦隊整個粉碎。伊凡托說他不會打一場沒有希望的戰爭。

然而，教導紗芮奈「原則永遠是值得奮戰保護的人」也是伊凡托王。他曾說：真實是永遠不變的，而沒有一場戰爭——即使是毫無希望的——在守護正義時是徒勞無益的。但很顯然，他的愛比真理更重要。紗芮奈深受感動，不過這樣的情緒卻令她難受。泰歐德的殞落全是因為她，泰歐德將會變成另一個菲悠丹行省，它的國王也將淪為沃恩的僕人。

伊凡托王暗示她，她也應該讓亞瑞倫跟進，但當她拒絕時，她可以感覺到她父親語氣中的驕傲。她會保護亞瑞倫，還有伊嵐翠。她會為了她的宗教而努力奮戰，因為亞瑞倫——可憐的亞瑞倫——如今是舒．科拉熙教派最後的聖堂。亞瑞倫曾經是個居住著眾神的國家，而今將會成為上神最後的避難所。

第四十八章

拉森坐在王宮的等候室中，不滿一點一點地累積。

政府更替的痕跡鮮明地展現在他周圍。一個人能擁有如此大量的壁毯、繡帷和織錦真的非常了不起。整個房間充斥著各種奢侈的布料與織品，拉森被強迫要移開成山的靠枕堆，才能找出可供坐下的石凳。

他坐在壁爐的附近，下巴緊咬地看著那些被召集的貴族。如同預期中的一樣，泰瑞依突然變成一個非常忙碌的人。每個貴族、地主和有野心的商人，都想要向這位新國王獻上他們的「敬意」。還有十幾個人在房間中等待著，許多人甚至沒有確切的會面約定。他們拙劣地隱藏著臉上的不耐煩，卻沒有一個人敢大聲抗議這樣的對待。

他們的不滿並不重要，這令人無法忍受的主因是，拉森也是其中的一員。那些自以為是貴族的烏合之眾只會逢迎諂媚，只是些好逸惡勞的東西。拉森卻代表著沃恩的王國與杰德司帝國——正是這些力量讓泰瑞依獲得足以登上王位的財富。

但拉森也被迫一起等待。這實在令人發狂，極端令人難以置信的失禮。而拉森毫無選擇只能忍受這一切。雖然有沃恩的力量做為後盾，但他沒有部隊，也沒有可以脅迫泰瑞依的武力。他無法公開地譴責這個人，儘管他有著許多的不滿。拉森的政治天賦太過敏銳，不可能讓自己做出這類的事情。他費盡心力才讓一個潛在的德瑞熙支持者登上王座，只有傻瓜才會讓自己的驕傲將這樣的機會給毀了。拉森會等下去，繼續忍受這樣的不敬，好達成他最終的目標。

一位侍從走進了房間，穿著華麗的絲綢——一種泰瑞依私人傳令的誇張制服。房間裡的人全都振作了起來，好幾個人立刻站起來整理他們的衣服。

「樞機主祭拉森。」侍從宣布。

貴族們洩氣地坐下，拉森站起來，不屑地大步越過他們。也該是時候了。

泰瑞依在另一旁等著，拉森在走進門的時候停頓了一下，不悅地打量著這間房間。這房間原本是艾敦的書房，那時候這裡充滿了一種商人的效率與幹練。每樣東西都井然有序，家具舒適而不過分華麗。

泰瑞依卻把一切都改變，侍從站在房間的兩側，一旁的小推車盛滿了從亞瑞倫市場買來的異國食物。泰瑞依斜躺在大量的絲綢與軟墊堆上，愉悅的笑容掛在他那有著紫色胎記的臉龐上。地上的每一處都鋪著地毯，掛毯層層堆疊地覆蓋住牆壁。

我被迫合作的對象……拉森在心裡感到噁心。艾敦王起碼講求實際和效率。

「噢，拉森。」泰瑞依帶著微笑說。「歡迎。」

「陛下。」拉森隱藏住自己作嘔的感覺。「我希望我們能夠私下會談。」

泰瑞依嘆了口氣。「好吧。」他揮揮手，讓那些侍從退下。他們陸續離去並把外門關上。

「好了。」泰瑞依開口。「你來做什麼？你對你們商人在亞瑞倫市場的關稅有興趣嗎？」

拉森皺眉。「我有更重要的事情要討論，陛下，您也是一樣。我來是讓您履行我們結盟時的承諾。」

「承諾？拉森。」泰瑞依懶散地問。「我沒有承諾過什麼事。」

好，遊戲開始了。「你要加入舒．德瑞熙教派。」拉森說。「那是我們的交易。」

「我沒有答應過這種交易，拉森。」泰瑞依說。「你提供我金援，而我接受了。我很感謝你的支持，我想你應該知道。」

「我不會為了這種事情和你爭吵，商人。」拉森思考泰瑞依會需要多少錢才會「想起」他們的協議。「我不是受人耍弄的小丑。你要是不願依杰德司的期許行事，那我就會去找另一個人，別忘了你的上一任所發生的事情。」

泰瑞依冷哼。「少拿那些別人做的事情來說嘴，教士。如果我沒記錯，艾敦王的下台是因為那位泰歐德王妃。那時候你人在伊嵐翠。如果現在菲悠丹希望亞瑞倫的王位上有個德瑞熙教徒，這點倒是可以討論協調。當然，這有個代價。」

終於，拉森想。他咬著下唇，裝出憤怒的模樣，然後停頓一下，嘆氣。「好吧，要多少……」

「只不過，」泰瑞依打斷他。「不是一個你能付的代價。」

拉森楞在那邊。「你說什麼？」

「你沒聽錯。」泰瑞依說。「我的代價得由一個比你還要更有……權威的人來支付。你知道，我聽說過，德瑞熙教士無法將別人晉升到和自己相同的位階。」

當拉森想到泰瑞依話中的代價時，一陣惡寒。「你不可能是認真的。」他低聲說。

「我知道的比你想得多，拉森。」泰瑞依說。「你認為我是個傻瓜，不清楚東方的情況？國王在樞機主祭面前依舊得低頭。要是我讓你把我變成一個沒用的德瑞熙奴隸，我還有什麼權力可言？不，這招對我沒用。我可不打算對你們任何一個教士鞠躬哈腰。我會皈依你的宗教，但只有在我的教會位階和我的國民位階一樣高的時候。不只是泰瑞依王，還是泰瑞依樞機主祭。」

拉森驚嘆地搖了搖頭。這個人多麼輕易地宣稱自己對東方並非「無知」，就算是一個菲悠丹小孩都會嘲笑這個荒謬的要求，這在教義上是完全不可能的事。

「泰瑞依大人。」他饒富興味地說。「你不知道……」

「我說，拉森。」泰瑞依再次打斷他。「我們沒什麼好說的，我要和更高權威的人交涉。」

拉森的憂慮再次出現。「你說什麼？」

「沃恩。」泰瑞依露出一個大大的笑容說。「幾天前我就派出了一名使者，向他告知我的要求。這裡已經不需要你了，拉森。你可以退下了。」

拉森震驚地站著。這個人居然向沃恩本人送信……泰瑞依對所有造物的統治者提出要求？「你這個愚蠢的傢伙。」拉森低語。終於了解到問題的嚴重性。等沃恩收到那個訊息……

「出去！」泰瑞依指著門喊著。

拉森帶點一陣昏眩離去。

第四十九章

起初瑞歐汀不敢再去圖書館，因為那裡總令他想起紗芮奈。

然而，他卻發現自己又被吸引回去那裡，因為那裡能讓瑞歐汀想起她。

不願沉浸在自己彷彿失去了什麼的情緒中，瑞歐汀強迫自己專注在紗芮奈所達成的事情上。他一個字一字地研究符文，研究它們的形狀與地形的關係。艾歐．依諾（Aon Eno），水的符文，彎曲的線條就如同亞瑞德河一樣蜿蜒曲折。樹木的符文——艾歐·迪（Aon Dii）——其中的幾個圈圈似乎就象徵著南方的森林。

符文彷彿是這片土地的地圖，每一個都表達了整個地形的不同片段，而每個符文都有基本的三條線——海岸線、山線和中心的艾隆諾湖。通常還會有底端的線條代表卡洛莫河（Kalomo River），這條河分隔了亞瑞倫與杜拉德。

然而，某些圖案卻又嚴重地困擾他。為什麼艾歐·米雅（Aon Mea）這個代表深思的符文會在依翁莊園（Eon Plantation）的某處有個巨大的交叉？為什麼艾歐·芮依上面會有著幾十個看似隨性的圓點？這些答案也許就藏在圖書館的某本書籍之中，但至今他仍沒有找出任何解釋。

如今鐸一天至少會侵襲他兩次，每次的對抗都讓他幾乎覺得這就是最後一次了，而每一次戰鬥後，亦讓他覺得自己又更虛弱了一些——好像他的能量是一口有限的井，每一次較量之後，水位又下降了一些。問題已經不是他是否會倒下，而是他能不能在倒下之前找出解答。

瑞歐汀充滿挫折地敲打著地圖，自從紗芮奈離去後已經過了五天，他依舊一個答案也找不到。他開始覺得這會永無止境持續下去，痛苦如此靠近艾歐鐸的答案，卻一輩子也無法解開。

一大張地圖如今掛在他書桌旁的牆壁上，隨著他研究線條時，拍打飄動。地圖的邊緣透露著歲月，墨跡也開始消散。這張地圖度過了伊嵐翠的輝煌與傾圮。他多希望地圖能夠說話，低聲地訴說它所知道的奧祕。

他搖搖頭，坐在紗芮奈的椅子上，腳就蹺在他的書堆上。他嘆了一口氣，向後靠倒在椅背上，開始隨手亂畫，尋求符文的慰藉。

他最近研究出一種更新更進步的艾歐鐸技巧。書上曾經解釋如果繪製符文時，不光只是注意線條的傾斜角度，也同時留意線條的寬度時，符文的效果就會更加強而有力。如果符文的寬度一致，那麼在適當的位置調整時，將會獲得更多控制與能量。

所以瑞歐汀照著書中建議的練習，他用小指畫下線條，而他的拇指同時畫出一樣但更大的圖案。他也同時使用工具——樹枝或鵝毛筆來繪製線條，手指雖然是傳統手法，但是符文的形狀遠遠重要於所使用的工具。畢竟伊嵐翠人也把艾歐鐸永久鐫刻在岩塊與石頭之上，甚至是用金屬線條、木條或是其他材質來構成符文。很顯然以普通材質來建構艾歐鐸文字並不容易，但符文依舊會產生效果，不論它們是被畫在空中或是由金屬所鎔鑄而成。

他練習並沒有什麼效果，不管他畫符文多有效率，一個也沒有產生效果。他可以用他的指甲來畫出符文，精巧得幾乎看不見。他同時還有另外三根手指並排畫出同樣的符文，完全照著書上指示的練習。而這一切都全然無用——包括他所有的練習與牢記，所有的努力。為什麼他要浪費這些工夫？

走廊上傳來腳步聲，瑪瑞西在製鞋技術上最新的發明，是以一片厚皮鑲釘而成的鞋底。瑞歐汀看著他的半透明符文，接著門被打開，迦拉旦走了進來。

「她的侍靈又來了，穌雷。」杜拉德人說。

「他還在？」

迦拉旦搖搖頭。「他幾乎立刻就走了。他要我告訴你，她終於說服那些貴族要起來反抗泰瑞依王。」

紗芮奈派她的侍靈來向他們報告她每天的進展——一種令他既喜且憂的行為。瑞歐汀知道他應該要聽聽外頭發生的情況，但他更渴望先前那種沒有壓力的無知情況。那時候，他只需要擔心伊嵐翠，現在他得為了整個王國發愁，還要加上那種聽見各種痛苦訊息，卻又無能為力的感覺。

「艾希說了下一批補給什麼時候會來嗎？」

「今晚。」

「很好。」瑞歐汀說。「那她會親自來嗎？」

「就和先前約定的一樣，穌雷。」迦拉旦搖搖頭說。

瑞歐汀點頭，壓抑著臉上的憂鬱。他不知道紗芮奈是如何運送這些補給品，但不知為何，瑞歐汀和其他人卻要在送貨者離開後，才能收下那些箱子。

「別愁眉苦臉的，穌雷。」迦拉旦咕噥著表示。「這樣不適合你，想要展現高超的抑鬱氣質，首先得對悲觀有徹底且細密的了解。」

瑞歐汀忍不住笑了出來。「對不起，只是不管我怎麼努力對抗我們的問題，它就以相同的努力反抗。」

「艾歐鐸還是一樣沒進展？」

「沒有。」瑞歐汀說。「我比對了新舊的地圖，研究海岸線或山脈的改變。不過看不出來有什麼變化。我也調整過基本線條的斜度，但是徒勞無功。除非我正確地畫出來，不然線條也不願出現，傾斜的角度就和原來一模一樣。連湖泊也都得在原本的位置上，一點沒變。我實在看不出變化在哪裡。」

「也許那些基本的線條並沒有改變，穌雷。」迦拉旦說。「也許是需要加上一些新的東西。」

「我也考慮過這個可能，但要加什麼呢？我不知道有什麼新的河流或新的湖泊，更別說亞瑞倫會有什麼新的山脈了。」瑞歐汀順手完成了他的符文——艾歐．依赫——不太滿意地搓著拇指。他看著符文的中心，文字的核心象徵著亞瑞倫和它的地形，沒有一點改變。

除非，災罰發生時，大地崩裂了——

「大裂谷！」瑞歐汀興奮地大叫。

「大裂谷？」迦拉旦懷疑地問。「那是因為災罰產生的，穌雷，沒有別的原因。」

「但如果不是呢？」瑞歐汀興奮地說。「要是災罰之前剛好先發生了地震呢？地震造成了南方的崩裂，突然間所有的符文都失效了，因為它們需要新的線條才能生效。所有的艾歐鐸，還有伊嵐翠都因此而失效殞落。」

瑞歐汀專注地看著眼前飄浮的符文，他躊躇地伸出手，手指畫過發光的文字，就畫在那個裂谷所在的位置上。但是什麼也發生——沒有線條出現。符文閃爍接著散去。

「我猜就是這樣了，穌雷。」迦拉旦說。

「不。」瑞歐汀又開始畫符文。他的手指舞動，以自己沒想過能夠辦到的速度畫著，幾乎在幾秒鐘內重新畫出了符文。他頓了一下，手指在底部徘徊著，就在基礎的三條線之下，他幾乎可以感覺到……

他的手指戳進符文，猛力地以手指從空中揮砍過去。一條小小的線條出現在符文之後。

接著它擊中了他。鐸以一種咆哮海浪般的力量朝他攻擊，而這一次，竟沒有任何阻礙地擊中他，像是條河流般爆發地穿過瑞歐汀。他喘息著，被力量包裹片刻。這樣的爆發像是頭野獸被長久地禁錮在狹小的空間中，然後終於被釋放。彷彿幾乎是種……喜樂。

接著它退去，瑞歐汀跪倒下來。

「穌雷？」迦拉旦關切地問。

瑞歐汀搖搖頭，無法解釋原因。他的腳趾還灼燒著。他依舊還是個伊嵐翠人，但鐸已經被釋放了。他……修復了某種東西——鐸再也不會侵襲他了。

接著他聽見了一個聲音。某種像是在燃燒的火焰。他的符文，在他眼前畫出的符文，正強烈地發著光芒。瑞歐汀大喊，示意迦拉旦彎下腰躲避自行彎曲的符文，線條扭曲且在空中飛快地旋轉，直到它變成一個碟子。稀薄的紅光自碟子的中心散發出來，接著延展，燃燒的聲響增大成一種喧鬧般的噪音。符文轉變成一整團火焰。瑞歐汀可以直接感到它的熱度，整個向後跌去。

它爆裂開來。噴發成一個水平的火柱，就從迦拉旦的頭頂上橫掃過去，火柱衝向一個書架，在大團爆炸中把木材家具捲入火焰中。書本和燃燒的書頁在爆炸中被拋向空中，砰地甩在牆壁和其他書櫃上。巨大的火柱消失，熱氣突然間消失。瑞歐汀感覺皮膚一陣發冷濕黏。幾片著火的紙片飄落在地上，而那個書櫃只剩下一團悶燒的木炭。

「那是什麼？」迦拉旦大聲問。

「我猜我剛剛把生物學的書櫃整個毀了。」瑞歐汀驚嘆地回答。

⁂

「下一次，穌雷，我建議你不要拿艾歐．依赫來實驗你的理論。可了？」迦拉旦坐在一大堆燒焦的書本上。他們花了一個小時來清理圖書館，確定把每樣悶燒的東西都用水澆熄。

「完全同意。」瑞歐汀說，高興得完全不想反駁。「那只是剛好發生在我練習的時候——這本來不會這麼戲劇化，如果我沒有添加那麼多變化進去的話。」

迦拉旦回頭環顧著圖書館，被燒毀的書架的所在依舊留有一個焦黑的疤痕，好幾本半焦的書本凌亂散落在地上。

「我們要來試試別的嗎？」瑞歐汀問。

迦拉旦哼了哼。「只要跟火焰沒關的話。」

瑞歐汀點點頭，抬起手開始畫出艾歐．艾希。他完成了符文主體的雙框圖案，然後加上裂谷的線條。他後退一步，等待著融合。

符文開始發光，光點從海岸線的端點開始發亮，接著像是一整池的燈油被點燃般地一路延燒到整個符文。線條起初轉為紅色，接著像是熔爐中的金屬一般，轉變成熾亮的白色。顏色漸漸地穩定，整個地方都沐浴在柔和的光亮之中。

「成功了，穌雷。」迦拉旦低語說。「以杜洛肯之名，你真的辦到了！」

瑞歐汀興奮地點頭。他帶點遲疑地靠近符文，伸手去觸摸它。絲毫沒有一點熱度——就像書本中解釋的一樣。但有件事情卻是錯的。

「似乎沒有原本應該有的亮度。」他說。

「你確定嗎？」迦拉旦問。「這應該是你看過的第一個成功符文。」

瑞歐汀搖搖頭。「我研讀得夠多了，一個這樣大小的艾歐．艾希應該要能夠照亮整個圖書館，這個最多只有提燈的亮度。」

他伸出手，輕輕撥弄中心的符文。光亮瞬間消失，符文的線條也隨之消去，彷彿一隻隱形的手將符文抹去。接著他又畫了另一個艾歐．艾希，這次加入所有他知道的強化調整。當符文穩定下來之後，它只比前一個要稍亮少許，完全沒有應有的強度。

「還是有些地方不對勁。」瑞歐汀說。「那個符文應該要亮得我們根本無法直視。」

「你認為裂谷線有問題？」迦拉旦問。

「不是，但顯然是問題的主要癥結。艾歐鐸如今可以運作了，但它的能力卻有缺陷。它一定還有些別的東西——也許是別的線條需要加上去。」

迦拉旦看見他的手臂。即使在杜拉德人暗棕色的皮膚下，依舊可以清晰地辨認出他病態的伊嵐翠斑點。「試試治療符文，穌雷。」

瑞歐汀點頭，在空中描繪出艾歐．埃恩。他加上了以迦拉旦的身體為目標的調整，也同時增強了效力。他以短短的裂谷線終結。符文閃爍了一陣子之後就消失了。

「你有什麼感覺嗎？」瑞歐汀問。

杜拉德人搖搖頭，接著他抬起手臂，檢視他手肘上的割傷，這是某天在耕地時所造成的小傷口。絲毫沒有改變。

「疼痛依舊，穌雷。」迦拉旦失望地說。「還有我的心臟依舊不會跳動。」

「那個符文沒有正常地運作。」瑞歐汀說。「它就像之前我們還不知道有裂谷線時一樣消失，鐸無法替它的力量找到目標。」

「這樣有什麼好處呢，穌雷？」迦拉旦的語氣帶著挫敗的苦澀。「我們依舊在這座城市中腐朽。」

瑞歐汀安慰地拍了拍迦拉旦的肩膀。「這並非無用，迦拉旦。我們擁有伊嵐翠人的力量——雖然有些力量還沒辦法作用，但那是只是我們試驗得不夠多。想想看！這是賦予伊嵐翠壯麗的力量，能夠供養整個亞瑞倫的力量。我們可不能在這麼靠近的時候，放棄希望。」

迦拉旦看著他，懊惱地笑著。「沒有人能在你身邊放棄，穌雷。你完全拒絕讓任何一個人絕望。」

當他們嘗試更多的符文時，愈發顯出仍有某種事物阻擋著鐸。他們能讓一疊紙張浮上空中，卻沒辦法讓整本書浮起來。他們可以把一面牆壁變成藍色，然後又變了回來，而瑞歐汀帶著笑容把一堆炭塊變成了一些穀粒。這樣的結果雖然令人振奮，但許多符文還是完全無效。

舉例來說，任何符文只要以他們為目標就會直接無效消失。他們的衣物是個有效的目標，但他們的身體卻不是。瑞歐汀折斷自己的一小片指甲，並且試著讓它飄浮，卻完全不成功。而瑞歐汀對此唯一能提供的解釋就是先前的說法。

「我們的身體被卡在轉變的半途，迦拉旦。」他解釋，看著一堆紙片在他眼前飄動，接著化為火焰。連接符文似乎也行得通。「霞德祕法在我們身上並不完整，不管是什麼阻礙了符文達成它完整的效果，也同時阻礙我們變成真正的伊嵐翠人。在我們的轉變完成之前，應該沒有符文能影響我們。」

「但那無法解釋第一次的爆炸，穌雷。」迦拉旦說著，在自己面前練習著艾歐．艾希。杜拉德人只知道幾個符文，他粗大的手指也很難精確地描繪它們。當他一邊說話時，也同時犯下一點些微錯誤，字母直接消失。他皺起眉頭，繼續他的問題。「那場爆炸看起來如此強烈。為什麼其他東西沒辦法像那樣？」

「我不確定。」瑞歐汀說。不久前他躊躇地以同樣的強化調整再次畫了艾歐．依赫，描繪出了同樣複雜的符文應該要引發出相同的火柱，然而，符文卻只造出只夠燒熱一杯茶的火焰。他懷疑第一次的爆炸和侵襲穿透他的鐸有關……一種長久等待自由的爆發。

「也許鐸有著某種阻礙。」瑞歐汀說。「像是堆積在洞穴頂端的氣體，我畫的第一個符文吸光了那些儲存的力量。」

迦拉旦聳肩，他們不懂的還是太多，瑞歐汀坐了一會兒，目光落在他的其中一本書上，一個想法突然出現。

他趕緊跑到他的艾歐鐸書堆那邊，拿出一本只寫了一頁又一頁的符文圖表。聽話聽到一半被拋下的迦拉旦，則是有點不高興地從瑞歐汀的肩膀後面偷看書本的內容。

那些符文繁多又複雜，瑞歐汀得朝左右各走幾步才畫得完，強化的調整與變化遠遠超過了中央的符文，當符文畫完的時候他的手臂甚至都有點發酸，整個結構彷彿像是一面牆壁布滿了發光的線條。接著，它開始漸漸發亮，整片銘刻的符文開始圍繞著瑞歐汀扭曲、翻騰與旋轉，突然散發的亮光讓迦拉旦驚訝地叫了出來。

幾秒過後，光亮消去。瑞歐汀可以從迦拉旦瞠目結舌的表情中，看出他已經成功了。

「穌雷……你成功了！你治療了你自己！」

瑞歐汀搖搖頭說。「其實沒有。這只是一個幻象，看。」他舉起他的手，依舊灰暗而布滿黑色的斑點。然而他的臉孔卻不一樣。他走了過來，透過書櫃光滑的表面反射打量自己的樣子。

模糊的影像中出現了一張陌生的臉孔——沒有一點斑塊污痕，卻絲毫不像他被霞德祕法轉變前的面貌。

「一種幻象？」迦拉旦問。

瑞歐汀點頭。「這以艾歐．霞歐（Aon Shao）為基礎，不過太多的調整與強化，以至於基本的符文幾乎已經不重要了。」

「但這應該對你沒有用才對。」迦拉旦說。「我以為我們才得出結論，符文無法作用在伊嵐翠人身上。」

「是不能。」瑞歐汀轉身說。「它作用在我的襯衫上，這個幻象就像是一件衣服，只不過它覆蓋在我皮膚上，但並沒有改變任何情況。」

「那這有什麼用處？」

瑞歐汀微笑。「這可以讓我們離開伊嵐翠，我的朋友。」

第五十章

「你怎麼去了那麼久？」

「我找不到靈性，小姐。」艾希一邊說，一邊飄進馬車的窗戶。「於是我只好把訊息請迦拉旦先生轉達。之後，我還去看了一下泰瑞依王。」

紗芮奈帶點惱怒地敲打著自己的臉頰。「那『他』怎麼樣？」

「泰瑞依可是國王呢，小姐。」

「國王。」

「陛下似乎忙著在他的王宮裡閒晃，然後半個亞瑞倫的貴族在外頭等著他。」侍靈以一種不滿的語調說。「我相信他現在最大的埋怨，就是王宮人員中的年輕女性不夠多。」

「我們趕走一個傻瓜換來一個笨蛋。」紗芮奈搖搖頭說。「那個人是怎樣賺取那麼多的財產，成為一個公爵？」

財產。」

「他並沒有，小姐。」艾希說。「他的哥哥替他做了大部分的工作。泰瑞依在他兄長死後繼承了財產。」

紗芮奈嘆氣。馬車撞到路上的石塊顛了一下，讓她往椅背後倒。「拉森也在那裡嗎？」

「常常，小姐。」艾希說。

「顯然，覲見國王已經成為他的每日事項。」

「他們在等些什麼？」紗芮奈挫折地問。「為什麼泰瑞依不直接皈依呢？」

「沒有人確定，小姐。」

紗芮奈皺眉。這場陷入僵局的遊戲讓她感到困惑，所有人都知道泰瑞依出席那些德瑞熙聚會，沒有任何理由讓他繼續維持著科拉熙教徒的假象。「沒有宣布任何關於樞機主祭的新消息嗎？」她不安地問。

「沒有，小姐。」真是個受到祝福的答案。謠言宣稱拉森簽下了一紙契約，要讓亞瑞倫都皈依改信舒·德瑞熙教派，否則的話將會被監禁起來。雖然商人們一如以往地主持春季亞瑞倫市場，但整座城市都處在一種緊張焦慮的情緒邊緣。

紗芮奈可以輕易地想像未來的情況，很快沃恩就會派出一整艦隊的教士駐進亞瑞倫，接著是他的那些僧侶戰士。泰瑞依先是靠攏舒·德瑞熙教派，接著皈依成教徒，最終會連個典當品還不如。幾年之內，亞瑞倫將不只是個信奉舒·德瑞熙教派的國家，而會成為菲悠丹的實際延伸。

一旦拉森的期限過去，教士就會毫不猶豫地逮捕紗芮奈和其他人。他們會被囚禁下獄，甚至有可能會被處決。在此之後，就不會有人繼續反對菲悠丹。整個文明世界都將屬於沃恩，古老帝國的夢想終於實現。

儘管如此，她的盟友還是繼續在爭論不休。他們沒有人相信泰瑞依會簽下強制皈依改宗的命令，這樣的暴行不會出現在他們的國家裡。亞瑞倫是個和平的王國，那場十年前的暴動也並非具有十足地毀滅性——除非你是伊嵐翠人。她的朋友們希望謹慎地行動，他們的顧慮是可以理解，甚至是值得讚賞的，但他們對時間的選擇卻真的糟透了。她今天能夠練習擊劍真是件好事，她需要釋放一些侵略性。

彷彿回應她的思緒一般，馬車在偌艾歐的莊園前停下來。隨著泰瑞依搬入王宮，女士們也把她們擊劍練習的地點改到了老公爵的庭園中。最近的天氣溫暖而和風煦煦，彷彿春天打算停留在這一刻，偌艾歐公爵也非常歡迎她們。

紗芮奈很訝異於那些女人堅持要繼續她們的擊劍練習。而這些女士也展現出她們的決心。於是這個聚會就持續了下去，每兩天練習一次，已經整整持續了一個月。很顯然地，紗芮奈不是唯一一個需要這個機會，透過劍來釋放她的失敗與壓力。

她爬下馬車，穿著她平日的白色緊身裝，並且戴著新假髮。當她穿過建築物時，她可以聽見從後院傳來的席爾劍交擊的鏗鏘聲。遮蔭與木質地板讓偌艾歐花園中的庭閣成為一個完美的練習場所。大多數的女性都已經抵達了，她們微笑屈膝歡迎紗芮奈。她們尚未習慣她突然地從伊嵐翠歸來，不過現在她們看著她的目光帶著更多的尊敬——還有恐懼。紗芮奈禮貌地點頭回應，她喜歡這些女性，即使她永遠也無法成為她們的一員。

然而看著她們，讓她想起自己因為必須離開伊嵐翠而感到的奇妙遺憾。那不只是靈性，伊嵐翠是一個讓她感覺到無條件接受的地方；在那裡，她不是王妃，不是公主，而是某種更美好的——一個人人平等的社群中的成員。她從那些皮膚醜陋的伊嵐翠人身上感受到溫暖，樂意接受她進入他們的生活，並且和她分享他們的一部分。

在那裡，在那座全世界最墮落、受詛咒的城市中心，靈性在那裡建立了一個科拉熙教導中的理想社會。教會教導著協調與齊一的福祉，然而諷刺的是，唯一能夠實現這些理想的人，居然是那些受天譴的人。

紗芮奈搖了搖頭，向前舉起劍練習她的突刺，展開暖身。她花了她整個成年的時光無止境地尋找接納與被愛。而最後，她終於找到了這兩者，卻得拋下它們。

她不確定自己練習了多久，從暖身結束之後，她就沉浸在招式練習中。她的思緒繞著伊嵐翠、上神、她私人的感受，還有生命中難解的諷刺打轉。當她終於發覺其他女性早已停下來對打時，她已經滿身是汗。

她驚訝地抬起頭，所有人都聚在亭閣的一側，一邊談天一邊看著某個紗芮奈沒看見的事物。在好奇之下，她轉到另外一邊，以她卓越的身高讓她輕易就發覺她們注意力的焦點。一名年輕男子。

他穿著精細的藍綠絲綢，戴著一頂插著羽毛的帽子。他有著杜拉德貴族的褐色皮膚——既不像蘇登那麼黑，也不像紗芮奈那麼白。他有一張快樂的橢圓形臉孔，還有著一種花花公子般輕浮隨性的氣質，的確是個杜拉德人。他身旁暗色皮膚的僕人顯得粗壯而高大，就像大多數出身較低的杜拉德人般。她從來沒有見過這兩個人。

「這是怎麼回事？」紗芮奈問。

「他的名字是卡洛（Kaloo），小姐。」艾希飄浮在她身旁說。「他在幾個月前抵達，很顯然是去年在大屠殺中少數逃過一劫的杜拉丹共和階級。他一直藏匿在亞瑞倫南部，直到最近聽說艾敦王正在找人接替伊甸男爵的位子。」

紗芮奈皺起眉頭，不知怎麼，那個人令她感覺怪異。那一群女人此時因為他的某句評論而放聲開懷大笑，她們全圍繞著那個杜拉德人咯咯地傻笑，彷彿他是宮廷中某個年長而受寵的成員。當笑聲停歇下來，那個杜拉德人也注意到紗芮奈。

「喔。」卡洛繁複地鞠躬行禮。「這位一定是紗芮奈王妃，他們說您是全歐沛倫最美麗的女人。」

「您不應該相信所有他人的話，大人。」紗芮奈緩慢地回答。

「是沒錯。」他同意，眼神看進她的雙眼中。「我只相信真話。」

紗芮奈忍不住臉紅。她不喜歡能這樣影響她的男性。「您讓我們措手不及了，大人。」紗芮奈瞇著眼睛說。「我們很有活力地運動了一下午，因此無法像真正的淑女般接待您……」

「我為我突來的造訪致歉，殿下。」卡洛雖然話說得很有禮貌，但看起來一點也不在意打斷了這個明顯是私人的聚會。「當我一來到這座輝煌的城市，我第一個拜訪的地方就是王宮，不過我被告知起碼要等上一個禮拜才有機會見到國王本人。我只好把我的名字登記在名單上，然後讓我的馬車夫帶我在你們美麗的城市中四處兜風。我聽說過傑出的偌艾歐公爵，於是特意來拜訪他。沒想到卻在他的庭園中發現這一群美麗的女士們！」

紗芮奈冷哼一聲，但她的反駁卻被偌艾歐公爵的出現給打斷了。很顯然，老人終於發覺到他的物產受到這個流浪杜拉德人的入侵。當公爵靠近時，卡洛又對其他人做了一次那種很蠢的鞠躬，低下他頭上偌大垂軟的帽子，接著轉身大笑地讚美著公爵，告訴偌艾歐有多榮幸能拜見像公爵這樣可敬的長者。

「我不喜歡他。」紗芮奈小聲地對艾希說。

「當然，小姐。」艾希說。「您從來就和杜拉丹貴族處不來。」

「不只是那樣。」紗芮奈堅持地說。「他有些地方感覺很假，他沒有口音。」

「很多共和公民的艾歐語講得非常流暢道地，尤其是他們如果就住在邊境的話。我就曾經遇過好幾個杜拉德人沒有一點口音。」

紗芮奈只是皺皺眉頭，當她看著那個杜拉德人表現時，她了解到是哪裡有問題了。卡洛太標準了，他代表杜拉丹貴族所有應有的典型——愚蠢的傲慢、過度的打扮和誇張的行禮，還有那種對一切事物的全然不關心。這個卡洛像是根本不存在的範例，像是標準杜拉丹貴族的活樣版。

卡洛完成了他的介紹，又開始戲劇化地描述他來到亞瑞倫的故事。偌艾歐只是微笑地聽著。公爵和杜拉德人做過許多生意，很清楚和他們打交道最好的辦法就是微笑，並且搭配偶爾的點頭。

其中一位女性遞給卡洛一個酒杯，他微笑地謝過，然後將葡萄酒一飲而盡，完全不打斷他的故事，並且立刻重新回到對話之中。杜拉德人不光只是用他們的嘴說故事，他們還用上整個身體當作說故事的表達形式。在卡洛形容他有多震驚於艾敦王的駕崩以及新王登基時，全身的絲綢和羽毛都隨之顫動。

「也許大人會樂於加入我們。」紗芮奈打斷卡洛，這也是加入一個杜拉德人談話的唯一辦法。

卡洛驚訝地眨了眨眼睛。「加入您？」他遲疑地問，流暢如河水的話語突然停頓了一下子。在那一瞬間，紗芮奈感覺到那個人在重整他自己。她愈來愈肯定這個人並非他自己宣稱的那樣。幸運地，她已經立刻想出了一個測試他的辦法。

「當然，大人。」紗芮奈說。「大家都說杜拉丹公民是世界上最棒的擊劍手，甚至比占杜人還厲害。我相信這裡的女士們一定很想親眼見識一位真正大師的風範。」

「我非常感謝您的提議，親切的殿下。」卡洛開口。「但我穿著如此……」

「我們只需要迅速簡短地比試一下，大人。」紗芮奈說著便拎起她的袋子，抽出兩把最好的席爾劍——有著尖銳的劍尖而非小球的鈍劍。她熟練地揮舞著其中一把，然後對著那個杜拉德人露出微笑。

「好吧。」杜拉德人說，把他的帽子隨意地丟到一旁。「那讓我們來較量一下吧。」

紗芮奈停頓了一下，試著想判斷出他是不是只是在唬人。她並非真的想和他比試，否則她不會挑選那麼危險的劍刃。她想了一下，接著閒適地聳肩，並且將武器交給對方。要是他只是在唬人，那麼她打算讓他非常地難堪。說不定還會很痛。

卡洛脫下他亮綠色的外套，露出底下有著波浪縐折的綠色襯衫。令人訝異地，他擺出了擊劍的姿勢，他的手高舉在後，防禦地舉起他的席爾劍。

「好吧。」紗芮奈說完便出劍攻擊。

卡洛在猛擊之下向後跳，繞著嚇壞了的偌艾歐公爵快速旋轉，一邊格擋紗芮奈的攻擊。好幾個女性開始尖叫，當紗芮奈擠著穿過她們，猛烈地追擊那個招架中的杜拉德人。很快地，他們就打到了陽光底下，從木台上跳下，到柔軟的草地上。

儘管她們震驚於這場打鬥的不適宜，但那些女人卻一點也不願意錯過任何一次的攻擊，紗芮奈看見她們追著兩個人的打鬥，一路從平坦的亭閣到偌艾歐庭園的中心。

杜拉德人的劍術出乎意料地優秀，但他並非一位大師。他花了太多時間格擋她的攻擊，顯然除了防禦之外什麼也來不及。要是他真的是一個杜拉丹貴族的話，那他一定是那些比較差勁的擊劍手。紗芮奈遇過幾個比她還要差勁的公民，但是一般來說，其中四分之三應該都能擊敗她。

卡洛拋棄了毫不在意的態度，專心地讓紗芮奈的席爾劍不要把他給砍成碎片。他們在整個庭園中四處穿梭，每一次錯身之後卡洛就會退後幾步。他似乎很驚訝地發現腳下踩的不是草地而是磚塊，他們已經打到了偌艾歐庭園的噴水池區域。

當卡洛被磚砌階梯絆倒的時候，紗芮奈攻擊得更加猛烈。她逼迫他退後，直到大腿撞上噴水池。他幾乎無路可退——或她是這麼以為。接著她驚訝地看著那個杜拉德人跳入水中，接著他的腳一踢，向她濺起一陣水花，接著又從噴水池中跳到她的右邊。

紗芮奈的席爾劍只來得及刺入一片水花，她感覺劍尖戳到某種柔軟的東西。接著那個貴族發出一陣小聲、幾乎聽不見的痛苦唉叫。紗芮奈旋身，舉起她的劍再次攻擊，但卡洛已經跪了下來，他的席爾劍插在地上。他舉起一朵亮黃色的花獻給紗芮奈。

「啊，女士。」他以那種戲劇化的聲調說。「妳已經發現了我的弱點，我無法在戰鬥中面對如此美麗的女性。我的心都融化了，我的膝蓋在發抖，而我的劍抗拒不肯攻擊。」他低下頭，高舉著花束。身後聚集的女性夢囈般地嘆息著。

紗芮奈遲疑地放低她的劍，他從哪裡弄到花的？她嘆了口氣，收下禮物。他們都知道這只是他偷偷摸摸地想要逃避難堪的藉口，但紗芮奈還是很敬佩他的機智。他不光只是避免自己出糗，還同時讓那些女性因為他宮廷式的浪漫而印象深刻。

紗芮奈仔細地打量這個人，想找出任何傷口。她很確定她的劍刃應該劃傷了他的臉頰——在他跳出噴水池的時候，但是卻沒有一點擊中的痕跡。而她的席爾劍尖上也沒有一點血跡，大概她沒有命中吧。

那些女人為了這場表演拍手叫好，接著她們力勸這位花花公子回到亭閣那邊。當他走開時，卡洛轉身對她露出微笑。不是他先前那種愚蠢、做作的笑容，而是某種心照不宣的狡猾笑容。一個讓她覺得出奇熟悉的笑容。然後他又表演了那種滑稽的鞠躬，讓她們領著他離去。

第五十一章

市場中的篷頂，就有如從城市中心爆炸開來的亮豔多變色彩，拉森行走其間，不滿地注意到那些未賣出的貨物和空盪的街道。許多的商人來自東方，為了參加春季市集，他們花費了大筆金錢把貨物運來亞瑞倫。要是他們無法把貨物給賣出去，可能會造成他們財務上永遠無法彌補的傷害損失。

大多數的商人都有著暗色的菲悠丹膚色，他們當拉森經過的時候尊敬地低下頭。拉森已經太久沒回菲悠丹——先是杜拉德，再來是亞瑞倫——讓他幾乎忘了人們應該表現出適當的服從來對待他。即使他們低垂著頭，拉森依舊可以看見那些商人眼中的緊張。他們為了這場市集已經籌劃了好幾個月，這些貨物和旅途早在艾敦王的去世前就已經準備好了。即使在這種巨變之下，他們還是別無選擇，只能盡力地將商品賣掉。

當拉森在市集中遊覽時，他的披風在身後如波濤般翻湧著，他的鎧甲隨著他的每一步發出舒適的叮噹聲。他展現出一種他所沒有感覺到的自信，試著給予那些商人某種安全感。但情況並不好，一點也不好。他以侍靈緊急聯絡沃恩的時候已經太遲了，泰瑞依的訊息早已經抵達。所幸，沃恩只對泰瑞依的放肆感到些許怒氣。

時間愈來愈少。沃恩無法對蠢人表現耐心，而他也絕對不可能任命一個外國人為樞機主祭。然而拉森與泰瑞依隨後的會面也進行得不順利，儘管他比起把拉森攆出去的那天，要表現的理性得多，但國王依舊拒絕任何金錢上補償的建議，他對改宗的懶散態度給了其他的亞瑞倫人各種複雜的訊號。

空盪的市集表現出了亞瑞倫貴族的困惑，一時之間，他們不知道是否贊成舒·德瑞熙教派是個好選擇，於是他們乾脆躲起來。舞會和宴會也減少了，男人對造訪市集感到遲疑，只想等著看他們元首的下一步行動。所有事情都等著泰瑞依的決斷。

終究會有決斷的，拉森。他告訴自己。你還有剩下的一個月，你還有時間來勸告、誘騙和威脅。泰瑞依會明白自己的要求有多愚蠢，然後他就會改宗皈依。

雖然有著這樣的自信，但拉森還是覺得自己如臨深淵。他玩著一個非常危險的平衡遊戲，亞瑞倫的貴族沒有真的被他掌握。還沒有。他們大多數依舊重視外表勝過實質。若是他把亞瑞倫交給沃恩，最好的情況下，他也只會有一群半信半疑的改宗者。他希望這樣就夠了。

拉森停了下來，當他看見身旁的帳棚有一陣飄動。帳棚有著巨大的藍色篷頂，還帶著大量奢侈的刺繡，側邊並有著涼亭翼狀的結構。吹拂過來的風中帶著香料與薰煙的氣味，一個香料商。

拉森皺起眉頭，他很確定他看見有人穿著那種特殊的德瑞熙紅袍在帳棚中閃躲，儀祭們在此時應該都在獨自冥想，而非閒晃逛街。他決定要找出是誰違背他的命令。拉森直直穿過通道，走進帳棚之中。

帳棚中顯得很昏暗，厚實的帆布遮蔽了陽光。一盞提燈掛在帳棚中的一側，偌大的建築中充滿了箱子、盒子與大桶，拉森舉目所及都是陰影。他站了一會兒，等待眼睛適應這樣的光線。沒有任何一個人在帳棚裡，甚至沒有一個商人。

他踏前一步，穿過一團刺激而誘人的香味，甜膩、芬芳還有精油各種濃郁的氣息飄散在空中，纏繞混合著許多種的獨特氣味，令他的心智迷亂。在帳棚的底端，他又看見一盞提燈孤伶伶地掛在一盒粉塵旁邊，某種香料燃盡後的塵埃。拉森脫下他的金屬手套，伸手一撈，柔軟的粉末就在他的指間滑落。

「這些灰燼就有如你權力遇難後的殘餘，不是嗎？拉森。」一個聲音問。

拉森轉身瞪著那個聲音。一個昏魅的身形自陰暗中走出來，穿著一身德瑞熙祭袍。

「你在這裡做什麼？」拉森對著狄拉夫問，拍乾淨他的手，重新套起金屬手套。

狄拉夫沒有回答。他依舊站在黑暗中，他模糊的臉龐帶著一種令人揪緊胃部的凝視。

「狄拉夫？」拉森再次重複。「我在問你問題。」

「你會在這裡失敗。」狄拉夫低聲說。「泰瑞依那個笨蛋在玩弄你，你！一位德瑞熙的樞機主祭！不應該有人向菲悠丹帝國提出要求，他們不應該。」

拉森覺得自己的臉有些發紅。「你懂什麼？」他冷哼。「退下，儀祭。」

狄拉夫動也不動。「你幾乎要成功了，我承認。但是你的愚蠢會把成功給毀了。」

「夠啦！」拉森粗魯地撞過那個小矮子，走到出口的地方。「我的戰鬥還沒結束，我還有時間！」

「你有嗎？」狄拉夫問。從眼角看過去，拉森注意到狄拉夫走近那一團餘燼，用手抓取一把粉末。「全都溜走了，對不對？拉森。在你的失敗之前，我的勝利顯得有多甜美。」

拉森頓了一下，接著對狄拉夫大笑。「勝利？你有什麼勝利？什麼……？」

狄拉夫露出微笑，在油燈昏暗的燈光下，臉上帶著斑駁的陰影。那個表情，揉合了激情、野心和狂熱，拉森早在第一天就看過的狂熱，那樣的表情甚至讓拉森只能把問題卡在唇邊。在忽明忽暗的光線下，儀祭似乎不再像是個人，有如一個斯弗拉契司，為了折磨拉森而來。

狄拉夫灑下手中的灰燼，走過拉森身邊，甩開帳棚的門毯，踏步來到陽光下。

「狄拉夫？」拉森的聲音實在太小，根本無法讓儀祭聽見。「什麼勝利？」

第五十二章

「噢！」當迦拉旦把針插入他的臉頰時，瑞歐汀抱怨著。

「別抱怨！」杜拉德人一邊命令，一邊把縫線拉緊。

「還是卡菈塔比較擅長這種事情。」瑞歐汀在一面鏡子之前說，就坐在偌艾歐宅邸的一間房間裡。他的頭朝一邊仰起，看迦拉旦縫合他臉上的劍傷。

「嗯，那等到我們回到伊嵐翠再縫。」杜拉德人粗暴地說，不時用針戳著打斷瑞歐汀的評論。

「不。」瑞歐汀嘆了口氣。「我已經等了太久。每當我微笑的時候，我能感到臉上有點撕裂開來的感覺。她為什麼不攻擊我的手臂？」

「因為我們是伊嵐翠人，穌雷。」迦拉旦解釋。「要是壞事想發生在我們身上，它就會發生。只帶著這樣的傷口逃走，你已經夠幸運了。事實上，你能四肢完好的繼續作戰才是真的幸運。」

「這可不容易。」瑞歐汀一邊說，一邊還維持著頭部傾斜，好讓杜拉德人可以繼續進行縫合。「這也是為什麼我要那麼快就結束。」

「不過，你打得比我預期得更好。」

「依翁德曾經指導過我。」瑞歐汀說。「那時候我還在想辦法證明我父親的律法有多愚蠢。依翁德推薦了擊劍，因為他覺得這對我這樣的政治家來說是最有用的。不過我從沒想過，最後居然是用來阻止我的妻子把我切成碎片。」

迦拉旦開心地一哼，手還一邊繼續用針戳進瑞歐汀的臉頰，而瑞歐汀只能咬緊牙關忍著痛。房門緊緊地拴上，所有的窗簾也都拉了下來，因為瑞歐汀得脫下他的幻象掩飾，才能讓迦拉旦縫合傷口。公爵慷慨地提供他們住宿——偌艾歐似乎是瑞歐汀所有老友中唯一一個，對卡洛這個人感到好奇而不是討厭他。

「好了，穌雷。」迦拉旦說，拉緊最後一針。

瑞歐汀點點頭，看著鏡子中的自己。他差點要開始覺得那個英俊的杜拉丹臉孔是屬於他的。這樣有點危險，他必須要記得自己依舊是個伊嵐翠人，具備了所有他們同胞的缺陷與痛苦，卻還要偽裝出杜拉丹貴族那種不在乎一切的個性。

迦拉旦依然帶著他的幻象偽裝，只要瑞歐汀不去動它，符文幻影就會完好無缺。不管它們是畫在空中還是畫在泥巴上，只有別的伊嵐翠人能夠破壞這個符文。書上宣稱這個符文就算畫在灰塵上，或是圖案被刮到，甚至抹去也都能夠持續作用。

幻影附著在他們的內衣上，讓他們能夠每天更換外衣也不需要重新繪製符文。迦拉旦的幻象是個沒有明顯特徵的寬臉杜拉德人，是瑞歐汀從一本書背後看到的圖樣。瑞歐汀的外貌則是難選得多。

「我表演得如何？」瑞歐汀問，拿出艾歐鐸的典籍準備開始重製他的幻象。「有說服力嗎？」

迦拉旦聳肩，坐在瑞歐汀的床上。「我不會相信你是個杜拉德人，不過看來他們相信。反正我想你也沒有更好的選擇，可了？」

瑞歐汀邊畫邊點頭。亞瑞倫貴族太為人所熟知，而紗芮奈可以立刻辨認出任何想要假扮成泰歐德貴族的人，而他想要能說艾歐語，那唯一的選擇就剩下杜拉丹了。但瑞歐汀好幾次想模仿迦拉旦的口音都以失敗結尾，於是想成功地偽裝成杜拉丹下層階級也變得不可能。光是連「可了」這樣簡單字詞的發音都可以引來迦拉旦的一陣大笑。所幸，有相當數量又不太為人所知的杜拉丹公民——那些曾經當過小鎮鎮長，或是評議會中不重要的成員——能說得一口毫無缺點的艾歐語。瑞歐汀遇過不少這樣的人，模仿他們只需要一種華麗的感覺，以及漠不關心的特質。

相較之下取得衣服還比較困難一些——需要瑞歐汀換上別的幻象偽裝，然後從亞瑞倫市集中去買來。在他正式抵達之後，他還買到一些更好更合身的衣服。他認為自己演活了一個杜拉德人，可惜不是所有人都認同這件事。

「我認為紗芮奈在懷疑我。」瑞歐汀說著完成了符文，然後看著符文魔法繞著他旋轉，並且融入他的臉上。

「她是比大多數人都還要多疑一些。」

「的確。」瑞歐汀說。他打算盡快告訴她自己的真實身分，但是她卻拒絕任何「卡洛」想要跟她獨處的企圖。她甚至拒絕他送上的信件，原封不動地退了回來。

幸運的是，和其他貴族聯繫的情況則是好得多。自兩天前瑞歐汀離開伊嵐翠，把新伊嵐翠交給卡菈塔打理，他就計畫著要打入亞瑞倫的上層社會，事情卻容易得連他自己都吃驚。貴族都忙著擔心泰瑞依的統治，而沒空去質疑卡洛的背景。事實上，他們以一種令人訝異的活力黏上他，顯然他在宴會上那種灑脫的傻勁給了貴族們一個機會可以好好大笑，暫時忘記過去幾週來的混亂。很快地，他就變成任何場合都必備的賓客。

真正的考驗在於，他要如何讓自己加入偌艾歐和紗芮奈的祕密聚會。如果他打算對亞瑞倫提供任何幫助，他就得被這個祕密團體所認可。他們是唯一還在為這個國家的命運而努力的一群人。迦拉旦對瑞歐汀的選擇抱持著一些懷疑的態度——當然，迦拉旦對所有的事情都帶著懷疑。瑞歐汀自嘲地笑，是他開始召集這樣的聚會，如今他卻得要努力重新獲得認可，這看起來真有點諷刺。

卡洛的臉孔再次偽裝住他原本的面貌，瑞歐汀套上他綠色的手套——上面的幻象可以讓他的手臂看起來和正常人一樣，然後在迦拉旦面前快速地旋轉。「華麗的卡洛又回來啦。」

「拜託你，穌雷，私底下就別來這套了。我差點想當著所有人的面前把你給掐死。」

瑞歐汀輕笑。「喔，這樣的人生有多美妙，被所有的女人所愛慕，被所有男人所嫉妒。」

迦拉旦哼了一聲。「你是說除了一個女人之外，所有女性都愛你。」

「嗯，但她的確有邀請我——可以在任何時候和她對打。」瑞歐汀說著微笑地走過去拉開窗簾。

「這只是為了有機會可以再次把你戳穿。」迦拉旦說。「你要慶幸她只是戳在你臉上，幻影可以蓋住傷口。要是她把你的衣服給刺破，這樣就很難解釋為什麼你不會流血，可了？」

瑞歐汀輕輕地打開陽台的門，走出去觀賞著偌艾歐的庭園。當迦拉旦走過去的時候，他嘆了一口氣。「告訴我，為什麼我每一次遇見紗芮奈，她都打定主意要恨我？」

「這都是因為愛。」迦拉旦說。

瑞歐汀彎著腰大笑。「好吧，起碼這次她痛恨的是卡洛，而不是真正的我。我想我應該可以原諒她。我幾乎也開始要痛恨卡洛了。」

房門傳來一陣敲門聲，吸引了他們的注意力。迦拉旦看向他，瑞歐汀點了點頭，他們的裝束和面孔都沒有漏洞。迦拉旦開始扮演一個僕人，走過去打開了房門。偌艾歐就站在門外。

「大人。」瑞歐汀走過去伸出手，並且露出一個大大的笑容。「我相信您的一天就過得和我一樣美好！」

「是呀，卡洛公民。」偌艾歐說。「我能進來嗎？」

「當然，當然。」瑞歐汀說。「畢竟，這裡是您的宅邸。我們無法用言語來表達對您慷慨招待的感謝，而我也永遠無法報答您這樣的恩情。」

「別這麼說，公民。」偌艾歐說。「不過，說到報答，我想你一定會很高興聽到，我把你交給我的那些燈座賣了一個好價錢。我已經把那些錢放在我銀行的一個帳戶底下，這起碼可以讓你舒服地過上好幾年。」

「太棒了！」瑞歐汀高聲說。「我們會立刻去找別的住所。」

「不，不。」老公爵開口，舉起他的手。「只要你喜歡的話，儘管待在這裡。我這把年紀已經沒有什麼訪客，連這棟小房子都顯得太大了。」

「那我們就待到您受不了我們為止！」瑞歐汀表達出那種典型杜拉丹的不莊重。人們常說，要是你邀請了一個杜拉德人住下來，你就會永遠擺脫不了他——或他的家族。

「告訴我，公民。」偌艾歐說，漫步到陽台上。「你在哪裡找到這十幾個由純金打造的燈座？」

「這些都是傳家寶。」瑞歐汀說。「在他們把整棟房子給燒掉的同時，我從老家裡的牆壁上挖下來的。」

「這實在太恐怖了。」偌艾歐靠在陽台的欄杆上。

「比恐怖還更糟。」瑞歐汀陰沉地說，接著他又露出笑容。「不過那些時光都已經過去了，大人。我現在有了一個新國家還有新的朋友！您現在就是我的家人了！」

偌艾歐心不在焉地點點頭，然後小心翼翼地看了迦拉旦一眼。

「我看似乎有事情困擾著您，偌艾歐大人。」瑞歐汀說。「別害怕說出來——丹度（Dendo）是個好人，而且他從我出生就跟著我了，他值得任何人的信賴。」

偌艾歐點點頭，轉身看著他的產業。「我並不是無意間提起你祖國發生的慘劇，公民。你說那些事情都已經過去了，但我怕對我們來說，惡夢才剛要開始。」

「喔，您是說王位的那些問題。」瑞歐汀嘖了一下。

「是，公民。」偌艾歐說。「泰瑞依不是一個強而有力的領袖。我害怕亞瑞倫將會落入跟杜拉德一樣的命運，那些菲悠丹餓狼也對著我們虎視眈眈，渴望著鮮血。但我們的貴族卻什麼也看不見，只覺得他們是一群受圈養的獵犬。」

「喔，多糟糕的情況呀。」瑞歐汀說。「哪裡才能讓我找到一點和平呢？」

「有時候我們得自己去締造和平，公民。」

「您的意思是？」瑞歐汀試著壓抑語氣中的興奮。

「公民，當我指出別人都認為你只不過是個輕佻的人時，希望你不要覺得自尊心被刺傷。」瑞歐汀笑著說：「我就是希望他們這麼看我，大人。我也不願意毫無目的地裝傻瓜。」

偌艾歐微笑。「我可以感覺到你愚蠢面具下的機智，公民。告訴我，你是如何計畫逃出杜拉丹的？」

「我很抱歉，這是個不能公開的祕密，大人。」瑞歐汀說。「要是那些幫助我逃脫的人被知道了，他們將會受到很大的傷害。」

偌艾歐點頭。「我了解，重要的是，你逃過一劫，而你的同胞們卻沒有。你知道有多少難民在共和國滅亡的時候，穿過邊境逃到亞瑞倫來嗎？」

「我並不清楚，大人。」瑞歐汀回答。「那時候我很忙碌。」

「一個也沒有。」偌艾歐說。「就我所知一個也沒有——只有你是例外。我聽說那些共和成員太過震驚，甚至沒想到要逃亡。」

「我的同胞有時候行動太慢，大人。」瑞歐汀舉起手說。「我們鬆散的方式與態度導致了我們的覆滅。革命碾過我們的時候，我們還在討論晚餐該吃些什麼。」

「但你卻逃出來了。」

「我逃走了。」瑞歐汀同意。

「你經歷了我們可能即將要面對的苦難，不管別人怎麼想，這都讓你的建議彌足珍貴。」

「有一個辦法可以避免重蹈杜拉德的覆轍，大人。」瑞歐汀謹慎地說。「雖然這有些危險，這可能會牽扯到……領袖的更換。」

偌艾歐的眼睛熟悉地瞇起，然後點點頭。一些訊息在他們兩人之間無聲地傳遞——公爵的提議和瑞歐汀的同意。

「你說了一些很危險的事情。」偌艾歐警告說。

「我經歷了很多事情，大人。我並不介意更多一點危險，如果這可以讓我餘下的生命能活在和平之中。」

「我沒辦法保證會發生什麼事情。」偌艾歐說。

「我也不能保證這個陽台不會突然垮掉，導致我們兩個的死去。我們只能相信運氣，還有我們的智慧，來保護我們自己。」

偌艾歐點點頭。「你知道商人凱胤的房子在哪裡嗎？」

「知道。」

「今晚日落之後，在那裡和我碰面。」

瑞歐汀點點頭，公爵告退離開。當房門關上，瑞歐汀對迦拉旦眨了眨眼。「你還以為我辦不到。」

「我絕對不會再懷疑你了。」迦拉旦乾笑。

「偌艾歐本身就是個祕密，我的朋友。」瑞歐汀說，他關上陽台的門轉身回到房間裡。「他能看穿大部分的假象——但他不像紗芮奈，他的主要問題不會是『為什麼這個人想要欺騙我？』而是『我該怎麼利用我知道的事情？』我給了他一些提示，而他回應。」

迦拉旦點頭。「嗯，你已經加入了他們的團體。那現在你該怎麼做？」

「找個方法讓偌艾歐取代泰瑞依登上王位。」瑞歐汀拿起一件衣服，還有一罐棕色的化妝品。他把那些染料弄在衣服上，然後把衣服塞進他的包包。

迦拉旦挑起眉毛。「那是什麼？」他指著那件衣服問。

「一件我希望不會用到的東西。」

第五十三章

「他在這裡做什麼？」紗芮奈質問。站在通往凱胤廚房的走廊上。那個傻瓜卡洛就坐在裡面，穿著一身拼湊繁複、紅橘交雜的衣服，和凱胤與偌艾歐熱烈地談論，絲毫沒有注意到她的出現。

路凱關上了她身後的門，瞥了那個杜拉德人一眼，臉上淨是對他衣著品味的嫌惡。她的堂兄向來是凱依城最風趣且穿著鮮豔的男士之一，但卡洛的名聲卻急起直追，甚至蓋過路凱的鋒頭，讓這個年輕商人嘗到了挫敗的苦澀。

「偌艾歐為了某些理由而邀請他。」路凱不滿地咕噥著。

「偌艾歐瘋了嗎？」紗芮奈問，似乎超過了她應有的聲量。「要是那個該死的杜拉德人是個間諜怎麼辦？」

「誰的間諜？」卡洛興高采烈地問。「我不認為你們那個自負又愛炫耀的國王，有足夠的政治智慧去僱用任何間諜——請讓我向您擔保，不管我有多讓您生氣，公主，我一定更令菲悠丹討厭。那個樞機主祭寧願拿劍刺入自己的胸口，也不可能付錢給我探聽情報。」

紗芮奈因尷尬而臉紅，讓卡洛發出一陣宏亮的笑聲。

「我認為，紗芮奈，妳會發覺卡洛公民的不少意見很有用。」偌艾歐說。「這個人看事情的角度和我們亞瑞倫人不一樣，而且他對凱依城的事件有些新鮮的觀點。我還想起來，當初妳也是用類似的理由加入我們的。不要因為卡洛恰巧有些古怪的行徑令妳不滿，而貶低他的價值。」

紗芮奈皺起眉頭，但忍受這樣的指責。公爵的觀察力不容輕忽，有一個新的角度與看法確實能有所幫助。因為某些理由，偌艾歐似乎信得過卡洛，她可以感覺他們彼此之間的尊重。她很不情願地承認，也許公爵從卡洛身上看到了一些她所沒有看到的東西，畢竟這個杜拉德人已經和偌艾歐相處了好幾天。

艾汗一如往常地遲到，蘇登和依翁德安靜地在桌子的另一頭交談，他們溫和的對話和卡洛戲劇化的演說形成了強烈的對比。凱胤提供了一些開胃點心，是塗上某種白色亮霜的薄片餅乾。儘管她強烈地堅持請他不要準備晚餐，但凱胤顯然無法忍受那麼多人在他家聚會，卻不提供一些食物。紗芮奈微笑著，懷疑這些謀逆的陰謀家也都很享受美味的零嘴。

過了一會兒，艾汗搖搖擺擺地走了進來。他也沒有敲門，就突如其來地坐上了常坐的位置，毫不猶豫地突襲那些餅乾。

「這樣我們就全到齊了。」紗芮奈尖銳地打斷卡洛。當她站起來的時候，所有人都轉頭望向她。「我相信你們都仔細思考過我們目前的困境，有任何人打算起頭嗎？」

「我來吧。」艾汗說。「說不定我們能夠說服泰瑞依不要改信舒．德瑞熙教派。」

紗芮奈嘆了一口氣。「我以為我們已經討論過這個了，艾汗。泰瑞依並不是在猶豫他要不要皈依改宗，他是在等待能從沃恩那裡搾出多少錢來。」

「要是我們能有更多部隊。」偌艾歐搖搖頭說。「透過適當數量的軍隊，我們就能夠威脅泰瑞依。紗芮奈，我們有多少機會能從泰歐德獲得援助？」

「機會不大。」紗芮奈坐下。「記得，我父親已經宣示要改信舒．德瑞熙教派了。更何況泰歐德雖有著優秀的海軍，但是陸軍的數量卻很少。我們國家的人口並不多，靠著在敵人登陸之前打垮他們來生存下去。」

「我聽說杜拉德還有些反抗鬥士。」蘇登建議。「他們偶爾會掠奪商隊。」

所有目光都注視在卡洛身上，因為他舉起了手。「相信我，我的朋友，你們不會想要他們的幫助。你們所說的那群人都是過去的共和成員，就像我一樣。他們能夠以華麗的技巧彼此決鬥，但一把席爾劍對付不了良好訓練的士兵，特別是當他還有五個朋友站在他身邊的時候。反抗軍能夠存活的理由，只是菲悠丹人懶得把他們趕出沼澤。」

蘇登皺眉。「我以為他們躲在杜拉丹草原的洞穴裡面。」

「他們有好幾個組織。」卡洛迅速地說，雖然紗芮奈留意到他眼中一絲的不確定。你是誰？她一邊思考一邊繼續討論。

「我認為我們應該把人民納入討論。」路凱說。「泰瑞依已經表示他打算繼續維持莊園制度，要是我們能鼓動一般人民支持我們，他們或許願意起身反抗他。」

「這也許行得通。」依翁德說。「紗芮奈女士之前提出和農民分享糧食的計畫，已經讓他們嘗到自由的味道，他們在過去幾週變得更有自信了。但是這得花上很多時間，你沒有辦法一夜之間教會他們如何戰鬥。」

「同意。」偌艾歐說。「泰瑞依會在我們完成之前就成為德瑞熙教徒，而拉森的要求將會成為法律。」

「我可以假裝成德瑞熙教徒一陣子。」路凱說。「但也只有我在打算謀害國王的時候。」

紗芮奈繼續搖頭。「如果我們給了德瑞熙教派在亞瑞倫這樣的根基，我們將永遠無法擺脫他們。」

「那不過是個宗教，紗芮奈。」艾汗說。「我認為應該要專注在我們的問題上。」

「你不認為舒．德瑞熙教派是個『真正的問題』，艾汗？」紗芮奈問。「你為什麼不向占杜和杜拉德這樣解釋？」

「她說得沒錯。」偌艾歐說。「菲悠丹以舒．德瑞熙教派為支配統治的工具。要是那些教士讓亞瑞倫成為舒．德瑞熙教派的國家，那麼不管誰在王位上，沃恩都會統治這裡。」

「所以我們放棄組織一支農民軍？」蘇登把討論帶回主題上。

「這太花時間。」偌艾歐說。

「更何況，」卡洛說。「我不認為你們希望讓這個國家陷入戰火，我已經看過一場血腥的革命能對一個國家造成多大的影響，它會破壞人們的心靈，讓他們彼此廝殺。那些伊嵐翠護城衛隊或許是一群傻瓜，但他們依舊是你們的同胞。他的血將會染滿你們的雙手。」

紗芮奈因為這句話而抬起頭，沒有一點卡洛慣有的輕浮。有些事情令她更加懷疑。

「那怎麼辦？」路凱有點生氣地說。「我們不能對泰瑞依掀起戰爭，也不能等著他改宗。那我們該做什麼？」

「我們可以殺死他。」依翁德小聲地說。

「怎麼做？」紗芮奈問。她沒想到這個提案會在會議中如此快就出現。

「這聽來有道理。」凱胤同意，他表現出一種冷漠的客觀，是紗芮奈從所未見的。「暗殺泰瑞依應該可以解決許多問題。」

整個房間陷入沉默。紗芮奈在思考時，感覺到口中一陣苦澀。他們都知道她早就明白了。她很久之前就知道這個會議最終會得出這樣的結論。

「喔，一個人的死亡可以拯救一整個國家。」卡洛喃喃自語。

凱胤搖搖頭。「看來這是唯一的選擇。」

「也許。」杜拉德人說。「雖然我懷疑我們是不是太過低估亞瑞倫的人民。」

「我們早就討論過這個了。」路凱說。「我們沒有足夠的時間來讓那些農民做好準備。」

「不只是農民，年輕的路凱。」卡洛說。「還有貴族。難道你沒有感覺到他們對支持泰瑞依的遲疑嗎？難道你沒感覺他們眼中的不安嗎？一個缺乏支持的國王根本不算是一個國王。」

「那衛隊呢？」凱胤指出問題。

「我想，如果我們沒辦法令他們轉變。」卡洛說。「至少我們能讓他們知道自己的行為其實是錯誤的。」

「你」已經變成「我們」。紗芮奈的額頭緊蹙，她幾乎要想出來了。他的言語有些熟悉之處……

「這是個有趣的提議。」偌艾歐說。

「衛隊和貴族們支持泰瑞依，是因為他們看不到別的選擇。」卡洛說。「偌艾歐大人因為失敗的婚禮而掃了顏面，紗芮奈女士被丟進了伊嵐翠城。但現在，那些難堪都已經過去了。也許我們可以向衛隊解釋他們行為的最終結果——國家被菲悠丹占領以及同胞被奴役——他們也許就會明白他們支持了一個錯誤的對象。給人們一個正直誠實的選擇，我相信他們會睿智地抉擇。」

就是這個！紗芮奈在別的地方聽過這樣的信念——如此純然地相信人們的基本良善。緊接著，她猛然想起是在哪裡聽過這種論調，她忍不住跳起來，驚訝地大叫。

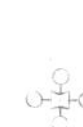

瑞歐汀一驚，瞬間發現到自己犯下的錯誤。他太快就放棄了卡洛，展現出太多原本的自己。其他人或許還沒辦法發覺到他的不同，但紗芮奈——那個親愛又多疑的紗芮奈——才不可能那麼鬆懈。他看進紗芮奈驚訝而睜大的雙眼，發覺到她已經知道了。不知怎麼，雖然他們有過短暫的相處，她居然能這麼快認出他來，而他最好的朋友卻沒辦法。

糟糕了，他對自己說。

「紗芮奈？」偌艾歐問。「公主，妳還好嗎？」

紗芮奈有點尷尬地環顧四周，站在椅子前面。然而她的目光緊緊落在那個鬼鬼祟祟的卡洛身上，很快便又忘記她的難堪。

「大人，我想我沒事。」她說。「我想我們可以休息一下。」

「我們才進行沒多久……」路凱說。

紗芮奈瞪了他一眼讓他閉嘴，再也沒有人敢惹她生氣。

「那就休息一下吧。」偌艾歐和緩地說。

「很好。」凱胤坐在椅子上說著。「我還有些霍格希肉卷在後頭涼著，我去把它們拿過來。」

紗芮奈如此地不安，她甚至沒想到要責怪她的叔叔，明明叫他不要準備晚餐，他還是準備了。她意味深長地看了卡洛一眼，然後踏步離開桌子，假裝要去廁所。她在凱胤的書房裡等著，等著那個不幸的騙子終於閒晃到那個轉角。

紗芮奈一把抓住他的襯衫，並且用力地壓住他，差點沒把他扔到牆上。

「靈性？」她質問。「以親切的上神之名，你在這裡做什麼？」

靈性擔心地看著四周。「別這麼大聲，紗芮奈！妳以為要是那些人發現他們和一個伊嵐翠人同桌聊天，會怎麼樣？」

「但……怎麼會？」當她發覺真的是他，她的怒氣一下子就轉成了興奮。她伸手捏了捏他的鼻子，那比他原本的鼻子長得多，然後很吃驚地發現她的手指穿過了鼻尖原本要在的地方。

「妳對符文的見解是正確的，紗芮奈。」靈性迅速地說。「它們的確就是亞瑞倫的地圖——我只需要再加一條線，整個系統就再次開始運作。」

「一條線？」

「大裂谷。」靈性解釋。「就是它引起災罰。它足以改變地貌，而這樣的改變必須表現在符文之上。」

「這成功了！」紗芮奈放開他的襯衫，然後給了他狠狠的一拳。「但你對我撒謊！」

「喔！」靈性抱怨著。「拜託，別打我的身體，它不會好，記得嗎？」

紗芮奈喘息著。「那並沒有……？」

「沒有隨著我們修好艾歐鐸改變？」靈性問。「沒有。在這層幻象之下，我依舊是個伊嵐翠人。艾歐鐸還是有些地方不對勁。」

紗芮奈抗拒再給他一拳的衝動。「你為什麼要對我說謊？」

靈性微笑。「哦，妳要試著告訴我，這樣不會比較有趣？」

「嗯……」

他笑了。「只有妳才會認為這是個好理由，我的公主。事實上，我根本沒有機會告訴妳。這幾天，每次我想要靠近妳，妳就飛快地逃開——妳還對我寄的那封信視而不見。我不可能突然跳到妳面前，然後消去幻象。我昨天晚上還跑來凱胤這裡，希望能從窗戶看到妳。」

「真的？」紗芮奈帶著笑容問。

「去問迦拉旦。」瑞歐汀說。「他現在在偌艾歐那裡，吃光公爵所有的占杜糖果。你知道他沒辦法克制對甜食的衝動嗎？」

「指公爵還是迦拉旦？」

「都是。聽著，他們會開始懷疑，為什麼我們兩個要講那麼久。」

「隨便他們。」紗芮奈說。「所有女人都對卡洛癡迷了那麼多時間，也該是輪到我的時候了。」

靈性忍不住笑了出來，接著他注意到她那危險的眼神，趕緊壓低了聲音。「那是唯一的方法，紗芮奈。我沒多少選擇，我必須要扮演那個部分。」

「我看你有點扮演得太好了。」她說完一笑，無法繼續生氣下去。

他顯然注意到她眼神的軟化，令他難以抵擋。「妳必須要承認，那真的很好玩。我完全不知道妳居然那麼擅長擊劍。」

紗芮奈害羞地笑著。「我的天賦可是很多的！靈性，很顯然你也一樣——我完全不知道你居然那麼會演戲。我恨你！」

「被賞識的感覺真不錯。」靈性說著，伸手環抱住她。

突然間，她警覺到兩人的親暱，他的身體是房裡唯一的溫度，這樣不自然的體悟讓她有點緊張不安。然而，她卻沒有推開他，任由自己的頭靠在他的肩膀上。「那你為什麼要來？你應該待在新伊嵐翠裡，照顧你的人民。為什麼要冒險進入凱依城？」

「為了要找妳。」他說。

她露出微笑。這是正確答案。

「還有，」他繼續。「阻止你們殘殺彼此，這個國家已經夠一團亂了，對吧？」

紗芮奈嘆息。「這有一部分是我的錯。」

靈性伸手放在她的頸項上，轉過她的頭好讓他們兩眼對望。他的面貌雖然不同，但那雙眼睛還是一樣的。深邃而湛藍。她怎麼會把他錯認成別人？

「妳不可以再責怪妳自己了，紗芮奈。」他說。「我已經從迦拉旦那邊聽得夠多了，妳在這裡做得很好——比我能想像得更好。我一直以為那些人在我離開之後，就會停止聚會。」

紗芮奈搖搖頭，想讓自己能夠從靈性溫柔的眼神中清醒一點。「你剛剛說什麼？在你離開以後……？」

聲音從別的房間傳過來，靈性對她眨眨眼，眼神閃動。「我們得回去了。但……這麼說吧，我還有別的事情要告訴妳，等會議結束，我們可以私下講更多事。」

她有點恍惚地點頭。靈性在凱依城，艾歐鐸恢復作用。她走回餐廳坐在桌子旁邊，靈性在一會兒之後跟著進來。然而，有一張椅子卻空著。

「艾汗呢？」紗芮奈問。

凱胤皺起眉頭。「他走了。」他苦澀地宣布。

路凱笑了出來，對紗芮奈微笑。「伯爵說他吃了一些不太舒服的東西。他……暫時離席。」

「這是不可能的。」凱胤抱怨。「那些餅乾不可能有東西讓他胃部不適。」

「我相信不是因為那餅乾，叔叔。」紗芮奈微笑地說。「一定是那些他來之前吃的東西。」路凱笑著同意。「上神才知道，根據純淨的律法顯示，這個人吃那麼多東西，怎麼可能不每天都拉肚子呢。」

「好了，我想我們應該繼續下去。」偌艾歐說。「不要再討論他的反胃了。」

「同意。」紗芮奈準備要再次開始。

然而偌艾歐卻打斷了她，他緩緩地站起來，老邁的身體看起來令人意外地虛弱。公爵嘆了一口氣，搖搖頭說：「如果你們不介意，我有些話想說。」

貴族們點點頭，感受到公爵的嚴肅。

「我不願對你們說謊，我不只一次討論過我們是否應該要採取行動來反抗泰瑞依。過去十年來，我和他彼此都是商場上的敵人。他是個凶惡又揮霍無度的人——他將會是最糟糕的國王，甚至比艾敦還差。他樂於考慮拉森的愚蠢提案就已經是我需要的最後證明。

「不，我會在聚會前要求更多的時間的理由，並不是我還在猶豫是否要廢黜泰瑞依，我會需要更多時間的理由是要等待一些……我的援助抵達。」

「援助？」紗芮奈問。

「刺客。」偌艾歐說。「一些我從菲悠丹僱請來的人，那個國家並非所有人都對他們的神那麼忠誠，有些人更崇拜黃金。」

「那他們呢？」紗芮奈問。

「待在不遠的旅館裡。」偌艾歐說。

「但是，」紗芮奈困惑地說。「上週你才反對我們在這場叛亂中流血。」

偌艾歐低下頭。「我的言論是有罪的，親愛的紗芮奈。那時候我已經派人去召喚這些人，然而我卻改變了我的心意。這個來自杜拉德的年輕人……」

偌艾歐被一陣從走廊傳來的沉重腳步聲打斷——艾汗回來了。奇怪，紗芮奈在她轉身的時候想，我沒有聽到前門關上的聲音。

站在門口的不是艾汗，而是一整隊配備齊全的武裝士兵，還有一名衣著光鮮的男子站在他們面前——泰瑞依王。

紗芮奈跳了起來，但她的驚叫卻在其他人類似的喊叫中消逝。泰瑞依站到一旁，讓十幾名伊嵐翠護城守衛站滿整個房間，而他們身後跟著肥胖的艾汗伯爵。

「艾汗！」偌艾歐說。「你做了什麼？」

「我終於逮到你了，老傢伙。」伯爵欣喜地說，滿是肥肉的下巴晃動著。「我告訴過你的。你現在可以盡情嘲笑我在思弗丹的商隊如何了，你這個天殺的老蠢蛋。我們來看看等你的餘生都在牢裡度過的時候，你的商隊會怎麼辦。」

偌艾歐搖了搖他那悲傷而滿頭白髮的頭顱。「你這個傻瓜。你不明白這早就不是個遊戲了嗎？我們不是拿那些水果或絲綢為籌碼玩耍。」

「儘管抗議吧。」泰瑞依得意地搖著手指。「但你要承認，我逮到你了！我等了好幾個月，卻無法讓艾敦正視我的警告。你知道艾敦居然認為你不會背叛他嗎？他宣稱你們兩個的交情已經太深了。」

偌艾歐嘆息，看著泰瑞依。他開懷地笑著，顯然非常享受這個對話。「噢，艾汗。」偌艾歐說。「你實在是太喜歡不經思考就行動了。」

紗芮奈如此震驚，以至於無法移動，甚至無法說話。叛徒應該是那些有著黑暗雙眼和乖戾性格的人，她無法把這樣的印象和艾汗連在一起。他自大而衝動，但她喜歡他。她所喜歡的人怎麼可能會做出這麼可怕的事情？

泰瑞依彈了彈手指，一個士兵走上前，拔劍一下子捅進偌艾歐公爵的腹部。偌艾歐倒抽口氣，然後呻吟地倒下，整個人縮成一團。

「這就是你們國王的裁決。」泰瑞依說。

艾汗大叫，肥胖臉龐上的眼睛睜得老大。「不！你說的是監禁！」他粗魯地撞開泰瑞依，哽咽地跪倒在偌艾歐的身邊。

「哦，我這麼說嗎？」泰瑞依指著另外兩名士兵。「你們兩個，召集一些人去找出那些刺客，然後……」他若有所思地搓著手指。「……把他們從伊嵐翠的城牆上丟下去。」

那兩個人敬禮，接著走出房間。

「你們其他人，」泰瑞依說。「殺死這些叛徒，就從親愛的王妃開始，讓其他人知道試圖篡奪王位會有什麼下場。」

「不！」蘇登和依翁德一起大喊。

士兵們開始動作，紗芮奈發現自己站在蘇登、依翁德和路凱所組成的人牆之後。只有依翁德一個人配著武器，但他們卻面對著十個人。

「你會提到篡位還真有意思，泰瑞依公爵。」一個聲音從桌子的另一邊出現。「我以為王位是屬於艾敦王的家族。」

紗芮奈順著那個聲音看去，她看見了靈性。或者說，一個穿著靈性衣服的人。他有著白晰的艾歐膚色，砂棕色的頭髮，銳利的湛藍眼眸——靈性的眼睛——但他的臉龐卻沒有任何一點伊嵐翠人的污染。他把一團破布丟在桌上，她可以看見上面棕色的痕跡，彷彿他要讓他們相信，他只是把那些化妝給抹去，露出了底下截然不同的面孔。

泰瑞依大口喘著氣，往後跌倒靠在牆上。「瑞歐汀王子！」他喘不過氣地大喊。「不！你死了。他們跟我說你死了！」

瑞歐汀。紗芮奈感覺有些麻木。她看著那個男人，好奇他到底是誰，她是否真的了解過他。

靈性看著那些士兵。「你們膽敢殺死亞瑞倫真正的國王？」他質問。

那些守衛退後一步，臉上滿是困惑與害怕。

「你們，快保護我！」泰瑞依尖叫，轉身連滾帶爬地逃出房間。士兵們看著他們的領袖逃跑，立即三三兩兩地加入他，把這群謀反者留在原地。

靈性——瑞歐汀——跳過桌子，閃過路凱，把還在哭泣的艾汗直接推開，跪在唯一一個試著要治療偌艾歐傷勢的凱胤身邊。紗芮奈沉默地看著，全身感覺都麻痺了。凱胤的包紮很顯然不可能救回公爵的性命，長劍完全地穿透了老人的身體，留下一個絕對致命的劇痛傷口。

「瑞歐汀！」偌艾歐公爵喘息著。「你回到我們身邊了！」

「撐著點，偌艾歐。」瑞歐汀以手指在空中舞動著，光亮從他的指尖開始散發出來。

「我早該知道是你。」公爵囈語。「那些信任人民的傻話。你能相信我居然開始認同你的說法嗎？我應該在那些刺客抵達的時候，就派他們去執行任務。」

「這不是你這種好人該做的，偌艾歐。」靈性的聲音因為激動而緊繃著。

偌艾歐的視線縮緊，第一次注意到靈性在他身上畫出來的符文。他驚訝地大口吐氣。「你也把那座美麗的城市給帶回來了？」

靈性沒有回答，只是專注在他的符文之上。他畫符文的方式跟先前不同，他的手指舞動得更加靈巧迅速，最後以短短的橫線結束他的符文。紗芮奈看著，偌艾歐傷口的邊緣稍稍地收口，臉上的擦傷也跟著消失，頭皮上的暗色老人斑也隨之淡去。

接著光亮散去，傷口依舊隨著公爵垂死心臟的每下跳動流淌出鮮血來。

靈性咒罵。「這太微弱了。」他不顧一切地又開始繪製下一個符文。「我還沒有研究過治療的變化！我不知道該怎麼把目標固定在身體的特定部位上。」

偌艾歐伸出他顫抖的手，握住瑞歐汀的手掌，那個才畫到一半的符文因為公爵的干擾而立刻消失。靈性沒有再繼續，只是低著頭，彷彿在哭泣。

「別哭，我的孩子。」偌艾歐說。「你回來就已經是莫大的祝福。你沒辦法拯救這個疲憊衰老的身體，但你卻可以拯救這個國家。我會安詳地死去，因為我知道你在這裡保護這一切。」

靈性抱住老人的臉龐。「你把我教得很好，偌艾歐。」他低聲地說。紗芮奈強烈地感覺到自己的闖入。「如果你不在我身旁，我就會變得和我父親一樣。」

「不，孩子。」偌艾歐說。「你從一開始就更像你母親。上神祝福你。」

紗芮奈別過頭去，不忍看著公爵可怕的死亡時刻，他的身體痙攣著，鮮血也從他的嘴中湧出來。當她轉回來，眼淚無法克制地流下來。瑞歐汀跪在老人屍體的旁邊許久，終於，他深吸了一口氣站起來，哀傷但堅定地看著其他人。除了她之外，紗芮奈感覺到蘇登、依翁德還有路凱全都跪了下來，恭敬地低著頭。

「吾王。」依翁德代替他們全體說。

「我的……丈夫。」紗芮奈這才驚覺。

第五十四章

「他做了什麼?!」拉森大驚。

教士被拉森突如起來的反應給嚇到，結結巴巴地重複了一次消息。拉森卻在半途就打斷他。

埃爾莊園的公爵，死了？泰瑞依下的命令？這是什麼樣的隨機行動？拉森可以從使者的臉上看出還有更多事沒講，所以他示意那個人繼續。很快地，拉森了解到那個處刑完全不是個隨性的決定——事實上是全然合理的。拉森幾乎不敢相信泰瑞依的好運，偌艾歐是個狡猾又詭計多端的人，能夠當場抓到他叛國的證據實在需要驚人的運氣。

然而使者接下來所說的，卻又更加令人震驚。謠言傳說瑞歐汀王子已經死而復生。

拉森目瞪口呆地坐在他的書桌後，隨著使者離去關上房門的動作，壁毯也隨之飄動。

自制！他想。你可以應付這件事。瑞歐汀已經回來的謠言一定是假的；當然，拉森必須承認這是精湛的反擊。他很清楚王子像聖人一樣的名聲，人們對瑞歐汀的極度敬慕，通常只會出現在那些死去的聖徒身上。儘管偌艾歐已經死去，要是紗芮奈有辦法找到一個面貌類似的人，她就可以稱他為丈夫，繼續爭奪王位。

她行動得真快，拉森邊想邊露出一種帶著敬意的笑容。

泰瑞依殺死偌艾歐的事情依舊令拉森苦惱，沒有經過審判或監禁就殺死一位公爵很有可能會讓多數的貴族更加恐懼。拉森站起來，也許現在還不遲，說服泰瑞依讓他立刻起草一份處決的詔書。要是貴族們可以看到這一份文件，說不定就能減緩他們的憂慮。

泰瑞依拒絕接見他。拉森又一次站在等候間，瞪著泰瑞依的兩名守衛，兩手交叉地擋在他面前。那兩個人怯懦地眼睛看著地上。很顯然地，有些事情令泰瑞依不安到甚至不願意和任何廷臣討論。

拉森不打算任由自己被忽視，雖然他不能強硬地闖入房間，但他卻可以鬧到逼泰瑞依不得不接見他。所以他花了一整個小時每五分鐘就要求一次會面。

事實上，再一次要求的時間也逼近了。

「士兵。」他命令。「去問國王是不是打算要見我。」

守衛嘆了一口氣，這已經是拉森第十幾次做出這樣的要求。但是守衛還是遵從命令地打開門，走進去去找他的指揮官。過了一會兒之後，那個人回來了。

拉森的質問卡在他的喉嚨。那不是同一個人。

那個人拔出長劍飛快地攻擊另一名守衛。金屬劇烈撞擊的聲音也跟著從國王的房間裡傳出來。有人開始尖叫，有些因為憤怒，其他則是因為痛苦。

拉森咒罵著。居然選到在他把鎧甲留在禮拜堂裡的一夜發生戰鬥。他咬緊牙關，飛旋般地繞過打鬥的守衛，衝進房間裡。

牆上的掛毯全都著了火，人就在不遠處絕望地掙扎著，好幾名守衛癱死在另一端的門口。一些人穿著棕黃相間的伊嵐翠衛隊制服，其他人則是銀藍交錯——依翁德伯爵的軍團。

拉森閃開了幾次攻擊，閃避那些劍刃或是直接把他們的武器從手中打飛。他必須要找到國王。泰瑞依實在太重要……

當拉森從激烈的打鬥還有著火飄散的錦緞中找到國王的時候，時間彷彿凍結了一般。泰瑞依的雙眼充滿了瘋狂和恐懼，掙扎地想要逃到後面的房間。依翁德的長劍卻在國王才踏出幾步時，找上了他的脖子。

泰瑞依無頭的屍體砰然倒在依翁德伯爵的腳邊。伯爵無情地看著它，然後跟著倒下，按住身上的一處傷口。

拉森默默站在戰場之中。他無視於眼前的混亂，只是盯著那兩具屍體。

無流血政變再也不可能了。

第三部
伊嵐翠之心

第五十五章

從外頭遠望伊嵐翠似乎很不自然。瑞歐汀屬於那座城市，這讓他彷彿他站在自己的身體外頭，從另一個人的角度看著自己。他不應該離開伊嵐翠，彷彿他的靈魂不應該離開他的身體。

在正午的陽光下，他和紗芮奈一起站在凱胤堡壘般的宅邸之上。這個人在十年前的大屠殺之後，就展現出遠見和一種健康的偏執恐懼，他把自己的住宅建築得更像是一座城堡而非宅院。這是一棟堅實的正方形建築，有著筆直的石牆和窄長的窗戶，甚至建在一座小丘之上。屋頂的邊緣以石塊裝飾，有如城牆上的城垛。如今瑞歐汀就靠在其中一塊城垛邊上，紗芮奈站在他身邊，她的手臂環繞在瑞歐汀的腰間，兩人就這樣遠望著那座城市。

就在偌艾歐去世的那個晚上，凱胤很快就把大門封上，告訴他們他有著足以支撐一年份的食物補給。雖然瑞歐汀質疑他的大門是否能夠支撐那麼長時間的攻擊，但還是很歡迎凱胤所提供的安全感。沒有人知道泰瑞依會對瑞歐汀的出現做出什麼反應，但很有可能那個人會放下所有的虛偽矯飾，去尋求菲悠丹的協助。伊嵐翠衛隊或許不敢攻擊瑞歐汀，但菲悠丹部隊卻不會有這種遲疑。

「我早該猜到的。」紗芮奈在瑞歐汀身邊嘟囔著。

「嗯？」瑞歐汀挑起他的眉毛。紗芮奈穿著朵菈的衣服——當然對她來說不夠長，不過瑞歐汀其實很喜歡她露出的長腿。她戴著那頂金色的短假髮，並且配上讓她看起來比實際年齡更年輕的髮型，有點像是還在念書的年輕女孩而非一位成年女性。嗯，瑞歐汀修正了一下，一個六呎高的年輕女孩。

紗芮奈抬起頭，凝視著他的雙眼。「我不敢相信我居然沒有把它聯想起來。我甚至懷疑過你的——

我是說瑞歐汀的——失蹤。我假設國王殺死了你，或起碼把你給放逐了。」

「他一定會很想這麼做。」瑞歐汀說。「他以數不清的理由想把我送走，但我通常都能找到辦法脫身。」

「這實在太明顯了！」紗芮奈帶點任性地把頭靠在他的肩膀上。「偽裝、難堪……這樣一切就說得通了。」

「當謎底揭曉時，總是能夠輕易看出答案，紗芮奈。」瑞歐汀說。「我不意外沒有任何人能把我的失蹤和伊嵐翠聯想起來，那不是一個正常亞瑞倫人會假設的情況。人們不會去談論伊嵐翠，他們更不把自己所愛的人和它扯上關係。他們寧願相信我死了，也不願接受我被霞德祕法所選中。」

「但我不是個亞瑞倫人。」紗芮奈說。「我沒有那種偏見。」

「但妳生活在他們之中。」瑞歐汀說。「妳無可避免地被他們的性格所影響。更何況，妳也不曾和伊嵐翠一起生活成長，妳甚至不知道霞德祕法是如何作用的。」

紗芮奈有點被冒犯地哼了一聲。「於是你就任由我一無所知，虧你還是我的丈夫。」

「我給了妳線索。」他抗議。

「是呀，大概在表露身分的五分鐘前。」

瑞歐汀笑了出來，把她抱得更緊。不管之後會發生什麼事，他很高興自己做出離開伊嵐翠的決定。光是和紗芮奈這樣相處就已經值得了。

過了一會兒，他想起某些事情。「我不是，妳知道嗎？」

「不是什麼？」

「妳的丈夫。起碼，我們的關係有討論的餘地。訂婚的婚約上是說，如果我們兩人任何一個人死去的話，我們的婚姻也依舊有效。我並沒有死——我去了伊嵐翠。雖然他們把它視為同一種情況，但婚約上的文字卻是非常精準的。」

紗芮奈抬起頭，用關切的眼神看著他。

他輕聲地笑著。「我不是打算要逃婚，紗芮奈。」他說。「我是說，我們應該要舉辦一場正式的婚禮，這樣每個人都會高興一點。」

紗芮奈想了一會兒，接著用力地點點頭。

「絕對要。我在過去的兩個月裡訂婚兩次，卻沒有一次結成婚。一個女孩應該要有一場正式的婚禮。」

「一場王后的婚禮。」瑞歐汀同意。

紗芮奈嘆息地回頭看著凱依城。整個城市顯得冰冷、沒有生氣，彷彿無人居住似的。政治上的不穩定已經摧毀了亞瑞倫的經濟，就像是艾敦王的統治摧毀了亞瑞倫的靈魂。這裡應該要有繁忙的交易，卻只有幾個戰戰兢兢的行人偷偷摸摸地穿過街道。唯一的例外就是大城區，那個充滿了亞瑞倫市集的帳棚。雖然有些商人已經打算減少他們的損失——跑去泰歐德，盡量把剩下的貨物賣掉——但大多數的人還是留下來，商船仍停駐在凱依城的港口中。他們要怎麼向那些根本沒有購買意願的人們，推銷囤積如此之多的商品呢？

另一個還表現出一點活力的地方就是王宮。伊嵐翠護城衛隊整個早上就像是發愁的螞蟻一樣忙進忙出。紗芮奈派出了她的侍靈去偵察，但他還沒有回來。

「他真的是個好人。」紗芮奈輕柔地說。

「偌艾歐？」瑞歐汀問。「是呀，他的確是。當我覺得我父親根本不值得我效法的時候，公爵對我來說就是榜樣。」

紗芮奈溫柔地笑著。「當凱胤第一次介紹偌艾歐給我認識的時候，他說他不確定公爵幫助我們是因為他愛亞瑞倫，還是他只是覺得很無聊。」

「很多人把偌艾歐的多謀當成欺瞞的象徵。」瑞歐汀說。「他們都錯了。偌艾歐很聰明，他也非常喜歡耍點手段，但他真心愛國。即使在那麼多挫折和失敗之後，他依舊教導我去相信亞瑞倫。」

「他是個狡猾的老祖父。」紗芮奈說。「而他也差點成為我的丈夫。」

「我還是不太能相信這件事。」瑞歐汀說。「我愛偌艾歐……但是想像他結婚？而且還是跟妳？」

紗芮奈笑了出來。「我也不覺得我們自己相信。當然，這並不表示我們就不會走下去。」

瑞歐汀嘆了一口氣，按摩著她的肩膀。「要是我知道我把亞瑞倫託付給一雙多有能耐的雙手，我不必操那麼多的心。」

「新伊嵐翠呢？」紗芮奈問。「卡菈塔在管理它？」

「新伊嵐翠能夠自己運作了。」瑞歐汀說。「但我今天早上還是讓迦拉旦回去，讓他指導他們如何使用艾歐鐸。如果我們在這裡失敗，我不希望任由伊嵐翠毫無防禦。」

「我們可能剩下沒多少時間了。」

「夠讓他們學會一兩個符文了。」瑞歐汀說。「他們應該要了解自己力量的祕密。」

紗芮奈微笑。「我知道你會找出答案的，上神不會任由你的努力白費。」

瑞歐汀也跟著微笑。昨天晚上，她要求他畫出十幾個符文，好向她證明這真的行得通。然而，這不足以拯救偌艾歐。

罪惡感的大石壓在瑞歐汀的胸口，如果他知道正確的強化與調整，他也許有機會救回偌艾歐的性命。腹部的傷口通常要相當時間才會致命，瑞歐汀可以分別治療每一處受傷的內臟，然後讓傷口收口。但是他卻只能畫出基本的符文影響偌艾歐的全身，已經夠微弱的符文力量在分配到全身之後，幾乎起不了什麼作用。

瑞歐汀熬了一夜，鑽研治療的變化，艾歐鐸的治療魔法非常複雜，是一門精密困難的藝術，但他已經下定決心不會再有人因為他的無能而死去。雖然要花上他好幾個月的時間去記憶、熟悉，但他會把每個內臟、肌肉和骨頭的變化都牢記在心。

紗芮奈轉回頭繼續凝視城市。她依舊緊緊摟著瑞歐汀的腰——紗芮奈不喜歡高處，特別是當她沒有東西可以抓住的時候。看著紗芮奈的頭頂，瑞歐汀突然想起昨晚研讀的某樣東西。

他伸手拿下她的假髮，雖然黏膠抗拒了一下，但終究還是被取下，露出底下短短的髮根。紗芮奈疑惑地轉過身，眼神中帶著質疑和不滿，但瑞歐汀已經開始繪製符文。

那並不是個複雜的符文，只需要指定固定的目標，還有目標該如何被影響，以及時間的長度。當他完成的時候，她的頭髮開始生長，懶洋洋地延伸，像是緩緩吐出的呼吸一般從她頭頂滑出，不消幾分鐘的時間，已然完成——她的金色長髮再次長到可以披散在她的背上。

紗芮奈不可置信地撫摸著自己的頭髮，含淚的銀灰色眼瞳看著瑞歐汀。「謝謝你。」她小聲地說，依偎得更靠近他。「你不知道這對我有多重要。」

過了一會兒。她退後一步，熱切地看著他。「讓我看看你。」

「我的臉？」瑞歐汀問。

紗芮奈點點頭。

「妳以前就看過了。」他遲疑地說。

「我知道，但我開始習慣你現在的樣子了。我想要看看真正的你。」

她眼中的堅決讓他放棄繼續爭論下去。他嘆了一口氣，伸手用食指輕輕觸摸自己的內衣領口。對他來說，什麼事情都沒有改變，但他可以感覺到紗芮奈的身體隨著幻象消失而僵硬了起來。他突然感覺一陣羞愧，匆忙地開始畫起符文，但紗芮奈卻阻止了他。

「這沒有你想的恐怖，瑞歐汀。」她說，用手指輕輕地撫過他的臉龐。「他們說你們的身體就像屍體一樣，那不是真的。你的皮膚也許灰白還有一點點萎縮，底下依舊是血肉。」

她的手指停在他臉頰上的割傷，輕輕地倒抽一口氣。「是我做的，對不對？」

瑞歐汀點頭。「我說過了，我完全不知道妳是那麼厲害的擊劍手。」

紗芮奈的手指滑過那道傷痕。「我那時候真的非常困惑，因為我找不到傷口。為什麼幻象能夠傳遞你的表情，卻不會產生出割傷？」

「這很複雜。」瑞歐汀說。「你必須要把臉部的每條肌肉都和幻象對照的部分連結在一起，我永遠不可能自己想出來，那些方程式都在我的書裡。」

「但你昨晚那麼快就改變了幻象，從卡洛換成瑞歐汀。」

他微笑。「那是因為我準備了兩種幻象，一個附在我的內衣上，一個連在外套上。只要我把外頭的那件消去，底下的幻象就會浮現出來。我很高興幻象和別人記得的樣子很相像。當然，沒有任何方程式可以教你如何複製自己的臉，我必須自己想出辦法。」

「你做得很好。」

「我從我伊嵐翠的臉龐開始推斷，告訴幻象原本會有的樣子。」他微笑。「妳真是個幸運的女人，有個丈夫可以隨時變換面孔。妳永遠也不會覺得無聊。」

紗芮奈哼了一聲。「我很喜歡現在這個。就是這張臉在我還是個伊嵐翠人，沒有頭銜也沒有階級的時候也會愛我。」

「妳覺得妳能夠習慣這張臉？」瑞歐汀問。

「瑞歐汀，上一週我本來要嫁給偌艾歐了。他是個可愛的老傢伙，但外表實在普通到就算跟石頭站在一起比，石頭都看起來比他英俊。」

瑞歐汀大笑。儘管發生了這麼多事情——還有可憐的偌艾歐過世——他的心此刻仍是充滿了喜悅。

「他們在做什麼？」紗芮奈看著遠方的王宮。

瑞歐汀轉身跟著她的視線，因此向前撞了紗芮奈一下，她的反應是死命地抓住瑞歐汀的肩膀，手指掐進他的肉裡。「別這樣！」

「喔。」他說，手環住她的肩膀。「我忘記妳會怕高。」

「我不是怕高。」紗芮奈依舊緊緊地握住他的手。「我只是有點頭昏。」

「當然。」瑞歐汀瞇起眼睛看著王宮。他模糊地看見一群士兵正在建築物前做某件事。他們正在把某些毯子還是床單的東西給放在地上。

「太遠了。」紗芮奈說。「艾希在哪裡？」

瑞歐汀伸出手畫出艾歐・奈（Aon Nae）——一個大大的圓形文字——停留在他們面前的空中。當他完成的時候，艾歐・奈的圓形像是水面般地產生出漣漪，接著出現城市的細部放大畫面在他們眼前。瑞歐汀把手掌放在圓形的中心，讓他可以把符文的視角調整到王宮的位置。畫面如此清楚，他們甚至可以看見士兵身上的階級章。

「這可真有用。」紗芮奈說。瑞歐汀稍微調整了符文的角度。士兵們確實在抬床單——顯然是裹著一具具屍體。當瑞歐汀把視線調整到屍體上的時候，渾身一陣發冷。有兩具屍體讓他們非常熟悉。

當依翁德和泰瑞依死去的臉龐出現在畫面上時，紗芮奈驚恐地倒抽冷氣。

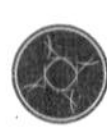

第五十六章

「他在昨日深夜的時候發動攻擊，小姐。」艾希說。

他們團體的餘下成員，凱胤、路凱和蘇登，全都在宅邸的屋頂上會面。瑞歐汀將符文望遠鏡瞄準搭在王宮前廣場的喪禮柴堆。

蘇登男爵一臉愁苦地坐在石頭屋頂上，不可置信地搖頭。紗芮奈握著那個年輕占杜人的手，想給他一點安慰，痛苦地發覺到過去幾天一定讓蘇登非常難受。他未來的岳父居然背叛他們，托瑞娜失蹤，而現在他最好的朋友也死了。

「他是個勇敢的人。」凱胤站在瑞歐汀身旁說。

「從來沒有人懷疑過。」瑞歐汀說。「但他的行動依舊是愚昧的。」

「他是為了榮譽而戰，瑞歐汀。」紗芮奈從沮喪的蘇登身邊抬起頭說。「泰瑞依昨晚謀殺了一個偉大的人，依翁德是為了公爵報仇。」

瑞歐汀搖搖頭。「報復永遠都是種愚蠢的行為，紗芮奈。現在我們不只失去了偌艾歐，還失去了依翁德，而百姓得在幾個禮拜之內接受第二位國王的駕崩。」

紗芮奈放棄了這個話題，瑞歐汀以一位統治者的角度說話，而非一個朋友。即使依翁德已經壯烈犧牲，瑞歐汀也因為伯爵所造成的情勢而不能認同他的偏差行為。

士兵們沒有以浮誇的儀式準備火葬，只是單純地任由火堆燃燒著，然後他們一齊向燃盡的屍體敬禮。不管別人怎麼批評那些衛隊，他們依舊以莊嚴和榮譽完成了他們的職責。

「那邊。」瑞歐汀說，從他的符文中指出大約有五十名士兵離開火堆，開始向凱胤的宅邸出發。全都穿著棕色的斗篷，掩蓋住他們伊嵐翠護城衛隊的制服。

「這下糟了。」凱胤說。

「這也可能是好事。」瑞歐汀說。

凱胤搖頭。「我們應該要堵住入口，看他們有沒有辦法衝破門後一噸的石塊。」

「不。」瑞歐汀說。「把我們自己關在裡面也沒有任何好處。我想要見見他們。」

「我們還有別的方法可以逃出這棟房子。」凱胤說。

「還是一樣，等我下令，再把你的入口給堵住，凱胤。」瑞歐汀說。「這是命令。」

凱胤咬牙切齒了一番，然後才點頭。「好吧。瑞歐汀，但這不是因為你下命令，而是因為我相信你。我的兒子也許稱你為王，但我不接受任何人的統治。」

紗芮奈驚訝地看著她的叔叔。她從來沒有見過他那樣講話，他總是愉快歡樂，像隻開心的馬戲團大熊。但他現在的臉上寫滿了斷然與嚴肅，雜亂的鬍子自從艾敦王死後就沒有修整打理過。那個冒失溫和的主廚已經消失了，眼前的男子更像是她父親艦隊中髮色灰白的海軍將領。

「謝謝你，凱胤。」瑞歐汀說。

她叔叔點點頭。騎兵快速地接近，迅速地包圍了凱胤丘頂上的堡壘，注意到瑞歐汀就站在屋頂上，一位士兵策馬靠近了幾步。

「我們聽到傳言說，瑞歐汀大人，亞瑞倫的王儲依舊在世。」那個人宣布。「如果這是事實，請他走上前來。我們的國家需要一位國王。」

凱胤明顯地鬆了一口氣，瑞歐汀平靜地嘆息。衛隊的軍官站在一整排隊伍前，短短的距離間，瑞歐汀可以見看見他們的臉龐與表情。焦急、困惑，但卻帶著希望。

「我們得盡快行動，在樞機主祭來得及反應之前。」瑞歐汀對他的朋友說。「派人去通知所有的貴族——我將會在一個小時內舉行加冕。」

瑞歐汀直衝王宮的王座大廳。王座高台旁站著紗芮奈，還有年輕的科拉熙教長。瑞歐汀和這個人只打過照面，但紗芮奈對他的描述卻很精確。金色的長髮，一副知悉一切的笑容，而自尊心極強的氣勢看來就是他最大的特徵。然而，瑞歐汀卻需要他，選擇由舒．科拉熙教派的教長來替他加冕，是一個重要的先例宣示。

當瑞歐汀靠近時，紗芮奈對他露出鼓勵的微笑。他很驚訝她的付出，尤其是最近經歷過這麼多的事情。他加入她一起來到高台上，接著轉身面對亞瑞倫的貴族。

他認得大多數的臉孔，許多人在他被放逐之前就支持他。現在他們大多數的人只是一臉疑惑，他的出現如此突然，就像泰瑞依的死一樣。有謠言指出瑞歐汀幕後策劃了這場暗殺，但大多數的人根本不在意。他們的眼神因為震驚而遲鈍，開始對這樣持續不斷的壓力感到疲倦。

現在一切將會改變。瑞歐汀無聲地對他們許諾。不再有疑問，不再有不確定。我們將會團結起來，和泰歐德一起面對菲悠丹。

「諸位大人與女士。」瑞歐汀說。「亞瑞倫的人們。我們貧困的國家在過去十年裡，已經受了太多的苦。讓我們再一次導正這一切。以這個王冠，我向你們承諾……」

他突然僵住了——他感覺到……一種力量。起初，他以為是鐸在攻擊他。然而，他卻發覺是別的東西——一種他從來沒有體驗過的感覺。某種外在的事物。

有別人在操控鐸。

他在人群中搜索，掩飾著他的驚訝。他的目光最後落在一個穿著紅袍的矮小身影上，在貴族之中那人幾乎像是隱形的一樣。力量來自於他。

一個德瑞熙教士？瑞歐汀懷疑地想。那個人在微笑，他兜帽下的頭髮是金黃色的。

什麼?!

集會群眾的情緒開始改變，好幾個人突然昏厥過去，但多數人只是瞪大了眼睛。震驚、目瞪口呆。然而卻不感到奇怪。他們已經被打擊過這麼多次，他們早已預期會有某種恐怖的事情發生。不需要檢查，瑞歐汀就已經知道自己的幻象已經消失了。

教長大口喘著氣，王冠從他手中落下，整個人也差點摔倒在地上。瑞歐汀看著群眾，他的胃一陣糾結。就差這麼一點……

一個聲音從他的身邊傳出來。「看著他，亞瑞倫的貴族！」紗芮奈高聲宣布。「看看這個原本要成為你們國王的人。看著他黑色的皮膚還有伊嵐翠人的面孔！然後，告訴我，這真的重要嗎？」

群眾沉默著。

「十年來，你們被暴君所統治，因為你們排拒伊嵐翠。」紗芮奈說。「你們享受著特權與財富，但另一方面來說，你們也是最受壓迫的，因為你們永遠也無法獲得安全感。你們的頭銜比你們的自由還重要嗎？

「這個人深愛著你們，當其他人只想把你們的尊嚴給偷走時。我問你們——當個伊嵐翠人，會讓他成為一個比艾敦或泰瑞依更糟糕的國王嗎？」

她在他面前跪下。「我，我個人，接受他的統治。」

瑞歐汀緊張地看著群眾。然後，一個接著一個，他們開始跪下。從蘇登和路凱開始，他們站在群眾的最前面，很快地擴散開來。像是波浪一般，各種各樣的下跪，有人恍惚，有人像是放棄似的。然而，也有人大膽高興地跪下。

紗芮奈走下來拿起掉在地上的王冠。它只是個簡單飾品——不過是倉促間製作的金環——卻象徵了很多意義。當辛那蘭震懾在一旁，泰歐德公主取代了他的職責，伸出手將王冠放在瑞歐汀的頭上。

「看哪，你們的國王！」她高喊。

有些人真的開始喝采歡呼起來。

* * *

有一個人並沒有歡呼，反而噓了一聲。狄拉夫看起來彷彿像是想疾越過群眾，把瑞歐汀徒手撕成碎片。群眾從零星的喝采變成全體贊同的高喊，讓他無法上前。教士嫌惡地四處張望，然後強迫自己穿過人群奪門而出，逃進逐漸昏暗的城市中。

紗芮奈無視那名教士，只凝視著瑞歐汀。「恭喜您，陛下。」她說完，輕輕地吻了他一下。

「我不敢相信他們接受了我。」瑞歐汀難以置信地說。

「十年前，他們排斥伊嵐翠人。」紗芮奈說。「卻發現其他人也可以是頭怪物，不管他長成什麼樣。他們終於準備好接受一個統治者，並不是因為他是神或是他很有錢，而是知道那個人會帶領他們變得更好。」

瑞歐汀微笑。「當然，這也要歸功於統治者有個好妻子，能夠在關鍵時刻發表出那樣穿透人心的動人演說。」

「的確。」

瑞歐汀轉頭，看見狄拉夫穿過人群逃走。

「那是誰？」

「只是拉森手下的一個教士。」紗芮奈輕蔑地說。「我可以想像他一定很不愉快。狄拉夫以他對伊嵐翠人的仇恨聞名。」

瑞歐汀似乎並不覺得她的評論很適當。「有些事情不對，紗芮奈。為什麼我的幻象會消失？」

「不是你自己做的？」

瑞歐汀搖搖頭。「我……我想是那個教士做的。」

「什麼？」

「在我的符文消失之前，我感受到教士身上發出鐸的力量。」他咬牙沉默了一會兒，「我能借用一下艾希嗎？」

「當然。」紗芮奈招手讓侍靈靠近。

「艾希，你能替我送個口信嗎？」瑞歐汀問。

「遵命，大人。」侍靈一邊回答，一邊上下擺動。

「去新伊嵐翠找迦拉旦，告訴他剛剛發生的情況。」瑞歐汀說。「警告他做好準備。」

「準備什麼，大人？」

「我不知道。」瑞歐汀說。「叫他準備好，告訴他我很擔心。」

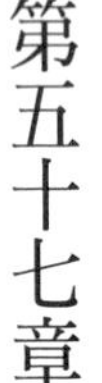

第五十七章

拉森看到那個「瑞歐汀」衝進王座大廳。沒有人反對那個騙子的要求——這個人，不管他是不是瑞歐汀——很快就會成為國王。紗芮奈的行動實在是太精彩的一擊了。暗殺泰瑞依，讓一個冒牌貨登上王位……拉森的計畫受到了嚴重的打擊。

拉森看著那個冒牌貨，感覺到一種奇怪而強烈的仇恨，尤其是當他看見紗芮奈凝望那個男人的模樣。拉森可以從她的雙眼中看出濃濃的愛意。這樣愚蠢的愛慕難道是認真的？這個人是如何突然冒出來的？他又是如何擄獲向來敏銳的紗芮奈的芳心？

不管如何，她顯然已經為那個人傾心。拉森的理智知道自己的嫉妒有多愚蠢，照理來說，他和那個女孩之間就只有敵對的關係，而非愛慕，為什麼他會去嫉妒別的男性呢？不，他需要冷靜。距離舒．德瑞熙的聯軍來毀滅亞瑞倫只剩下一個月，他們會殺死所有人，包括紗芮奈。拉森必須盡快行動，他只剩一點點時間來讓整個國家改宗皈依。

當瑞歐汀準備加冕時，拉森也開始往後退去。許多國王的第一個命令，就是把他的政敵給囚禁起來，拉森可不想留在現場提醒那個騙子。

然而，他卻站得夠近目睹了那場轉變，拉森被眼前的景象所迷惑——霞德祕法是會忽然出現，但卻不是那麼突然。這樣奇怪的現象讓他重新思考自己的假設，要是瑞歐汀真的沒死呢？要是他一直以來都是躲在伊嵐翠裡面呢？拉森能找到辦法假裝成伊嵐翠人，難道別人就不行嗎？

拉森驚訝於那場轉變，但他更驚訝地發現亞瑞倫人居然不在意。紗芮奈提出了她的演說，人們只是傻傻地站著，他們完全不去阻止她替一個伊嵐翠人加冕。

拉森只覺得噁心。他轉過身，接著發現狄拉夫飛快地從人群中逃出來。拉森跟在他的後面，有一度，他和狄拉夫都同樣地作嘔。他很驚訝於亞瑞倫人的行為居然如此不合邏輯。

在那時候，拉森發覺到他自己的錯誤。狄拉夫是對的——如果拉森當初放了更多心力在伊嵐翠上，那些噁心的人不可能讓瑞歐汀登上王位。拉森沒有堅持要讓他的追隨者真正感受到杰德司的神聖意志，他以聲望和大眾喜歡的東西來鼓勵他們皈依，而沒有以真正的教義來引導他們。結果就是眼前隨性的聚會，他們隨時都有可能會回過頭去，走回他們的老路，就像他們加入德瑞熙一樣快。

這該死的期限！拉森一邊想一邊快速地穿梭在凱依城昏暗的街道上。三個月根本不足以建立穩固的信仰群眾。

眼前的狄拉夫轉進了一條小巷中，拉森頓了一下，這不是通往禮拜堂的路，而是往城市中心的路。好奇戰勝了猶豫，拉森繼續跟蹤著儀祭，他遠遠地跟著避免自己脛甲踩在石子路的聲響。他並不需要擔心，儀祭在陰暗的街道中一心一意地快步走著，完全沒有回頭觀望。

黃昏的最後一點餘光也幾乎消失了，黑暗籠罩在市場區上。拉森在昏暗的光線下跟丟了狄拉夫。他停下來四處打量著那些安靜的帳棚。

突然間，光線出現在他的周圍。

上百枝火炬突然出現在幾十個帳棚間。拉森皺起眉頭，但緊接著眼睛睜得老大，看著人群從帳棚中湧出來，火把的光線照亮了他們赤裸的背部。

拉森驚懼得倒退數步。他認得那些扭曲的身影，手臂有如糾結的樹幹，身體上滿是隆起如山脊的突起和奇異的圖紋。

夜晚雖然安靜，但回憶的尖嘯卻充斥在拉森的耳中。那些帳棚和商人都只是幌子，這也是為什麼那麼多菲悠丹商人無視於這裡的政治紛擾，還來參加亞瑞倫市集；也這是為什麼當其他人都走了，他們卻依舊留下來。他們根本不是商人，而是戰士。對亞瑞倫的侵略提早了一個月。

沃恩派出了達克霍的僧侶。

第五十八章

瑞歐汀因為那些奇怪的聲音而醒來，在偌艾歐宅邸中的他還搞不清楚狀況。婚禮直到當天下午才選定日期，而由於紗芮奈已經占用了凱胤家的客房，瑞歐汀決定回到卡洛在偌艾歐宅邸的房間去休息。雖然他們最後都會搬進王宮，但是那裡還在整理泰瑞依的遺物。

那些聲音再次傳來──是打鬥的聲音。

瑞歐汀從床上跳起來，衝過去打開陽台的門，穿過庭院看著凱依城。濃煙在整個夜空中奔騰，火焰在整座城市中四處竄燒。尖叫與哭喊不絕於耳，那些黑夜中的哭嚎彷彿來自於深淵，而一陣陣的金屬交擊聲就從不遠處傳來。

瑞歐汀隨手套上一件外套，飛快地衝出宅院。穿過轉角，他撞見一群守衛努力地奮戰想要活命，而他們對抗的卻是一群……惡魔。

他們袒露著胸膛，雙眼彷彿在燃燒；看起來像人，但是他們的血肉卻帶著莫名的脊狀突起，像是在血肉底下鑲入了金屬片一樣。其中一名瑞歐汀的士兵成功地揮出一劍，但是武器卻只留下一道痕跡，原本應該要能一刀砍斷的地方卻只造成一道輕微的刮傷。十幾名士兵垂死躺在地上，而五個惡魔卻是赤手空拳。剩餘的士兵驚恐地戰鬥著，他們的武器根本沒有作用，而他們的同伴一個接著一個地倒下。

瑞歐汀害怕地退後一步，領頭的一個惡魔跳上一名士兵的身體，以非人的速度閃開士兵的突刺，接著用一種邪惡形狀的長刃刺穿那名士兵。

瑞歐汀整個人僵在那裡，他認得那個惡魔。雖然他的身體和其他人一樣地扭曲，但他的臉孔卻很熟悉。那是狄拉夫，那個菲悠丹教士。

狄拉夫微笑地看著瑞歐汀。瑞歐汀慌張地撿起一把地上士兵的武器，但他的動作太慢了；狄拉夫飛箭般地穿過房間，像是一陣勁風衝過來，一拳揍在瑞歐汀的肚子上。瑞歐汀痛苦地喘息，跪倒在地。

「帶他走。」那個生物命令說。

❖

「確定你今晚就會把這些送出去。」紗芮奈把最後一箱補給品的蓋子給闔上。

乞丐點點頭，恐懼地看了一眼伊嵐翠的城牆，就矗立在幾呎以外的地方。

「你不需要害怕，霍德（Hoid）。」紗芮奈說。「你現在有了一位新國王。亞瑞倫會開始改變的。」

霍德聳肩。儘管泰瑞依已經死去，這個乞丐依舊拒絕和紗芮奈在白天會面。過去十年來，霍德的手下在艾敦還有莊園農場的陰影下擔驚受怕；就算他們沒有要作姦犯科，也不習慣在沒有夜色的保護時行動。紗芮奈可以利用其他人去運送這些補給品，但霍德和他的手下已經知道該把箱子運到哪裡。更何況，她並不希望亞瑞倫的一般平民發現這樣特別的運補。

「這些箱子比前一趟還重，女士。」霍德提出精明的問題，他能夠在凱依城的街道中存活十年而不被逮到，不是沒有道理的。

「箱子裡裝了些什麼不關你的事。」紗芮奈回答，遞給他一袋錢幣。

霍德點點頭，他的臉隱藏在兜帽的陰影中。紗芮奈從來沒有見過他的臉，但從他的聲音判斷，他應該有點年紀了。

她在夜色中發抖，急著要返回凱胤的房舍。婚禮就訂在明天了，紗芮奈很難繼續壓抑她的興奮。儘管有過那麼多艱苦、挫敗與打擊，亞瑞倫終於有了一位可敬的國王登上王位。而在經歷了那麼多年的等待，紗芮奈也終於找到了一個她心神和理智都願意托付的對象。

「那就晚安了，女士。」霍德說完，跟著一群乞丐緩緩地爬上伊嵐翠城牆的階梯。

紗芮奈對艾希點點頭。「去告訴他們補給品要到了，艾希。」

「是，小姐。」艾希上下震動地回答。跟著那群乞丐飄了上去。

紗芮奈拉緊了她的圍巾，爬回她的馬車，讓馬車夫送她回家。希望迦拉旦和卡菈塔能明白她為什麼要送上整箱的長劍與弓箭。瑞歐汀白天的憂慮深深地干擾著紗芮奈。她也很擔心新伊嵐翠那些開朗包容的人們，於是她最後決定得做點什麼。

當馬車轉進安靜的街道時，紗芮奈嘆了一口氣。那些武器也許幫不了什麼忙，新伊嵐翠的居民並不是戰士。但這起碼是她能做的事情。

馬車突然停了下來。紗芮奈皺起眉頭，開口想要詢問馬車夫。接著她停頓住——現在那些車輪滾動的聲音停止了，她可以聽見一些其他的聲音，遠方傳來模糊而微弱的聲響。

像是……尖叫。下一秒鐘她開始聞到煙味。紗芮奈拉開馬車的門簾，從窗戶探出她的頭。她看見一幅地獄般的景象。

馬車就停在十字路口上，其他三條街道都顯得寂靜無聲，但她眼前的那條卻是燃燒的火紅，火焰在人的身體上翻湧著，無數的屍體癱倒在石子路上。男女老幼哀嚎地在街上逃竄，其他人則是完全震驚地呆站在原地。而在他們之間聳立著那些赤膊上身的戰士，他們身上的汗水在火光下閃閃發光。

這根本是宰殺。那些詭異的戰士不帶感情地屠殺每一個人，男人、女人，甚至是小孩，沒有人能逃過他們的劍刃。紗芮奈震驚了好一會兒才對著馬車夫尖叫，喊著他轉向逃走。馬車夫也從恍惚中被驚醒，快馬加鞭地想要轉向。

紗芮奈的叫喊突然停下來，其中一個打赤膊的戰士注意到了這輛馬車。那名士兵飛快地衝了過來，而馬車才剛要轉向。紗芮奈想要開口警告馬車夫的時候已經太遲了。那個詭異的戰士起身跳躍，越過了一個令人不可置信的距離後，落在馬車的馬背上。那個士兵柔軟地趴伏在馬背之上，而紗芮奈也第一次看見他們扭曲非人的身體，還有他們眼中令人畏懼的火焰。

士兵身體一彈，就跳上了馬車頂。車輛搖晃著，車伕大叫出聲。

紗芮奈打開她的車門跳了出去。她連滾帶爬地穿過石子路，慌張地踢掉她的鞋子，只想要趕緊逃離那條街道，逃離那些火焰，回到凱胤的家中；如果她可以的話……

車伕的屍體碰地一聲被摔進她身旁的一棟建築物裡，頭頸歪垂地倒在地上。紗芮奈尖聲叫喊，搖搖晃晃地後退，幾乎就要絆倒。另一邊，那個魔鬼般的生物映著火光的黑色剪影緩緩地一步步靠近她。雖然他的動作是那麼隨意，輕盈而警醒；紗芮奈仍可以看見他身體上不自然的陰影，以及他皮膚下的凹洞，彷彿他的骨骼曾被扭曲重組似的。

忍住另一次叫喊，紗芮奈倉皇地爬行著，奮力想要跑上她叔叔家的小丘。但還不夠快，對那個生物來說，抓住她根本只跟遊戲一樣，她可以聽見身後的腳步聲，持續靠近，愈來愈快。她幾乎可以看見身後跟上來的光線，但……

有個東西抓住了她的腳踝。當那個生物以驚人的力氣猛拉的時候，紗芮奈也跟著劇烈搖晃。她的腳一扭，整個人就猛力地摔在地上。紗芮奈痛苦地翻滾，大力地喘著氣。

那個扭曲的身影就在她身後，她甚至可以聽見他低語一種異國方言，菲悠丹語。

某個黑暗巨大的身影猛力撞上那個怪物，把他向後摔。兩個身影在黑暗中扭打著。那個生物咆哮著，但新出現的那個人怒吼得更大聲。紗芮奈茫然地抬起頭，看著身後的陰影。一陣靠近的光線揭露他們的面目：那個赤裸的戰士和一個意想不到的人。

「凱胤？」紗芮奈問。

她叔叔拿著一把巨大的斧頭，幾乎和那個男人的胸膛一樣大小。他猛力地把斧頭砍進那個生物的背部，而那個東西只能在石子路上掙扎扭動，想要伸手去拿劍。那個生物痛苦地咒罵著，但斧頭並沒有全然穿透生物的身體；凱胤拔出斧頭，全力一揮直接把斧頭砸進那個惡魔的臉上。

那個生物哀嚎著，但仍沒有停下動作。而凱胤亦沒有，他猛擊再猛擊，一次又一次地揮砍那個怪物的頭部，用他嘶啞的聲音怒吼著泰歐德戰嚎。骨頭嘎吱作響，終於那個生物不再移動。

有東西碰了她的手臂，紗芮奈大聲尖叫。是路凱，就跪在她身旁，舉起提燈。「快來！」他催促著，一把拉起紗芮奈拖著她前進。

他們快步地走進凱胤的宅邸，她叔叔笨重地走在後頭。他們倉促地穿過房門，差一點跌進廚房，而滿臉驚恐的一群人就聚在這裡等著他們回來。朵菈匆忙地抱住她的丈夫，而路凱用力關上大門。

「路凱，把大門堵住。」凱胤下令說。

路凱走過去，拉動那根紗芮奈每次都以為是燭台的桿子。一秒鐘後，她就聽見入口處傳來轟然巨響，灰塵一路飄進廚房來。

紗芮奈跌坐在一張椅子上，看著沉默的房間。蘇登也在這裡，他找到了托瑞娜，她正縮在他的懷中啜泣。鐸恩、凱艾絲、阿迪恩全部躲在轉角邊，和路凱的妻子依偎在一起。但是瑞歐汀不在。

「那些……那些是什麼東西……？」紗芮奈抬頭看著路凱。

她的堂兄搖搖頭。「我不知道，攻擊不久之前才開始，我們擔心妳會出事，於是在外頭等妳——所幸父親從山丘上看見妳的馬車。」

紗芮奈點頭，依舊還有點反應不過來。

凱胤摟著他的妻子，看著另一隻手上的染血斧頭。「我發過誓，永遠不再拿起這把受詛咒的武器。」他低聲說。

朵菈拍拍她丈夫的肩膀。儘管非常震驚，紗芮奈還是注意到她認得這把斧頭。它原本掛在廚房的牆壁上，和凱胤其他的旅遊紀念品放在一起。然而他卻能以非常精湛的技巧使用這把斧頭，它顯然不是紗芮奈以為的單純紀念品。靠近點看，她可以看見斧刃上的裂口和刮痕。有著一個徽紋般的符文鐫刻在鋼鐵上──艾歐・里歐（Aon Reo），那個文字的意思是「懲罰」。

「為什麼一個商人會需要知道如何使用那樣的東西？」紗芮奈問，彷彿在自言自語。

凱胤搖頭。「一個商人是不會。」

紗芮奈只知道一個人使用過艾歐・里歐，但那與其說是個人，不如說是個傳說。「他們叫他德瑞克。」她低聲說。「那個海盜──碎喉。」

「他們老是搞錯。」凱胤用他沙啞粗糙的聲音說。「他真正的名字是德瑞克・喉碎（Dreok Crushed-throat）。」

「他想要從我父親的手上奪取泰歐德的王位。」紗芮奈一邊說，一邊抬起頭看入凱胤的眼底。

「不。」凱胤轉身說。「德瑞克只想要屬於他的東西。他只是想拿回那個被他弟弟伊凡托偷走的王位，就在德瑞克把生命浪費在四處尋歡的旅途上，他弟弟就從他的眼前把王位給偷走。」

⁂

狄拉夫衝進禮拜堂，臉龐因為滿足而發光。他的其中一名僧侶把昏迷不醒的瑞歐汀丟到一旁的牆角。

「我親愛的拉森。」狄拉夫說。「這才是你對付異教徒應有的樣子。」

拉森滿臉驚駭地把頭從窗戶邊轉回來。「你在屠殺整座城市！狄拉夫！這有什麼意義？這樣哪裡看得出杰德司的榮光？」

「少質問我！」狄拉夫吼叫。他的眼睛像是在燃燒一樣，他的狂熱與憤怒終於釋放。

拉森轉過身。在德瑞熙教會所有的階級制度中，只有兩種人地位高於樞機主祭：沃恩和教長──修道院的領袖。教長很少被考慮在內，因為通常來說，他們鮮少關心修道院以外的世界。很顯然，這已經改變了。

拉森看著狄拉夫赤裸的胸膛，看見那些一直隱藏在儀祭袍下的扭曲圖案。拉森的胃糾結扭曲得有如那個人皮膚下的血管。那是骨頭，拉森很清楚——堅硬不斷的骨頭。狄拉夫不只是個僧侶，他也不只是個普通教長，他是菲悠丹最惡名昭彰的修道院的教長——達克霍，骨之教團。

用來創造達克霍僧侶的祈禱和儀式咒語是個祕密，甚至連樞機主祭都不了解他們。在一個男孩被納入達克霍教團的幾個月後，他的骨骼就會開始成長、扭曲，構成一種奇怪的圖案，就像眼前狄拉夫的皮膚。然而，每個圖案都給予他們獨特的力量，像是驚人的速度和力氣。

駭人的影像流竄過拉森的心靈，那些教士圍繞著他吟唱的景象，那些極度痛苦的記憶，骨骼重組的劇痛。太多了——黑暗、哀嚎、折磨。拉森幾個月之後就離開那裡，加入了別的修道院。

他拋下了那些夢魘與回憶，仍然很難輕易忘記達克霍。

「所以你一直都是個菲悠丹人？」拉森低語。

「你從來沒有懷疑過，對吧？」狄拉夫帶著得意的笑容問。「你應該要明白的，要假裝一個亞瑞倫人說菲悠丹語，比起一個真正的亞瑞倫人去把神聖語言學習得如此地完美要容易得多。」

拉森低下頭。他盡了職責，狄拉夫是他的上級。由於達克霍僧侶都有著不自然的長壽，他不知道狄拉夫已經待在亞瑞倫多久了。不過就打算毀滅凱依城而言，狄拉夫顯然計劃已久。

「噢，拉森。」狄拉夫大笑著說。「你從來不明白你的地位，對吧？沃恩並不是派你來讓亞瑞倫皈依改宗的。」

拉森驚訝地抬起頭。他從來沒有告訴過別人，他有沃恩的親筆信。

「是，我知道你的命令，樞機主祭。」狄拉夫說。「有空再重讀過那封信吧。沃恩派你來不是讓亞瑞倫皈依改宗，派你來是要告訴那些人他們即將面臨的滅亡，你只是來讓他們分心的。伊凡托之類的人會把注意力集中在你身上，而我則準備著入侵這座城市。你的確把你的工作做得很完美。」

「分心……？」拉森問。「但那些人……」

「他們永遠也不會得救，拉森。」狄拉夫說。「一直以來，沃恩就想毀滅亞瑞倫。他需要這樣的一場勝利來確保他對其他國家的掌握——儘管你很努力，但我們對杜拉德的控制依舊很薄弱。這個世界需要知道褻瀆杰德司會有什麼樣的下場。」

「那些人並沒有褻瀆。」拉森感覺到自己怒火中燒。「他們甚至不認識杰德司！如果我們不給他們一個機會皈依，又怎麼能認為他們會是正直的！」

狄拉夫抬起手，飛快地甩了拉森一個耳光。拉森向後跌，臉頰因為那一擊而痛得像火在燒——那種非自然力量的氣力，透過額外骨骼強化。

「你忘了你在和誰說話，樞機主祭。」狄拉夫哼了一聲。「這些人都是不潔的。只有亞瑞倫人和泰歐德人能成為伊嵐翠人。如果我們滅絕他們，那我們就能永遠地終結伊嵐翠異端！」

拉森不理會自己腫起來的臉頰，隨著逐漸增加的驚訝與麻木，他終於了解狄拉夫的怨恨有多深。

「你要把他們全殺光？你要殺死一整個國家的人？」

「這是唯一可以確定的辦法。」狄拉夫說完，露出笑容。

第五十九章

瑞歐汀在新的痛苦中醒來。最尖銳的疼痛來自於他的後腦，但還有其他地方——刮傷、瘀青以及來自全身的割傷。

有一度實在是太過疼痛；每個傷口都尖銳地刺激著，從不間斷，從不減弱。所幸他花了好幾個月在應付鐸的各種猛烈攻擊，和那些令人崩潰的痛苦相比，他身體平時的痛楚——不管有多麼嚴重——都顯得輕微得多。諷刺的是，那個讓他瀕臨毀滅的力量，反而在這個時候讓他維持神智清醒。

雖然還有些暈眩，他可以感覺到自己被扛起來，然後丟到某種堅硬的東西上——一個馬鞍。當馬在奔跑的時候，他失去時間感，被迫掙扎抵抗著昏厥的侵襲。有一些聲音圍繞著他，但他們都在說菲悠丹語，而那是一種他不了解的語言。

馬突然停下。瑞歐汀呻吟地睜開眼睛，有一雙手把他拉下馬，扔在地上。

「站起來，伊嵐翠人。」那個聲音說著艾歐語。

瑞歐汀抬起頭，眨了眨困惑的眼睛。現在還是晚上，他還是可以聞到濃重的煙味。他們站在一個小丘之下——凱胤的山丘。那座封死的大宅就立在幾碼遠的地方，但他幾乎看不清楚。他的視線游離，每樣東西都很模糊。

上神慈悲，他想。拜託紗芮奈要平安無事。

「我知道妳聽得見我，王妃。」狄拉夫大喊。「看看我逮到誰了。讓我們來做個交易。」

不！瑞歐汀試著喊叫，卻只發出一點喑啞的雜音。對他後腦的那一重擊，一定對他的腦部造成某些傷害，他甚至沒辦法讓自己站直，也無法說話。更糟糕的是，他知道這不會好轉。他無法自我治療——現在這些昏眩會一直跟著他，永遠也不會消失。

「妳知道他無意談判。」凱胤壓低聲音說。他們透過凱胤狹長的窗戶看著狄拉夫，還有搖搖欲墜的瑞歐汀。

紗芮奈安靜地點點頭，感覺一陣發冷。瑞歐汀看起來並不好，他搖搖晃晃地站著，看起來彷彿因為火光而迷惘。「上神慈悲，他們對他做了什麼？」

「別看，奈。」凱胤把頭從窗戶轉開。他巨大的斧頭——海盜喉碎的斧頭——就放在轉角。

「我不能轉開頭。」紗芮奈低語。「我起碼要和他說話，和他道別。」

凱胤嘆氣，然後點點頭。「好吧，我們上屋頂去。但一看到弓箭，我們就要立刻躲回來。」

紗芮奈嚴肅地點點頭，接著兩人爬上屋頂。她靠近屋頂的邊緣，看著底下的狄拉夫和瑞歐汀。要是她可以說服教士拿自己交換瑞歐汀，她就會立即這麼做。然而，她知道狄拉夫會要求進入房子裡，而紗芮奈絕對不可能會同意這件事。朵菈和小孩們全躲在地下室由路凱照顧著。紗芮奈不會背叛他們，不管狄拉夫拿誰當人質。

她開口說話，知道她可能是最後一次和瑞歐汀對話。

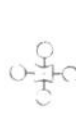

「走！」狄拉夫命令。

拉森站在旁邊，一個沮喪的旁觀者，看著紗芮奈落入狄拉夫的陷阱。達克霍僧侶衝上前去，從房子底下的隱藏處跳了出來，他們的腳彷彿釘子般可以從石頭和磚塊的縫隙中插進去。好幾個僧侶已經躲在屋頂的邊緣，翻身跳上去，截斷紗芮奈的退路。

拉森可以聽見紗芮奈和她的同伴在了解到自己的困境時的尖叫。一切都太遲了，一個達克霍僧侶從屋頂上跳下來，掙扎的王妃已在他的手上。

「拉森，把你的侍靈交給我。」狄拉夫下令。

拉森只能遵從，打開金屬盒讓那顆光球跑了出來。拉森根本不想問他怎麼會知道侍靈。達克霍是沃恩最寵愛的戰士，他們的領袖一定知道各種祕密。

「侍靈，我要和伊凡托王對話。」狄拉夫說。

侍靈顫動著，光球很快化為一個帶著驕傲臉龐的過胖男子。

「我不認得你。」伊凡托王說。「誰在半夜呼喚我？」

「我是那個掌握你女兒的人，國王。」狄拉夫說，重戳了紗芮奈身側。儘管不願意，公主還是叫了出來。

伊凡托王的頭像轉動，彷彿在搜尋聲音的來源，雖然他只能看見狄拉夫的臉。「你是誰？」

「我是狄拉夫。達克霍修道院的教長。」

「上神慈悲……」伊凡托低語著。

狄拉夫的眼睛縮窄，邪惡地微笑。「我想你已經皈依了，伊凡托。沒關係。召集你的士兵還有船隻。我會在一個小時內抵達泰歐德，如果你沒有準備好一場正式的投降儀式，我就會殺死這個女孩。」

「父親，不要！」紗芮奈大喊。「你不能相信他！」

「紗芮奈？」伊凡托王焦急地問。

「一個小時，伊凡托。」狄拉夫對空中揮手示意。國王徬徨的臉龐消失，恢復成侍靈原本光滑的球型。

「你也會殺死所有的泰歐德人。」拉森以菲悠丹語說。

「不。」狄拉夫說。「其他人會替我辦好。我只會殺死他們的國王，然後把泰歐德的船隻連人帶船地全部燒光。一旦他的艦隊沒了，沃恩就可以把他的軍隊送上泰歐德的海岸，利用那個國家來展現他的武力。」

「你知道這不是必要的。」拉森說，感覺一陣反胃。「我已經掌握他了——伊凡托王是我的了。」

「他也許會皈依，拉森。」狄拉夫說。「但你太單純了，你以為他會讓我們的部隊登上他的土地嗎？」

「你是個怪物。」拉森低語。「你要屠殺兩個王國來滿足你的偏執。到底發生了什麼事，讓你這麼憎恨伊嵐翠？」

「夠了！」狄拉夫大叫。「別以為我會猶豫殺掉你，樞機主祭。達克霍不受律法限制！」僧侶威脅地瞪著拉森。接著慢慢冷靜下來，深吸了一口氣然後注意到他的俘虜。

依舊暈眩的瑞歐汀搖搖晃晃地站在他的妻子旁邊，而紗芮奈被一個沉默的達克霍戰士抓著。王子顫抖地對她伸出手。

「喔。」狄拉夫說，拔出他的劍。「我差點忘了你。」

狄拉夫殘忍地微笑，然後一劍戳進瑞歐汀的腹部。

◌

疼痛衝擊著瑞歐汀，就像一道突如其來的閃光。他甚至沒看到攻擊的那一劍。

然而他卻感覺得到那一劍，呻吟著、踉蹌地跪倒在地。即使這兩個月來都身處在痛苦之中，那種疼痛幾乎超過瑞歐汀的想像。他顫抖地按住腹部，幾乎可以感覺到鐸，感覺如此之……近。

這實在太沉重了，他心愛的女人身陷險境，他卻束手無策。疼痛、鐸、他的失敗……瑞歐汀的靈魂在一層又一層的壓力下扭曲變形，最後發出一聲絕望放棄的嘆息。

在此之後就沒有任何痛楚，在此之後也沒有了自己。什麼都沒有。

◌

當瑞歐汀倒下的時候，紗芮奈大聲尖叫。她幾乎可以看見他臉上的痛苦，她幾乎感覺那把劍像是插進她自己的腹部。她顫抖著，哭泣地看著瑞歐汀掙扎了一會兒，他的雙腿抽搐，接著……停止不動了。

「失敗……」瑞歐汀低聲地說，口中流瀉出霍依德的呢喃。「令我的愛失望……失敗……」

「帶她走。」狄拉夫說。那些菲悠丹話語甚至沒有流進紗芮奈的腦中。

「其他人呢？」一個僧侶問。

「召集其他人，把這座可憎城市的剩餘居民全部帶進伊嵐翠。」狄拉夫說。「你會在城市中心找到那些伊嵐翠人。一個看起來比較乾淨的地方。」

「我們會找到他們，教長。」僧侶回答。「我們的人已經展開攻擊了。」

「噢，很好。」狄拉夫帶著愉悅地哼了一聲。「記得要收集他們的屍體。伊嵐翠人不像一般人容易死去，我可不希望他們有任何人逃掉。」

「是，教長。」

「等你把他們全部收集起來，那些屍體，那些伊嵐翠人，還有未來可能成為伊嵐翠人的傢伙們，為他們準備一場淨化儀式，把他們全給燒了。」

「是，教長。」戰士低下頭說。

「來吧，拉森。」狄拉夫說。「你要陪我去泰歐拉斯。」

當他們把紗芮奈拖走的時後，她已經陷入一種不可置信的恍惚，只呆呆地看著瑞歐汀軟倒的身體，消失在夜色之中。

第六十章

迦拉旦小心地躲在陰影中絲毫不敢妄動，直到樞機主祭和他詭異赤裸的同伴離去。接著他對卡菈塔打了個手勢，小心翼翼地跑到瑞歐汀身邊。「穌雷？」

瑞歐汀動也不動。

「杜洛肯啊，穌雷！」迦拉旦激動地喊著。「別這樣對我！」一個聲音從瑞歐汀的嘴裡傳出來，迦拉旦趕緊俯下身傾聽。

「失敗……」瑞歐汀低語著。「令我的愛失望……」頹者的呢喃——瑞歐汀成為了霍依德。

迦拉旦頹喪地坐在石子地上，他的身體發抖著卻流不出眼淚。過去的一小時有如夢魘，迦拉旦和卡菈塔那時候人在圖書館，商量著要怎麼帶領人們離開伊嵐翠。接著他們遠遠地就聽見尖叫，但等他們抵達新伊嵐翠的時候，那裡的人全都變成了霍依德。目前就他所知，他和卡菈塔是最後兩個清醒的伊嵐翠人。

卡菈塔把手搭在他的肩膀上。「迦拉旦，我們得走，這個地方不安全。」

「不，」迦拉旦說，爬著站起來。「我要信守我的諾言。」他看著斜躺在凱依城南方的山峰，那個特殊的水池。他彎下腰，把自己的外套綁在瑞歐汀的傷口上，然後再把他的朋友扛在肩上。

「瑞歐汀要我發誓給他一個平靜。」迦拉旦說。「我幫他料理完後事，我也打算隨他而去。我們是最後的伊嵐翠人了，卡菈塔，這世界上再也沒有地方讓我們容身了。」

女人點點頭，靠過去分擔迦拉旦汀的負重，兩個人開始走向被遺忘的終點。

路凱並沒有掙扎。掙扎沒有多大作用。然而他的父親又是另外一回事，菲悠丹人集結三人之力才打倒凱胤，把他捆住丟上一匹馬。即使是這樣，他都不停地掙扎亂踢。直到其中一個戰士決定拿顆石頭用力砸在他的後腦上，凱胤才昏了過去。

當戰士把他們帶進伊嵐翠，路凱握住他母親還有妻子的手，那裡有著長長一列的人——來自凱依城各處的貴族，他們的衣服和臉龐看起來都殘破不堪。士兵們警戒地看著他們的俘虜，彷彿他們大膽到敢試著逃跑似的。大多數的人在被推上街的時候，甚至連頭也不敢抬起來。

凱艾絲和鐸恩緊緊地握住路凱的手，睜大的眼睛寫滿了恐懼。他們如此年幼，路凱感覺好心疼。阿迪恩就跟在他身後，看起來毫不在意周遭的情勢。他緩緩地數著他的步伐。「三百五十七，三百五十八，三百五十九……」

路凱知道他們正走在等著處決的道路上，他看見屍體橫七豎八地倒在街上，他明白這些人並沒有打算要來支配這個國家。他們是來執行一場大屠殺，而沒有一場屠殺會讓受害者存活。

他考慮過反抗，抓起劍展現出一點點無用的英雄氣概。但最後，他只是沉重地拖著步伐，跟著其他人一起前行。他知道自己就要死了，他知道他做什麼也阻止不了這一切。他不是個戰士，他只能期望盡快結束。

拉森站在狄拉夫的身旁，一如教導地筆直完美地站著。他們圍成一圈——五十個達克霍僧侶，以及紗芮奈還有拉森。只有一個僧侶站在中央，達克霍僧侶舉起他們的手，兩旁的人把手搭在拉森的肩膀上。當那些僧侶開始發光的時候，他的心臟忍不住猛烈地跳動。他們皮膚下排成詭異形狀的骨骼一點一點地發著光。接著一陣刺目的強光，凱依城就在他們周圍消失了。

他們重新出現在一座不熟悉的城市。緊鄰街道的房舍高峭而彼此相鄰，不像凱依城的分散而方正。他們來到了泰歐拉斯。

這一群人依舊站成圓圈，但拉森還是注意到原本站在中間的那個僧侶已經消失了。拉森顫抖著，彷彿童年的回憶再次出現。那個僧侶被當成了燃料，他的血肉、他的靈魂全被燒盡——做為他們瞬間傳送到泰歐拉斯的代價犧牲。

狄拉夫踏前一步，帶著他的手下走上街道。就拉森所記得的情況，狄拉夫帶著大批的僧侶和他一起過來，把亞瑞倫留給一般的菲悠丹士兵和少數的達克霍監督者處理。亞瑞倫和伊嵐翠都已經被擊敗了，下一場戰鬥將輪到泰歐德。拉森可以從狄拉夫的眼中看出來，那個僧侶不等到每個艾歐血脈都死去是不會滿足的。

狄拉夫選了一棟有著平坦屋頂的建築物，接著示意他的手下爬上去。這對他們來說非常簡單，他們強化過的力量與敏捷讓他們輕鬆地跳躍，還有攀爬在常人站不住腳的平面上。拉森發覺自己被一個僧侶抓起來拋向空中，接著在牆的另一端被接住——他的鎧甲重量彷彿不存在似的。達克霍全是非自然的怪物，但仍令人不得不敬佩他們的力量。

那個僧侶隨便地把拉森放下來，他的鎧甲撞在石頭上。當拉森試著讓自己爬起來時，他和王妃雙眼交會。紗芮奈的臉上帶著暴風般仇恨。她責怪他。當然。她並不明白，事實上，拉森差不多也和紗芮奈一樣是個囚犯。

狄拉夫站在屋頂的邊緣，仔細地觀察這座城市。一整個艦隊停泊在泰歐拉斯巨大的港灣中。

「我們來早了。」狄拉夫說完，接著蹲下。「讓我們等一下吧。」

⁂

迦拉旦幾乎可以想像這座城市是平靜的。他站在山上的大石塊上，看著清晨的陽光灑在凱依城——彷彿有隻看不見的手揭去所有的黑暗與陰影。他幾乎可以讓自己相信那些上升的煙霧是廚房的炊煙，而非失火殘破的建築；他幾乎可以相信那些散落在街上的斑點不是屍體，而是箱子或是小樹叢；而街上的血紅色則是晨曦的錯誤反射。

迦拉旦轉身背對著城市，凱依城或許看似平靜，但那是死亡的寂靜，而非安詳，另作他想沒有什麼好處。如果他沒有自欺欺人的傾向，他就不會讓瑞歐汀把自己從伊嵐翠的貧民窟中拉出來，他不會讓一個人單純的樂觀主義蒙蔽他的心靈，他不會開始去相信伊嵐翠中的生活不是全然的痛苦；他不會膽敢抱有希望。

不幸的是，他聽進去了。像是個傻子，他讓自己投入瑞歐汀的美夢。曾經，他以為永遠不可能會再感受到希望，他曾經追尋了那麼遠，擔心它的變化無常冷酷。他應該要放棄的。不抱有希望，他就不需要去擔心會失望。

「杜洛肯啊，穌雷。」迦拉旦咕噥著，看著喪失心智的瑞歐汀。「你真的把我弄得一團糟。」

但更糟的，他依舊抱著希望。瑞歐汀所點燃的希望依舊在迦拉旦的胸膛中閃爍著，不管他多麼努力地想要熄滅它。

新伊嵐翠毀滅的景象依舊糾纏著迦拉旦。瑪瑞西，一道巨大撕裂的傷口剖開了他的胸膛。那個安靜的雕刻家塔安，他的臉整個被石塊砸爛，而他的手指依舊抽搐著。而老卡哈——他親手清理了新伊嵐翠的每一塊石頭——卻少了一隻手和兩條腿。

迦拉旦站在大屠殺的殘破中，哭喊著瑞歐汀為什麼拋下他們，離他們而去。他們的王子為了紗芃奈而背叛他們。

然而，他依舊抱著希望。

希望就像是一隻老鼠，瑟縮在他靈魂的角落，害怕著那些憤慨、狂怒與絕望。每當他試著想要抓住希望的時候，它就溜到心中的另一個地方。它就是不願意讓他放棄，催促他逃出伊嵐翠來尋找瑞歐汀，為了一些全然不合理的理由，去相信王子可以修補所有的事情。

*你才是個笨蛋，迦拉旦。不是瑞歐汀。*迦拉旦痛苦地告訴自己。*他無法改變自己身分，但是你，應該更清楚這點。*

然而他還是懷抱著希望。一部分的迦拉旦還是相信瑞歐汀可以用任何辦法讓事情改善；這是他朋友對他所設下的詛咒，那個邪惡的樂觀種子就是拒絕被拔除。迦拉旦依舊抱著希望。他也許會抱著希望走進那個池子。

迦拉旦靜靜地對卡菈塔點頭，接著他們抬起瑞歐汀，準備靠近水池的最後一小段距離。幾分鐘之後，他就可以從希望和絕望中解脫。

即使已是破曉清晨，伊嵐翠看來依舊昏暗。高聳的城牆灑下陰影阻擋著陽光，延長著黑夜的時間。就在入口廣場的一邊，士兵們把路凱還有其他的貴族們聚在一旁，所有的菲悠丹士兵都在幫忙堆砌著一個巨大的柴堆。一車又一車的木材從城市的建築和家具中拆來。

令人意外的是，那裡只有幾個強壯的惡魔士兵，總共三個人在指揮著工作。其餘的人都是一般的士兵，他們的盔甲外覆蓋著德瑞熙僧侶的紅色外衣。他們的動作很迅速，眼睛不敢看向他們的囚犯，也不願去想這些木頭是要用來做什麼。

路凱也試著不要去想那件事。

潔拉靠近他，她的身體害怕得微微顫抖。路凱曾經試著說服她，她可以因為她的思弗丹血統而被釋放，但她不願離開。她是那麼安靜而謙遜，於是很多人誤會她是個軟弱的人，但如果他們可以看見她是如何堅定地和她丈夫一起面對必然的死亡，他們就會明白自己的錯誤。在所有路凱所達成的交易和買賣中，贏得潔拉的心是最有價值的。

他的家人也都和他靠得很近，朵菈和孩子們沒有別人可以依靠，凱胤依舊昏迷不醒。只有阿迪恩站在一旁，看著那一整堆的木材，在嘴中不停咕噥著一些數字。

路凱看著那一群貴族，試著微笑給他們一點鼓勵，儘管他沒有什麼信心。伊嵐翠將會是他們的墓地。當他張望的時候，路凱注意到一個身影站在群眾的後面，躲在人群之後。他移動得很慢，在前面小小地揮舞著手。

蘇登？路凱想。占杜人的眼睛是閉上的，他的手彷彿依著某種圖案流動著。路凱困惑地看著他的朋友，以為占杜人已經發瘋了。接著他想起蘇登在紗芮奈擊劍課程的第一天所做的奇怪舞蹈——確身。

蘇登緩緩地移動著他的手，絲毫沒有透露出接下來可能的暴怒。路凱更加堅決地看著，帶著某種理解。蘇登並不是一個戰士，他練習這種舞蹈是為了運動而非戰鬥。然而，他不打算毫不抵抗地任由別人殺害那些他所愛的人。他寧願死在反抗中也不願意坐著枯等，然後期待命運會送來奇蹟。

路凱深吸了一口氣，感到一陣羞愧。他四處張望，最後目光落在一根士兵隨手丟棄的桌腳上。到時候，蘇登不會孤軍奮戰。

瑞歐汀飄浮著，沒有知覺和感覺。時間對他來說毫無意義——他就是時間。它就是他的本質。偶爾他會飄向他曾稱之為清醒知覺的表面，但光是靠近，他就會感覺到疼痛，於是又退後。痛楚就好像是一片湖泊的表面，要是他衝破它，那麼痛苦就會回來並且淹沒他。

好幾次他靠近到痛苦的表面，就會看見一些影像。那些影像或許是真實的，但也有可能只是他記憶的投射。他看見迦拉旦的臉，關心與憤怒同時顯露在臉上。他看見卡菈塔，她的眼神沉重而絕望。他看到山巒起伏，覆蓋著樹木與岩石。

這對他來說都已無關緊要。

「我常常希望他們乾脆讓她死掉。」

拉森抬起頭。狄拉夫的聲音像是在自言自語，然而教士的眼睛卻盯著拉森。

「什麼？」拉森遲疑地問。

「如果他們讓她死去……」狄拉夫拖長了尾音。他坐在屋頂邊上，看著船隻在底下集結，一臉懷舊與回憶。他的情緒總是不太穩定，沒有人能維持像狄拉夫那樣的激情，那樣劇烈燃燒而不損害到自己的心靈。再過幾年，狄拉夫也許就會完全瘋掉。

「那時候我已經五十歲了，拉森。」狄拉夫說。「你知道嗎？我已經近七十歲了，雖然我的身體依舊看起來不到二十歲。儘管我的身體為了要符合亞瑞倫人的體型而扭曲變形，她還是認為我是她見過最英俊的男人。」

拉森保持安靜，他聽過這類的事情。達克霍的咒語甚至能夠改變一個人的外表。這個過程當然無庸置疑地非常痛苦。

「當她生病的時候，我帶她去了伊嵐翠。」狄拉夫咕噥著，他的雙腳緊緊地靠在胸口。「我知道他們是異教徒，而這是種褻瀆的行為，但四十年的達克霍生涯也不能阻止我……當我想到伊嵐翠可以救她的時候——他們說伊嵐翠人能治療別人，而達克霍卻不能。於是我帶她去了那裡。」

僧侶不再看著拉森，他的兩眼失神。「他們改變了她。」他低聲說。「他們說法術出了錯，但我知道真相。他們認出我，而他們恨我。那為什麼、為什麼要把詛咒施加在席拉（Seala）身上？她的皮膚變黑，她的頭髮全部脫落，接著她開始死去。她哭喊了一整晚，哀嚎著她體內的痛苦正在吞噬她。最後，她從城牆上跳了下來。」

狄拉夫的聲音轉為深切地悲痛。「我在底下找到她。依舊活著。從那樣的高處跳下來，還活著。於是我把她燒死。她沒有一刻停止哭嚎，她一直在哭喊，我可以聽得見。只要伊嵐翠毀滅，她就不會繼續哀嚎了。」

他們走到了水池的邊緣，迦拉旦把瑞歐汀放下。王子動也不動地垂著頭靠在石塊上，他的頭微微地掛在懸崖邊，失神的雙眼望著凱依城。迦拉旦也靠在石頭上，就在衝往伊嵐翠的通道入口旁邊。卡菈塔精疲力盡地坐在他附近。他們會休息一下，接著他們會讓自己解脫，遺忘一切。

等木材收集好了，士兵們開始搭造一個新的柴堆──以屍體堆成。士兵們從城市各處收集屍體，尋找那些被他們殺死的伊嵐翠人。路凱看著那些屍體才發現，他們並非都是死人，事實上，絕大部分都還是活著。

大多數的伊嵐翠人傷勢嚴重到路凱光是看了都覺得反胃，但他們的手腳卻還在抽搐，嘴唇抖動。伊嵐翠人，路凱心想。心靈死去，身體卻依舊活著。

屍體愈堆愈高，他們有好幾百人，十年來所有的伊嵐翠人都被集合起來。沒有一個人抵抗，他們就任由自己被拖過來堆砌，他們的眼神渙散，直到屍體堆得比木材還高。

「二十七步通往屍體。」阿迪恩突然間低語，從貴族群中走開。路凱伸手想拉他的弟弟，但太遲了。士兵對著阿迪恩大喊叫他站回去，但阿迪恩沒有反應。

憤怒之下，士兵揮劍砍向阿迪恩，在他的胸口留下一大道傷痕。阿迪恩絆了一下，但還是繼續地走，傷口中沒有流出一點血。士兵的眼睛睜得老大，他向後跳開，嘴裡念著驅邪的咒語。阿迪恩靠近伊嵐翠人的屍堆，爬上階梯，砰一聲和他們躺在一起。

阿迪恩五年來的祕密終於被揭露，他加入了他的同胞。

「我記得你，拉森。」狄拉夫又一次露出微笑，殘酷、扭曲得就像個惡魔。「當你到我們這裡來時，我記得你還是個孩子。就在我前往亞瑞倫之前。那個時候你很害怕，你現在也很害怕。你逃離了我們，而我看得心滿意足。你從來就不配當一個達克霍──你實在太軟弱了。」

拉森渾身發冷。「你在那裡?!」

「我那時候就是教長了，拉森。」狄拉夫說。「你記得我嗎？」

拉森看著那個人的眼睛，腦中閃過一絲回憶的光芒。他回想起那雙惡毒的眼睛，還有那個高大殘酷的男人。他記得那些吟唱，記得那些火焰，他還記得那些尖叫——他的尖叫——還有在面前搖晃的臉龐。他們都有著同樣的眼睛。

「是你！」拉森倒抽一口氣。

「你記得。」

「我記得。」拉森帶著一點麻木與心寒。「是你說服我離開。在我第三個月的時候，你命令你們的一名僧侶，用他的魔法把你送回沃恩的王宮。那個僧侶遵從了命令，獻出了生命好把你傳送到一個走路只要十五分鐘的地方。」

「絕對的服從是必備的，拉森。」狄拉夫低語。「偶爾的考驗與範例會讓其他人更忠誠。」接著他停頓，掃視底下的海灣。艦隊已經集合下錨，如同狄拉夫的命令一樣等待著。拉森看著遠方的地平線，他可以看見一些黑色的船帆與桅桿。沃恩的軍隊要來了。

「來吧。」狄拉夫下令，並且站起身。「我們已經成功了，泰歐德艦隊已經下錨入港。他們將無法阻止我們的船艦登陸。我只剩下最後一項任務——伊凡托王的死。」

一個影像滑進瑞歐汀沒有抵抗的腦海中。他試著想要忽略它，然而為了某些理由，它就是拒絕離開。他透過他苦痛集成的閃亮表面，看向那個影像——一個簡單的圖案。

那是艾歐．瑞歐。一個正方形，有四個圓圈圍繞著它，四條直線連結著圓圈。這是個廣泛使用的符文——尤其是舒．科拉熙教派——為了它的含義：靈性、精神與靈魂。

飄浮在白色的永恆中，瑞歐汀的心靈試著想要摒棄艾歐．瑞歐的影像。那是某些先前的體驗，不重要而且已經被他遺忘。他不再需要了；但即使他努力地想要抹去這個圖案，另一個又跑出來。

伊嵐翠。四面圍牆所圍繞成的正方形。四座外城圍繞著它，它們的城牆是個圓圈。一條筆直的大道從四座城市連往伊嵐翠。

上神慈悲！

士兵們打開一罐罐的燈油，路凱心情起伏地看著他們把油倒在屍體上。三個赤膊的戰士站在旁邊，口中吟唱著某種異國語言的頌歌，太過粗啞和陌生，甚至不像是菲悠丹語。路凱知道，下一個就是我們了。

「別看。」路凱對著他的家人說，轉過身去。而士兵正要開始點燃那些伊嵐翠人。

伊凡托王遠遠地站著，一小群具榮譽感的守衛圍繞著他。當狄拉夫靠近的時候，他低下頭。僧侶微笑著，準備好他的匕首。伊凡托王以為他是準備將自己的王國投降奉上——他不知道他正是一場獻祭儀式的祭品。

拉森走在狄拉夫身邊，思考著他的職責與必要性。人終將一死，的確，但他們的逝去並非毫無意義。整個菲悠丹帝國會因為對泰歐德的勝利而變得更加強盛，人們的信仰也會更強烈。這就是拉森一直想在亞瑞倫達成的目標。他因為政治理由而一直想要使人們皈依改宗，使用各種手段或討好。他靠著賄賂使泰瑞依皈依，絲毫沒有試著要拯救他的靈魂。這是同樣的情況，一個異教徒的國家和整個舒·德瑞熙教派相比？

然而，即使他在理性上認同，他的胃依舊糾結抽搐。

我是被派來拯救這些人，不是屠殺他們！

狄拉夫勒著紗芮奈公主的脖子，她的嘴被塞住了。伊凡托王抬起頭，露出一點安慰的笑容，隨著他們靠近。他看不見狄拉夫手中的匕首。

「我一直都等著這一天。」狄拉夫輕柔地低語。起初，拉森以為教士是指泰歐德的毀滅；但是狄拉夫並沒有看著國王，他看著紗芮奈，匕首的刀刃貼近公主的背心。

「妳，公主，是種疾病。」狄拉夫在紗芮奈的耳邊低聲說，拉森只勉強聽得到。「在妳來到凱依城之前，每個亞瑞倫人都恨伊嵐翠。是妳讓他們忘記他們的嫌惡，妳協助那些不潔的東西。而妳甚至和他們墮落到一起，妳比他們還要更低下——妳沒有被詛咒卻尋求遭到天譴。我考慮過先殺死妳父親，然後逼妳來看。但現在我覺得另一種方法更好。想想老伊凡托看著妳死去，公主。在我把妳送進杰德司永劫折磨的深淵時，好好想想吧。」

她忍不住流出眼淚，淚水濡濕了口中的破布。

瑞歐汀掙扎著飄近清醒意識邊緣。痛苦像是無數的巨石向他襲來，阻礙他的前進，他的心靈也被痛苦所糾纏。他用盡全力對抗它，苦痛折磨侵襲著他。他一點一點強迫自己靠近清醒的表面，費力地想去感受他以外的世界。

他想要尖叫，叫喊出那些無盡的痛楚。疼痛的強度令人不可置信。然而，除了那些疼痛之外，他感覺到別的東西，他的身體。他在移動，在地面上拖行。一些影像重新出現在他的腦海中。他被拖向一個圓而藍的東西。

那個水池。

不！他絕望地想。還不要！我知道答案了！

瑞歐汀突然放聲大叫，嚇得迦拉旦把他的身體摔了下去。

瑞歐汀向前一跌，試著想要站住，卻整個人跌入了池子中。

第六十一章

狄拉夫拉近王妃，把他的匕首抵在王妃的脖子上，伊凡托王的眼睛驚恐地睜大。

拉森看著匕首一點一點地刺入紗芮奈的皮膚。他想起菲悠丹，他想起他所做的努力，那些他拯救的人。他想起一個小男孩，急著想要加入教士階級證明他的信仰——這些過往種種全部結合在一起。

「不！」拉森一個迴旋，把他的拳頭猛地揍在狄拉夫臉上。

狄拉夫踉蹌地退後兩步，驚訝地放低了他的武器。接著僧侶狂怒地抬起頭，把匕首往拉森的胸甲上一擲。

匕首滑過拉森的鎧甲，只在上漆的鋼鐵上刮出一道無用的痕跡。狄拉夫驚訝地瞪著那套鎧甲。「那鎧甲應該只是為了炫耀……」

「你現在應該要知道，狄拉夫。」拉森舉起他帶著鎧甲的右拳，猛擊僧侶的臉部。雖然那些扭曲的骨骼抵抗著拉森的拳頭，但也在鋼鐵攻擊下嘎吱地發出令人滿意的聲響。「我做的事，沒有一件是為了炫耀。」

狄拉夫摔倒在地上，拉森從劍鞘中拔出僧侶的配劍。「派出你的船艦，伊凡托王！」他大喊。「菲悠丹的軍隊不是為了來統治你們，而是為了把你們屠殺殆盡。如果你還想拯救你的人民，就快點行動！」

「上神詛咒你！」伊凡托王對著狄拉夫咒罵，叫喚集結他的將軍，接著又頓了下來。「我女兒……」

「我會救那個女孩！」拉森冷哼。「拯救你的王國，你這個傻瓜！」

雖然達克霍的身體有著驚人的高速，但是他們頭腦恢復的速度也與常人無異。他們的震驚給了拉森珍貴的幾秒鐘。他揮舞著劍把紗芮奈推進一條小巷，然後自己堵住入口。

瑞歐汀感覺到池水冰涼的擁抱。池水是有生命的，他可以聽見它在他心中呼喚——來，它說，讓我給你解脫。像是溫柔的雙親，想要融化他的苦難與悲傷，就像是瑞歐汀的母親。

來，它又說了一次。你真的可以放棄了。

不。瑞歐汀想。還不行。

菲悠丹士兵終於把所有的伊嵐翠人都灑上了油，準備好他們的火把。就在進行的過程中，蘇登以一種克制的圓形幅度移動他的手臂，絲毫沒有加快速度，彷彿他還有擊劍課那樣的充裕時間。路凱甚至懷疑蘇登是不是並不打算展開攻擊，而只是單純地替自己做好準備。

然後蘇登突然暴起行動。年輕的男爵冷不防地衝向前去，像是舞蹈般地旋轉，展開第一次迴旋，對著一個正在吟唱的僧侶戰士猛擊他的胸口。一聲清楚無比的爆裂聲驟起，接著蘇登再次旋轉，飛快地像是鞭子般抽打在僧侶的臉上。惡魔的頭顱三百六十度地轉了一圈，他的雙眼膨脹突起，強化過的脖子啪的一聲應聲折斷。

從頭到尾蘇登的眼睛都是閉上的，路凱不能確定，但他覺得自己看到了某種東西——在拂曉的陰影中，蘇登的動作彷彿散發著一種微弱的光芒。

路凱發出一聲戰嚎——激勵自己同時讓敵人恐懼——抓起桌腳用力地揮向其中一名士兵。木頭從那個人的頭盔上彈開，但那一擊卻強得足以讓他昏眩一下，接著路凱紮紮實實地猛力打在那個人臉上。士兵倒下，路凱奪走他的武器。

現在他有了一把劍。他只希望自己知道怎麼使用它。

達克霍僧侶的速度更快，力量更大，身體也更強韌，但拉森卻比他們更加堅決。許多年來的頭一遭，他的理智與心靈合而為一，他感覺得到力量——一如他第一天踏上亞瑞倫時的力量，自信自己能拯救這些人民。

他擊退了他們，雖然只是勉強。拉森或許不是一個達克霍僧侶，但卻是一位劍術大師。他所缺乏的力量與速度，就以技巧來補正。他揮舞、突刺戳進一個達克霍的胸膛，砰的一聲插進兩根肋骨之中，劍刃滑過變寬變厚的肋骨，直戳進心臟。達克霍大口喘息著，在拉森拔出劍的同時他也跟著倒下。然而僧侶的同伴卻迫使拉森退入巷子中。

他感覺紗芮奈就在他身後，拿出手中的碎布。「他們人數太多了！」她說。「你不可能打過他們所有人。」

她是對的。所幸，那一整群士兵有了變化，拉森聽見另一邊也出現了戰鬥的聲音。伊凡托王的近衛也加入了戰局。

「跟我來。」紗芮奈猛拉他的肩膀。拉森冒險地回頭看了一下背後。公主指著旁邊半掩著門的一棟建築。拉森點點頭，格擋開另一次攻擊，接著轉身就跑。

瑞歐汀啪的一聲衝出水面，反射性地掙扎著吸氣。迦拉旦和卡菈塔驚訝地跳了起來。瑞歐汀感覺到冰冷藍色的液體流過他的臉龐。這不是水，是某種別的東西；某種更稠密的東西。他沒有辦法再多留心，趕緊爬出水池。

「穌雷！」迦拉旦驚訝地說。

瑞歐汀搖搖頭，無法回應。他們以為他會被分解——但他們不知道除非他願意，不然這個水池不會帶走他。

「來吧。」他終於嘶啞出聲，搖搖晃晃地踏出步伐。

儘管有路凱充滿活力的奇襲和蘇登的強力攻擊，其他的市民卻仍只是麻木地站著呆看。路凱發覺自己絕望地和三名士兵戰鬥，他還活著的唯一理由是因為他拚命地閃躲逃跑，而沒有真的攻擊。援軍終於出現，卻是一群奇特的來源——女人。

好幾個紗芮奈的擊劍學生，撿起木條或是掉落在地上的劍，加入路凱身後，比他更加熟練又有技巧地揮舞著那些劍刃。她們的加入攻擊讓人非常驚訝，有一瞬間路凱甚至覺得她們有機會能獲勝。

但隨即蘇登哀叫著倒下，劍刃劃傷他的手臂。占杜人的專注一旦被打破，他的戰舞也跟著失效，一根木棍往頭部的簡單一擊，就讓他無法繼續戰鬥。老王后伊瑄也隨之倒下，一把長劍穿過她的胸口。她可怕的哀嚎，還有鮮血濺滿衣裙的景象，讓其他女性也跟著害怕了起來，最後她們挫敗地丟下武器。路凱的大腿被劃開一道長傷口，他的對手終於明白他絲毫不知怎麼使用在手上的武器。

路凱痛苦地大喊，倒在石子地上，抱著他的大腿，士兵甚至不屑殺死他。

瑞歐汀以令人害怕的速度衝下山，王子又跳又爬，彷彿他不是幾分鐘前才從昏迷狀態中醒來。如果踩滑一跤，踏錯一步，他就會立即滾下去直到撞到山壁為止。

「杜洛肯啊！」迦拉旦努力地扶穩他。以這樣的速度，幾分鐘內他們就會抵達伊嵐翠南側的城牆。

紗芮奈躲在意外出現的解救者旁邊，在黑暗中完美地靜止不動。

拉森透過地板往上望，是他發現了地窖門，把它打開將紗芮奈推了進去。在底下他們找到了驚恐的一家人，在黑暗中依偎成一團。他們安靜而緊張地等著，而達克霍穿過房子又從前門離去。

終於，拉森點點頭。「我們走吧。」他伸手撐起地窖門。

「待在這裡。」紗芮奈告訴那一家人。「除非必要，否則別上來。」

樞機主祭的鎧甲在爬樓梯時叮噹作響，接著他謹慎地偷看了房間一眼，再示意紗芮奈跟上來，接著他們躲進房子後頭的小廚房。他開始脫下鎧甲，一塊塊放在地上。雖然他沒有解釋，但血紅色的樞機主祭鎧甲實在太過顯眼，和它的保護能力相比有些不值得。

當他進行的時候，紗芮奈驚訝地發覺那些金屬的實際重量。「你這幾個月就這樣，穿著這一身真正的鎧甲四處行走？不會很難受嗎？」

「這是我職責的重擔。」拉森脫下最後一塊護腿。血紅色的鎧甲塗漆上充滿了刮傷和裂痕。「一種我已經不配擁有的職責。」他鏗的一聲丟下它。

他看著護腿，然後搖搖頭，然後脫下厚棉內衣，只穿著一條及膝的褲子，右臂覆著衣袖。

為什麼要包住手臂？紗芮奈好奇地想。某種德瑞熙裝束？然而其他的問題更加重要。

「你為什麼這麼做，拉森？」她問。「為什麼要對抗你的同胞？」

拉森遲疑了一下，接著他看向遠方。「狄拉夫行的是惡事。」

「但你的信仰……」

「我的信仰是杰德司。一個希望人們奉獻的神。一場大屠殺對祂來說沒有益處。」

「沃恩似乎不這麼認為。」

拉森沒有回答，隨手從一旁拿起一件斗篷。他遞給紗芮奈，然後自己也披上一件。

「我們走吧。」

等到瑞歐汀抵達山坡的底部，他的腳上已全是瘀青、傷痕和裂口，他幾乎不能感覺那是他的肉體，而只是一團在他腳上的痛苦聚合體。

但他還是繼續走，他知道一旦他停下來，痛苦就會再次征服他。他並不是真的掙脫了——他的心靈只是從虛無中回來，借用他的身體做最後一搏。等他完成，白色的虛無將會再次把他吞噬、遺忘一切。

他蹣跚起步，走向伊嵐翠與南方托埃城（Toa）之間的某處，感應著他的方向。

路凱感到一陣暈眩，當潔拉把他拉回恐懼的人群中。他的腿像火一樣灼燒，他可以感覺到自己的身體隨著血液的流失一點一滴地衰弱著。她的妻子盡力地包紮傷口，但路凱知道這樣的動作沒有多大意義。就算她真的止住了流血，沒多久之後那些士兵還是會殺死他。

他絕望地看著其中一個赤膊的戰士把火炬丟向伊嵐翠人的屍堆。浸著油的屍體一瞬間爆成巨大的火焰。

那個惡魔對其他士兵點點頭，他們拔出武器，冷酷地看著畏縮成一團的人群。

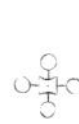

「他在做什麼？」當他們走到伊嵐翠最南邊的城牆時，卡菈塔忍不住問。瑞歐汀依舊在他們前面，跌跌撞撞地跑向大約是南門的方向。

「我不知道。」迦拉旦說。在前頭，瑞歐汀抓起路旁的樹枝，接著開始奔跑，拖著木條在他身後。

你想做什麼，穌雷？迦拉旦好奇地想。然而，他可以感覺到那個頑固的希望又再度出現。「不管是什麼，卡菈塔，這一定很重要。我們一定要守護他完成。」他跑在瑞歐汀的後頭，追隨王子的路徑。

過了幾分鐘之後，卡菈塔指著西方。「那邊！」一隊六名的菲悠丹士兵，繞著城牆內部巡邏，看起來像是在托埃城的遺跡中搜索難民。領頭的士兵注意到瑞歐汀，舉起了一隻手。

「快來。」迦拉旦突然猛力地衝向瑞歐汀。「不管發生什麼事，卡菈塔，都不能讓他們阻止他。」

瑞歐汀幾乎沒有聽到那個人靠近他，他只隱約地認出迦拉旦和卡菈塔跑在他後頭，不顧一切地衝到士兵那邊。他的朋友們赤手空拳，但腦中有個聲音告訴他，他們無法為他爭取多少時間。

瑞歐汀繼續跑著，緊緊抓著那根樹枝。他不確定自己是否找到了正確位置，但他確實找到了——他感覺到了。

沒剩幾步了。就沒剩幾步了。

一隻手抓住他，對他呼喊著菲悠丹語。瑞歐汀絆倒在地上，但他依舊牢牢地抓著樹枝，不讓它滑落一吋。接著一陣咕嚕聲，那隻手放開了他。

再幾步！

人們在他身邊打鬥，迦拉旦和卡菈塔吸引了士兵的注意。瑞歐汀發出一聲挫敗的哭喊，像個孩子似地一邊在地上爬一邊挖出線條。靴子砰地踩在瑞歐汀手邊的地上，只差幾吋就要踩扁他的手指。但他還是繼續移動。

他看著近在咫尺的終點，一個士兵揮出長劍，讓卡菈塔被圍困的頭顱和身體分了家。迦拉旦在兩把劍插進腹部的情況下癱倒。一個士兵指向瑞歐汀。

瑞歐汀咬緊了牙關，在泥土上完成了他的線條。

迦拉旦巨大的身體倒在地上，卡菈塔的頭顱滾到了通往伊嵐翠南門的路上。士兵踏前一步。

亮光突然從地上噴發出來。

光亮爆發出來，讓塵土有如銀河般閃爍，亮光散在空中繞著瑞歐汀畫出的線條發亮。亮光包裹住他——但那不只是光。那是全然的純淨，精鍊的能量，鐸——沖刷著他，有如溫暖的液體包圍著他。

兩個月來的第一次，痛苦完全消去了。

光亮持續地在瑞歐汀的線條上奔馳，連結著道路，繼續往南前進；直到圓圈包圍著這座自災罰後的十年裡，早已傾圮而被遺忘的城市。它並沒有停下來，能量在往北包覆了宏偉的伊嵐翠城牆，接著連結到凱依城與其他兩座外城的廢墟。很快地，這五座城市的輪廓全部噴發著光芒，成為五根燦爛的能量光柱。

城市錯綜複雜地組成了一個龐大的符文——一個伊嵐翠人力量的核心。這一切都只需要加上裂谷線來讓它重新運作。

一個正方形，四個圓圈。艾歐·瑞歐。伊嵐翠之心。

瑞歐汀站在光芒的奔流中，他的衣服因為充沛的力量而振動著。他感覺到他的力量全部回來了，痛苦像是無關緊要的回憶一樣蒸發，他的傷勢全部痊癒。他不需要看也知道柔軟的銀髮從他的頭皮上長出來，他皮膚上的污點消失，取而代之的是熠熠生輝的精緻銀色光澤。

而他的感官最充滿喜悅，像是雷鳴般的鼓聲——他的心臟再次於胸口中跳動。

霞德祕法，轉化，終於完成了它的工作。

瑞歐汀帶著一聲讚嘆的嘆息從光芒中走出來，彷彿是一種不屬於這個世界的生物。迦拉旦震驚地從地上爬起來，他的皮膚如今也閃著暗銀色的光澤。

驚恐的士兵們跌倒成一團，好幾個人念出驅邪的咒語，呼喚著他們的神。

「你們有一個小時。」瑞歐汀舉起他發亮的手指對著東北方的港口。「滾。」

路凱抓著他的妻子，看著火焰吞噬那些活生生的肉體。他對潔拉低聲訴說他的愛意，而那些士兵冷酷地靠近，打算要執行他們的邪惡工作。歐敏神父在路凱背後低聲祈禱，請求上神寬慰他們的靈魂。

接著，就像是一盞提燈點著似的，伊嵐翠突然噴發出光芒。整座城市震動著，城牆彷彿因為某種驚人的力量而延展扭曲著。其中的人們彷彿被困在一場能量風暴之中，突如其來的旋風席捲了整座城市。

他們站在巨大白色風暴的暴風眼中，圍繞城市的城牆散發著驚人的光輝，而能量在其中奔騰怒吼。人們害怕地尖叫，士兵咒罵著，困惑無比地看著閃閃發光的城牆。路凱並沒有看著城牆，他的嘴巴因為驚訝而張開，他死盯著那堆屍體——而陰影在其中移動。

一點一點的，他們的身體閃耀著光芒。比起他們身旁的火焰更加明亮，更加有力，伊嵐翠人從火焰中走了出來，絲毫不受熱度的傷害。

人們震驚地坐倒，只有兩個惡魔教士似乎有能力行動。其中一個尖叫地否認，拔著劍衝向其中一個伊嵐翠人。

一陣閃光射過廣場，直接擊中那個僧侶的胸膛，把那個生物捲入巨大的能量中。長劍噹一聲掉在石子路上，冒著煙的骨頭和焦黑的肉塊紛紛落下。

路凱驚訝地看著攻擊的來源。瑞歐汀站在敞開的伊嵐翠大門口，他的手抬起。國王全身散發著光芒，像是從墳墓中歸來的鬼魂，皮膚閃著銀光，他的頭髮亮白得刺眼，臉上洋溢著勝利的光輝。

剩下的惡魔教士對著瑞歐汀尖叫著菲悠丹語，以斯弗拉契司咒罵著他。瑞歐汀抬起手，迅速地在空中揮舞著，他的手指留下一道白色的軌跡，綻放著和伊嵐翠城一樣的猛烈光芒。

瑞歐汀站立著，手掌隨意地放在發光的文字旁邊——艾歐．達（Aon Daa），力量的符文。國王透過閃亮的符印看向對方，眼神挑釁地盯著那個德瑞熙戰士。

僧侶再一次咒罵，接著放下他的武器。

「帶走你的手下，僧侶。」瑞歐汀說。「搭上你們的船，然後快滾。不管是德瑞熙教派的人或是船隻，只要一個小時後還待在我的國家裡，將會面臨我憤怒的力量。我賭你們不夠膽留下來當標靶。」

士兵已經開始逃跑，飛快地逃離這座城市，而他們的頭領也跟在後面。在瑞歐汀的榮光之前，僧侶駭人的身體看起來只令人同情而非害怕。

瑞歐汀看著他們離去，接著轉身看向路凱還有其他人。「亞瑞倫的人民，伊嵐翠已經重生了！」

路凱暈眩地瞇著眼睛，他短暫地懷疑這整個事件，是不是壓力過大的疲憊心靈而產生出來的幻覺。當喜樂的歡呼充斥在他耳邊之後，他才知道這全都是真的。他們得救了。

「真是出人意料啊。」他說完這句，便因為失血而昏迷過去。

狄拉夫輕輕地碰了碰他被打斷的鼻子，忍著想要大喊的疼痛。他的手下，達克霍僧侶就在他的身邊等待著。他們輕鬆地殺死了國王的守衛，但在戰鬥中卻不光是讓伊凡托王，甚至連王妃都逃走了，連叛徒拉森也逃之夭夭。

「把他們找出來！」狄拉夫站起來下令。激動、憤怒；他死去妻子的哭嚎依舊在耳邊迴盪，哭喊著替她報仇。他會報仇的！伊凡托王不可能及時派出他的船隻。更何況，五十名達克霍僧侶已經抵達了他的首都。這些僧侶就如同一整支軍隊，每一個人都比一百個普通人還強。

他們終究會征服泰歐德。

第六十二章

紗芮奈和拉森偷偷摸摸地走在城市的街道上，他們不起眼的斗篷拉得緊緊的。拉森拉下兜帽，遮住他黑色的頭髮。泰歐拉斯的人民聚集在街道上，好奇為什麼他們的國王會把艦隊召集在海灣來。許多好奇的群眾更是往港口前進。紗芮奈與拉森駝著背低著頭地混在人群中，盡力避免別人的注意。

「等我們抵達的時候，我們要想辦法搭上一艘商船。」拉森小聲地說。「當艦隊出發時，他們會盡快逃離泰歐德。在哈弗有不少地方好幾個月都看不到一名德瑞熙教士。我們可以躲在那裡。」

「你講得一副泰歐德將要陷落的模樣。」紗芮奈小聲地回答。「你可以走，教士。但我絕對不會離開我的祖國。」

「如果妳在乎妳國家的安危的話，就會聽我的。」拉森哼了一聲。「我了解狄拉夫——他是個執著的傢伙，如果妳待在泰歐德，那麼他也會。如果妳離開了泰歐德，或許他就會追上來。」

紗芮奈咬緊了牙關。樞機主祭的話聽起來很有道理，但他也有可能是把事情混在一起，好讓她和他一起行動。當然，他沒有理由做這種事。他為什麼要在乎紗芮奈？她可是他最棘手的敵人。

他們緩慢地移動，不願意加快腳步而讓他們和群眾脫離。「你並沒有回答我的問題，教士。」紗芮奈低聲說。「你背叛了你的宗教，為什麼？」

拉森沉默地走了一陣子。「我……我不知道，女人。我從我還是個孩子的時候就追隨舒．德瑞熙教派——它的結構和形式總是吸引著我。我加入了教士階級。我……我以為我有信仰，但結果卻沒有。然而，我開始深信不移的東西根本不是舒．德瑞熙教派。我也不知道那是什麼。」

「舒．科拉熙教派嗎？」

拉森搖搖頭。「那太簡單了。信仰並非只是科拉熙或德瑞熙，這個或是另一個。我依舊相信德瑞熙的教導，我的問題是沃恩，而不是神。」

他害怕地發現自己把弱點暴露給這個女孩知道，拉森很快就武裝自己的心靈避免進一步的問題。是，他背叛了舒．德瑞熙教派；是的，他是個叛徒。但是，因為某些理由，他反而在做了這個決定之後覺得平靜許多。他已經在杜拉德造成太多的血腥與死亡。他不會讓這種事情再次發生。

他說服自己，相信共和國的潰滅是一場必然的悲劇。現在他自己戳破了那個謊言，他在杜拉德的所作所為並不比狄拉夫想要對泰歐德做的來得道德。諷刺的是，讓自己接受真相，拉森也同時接受自己過去暴行的罪惡感。

然而一件事情讓他免於絕望——那就是承認。不管他發生什麼事，不管他做了什麼，他都可以說他現在忠於自己的良心。他可以死去，然後帶著勇氣與尊嚴地面對杰德司。

那些想法閃過他的腦海，接著他感覺到胸口一痛。他驚訝地伸手一摸，舉起手來看，他的手指上沾滿了鮮血。他感到雙腳一陣無力，不由自己地靠向旁邊的房子，無法理會紗芮奈的尖叫。困惑、迷惘，他看著人群，接著他看到了凶手的臉龐。他認得那個人，他的名字是費雍——拉森在抵達凱依城當天就被他趕走的教士。這是兩個月之前的事了，費雍怎麼會找到他？怎麼會……？這是不可能的。

費雍微笑，然後消失在人群之中。

黑暗降臨，拉森放棄了所有的問題。他的視線與意識充滿了紗芮奈擔憂的臉龐。那個毀滅他的女人。就是因為她，他終於捨棄了那些他相信了一輩子的謊言。

她永遠也不會知道他已經愛上她。

別了，我的公主，他想。杰德司，請憐憫我的靈魂。我已經盡力做到最好。

紗芮奈看著拉森眼中的光芒消失。

「不！」她大喊著，雙手緊緊壓著他的傷口，徒勞無功地想要止住流血。「拉森，不准你把我拋在這裡！」

他沒有回應。他們兩個分別為了兩個國家的命運彼此對抗，但她卻從來不明白他是什麼樣的人。而今，她永遠也不會明白了。

另一聲尖叫嚇得紗芮奈回到現實世界。人們圍繞著她，因倒在街上的垂死男人而騷動。突然，紗芮奈發覺到自己成為目光的焦點。她放開手，推擠著想要躲藏起來，但一切都太遲了。幾個袒露著胸膛的身影出現在街口，打量著騷動的原因。其中一個臉上還帶著血，有著一個斷裂的鼻子。

費雍從人群中溜開，為了自己輕鬆地殺死第一個人感到歡欣鼓舞。他們告訴過他這很簡單——只需要把匕首插進一個人的胸口就行了。這樣他就可以獲得許可加入拉斯伯修道院，在那裡他會被訓練成一個刺客。

你是對的，拉森，他想。他們的確給了他一種新的方式，來服侍杰德司的帝國——一種重要的方式。

這究竟有多諷刺，他所奉命殺死的這個人居然是拉森。沃恩怎麼會知道費雍能在泰歐拉斯的街上找到拉森？這答案費雍可能永遠也不會知道，上主杰德司以凡人所不能明白的方式行事。但費雍完成了他的使命，他的悔過已經結束了。

費雍踏著興高采烈的步伐，回到下榻的旅店，從容地點了一份早餐。

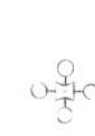

「離我遠一點。」路凱痛苦地說。「我快要死了——去看其他人。」

「別抱怨了。」瑞歐汀說，在受傷的路凱面前畫出了艾歐·埃恩。他畫上了裂谷線，而商人腳上的傷口立刻就收口了。如今瑞歐汀不只是知道正確的調整與強化，他的符文也有了伊嵐翠真正的力量。隨著修復整座城市，艾歐鐸也重新獲得了它傳奇般的力量。

路凱往下看，試驗性地抬了抬腿，感覺不到傷口在哪裡，接著他皺眉。「你知道，你可以留下一道疤痕。我可是奮戰不懈才有了這道傷口——你應該看看我有多英勇。我的孫子一定會很失望我居然連一道疤也沒辦法給他們看。」

「但他們會活著。」瑞歐汀站起來並走開。

「你怎麼了？」路凱問。「我以為我們贏了。」

我們是贏了，瑞歐汀想。但我失敗了。他們已經找遍了整座城市——沒有任何紗芮奈、狄拉夫或是拉森的蹤跡。瑞歐汀抓住了一個掙扎想逃脫的德瑞熙士兵，質問他們的下落，但那個人哭喊著表示他什麼也不知道，瑞歐汀帶著厭惡釋放了他。

他憂鬱地思考著，看著人們歡欣鼓舞地慶祝。儘管有那麼多人死去，儘管凱依城幾近全毀，他們還是很高興。菲悠丹人被趕走，而伊嵐翠歸來。諸神的時代再次來臨。不幸地，瑞歐汀完全無法享受到勝利的甜美。沒有紗芮奈一切都是枉然。

迦拉旦緩緩地靠近，從一群伊嵐翠人中走過來。那一大群的銀膚人們站在那裡，大多數的人一臉茫然。好些人多年前就已經淪為霍依德，全然不知道最近的情況。

「他們打算要……」杜拉德人開口。

「瑞歐汀大人！」一個聲音突然打斷——一個瑞歐汀認得的聲音。

「艾希？」他焦慮地問，四處尋找侍靈的蹤影。

「陛下！」艾希說，從廣場呼嘯而過。「一個侍靈剛剛告訴我。王妃在泰歐拉斯。我的國家也遭受攻擊了！」

「泰歐拉斯？」瑞歐汀目瞪口呆地問。「以上神之名，她怎麼到那裡去的?!」

⁂

紗芮奈退後了幾步，不顧一切想找到一把武器。市民注意到了狄拉夫還有他的戰士，看見那些菲悠丹人扭曲的身體以及凶狠的眼神，尖叫著逃散。紗芮奈的反射動作催促著她加入他們，但這樣的動作只會讓她直接落入狄拉夫的手中。那名矮小僧侶的戰士們已經迅速地散開，堵住了紗芮奈的退路。

狄拉夫走近——他的臉上沾著乾涸的血跡，他袒露的胸膛在泰歐德的冷空氣下淌著汗水，錯綜複雜的圖案在他的皮膚下盤旋糾結，布滿了他的手臂與胸膛。他的嘴角掛著無情的微笑。在那一刻，紗芮奈明白了眼前的這個男人是她見過最可怕的東西。

⁂

瑞歐汀爬上伊嵐翠城牆的頂端，三步併做兩步地快步跑著，他回復的伊嵐翠身體比起他正常時候都還要更加迅速與強壯。

「穌雷！」迦拉旦關切地問，急急忙忙地追趕在他身後。

瑞歐汀並沒有回答，他站在城牆上，推開觀望著凱依城的人們。他們尊敬地散開，有些人甚至屈膝呢喃。「陛下。」他們的聲音充滿敬畏。看著他，他們看見過去生活的重現：希望、富裕的生活，充滿了豐饒的食物與充沛的時間。能夠忘卻在暴政下度過的十年。

瑞歐汀看也不看他們一眼，一直走到北牆上，能夠遠眺寬廣湛藍的菲悠丹海。在海水的另一端就是泰歐德——還有紗芮奈。

「侍靈。」瑞歐汀命令。「告訴我從這裡到泰歐德首都的確切方向。」

艾希晃動了一會兒，接著移動到瑞歐汀面前，指出了地平線上的某一點。「如果您打算航向泰歐拉斯，大人，您要往這個方向。」

瑞歐汀點頭，相信侍靈對方向的直覺。接著他開始繪製符文，他發狂似地建構著艾歐·泰亞。之前無數次他的手指繪製著死記下來的圖案，完全不去想這樣有什麼好處。現在，隨著伊嵐翠增強了符文的力量，線條不單單只是出現在空中——它們像是噴射開來。光芒從符文中流瀉，彷彿他的手指在巨大的水壩上戳出小洞一樣，讓某些類似水的東西噴灑出來。

「穌雷！」終於趕上他的迦拉旦說。「穌雷，怎麼一回事？」然後他認出那個符文，他咒罵：「杜洛肯！瑞歐汀，你不知道你自己在做什麼？」

「我要去泰歐拉斯。」瑞歐汀繼續手上的動作。

「但是，穌雷，」迦拉旦抗議。「你自己告訴過我，艾歐．泰亞有多危險。你是怎麼說的？要是不確定正確的方向，你可能會死。你不能這樣莽撞行事，可了？」

「這是唯一的方法，迦拉旦。」瑞歐汀說。「我起碼得試試。」

迦拉旦搖頭，把手放在瑞歐汀的肩膀上。「穌雷，這樣毫無意義的嘗試除了你的愚蠢之外，什麼也證明不了。你知道泰歐德距離有多遠嗎？」

瑞歐汀手上的速度慢了下來。他並不是個地理學家，他知道泰歐德大約是四天的航程遠，但他並不知道確實的距離是幾哩或幾呎。他必須要照著艾歐．泰亞的標準範例，透過評估與測量才能知道要把他傳送到多遠。

迦拉旦點點頭，拍了拍瑞歐汀的肩膀。「準備一艘船！」杜拉德人對那一群士兵下令——伊嵐翠護城衛隊最後剩下的成員。

這樣太遲了！瑞歐汀悲傷地想。要是我沒辦法用來保護我所愛的人，那力量有什麼用？伊嵐翠又有什麼用？

「一百零五萬四千四百四十二。」一個聲音從瑞歐汀的身後說。

瑞歐汀驚訝地轉過頭。阿迪恩就站在不遠的地方，他的皮膚閃著伊嵐翠人的銀色光澤。他的眼中不再有一絲智力缺陷的茫然，而是清晰地凝視著瑞歐汀。

「阿迪恩。」瑞歐汀說。「你是……」

那個年輕人就像路凱一樣地直接注視著瑞歐汀，他走向前一步。「我……我覺得我的一生就像是一場夢。瑞歐汀，我記得每一件發生過的事情。但我沒辦法做出反應——我什麼話也說不出來。但現在不同了，但有一件事情還是一樣。我的心智……我總是有辦法把數字搞清楚……」

「步伐。」瑞歐汀低語。

「一百零五萬四千四百四十二。」阿迪恩重複了一次。「這就是從這裡去泰歐拉斯的距離。這是根據我的步伐測量，然後除以二換算成你的單位。」

「趕快，大人！」艾希驚恐地大喊。「她遇到危險了，梅伊（Mai）——他正在看著公主，他說她已經被包圍了。噢，上神！快啊！」

「在哪裡，侍靈！」瑞歐汀跪下來開始測量自己的腳長。

「靠近港口，大人。」艾希說。「她站在通往港口的主要街道上！」

「阿迪恩！」瑞歐汀開始畫出符合男孩口中長度的符文。

「一百零五萬四千四百零一。」阿迪恩說。「這會讓你抵達港口。」他抬起頭，皺著眉說：「我……我不確定為什麼我知道這種事。我在小時候去過一次，但是……」

這樣就夠了，瑞歐汀心想。他伸出手對符文做了最後的調整，將他傳送到一百零五萬四千四百零一步之外的距離。

「穌雷，這太瘋狂了。」迦拉旦說。

瑞歐汀看著他的朋友，同意地點點頭，接著在符文上畫上裂谷線。

「在我回來之前，伊嵐翠就交給你了，我的朋友。」瑞歐汀說完，艾歐・泰亞也跟著開始運作，在他面前散發出強烈的光芒。他伸手抓住中心顫動的符文，他的手指握上去，彷彿符文是實體一般。

上神在上，他祈禱，如果祢真的聽見我的禱告，請指引我的道路吧。接著，希望艾希有著正確無誤的方向感。他感覺到符文的力量將他捲起包裹住他的全身。一會兒之後，世界消失了。

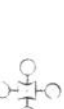

紗芮奈背貼著厚實的磚牆，狄拉夫的眼神中閃著歡欣的神采，一步步地靠近。他站在前面，他的僧侶則包圍著紗芮奈。

都結束了。我已沒有地方可以逃了。

突然之間，一道光芒衝向其中一個僧侶，把那個生物拋向空中。紗芮奈呆若木雞地看著那名僧侶的身體拋物線飛起，然後砰然落下。其他的僧侶也全都震驚地停了下來。

一個身影突然衝過那一整排僧侶，站在紗芮奈的面前。他的皮膚閃著銀色的光澤，還有著一頭熾白的頭髮，而他的臉龐……

「瑞歐汀？」

狄拉夫咆哮著，紗芮奈立即尖叫出聲，看到教士衝向瑞歐汀，以一種超越常人的速度飛奔過來。然而瑞歐汀的動作也同樣迅速，旋轉、退後避開狄拉夫的攻擊。國王的手像鞭子似地在空中畫出一個潦草的符文。

光芒自符文中激射出來，周遭的空氣彷彿都隨之扭曲變形。光球炸在狄拉夫的胸口上，將僧侶整個人往後拋。狄拉夫猛然撞進一棟房子，癱倒在地，然而那個教士仍呻吟著掙扎地爬起來。

瑞歐汀咒罵了一聲，他靠了過來摟住紗芮奈。「抓牢。」他空著的另一隻手畫出另一個符文。瑞歐汀這次的艾歐．泰亞更加地複雜，但他的手指卻更靈巧。他剛好在狄拉夫的手下靠近他們之前完成了符文。

紗芮奈的身體騰空，就好像狄拉夫把他們帶到泰歐拉斯的那時候一樣。光芒圍繞著她。搖晃和震動。下一秒世界回復過來。紗芮奈困惑地跌倒，摔在熟悉的泰歐拉斯石子路上。

她驚訝地看著遠方。大約在五十呎外，她可以看見裸袒著胸膛的狄拉夫和他的僧侶混亂地站成一圈。其中一個人舉起手，指著瑞歐汀和紗芮奈。

「上神在上！」瑞歐汀咒罵。「我忘了那本書說過了！符文離伊嵐翠愈遠，效力就愈弱。」

「你沒辦法帶我們回家？」紗芮奈爬起身問。

「不能靠符文，我辦不到。」瑞歐汀說完，拉起她的手，開始奔跑。

她心裡充滿了各種問題，整個世界彷彿都顛倒了過來。瑞歐汀發生了什麼事？他怎麼從狄拉夫的那一劍中恢復過來？她忍著那些問題。他能趕來就已經足夠了。

瑞歐汀發狂地想尋找一個逃脫的辦法。或許一個人他能夠擺脫狄拉夫的手下，但和紗芮奈一起就辦不到了。往碼頭上的路空無一物，泰歐德的大型戰船沉重地駛離海灣，準備迎戰菲悠丹的艦隊。一個穿著王室綠色長袍的人站在碼頭的遠處，和其他幾個人對話。伊凡托王——紗芮奈的父親。國王並沒有看見他們，而轉身匆忙地走進一旁的小巷。

「父親！」紗芮奈大喊，但距離實在太過遙遠。

瑞歐汀可以聽見身後的急促腳步聲，他轉身把紗芮奈推到後面，舉起雙手同時畫出艾歐・達。符文在泰歐德顯得虛弱不少，但對他們卻不是毫無效果。

狄拉夫抬起手，讓他的戰士慢下腳步。瑞歐汀停頓下來，不願意讓自己進行最後的決戰。狄拉夫在等什麼？

赤膊的戰士從街道和小巷中蜂擁而出。狄拉夫微笑著，等著他的戰士們聚集起來。幾分鐘後，他手邊的人就會從十二個增加到五十個人，而瑞歐汀的機會也會從渺茫變成絕望。

「帶太少人來救援了。」紗芮奈咕噥著，走出來站在瑞歐汀身邊，輕蔑地瞪著那一群怪物。

她的自信諷刺讓瑞歐汀的嘴角上揚。「下次，我會記得帶整支軍隊一起來。」

狄拉夫的僧侶開始衝鋒，瑞歐汀完成他複雜的符文，發出兩發強大的能量攻擊，然後迅速地又開始畫出下一個。紗芮奈緊緊地摟著瑞歐汀的腰，她看得出來無論如何瑞歐汀怎麼趕，都來不及在那個有超人速度的怪物抵達前完成。

港口因為巨大的衝擊而搖晃著，木頭破碎，石頭斷裂，一場巨大的暴風衝擊從她身後飛過去。她牢牢地抓著瑞歐汀才沒有被震飛在地上。當她終於張開眼睛時，他們被數百個銀膚的人圍繞著。

「艾歐・達！」迦拉旦以響亮的聲音下令。

兩百隻手舉向空中，描繪著符文，他們有一半的人畫錯了線條，符文憑空消失，但也有夠多人完成符文，足以對狄拉夫的手下送出一陣毀滅性的衝擊波，強烈到足以當場把前面幾個僧侶的身體給撕碎。屍體癱倒，其他的人則被遠遠地拋飛，剩餘的僧侶跌跌撞撞停了下來，注視著那群伊嵐翠人。

接著達克霍重新整隊，背向瑞歐汀和紗芮奈，轉身攻擊這群新的敵人。

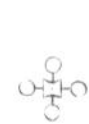

狄拉夫是唯一一個想到要彎腰的人，其他的僧侶傲慢而自負地相信自己的力量，任由那些強力的衝擊波擊中他們。

蠢蛋！狄拉夫一邊滾地逃開一邊想。每個達克霍都受過特殊力量與技巧的祝福。他們全都有著強化的力量與幾乎無法被破壞的骨骼，但只有狄拉夫擁有能降低鏵影響的力量，這是犧牲了五十個人才創造出來的力量。他感覺到，而非看到，他的手下一個個在伊嵐翠人的攻擊之下四分五裂。

剩下的僧侶人數少得可憐，但他們還是英勇地作戰，希望能殺死一個邪惡的伊嵐翠人是一個。他們被訓練得很好，他們會誓死作戰。狄拉夫渴望加入他們。

但他不能。有人覺得他是個瘋子，但他可不是個傻瓜。他腦海中尖叫著要報仇的聲音仍未停歇，而只剩下一個方法；一個方法來報復那個泰歐德公主還有她的伊嵐翠人，一個方法來完成沃恩的命令，一個方法來改變戰鬥的情勢。

狄拉夫半躲半滾地離開，一道力量正中他背心，令他踉蹌一跌，但他的骨骼保護著他，讓他不受那些攻擊傷害地前進。

方才他剛來到碼頭區時，他看見伊凡托王消失在窄巷中，如今他也衝入相同的巷子。

他的獵物會跟上來。

「瑞歐汀！」紗芮奈指著逃脫的狄拉夫。

「讓他走。」瑞歐汀說。「他無法造成更多傷害了。」

「但是那是我父親走的那條路！」紗芮奈拉著他走向小巷。

她是對的，瑞歐汀帶著咒罵心想。他跟上狄拉夫，紗芮奈揮手要他繼續前進，於是瑞歐汀把她拋在後頭，讓他新的伊嵐翠身體帶他以驚人的速度前進。其他伊嵐翠人沒有看到他離去，而是繼續攻擊那些僧侶。

瑞歐汀走入了巷子中，連大氣都沒喘一下，但狄拉夫已經在下一秒伏擊他，僧侶強壯的身體從陰暗的角落中衝出來，把瑞歐汀撞上巷子的牆壁。

瑞歐汀大喊出聲，感覺到他的肋骨斷裂。狄拉夫退後一步，邪笑地抽出他的配劍。教士向前遞出一劍，瑞歐汀只能勉強滾開，避免被戳出一個洞。然而狄拉夫的攻擊還是劃開了瑞歐汀的左手，濺出銀白色的伊嵐翠人鮮血。

瑞歐汀大口喘息，感覺到手臂上的痛楚，不過，這樣的疼痛和他先前所承受的苦痛相比微弱太多了。他很快就忘記它，再次滾地閃開狄拉夫往他心臟猛刺的劍刃。要是他的心臟再次停止，瑞歐汀就會死。伊嵐翠人強壯而且能夠迅速痊癒，但他們並不是不死不朽。

瑞歐汀一邊閃躲，一邊思索任何有用的符文。他的思緒飛快運轉，重新站起，快速畫出艾歐·依鐸（Aon Edo）。這是個簡單的符文，只需要六根線條，剛好在狄拉夫發動第三波攻勢前完成。符文發出閃光，接著一面薄薄的光牆就出現在他和狄拉夫之間。

狄拉夫遲疑地拿劍測試著牆壁，但牆壁擋住了。愈大的力量想要穿透，鐸的反作用力就愈大。狄拉夫無法靠近他。

狄拉夫隨性地伸手觸摸那面牆壁，他的手掌微微發光，緊接著牆壁就破裂開來，光亮的碎片在空氣中消散。

瑞歐汀暗罵自己的愚蠢。就是這個人在前一天破壞了他的幻象。因為某些理由，狄拉夫擁有抵銷符文的力量。瑞歐汀向後跳，但劍刃更快地追上來。劍尖沒有戳到瑞歐汀的胸口，反而傷在他的手上。

當劍尖戳穿了他的右手掌，瑞歐汀尖叫出聲。他想捧住受傷的手掌，但前臂上的傷口也因為這劇烈的動作而重新抽痛著。兩隻手都廢了——他現在沒有辦法畫出符文了。狄拉夫的下一擊是輕鬆的一腳，讓瑞歐汀已經受傷的肋骨進一步裂開。他喊叫一聲，然後跪倒在地上。

狄拉夫大笑，用劍尖拍打著瑞歐汀的臉頰。「御靈（skaze）是對的，就算是伊嵐翠人也不是無敵的。」

瑞歐汀並沒有回答。

「我還是會贏，伊嵐翠人。」狄拉夫的聲音充滿激動和瘋狂。「等到沃恩的船隻打敗泰歐德的艦隊，我就會召集部隊入侵伊嵐翠。」

「無人能打敗泰歐德艦隊，教士。」一個女性的聲音插嘴，劍刃的閃光飛快地攻向狄拉夫的頭部。教士大喊，差點來不及提劍擋開紗芮奈的攻擊。她從某處找來一把長劍，她揮劍的速度快得連瑞歐汀的視線都跟不上。狄拉夫的驚慌讓他露出微笑；他還記得王妃是怎麼樣輕易地在擊劍上打敗自己。她的武器比席爾劍沉重得多，但她還是非常熟練地使用著它。

然而狄拉夫卻不是一般人。當他擋開紗芮奈的攻擊時，在他皮膚下的骨頭圖案開始發光，的速度跟著變得愈來愈快，很快地紗芮奈停止逼近，接著幾乎是同時她被迫要退後。戰鬥在狄拉夫的長劍刺穿紗芮奈的肩膀告結。紗芮奈的武器鏗噹掉落在地上，她頹然地倒在瑞歐汀身邊。

「對不起。」她低聲說。

瑞歐汀搖搖頭。沒有人能期待在戰鬥中勝過狄拉夫這樣的怪物。

「我的復仇開始了。」狄拉夫虔誠地低語，舉起他的劍。「妳可以停止哭喊了，吾愛。」

瑞歐汀用他染血的手護著紗芮奈，接著他頓了一頓。某個東西在狄拉夫背後移動——一個陰影中的身形。

狄拉夫皺起眉頭，順著瑞歐汀的視線轉頭。一個身影搖搖晃晃地從黑暗中出現，痛苦地掩著傷口。那是一個高大寬厚的男子，有著一頭黑髮與堅定的雙眼。雖然他不再穿著鎧甲，瑞歐汀依舊認得他。樞機主祭，拉森。

很奇怪的是，狄拉夫似乎並不高興看到他的同伴。這個達克霍僧侶轉身舉起劍，眼神中燃著怒火。他跳起來，用菲悠丹語喊著某種東西，持劍揮向看來十分虛弱的樞機主祭。

拉森站住，手臂從斗篷下迅速地揮出去。狄拉夫的劍筆直地擊中了拉森的前臂。然後停了下來。

紗芮奈在瑞歐汀身後倒吸了一口氣。「他也是達克霍的一員！」她低聲說。

這是事實。狄拉夫的武器刮在拉森的手臂上，扯開纏住的袖子，露出底下的皮膚。那不是一隻正常人的手臂：扭曲的圖案潛藏在皮膚之下，隆起露出的骨骼正是達克霍僧侶的標記。

狄拉夫很顯然同樣驚訝，僧侶震驚地站在那邊，被拉森的手飛快地抓住脖子。

狄拉夫憤怒地咒罵著，扭曲地想要掙脫拉森的箝制。然而樞機主祭卻開始直挺挺地站起來，愈抓愈緊。在他的斗篷下是拉森袒露的胸膛，而瑞歐汀卻沒有看見那些達克霍的圖案，只看到布滿了汗水與鮮血，還有著一道傷口。只有他手上的骨頭有個扭曲的圖案。為什麼只有部分的改變？

拉森高高地站著，不管狄拉夫的動作，雖然那個僧侶開始以配劍揮砍著拉森強化過的手臂。但攻擊一下下地彈開，於是狄拉夫轉而攻擊拉森的另外一邊。劍刃深深地砍進拉森的血肉中，但樞機主祭連哼都不哼一聲，反而緊緊勒住狄拉夫的脖子，那個矮小的僧侶喘息著，痛苦地拋下他的劍。

拉森的手臂開始發光。

拉森皮膚下那種奇怪扭曲的線條，散發出一種令人毛骨悚然的光線。樞機主祭把狄拉夫抬離地面，狄拉夫不停地蠕動掙扎，他的呼吸愈發短促，拚命地想要掙脫，努力地想要扳開拉森的手指，但樞機主祭的緊握卻是如此牢固堅決。

拉森把狄拉夫整個人舉起，彷彿要伸入天堂。他抬頭凝望著天空，眼神卻異常渙散，彷彿狄拉夫像是某種神聖的祭品。樞機主祭站在那裡許久，動也不動，手臂發著光芒，狄拉夫則顯得愈來愈痛苦、瘋狂。

突然發出斷裂的聲響。狄拉夫停止了掙扎。拉森慢動作地放下僧侶的身體，接著把它丟到一旁。他手臂上的光亮開始散去，他望向瑞歐汀與紗芮奈，沉默地站在原地一會，接著如死木般向前倒下。

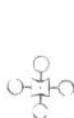

當迦拉旦之後趕到時，瑞歐汀正徒勞無功地想以他受傷的雙手治療紗芮奈的肩膀。高大的杜拉德人瞄一眼情況後，就對另外兩個伊嵐翠人點點頭，讓他們去檢查狄拉夫和拉森的屍體。最後迦拉旦坐下來，讓瑞歐汀教導他該如何畫出艾歐·埃恩。一會兒之後，瑞歐汀的雙手與肋骨都恢復了，他再開始治療紗芮奈。

她安靜地坐著。儘管帶著傷勢，她卻已經去檢查過拉森——他已經死去。事實上，他胸側的傷口早該在他勒斷狄拉夫的脖子前就令他死去；他的達克霍印記在某種程度上讓他支撐了下去。瑞歐汀搖搖頭，替紗芮奈的肩膀畫出了治療的符文。他還是不知道為什麼樞機主祭要解救他們，但他卻非常感激這個人的介入。

「艦隊呢？」紗芮奈焦急地問。

「就我看起來非常地順利。」迦拉旦聳肩說。「妳父親在四處找妳，他在我們抵達沒多久之後就來到碼頭找妳。」

瑞歐汀畫上了裂谷線，紗芮奈手臂上的傷口隨之消失。

「我得承認，稣雷，你真的和杜洛肯一樣幸運。」迦拉旦說。「一無所知地跳到這裡來，是我見過一個人所能做出最愚蠢的事。」

瑞歐汀聳聳肩，緊緊地抱住紗芮奈。「一切都值得。更何況，你不也跟上來了嗎？」

迦拉旦哼了哼。「我們是透過艾希知道你安全抵達才跟上來。我們又不是瘋子，不像我們的國王。」

「好啦。」紗芮奈堅定地打斷兩人。「有人得立刻向我解釋一切。」

第六十三章

紗芮奈把瑞歐汀的外套拉挺了一些，接著後退，一邊打量他一邊敲著自己的臉頰。她喜歡白色的外衣勝過金色，但一配上他銀色的皮膚，白色外衣便顯得太過蒼白而沒有生氣。

「怎麼樣？」瑞歐汀伸手平舉。

「我只能將就一下了。」她大剌剌地決定。

他大笑，靠上前去吻了她。「妳不是應該要獨自一個人待在禮拜堂裡，祈禱並且準備嗎？那些傳統儀式怎麼辦？」

「那些我上次已經做過了。」紗芮奈說，轉身確定他沒有弄糊她的妝。「這次我打算貼身監督你。因為某些理由，我的準丈夫都有機會搞失蹤。」

「那可能是因為妳，得分桿。」瑞歐汀取笑說，她父親解釋這個綽號的時候讓他笑了好久，從此之後，他毫不放過任何一個可以使用這個綽號的時機。

她心不在焉地拍打他，調整她的白紗。

「大人，女士。」一個淡淡的聲音說。那是瑞歐汀的侍靈，埃恩，從門口飄了進來。「時候到了。」

紗芮奈牢牢地挽著瑞歐汀的手臂。「走吧。」她命令，朝門口點點頭。

這一次，在他們能順利成婚前，她可不會再放手。

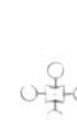

瑞歐汀試著在儀式中專心，但科拉熙婚禮通常冗長又枯燥。歐敏神父知道伊嵐翠人請科拉熙教士證婚正是為了首開先例，所以費心準備了一篇加長版的特別演說。一如往常，這個矮小男子的眼神開始隨著他的喃喃自語變得飄忽，彷彿他忘記他在對著別人講話。

所以瑞歐汀也任由他的思緒遊走，他忍不住想起他先前和迦拉旦有過的一場對話——因為一片骨頭而起的討論，他們從死去菲悠丹僧侶身上找出來的骨頭，畸形而扭曲——但它的美感卻勝過噁心感。它彷彿像是某種象牙雕刻品，或是一整把雕刻過的木棍全部揉合起來的模樣。最令人困擾的是，瑞歐汀幾乎可以發誓他對某些刻文十分熟悉。那些圖案來自於古代的菲悠丹文字。

德瑞熙僧侶發明出他們自己的艾歐鐸。

這樣的憂慮如此沉重，甚至讓他在自己的婚禮中都忍不住分心思索。幾個世紀以來，阻止菲悠丹征服西方的唯一理由就是伊嵐翠。如果沃恩學會了鐸的祕密……瑞歐汀想起狄拉夫，還有他能夠抵抗甚至摧毀符文的奇特力量。如果多幾名僧人有這種力量，那戰鬥的結果可能就是朝另一方面而去了。

埃恩熟悉的光球贊許地飄在瑞歐汀的身旁。侍靈的恢復幾乎彌補了瑞歐汀在最後戰役中所失去的朋友——卡菈塔和其他人將會被永遠地懷念。埃恩宣稱他不記得任何瘋狂時期的事情，但侍靈似乎有某些地方……變得不太一樣。他比往常來得更安靜，更容易沉思。等到一有空閒，瑞歐汀便打算要詢問其他伊嵐翠人，好揭開侍靈的祕密。這個問題也一直在他閱讀、鑽研還有學習的時候干擾著他，他還沒有找出該如何製造侍靈的方法，甚至不確定他們是否是由艾歐鐸所創造出來的。

這也不是唯一令他煩惱的事情，另外則是蘇登奇特的確身舞蹈。所有的目擊者，包括路凱都宣稱那個占杜人獨自擊敗了一名狄拉夫的僧侶，而且閉著眼睛。還有人說那個年輕的男爵在打鬥時，身體發散著光芒。瑞歐汀開始懷疑，是不是有更多種方法可以運用鐸的力量——太多種。而其中一種方法就在歐沛倫最殘忍跋扈的暴君——沃恩．兀夫登四世，一切造物的統治者——手上。

很顯然，紗芮奈早已注意到瑞歐汀的分心。歐敏的演說一開始收尾，她就用手肘頂了頂他。她隨時隨地都以政治家自處，儀態自若，掌控全局，機敏警覺，更別提美麗非凡。

他們繼續進行儀式，交換刻著艾歐．歐米的科拉熙垂飾，彼此許諾生死與共。他給紗芮奈的垂飾是由塔安所雕刻的純玉精品，並且以金線包圍以配合她的髮色。紗芮奈的禮物沒有那麼豪華，卻同樣合適。她從某處找來了一塊沉甸甸的黑石，打磨出金屬般的光澤，完美地襯托出瑞歐汀銀色的皮膚。

最後，歐敏對全亞瑞倫宣布，他們的國王成婚了。不停歇的歡呼和喝采開始，紗芮奈靠上去親吻了他。

「這就是妳希望的一切嗎？」瑞歐汀問。「妳曾說妳一生中最期待的就是這一刻。」

「這真的很美好。」紗芮奈回答。「但有一件事情比婚禮還更令我期待。」

瑞歐汀挑起眉毛。

她壞壞地笑著說。「新婚之夜。」

瑞歐汀同時也笑了起來，好奇他到底替自己還有亞瑞倫招惹了什麼，才把紗芮奈娶回亞瑞倫。

尾聲

天氣溫暖而明朗，和艾敦王的喪禮形成了全然的對比。紗芮奈站在凱依城外，看著前任國王的墳墓。艾敦王所努力的一切事物如今都被推翻了，伊嵐翠復興，農奴不再合法。當然，他的兒子確實登上了亞瑞倫的王位，雖然這個王座如今設在伊嵐翠裡。

婚禮過後才過了一週，卻發生了那麼多事情。瑞歐汀最後允許貴族保有他們的頭銜，雖然他原本試圖廢除整個制度，但人們卻不接受，似乎沒有伯爵、男爵或其他貴族有些不太自然。於是，瑞歐汀照著自己的想法扭曲了貴族制度，他讓每一位大人都是伊嵐翠的公僕，任命他們照顧國家不同地區的人民。貴族不再變得那麼特權，更像是糧食的分配者——而這原本就該是他們的首要任務。

紗芮奈看著他和蘇登、路凱兩人講話，他的皮膚連在陽光下都閃閃發亮。說伊嵐翠的墮落顯露出了其中居民真實本性的那些教士並不了解瑞歐汀，這才是真正的他，發亮的明燈，自尊與希望的源頭。不管他皮膚的金屬光澤有多閃亮，也比不上他靈魂、他的心所散發出來的光亮。

瑞歐汀的身旁站著安靜的迦拉旦，他的皮膚也在發亮，卻是另一種方式。他的光比較暗也比較深沉，像是磨亮的鋼鐵，是他杜拉丹血統的表現。那個高大男子的頭依舊是禿的，紗芮奈很驚訝這件事情。因為所有其他的伊嵐翠人都長出了白色的頭髮，當問起這件事情的時候，迦拉旦以他個人習慣聳了聳肩。「感覺很適合我，我從三十歲起就禿頭了，可了？」

在瑞歐汀和路凱身後，她可以認出阿迪恩的身影，朵菈的第二個兒子。根據路凱的說法，霞德祕法在五年前就選中了阿迪恩。但他們家卻選擇以化妝掩蓋他的轉變，不願把他丟入伊嵐翠。

阿迪恩的天性和真實身分跟他父親一樣令人費解。凱胤不願解釋得太多，但紗芮奈可以從她叔叔的眼中看出那些確證。就在十年之前，他帶領著他的艦隊對抗紗芮奈的父親，企圖竊取王位——一個紗芮奈開始覺得於法上可能屬於凱胤的王位。如果凱胤真的是兄長的話，那麼他就應該要繼承，而非伊凡托王。她父親依舊不願意談論這件事，不過她終究會找出真正的答案。

在她沉思的時候，她注意到一輛馬車停在墓地邊，車門打開，托瑞娜從裡面走了出來，帶著她體重過重的父親，艾汗伯爵。自從偌艾歐死後，艾汗就看起來不太一樣，他講話含糊不清，聲音也顯得很不健康，整個人也瘦了一大圈。其他人並沒有原諒他害公爵遭到處決，但他人的蔑視永遠也比不上他對自己的憎惡。

瑞歐汀迎上了她的視線，然後點點頭。時間到了。紗芮奈穿過了艾敦王的墓地，以及其他四座一樣的墓地——分別安息著偌艾歐、依翁德、卡菈塔還有一個名叫沙歐林的男子。最後一座墓地並沒有屍體，但瑞歐汀堅持要讓他和別人一起被懷念。

這個區域變成了一個紀念地，來懷念那些為了亞瑞倫而戰的人們——還有那名努力想要毀掉它的人。每個教訓都有兩面，記住艾敦王病態的貪婪和記住偌艾歐的犧牲同樣重要。

她緩緩地走向最後一座墳墓，土堆同樣高高地隆起，構成一個總有一天會被青草和樹葉所覆蓋的小丘。如今這裡還是寸草未生，而新覆蓋的泥土顯得非常柔軟。她不需說服大家替他造墓，如今每個人都知道自己欠了墓中人一份恩情。菲悠丹的拉森，高階教士與舒．德瑞熙教派的聖潔樞機主祭。他們把他的喪禮留到最後。

紗芮奈轉身對群眾講話，而瑞歐汀就站在最前面。「我不會說得太長。」她說。「因為，雖然我和拉森之間有著比較多的關連，但我並不認識他。我總是以為我可以透過當他的敵人來了解一個人，而我以為我了解拉森——他的責任感，他堅強的意志，還有他拯救我們脫離歧途的決心。

「我沒有看出他的內在掙扎，我無法了解這個人的內心，是否驅使著他最終否決所有他因為相信是正確的事情，所衍生出的一切行止。我從來沒有認識過拉森——將他人的性命置於自己的野心之前的拉森。這些事情全都隱藏著，但最後它們卻證明了，這才是對拉森最重要的事情。

「當你想起這個人的時候，不要想起一個敵人，請想起是一個渴望保護亞瑞倫與其人民的人；想起他後來的樣子，一個英雄拯救了你們的國王。我的丈夫還有我如果沒有拉森及時的保護，將會一同死在達克霍的怪物手上。

「最重要的，請記得是拉森在最危急的時候提出警告，拯救了泰歐德的艦隊。如果艦隊毀滅了，那麼泰歐德將不會是唯一一個受難的國家。沃恩的軍隊將會征服亞瑞倫，無論有沒有伊嵐翠，你們此時此刻都將為生存而戰，假使你們還活著。」

紗芮奈的視線停留在墳墓上。上面謹慎地堆放了一具血紅色的鎧甲。拉森的斗篷掛在一柄長劍的末端，劍就插在泥土之中，猩紅色的斗篷隨風飄動。

「不。」紗芮奈說。「當你們說起這個人的時候，要讓人們知道他為了保護我們而死。讓人們知道最終，拉森，舒．德瑞熙的樞機主祭，不是我們的敵人。他是我們的救主。」

（全書完）

特別後記

十年前，我焦急地不停重整我的電子郵件，期待著出版商承諾過的一封信。那時是《諸神之城：伊嵐翠》面世的第一週，出版商可以存取「Bookscan」這個提供每週書籍銷量的私人服務網站，那是電子書與即時銷售還沒出現的時代，我們必須依靠這個服務，取得售書商呈上的報告。

信件終於寄達。賣出了四百本。

四百本？

我慌張地打電話給我的經紀人，並且確信我的處女作已慘遭滑鐵盧。我並不期待自己馬上成為暢銷作家，但只賣出幾百本？這根本是大災難吧！

我的經紀人聽過我的話後笑了出來。原來，對於新作家的第一本書來說，上市首週有四百本銷量已經很不錯了。他告訴我，雖然聽起來不多，但四百本是合理的數字。

的確如此，《諸神之城：伊嵐翠》在隔週也賣了四百本左右，接下來的第三週也賣出了接近的數字。事實上，這本書的銷量沒有大幅滑落，而是緩慢穩定地賣了又賣——並且持續了十年。就像寓言中賽跑的烏龜一樣，《諸神之城：伊嵐翠》主掌了我的事業，至今已經賣出數十萬本，儘管它沒有登上暢銷排行榜、沒有賣出電影版權，也沒有真正的續作（目前還沒啦）。

它是怎麼爬到現在的地位？這本書出版前的過程也跟銷售數量一樣平實。在我構思《迷霧之子》、《王者之路》以及「寰宇」系列故事時，我同時著手寫出一本以囚禁瘋病人的城市為靈感的書，一本特立獨行的異類。寫作多年下來，就算當時還沒出版任何小說，我也完成了不少故事。

然而《諸神之城：伊嵐翠》是我決定史詩奇幻路線後所寫的第一本書。這是第一本有意導入寰宇神話、角色與魔法的作品。

四年後，有位編輯打電話給我說要買下這本書，讓我十分驚訝。我已經將《迷霧之子》投稿出去，並且剛完成《王者之路》的初稿。它不是我用來取得生涯突破點的作品，也沒有擴展出去的世界觀，只是個用來沉思的作品，講述一個男人如何在廢墟中重建社會，一個女人拒絕被社會積累在她身上的框架定位，一個祭司如何陷入信仰和自我的危機。

我可以用好幾頁的篇幅談論這本書的靈感（事實上，我在自己的網站上已經發表了每個章節的額外注釋和刪除的內容）。紗芮奈的靈感來自我的朋友安妮，拉森是我身為摩門教傳教士的時期誕生的角色，魔法系統則來自韓文與漢文之間的有趣關連。接著是瑞歐汀，他的靈感則是來自我講述不同故事的欲望，我想講述一個過去沒有經歷深刻折磨的人的故事，一個陷入可怕境地的高貴之人。

雖然這些靈感很有趣，但還是不能解釋這本書為何而生，只能稍微解說這本書是如何誕生。為什麼《諸神之城：伊嵐翠》深受廣大書迷喜愛？為什麼有這麼多書迷把這本書當成我所有作品之中的最愛？它是怎麼辦到的？

這是與寫作有關的事情中，我最想了解的一件事。

我常常提到我是怎麼成為大綱派作家的過程。我喜歡在寫下第一章之前詳加設計劇情與世界觀。然而，我每次寫作都會發生難以描述的經歷——關乎創作的過程，關乎如何釋出主題與角色，關乎如何為了新的探索捨棄某些劇情（無論設計得多麼小心）。在寫完每一本書後，我會捫心自問：「你是打算這樣寫的嗎？」並且回答：「好吧，不是。但它不知為何變得更好了。」

看著《諸神之城：伊嵐翠》，我認為這本書帶給我的影響是我永垂不朽的資產。它溫柔地證明刀劍相向的兩人不是動作場景的必需品，而一座朽城之中的孤人命運，可以比兩軍交鋒還來得引人入勝。《諸神之城：伊嵐翠》證明一本書就算在最後幾個章節才描述魔法，也可以具有無邊魔力。

我非常自豪出了這本書。數年下來，我的行文已經進步，敘述手法也成熟更多，但我發現自己必須牢牢記得擁有生命力與情感的迷人角色故事，比起酷炫的魔法系統或史詩動作戲碼，更為重要。角色與情感才是真正的魔法。《諸神之城：伊嵐翠》的低語，永遠提醒我這件事。

布蘭登・山德森
二〇一五年二月

伊嵐翠祕典（Ars Arcanum）

論艾歐鐸(On AonDor)

一旦談到艾歐鐸符文，自然要對它的起源提出疑問。

亞瑞倫與周邊地帶的語言與魔法，都是以符文（見下表）做為基礎。有趣的是，符文與做為語音寫作系統的艾歐文有些差距，做為表語字母的後者，不如前者字體來得小且複雜。如果用文藝一點的說法則是，符文裡的平凡字母彷彿都是呈獻給神祇的物品。

有趣的是，有發音的符文會出現在當地的一般語言。如果有人將符文從當地語言抽離（由於符文傳達的概念可以用更合理的常見文字代替，因此不無可能），那麼這個語系就會更接近杜拉德語。

既然符文的描繪帶有亞瑞倫地景等元素，那麼又有個新問題產生。符文是否在艾歐人抵達本地以前，便已經存在了呢？移居者想必接受了符文的教學、理解其中的涵義，並且融合到既存的語言中。那麼，又是什麼人創造了這種語言呢？他們是用這種語言描述地景，還是說地景本身控制了符文的圖形與發音？

我沒有答案，但是大家或許可以見識這個形式的授予，引發了我多大的好奇心。

以下是艾歐鐸符文中的獨特概念。我打算找時間理解這其中的關連性，以及符文如何讓這片土地與當地魔法變得如此獨特。

精確（PRECISION）

如果要讓符文生效，就要絕對精確的方法去描繪。的確，我對於鐸的潛能所做的研究，也比起我接觸的其他魔法形式還更需要精確度。相較於其他形式的授予只強調覺察能力，這也再次顯示符文的獨特性。在其他形式的魔法中，只要施術者認為自己用了正確方法施放法術，通常就會成效。但在符文系統裡，就算是一點小小的錯誤都會讓符文失效。

意圖（INTENTION）

如同其他形式的授予，施法的意圖非常重要。伊嵐翠人不會意外畫出符文。符文的複雜度讓這種行為幾乎不可能發生，但我還是為了個人期待做了測試。施術者必須有畫出符文的意圖，並理解相應的圖形，才會產生效果。

出生地（BIRTHPLACE）

我越來越確定賽耳（Sel）的生物都跟鐸與授予都有某種靈魂性的聯繫，就像由雅多納西（Adonalsium）的碎片定型的其他星球一樣。然而在賽耳世界獨特的地方在於，施術者與出生地的靈魂聯繫，會決定他們與授予聯繫的特質與風格。

動力（INITIATION）

雖然一般大眾認為伊嵐翠人是由全能之手所選，但是考慮到他們的神祇已經逝去，我的觀察並非如此，我甚至認為這些神祇消逝已久。不知道他們是否認知到自身魔法所連結的，是已死去的神祇呢？

那麼，艾歐鐸符文的使用者如何取得啟動魔法的動力呢？這似乎與司卡德利亞（Scadrial）不同，與家族血統沒有關連。這也不同於納西斯（Nalthis）世界的授予，並非特定碎神的決策。就算是泰爾丹（Taldain）跟費克斯（Vax）的理論也不適用於此。除非這當中有我未能理解的隱藏模式，否則我只能推測這個動力是隨機產生的。

艾歐鐸符文列表

下表並非符文的完整清單，而是經我篩選，具有重要性或具說明用途的符文。這括號中附注的是以特定符文為語源的姓名或用語。

艾安 AAN
真相、事實
（安登、塔安）

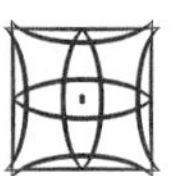

艾嵐 ALA
美麗、英俊
（梅拉、辛那蘭）

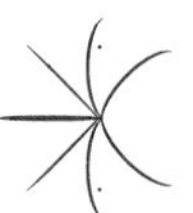

艾泰 ATA
優雅、流暢
（卡菈塔、阿德塔山）

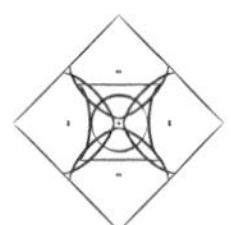

艾伊歐 AEO
勇氣
（侍靈艾伊歐、葛瑞歐）

艾歐 AON
最初、語言
（艾歐鐸、艾歐）

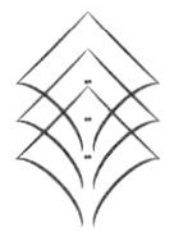

艾提 ATI
希望
（麥黛希）

艾黑 AHA
氣息、空氣
（艾汗、連哈、卡哈）

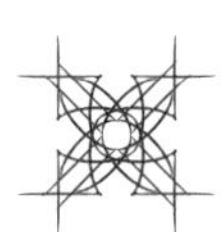

艾瑞 ARE
和諧、凝聚
（亞瑞倫、亞瑞德、瑪芮、瓦倫）

艾托 ATO
北方
（艾托城）

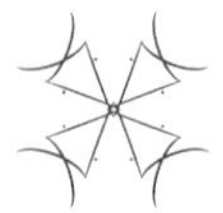

艾奇 AKE
西方
（艾奇城）

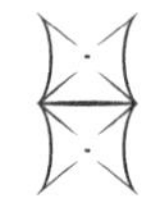

艾希 ASHE
光、照亮
（侍靈艾希、戴希）

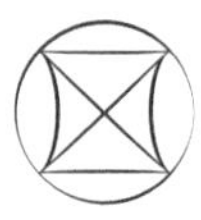

達 DAA
力量、能量

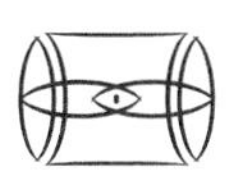

戴歐 DAO
穩定、安全
（朵菈、鐸恩）

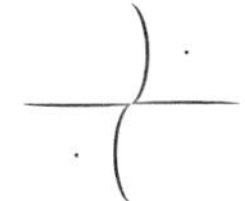

迪歐 DEO
黃金、金屬
（德歐金幣、德歐莊園）

伊諾 ENO
水

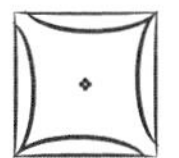

迪歐 DEO
黃金、金屬
（德歐金幣、德歐莊園）

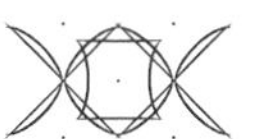

依赫 EHE
火焰、憤怒

依翁 EON
意志、耐力
（依翁德、翁尼克）

戴埃 DII
林木

依嵐 ELA
焦點、中心
（依嵐翠、依蘿）

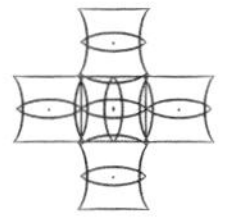

依希 ESHE
天賦、才能
（伊瑄、瑪瑞西）

戴歐 DIO
堅定不移
（侍靈戴歐、迪歐倫、戴恩）

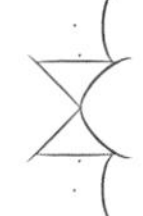

依奈 ENA
慷慨
（托瑞娜）

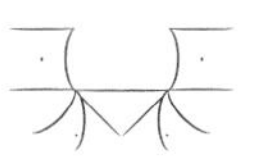

伊托 ETO
肉體、血肉、肌肉
（凱托）

依戴 EDA
超卓、崇高
（伊甸）

依尼 ENE
機智、聰穎
（紗芮奈）

埃德 IAD
信任、可靠
（艾敦）

埃葉 IAL
幫助、協助
（依艾歐）

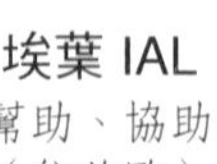

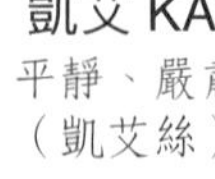

凱艾 KAI
平靜、嚴肅
（凱艾絲）

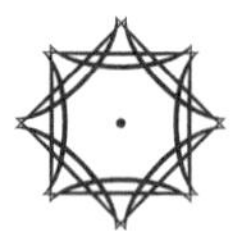

歐米 OMI
愛
（上神、歐敏）

埃杜 IDO
仁慈、寬恕
（『上帝慈悲』）

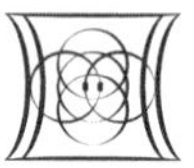

凱艾 KII
正義
（凱胤）

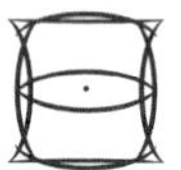

歐帕 OPA
花朵
（侍靈歐帕、歐帕絲、歐沛倫）

埃恩 IEN
智慧
（侍靈 埃恩、阿迪恩）

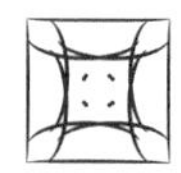

梅伊 MAI
榮譽

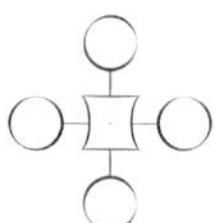

瑞歐 RAO
靈性、精神
（瑞歐汀、坦拉歐）

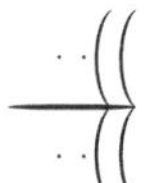

埃瑞 IRE
時間、年紀
（迪倫）

米雅 MEA
慎思、照顧
（梅拉、拉梅爾）

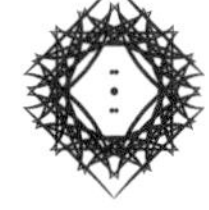

里歐 REO
懲罰、報復
（德瑞克・喉碎、災罰）

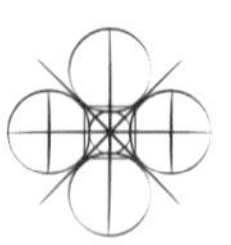

凱依 KAE
東方
（凱依城）

奈 NAE
視線、清晰

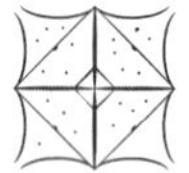

芮依 RII
財富、影響
（泰瑞依、索瑞）

塞歐 SAO
智力、學習
（沙歐林）

席歐 SHEO
死亡

泰亞 TIA
旅行、傳送

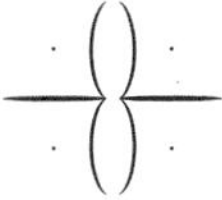

希雅 SEA
純潔、虔誠
（熙丹、席拉）

索埃 SOI
規則、秩序
（索依恩）

托埃 TOA
南方
（托埃城）

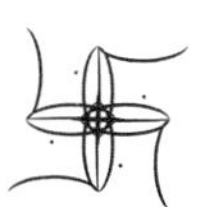

希歐 SEO
忠誠、服務
（侍靈、席歐）

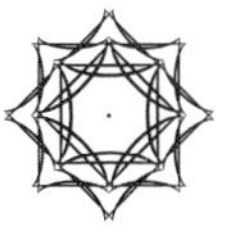

忒依 TAE
開放

霞歐 SHAO
轉變、改變
（霞德、夏歐）

提歐 TEO
王室、尊貴
（伊凡托、泰歐德、
泰歐拉斯、提翁）

〈被刪減章節〉

瘋狂的王子

如大家所想，一本書在草稿階段確實會有很多改動。對某些作者來說，這樣的改動比他人來得大很多。就我個人而言，我是被稱作初稿寫手（one-drafter）的類型。這代表我在寫作之前習慣詳加規劃，接著在開始寫作的時候才大致去抓劇情、設定與角色。通篇作品完成後，我才會進一步加入細節，並且修正找到的問題。

《諸神之城：伊嵐翠》出版前經歷過十個版本的草稿，這代表即使是像我這類型的作家，也刪刪減減了不少東西。大多數的改動都只是稍做調整，然而小說中有一段重大變動——刪除了瑞歐汀的哥哥，也就是「瘋狂王子」的戲分。刪除它的原因有很多，首先（也是最重要的部分）是伊頓（Eton）的劇情打亂了節奏。這些橋段出現在小說進行到四分之三處，卻大大背離了既有的劇情。在這樣的敘述手法下，引進新的反派，並強迫原有角色在短時間內處理與他的關係，我認為是行不通的。

再來，砍掉伊頓的章節使我可以增加泰瑞依在書中的比重，我可以用既有的角色辦到很多事情，而不是依賴讀者之前不清楚的角色，這讓我能精簡這本書到一定的幅度。

另一個拋下伊頓的理由，則是這些劇情的最後一幕——瑞歐汀的處刑。我從來弄不清楚這一幕是怎麼出現的。它太過陳腔濫調，而我也實在無法好好寫出這一幕。最後，決定拋開所有跟伊頓有關的劇情，的確幫我理順了結局。

只不過沒讓伊頓出場，還是讓我十分遺憾。我很喜歡伊頓初登場的情節。他的到來讓我可以成功收網在整本書裡鋪陳的內容，而我非常喜歡那種感覺。另一個我懷念伊頓的原因則是，嗯，因為我覺得他是個好角色。他總是令我感到愉快，尤其是他與拉森的互動。

了解這幾幕之前，大家要先知道一些事情。在本書初期的原始稿件中，我經常提到瑞歐汀有個神智有問題的哥哥，這個哥哥被艾敦王送到遙遠的莊園中，讓他不能待在王宮出盡洋相。我鋪陳伊頓王子並不是瘋了，只是沒有理性，而且熱衷與僕人進行虛擬戰鬥。他殘酷地對待瑞歐汀——這方面我用了不少章節描述，來解釋瑞歐汀何以成為如此堅強的人。瑞歐汀必須應付一個會折磨他的兄長，最後學到如何利用瘋子的妄想來對抗敵人——這也是瑞歐汀得以抗衡父親的前因。

接下來這段劇情中，瑞歐汀與迦拉旦終於爬上伊嵐翠的城牆，他們在地平線上看見一批陌生的軍隊。由於紗芃奈被關在伊嵐翠城裡，這會是我們第一次看見軍隊的地方（雖然我也鋪陳拉森與神祕的第三者合作，說服他進軍凱依城），沒有人知道軍隊的來頭，以及大軍進犯的用意。

在第四十七章，紗芃奈從伊嵐翠獲釋後碰到了拉森，但是在凱胤帶她回家以前，還有以下的段落：

路凱大驚失色的表情太過美妙，讓經歷這一切的紗芃奈發現自己笑了出來。

「是的，是我。」她一邊說，一邊爬出馬車。

「但是……」他像是抽搐一般眨著眼。

「我晚點會解釋。」紗芃奈說。「偌艾歐在嗎？」

路凱點頭。「我會找他過來。」他用呆滯的語調邊說，邊昏頭晃腦地從馬車旁離去。

凱胤在她背後竊笑。「這情形不常見。我當他的父親已經超過十年了，可沒看過幾次他這樣啞口無言。」

「他剛才怎麼會那樣眨眼？」紗芃奈問。「看起來就像是生氣了。」

「噢，他很驚訝的時候都會這樣。」凱胤解釋。「小時候他很常這麼做，朵菈說他眨個不停，都快把她逼瘋了。」

依翁德下令倒車出去。一群人聚在王宮前，紗芮奈看到其中有許多凱依城的貴族。艾汗穿著皇家藍的衣飾，像顆過熟的李子般坐在馬車裡，他的妻子也在一旁。泰瑞依站在一群加入他的低階貴族中，表情因為不悅而滿臉陰沉。

她尋找著熟悉的面孔，看見路凱領著偌艾歐穿過人群。公爵粗暴地搖著頭，但一看到紗芮奈就停了下來。紗芮奈聽不見他講話，但可以從他嘴唇的動作讀出他大喊的字眼。

「上神慈悲！」公爵吃驚地睜大眼睛。

紗芮奈給他一個安心的笑容，接著在聽到有人大喊騎士接近時倏然轉頭。有十幾個人騎著巨大的戰馬前來，都是紗芮奈從沒在亞瑞倫看過的馬匹。他們的鎖子甲敲擊著板甲，發出金屬撞擊的聲音。這些人了解戰爭——這是紗芮奈在亞瑞倫沒見過的事。

帶頭的騎士顯然是領袖。他的盔甲不僅最華麗，還漆上了黑色來配合胯下黑檀色的公馬；他的胸甲上有個亮紅色的符文紋章，一個伸出羽翼的三角形：艾歐．伊托（Aon Eto）。領頭者掃視群眾，他的樣貌看來熟悉得令人出奇。

依翁德在她身旁倒抽一口氣。「上神慈悲！那是瑞歐汀王子。」

紗芮奈感覺身體一陣麻痺。

「不。」凱胤糾正。「依翁德，那不是他。看看，那張臉太過方正，而且身形太強壯，那不是瑞歐汀，而是他的哥哥，伊頓。」

「那個瘋子？」依翁德懷疑地問。

「顯然還沒瘋到不能在我們不知情的狀況下培育軍隊。」凱胤回答。

「我來此繼承我的王位。」伊頓宣布，他的聲音宏亮且堅定。伊頓王子不如紗芮奈所想像的一般發出失去理智的笑聲。他指了指，手下的士兵就點燃火炬並迅速騎過王宮的大門。然而他們不一會兒就回返，奔馳在皇宮逐漸濃密升起的煙霧之中。

「祝你們有美好的一天。」伊頓點點頭，接著轉身離去。他幼時的住所在他背後熊熊燃燒著。

如大家所見，這是個奇怪的場景。接著，紗芮奈會回到凱胤的家，狼吞虎嚥吃下所有東西。在這之後的劇情就是紗芮奈藉由侍靈與她父親對話的場景，證實拉森在章節之初對她說的話。（注）

然後，我們有了拉森這段場景（這段場景在最終版改為拉森與泰瑞依的會面，在這場會面中他對拉森表示決定寄信給沃恩，要求樞機主祭的地位）。

《伊嵐翠之心》，第四十八章

（喔，是的，當時本書還是這個名字）

拉森皺眉看著瘋王子進食。伊頓坐在營帳中的橡木寬桌前，僕從隨侍在側。王子把食物（浸在肉汁中的厚片肉塊與數個奶油頁德薯）直接放在桌上，沒有用任何餐具——他宣稱敵人可以輕易在餐具與餐盤上下毒。

伊頓咬著牛肉，毫不在意肉汁已滴到他的大腿。「坐下，祭司。在我出現的地方，大家都可以坐著。」拉森沒有指出伊頓身後的僕人與士兵都站著，而是照著他的話去做。

「我們就明說吧，祭司。」伊頓用沾著肉汁的手指著他。「你要我改信仰，你有什麼我沒有的東西可給的？」

「保有您宣稱要取回的王位。」拉森解釋。

譯注：即伊凡托王改信德瑞熙教派一事。

「祭司，你在威脅我嗎？」伊頓帶著冷靜的眼神問道。不露慍色不能完全代表他的想法，拉森總覺得伊頓只要把別人的抱怨當作侮辱，就會砍掉對方的頭。

「陛下，我提出的是迫切的要求。這個世界注定要皈依德瑞熙。令尊不了解這點，因此失敗了。」

「我的父親……」伊頓把手肘放在他吃到一半的食物上。「是的，我父親是個笨蛋。祭司，這一點我們有共識。」

「陛下，我們在其他地方也可以有共識。」拉森補充。「您就像德瑞熙教徒一般，崇尚精良的軍隊，其他亞瑞倫的高貴人士都害怕武器與戰鬥。」

「正是如此。」伊頓打了手勢要僕人過來，接著仰著頭張開大嘴。女僕舉起酒壺，將深色的液體直接灌進王子的嘴中。

看來杯子跟盤子一樣容易被下毒。拉森注意到這點。當然，酒壺就完全不會了。

王子喝完酒後，接下另一名僕人手上的白餐巾，一絲不苟地擦乾嘴上的酒滴，卻無視沾著肉汁跟奶油的袖子。

「陛下，菲悠丹的祭司精通戰鬥。」拉森說。「我們可以派人幫您訓練軍隊。」

「他們可以教我怎樣建造攻城器嗎？」伊頓問。

拉森停頓了一會。「當然，陛下。投石器、攻城塔……應有盡有。」

「祭司，改信你的宗教需要什麼代價？」王子問。

「只需一道宣誓，陛下。」拉森回答。

「好。」伊頓點點頭。「我保證會成為德瑞熙教徒。」

拉森眨起眼來。「陛下，誓言必須更明確一點。」

「那你教我說吧，祭司。我們快點結束這場會談——是時候吃晚餐了。」伊頓說話時的眼神讓人不寒而慄。

「我，亞瑞倫國王伊頓，將靈魂信奉於杰德司，萬物的造物主。」拉森開口，伊頓照著覆述。「我發誓成為樞機主祭拉森的侍僧，並宣誓服從。我會接受沃恩．亢夫登四世做為我在世上最高的心靈指引。我發誓服侍杰德司的帝國，直到我的靈魂歸於祂的那一天。」

直到宣誓結束，拉森仍然不敢相信他的成果。他在一天之內讓泰歐德與亞瑞倫的領導者改了信仰。

「你可以走了，祭司。」王子命令。「下次我出現的時候，記得要站著。在國王面前坐著是不敬的行為。」

「是的，陛下。」拉森站起來鞠躬，他的鐵甲在移動時發出聲響。退出營帳後，他突然意識到伊頓的宣誓多麼沒有意義，就算讓一匹馬宣誓也與此無異。

然而事情的成果讓行為合理化。拉森加入其他祭司，在騎回凱依城的路上說服了自己。一個人無知的宣誓可以拯救整個國家。只是聽到有人用這麼無知的方式向杰德司宣誓，仍然讓拉森不舒服。更讓他不舒服的是，他本身就是使宣誓成功的工具。信念能夠在宗教之名下犧牲，實在是太怪異了。

接著就是瑞歐汀炸掉生物學藏書的章節，這個章節以他表示能夠製造幻覺結尾。再來是紗芮奈的章節，卡洛出現在她擊劍練習的場合，然後我們進入拉森與瘋王子共處的另一個章節（這個章節後來改為拉森在香料商帳棚與狄拉夫對質的場面。這一幕曾出現在原始草稿中，但我移動到這邊來填補瘋狂王子的空位）。熟悉《破戰者》的讀者在此會注意到一個元素，而我很高興這個元素在《破戰者》一書中有了歸宿。

《伊嵐翠之心》，第五十一章

「祭司，在我出現的地方要跪下。」

拉森跪下，他的脛甲在石板上撞擊出聲。就算他的禮教絕對反對這樣做，他還是照做了。伊頓是他的侍僧——在東方，國王要向樞機主祭鞠躬，而在沃恩的神聖臨在下，他們全部要拜臥在地。屈膝跪向曾經向他宣誓忠誠的對象，違反拉森所受的所有教導與自尊的準則。

拉森在這件事上默不作聲。伊頓的心智很脆弱，受到挫折時會粗暴地反動。他們在能夠瞭望凱依城一座公園的地方建立了低矮、平頂的建築，這裡有平整的草坪，小丘上點綴幾棵樹木，是凱依城的貴族想要更放鬆時會來的地方。瘋王子伊頓站在屋頂邊緣望著這座公園，看來一度忘記拉森的存在，接著他從僕人的托盤上選了一顆平滑的圓石，投擲在公園中。石頭叩一聲落在草坪上，反彈個幾次，滾了幾圈後才停下。

伊頓哼了一聲。「祭司，丟丟看。」他下令。

拉森仍然跪著，伸手選了一顆石頭。

「祭司，站起來，你看起來像個笨蛋。你在獨處時可以祈禱，但不要挑在覲見你的國王時這樣做。」

拉森忍住不對「你的國王」這個用詞發表意見。他站起來，隨意選了一顆石頭，帶著疑問看向王子。

「陛下，您有特別要我擊中的目標嗎？」他問。

伊頓驚訝地睜大雙眼。「你沒玩過擲石遊戲？」

「恐怕沒有，陛下。」拉森回答。

「這可怪了。」伊頓解釋。「這個遊戲在菲悠丹很受歡迎，我想它起源於那裡。」

「陛下，祭司沒有什麼空閒時間。」拉森回答時內心不禁感嘆起來。他不知道是什麼妄想讓伊頓捏造了「擲石」這個遊戲，但菲悠丹肯定沒有這種活動——在其他地方也不太可能有。

「有道理。」伊頓點點頭，像是他才是決定事情是否有理的人一樣。「好吧，擲石的規則是不能讓人解說的，你必須無視規則進行。」

「當然，陛下。」拉森含糊地說。他帶著不確定的感覺，將石頭投向伊頓先前投擲的大概方向。

瘋王子的雙眼帶著不滿的懷疑。「祭司，我想你才說自己不知道怎麼玩。」

「我發誓我不知道。」拉森回答。

「你剛才贏了。」伊頓的眼神帶著威嚇。

拉森垂眼，看向杰德司的附屬帝國。主啊，他想。如果你希望帶走我的生命，請不要讓我喪命在這種瘋狂之下。

伊頓突然笑出聲來。「好吧，大家都說玩家在第一次擲石時表現得最好。來吧，讓我們再玩一次。」

「如您所願，陛下。」拉森說。

伊頓投擲了另一顆石頭，接著示意拉森照辦。這次拉森幾乎沒有施力投擲，只讓石頭落在離建築數呎之遙的地面上。

「很聰明。」伊頓咕噥，研究著投擲的位置。「但不夠聰明。我得分了。」

拉森鬆了一口氣，看著伊頓選了另一顆石頭投擲出去。「祭司，這是禮貌性的覲見嗎？」

「陛下，顧慮到人們的靈魂，我很少參與社交活動。」拉森邊說邊用盡全力投擲石頭。他的肌肉過了這麼久的歲月仍然強壯，石頭幾乎飛到公園的邊界。

「祭司，我又得分了。你變弱了。」伊頓帶著笑容說，然而他頓了頓，眼中浮現懷疑。「這次覲見跟你那該死的宣言無關，對吧？我已經告訴你，我會在登基那天簽名。」

「不，陛下，我來此是為了不同的事。」拉森在心底把他想要跟王子討論的第一要事移出列表。他希望伊頓最後會忘記一切，並提早簽署法案。

「很好。」瘋王子丟出手上的石頭。這顆石頭也滾到定點停下，但是伊頓不知為何擔憂地盯著它。又過了一會兒，他嘆了口氣，給拉森一個理解的眼神。「鼴鼠。」

拉森點點頭，試著讓自己表現出理解的樣子。

「那你要什麼，祭司？」王子接下僕人遞給他的一杯酒，看來他已經拋開對這些容器的厭惡。

「陛下，我在想您是否考慮過，讓我們的商人進城。」建築頂樓可以輕易看見塞滿凱依城港口的桅杆。大概三天前，伊頓突然宣布菲悠丹的船隻不得靠港。在那之後有十艘船抵達，而下週凱依城將要舉辦全國最大的亞倫尼市集（Arelene Market）活動。

伊頓觀察起最後一輪擲出的石頭。「祭司，你得分了。」王子說。「至於船隻的問題。」他繼續說。「只要菲悠丹的疫情結束，我當然會讓它們靠港。」

當然，菲悠丹沒有發生瘟疫，但拉森知道最好不要質疑伊頓的宣言。那些商人只好再等等了。

「我很驚訝你居然會問這種問題，」王子說。「畢竟，是你兒子警告我瘟疫的事情。」

「我的……兒子？」

「是的，那個跟著你的矮個子。」伊頓說。

狄拉夫。那位儀祭最近表現得很安靜，甚至在講道時也是如此。狄拉夫不讓船隻靠港的理由是什麼？答案很明顯——他沒有打算不讓船隻靠港。不管儀祭本來有什麼計畫，顯然都失敗了。他對伊頓謊稱有瘟疫可能是想策劃什麼，但沒有考慮到瘋王子不按牌理出牌的程度。伊頓完全讓人不能捉摸，就像辛達這個遊戲的確子（Chay），移動方式視最靠近的棋子而定。

這個戲劇化的發展讓拉森大為光火。在認識伊頓以前，他從沒見過任何無法摸透的人物，就算是狄拉夫，拉森也了解他對權力的貪婪與對伊嵐翠的憎恨程度。但伊頓的情緒隨時都在變化，拉森見過他吐掉一口酒，抱怨沒有味道後不久，又喝了同一瓶酒罐的酒。

遊戲在拉森不停思考的同時繼續進行，伊頓隨意給了兩位玩家分數。這次的比賽拉鋸了好幾個小時，拉森發現自己對伊頓越來越不耐煩。這個人所言所行，彷彿是為了挫敗邏輯而量身訂做。最後，在扔了兩個小時的石頭以後，伊頓宣布他是贏家，接著問拉森要不要進行第三場比試打破和局。拉森用還有另一場會面推辭了，國王笑了出來，對他表示拒絕擲石比賽形同棄權。拉森快步離開（他的人生中第一次這樣加快步伐），同時聽見伊頓在背後為另一場勝利自吹自擂。

在這之後瑞歐汀扮成卡洛、說服偌艾歐讓他加入聚會。紗芮奈的章節很接近最終版本，差別在於伊頓的出現讓瑞歐汀被迫揭露真身。一切繼續進行到士兵來到凱胤的住所（在這裡出現的是伊頓的部隊，而不是泰瑞依挪用的伊嵐翠守衛）。這些士兵要求瑞歐汀投降，為煽動殺害國王而接受審判。紗芮奈堅持一起去，於是有了以下情節：

紗芮奈在巨大戰馬的馬鞍上劇烈晃動。士兵對她的堅持感到驚訝，最終屈服於她的抗議，使一名年輕的軍官讓出了他的坐騎。他們顯然急著把瑞歐汀送上審判台，而不想跟一個壞脾氣的女人爭辯下去。

瑞歐汀騎在隊伍前端，雙手被綁在背後。他以王子的儀態策著馬，昂首挺胸，表情堅毅，與他已經逝世的哥哥完全不同。即使他們的外貌相近，舉止卻完全相反。瑞歐汀的身軀精瘦，伊頓則渾身肌肉，然而瑞歐汀卻展現了比瘋王子更強大的力量。人們可以從瑞歐汀的眼中看見他對他們的看法，可以信任他對待人的方式，瑞歐汀讓貴族不僅是財富的頭銜，也是榮譽與態度的表彰。

軍官們齊齊感受了到這一點。他們已經吃驚於瑞歐汀的投降，對於他的禮儀更是感到驚奇。他以尊敬的口氣對他們說話，伸出雙手讓人綑綁，容許他們把他放在馬背上，沒有一絲抱怨。這些士兵受到他的高貴氣質影響，已經開始用「大人」來稱呼他。他們似乎關切他的舒適，並且沒有粗暴地對待他。

「審判」在伊頓的柴堆餘燼前進行。經過依翁德的斬首刑柱時，紗芮奈沒有抬起頭。只要一瞥，那恐怖的景象就會讓人永生難忘——這位可憐的將軍臉上曾帶著嚴酷的滿足，她會永遠記得這一幕。

伊頓手下所有軍官已經集合在審判前，以及可能接著到來的處刑。他們坐在圍繞著柴堆、匆匆打造的長凳上。其中十個人與旁人分開坐，這是由伊頓手下最高階將軍所組成的陪審團，身上皆穿著亮銀色的盔甲。士兵將瑞歐汀帶到這些人面前，讓他站在粗糙的沙地上。或許是為了回應瑞歐汀的高貴，某個有後見之明的人起身幫忙紗芮奈下馬，接著給了她一張凳子。她在群眾中獲得了好位子，觀看她所愛的男人受刑的絕佳地點。樞機主祭帶著無法被看透的表情，在環形的另一邊選了類似的位置。

「我們會簡單處理。」十名審判者之一站起身來說。「你知道這裡發生什麼事嗎？」

「我知道。」瑞歐汀回答。

「瑞歐汀王子，你是否要否認你應對令兄之死負責？」

「不，我不否認。」瑞歐汀的聲明讓紗芮奈開始覺得不舒服。「我不會宣稱自己鼓勵了依翁德的行動，但我知道——大家也知道——領導人會為他部下的行為負責。依翁德跟隨我，我會為他的犯行負責。」

審判者點點頭。「那麼，」帶頭的將軍繼續說。「在我們判決以前，你有什麼要為自己辯護的嗎？」

「沒有。」瑞歐汀宣布。「但我有些話要為你們辯護。」

「為我們辯護？」男子問。

「是的。」瑞歐汀大聲說。「亞瑞倫的人民，我為你們擔憂。我擔憂許多你們被迫忍耐的事物。我確信你們記得災罰以前的日子，那時我們以為諸神就生活在我們之間。你們應該還記得發現諸神其實與凡人無異時，那種被背叛的感受。

「朋友們，我們在恐懼中存活下來。我們經歷了不安、暴徒、烈火、伊嵐翠魔法的殞落，甚至是大地的變動。我們從這些災難當中存活下來，見證新領導者的誕生，一個宣稱能夠為我們的國家帶來和平的人。然而，這個人也背叛了我們，不是嗎？

「艾敦王帶來秩序——卻是用奴役我們的方式達成。他將工匠與藝術家遣為粗工，拆毀我們美麗的建築來佈置磨坊與田地。他用財富選擇了少數人，讓他們掌管所有。在他治轄之下，離開自己被分配的土地是種犯罪，讓我們因為分離的生活而受苦。

「然後，你們這些可憐的人更進一步受折磨。你們從家人身邊被帶走，成為一個瘋子的玩物。在你們認為已經看盡世態炎涼以後，這個瘋子成為你們的救主。他訓練你們，讓你們成為他的屬下，他給了你們自尊。

「就算他已經背叛了你們也一樣。

「伊頓死了。在你們以為他所向無敵的戰鬥中喪亡。他在你們大多數人還睡著的夜晚倒下，讓你們更加認為沒有保護主上的自己是叛徒。」

紗芮奈在瑞歐汀演講時看著這些士兵。她不知道他怎麼辦到的，怎麼能這麼了解他們。這些人對他的言語點頭贊許，靜靜地聽著他發話。紗芮奈有讓群眾搖擺的經驗，但眼前這景象卻全然不同。瑞歐汀不是愚弄這些人，他只是說出事實。

「我的朋友，亞瑞倫再次陷入混亂。」瑞歐汀接著說。「壓迫它的人已經敗在自己手上，而要接掌的人則敗在我手中。亞瑞倫的士兵們，我為你們辯護，是因為我知道你們的包袱。這一次，國家掌握在你們手上。你們將會決定下一個領導者究竟會持續壓迫，抑或帶來和平。

「在我死後，只有一個要求。我提名一位候選人供你們考慮。」他回頭看向紗芮奈。「這是紗芮奈王妃，我的妻子。我保證沒有人比這位公主更適合領導。我沒見過比她更有智慧與政治能力的人。你們知道是她揭發了艾敦王的異教行為，因而獲得亞瑞倫宮廷裡每一個人的尊敬。朋友們，只要你們開口問問就會知道，這就是你們必須支持的人。不要讓我的死成為威懾，也不要讓亞瑞倫再次受苦，選擇紗芮奈，成為你們的女王吧。」

瑞歐汀陷入沉默，紗芮奈感受到上百人注目的重量。十位將軍低聲談話一陣，接著他們的首領站起來，盔甲發出叮噹聲。「就這樣做吧。」

群眾陷入沉默，紗芮奈這時終於理解到發生了什麼事。帶頭的將軍從另一個士兵手中接下劍，另外兩人靠近瑞歐汀，讓他跪下來，從兩邊抓住他的雙手。

「不！」紗芮奈大喊著，迅速站了起來。有人伸手把她壓了回去。她絕望地看著轉向她的瑞歐汀，他的雙手仍然綁在背後。

這一定是什麼伎倆。紗芮奈心想。一種幻術。他不會讓自己被殺的。但是，紗芮奈在抓住她的人手中掙扎時，從瑞歐汀的眼中知道了事實。就算可以，他也不會用艾歐鐸拯救自己。這個國家對他意義太過重大，讓他不願意為了這個意圖冒險。他只會為了讓他信任的人掌管艾瑞倫而死。

「不。」紗芮奈的聲音這次軟弱下來。她完全無能為力。

瑞歐汀對她微笑並低聲喃喃，眼神中充滿了同情。紗芮奈不用讀唇就明白他剛才說了什麼。

將軍走上前，打算親自行刑。「聽著，瑞歐汀。你榮耀的死亡已經獲得法庭的敬重。我們會接受你的建議。上神見證，紗芮奈王妃會成為我們的女王。」語畢，這個強壯的將軍舉起劍來，閉上眼睛，然後往瑞歐汀的脖子砍去。

緊接著是拉森的章節。我喜歡這個章節，因為它維持了三章一組的節奏，但是劇情的安排卻對我沒有幫助。

《伊嵐翠之心》，第五十七章

拉森看著「瑞歐汀」在審判中為自己辯護。雖然其他人都接受了假冒者的宣稱，他仍然不相信這個人是瑞歐汀王子本人。但不重要了——這個瑞歐汀很快就要人頭落地，變成他應該成為的死人。

不管這個人是誰，拉森都憎恨他。不是因為他提出異議，或是宣稱擁有王位，而是因為一件事：紗芮奈望向他的方式。拉森可以在她眼中見到愛意，那是不能當真的愚蠢愛慕。這個男人從哪裡冒出來的？他怎麼能愚弄冰雪聰明的紗芮奈。

無論如何，她似乎已經衝動地為他傾心。邏輯上，拉森知道自己的嫉妒毫無道理。拉森與這名女子處於相互對抗的關係，並不是相互吸引，他為什麼要嫉妒其他人呢？

然而，拉森仍然滿意地看著假冒者拒絕為自己辯護。他希望得到什麼？憐憫嗎？這些人是軍人，他們認為最有效解決問題的方式就是揮劍了事。拉森了解他們的心，因為他自己就是個軍人，雖然他花了很多時間在政治上，使他不再直接參與第一線事務，但憐憫不會打動這些人——除非這讓他們更下定決心執行處決。

瑞歐汀接著轉而提出他所謂對逮捕者的辯護，拉森開始思考他會在演講中帶來什麼精神上的影響。或許他會推動這些人的罪惡感，不過這對軍人來說沒有用，戰士對罪惡感已習以為常，懂得如何與罪惡感打交道，否則他們在戰場上就發揮不了作用。他有可能讓他們為自己的行為感到罪惡，但他們受過良好訓練，不會因為罪惡感便停止執行職責。

可是，這並非是引發罪惡感的演講。拉森不知道該對瑞歐汀的意圖做何反應，這位樞機主祭是辯論高手，但他無法判定瑞歐汀的言論。難道假王子以為自己能用愛國言論刺激群眾嗎？他們似乎認為處決他才是解決問題的愛國行動。或許他試圖建立同情心？表現出理解軍人痛苦之處？

他說出最後的宣言，拉森感覺恐懼在心中增長，愣在座位上動彈不得。他用盡全力說服軍人支持泰瑞依成為下一位國王，現在卻被迫看著他的努力像是被強風吹走的輕煙一樣白費工夫。他了解了瑞歐汀的計畫——假王子想成為殉國者。比起乞憐或是賄賂，軍人對於有尊嚴的死亡更有反應。僅僅藉著這個宣判，瑞歐汀就成功舉薦了亞瑞倫下一個君主。

這個君主就是紗芮奈。

拉森在蓋崔埃（Gatrii）將軍準備行刑時站了起來。這不可能！由於泰瑞依更好掌控，他幾乎把伊頓的死當成了偶發事件。如果紗芮奈登上王位，他在亞瑞倫的工作將永遠不會有成果——更不可能在沃恩的一個月期限內成功。德瑞熙教徒的聯合軍隊會血洗亞瑞人、屠殺人民、殺害紗芮奈。

「不！」他大喊。但是他的聲音被紗芮奈更宏亮、更激動的否定蓋過。

他什麼都做不到。如果他阻止處決，軍隊會轉而對付他，讓他面對自己的處決。他只能看著將軍舉起武器，閉上眼睛，揮下。

然後，武器揮空了，劍尖在冒牌瑞歐汀的脖子上不到一寸的地方避了過去。

假冒者微微舉起頭來，士兵為他解開縛繩，替他鬆綁。他注視著劍刃，困惑地眨了眨眼。蓋崔埃將軍跪在瑞歐汀身前，環繞在四周的士兵也照做。

「這是怎麼一回事？」拉森問。

「這是伊頓大人命令我們執行處決的方式。」一個士兵在他身旁跪著說。「我們要閉上眼睛揮下刀劍。如果砍中了，這個人就有罪。如果失手了，這個人就無罪。」

拉森的喉頭發出呻吟，瘋王子就算已死，他的不可預測仍然打了拉森一巴掌。

他看向跪下的將軍以及全然不了解狀況的瑞歐汀。他見過這把劍揮舞的樣子，記得它準確的程度，蓋崔埃沒有任命運搞砸處決，拉森很確定他刻意失手了。

蓋崔埃舉起劍來，並用雙手獻給假冒者。「傳令下去。」將軍說。「命運宣布這個人無罪。審判庭不會反對這個決議。我們接受瑞歐汀王子成為亞瑞倫的正統統治者。主上，有何吩咐？」

瑞歐汀毫不遲疑接過獻上的劍。「將軍，派出傳令兵，召集亞瑞倫的領主與仕女，我準備在一小時內繼位！」

以上就是瘋王子分歧路線的全部內容。有些早期的讀者知道伊頓被刪除以後很傷心，但沒有人太過反對，大家都能理解他不適合這本書。

我承認我很惋惜伊頓的消失。就如我所說，我想找辦法在其他故事回收他，雖然我的經紀人約書亞總是告訴我這不是個好主意——他很高興能下手刪除我作品中的角色，而且完全不想要讓他復活。

這些是唯一被完整刪除的段落，還有一些與伊頓無關的段落被大量修改。我已蒐集包括不同結局的這些段落，放在我的官方網站中。

卷末彩蛋

乞丐霍德坐在山邊，小心地解開臉上的繃帶，在他身旁的岩石裂口有一片發出水晶光澤的池子。這裡的水深不過及腰，幾乎不能算是水池，霍德曾經在比這裡還大的浴池洗過澡。

伊嵐翠在下方發出燦爛的光芒，柔和、安定人心的光輝直升天際，到達未知神（Unknown God）的界域。

霍德終於拆下臉上的繃帶，用誇張的動作脫掉了手套，然後將雙手往前伸展。他的雙手與雙臂仍然是一天前綁上繃帶時的樣子。

「可惡。」他說。

「你不會真的認為自己能被轉化吧？」

「其實是。」霍德坦承同時看著他的雙手，期盼發現皮膚下發出的任何光亮。然而他連一點微弱的光芒都沒找到。

「霍依德，你在這之前就會感受到效果的。」

「是霍德。」他說。「這兩個名字差別可大了。」

「霍依德，我就是這個意思。」

「沒關係。」霍德站起身來，隨意拍拍自己積了一層灰的褲子。乞丐的裝扮。沒錯。

他轉頭注視自己的同伴：一個飄浮在空中、香瓜大小的黑色球體。這個球體以某種方式吸收光線，霍德沒辦法找出它清楚的輪廓——它似乎混雜在空氣之中，扭曲四周的景物，景象如同石子落在緊繃的絲綢上所產生的漣漪。它周圍環繞著模糊的符號，這些符號從上而下包覆起球體，接著再往回移動。

「那麼？」球體說。「現在怎麼辦？」

「你知道嗎？我有次生吃了一隻青蛙。」霍德把繃帶塞進暗袋裡。「好吧，是像青蛙的動物。牠多了一兩隻腳，顏色是紫紅色的，但基本上是同樣的動物，表皮濕滑、水陸兩棲之類。」

「味道肯定很糟。」

「那隻青蛙在各種層面上都噁心到底，我吞下去的時候牠還在扭動。」他抖了抖。「在我回顧自己的璀璨人生時，這個位於人生低谷的經歷，就會浮現在腦海裡。」

「我以為我也會遭遇到生命的低谷。」球體說。「然後我遇見了你。」

「說得好。」霍德走上池子不平整的邊緣。「出乎意料的機敏。我以為你們這一族不容許有幽默感。」

「胡說。」球體說。「你難道不覺得，這麼依賴人類的我們，既悲哀又毫無疑問地可笑嗎？整個宇宙都在嘲弄我們，而我們必須充耳不聞。」

霍德一笑。

「所以……」球體說。「青蛙是怎麼回事？」

「我回想起那一刻。」霍德舉起一根手指。「了解到一件重要的事。」

「是不是最糟糕的經驗往往不是自己可以預見的？」

「不是，但我希望有一天能這麼想，所以謝謝你。」霍德深吸了一口氣，俯瞰在旭日初升時仍發出燦爛光芒的城市。「不，我發現那天對我來說雖然糟糕、噁心又悲慘……但至少我不是那隻青蛙。」

他陷入沉默。過了一會，球體發出咯咯的笑聲。是的，它們比霍德預想的樣子還要人性化。他必須小心不讓自己與單一成員的互動使他以偏概全，就算這是個人造的族裔也一樣。

他轉身背向球體。「每件災難都有它的好處，朋友。如果你有足夠的明智發掘這種美麗的話。」

「是嗎？霍依德，你完全失敗了。你不是他們的一員。你沒有取得你承諾擁有的力量，你沒有達成任何事，這種狀況下有什麼好的？」

霍德一腳踏進水池。「朋友，你跟我還不熟，所以我會原諒這種愚蠢的問題。好在哪裡？在於有些祕密仍然處於未知之中。」他給了個大大的微笑。「而我非常喜歡漂亮的謎題。」

霍德向前傾身，掉進小小的水池，水花四濺。

接著消失在其中。

全球獨家特別收錄

伊嵐翠的希望（The Hope of Elantris）

「大人。」艾希飄進窗內。「紗芮奈小姐想請您諒解，她會遲一點再用晚餐。」

「遲一點？」瑞歐汀坐在桌前笑著問。「晚餐在一小時前就該開始了。」

艾希頓了一下。「大人，我很抱歉。但是……她要我保證，在您表示不滿時轉達一句話——『告訴他』，她說。『我懷孕了，這是他的錯，所以他要聽我的。』」

瑞歐汀大笑了出來。

艾希發出脈動，以一顆光球來說，這看起來是身為侍靈的它最困窘的樣子。

瑞歐汀嘆了口氣，雙臂放在伊嵐翠王宮的桌上，環繞四周的牆上發出微弱的光芒，因此不需要用到火炬或油燈。他記得自己曾經好奇伊嵐翠為何沒有燈架的時候，迦拉旦解釋過他們擁有輕觸就可發光的圓盤——但是他們都沒注意到牆石本身就有多少光輝。

他垂下視線，看著他的空盤。我們一度為微不足道的食物爭鬥，他心想。現在，我們卻可以在餐前浪費一個小時。

如今，食物已十分充足，連瑞歐汀都可以靠自己把垃圾變成品質良好的穀粒，亞瑞倫不再有人忍飢挨餓。只不過一想到這些事，瑞歐汀的思緒還是會飄到新伊嵐翠，以及他在城裡打造的和平。

「艾希，」瑞嘔汀突然想到一件事。「我一直想問你一件事。」

「陛下請問。」

「你在伊嵐翠回歸的最後時刻，到哪裡去了？」瑞歐汀問。「印象中，那一晚沒看見你。事實上，我只記得你告訴我紗芮奈被綁架到泰歐德的那一段。」

「是的，陛下。」艾希說。

「那麼，你那時在哪裡？」

「說來話長，陛下。」侍靈飄降到瑞歐汀的桌旁。「這要從紗芮奈小姐派我到新伊嵐翠，通知迦拉旦跟卡菈塔要接收一批武器開始說起，那時僧侶正要進攻凱依城，而我到了新伊嵐翠，對於即將發生的事渾然不知……」

❦

麥黛西（Matisse）負責照顧孩子們。

這是她在新伊嵐翠的工作。每個人都有工作，這是靈性大人的規定。她不介意有工作——其實還挺享受的。她在靈性不在的時候還會工作得更久。自從戴希找到她，並帶她回去卡菈塔的王宮後，麥黛西一直在照顧小孩，靈性的規則只是讓這件事變成正式的工作。

是的，她享受她的責任。大多數時候。

「麥黛西，我們真的要上床嗎？」提歐爾（Teor）張大眼睛問。「我們這次可以不睡覺嗎？」

麥黛西雙手抱胸，對著小男孩抬起一邊無毛的眉角。「你昨天得在這個時候睡覺。」她說。「前天也是，其實大前天更是。我不知道你為什麼覺得今天會不一樣。」

「有大事要發生了。」泰埃爾（Tiil）也走到他的朋友身旁。「大人都在畫符文。」

麥黛西瞥向窗外。她看顧的五十幾位小孩待在這座被稱為「鳥巢」（Roost）的建築裡，這棟開窗的建築因為大多數牆面上有著複雜的鳥禽雕刻而得名。鳥巢的位置靠近這座城中城的中心——靠近靈性的住所，也就是他舉辦大多數重大會議的科拉熙教堂。

大人們想要就近看顧孩童。

不巧的是，這代表孩童也可以就近觀察大人的行為。數百隻手指在空中畫出符文，發出閃爍的光芒。夜已深沉，離孩子們上床的時間已經過了很久，但今晚要哄小孩入睡特別不容易。

泰埃爾是對的，她想。*有大事要發生了。*然而這並不是他不上床的理由，而要是他繼續醒著，她就得等到他睡了才能出去調查騷動原因。

「沒有事要發生。」麥黛西回頭看向孩子們。雖然他們當中有些人已經裹在鮮艷色彩的被子裡，但也有很多人好奇地起身，看麥黛西如何處理這兩個搗蛋鬼。

「我覺得這不像是沒事要發生的樣子。」提歐爾說。

「好吧，」麥黛西嘆了口氣。「他們在書寫符文。如果你們這麼有興趣，想要練習符文的話……我們可以破例不睡。我想我們今晚可以上點課。」

提歐爾和泰埃爾臉色一下子變得蒼白。描繪符文是他們上課的內容，是靈性強制要求他們再次參加的課程，麥黛西狡猾地笑看著兩個男孩默默走開。

「去拿羽毛筆跟紙來。我們可以畫個上百次艾歐．艾希。」她喊著。

男孩們聽懂了暗示，一溜煙跑回各自的床上。房間的另一邊，其他幾個看護在孩子們之間走動，確認他們真的入睡了。麥黛西也開始巡視起來。

「麥黛西。」有個聲音突然說。「我睡不著。」

麥黛西轉頭，看向一個坐在床鋪上的小女孩。「莉卡（Riika），怎麼會呢？」麥黛西輕輕一笑。「妳才剛剛上床，還沒試著睡覺呢。」

「我就是知道我睡不著。」小女孩倨傲地說。「梅依會講床前故事給我聽。如果它不講故事，我就睡不著。」

麥黛西嘆了口氣。莉卡很少有睡得好的時候——尤其在她問及自己侍靈去向的晚上更是如此。當然，她的侍靈也在霞德祕法找上莉卡時離開了。

「親愛的，躺下來。」麥黛西安慰她。「看看睡意會不會來。」

「不會來的。」莉卡雖然嘴上這樣說著，但還是躺下了。

麥黛西巡了巡其他人一遍，接著走到房門口，最後匆匆一瞥孩子們蜷縮著的小身子（儘管有許多人仍在動手動腳），知道自己也感受到和他們一樣的不安。今天晚上不太對勁。靈性大人消失不見了，雖然迦拉旦跟大家說不要擔心，但麥黛西認為這是不祥之兆。

「他們到底在外面做什麼?」埃多崔斯（Idotris）在她身旁悄悄低語。

麥黛西瞥向室外，許多成人站在迦拉旦周圍，在夜裡畫出符文。

「符文沒有用的。」埃多崔斯說。這個少年或許比麥黛西還年長兩歲，不過這點在伊嵐翠並不重要，畢竟在這裡的所有人的皮膚都覆滿灰斑，頭髮不是稀疏就是掉光。霞德祕法的咀咒讓人難以被測定年齡。

「我們沒有理由不練習符文。」麥黛西說。「這對他們來說是種力量，你可以親眼證實。」確實，符文中蘊含著力量，麥黛西總是從畫在空中的光流中感受到這股湧動。

埃多崔斯不屑地哼了一聲。「毫無用處。」他一邊說，一邊雙手抱胸。

麥黛西給了個微笑。她不知道埃多崔斯的脾氣是不是一直那麼不好，還是因為他在鳥巢工作才有這個傾向。他似乎不喜歡自己被指派照顧小孩，而不是獲准成為戴希士兵的一員。

「待在這裡。」她漫步走出鳥巢，往成人們所在的開放庭院而去。

埃多崔斯一如往常發起牢騷，坐下來確保沒有小孩偷溜出臥房，並對其他完成工作的少年點了點頭。

麥黛西在新伊嵐翠的露天街道上漫步。今天是個清冷的夜晚，但是寒冷並沒有造成麥黛西的困擾，這是身為伊嵐翠人的好處。

她似乎是少數這樣看待事物的人。無論靈性大人怎麼說，其他人仍然不把身為伊嵐翠人看作「好事」。不過，對麥黛西來說，他說的話有道理，但她可能是因為自己的因素才這麼想。在來此以前，她本來是個乞丐——一生被人忽略，同時感覺自己一無是處。然而在伊嵐翠裡，有人需要她，她是重要的；孩子們尊敬她，而她也不需要再乞討或偷竊食物。

戴希在泥濘的巷內找到她的日子之前，她過得很不好，身上也有傷口。麥黛西臉頰上的一道傷口，就是剛進伊嵐翠不久時弄傷的。這道傷口仍然傳遞著她受傷當下所感受到的痛覺。只不過這個代價不大。在卡菈塔的王宮中，麥黛西初嘗自己派上用場的滋味。在麥黛西與卡菈塔的幫眾遷居至新伊嵐翠後，這個歸屬感更加強烈。

而且，她來到新伊嵐翠後還獲得了其他東西：一位父親。

戴希轉過身來，見到她走近時，在燈火中報以微笑。他不是她真正的父親。在霞德祕法找上她以前，她就是個孤兒。就像卡菈塔一般，戴希是那種把找到的孩子都帶到王宮的家長。

但是戴希對麥黛西特別慈祥。這個嚴肅的士兵在麥黛西出現時，比平常更會露出笑容，而他有重要事情要交辦時，也只會找她。某天，她開始稱他為父親，他也從沒有表示反對。

她在庭院邊緣加入戴希的行列，戴希將一手放在她的肩上。在他們面前，有一百多人近乎整齊畫一地揮舞著手。他們的手指在空中畫出發光的線條，也就是曾經可以施放艾歐鐸魔法的符號。迦拉旦站在大家前方，用他拉長的杜拉腔調喊出指令。

「我沒想到會有看見杜拉德人教授符文的一天。」戴希小聲說，另一隻手放在劍的後鼻上。

他也很緊張，麥黛西心想。她抬起頭。「父親，迦拉旦人不錯。」

「他或許是個好人。」戴希說。「但他不是學者。他畫錯線的次數比畫對更多。」

麥黛西沒有點破戴希畫符文的技術也很糟。她注視著戴希，注意到他緊抿的嘴唇。「你沒辦法接受靈性還沒回來。」她說。

戴希點頭。「他應該在這裡陪伴他的人民，而不是追求那個女人。」

「他在外面可能有重要的事情。」麥黛西小聲說。「要跟其他國家與軍隊打交道。」

「外界並不關心我們。」戴希說。他有時候很固執。

事實上，他大多時候都很固執。

迦拉旦開始在群眾面前說起話來。「很好。」他說。「這就是艾歐．達——也就是力量的符文。可了？現在我們要練習如何在符文中加入裂谷線，但我們不會用在艾歐．達上。我們也不想在美麗的人行道上打出洞來，對吧？我們會改用艾歐・瑞歐練習，這個符文看來並不重要。」

麥黛西皺了皺眉。「父親，他在說什麼？」

戴希聳聳肩。「看來因為某些理由，靈性認為符文現在有作用了。我們過去畫符文的方法都錯了之類的。雖然其實我不懂，設計符文的學者為什麼會在每個符文上都漏掉一整條線。」

麥黛西不認為學者「設計」過符文。符文其實是很……原始的東西。它們是自然的產物，就跟風吹一樣自然。

不過她什麼也沒說。戴希是個親切而堅定的人，但他並沒有多少餘裕了解學識。對麥黛西來說這不是問題，當初是戴希持劍參與了保衛戰，保護新伊嵐翠不被野人摧毀。新伊嵐翠沒有比她父親更精練的戰士。

然而她還是好奇地看著迦拉旦談起新線條的事情。這條線很奇怪，劃過符文的底部。

然後……這樣就讓符文生效？她想。看起來是很簡單的修正。但有可能嗎？

身後傳來清喉嚨的聲音，他們迅速轉身，戴希差點就要拔出劍來。

一個侍靈在他們身後懸浮。它不是失去理智地在伊嵐翠飄浮的侍靈，而是還帶著理智、發出充足光芒的模樣。

「艾希！」麥黛西開心地說。

「麥黛西小姐。」艾希在空中上下擺動。

「我不是什麼小姐。」她說。「你知道的。」

「麥黛西小姐，我認為這個頭銜非常恰當。」他說。「戴希大人，卡菈塔小姐在這嗎？」

「她在圖書館。」戴希把手從劍上移開。

圖書館？麥黛西心想。什麼圖書館。

「啊，」艾希用沉穩的聲音說。「或許在迦拉旦大人看起來正忙得無法分身的現在，我可以把訊息傳遞給您。」

「如你所願。」戴希說。

「有一批新貨要來了，大人。」艾希低聲說。「紗芮奈小姐希望大家儘早知道這件事，把這批貨當作……維生的必需品。」

「食物嗎？」麥黛西問。

「不是的，小姐。」艾希說。「是武器。」

戴希來了興致。「真的嗎？」

「是的，戴希大人。」侍靈說。

「她為什麼要送武器來？」麥黛西皺眉問道。

「我的小姐很擔心，」艾希低聲說。「外界的緊張局勢正在逐漸升高。她說……她要新伊嵐翠備戰，以防萬一。」

「我會找人做好準備。」戴希說。「然後收下這些武器。」

艾希上下晃動，顯示他覺得這是個好方法。麥黛西在父親走遠以後，注視著侍靈，腦袋閃過一個想法，或許……

「艾希，我可以佔用你一點時間嗎？」她問。

「當然，麥黛西小姐。」侍靈說。「有什麼事嗎？」

「很簡單的事情，真的。」麥黛西說。「但或許能幫上忙……」

艾希說完故事，麥黛西露出微笑，注視著小女孩莉卡在臥舖上沉沉入睡的身影。這孩子過了好幾週，終於得到安寧。

適才把艾希帶到鳥巢來的時候，引發了還沒睡著的孩子一陣不小的騷動。然而等艾希開口說話後，便證明了麥黛西的直覺是對的。這個侍靈沉穩、圓潤的聲音讓孩子們全部靜了下來，他的嗓音帶著讓人徹底放鬆的節奏，侍靈的故事不僅哄睡了莉卡，也引著其他睡不著的孩子入眠。

麥黛西站起身，伸展她的雙腳，接著對著門外點點頭。艾希在飄浮在她身後，又走過脾氣不好的埃多崔斯身旁，他正對著一隻不知怎麼闖進新伊嵐翠的蝸牛投擲石頭。

「艾希，很抱歉佔用了你這麼久的時間。」為了不要吵醒小孩，麥黛西在走遠以後才小聲說。

「不會的，麥黛西小姐。」艾希說。「我想紗芮奈小姐不會太介意我這樣。另外，我很高興能再講起故事。我的小姐離孩提時代有點遠了。」

「紗芮奈小姐這麼小就繼承了你嗎？」麥黛西好奇地問。

「從她出生時就是了，小姐。」艾希說。

麥黛西露出遺憾的笑容。

「麥黛西小姐，總有一天，您會有自己的侍靈，我是這麼認為的。」

麥黛西歪頭問道。「怎麼說？」

「是這樣的，伊嵐翠人曾經有過幾乎每個人都有侍靈的時代。我開始認為靈性大人有能力修復這座城市——畢竟他也修正了艾歐鐸。如果他成功了，我們就會幫您找到屬於您的侍靈。或許是個叫做艾提的侍靈，跟您的符文一樣的名字，對吧？」

「是的。」麥黛西說。「它的意思是希望。」

「我認為這個符文很適合您。」艾希說。「那麼，既然我在這裡的工作完成了，或許我該——」

「麥黛西！」一個聲音說。

麥黛西瑟縮了一下，瞥向已經沉睡的鳥巢。一道光在夜裡沿著小巷搖曳而來，也是叫聲的源頭。

「麥黛西？」那個聲音又問了一聲。

「小聲點，瑪瑞西。」麥黛西發出噓聲，安靜地跨過街道，走到那人身旁。「孩子們已經睡了。」

「喔。」瑪瑞西頓了一下。這個傲慢的伊嵐翠人穿著標準的新伊嵐翠服裝（鮮豔的襯衫與長褲），但在衣服上加了幾條披帶，認為這樣會更有「藝術氣質」。

「妳那個父親在哪裡？」瑪瑞西問。

「他正在訓練人們用劍。」麥黛西低聲說。

「什麼？」瑪瑞西問。「現在是半夜耶！」

麥黛西聳聳肩。「你知道戴希的性格。只要他一有什麼想法……」

「先是迦拉旦跑走，」瑪瑞西嘟囔著。「現在戴希會在晚上揮劍。要是靈性大人回來的話……」

「迦拉旦不見了？」麥黛西提起精神問。

瑪瑞西點頭。「他有時候會這樣消失，卡菈塔也是。他們從不告訴我去了哪裡，總是保密到家！『瑪瑞西，你接管這裡。』他們一說完，就會丟下我去進行他們的祕密會議。真是的！」男人邊碎念邊帶著油燈走開。

*祕密集會，*麥黛西心想。*是戴希提到的圖書館嗎？*她注視著還飄浮在身旁的艾希。或許她只要誘導這個侍靈，他就會脫口而出……

尖叫聲響起。

突如其來的尖叫來得如此出乎意料，讓麥黛西驚跳了起來。她四處張望，試著辨認聲音的方向。聲音似乎是從新伊嵐翠正面傳來的。

「艾希！」她說。

「我這就過去，麥黛西小姐。」侍靈邊說邊竄向天空，轉眼成為夜裡的微微光點。

她轉身返回鳥巢。負責管理鳥巢的成年人泰埃德（Taid），已經穿著長睡衣走出建築。就算在黑暗中，麥黛西也可以看見他臉上擔憂的神情。

「在這裡等著。」他說。

「別離開我們！」埃多崔斯驚慌地四處張望。

「我會回來的。」泰埃德一邊說，一邊匆忙離開。

麥黛西跟埃多崔斯互看一眼。其他照顧小孩的青少年已經在夜裡回到各自的住處，只有埃多崔斯和她留了下來。

「我要跟他走。」埃多崔斯想跟上泰埃德。

「不行。」麥黛西邊說邊抱住他的手臂，把他拖回來。遠處仍然傳出吶喊。她瞥向鳥巢。「去把小孩叫醒。」

「什麼？」埃多崔斯忿忿不平地說。「在我們努力讓他們睡覺之後，又要叫醒他們？」

「快照做。」麥黛西喝斥。「叫他們起來，然後要他們全部穿上鞋子。」

埃多崔斯抗拒了一會，接著一邊叨念，一邊鑽進房內。過了一會，她就聽見他照著要求叫醒小孩。麥黛西衝到街道對面的房子，也就是其中一間補給站，在裡面找到兩盞有油的油燈，以及一些打火石跟鋼塊。

她停了下來。*我在做什麼？*

*只是做好準備。*她告訴自己，耳邊同時聽著尖叫聲顫抖。聲音似乎越來越近，她衝回街道對面。

「小姐！」艾希的聲音響起。她抬頭看見侍靈往她這裡降落。侍靈的符文黯淡下來，讓她幾乎沒辦法看見它。

「小姐，」艾希急迫地說。「軍隊正在攻擊新伊嵐翠！」

「什麼？」她震驚地問。

「小姐，他們穿著紅袍，有著菲悠丹人的身高與黑髮。」艾希說。

「他們有數百人。你們的士兵在城市前線與他們戰鬥，但是寡不敵眾，新伊嵐翠已經慘遭蹂躪！小姐，軍隊正往這裡來，他們在搜索房子！」

麥黛西嚇得呆在原地。不，不，這不可能。這裡不會發生這種事。這裡很和平。是完美的。

我逃離了外界。我找到我的歸屬。那個世界不會追殺過來。

「小姐！」艾希的聲音聽起來驚惶不已。「那些尖叫……我認為……我認為軍隊已經在攻擊發現他們的居民了！」

而那批軍隊正往這裡來。

麥黛西僵立著，麻木的手指抓緊了油燈。一切都結束了。畢竟她又能做什麼呢？不久前她還是個孩子，還是個乞丐，還是個沒有家人或住所的女孩。她又能做什麼呢？

我負責照顧小孩。

這是靈性大人給我的工作。

「我們必須疏散他們。」麥黛西回神，全速衝向鳥巢。「軍隊知道該找上什麼地方，是因為我們清理了這一區。這座城市很大，如果我們把孩子帶到沒清理過的地方，就能藏住他們。」

「遵命，小姐。」艾希說。

「你去找我父親。」麥黛西說。「告訴他我們要做什麼。」

她進入了鳥巢，艾希則飄往夜空之中。埃多崔斯在鳥巢裡按照她的要求，協助孩子們昏昏沉沉地穿上了鞋子。

「動作快，小朋友們。」麥黛西說。

「發生什麼事？」泰埃爾問。

「我們得走了。」麥黛西對小搗蛋鬼說。「泰埃爾、提歐爾，我需要你們的幫忙。你們和其他年長的孩子都一起幫忙，好嗎？你們必須幫助年紀小的孩子們，帶著他們走，並且保持安靜，好嗎？」

「為什麼？」泰埃爾皺著眉問。「發生什麼事了？」

「發生了緊急事件。」麥黛西說。「你們只要知道這樣就好。」

「為什麼是妳主導這裡？」提歐爾走到他的朋友身旁，雙手抱胸。

「你們知道我父親戴希嗎？」麥黛西說。

他們點頭。

「你們知道他是一名士兵嗎？」麥黛西問。

他們又點點頭。

「那麼，我也是個士兵。這是傳承。他是隊長，我也是，這代表我會告訴你們該做什麼。如果你們答應照我所說的做，你們可以當副隊長。」

兩個小男孩停了一會，接著泰埃爾點頭。「有道理。」他說。

「好。現在，動身！」麥黛西說。

兩個男孩走去幫忙年紀更小的孩子。麥黛西引領他們到門外，走進昏暗的街道。然而他們當中有許多人被黑夜震住，嚇得動也不敢動。

「麥黛西！」埃多崔斯靠近她，細聲說。「發生什麼事了？」

「艾希說新伊嵐翠遭到攻擊，」麥黛西跪在油燈旁。「軍隊正在進行屠殺。」

埃多崔斯安靜下來。

她點起油燈，接著站起來。如她所想，就算是年紀小的孩子們，也會往具有安全感的燈光聚集。她把一盞油燈遞給埃多崔斯，看見燈光映照出他嚇壞的表情。

「我們要怎麼做？」他用顫抖的聲音問。

「逃跑。」麥黛西邊說邊衝出房間。

孩子們緊跟著她，不願被留在黑暗中，齊齊跟著燈光逃跑。泰埃爾和提歐爾幫助更小的孩子，埃多崔斯則是試著安撫想要哭的孩子。麥黛西擔心起燈光會招來注意，但眼前看來這是唯一的方法。因為他們很難讓孩子們維持一開始的速度，引領他們盡快離開新伊嵐翠——直接遠離近得可怕的尖叫聲。

他們離開了新伊嵐翠的居住區。麥黛西祈禱能碰見可以幫助他們的成人。不幸的是，成人們不是在練習符文，就是與她父親練習使用武器。唯一有人居住的房子，都是艾希指出被攻擊過的地方，而裡面的居民……

*不要想這種事。*麥黛西一邊想，一邊帶著有五十名小孩的混亂隊伍到了新伊嵐翠的邊緣。他們就要自由了，他們可以——

身後傳來吼叫聲，那聲音用麥黛西無法理解的短促腔調說著話。麥黛西四處張望，看向嚇壞的孩子們身後。新伊嵐翠的中心發出微弱的光。

那是火光。

新伊嵐翠燒起來了。

在死亡烈焰構成的畫面中，有三個穿著紅色制服的小隊士兵現身。他們帶著劍。

*他們絕對不會殺害小孩，*麥黛西想著，顫抖的手努力提著油燈。

但是她看見士兵的眼中閃過一抹危險、可怕的光芒。他們逼近了她帶領的人群。不，他們會殺掉小孩。至少會殺掉伊嵐翠人之中的小孩。

「快跑。」麥黛西顫抖著聲音說。她心知肚明這些孩子沒辦法跑得比那些人還快。「快跑！離開這裡，然後……」

突然一個光球從空中竄到地面。艾希在士兵之間旋轉，引開他們的注意力。士兵們抬頭看著侍靈，一邊咒罵，一邊憤怒地揮舞著劍。

這就是士兵沒有看見戴希衝向他們的原因。

他從新伊嵐翠的一條陰暗小巷衝了出來，朝士兵的側翼發動攻擊。他在刀光劍影中打倒一名士兵，接著轉向另外兩名士兵。士兵嘴裡帶著咒罵，拋下侍靈，轉身面對他。

我們得走了！「快走！」她催促埃多崔斯與其他人繼續移動。孩子們漸漸遠離戰鬥，跟著埃多崔斯的燈光走入夜色中。麥黛西待在隊伍後段，帶著憂慮轉頭看向她的父親。

他沒有辦法好好戰鬥。他是個精良的戰士，但是士兵有兩位援軍，而身為伊嵐翠人的戴希並沒有強壯的肉體。麥黛西用發抖的手指提著油燈，不確定該怎麼辦。孩子們在她背後的黑暗中抽抽噎噎，撤離的速度十分緩慢。戴希英勇地戰鬥著，他已經將生鏽的劍換成紗芮奈送來的利劍，格擋住一次又一次攻擊，卻慢慢地被包圍起來。

我必須做些什麼！麥黛西邊想邊走向前。這時戴希轉身過來，她可以看見他臉上跟身上的傷痕，看見他眼中的恐懼，使她震驚地一動也不動。

「去吧。」他發不出聲音，但是嘴巴的確在說話。「快跑！」

一名士兵的劍劈上戴希的胸膛。

「不！」麥黛西尖叫出聲，但這一叫只是在戴希倒下、在地上抽搐時，引來士兵的注意。痛楚看來已經淹沒了戴希。

士兵看著她，然後逼近。戴希又打倒了幾名士兵，但還有三個活著。

麥黛西全身麻木。

「我的小姐，拜託。」艾希飄到她身旁，著急地舞動。「您必須快跑！」

父親死了。不，比死更糟——他成了霍依德。麥黛西搖搖頭，強迫自己保持清醒。她還是乞丐時看過許多悲劇，她撐得下去，她必須撐下去。

這些人會找上孩子們。孩子們移動得太慢，除非……她看著身旁的侍靈，注意到它中心的符文。那個符文代表光輝。

「艾希，」她在士兵逼近時著急地說。「到前面找埃多崔斯。讓他熄掉油燈，然後帶他和其他人到安全的地方去。」

「安全的地方？」艾希說。「我不知道哪裡還是安全的。」

「就是你提到的圖書館。」麥黛西加快思考。「它在哪裡？」

「往北直走，小姐。」艾希說。「圖書館在一座低矮的建築下，標誌是艾歐．瑞歐。」

「迦拉旦和卡菈塔在那裡。」麥黛西說。「把孩子們帶到那裡，卡菈塔會知道該怎麼做。」

「好的。」艾希說。「好的，這想法聽起來很好。」

「別忘了油燈的事。」麥黛西在他飛走時說。她接著轉身面對逼近的士兵。接著她伸出顫抖的手指，在空中畫出符號。

光線隨著她的手指在空中迸發。她逼迫自己保持鎮定，就算恐慌也要完成符文。士兵停下來看著她，接著其中一人用喉音講出她覺得是菲悠丹語的句子。他們繼續逼近她。

麥戴希完成了符文——艾歐．艾希，和她的侍靈朋友體內的符文是同一個。但是，這個符文當然沒有作用，它只是一如往常地懸在空中。士兵毫不在乎地接近，踏過那個符文。

最好有效。麥黛西心想，然後把手指放在迦拉旦形容的地方，畫上最後一條線。

符文馬上在士兵面前發出強烈的光芒。他們在驟起的閃光照上雙眼時大叫出聲，然後一邊咒罵一邊搖搖晃晃地後退。麥黛西從地上撈起油燈，開始狂奔。

士兵在她身後不停吼叫，並且跟了上來，然後就像孩子一樣跟著燈光——她的燈光——跑。埃多崔斯和孩子們還沒有走遠，她可以看見夜裡移動的身影，但是士兵的視力已經沒辦法察覺這樣細微的動作，埃多崔斯早已熄滅了燈火，士兵現在只能專心追著她的油燈燈光。

麥黛西把他們帶到黑暗中，驚恐的手指仍然提著油燈。等她完全進入伊嵐翠時，她還是可以聽見他們在身後追趕的聲音。泥濘與黑暗取代了新伊嵐翠乾淨的石板路，麥黛西不能走得太快，不能因此滑倒或跌倒。

但她還是急著行動。她繞過轉角，試著不被追兵追上。她覺得自己非常無力。跑步對伊嵐翠人很困難。她沒有力氣快步行動，而且已經感受到一股龐大的疲累感。她不再聽見追趕的聲音，或許……

她轉過轉角，然後撞到站在黑夜中的兩名士兵，並震驚地停在原地，抬頭發現她認得這些人。

他們是受過訓練的士兵，她想。他們當然知道如何包圍敵人、攔截敵人。她轉身逃跑，但其中一名士兵抓住她的手臂，笑著用菲悠丹語說了句話。

麥黛西大叫，扔下油燈。士兵跌了一下，還是穩穩地抓住她。

想啊！麥黛西告訴自己。妳只有一次機會。她的雙腳在泥漿上打滑。她停了下來，然後讓自己落地，踢了捕捉她的人。

她依靠的是自己曾經生活在伊嵐翠的經歷。她知道該怎麼在軟泥跟泥漿中移動，而這些士兵不知道。這一踢證明她沒錯，士兵馬上滑倒，跌到他的同伴身上，然後一起倒在滑溜的石板路上，並且鬆開了麥黛西。

她急忙爬起身來，漂亮鮮豔的衣服現在已經沾上伊嵐翠的爛泥。她的腿上出現新的痛覺——她扭傷了自己的腳踝。她以前一直十分小心不要弄痛自己，但這個疼痛比她以前遇過的任何痛覺都還來得強烈，比她臉上的傷痕還來得痛楚。她的腿因為不可思議的痛苦而灼燒，而且這股痛覺沒有減輕，仍然維持它的強度。伊嵐翠人的傷口永遠不會痊癒。

然而她還是強迫自己跛行離開。她只想趕快從士兵手中逃走，所以想都沒想就移動了。她聽見他們的咒罵，跌跌撞撞地走過來。她繼續一拐一拐地走。在看見新伊嵐翠在她眼前燃燒時，才發現自己已經繞了城市一圈。

她回到了起點。

她停了下來。看見戴希就躺在石板路上，她跑向他，不在乎任何追兵。她的父親身上仍插著劍，而她仍可以聽見他的低語。

「快跑，麥黛西。跑到安全的地方……」那是霍依德戴希一再重複的話語。

麥黛西頹然跪下。她已經讓孩子們得到安全，這就夠了。她聽見身後的聲音，轉身看見一個士兵正在接近。他的同袍一定是往不同方向去了。然而這個士兵身上沾著爛泥，她也認出他來，是被她踢了一腳的那個人。

我的腿受了嚴重的傷！她轉回去抱住戴希癱瘓的身體，既累又痛的她再也動不了了。

士兵拐住她的肩膀，把她從父親的屍體上拉開。他把她的身體轉了過來，又弄痛了她的手臂。

「妳跟我說，」他用濃厚的口音說。「其他小孩去哪？」

麥黛西無力地掙扎。「我不知道！」但其實她知道。艾希已經和她說了。為什麼我會問他圖書館在哪？她斥責自己。如果我不知道，我就不會洩露他們的行蹤了！

「妳說，」士兵一手抓住她，一手摸索他的腰刀。「妳說，否則我傷害妳。不好。」

麥黛西的掙扎沒有用。如果她身為伊嵐翠人的雙眼能夠流的話，她早就哭了。士兵像是為了證明他的說法，把刀舉到她眼前。麥黛西一生中從沒有感受過這樣的恐懼。

地平線在此時透露出黎明的光輝，但是這道微光被城市邊境突然迸出的光芒給蓋過。士兵停下動作，抬頭看向天空。

麥黛西突然感受到一股深深的暖意。

她不知道她多想念溫暖的感覺，她多麼適應伊嵐翠人頹舊冰冷的身體。這股溫暖流過她的身體，就像有人在她的血管中注入溫熱的液體。這股美妙、神奇的感覺，讓她倒抽了一口氣。

有東西回歸正軌了。有東西精確地回歸正軌了。

士兵突然看向她。他抬起頭，接著伸出手抹過她臉頰上的舊傷。

「治好了？」他似乎感到困惑。

她感覺太棒了。她感覺到……她的心跳！

士兵看起來很困惑，還是舉起刀。「妳治好了。」他說。「但我可以再傷妳。」

她身體變得強壯。然而她仍然只是個少女，而他是受過訓練的士兵。她掙扎起來，腦袋慢慢理解到自己的皮膚不再滿布斑點，而是轉換成銀色。真的發生了！就跟艾希預告的一樣！伊嵐翠回來了。

而她還是面臨死亡的威脅。這不公平！她挫敗地大叫，試著扭動身體取得自由。實在太諷刺了。這座城市正在痊癒，但也無法阻止這個可怕的人——

「我想你忘了東西，朋友。」突如其來的聲音響起。

士兵停了下來。

「如果那道光治癒了她。」那道聲音說。「那道光也治好了我。」

士兵立刻因為痛苦而喊叫，接著丟下麥黛西，跌到地上。她一邊退後，一邊看著那個可怕的士兵倒地，然後才發現站在士兵身後的人：那是她的父親。他從內裡發著光輝，身上不再有污點。他看起來就像神祇一樣耀眼奪目。

他的衣服在原本的傷口上裂開，但是皮膚已經痊癒了。他的手上握著的，正是先前插在他胸口的劍。

她跑向她，迸出淚水（她終於又能哭了！），接著緊抓住擁抱她的身軀。

「麥黛西，孩子們在哪裡？」他著急地說。

「父親，我照顧好他們了。」她低聲說。「每個人都有工作，而這是我的職責。我照顧孩子們。」

「很有趣。」瑞歐汀說。「那麼，孩子們後來怎樣了？」

「我帶他們到圖書館去。」艾希說。「那時迦拉旦和卡菈塔已經走了——我們想必是和跑回新伊嵐翠的他們錯過了。但我把孩子們藏在裡面，和他們待在一起並且保持所有人的鎮定。我那時很擔心城裡發生什麼事，但是這些小可憐……」

「我可以理解。」瑞歐汀說。「那麼麥黛西……戴希年少的女兒。我無法想像她經歷什麼事。」瑞歐汀微笑。他給了戴希兩個侍靈（舊主已經去世，然後在的伊嵐翠回歸時恢復神智的侍靈），感謝他為新伊嵐翠的貢獻。戴希把其中一個給了他的女兒。

「她最後得到哪一個侍靈？」瑞歐汀問。「艾提嗎？」

「其實不是。」艾希說。「我認為是艾依歐。」

「非常合適。」瑞歐汀笑著說，並在門打開時站起身來。他的妻子，也就是紗芮奈王后，正緩步以有孕之身進入餐室。

「我同意。」艾希一邊說，一邊飄向紗芮奈。

艾依歐代表勇氣。

（完）

中英名詞對照表

A

Aanden 安登
Aberteens 雅伯廷（花卉）
Adien 阿迪恩
Adonalsium 雅多納西
Ahan 亞汗
Aon 艾歐
Aon Ashe 艾歐・艾希
Aon Daa 艾歐・達
Aon Deo 艾歐・迪歐
Aon Dii 艾歐・迪
Aon Edo 艾歐・依鐸
Aon Ehe 艾歐・依赫
Aon Ene 艾歐・依尼
Aon Eno 艾歐・依諾
Aon Eto 艾歐・伊托
Aon Eshe 艾歐・依希
Aon Ien 艾歐・埃恩
Aon Mea 艾歐・米雅
Aon Nae 艾歐・奈
Aon Omi 艾歐・歐米
Aon Rao 艾歐・瑞歐
Aon Reo 艾歐・里歐
Aon Rii 艾歐・芮依
Aon Eno 艾歐・依諾
Aon Shao 艾歐・霞歐
Aon Sheo 艾歐・席歐
Aon Soi 艾歐・索依
Aon Tae 艾歐・泰依
Aon Teo 艾歐・提歐
Aon Tia 艾歐・泰亞
AonDor 艾歐鐸
Aonic 艾歐文
Aons 符文
Aor Plantation 艾爾莊園
Aredel River 亞瑞德河
Arelon 亞瑞倫
arteth 儀祭（舒・德瑞熙教派階級）
Ashe 艾希（侍靈）
Ashgress 亞熙奎斯
Atad Mountains 阿塔德山
Atara 阿特菈

B

Burning Domi 憤怒的上神

C

Chancellor of defense 國防大臣
Chasm 大裂谷
Chay 確子
ChayShan 確身
crossword tree 十字樹

D

Dahad 達哈
Dakhor Monastery 達克霍修道院
Daora 朵菈
Daorn 鐸恩
Dashe 戴希
Dathreki Mountains 達司瑞基山
DeluseDoo 德拉斯杜
Dendo 丹度
Deos 德歐（錢幣單位）
Derethi 德瑞熙
Dilaf 狄拉夫
Dio 戴歐（侍靈）
Diolen 迪歐倫
Dion 戴翁
dionia 迪歐尼亞（病症）
Diren 迪倫
Do-Dereth 鐸・德瑞熙經
Do-Kando 鐸・坎杜經
Do-Keseg 鐸・克賽經
Do-Korath 鐸・科拉熙經
Doloken 杜洛肯
Domi 上神
Dor 鐸
dorven 輔祭（舒・德瑞熙教派階級）
Dothgen 德悉金
Dreok Crushedthroat 德瑞克・喉碎
Duladel 杜拉德
Duladen Republic 杜拉丹共和國

E

Edan 伊甸
Elantris 伊嵐翠
Elao 依蘿
Eoldess 攸黛絲
Eon County 依翁郡
Eon Plantation 依翁莊園
Eondel 依翁德
Eshen 伊瑄
Eventeo 伊凡托

F

Fellavoo 費拉佛
Ferrin 飛翎
Fjeldor 菲悠德
Fjon 費雍
Fjorden 菲悠丹
Fjordell 菲悠丹人

G

Galladon 迦拉旦
garha 嘎哈
Gatrii 蓋崔埃
Geant 吉恩特
Ghajan 葛哈金
Gmordsom 葛摩索姆
goumdel 貢德薯

grador
主祭（舒・德瑞熙教派階級）
Graeo 葛瑞歐
gragdet
教長（舒・德瑞熙教派階級）
Grondkest 葛倫凱斯特
gyorn
樞機主祭（舒・德瑞熙教派階級）

H

HaiKo 海寇
hama 哈麻（杜拉德口語）
Hoed 霍依德
Hoid 霍德
Hollavesi 歐拉維希
Holy Tongue 聖語
Horen 荷倫
Hraggen 霍拉根
Hraggish 霍格希（占杜菜餚）
Hrathen 拉森
hroden
主上（舒・德瑞熙教派階級）
Hrovell 若維爾

I

Iadon 艾敦
Ial Plantation 埃爾莊園
Iald 埃爾德
Idan 埃丹
Idos Domi 上神慈悲
Idotris 埃多崔斯
Ien 埃恩（侍靈）
Ien Plantation 埃恩莊園
Isadan Sao 艾賽丹・塞歐

J

Jaador 賈鐸
Jaddeth 杰德司
Jalla 潔拉
Jedaver 杰戴佛
Jesker 杰斯珂
Jeskeri Mysteries 杰斯珂祕教
JinDo 占杜

K

Kaa Plantation 凱艾莊園
Kae 凱依城
Kahar 卡哈
Kaise 凱艾絲
Kalomo River 卡洛莫河
Kaloo 卡洛
Kaltii 卡爾提
Karata 卡菈塔
Kathari 卡薩瑞
Kayana 卡啞訥（杜拉德口語）
Ketol 凱托
Kie Plantation 奇埃莊園
Kiin 凱胤
Kjaard 克杰德
Kmeer 克米爾劍

Kondeon 康迪翁
Korathi 科拉熙
krondet
從者（舒・德瑞熙教派階級）

L

Lake Alonoe 艾隆諾湖
Leky Stick 得分桿
Loren 洛倫
Lukel 路凱

M

Maare 瑪芮
MaeDal 玫日
Mai 梅伊（侍靈）
MaiPon sticks 麥彭棒
Mareshe 瑪瑞西
Matisse 麥黛西
Meala 梅拉
Mysteries 祕教

N

Naen 奈因
Nalthis 納西斯
Naolen 納歐藍
Neoden 尼歐丹

O

odiv
侍僧（舒・德瑞熙教派階級）
Opa 歐帕
Opais 歐帕絲
OpeDal 甌日
Opelon 歐沛倫
outer cities 外城
Ore 歐里

P

Punishment 天懲

R

ragnat
大主祭（舒・德瑞熙教派階級）
RaiDel 瑞德
RaiDomo Mai
瑞多摩・梅（占杜菜餚）
Rain 雨城
Ramear 拉梅爾
Raoden 瑞歐汀
Rathbore 拉斯伯
Redeen 雷狄
Riika 莉卡
Riil 李爾
Roial 偌艾歐
Roost 鳥巢
rulos 可憐蟲，混蛋

S

Saolin 沙歐林
Sarene 紗芮奈

Scadrial 司卡德利亞
Sea of Fjorden 菲悠丹海
Seaden 熙丹
Seala 席拉
Seinalan 辛那蘭
Sel 賽耳
seon 侍靈
Seor's Encyclopedia of Political Myths 《席歐的政治迷思百科》
Seraven 瑟拉凡
Shaor 夏歐
ShinDa 辛達
Shuden 蘇登
Shu-Dereth 舒・德瑞熙教派（簡稱德瑞熙）
Shu-Korath 舒・科拉熙教派（簡稱科拉熙）
Shu-Koseg 舒・克賽教派（簡稱克賽教）
skaze 御靈
Soine 索依恩
Spirit 靈性
sule 穌雷（杜拉德口語）
Svorden 思弗丹
Svrakiss 斯弗拉契司
Sycla 席克拉
Syre 席爾劍

T

Taan 塔安
Taid 泰埃德
Taldain 泰爾丹
Telrii 泰瑞依
Tenrao 坦拉歐
Teod 泰歐德
Teoish 泰歐德人
Teor 提歐爾
Teoras 泰歐拉斯
Teoren 泰歐倫
Teorn 泰翁
The Day of Empire 帝國之日
The Reod 災罰
The Shaod 霞德祕法
Thered 希瑞德
Tiil 泰埃爾
Tii Plantation 提夷莊園
Toa 托埃
Tooledoo 圖雷都
Torena 托瑞娜
Transformation 轉化

V

Vax 費克斯
Velding 維爾汀
Velf 維爾甫

W

Waren 瓦倫
Wyrn Wulfen the Fourth 沃恩・兀夫登四世

BEST嚴選 004

諸神之城：伊嵐翠（十周年紀念全新修訂版）

國家圖書館出版品預行編目資料

諸神之城：伊嵐翠／布蘭登．山德森（Brandos Sanderson）著；周翰廷、劉鈞豪譯. -- 初版. -- 臺北市：奇幻基地, 城邦文化出版：家庭傳媒城邦分公司發行, 民105.10
面；　公分. --（BEST嚴選：004）
譯自：Elantris
ISBN 978-986-7131-89-8　（平裝）

874.57　　96013058

ISBN　978-986-7131-89-8
EAN　471-770-209-434-8

原著書名／ELANTRIS
作　　者／布蘭登．山德森（Brandos Sanderson）
譯　　者／周翰廷、劉鈞豪
審　　訂／段宗忱
總 編 輯／楊秀真
責任編輯／王雪莉
行銷業務經理／李振東
業務主任／范光杰
行銷企劃／周丹蘋
發 行 人／何飛鵬
法律顧問／台英國際商務法律事務所　羅明通律師
出版／奇幻基地出版
城邦文化事業股份有限公司
台北市 104 民生東路二段 141 號 8 樓
電話：(02)25007008　　傳真：(02)25027676
網址：www.ffoundation.com.tw
e-mail：ffoundation@cite.com.tw
發行／英屬蓋曼群島商家庭傳媒股份有限公司城邦分公司
台北市 104 民生東路二段 141 號 11 樓
書虫客服服務專線：(02)25007718．(02)25007719
24 小時傳真服務：(02)25170999．(02)25001991
服務時間：週一至週五09:30-12:00．13:30-17:00
郵撥帳號：19863813　　戶名：書虫股份有限公司
讀者服務信箱 E-mail：service@readingclub.com.tw
歡迎光臨城邦讀書花園　網址：www.cite.com.tw
香港發行所／城邦（香港）出版集團有限公司
香港灣仔駱克道193號東超商業中心1樓
電話：(852)25086231　　傳真：(852)25789337
e-mail : hkcite@biznetvigator.com
馬新發行所／城邦（馬新）出版集團
【Cite(M)Sdn. Bhd】
41, Jalan Radin Anum, Bandar Baru Sri Petaling,
57000 Kuala Lumpur, Malaysia.
Tel: (603) 90578822　Fax:(603) 90576622
email:cite@cite.com.my
封面設計／黃暐鵬
排　　版／極翔企業有限公司
印　　刷／高典有限公司
■2007年（民96）9月1日初版
■2024年（民113）3月14日三版15刷

售價／520元

城邦讀書花園
www.cite.com.tw

廣　告　回　函
北區郵政管理登記證
台北廣字第000791號
郵資已付，免貼郵票

104台北市民生東路二段141號11樓

英屬蓋曼群島商家庭傳媒股份有限公司城邦分公司 收

請沿虛線對摺，謝謝

每個人都有一本奇幻文學的啓蒙書

奇幻基地官網：http://www.ffoundation.com.tw

奇幻基地粉絲團：http://www.facebook.com/ffoundation

書號：1HB004Y　　書名：諸神之城：伊嵐翠（十周年紀念全新修訂版）

15
annual

奇幻基地15周年龍來瘋慶典

集點好禮獎不完！還可抽未來6個月新書免費看！

活動期間，購買奇幻基地作品，剪下回函卡右下角點數，集滿點數，寄回本公司即可兌換獎品&參加抽獎！

集點兌換辦法

2016年06月起至2017年12月20日前(郵戳為憑)，奇幻基地出版之新書，剪下回函卡右下角點數，集滿點數貼至右邊集點處，寄回奇幻基地，即可兌換贈品(兌換完為止)，並可參加抽獎。

集點兌換獎品說明

5點：「奇幻龍」書擋一個（寬8x高15cm，壓克力材質)

10點：王者之路T恤一件 (可指定尺寸S、M、L)

回函卡抽獎說明

1.寄回集滿5點或10點的回函卡，皆可參加抽獎活動！回函卡可累計，每張尚未被抽中的回函卡皆可參加抽獎。寄越多，中獎機率越高！

2.開獎日：2016年12月31日(限額5人)、2017年05月31日(限額10人)、2017年12月31日(限額10人)，共抽三次。

回函卡抽獎贈書說明

中獎後，未來6個月每月免費提供奇幻基地當月新書一本！

(每月1冊，共6冊。不可指定品項。)

特別說明：

1.請以正楷書寫回函卡資料，若字跡潦草無法辨識，視同棄權。

2.本活動限台澎金馬。

【集點處】

5 10

（點數與回函卡皆影印無效）

為提供訂購、行銷、客戶管理或其他合於營業登記項目或章程所定業務之目的，英屬蓋曼群島商家庭傳媒(股)公司城邦分公司，於本集團之營運期間及地區內，將以電郵、傳真、電話、簡訊、郵寄或其他公告方式利用您提供之資料（資料類別：C001、C002、C003、C011等）。利用對象除本集團外，亦可能包括相關服務的協力機構。如您有依個資法第三條或其他需服務之處，得致電本公司客服中心電話(02)25007718請求協助。相關資料如為非必要項目，不提供亦不影響您的權益。

個人資料：

姓名：______________________ 性別：☐男 ☐女

地址：______________________________________

電話：__________________ email：__________________

想對奇幻基地說的話：______________________________

____

請剪下右側點數，貼於背面的集點處，集滿5點以上，即可寄回兌換抽獎

Brandon Sanderson

布蘭登・山德森

Brandon Sanderson

布蘭登・山德森